青丝缘

恽建新中短篇小说集（上）

江苏凤凰文艺出版社
JIANGSU PHOENIX LITERATURE AND ART PUBLISHING

图书在版编目（CIP）数据

青丝缘 / 恽建新著. — 南京：江苏凤凰文艺出版社，2021.6
（恽建新中短篇小说集）
ISBN 978-7-5594-6046-2

Ⅰ. ①青… Ⅱ. ①恽… Ⅲ. ①中篇小说－小说集－中国－当代②短篇小说－小说集－中国－当代 Ⅳ. ①I247.7

中国版本图书馆CIP数据核字(2021)第114859号

青丝缘
恽建新 著

责任编辑	姜业雨
助理编辑	张 婷
特约编辑	白劲松 吕 军
装帧设计	南京自然而然视觉设计有限公司
责任印制	刘 巍
出版发行	江苏凤凰文艺出版社
	南京市中央路165号，邮编：210009
网 址	http://www.jswenyi.com
印 刷	南京新洲印刷有限公司
开 本	889毫米×1194毫米 1/32
印 张	10
字 数	220千字
版 次	2021年6月第1版
印 次	2021年6月第1次印刷
书 号	ISBN 978-7-5594-6046-2
定 价	188.00元（全2册）

江苏凤凰文艺版图书凡印刷、装订错误，可向出版社调换，联系电话 025-83280257

目 录

自序 我的一段文学情缘 | 001

瑞雪兆丰年 | 006

临街的窗 | 028

国药 | 056

榆树园 | 067

青丝缘 | 085

跑步 | 139

新来的校长 | 164

在夏日熏风里 | 182

信念 | 198

钓鱼 | 225

天堂之路 | 229

推山人 | 246

"大官儿" | 261

打开石墙门 | 273

附录 跳动着时代的脉搏 —— 读恽建新的短篇小说 | 297
    从"这一号"到真正的人——《瑞雪兆丰年》小析 | 304

自序　　我的一段文学情缘

我是如何与文学结缘的？这问题确实令许多人费解。

四十多年前，我从江苏师范学院物理系毕业，分配到溧水县南部边缘的一所农村中学教书。那时正值"文革"时期，物质生活匮乏，但社会上却非常热闹，学校除上课以外，还组织学生文艺宣传队下乡演出，还经常去县城参加汇演。演出就免不了要写些说唱、小戏剧之类的节目。因为我会拉二胡，又懂些韵文，所以这写的任务就天然落到了我的身上。那些节目演出很成功，一些剧目甚至被县剧团选中，排练后到地区、省里汇演，不仅获奖，有的还被推荐到省里的《江苏戏剧》上发表。

这一下，我算写出了名，于是县文化部门就要调我。县文教局说可以用教师来换我，甚至说派两个换一个。但当地公社坚决不干，公社书记放言，就是派三个人来也不换，可几经周折，县里还是下了调令。1975年10月，我调进了县文化馆。当时，镇江军分区正组织地区各县市采访、搜集茅山抗日斗争故事。溧水县是老区，新四军下江南时就常在溧水一带活动。可前两次派去的人水平不行，都交了白卷。这一次镇江军分区重新组织采集活动，县人武部急了，到处寻访合适人选。一位文化馆工作人员向他们推荐了我，说："你们什么人也不要找，让恽老师去准成！"于是我又被调进了"茅山抗日斗争故事"采写组。

接着就是紧张辛苦的调查采访活动，我和县里抽调的另两位下放知青上南京，去上海，到杭州，下徽州，寻找线索，探访老干部，积累了不少素材，那一段抗战历史也在模糊中渐渐清晰起来。溧水的几篇初稿很快就写了出来，随后，镇江地区十一个县市加常州市，几十名撰稿人集中到南京，住进后宰门"省团校"，由江苏人民出版社组织阅稿、修改。两个月后集体审稿完成，这时已到年底，春节放假，军分区政委召集撰稿作者开会说："你们先回去，春节以后等通知。"散会以后，政委把我和溧阳县的一位常州下放知青留了下来，说："春节以后初十，你们两位直接来南京报到。不要等通知了，你们的文字功夫是大家公认的，最后的定稿任务就交给你们，其他人就不来了。"春节以后，我和溧阳的那位知青如期到南京报到，由出版社安排住下，对全部稿件进行修改、润色。我们夙兴夜寐，字斟句酌，两个月后，修改好的稿子交到出版社编辑手中。后来，两本"茅山抗日斗争故事"由江苏人民出版社正式出版，取陈毅同志《卫岗初战》和《梅岭三章》中的两句诗作为书名，一本叫《弯弓射日到江南》，另一本叫《创业艰难百战多》。这里需要记一笔的是，那位溧阳知青叫龚放，他除了改稿还要复习功课，后来他参加了"文革"后第一届高考，是镇江地区文科状元，被南京大学中文系录取，现为南京大学高教研究所所长，学术成果丰硕，还被推为南大校务委员。

圆满完成军分区的采写任务，我回到了文化馆，因为我从学校调动后，本就未上几天班，文化馆工作插不上手，一时竟无所事事，闲了下来。一天下午，文化馆开会，我坐在一个角落里，想到"文革"中县城里发生的文攻武斗，纷披乱象，思绪一下岔了开去。便随手找了一张残破的白纸，取笔写了起来。那天会议究竟讲的是啥，全没有听进去，周围的同事也似乎不存在了，只顾低头伏案，奋笔疾书。忽然听到一声散会了，我才回过神来，将纸一团，塞进裤袋，当天晚上铺纸估了一下，足足写了六千多字。随后几天梳理补充，分章布节，誊清后居然有一万四千多字。这就是我写作"茅山抗日斗争故事"后的第一篇小说《调动》。过了几天，我不揣冒昧，将稿子寄给了《人民文学》。焦急中等了三个月，没有回音。因为稿件需等三个月，过后才能改投他刊，于是又重抄一遍，寄给了江苏刚刚创办的《钟山》杂志。《钟山》的回复很快，编辑回信说，杂志原已编好，收到你的稿子，火速录用，还说，将后面的稿子，其中还有名家的抽掉了两篇，将《调动》排到了《钟山》第三期头条，已发往印刷厂。我得到消息自然大喜过望，可喜悦尚未平息，《人民文学》忽然来信了，寄回稿子，说："速改两个细节，寄回"。这一下我懵了，《人民文学》是我心目中的圣殿，但人家《钟山》待人不薄，而且稿子已送进了印刷厂，贸然抽回显得太不厚道，于是只好给《人民文学》回信，说明原委，谢谢他们。就这样，我失去了一次登陆《人民文学》的宝贵机会。

随后，我就陆陆续续写下去了，接着发表了《信念》，成了文化部1979年的推荐小说，又发表了《跑步》，被《小说月报》转载。当时江苏省社会科学院的陈辽同志给我写信，说："当我看到《调动》时，我就相信，一个新的作家在江苏文坛上诞生了，接着我又看到《跑步》，我对您的信心更足了……"陈老1931年生，日寇投降前加入新四军，是文艺界的老前辈，对我这样一位初出茅庐的后学年轻人，他在信尾落款居然谦称"弟"，真正让人感动。现在陈老已去了天国，我只能写下这一小节文字，当作一瓣心香，遥祭这位热心善良的长者了。

曾有人说当代写小说的人，或者在文学刊物编辑部供职，或者调入专业队伍，否则大都坚持不下去。想想也是，当时写了几年，也发表了几十万字，有些作品还得过"金陵文学奖"等奖项，省作家协会著名评论家黄毓璜看了我后期的一批小说后对我说："老恽，你现在的小说写得越来越好了，千万不要搁笔，千万不要放弃。"但最终我还是没能坚持下来，辜负了这些朋友的热心嘱托。

这就是我在20世纪70年代末和80年代初的一段文学情缘。现在，一晃几十年过去了，古稀之龄，苍颜白发，已无复当年之勇。感谢我的书法学生们，尤其是吕军、白劲松他们，居然倒海翻江，在网上把一篇篇散落在旮旯角落里的文章捣腾出来，聚到一起，有了今天这本集子。

小说是作者自己的影子，你的人格，你的秉性，你的人生观、价值观，全渗透在你的文字里，丝毫做不得假。我和大多数人一样，年轻过，努力过，也认真过，因此不必踌躇，也不必悔少作，把这一段人生经历，具体而微地呈现给愿意翻看这本书的读者,也算对自己那一段文学人生有个交代,或者说给自己留个纪念吧!

2019 年 6 月于金陵玄武湖畔

瑞雪兆丰年[1]

一

天阴沉得可怕。西伯利亚的一股强大冷空气突然袭击本地，使得昨天还暖洋洋的县城一下子跌入到冰窖之中。峭劲的北风，掠过屋脊，撼动街边光秃的梧桐枝条，扑击着家家户户的门窗，把除夕节日的街头搅得冷冷清清。

阴冷的天气，把节日的气氛浓缩到了家里。除夕，一年一度的传统大节，远在外地的亲人赶回来了，该办的年货办齐了，人们关严门窗，生起炉子，炖起热腾腾的菜肴，阖家大小团团围住桌子包馄饨、饺子，准备过年了。

这时，却有一辆日本五十铃八吨大卡车悄悄开出南门城关，驰上了陵溪公路，扑进了无边的风雨之中。车子的主人仿佛有意悖着正常的感情，拗着强大的传统，他挂着高挡，踩大油门，时速表上的指针已经滑向了八十码。他离那温暖的屋子，离团圆的家宴越来越远了。

上午十点，车子从陵溪公路拐上岔道，进入了邻县地面。

---

[1] 原载于《萌芽》1984年第1期，第4–10页。1986年，首届金陵文学奖获奖作品。

天空淅淅沥沥地下起了雪珠。

二

珠子般的霰粒爆豆似的打在挡风玻璃上，蹦跳弹射，哒哒作响。雨刮器不停地摆动着，在眼前刷出一块光亮洁净的扇面。驾驶室密封度很好，取暖器打开着，温度控制得正适宜。车子的性能没说的，已跑十五万公里没有大修了。会做生意的日本人为博取用户的信任，专门考虑了驾驶员的舒适。齐小宁坐在温暖的驾驶室里，熟练地换挡、变速，稳稳地操纵着方向盘。他望着外面一阵紧似一阵的风雪，悠然自得。

一小时前，他还在厂里的调度室干坐着。为了避开家里的尴尬场面，他躲到厂里来了。工厂昨天下午就放假了，工人都已回家过年。那平时喧闹的车间、隆隆的机器在风雨中阒寂无声，仿佛在这场突然而来的酷冷中一下子冻僵了。

值班的供销科老段走过来，看到他，诧异地问：

"咦，今天你还到厂里来干什么？"

"我……到厂里来看看书。"他觉得自己的心事不便对人讲，掩饰地笑笑，"你哪里去？"

"找包师傅去。"

"干什么？"

"刚才杜厂长打电话来，要供销科马上派车子去碧溪镇装一车黄砂。"

"干吗这么急？"

"钱工一月前就催了,要趁春节放假期间,把锅炉房后面的引风机混凝土基础重新浇一浇,春节后不影响正常生产。可偏偏……这天气,人又放假了。"

"近处不是有砂吗?"

"强度不够,一定要碧溪砂才行。"老段说着要走。

齐小宁一把拽住他:"干吗非要叫包师傅?"

老段停住了,上下打量着他:"不找他找谁?还能找你们这一号的?告诉你,找包师傅也是杜厂长电话里定的。"

齐小宁噎住了,沉思一下:"这事情交给我吧!"

"那可不行!让你去,我怎么向杜厂长交代?好了,别缠了,我找了他,还要去建筑站叫泥水匠。这大年节下,人家老婆孩子团圆,还不知肯不肯呢?"

"不……我是说,我代你去找包师傅,顺便把车子也开去,省得你和他来回跑了。"

"哦,这当然好。不过,你可不能误事哪!"

"你放心去建筑站吧,保险不会误事。"

老段走后,他打开车库,把五十铃开了出来。

齐小宁当时做出出车的决定,连他自己也不明白到底是出于什么心理。也许是老段那上下打量着的目光刺痛了他。那目光后面分明还藏着没有说出来的话:"哼!你们这一号,谁敢在这种时候使唤你们?看看,杜厂长都护着你们。"也许是他考虑到包师傅年纪大了,身体又不好,他儿子在外地工作,三年来头次回来探亲,今天这种时候叫他出车简直不近人情。也许这些都不是,他只是想驾着车子出去奔驰一番,消消心中的憋闷。此刻，他听着轻快均匀的马达声，看着外面飞速后移的景物，心里确实轻松多了。

前方出现了平直的路面，高高的砖瓦厂烟囱映入眼帘。碧溪镇快到了。他关小油门，换慢挡，车子平稳缓慢地向镇上驰去。

路面上出现了几个人，站成一排向他的车子招手。

他不知道发生了什么事，紧踏刹车，停住车子，推开车门问道：

"你们要干什么？"

"同志，是来装砂的吗？"一个二十多岁的青年迎上来，递过一支烟，"要装砂，到我们那里去装。"

小宁已有好长时间没有来过碧溪镇，还是学徒期间，陪师傅来过一次。他早听说碧溪镇周围的砂场允许私人承包开挖了，大约这帮人就是。这些人练就了敏锐的目力，能从车号准确识别是哪里的车子，在奔驰的车流里迅速辨出空车和重载。拦车拦到了黄砂管理站的前面。出车时，他曾担心大除夕砂场没有人，现在看来这种担心多余了。他挡住那青年递过来的烟问道：

"你那里砂好不好？"

"道地的碧溪砂，干净、清爽，睡上面打个滚，身上不兴沾半点泥。"

"车进得去吗？我车子自重七吨，满载八吨，一共十五吨哪！"

"进得去！进得去！放心……"

小宁看他挤眉弄眼，油嘴滑舌，心头有点不快。转念一想，管他，只要装到砂就行，手一挥说：

"上车吧!"

那帮人七手八脚地爬进车厢,那位青年说要引路,钻进了驾驶室,小宁砰地带上了车门。

三

齐小宁使劲踩动油门,车子像一头受伤的巨兽吼叫一阵,耸动一下身子,又趴了下去。

他疲惫地靠在驾驶座上,一肚子懊丧。他想不到,自己竟会上了那家伙的当。

刚才,车子开到黄砂管理站,空车过磅,办好手续以后,便由那青年指点,向南开进了砂场。

碧溪镇砂场是一片老河床,扒开表面的浮土,下面全是纯净的黄砂。由于这两年管理不善,让私人乱开乱挖,砂场已被挖得千疮百孔,河床里的便道只薄薄地铺上了些片石。当时,小宁提出他的车子进不去,但那青年为了装砂方便,一口一个没问题,硬指引着往下开。结果车子装上砂,便道吃不住劲,陷住了。可那小青年却乘机向小宁提出要另加三十元上力费。小宁知道这种人门槛很精,决不肯给你出具凭证,日后你想抓也抓他不住。但车子进来前,是你狠;车子进来后,就是他狠了。听听他那些话:

"嘿嘿,你们国家单位,三十元还不是牛身上拔根毛!"

"嚯,你说得倒轻巧!"

"嘻嘻,现在谁像你这么一本正经?!你这么抠,又没一分一厘进你的口袋。告诉你,我们这可是两便。"他瞟瞟陷住的车子,话中隐隐含着威胁。

小宁看他嘻皮笑脸的样子,气得两眼直冒火,恨不得扑上去给他一拳:"你们还想不想干,要不想干,我另找人。"

"哈哈,还嘴硬!我们忙到现在,中饭还没吃哩。好,你另找人吧!"他竟然脸一挂,对同伴打声唿哨,一窝蜂走了,把小宁连人带车孤零零搁在这河床里。

是的,他不怕你硬。你另找人,这一车子砂谁来卸?车子怎么弄出去?在这大除夕,再重找砂去,要折腾到什么时候?现在吊桶落在他井里,他不愁你不就范。

宽阔的河床里空无一人。呼啸的风在里面肆意地翻滚、冲撞。废砂坑中积满了水,疾风掠过,水面上卷起一阵阵水雾。铅灰色的天空此刻更低了,沉甸甸的,直向人心上压。

齐小宁坐在驾驶室里,有力无处使,有火无处发,一筹莫展。他看看手上的表,时间早过了十二点。那帮人大概早吃过中饭了。但他不感到饿,只感到气恼、憋闷。

也许今天不该来的,他把这件事情看得太简单了。是的,出来运一次砂,对一个已经满师的驾驶员来说并不是难事,但他决没有想到会在这里遇上这么一帮胡搅蛮缠的人,还把车子陷住了。可他今天不来,就得包师傅来,而且,老段当时的话也实在太刺心了。

"你们这一号!"他想不到老段还这么看他。他觉得委屈,也有点伤心。自然,这不能怪老段。现在,厂里和社会上一些人把他们区别开来不是一点没有道理。看看周围,和小宁差不多地位的人确实没有几个在生产第一线的。分配工作，县城里有数的几个单位几乎尽他们拣了。至于住房、买紧俏物资就更不在话下。这当然要使人们对他们侧目而视。对这一点，他齐小宁也不是没有感觉到。现在回忆一下，早在幼儿园，在学校里，他迎受的目光（甚至包括一些老师的）就与众不同。有时和同学打架，最后受罚的往往总不是他。那时，他只感到自己身上有股神奇的力量，几乎没有什么事情不能办到。即如头年高考落选（这是他唯一感到无能为力的事）以后，居然有几门学科的老师上门为他个别辅导，这在县城里是绝无先例的。

但是，使他真正了解"你们这一号"的含义，还在前年秋天。

这一年，他第二次高考名落孙山，父亲终于解除了"再考一年"的指令，告诉他：

"小宁，你的工作劳动局已经分了。你想去工厂，也达到了你的要求，分在前进厂。下午你去报到吧。"

下午，他来到厂里，杜厂长早已在等了。杜厂长带着他在厂里走了一转，几乎所有的车间都跑到了。他看看那轰响的机器，蛛网似的复杂管道，像走进了一个新的世界。回到办公室，杜厂长问他：

"小宁，你看看，想干哪一行？"

"怎么，让我自己挑？"他惊讶了。原来刚才不是参观，而是让他挑工种。

这时的齐小宁，还不清楚这事情究竟意味着什么。挑就挑吧！反正进厂就是要干的。可干什么呢？却一时拿不定主意。

"你看，化验室怎么样？"厂长启发他。

听到化验室,他想起了那一排排试管和一瓶瓶化学药品。里面的工作人员穿着白大褂,环境安安静静,工作清清爽爽,这是厂里最有技术,也是最让人羡慕的工种。可他想起自己的数理化基础,想起那恼人的化学方程式和分子式,只好摇摇头。

"那你去科室。到技术科描图怎么样?"

"……"

这真是应了一句俗话:"篮里拣花,越拣越花。"原先他想当工人不过是个笼统的意愿,想不到工厂里还有这么细的分工,而且还要他自己挑。他感到为难了。正在这时,办公室外面一阵轰响,几辆卡车从厂门口轰轰隆隆地开了进来。草绿色的解放牌,车头像青蛙的"日野",驾驶室宽敞、舒适的"五十铃",鱼贯而入,在厂道上卷起一阵风啸,带起一股烟尘。猛然间,一个童年时候的夙愿在心头掠过,不禁脱口说道:

"我当驾驶员吧!"

"驾驶员?这倒也不错。不过,得问问你爸爸。"

"我干工作,问我爸爸干什么?"

"嘿嘿,我和你讲,不该你问的别问……"杜厂长再一次笑着打断了小宁的话头。

父亲以后怎么表态的,他不知道,反正他干上驾驶员了。当时他还不知道这件事会给他带来什么结果,等到两天以后正式上班,他才明白了事情的严重性。他发现不论在路上、在食堂或是在车队里,那异样的目光都跟着他。那目光是那么冷峻、那么尖刻,仿佛要刺入你的心里。自然,他也听到了骂声:

"哼!八十年代的衙内、少爷!"

"抬轿子、吹喇叭，马屁真是拍到了家……"
……

齐小宁发现，他已经陷入了一个愤怒的旋涡。按理讲，卡车驾驶员在厂里并不是最好的差事，他不明白人们为什么要这样对待他。他从未受过如此冷遇。他委屈，他惶惑，甚至产生了强烈的报复情绪。他要针锋相对，以白眼对白眼，以轻蔑对轻蔑。可过不多久，他发现他不行。他没有勇气去和那庞大的人群对抗。他望着喧闹的车间和进进出出大声说笑的工人们，感到一种从未有过的寂寞和孤独。他常常一个人发呆，人也很快消瘦下来。这一切，车队里好心的包师傅看出来了。那一天，在车库保养汽车，只剩他们两个人时，包师傅对他说："小宁，你不要怪他们。工人对我们党、我们的干部要求高着哩，他们眼里搁不下砂子。他们看着现在的一些坏风气发火、不高兴，正说明他们爱我们的党、爱社会主义。'人不求人一般大'，你想想看，你进厂做的这些靠了什么？要是换个人行吗？你别看现在有些人顺着你，哄着你，那不是你的本领。假使你父母不在，或者退休了，你再看看人心吧！那时候，是红是黑，一切都会清清楚楚……"

当天晚上，齐小宁失眠了。他整整想了一夜。是的，他长这么大，还从未把问题想得这么复杂，这么远。在他的意识里，好像他目前的一切都是理所当然的，在学校、在家里，他做什么都顺顺利利、便便当当。这段时间，他几乎已想定不在前进厂干了。此处不留人，自有留人处，对于他来说，换一个单位，并不是难事（直到现在，他父母还一直想让他去机关）。他觉得没有必要去和那帮工人生闲气,说实话,要在平时,他还不屑于搭理他们哩。可今天,包师傅的话却使他深思了。这些年来,自己究竟靠的什么?人活在世上,路应该怎么走?自然,他完全可以和"这一号"中的一些人一样,重新挑一个顺心的单位,尔后毫不费力地弄一套房子,打一套物美价廉的家具,再找一个门当户对的漂亮爱人。但是,这一些又有什么意思,这条现成的路能走到底吗?他终于悟出那神奇力量的来源了。可这力量能跟随自己一世吗?一旦这些失去,自己又该怎么办?包师傅的话虽不多,却像一柄有力的锤子,击去了他多年来赖以支撑的拐棍,使他一下子失去了平衡。他几乎不知道眼前的路究竟该怎么走了。多少年来第一次,他感到了人生的复杂和艰难。

真得感谢包师傅。从他的身上,他看到了中国工人活生生的灵魂。这个老驾驶员理解他,关心他,不但教他怎样做人,还手把手教他技术。他惊奇地发现,只要一专心,学东西并不难。汽车的结构,发动机的原理,他很快就掌握了。之后,包师傅又陪他去职工夜校里报了名,现在已经坚持了三个月。他发觉自己的生活开始变得充实,脚步变得坚毅,甚至敢于迎受那些刺人的目光了。他已下决心凭自己的力量在前进厂干下去。虽然,厂里和社会上还有许多人不理解他,但他心里坦然、踏实,也能宽容他们。他在日记上写道:"假如'这一号'是一个沉重的十字架,我愿意背着它,向前踏出一条路来……"

今天,他也是凭着这股气把车子开出厂门的。他要以自己的行动向老段他们一些人证明:"这一号"中并非都是挂拐棍走路的人。可是,车子开到这里,却陷在砂坑里了。现在,愤怒、懊丧都无济于事，要紧的是把车子开出来，将车上的黄砂运回去。

他跳下车子，想找件工具清除一下浮砂。可当他走近工具箱，立刻傻眼了。车子左侧的工具箱已被撬开，里面的千斤顶、黄油枪、加力杆全不见了。很明显，那帮家伙趁他不注意，把这些东西拿走了。对他们来说，他们手里又多了一个筹码，或者，干脆拿去市场上卖钱也行。

"无耻！"齐小宁愤愤地骂着。

但一阵旋风把他的声音卷走了，眼前只有空落落的河床，一个个张着狰狞大嘴的砂坑。

四

天地间混沌无隙。暗灰色的天空中，数不清的小黑点搅动着，飞旋着，一层接一层地卷下来，越来越大，越来越亮，落到眼前，变成一簇簇洁白的雪花。

大地上已是一片浩茫的白色。

车子开出来了，齐小宁又一次获得了胜利。是的，人只要不失去希望，不失去自信，终会成功的。刚才，他按发票上写的地址去了那个村子，发誓就是大海捞针，也要找到那帮家伙。

人的意识是常常会发生差错的。由于上当，车子陷在坑里，他以偏概全，几乎把农民都看成自私的损人利己者。事实却不然。进村以后，他向一个老人打听那青年，想不到，要抓小鬼遇阎王，这老人竟是那青年的父亲。他把事情的原委一讲，老头子立即火了：

"畜牲！连人影子也没见。昨天大约又在外面赌了一晚，输了，今天就动坏脑筋了。"

"哦。"小宁的疑问终于找到了答案。看来，一切现象都可以找到根据的，什么人干什么事，一点也不会错。

"同志，你不要急。我马上陪你去寻那畜牲，东西失不掉的。"老头子安慰着小宁。

老头子回去给小宁拿了件塑料雨衣，在村上问了几个人，就带着他向大队的窑场走去。在一间做砖坯的茅草工棚里，他们找到了那帮人。那帮人围着一张破桌子，酒已喝得醉醺醺的。桌子上，一大盆狗肉见了底，碎骨、汤汁洒了一桌一地。小宁车上的千斤顶、加力杆、黄油枪散乱地堆在墙角边。

见到老头子和小宁，那帮人傻了。老头子当胸揪住那青年，劈面就是一个耳光。

"你做的好事！这些东西哪来的？"老头子指着墙角边的东西吼道。

"我……"那青年酒喝得舌头都大了，惊恐地睁大着双眼。

"钱迷瞎了你的眼！家里是少你吃？少你穿？"

老头子一步上前，又要揪他。小宁看着反而过意不去了，拦住老头子。老头子在小宁臂弯里气咻咻地叫着：

"这些东西从哪里来，还送哪里去！你要不送，我和你一起上公社，上公安局，给这同志作证，让你坐大牢！"

世上真是一物降一物。这时候，那青年的神气全不见了。另外几个人见状也偷偷往后缩。老头子扫他们一眼，说道："死人不要脸还盖张纸，你们好好的日子才过上几天，就把祖宗八代的姓氏都忘了。还木头一样竖着干什么？人家的车子还在雪地里！"

他们不敢相强，嘟囔着走了出去。老头子在后面押着，像押着一群囚犯……

花了三个多小时，车子从陷坑里开到了河埂上。重新装好砂以后，老头子要邀小宁去他家做客，小宁婉言谢绝了。他看看表，已快六点了，得尽快赶回去。

老头子走了。留给小宁的最后一个形象，是风中扬起的那一嘴银髯。这形象使他想起旧戏旧小说中的侠客义士一类人物。当时他产生了一个奇怪的想法："他怎么生下这么个儿子？"但他很快哑然失笑了，他想起了自己。

是的，自然界和科学上，许多复杂、混乱的现象最后都可以抽象成最简单的公式，可社会中、生活里许多事情却不能用简单的逻辑和公式去做出解释。今天他不也是因为和家里意见不合而离开那个家的吗？

今天上午，母亲要他去邀一个姑娘来家吃饭。意图是很清楚的，为他介绍女朋友。那姑娘他是知道的，刚刚随全家调动搬来县城。母亲看中的理由很简单，对方父亲是十四级。小宁感到很好笑。小时候，他常和一些小朋友比谁的爸爸官大，想不到在自己的婚姻上，母亲用的竟是同一个标准。爸爸对此当然不会有异议。他在外面高居万人之上，也颇有魄力，在家里却不得不居一人之下。今天，当父母亲结成统一战线向他宣布这一消息时，他毫不犹豫地拒绝了。

事实上，他心里已有一位姑娘盘踞着了，目前，什么姑娘的倩影也休想挤得进来。他和她也许真有点缘分,他们竟是在那样的场合中认识的。

去年国庆节,小宁厂里和相邻的拖拉机厂举行联欢,两个厂的青年进行了篮球、乒乓球、象棋友谊赛,还搞了丰富多彩的游艺活动。小宁是前进厂乒乓球队的主力,他在和队友一起取得团体赛胜利以后,来到了设在拖拉机厂大饭厅的游艺活动室。这时,游艺活动已快接近尾声,那些"钓鱼""套圈""盲画""气枪射击"等项目的奖品已被人夺光,只有灯谜室里还拥着一批爱好者在苦思。特别是第一道绳子上挂着的第一条灯谜吸引了一大批人。那灯谜是一朵挂着的大红花,花朵的托叶上写着:猜《红楼梦》人名一,猜出者将获得灯谜头奖——一支英雄金笔。这道灯谜把许多人难住了。小宁对灯谜没有什么研究,也不懂什么"脱帽格""白头格""卷帘格""求凰格"等各种谜格,但《红楼梦》他读过的。不知怎么,他看了那朵花以后,头脑里电光石火般一闪,眼前一片豁亮。他一步上前摘下绢花,走向服务台,劈面将花向服务员打去。围观的人一起惊呆了,以为小宁在耍泼,却见服务员笑吟吟站了起来:"猜中了。被你猜中了!""什么?什么?"周围的人还未明白究竟,七嘴八舌地喊着。服务员笑着说:"花袭人!""啊——"人群轰动了,惊叹了,厂里的几个同伴高兴得把小宁抬了起来。

服务员从服务台里拿出一支闪闪发亮的红杆金笔,递到小宁面前:"猜谜状元,给!"她是个姑娘,大约受了花的袭击,脸上飞着羞涩的红云。

三天以后,县总工会办的职工夜校开学,他在自己的前座上又看到了她。这时，小宁才晓得，她叫丁二妹，是拖拉机厂二车间的质检员；她父亲是小学教师，家庭和她的名字一样朴素。

就这样，他们认识了。

世上的事情就是这么怪。小宁在县城里认识的姑娘并不少，内中也不乏漂亮的崇拜者和追求者，但小宁从那些流盼的目光中看得出她们崇拜的实质。他厌恶那种搔首弄姿、待价而沽的轻薄相。丁二妹算不得很美，却对他有一股强大的吸引力。她待人真诚大方，和人相处安详娴静，不卑不亢。她尊重别人，也尊重自己。在她那坦率、清澄的目光前，他觉得一切外加的东西全属多余，他得努力，他得向前，他得建立真实的自己。

自然，他们目前还仅仅是友好地相处着，但小宁已感到离不开她了。他感到他们正在接近，他相信那心灵相通的时刻一定会到来。

对了，昨天下午，二妹还给他送来一张工人文化宫除夕晚会的入场券。看样子，她好像还想试试自己猜灯谜的本领。这是那双眼睛告诉他的。那双眼睛润盈盈，黑晶晶，叫人神往……

天色暗下来了。应当快走！晚会七点开始，赶得快还来得及。小宁活动活动僵麻的腿，坐进驾驶室，踩响了发动机。车子轰轰隆隆活起来了。他拧亮大灯，雪亮的灯光像两柄利剑向暗空中劈出。他一松手刹，车子像一头蓄足了劲的猛兽，呼地冲了出去。

五

车灯在前方照出一片光明的世界,漫洒开的光影里,千万朵雪花像千万个小生灵轻盈地飞动着,它们调皮地掠过车窗,扑上车头,悄悄地停留在窗沿上。

风似乎小些了,四周一片幽幽的反光。夜色里的雪原显得沉穆、神秘和博大。远远地闪着一点两点红火,那是人家窗户上的透光。暖暖的色泽,朦胧的光晕,可以想象出灯光下的温馨和恬静。

路上看不到车辙和人迹。在这酷寒的除夕之夜,现在正是人们喝团圆酒、吃年夜饭的时候。小宁已是归心似箭了。此刻,他心里隐隐着一种兴奋。砂终于拉回来了,明天厂里就可以浇筑引风机基础,钱工一定会满意的。工作能得到别人的承认也是一种乐趣。另外,他感到终于为包师傅承担了一点什么。这不是出于报恩,更不是为别人两肋插刀,他觉得于情于理都该如此。他想起包师傅现在正坐在桌子边,粗大的手端着酒杯,面对全家老小,脸上漾着一年中难得的安逸的笑,心里也不禁漫溢起幸福、甜蜜的感觉。自然,明天老段和厂里、家里的一些人会对自己今天的行动提出一些异议,但这没有什么。人与人之间原不可能有完全统一的认识,误解也罢,猜疑也罢,反正他感到今天方向盘把得特别牢,头脑也特别清醒。况且,再有一个小时,他就可以和二妹一起走进工人文化宫了。今天的晚会上会挂出什么奇特新鲜的灯谜呢?在那个竞技场上,他是有能力一显身手的。他感到,那双清澄、黑亮的眼睛正在前方闪烁着……

"五十铃"矫健、昂奋地前进着。隆隆的马达声搅动着夜色,震荡着雪原。雪片儿下得更大更密了。灯光影里,雪片缀成了厚的雪幕。小宁全神贯注,两眼凝视,费力地辨认着大雪覆盖下不甚分明的路面。

前方出现一条长长的带影。凭感觉,他知道那是陵溪公路上的风景树影。不消一分钟,他就可以驶上平直的柏油路面了。他知道上陵溪路前得过一座桥,那桥是新修的,两头桥堍处的护坡石堰还未砌好,已经看到了桥栏,一堆盖着雪的堆积物也在左面出现了。他记得那是一堆石料。他迅速地把方向盘往右打。车头驯顺地向右拐去。忽然,他感到车子一阵倾斜,赶紧倒转方向盘,车子却桀骜地拐不过来。"滑坡!"他头脑里像闪电般一跳,立即踩动脚刹,车子猛颠一下,停住了。

他打开车门,跳下车子,不禁惊出一身冷汗。车子的右前轮下陷,左后轮已经悬空,假如再往前一点,就会连人带车翻进桥下深深的河沟。

他重新坐进驾驶室,开始倒车,但马达响了一阵,车子却倒不上来。他再次细细观察现场,发现右前轮已深深陷进松软的土坡,雪和土几乎埋住了保险杠;左后主动轮悬着,吃不上劲。事情明摆着,必须把这只右前轮支起来,让左后主动轮压上路面。

路面上雪已经很厚了,深深地埋到了脚踝。他忽然感到一股酸酸的沉重感从两腿升起,向上弥漫到全身。是的,从九点钟出来,粒米滴水没有进口。他懊悔当时没有答应银髯大爷的邀请了。

远处又有红火在闪烁，亮亮的，如一簇簇火焰在跳。人家！叫点人来帮忙吧！不必了，这时候，人家正过节呢。现在只要有件工具就行，一柄铁锹！一把铲子！哪怕一把锄头也行啊！向他们借件工具吧。他抬腿向火光闪处走去。

竹林、小路、瓦屋，静静的村子，道地的农家。屋子里有人说笑，笑声无忧无虑，一年劳作的辛苦、疲累都在这大除夕的笑声中消融了。他肠胃里一阵辘辘翻动，仿佛看到了桌上冒热气的菜肴，杯里斟满的佳酿。

浑黄的灯光从窗户里幽幽地透出，小竹林上蒙着一层飘渺的烟。雪片儿无声地落着，竹枝竹叶上已积了雪，竹竿款款地曲着。他伫立在竹林的阴影里，眼睛忽然一亮。窗户下是什么？他一步过去牢牢地抓住：一只粪筐，一把锄头。这是农村老大爷拾粪的工具。行了，借用一下吧。他蹑手蹑足退了出来。竹林外的小路边，他被什么东西带了一下。淡淡的雪光里，一道竹篱横插在面前。里面分明是一个小菜园，皑皑的白雪下，似有什么东西鼓着。他本能地跳了进去。拨开雪，他的手触到半截圆实的东西，水萝卜！他心头一阵狂喜，手一紧，拔了出来。水萝卜竟有小胳膊粗细，雪光下泛着莹莹的白色。他剥掉缨子，抓把雪重重擦几下，叭地掰断，张嘴就是一口。呵！满口水汁，一股甘甜从喉咙直透肺腑。他想不到水萝卜竟有这么好的味道，胜过了他吃过的所有水果。忽然，他嚼着一块萝卜停住了。一个想法从心头掠过：自己这行动不分明是偷吗？他记得在职工夜校曾查过这个字，字典里"偷"字条目上注着："私下里拿走别人的东西，据为己有。"他想不到自己竟也做出这等事来。

他不禁想起了小时候的一些趣事。那时，父亲每天压着他写一张大字。一开始，他老老实实履行着这条家规。可后来他发现老头子并不细看。于是，他写了二十多张就不写了，每天从交给父亲的那叠字纸底下偷偷抽出一张，再原样送回去，居然也能博得老头子的称赞。这个真相，他到现在也没给老头子透露。还有"偷香烟"，他能把父亲的整条"牡丹"烟拆开，从每包里抽出两支，再原样封好，老头子都不会发觉。有次，父亲的朋友借去一条，那位朋友很细心，发现了，回来发牢骚，说烟厂偷工减料，香烟都不足数，那位朋友的揭发引起了老头子的警惕，他的行动终于露馅了，父亲从家里抓出了"小偷"。他扎扎实实挨了一顿打，而那位朋友却反而称赞："嘿嘿，这孩子真聪明。我看孩子还是皮点好，那号呆头木瓜的，长大了也不会有出息。"他记得那位叔叔说话时的神态：腰弯成了弓，眼眯成了线。呵！他齐小宁当时是多么得意，他决不会想到，自己那样的行动竟变成了优点，而那"优点"后来他是花了极大的努力才改掉的。哈哈，多么荒唐！多么可笑！……可今天，他在成了堂堂工人阶级的一员以后却又重操旧业了。"嘿嘿，农民兄弟，大年夜幸福的人们，不打扰你们了，祝你们节日愉快！锄头、粪筐用后奉还，决不占为己有。这两根水萝卜，算你们支援一下工人老大哥吧！改天有可能，一定登门致谢。"他将最后一块萝卜塞进嘴里，自己也不禁笑了。

填了饥壑，手中又有了工具，小宁的信心起来了。他转到坡下，将保险杠下的雪和浮土扒去，又搬来两块石头填上，然后取出工具，铺上填木，支上千斤顶，套上加力杆，便使起劲来。

可刚压两下，填木就向下滑去。他再压，依然如此，车子纹丝不动。他这才发现，车头下面的整个土坡都是松土，要将车子顶起来，基础得从下面砌起。这是一个不小的工程。他呆住了。

雪悄然地、无休无止地落着，他的头上、身上布满雪花，已成了一个雪人。脚上的一双牛皮棉鞋早已湿透，两道寒气从脚底下直贯全身，他感到骨头缝都充满了凉气。为了暖和一下子，他钻进驾驶室，发动机器，打开了取暖器。外面是沉沉的黑夜，茫茫的雪原。他忽然感到一种前所未有的孤独，一个念头袭上心头：在这一年一度的大年夜，孤身单车，冒着风雪，出来装一车砂——仅仅是一车砂，值得吗？是不是有点傻，有点不可思议？但这念头一闪，他又骂起了自己："孬种！没出息！"他感到又遇上一个陷坑了。人生道路上总要遇到一个个陷坑的，但只要坚持住，就能冲得过去。在这一点上，他有过失败的教训，也有过成功的记录。"我不信今天会一跤跌在这里！"他猛地推开车门，从温暖宜人的驾驶室跳进了外面的冰天雪地。

石块多沉啊！平时他的力气在厂里是有名的，一百多斤重的杠铃，他不歇气能连续推举二十几下。这得感谢自己的家庭、自己的父母。良好的生活条件，丰富的营养，给了他一个强健的身体。可今天怎么了，这石块怎么这样沉？他感到内衣已被汗水浸透，紧绷绷地裹在身上。桥面上的雪已被他踩烂了，踏出了一片宽宽的脚迹。他已记不清搬了多少趟，也记不清搬了多少石块。一开始，他还数着的，但数着数着就忘记了。他的一副白棉手套已经磨烂，食指也被锋利的石棱割破，隐隐作痛。现在，那石头从坡下垒起，快到顶了。刚才他用千斤顶比了比，还差一块石头，眼前这块石头厚度正好。可他搬了一下，却没有搬动。他感到嘴里被一团粘稠的东西堵住了。一口气差点透不过来。他就手在桥栏上抓把雪塞进嘴里，定了定神，长长呼一口气，感到身上的血流重新加快，浑身的关节和筋络又有了弹性。他弯下腰，双手牢牢抓住石棱，一拧劲，把石头起了起来。

大灯的光影里，齐小宁大口大口地喷着一团团雾气。土坡终于到了。他将石块缓缓移到保险杠下，磨了两次，安置稳实，又铺上填木，支起千斤顶。他开始掀动加力杆，一下，两下，石砌基础稳稳的。小宁听到了车子左后轮压挤雪层的声音。车子顶起来了……

他一阵兴奋，想从石坡上站起，却站不起来。他想抓住保险杠，手又伸不上去。他感到脚下软软的，像踩着一片云。终于，那双踩住石棱的脚滑动了，身子失去了平衡。他眼前一片黑，觉得自己掉进了一个不见底的深涧。他本能地想抓住什么，却什么也抓不到，只感到自己在不断地下坠，下坠……

……一盏盏彩灯闪烁，到处是一条条灯谜："蜀地（打一国名）""举头望明月（打世界地名一）""横眉冷对（打《三国演义》人名一）""踏雪寻梅（打《红楼梦》人名一）"……

那朵绢花又挂在那里了。咦，我不是已猜过了……

一双黑亮的眼睛。是二妹。二妹取下那朵花走来了。她怎么喊起来了："小宁！小宁！"啊，包师傅也在喊。他们在寻谁？寻我？我不就在他们面前吗？二妹！包师傅！他也喊起来，可喊不响，嘴被什么东西堵住了……

他一急，睁开了眼睛。眼前一片亮。啊！车灯，五十铃的大灯开着。他想起来了，记起来了，他陷在这里。他想站起来，却怎么也动不了，身子像铁铸的一样。

一阵唧唧唧唧的声音，手腕上耀着一个莹莹的光斑。他的夜光表还在忠实地走着，表面泛着蓝光，长短秒三针已在正中合到了一起。

"十二点了……"

陡地，远处爆一声震耳的脆响：

"砰——叭！"

"砰——叭！砰——叭！"

远远近近，爆竹声响成了一片。这除旧迎新的声音震碎了雪原上广渺的寂静。

"呵，新年了，我又长了一岁了……"

齐小宁感到一阵高兴，一阵欣慰，一阵眩晕。他隐隐地听到，一阵隆隆的马达声正由远而近；恍惚中，有一片灿亮的光影逼退着如海的夜色，排山倒海般向这边压来。他不由自主地伸出了双手。眨眼间，他感到自己被一团融融的温暖包裹住，整个身子在那片灿烂的光影里向上飞升，飞升……

1983年11月改于上海

临街的窗[1]

这是一条新辟的东西向马路。马路北面有一溜排铁栅围起的小院。小院里砌着清一色的两层平顶小楼。小楼青瓦红墙,四角飞檐,既具古典建筑的古朴典雅,又有现代建筑的敞明爽快。隆冬季节,院子里花不展叶,树不成荫,透过栅栏看去,精致小巧的甬道花坛历历在目。

群众戏称这地方是县里的"钓鱼台"。

今天是除夕之夜,天幽幽地下着微雪。时近午夜,马路上最后一行脚迹也被落雪覆盖了,但马路东头的第一幢楼里,有四架窗户还晃晃地亮着灯光……

二楼甲窗:兼带着门,通阳台。窗子上挂着一幅猛虎图案窗帘。窗帘打着褶皱,虎形头尾伸展不开,看不出那种啸傲山林,八面威风的气概。

窗子里面是这座小楼中最大的一只房间,住着这座小楼的户主(这说法有点含混:小楼是分给男主人的,户口簿户主栏

---

[1] 原载于《太湖》1985年9-10月号,第9-19页。

里却填着女主人的名字,姑且都称户主吧),凌云山和吴湘缘老夫妻俩。

凌云山坐在西墙的沙发里,垂头吸烟,一言不发。他看上去并不显老,虽然鬓发边已有缕缕银丝,但脸上皱纹很少,皮肉松紧合度,泛着一层棕黑色的油光。这是一种年轻时看老,年老时看少的脸。据县里一些人讲,初解放时他到这个县来就是这副样子,三十多年来样子几乎没变。他烟瘾很大,一支才了,手又伸向了烟盒。但这一次烟盒空了,他苦笑着摇头,探身打开沙发茶几下面的小橱,又挖出了一包"红牡丹"。

香烟再一次点起来了,他机械地猛吸一口,辛辣的烟雾立刻呛得他咳嗽起来,只觉得五脏六腑被一股大力推着,牵扯着往外涌。他克制着轻吸几口气,强使起伏的胸脯平稳下来。漫开的烟雾中,他偷眼望望坐在对面写字台旁的老伴,见她像老尼入定似的,眼皮都不抬一抬,肺壁一抽,差点又咳出声来。

凌云山和吴湘缘这样冰冷相对已有几个小时了。在经历了最初那场激烈的口角交锋以后,攻守双方便陷入了僵持状态。此刻,凌云山的舌尖、喉管已被香烟熏得发毛发木,头脑里混沌一片。在他的感觉里,那发生不久的一切好像已经十分遥远了……

下午,他在院子里清扫积雪,一个披着满身雪花的女人,站在院门口向他打听这一家住的是谁。起初他还以为是一个过路女人,但当他听出她讲的是一口纯正的老家土话,并依稀从来人脸上迭印出一个熟悉的面影时,他才意识到是谁来了。可大妹实在太老了。粗糙的脸皮,过多的皱纹,扎着头巾,一身臃肿、土俗的打扮,看上去比湘缘都老。他已几十年不回老家了,留在记忆中的女儿,是二十多年前寄来的一张照片上的形象。那时,大妹扎两条小辫,脸蛋浑圆,还是个稚气未脱的小姑娘。想不到这些年过去,出现在眼前的大妹会这么苍老,完全不像是三十多岁的人。他感到吃惊,也有点尴尬,一时忘了招呼她进屋。令他奇怪的是,他当时没有喜悦,没有温情,涌出的第一个念头竟是:湘缘会不会欢迎这位不告而来的非亲生女儿?所幸的是,湘缘很快闻声出来了,接过了她的包,并挽住她的手走进了小楼。他心里一阵轻松,也一阵感动。是的,湘缘毕竟和自己生活几十年了,那一段往事,她早已默默地承认并忍受了。在这种时候,她还不至于糊涂到那种不近人情的地步。

大妹来得正是时候,赶上了凌云山家年年大年夜都要举行的团圆家宴。

家宴是在欢乐的气氛中开始的,因为女儿凌嫣的对象也来过年,湘缘早就细心地准备了。寒冬季节,她居然奇迹般搞来了黄瓜、西红柿。她发了海参、鱿鱼,透露给凌云山的菜谱上,还有几道她刚刚学会的颇具特别风味的菜肴。饭桌上,她忙碌着、招呼着,一面上菜,一面也抽空上来喝几杯。她笑着,笑容是客气的、宽容的,凌云山彻底地放心了。

大概幸福得过头了便会产生悲剧。就在大家互相祝酒,家宴的气氛达到高潮时,大妹举着酒杯站了起来。她面对全家,一脸庄重和虔诚:"爹、娘、弟妹,感谢你们接待我,招待我。俺这次从老家来,是还一桩心愿的。俺老家的娘三月前过世,感谢爹、娘派小刚弟弟赶去送俺娘入土,还带去了五百元钱,俺娘苦了一生世，临走时到底风光了一场，体面了一场。四转三村的乡亲见了，都夸这里爹、娘的功德。俺娘过世后，大伯、三叔再三叮嘱俺，要来一次，来谢谢爹，谢谢这儿的娘和全家。俺现在代表老家，代表俺那入土的娘……"大妹说不下去了，强忍着溢出眼眶的泪水，满满饮下了手中的酒……

大妹的这番举动来得突兀，饭桌上的时间立刻停滞了。不只吴湘缘和凌嫣姐妹呆在那里，连凌云山也愣住了。只有小刚站了起来，满举一杯酒一口饮了。湘缘却一声不发进了厨房。

家宴的气氛急转直下，原先湘缘准备大显身手的那几只菜终究没见上桌。虽然凌云山竭力招呼和周旋，但那没话找话说的做法使桌上气氛更加尴尬和冷淡。待到凌嫣姐妹起身离席，家宴也草草结束了。凌云山怀着忐忑不安的心情回到房里，湘缘已和衣躺在床上，他试图去摸她的额头，问她哪里不舒服，却被粗暴地推开了，随即，责问也连珠炮一样向他发来。

"我问你，大妹是不是你叫来的？故意来捉弄我？"

"这……从何说起。她来，我也不知道啊……"

"不知道？那五百元钱是怎么回事？"

"……这，我怎么知道。"

"哼！我直到今天才知道，原来你还藏着私房钱！"

"私房钱！我哪来的私房钱？"他嗫嚅着，不敢正面分辩。

"不行，你得说清楚，这几十年你给了她多少？"

"你怎么越说越离谱了，这事得问了小刚再说。"

"我不要问，我知道你直到现在还惦着那个死鬼……我受你骗……人心隔肚皮，一张床上睡几十年，都焐不热一颗心……"

吴湘缘一边斥骂，一面抽泣起来。

"你小点声，大妹在家……"

"我管你什么大妹小妹，你们串通好了，来捉弄我，消遣我……"

湘缘头发散乱，两只眼睛瞪得老大，脸上没一丝血色。凌云山还是第一次看到她这副形象。他没想到，湘缘年纪这么大了还如此蛮横。以前，他们夫妻间也有过争吵，但从没有这次厉害，往往凌云山让一让就完了。可这一次湘缘丝毫没有停战熄火的样子。说实在的，他自己也不明白那五百元是怎么回事。那一天，他接到老家发来的丧电，立刻告诉了湘缘。湘缘知道后却先问他："你去不去奔丧呢？"这句话把他问住了。从内心讲，他是想去的，虽然和前妻分手几十年了，但毕竟结发一场，确实想送一送她，而且几十年不回老家，也真想回去看看。可湘缘这一句问得实在聪明。是的，他去奔丧，奔什么丧？用什么名分？虽然解放初期没那么些讲究，他和前妻没办过正式离婚手续，但事实是他和前妻离婚，和湘缘结婚了。最后还是湘缘自己说："这样吧，既然那边来了电报，不去也不好，就叫小刚去跑一趟吧。"当时，凌云山十分感动，确实也只有这样做才比较合适。但临到小刚要走时，湘缘却只拿出了五十元钱。他诧异了，思想斗争了半天，当天晚上还是找了小刚。他拿出了八十元。那三十元正巧是机关发奖金，他自作主张卡下的，这是他几十年来第一次留私房钱。但是，小刚清点过后却问他：

"这么点钱，你就叫我去了？"

"这……实在没办法。"

"你们是不是诚心让我去？"

"……好歹人到了，尽到心……"

"哼！这点钱，你们拿得出，我还拿不出手！"

小刚一把将钱又推回给他。

凌云山记得小刚推钱那一瞥。那一瞥中包含着什么？愤怒？怜悯？鄙视？好像都有。他当时感觉到，儿子那两道冷冷的目光，剑似的刺进了他的心里。

小刚终于去了。今天从大妹口中得知，他在那里竟拿出了五百元，而且回来吭都没吭一声。凌云山知道小刚是有钱的。按照目前社会上流行的做法，现在的年轻人都是在父母身边吃用，自己的工资另存起来，以备结婚之用。可想不到他这次去，会从结婚存款中拿出这么多，以至凌云山当时一听便愣在桌子上。现在，湘缘张冠李戴，把这笔钱安到他头上了。面对她的责问，他还能回答什么呢？

他没法回答。

其实，这事情并不难弄清，只要找小刚一问就清楚了。但今天，湘缘好像蛮横到了不近人情的地步。难道她还对那个死去的人耿耿于怀？有一点，也许真被她说对了，他确实还在惦着那个死鬼，而且，这种感情最近越来越强烈了。他弄不懂，早些时候，他从不想到前妻，连梦中都没有看见过她。可随着年岁的增大，往事却一件件逼近前来；前妻的面貌也越来越清晰、次数越来越多地在脑海里出现了。那次接到死讯，他是偷偷掉了眼泪的。她是他的第一个妻子，那是他的第一次爱情。他毕竟是人，是有血有肉的人，难道在湘缘面前，他连保留这点点感情的权利也要被剥夺吗？

女人的心理真难捉摸。湘缘说人心隔肚皮，一张床上睡几十年，都没焐热一颗心。这一点也被她说对了。他和湘缘生活了几十年，不是没有摸清她的心吗？她刚才居然说他骗了她。他感到伤心，也有点愤然。骗，是她受骗？还是他受骗？也许都是，也许都不是。他和湘缘之间的事，大部分都已模糊，云雾一片；唯一清晰地印在脑海里，是那个冬天的晚上。在湘缘家那个正接受公私合营的小业主家庭的木阁楼上，一盆熊熊的炭火，湘缘的脸鲜艳得像盆里的红炭。他已是晕乎乎的。屋外是风雪呼啸、滴水成冰的世界，屋内是温暖如春、含情脉脉的人间天地。终于，他被炭火的热量熔化了……就这，他差一点被说成是受了资产阶级的腐蚀。为这，他付出的代价还小吗？这和"骗"怎么能挂得上号？况且那时候，刚来到南方，这边秀水明山，丽景丽人，正耀人眼目。不是有句口谣叫"北方找大姐，南方找小妹"吗？他和湘缘的相遇，是一种形势，一种过程，谁能说得清楚？

这三十年来，她湘缘，靠着凌云山，得到的还少吗？得到了庇护，得到了优裕的生活，得到了周围人仰视的目光。她得了一般普通女人梦想得到的一切。可她，今天居然会对他这种样子，他始终弄不明白，这个女人，从敬畏他，到平起平坐，一直到今天晚上那俨然审判官的态度，这个过程是怎么衍变的？是在哪几个环节上发生了质的变化？女人真是个怪物。以前单纯工资时不说，现在发那么多杂七杂八的钱，连他自己也搞不清楚，湘缘她却能算得分毫不差。那一次他卡下三十元，要不是在机关里打了招呼，恐怕早已戳穿了。自然，湘缘也没有亏待他，每天的酒菜、每月的香烟、一年四季的衣服，给他安排得好好的；甚至饮牛奶的时间、洗澡水的温度都给她计算到了科学的程度。但是，他感到生活得并不轻松，细想起来，还时时觉着一种沉重、一种压抑。他产生过一种奇怪的想法：他的生活真有点像糖精，才咂很甜，长了，却觉出苦味来了。

不是吗？前不久的那一次，湘缘的一位远房表弟来，说他单位要买钢材，希望他能帮帮忙。他感到有问题，而且钢材在县里正是紧缺物资，但还是违心地托了人。结果她表弟拿钢材去倒卖了，连他也差点牵连进去。要不是纪检会几位老同志帮忙，那后果，真不堪设想。

今天，他看得更清楚了。以他这样的身份，竟然在家里护不了一个大妹；竟不能理直气壮地为自己分辩；前妻死了，竟不能有一点点感情上的表示。这活着，还有什么意思。

他忽然感到一阵灵魂的窒息。

凌云山想着，内心的委屈、沮丧渐渐变成了恼怒和愤慨，一股久久压抑着的冲动从荒芜之处涌聚起来。他狠狠吸完手里的半截烟卷，在烟缸里捻灭，站起来说：

"你还不睡觉？"

"怎么，你倒想睡觉啦？"

湘缘没有觉察到凌云山的情绪变化，口气依旧冷冰冰的。

"那你今天究竟要怎么样？"

"你会懂得怎么处理。"

"那些事总会弄得清楚。"凌云山声音渐渐高起来，"我提醒你，在这家里，你得给我点起码的权利！"

"权利？家里是少你吃？少你喝？几十年来，我老妈子一样服侍你，供待你，为你生孩子，带孩子，撑出了这个家。你横草不拿，竖草不拈，油瓶倒在你面前都不扶一扶，今天倒要权利了。好，从今天起，这个家交给你！你要这个权，我还不稀罕呢！"

凌云山没想到湘缘会讲出这一番话来，一下子噎住了，半天才说：

"想不到你……你竟是这样的人？"

"我是什么样的人？"湘缘毫不示弱。

凌云山感到那股气突突地往上冒，终于，他按捺不住了，脱口而出：

"你太自私！太绝情！"

"我自私，我绝情，我没让你去续旧情。但是，现在已经迟了……"

"咣——"

一声巨响打断了湘缘的话。凌云山手边的烟缸狠狠地砸在楼板上，烟灰、烟蒂、破碎的瓷片溅了一地。

吴湘缘被震得跳了起来，僵在那里。几十年来，她第一次看到凌云山发这么大的脾气。她没想到这个一向驯顺、服帖的男人发起怒来竟是这么威风凛凛，气势骇人。她终于真正认识自己的男人了。

凌云山也呆了，他没想到自己会做出这个举动。

一时间，两人四目相对，没有了言语。房间里出现了短暂的静寂。

渐渐地，湘缘的目光由惊惧变成委屈，最后蒙上痛苦、迷惘的色泽，两道泪水，顺着苍白的脸颊无声地挂了下来。

凌云山的那股气早已回缩、消弭、烟消云散了。他手足无措地喊了一声湘缘。谁知这一声却引出了她的哭声。她号啕起来：

"我错，一切是我错！当初我父亲硬要我嫁给你，我不肯……我拗不过他……报应！报应啊……"

哭声强烈地震撼着凌云山的心，他深深懊悔了。

是的，这一切能简单地归咎于湘缘吗？她是自己合法的妻子，是自己三个孩子的母亲，这一段人生旅途，是他和她共同跋涉过来的。几十年来，他已在自己身后留下了一条鲜明的人生轨迹，这轨迹上清晰地记录着他的光荣、他的耻辱、他的成绩和过失。这一切已经没法改变，成了历史。今天，几十年后的今天，历史在他的小楼里撞出了沉重的回音。大妹的到来，也许是一种启示……

他感到浑身乏力，颓然跌坐在沙发里。

就在这时，突然响起了敲门声……

二楼乙窗：一方窗帘遮得严丝合缝。荧光灯明亮的光泻在上面，使得红蓝相间的粗条花饰更加斑斓夺目，雪夜中远远望去，仿佛是一幅悬吊着的浓重色彩涂抹的画。

里面是凌云山女儿凌嫣、凌丽的卧室。

她们没有睡，刚才隔壁那一声巨响，使她们冲过去敲门，但房间里已没有了声息，安静得像什么也没有发生一样。

她们只好又跑回自己的房间。

凌丽卸下身上披着的滑雪衫，远远地往床上一掷，说：

"嘿嘿，真有意思，这两个老头老太，深更半夜的，动起真刀真枪来了。看样子，他们要以振奋的精神、战斗的姿态跨入新年啦！"

她穿着一件鹅黄底色拉毛高领衫，浑身上下显现着清晰好看的线条。她似乎对隔壁发生的一切很不以为然，一面说，一面咯咯笑着，觉得很是有趣而滑稽。

凌嫣却很严肃，神秘地对隔壁努着嘴说：

"我看哪，今晚妈不把那五百元的底追出来，不得放老头子过门。"

"五百元，五百元，你真相信老头子有钱！"

"老头子工作了几十年，我不相信他没一点儿积蓄。"

凌丽又笑了起来，对姐姐的颠顸和愚钝表示着轻蔑。

"我敢保证，老头子除了妈每月给的五元零花钱，不会多余一个子儿。"

"那这钱是小刚出的了？"

"这还不明摆着。"

"这家伙也太傻了，一出手就这么多。"

"我倒佩服小刚，他有点男子汉的味道，换了我，也会这么做的。"

"那怎么没听小刚回来讲？"

"讲，为什么要讲？要是真讲了，就没意思了。"

"难怪，今天饭桌上，那个大妹一讲，老头子和妈就愣了。"

凌嫣恍然大悟，"也怪那傻大姐，愣头愣脑的，不看看形势，就一股脑儿往外端，害得大家一顿年夜饭都没吃好。妈还有好几个菜没烧呢，真倒霉！"

"你是不是心痛你那一位吃少了。我看他吃得够饱了，一盆烩蹄筋，他一个人报销了一大半。"

凌丽说完，捂住嘴吃吃地笑了。那话中分明含着对那位未来姐夫的嘲讽。

凌嫣听了，立刻羞红了脸。

这姐妹俩，凌嫣排行老大；凌丽比小刚小，是老三。姐妹俩年龄整整相差了十岁。因为凌丽是老巴子，她在家里的地位就与凌嫣大不相同。在父母心目中，她是开心宝，是润滑剂，说得更明确些，她是凌云山老夫妻面前一件永不会玩厌的精巧小玩具。当他们在外面遇到些不痛快，或夫妻间发生些小龃龉，往往只要凌丽几个眼风、几句娇嗔，就云散雨霁、阳光灿烂了。老年人的心境，感情上的需要，使得凌云山夫妻俩迁就她、放纵她，于是她便成了家里骄傲的小公主。凌嫣却没有这样的恩宠，她仅是一个女儿，而且应当是社会习俗规范着的女儿。因为这个差异，养成了姐妹截然不同的性格：姐姐软弱、拘谨、老成持重；妹妹泼辣、尖刻，说话做事不肯让人。

姐妹俩不仅性格相殊，外貌长相也天差地别。姐姐名字取嫣，却名实不符。她有个不算毛病的毛病，脸上喜长青春痘；那痘偏又大而多，往往这边才隐，那边又起；留下的瘢痕不得消褪，便使她的脸变得粗糙不平，苍黑无光。这一点，她倒有点像她的父亲。但这种脸于男人还无伤大雅，说不定还能增加几分粗犷的男子气，可安在一个姑娘身上，却无论如何不能不叫人丧气败兴了。

就因为这，使得她的婚姻成了一个大难题。她在一个工厂上班，有着一份颇令人羡慕的工作。初开始，她的周围并不乏追求者；追求者中也不乏英俊漂亮的青年。但这些追求者大多是一些普通工人或普通家庭出身的人。自然，他们对自己和女方是做过充分的估价和掂量的，这一点上，凌嫣的家庭社会地位补偿了她容貌的不足。可那时凌嫣自视颇高，而那些追求者的勇敢举动又更增强了她的优越感，加上凌云山夫妻选择女婿的条件又极为苛刻，这帮不自量力的家伙便被拒之门外了。但湘缘和凌云山夫妻俩看中的那部分人恰恰在外貌上很讲究，他们门第甚高，或较有身份，周围不乏候选的丽质佳人，见她这副尊容避之唯恐不及。于是，在凌嫣的婚姻上便形成了奇特的"一头热"：她看上的，人家看不上；人家看上了，她又看不上。日复一日，年复一年，她的婚事就拖了下来。及至她对自己有了现实的估价，她已过了一个姑娘的最佳年龄，而那些曾经追求过她的勇士们却早已找到了停泊爱情之舟的港湾。她看着他们抱着漂亮的孩子，双出双进，小夫妻们在这个世界上一样生活得有滋有味，便不只是懊悔，且带上深深的羡慕和妒意了。

但是，月老终究是眷顾了她。两个月前，赤绳将一个毕业不久的大学生裹着送来了。这大学生出身农家却偏不喜欢农村，既不愿在乡镇医院行医，又不愿找农村姑娘成家。但县城仅只一座医院，粥少僧多，调动既需理由，又要背景。于是当有人给他和凌嫣提亲时他见过一面就同意了。因为凌嫣除外貌不如人意，其他条件均是上上之选。而凌嫣早有了前车之鉴，现在一个比她小五岁的大学生从天上掉下来一般出现在面前，她早已幸福得不能自持了。婚事自然一拍即合。这正如凌丽事后说的："口渴的碰上卖大碗茶的。"虽然刻薄，却一语中的，道出了事情的本质。

老姑娘的感情既深沉，又热烈。正因为失去的太多，才倍感得到的珍贵。今天，凌嫣那位骑士第一次来赴团圆家宴，却不能尽兴，她的心情便可想而知了。

凌丽却与凌嫣不同，她的确名实相符，天生丽质。从她身上，你会感叹造物主对她们姐妹俩何以会如此不公平。她的皮肤光洁鲜亮，细腻如玉，那张粉晕红嫩的脸蛋，衬着披肩长发的浓黑背景，恰如一朵娇艳的春花。她又很会打扮，知道让该露的露，该显的显，于是她不仅美，且美得过分，近于妖冶了。据了解的人讲，她极像她年轻时候的母亲。从她的身上，可以想见吴湘缘姑娘时候的风韵。

漂亮，是一个女人极为宝贵的本钱。在婚姻上，凌丽不会陷入她姐姐那样的窘境了。她周围充满着孜孜不倦的追求者，不唯一个个风度翩翩，而且个个条件优越。譬如，凌丽就不那么看重大学生，她曾说过，写过信给她的大学生，可以编出一个排来。这说法不免带着夸张的成分，但一度时期，凌云山夫妻为此十分烦恼，竟不知将这个宝贝女儿给了谁好，却是事实。

因此，凌丽完全有着骄矜于姐姐的优势，自然也更看不起那个见到她父母亲便诚惶诚恐，几乎没了脊梁骨的未来姐夫。即如刚才，凌嫣对那五百元钱耿耿于怀，她就十分反感和厌恶。

她知道姐姐筹备结婚正需要用钱,但在妈妈面前绝讨不了好去,假如老头子有钱,事情便会好办得多。而凌丽自己,金钱从未对她形成过压力,何况她又正处在"玉在匮中求善价"的时候,她当然不会介意那区区五百元钱了。

殊不知妹妹看不起姐姐,姐姐也在看不起妹妹呢。在她看来,妹妹太轻佻,在婚姻这种人生大事上太出格、太随便,谈朋友像猴子掰玉米一样,谈一个,丢一个。

"哼!睡都被人睡过了,还兴呢?"

这是凌丽刚才嘲讽她那位大学生时她心里的话。在她眼里,这是一个姑娘家最羞耻、最吃亏、也最不能原谅的行为,确实,凌嫣曾在自己的房间里撞见过他们。凌丽那副头发散乱,脸上红云乱飞的样子说明着什么,当然再清楚不过的了。

但那句话她没说出口,即使换种温和的说法,她也不会说。对这个利嘴快舌的妹妹,她不仅自卑,还有些怕她。而且她最近准备结婚确实需要用钱,她那位大学生工作不久,积蓄不多;她自己虽然有一笔不小数目的钱,但要在她这个圈子里,把婚事办得比较像样,还存在着较大的缺额。这缺额当然只有父母亲来补,这就不得不借助妹妹凌丽的力量。在这种时候,贸然挑起战火,毁坏统一战线,那就太傻了。

今天,由于大妹的到来,打破了小楼里的宁静,也打乱了凌嫣姐妹俩的生活节奏。因为第一次窥见到父母亲感情上的隐私,她们既兴奋,又好奇。而且事态还在发展,刚才那一声巨响,说明隔壁的形势又发生了重大的变化,但她们听得见,看不到,于是在兴奋、好奇之外又产生了隐隐的期待和担忧。

凌丽已钻进被窝中了,凌嫣却不想睡下去,刚才她受了妹妹的嘲讽,心中还有气,便翻出一件毛衣来打。但她老打错,终于耐不住,蹬蹬脚头的妹妹说:

"喂,你说,今天这大妹来是什么目的?我看八成是向爸敲竹杠,要钱来了。"

"钱!钱!你管它呢?要钱也不要你给!"

受了凌丽的抢白,凌嫣掩住了口。半晌,她叹口气说:

"只是一个好好的年给冲掉了。以前只听说爸爸老家还有个妻子,想不到他的女儿都这么老了。真看不出,爸也会干出这种事来。"

"这有什么的?"凌丽从被窝中探出了好看的身子,"我倒佩服爸,要不,守着一个农村土老太婆有什么意思?"

"哼!这倒合你的脾胃。"凌嫣在肚子里骂了一句。停停,换种语气说,"我看爸对那个死老太婆还很有感情,你说,妈恨不恨爸?"

"这还能不恨?爱情是排他性的,一个女人,决不肯让另一个女人去占有她的位置。你看不出来,妈今天是吃醋。她明知道那笔钱不是爸的,她是借故收拾老头子呢。"

"真的?那妈也太狠了。"

"不,我倒是看爸太可怜了。"

"你看不起爸?"

"连一个女人都征服不了的男人,是没出息。"凌丽高谈阔论着,"我以后要找就找一个真正的男人,哪怕是对我使拳头的。我最恨的就是那种见到女人就低三下四,连气也不敢喘的窝囊废!"

凌丽始终不放弃攻击那个"姐夫"的机会。这话又一次戳到了凌妈的痛处。她不敢反诘,着恼地说:

"哼!我就盼你以后找一个征服你的男人,一个凶神恶煞样的男人,让他一天揍你三顿……"

凌丽却不睬她,躺下去,在被窝里"咯咯"地笑起来。

……

一楼丙窗:没挂窗帘,透过窗子,可以清楚地看到里面的一切。

窗下横着一张狭狭的折叠钢丝床,上面睡着小楼里今天来的不速之客:凌大妹。

这是一个临时收拾出来的平时不睡人的杂物间。里面堆放着烧煤气以后废置不用的煤炉、更新换代又舍不得丢掉的老式家具,以及冬天不用的凉席、盆桶之类的杂物。置身在这里,可以嗅到那种久不住人而郁结着的阴沉气息。

房间顶上挂着一盏小功率的灯泡,大妹在房间里面找不到开关,只能让它独个儿默默地亮着。

此刻,大妹也没有睡着。刚才楼上那一声巨响她也听到了。她隐隐地感到,她的到来,已在这个家庭里搅起了一场风波,给他们带来了难堪。原先,来时的期待、希望以及急切和爹会面的情感全破灭了,代之以咬啮心尖的不安、痛苦、歉疚和懊悔。

在家时,大伯、三叔和乡邻亲友都劝她来一次。大伯说:"以前的事都过去了,现在,你的爹和那边的娘有这份心挂着你娘儿俩，你应该去谢谢他们。人敬咱一尺，咱敬人一丈，咱们不能拂了他们的情。再说，几十年了，你也得去让你爹看看，终究是自己的亲骨肉……"于是，她来了，按那边的风俗，来和爹过一个团圆年。

她是在三天前出的门。先乘汽车到县城，再乘汽车到省城，而后再上火车，又乘汽车，才到达这里。她没有来过南方。出门的时候，她家乡正一片冰天雪地。她原以为，南方一定是天晴日暖，山清水秀，谁知到这里一看，却一样是风雪满天，冰冷冰冷。

这里的县城很大，她问了几次人，才找到这幢小楼。当她想再一次证实地址时，没料到面前站着的扫雪人竟是她几十年没见过的爹。当时两个人都呆了。在那骤然相遇的惊愕中，她竟然忘了喊一声"爹"。直到这边的妈听到动静迎出院子，她才灵动起来。她很惊讶，没想到这边的妈会这么年轻，这么漂亮。

她终于看到爹在这边的家了。确实如曾经来过一次的大伯所讲的那样，爹在这边过得很好。这小楼盖得是这么精巧，她以前只在电影里看见过。她这才知道，天底下还真有人住着这么好的房子，而且这里面就有她的爹。这里的一切都让她感到新鲜，譬如，这房子上上下下竟然有那么多的门。大部分的门都关着，这愈发增加了她的好奇。在她想来，每一个门里一定关着一个神秘的世界，因为她曾在小刚的指点下去了一个不得不去的房间，那里面，冰凉的瓷质抽水马桶，着实使她别扭了好半天。

年夜饭是丰盛的，那满桌子的菜大都是她没有见过、吃过的。有些菜,颜色搭配得很好看,简直使她不敢去伸筷子。她不明白,为什么切碎的黄瓜要盘成宝塔尖,萝卜片(她吃过后方知是萝卜片)何以又要剪成花儿。而且那些菜大都带着浓浓的甜味,吃着叫人发腻、发软。但爹和这边的弟妹们吃得很多、很高兴,显得他们很喜欢吃这样的菜。后来,这边的妈端出了一碟蒜瓣和一盆生切萝卜,她终于在这桌上嗅见了一点家乡的气息。那是为爹准备的,看来爹还顽固地保留着老家的习惯。爹确实是自己的爹。

饭桌上,大家都对她很客气,爹和小刚不停地给她搛菜,把她的碗里叠得高高的。但她总感到局促不安,很生分。尤其是这儿的两个妹妹和那个看出来是凌媚的对象,他们高谈阔论,纵论时势,谈到农村时,还偏要拉她出来作证。他们说,现在农村富了,农民比城里人有钱,有许多万元户。他们问她,农民有那么多钱,怎么用?问农民为什么脑筋那么死,有了钱偏要盖房子?她听了很窘,也不好回答。在她村上,千真万确是一个万元户也没有,旁边庄上有几个跑运输、贩东西的是发了财,但有没有赚到一万元她不清楚。她实实在在看到的是,庄户人现在饭都吃得饱了,细米白面已不是什么稀罕物,但大多没有多少钱用。即使有了钱也确实要留着盖房子,他们没有这样现成的漂亮小楼住;而现在没有房子,小伙子是讨不到媳妇的。当时她还有一段憋屈在心里的话,这一次她那苦了一生世的娘过世,要不是小刚弟送了钱去,就只好委委屈屈地下葬了。但她怕扫了他们的兴,只好不住地违心点头。

后来,爹终于提到她那过世的娘了,她猛然记起了这次来的使命,于是她端起酒杯站起来了。她讲了那段在汽车、火车上不知想了多少遍的话。这段话是大伯再三叮咛她要讲的。她想娘在九泉之下也一定会要她这样讲。但想不到,就这么一段话,竟使得爹愣在那儿,这边的妈也不高兴了,随后,酒宴也散了,而她看得出来,那顿饭还远远没到散的时候。当时她懊恼得直想哭。她想不起她究竟错在哪里。难道受了恩惠连感激也不允许吗?当她被安置进这个房间,周围再没别人的时候,她哭了,痛心痛肺地哭了。

她哭她那死去的苦命的娘……

大妹在这以前,从没见过爹,当年爹南下时,她还抱在手里。从她记事起,她的心目中就只有娘,她有时奇怪别的孩子为什么有爹,回去问娘,娘都说爹出门去了,到很远很远的地方去了。于是,大妹就常常一个人到村口去,呆呆地坐在一块石头上往远处望,盼望着她的爹有一天会突然走回村里来,可她总是盼不到。有一次,她固执地要问个清楚,甚至提出要去找她的爹,娘火了,兜头给了她一巴掌,随即,娘搂住她哭了。从此,娘有点不放心她了,出门、下地都把她带着。有一天傍晚,娘和她一起到山上去搂柴禾,回来时在一个小山丘下碰见一头狼。当时,大妹吓坏了,紧紧拉着娘的衣角,眼睛不敢往前看。娘握着锋利的镰刀,搂着她慢慢地往后退,那狼便一步步往前逼。娘退到一块大石前面停住了,狼却也不走,在离她们两丈远的地方蹲下来,两只绿幽幽的眼睛贪婪地盯着她们。就这样,人和狼默默地相持着,谁也不敢动。直到大伯、三叔他们打着手电、火把找到她们,已经半夜。狼跑了,娘却还捏紧镰刀直瞪瞪地望着前面。大伯、三叔呼唤她多少次，她才认出大伯他们，撒下镰刀昏了过去，而大妹，却依在娘身上睡着了。

大妹渐渐长大，懂得人事，终于从周围亲友乡邻的口中弄清楚了父母亲之间的这段婚姻曲折。从此，大妹断了想爹的念头。但她知道，爹和娘从没断过夫妻名分，而娘也始终没忘了自己是爹的妻子。她记得，家里那只老式箱子里有几件粗布做的汗褂，还是爹南下前在家穿的。年年夏天翻晒箱子，娘总要把它们拿出来晒一晒，然后又小心翼翼地收好。有一次，她看到娘把脸埋在那两件汗褂中，使劲嗅着，等她抬起头来的时候，娘已泪流满面，泣不成声了。那一年，大妹她小学毕业第一次照相，娘嘱咐着多印了两张，说："快写封信给你爹寄去，让他高兴高兴，他的女儿都小学毕业了。"那是大妹寄给父亲的唯一的一张照片。

也曾有人劝过娘改嫁，但娘始终没有同意。大妹心里明白，娘一直深深地恋着爹。有几次，娘曾经攒了钱，想来看爹，但她包裹打好又解开，解开又打好。她的手颤抖着，仿佛那是一个永远解不开又打不好的结。

大妹忘不了娘临死时的情景。娘得的是胃癌，有半个多月，吃什么吐什么。幸好大妹为了照顾娘，嫁在本村，可以日夜照顾她。娘最后瘦得没了人形，但头脑始终很清楚。弥留之际，她要大妹开了箱子，拿出那两件早已发黄的汗褂，紧紧搂在胸前。大伯问她，要不要叫大妹爹回来看看，娘流着泪，一直摇头。后来，娘不行了，大妹看到她的嘴唇翕动，像在说着什么，大妹俯身去听，听到的是"大山！大山！"那是爹在家时的小名。

娘死以后，为要不要向这边报丧，亲友们争了好半天。最后是大伯一锤子定的音："发！不管大山回不回来，也要发！"电报终于发出去了。总算好，这边派去了小刚弟弟，还带去了五百元钱。大伯用这笔钱请了乐工、土工，风风光光为娘办了一场。家乡的人很重情，看到这个情景，连骂过爹的一些人也感动了，说爹有良心，大妹娘到底没有白守一场。

但是，今天发生的事却把大妹弄糊涂了。看来，事情远远不像她和大伯在家时想得那么简单。她看得出，爹在这里生活得并不轻松。晚饭前，爹曾单独把她叫过去，问她娘的一些情况。当她讲到娘临死时的情形，她看到爹的眼睛里浸出了泪水。但是，这边的娘很快就在外面喊了……

她忽然明白娘生前那个解不开又打不好的结了。娘几十年没有来，娘是有眼睛的。啊，苦命的娘！聪明而又糊涂的娘！

她不该来的。虽然小刚弟弟对她是那么好，刚才还专门送了被子来。

大妹在钢丝床上，眼睛定定地望着天花板上那盏不会说话的灯。窗外，寒风裹着雪粒摇撼着窗棂，打得窗玻璃啪啪直响。

都说南方不冷，谁知这里竟也会有冷风凛凛，侵人肌肤……
她想起家中那盘宽大而暖和的炕来了……

一楼丁窗：备有窗帘，却未拉上。窗子下部映着一条亮亮的光带，往上却梯次变淡，渐渐投进暗影。显见得光线已被强制着聚集起来，射向了一个方向。

凌刚坐在窗下，一束暖色的台灯光投在面前的办公桌上。

他正在看书。

夜风挟着寒意从窗子缝隙中丝丝缕缕地游进来,他下意识地耸耸肩膀,将披着的军大衣往上提了提。眼前,那书上一排排铅字凌乱地跳跃着,怎么也贯不成气。他忽然感到一阵莫名的烦躁,长长叹了口气,合上那本《中国古代文学史讲稿》。

今天是注定不能睡觉了,晚饭后他看了母亲为大妹准备的房间,见钢丝床上只有一铺一盖两条薄被,随即跑回自己的房间,将自己床上的被子、毛毯整个儿卷着送了过去。

当时大妹还没有睡觉,一个人站在窗前,正默默地往外面望。这个千里赶来报恩的大妹,身上流着和自己同一个父亲血的大妹,在看什么,想什么呢?是不是还在想那晚饭桌上突然冰结起来的气氛?抑或是想透过重重夜色,看望自己的家?这个异母姐姐已是两个孩子的母亲了,千里之外有着一个属于她的温暖的世界。在异乡客地是特别想家的,尤其又在这种情况、这种心境下。凌刚不由感到一阵深深的歉疚和抱愧。

他想不惊动她,把被子放箱子上就退回去,但大妹已发现他了,对他说:

"呀!这么晚,你还送被子来。俺这已经够了,不冷。"

"不,不,这被子是爸、妈叫我送来的。"慌乱中,他竟撒了个谎。

"啊,谢谢他们,谢谢!"

大妹的声音有点异样。小刚发现她的眼睛肿着,眸子里还有一层晶亮的东西在闪动。她哭过了。

小刚不敢接触大妹的目光,逃似的退了出来。一出门就骂开了自己：混蛋，今天也居然学会骗人了，而且还没有忘掉"为尊者讳"的古训，帮父母脸上贴金。确实，他自己也感到奇怪，当时那谎言几乎是不假思索，脱口而出的。也许，在他的潜意识里，他不愿再让这位大妹失望伤心，但这杯水车薪的笨拙做法，还能给这个家庭戴上温情脉脉的面纱吗？可是，他当时除了这样做，还能有其他做法？把真相告诉她，岂不要在大妹的心里雪上加霜，把事情弄得更糟？难道这世界上还真需要欺骗？

他又一次感到生活的复杂和沉重。

刚才，楼上那一声夹杂着碎裂声的巨响他也听到了，无疑，楼上正在发生战争。

他感到悲哀，为母亲，也为父亲。

也许，追究起来，今天这一场纠纷的罪魁祸首应该是他。他不该从老家回来不讲明自己的行动真相。但当时，他感到没有必要和他们讲，或者说是不屑于讲。

那一次，父亲来找他，请他去老家奔丧。他一副哀戚、求助的神色，在小刚面前，几乎已失去了做父亲的尊严。

小刚看着他发胖、行动迟缓的身体，心里想：母亲在这个家庭里一点点蚕食掉父亲独立生活的能力，也一点点剥夺了他独立的人格。她按照她的模式塑造了他，而这个过程又是在父亲自愿自觉、舒舒服服的情况下由母亲无意中完成的，这真是人生可怕的现象。自然，小刚无权也无意去过问父母辈历史上的是非和感情上的恩恩怨怨。他毕竟是父亲的儿子，于是，他答应了。

可是，当父亲掏出母亲给的五十元，并抖抖索索加上自己的三十元时,他冷笑了,母亲的意图已很明确:你小刚也别去!他忽然涌出一股愤怒,甚至萌发了一种恶作剧的念头。他推开父亲那已捏出了水的八十元钱。第二天,他从自己的存折上取了钱,登上了北去的火车。

他终于踏上那片广阔的土地了。深秋季节,农村处处都在收获。沿途村庄的谷场上,金黄的玉米棒子堆积如山,三株四株掠过的枣树,枝叶间成熟的枣子如一簇簇猩红的血点。田野里,一片片挺立着玉米行将枯萎的躯干。又一轮庄严的自然使命结束了,它们奉献出了生命结成的果实。他看着那一望无际成熟的颜色,心想,在它们生命旺盛的时刻,这里一定是一片茫茫的绿色。"青纱帐"不知是谁创造出来的绝妙名字?人隐在里面,看不见,摸不着,恰如隐入了浩瀚的大海。在这块土地上,在这种青纱帐里,他的父亲和同辈曾演出过中国近代革命史上极为壮烈而光辉的一幕。

他忽然感到,自己与这片土地联系起来了。父亲曾说过,当年他为送一封信,曾一夜奔走了一百五十里,跑得心脏在胸膛里直撞,浑身的脉管都在"蹦蹦"地跳。他觉得,那股血液如今也在自己的血管里奔突,身子也热乎乎地膨胀起来。

老家正在等他,不,在等他的父亲凌云山。但儿子来了,乡邻亲友仍然发出了欣慰的唏嘘和赞叹。因为要等,大妹娘还没发丧。在那间简陋布置起来的灵堂里,小刚的大娘揭开了死者脸上的白布,哽咽着说:"阿菊,大山叫儿子看你来了……"小刚这才看到了父亲的结发妻子,这才知道她叫阿菊。阿菊平躺着,身子干枯得只有小小的一束。她的脸容很干净,眉毛清秀而整齐。遥想她小时候一定是个活泼而可爱的小姑娘。如今，她在那个无形的早已不存在的规约下走完了自己的一生。这又是一个中国女人走过的奇特道路。以前，小刚在家里曾暗暗嘲笑、可怜过这个女人，但在大妹和乡亲们痛切的泣诉前，他开始嘲笑、可怜自己的浅薄了。她的一生，岂是封建残余牺牲品这一随便轻率的结论能概括得了？小刚对她，对她们了解得太少，也太浅了。

当天晚上，在爷儿们谈事的桌子上，小刚当着众人的面倾囊而出了。五百元，在当地看来，是一笔不小的数目。大爷叔伯们毫不虚饰地感谢他，反复地简单直露地说着感激他爹和这边全家的话。当那一双双盈满泪水的眼光投向他的时候，小刚却羞愧地垂下了头。他原是带着一种恶作剧心理登上火车的，"父债子还"的说法，甚至使他染上了一股施舍式的英雄气。如今，在这人生特有的仪式上，在那一双双真挚清澄的目光前，他的心灵受到震动，受到审判了。债？什么债？这难道可以用数字、金钱计算？即使是债，又是区区五百元能偿还的吗？第二天，当阿菊在乡亲们震天撼地的哭声中，在吹手们吹出的悲凉的唢呐声里，由八个剽悍的壮汉维系着缓缓落葬、埋入泥土时，小刚分明觉得，有一份珍贵无价的东西——人们常常在欲念驱动下容易遗忘的东西，随着阿菊那小小的身躯带走了。

在老家的日子里，小刚常常一个人在家前屋后、场院田野里转悠。他看到了父亲曾多次提起的，青年时候能双手平端到胸前的碌碡。那只石棱已严重磨损的石制工具依然在土地上辛勤地滚动着，仿佛那古老的躯体内蕴藏着一个不死的生命。在老屋前,他看到了父亲朝思暮想的那株老枣树。那枣树枝干粗大,树干中部皮斑纠结,疙瘩一圈圈暴突着,形成一个庞大的纺锤。大妹说,那是年长月久刀砍斧斫出来的,里面还有父亲童年、青年时留下的刀痕;只有这样,树才会不断地结枣,而且结得又多又大。这是他又一次看到的自然界的奇特景观。也许,这样的折磨和苦难,催发和强化了它的生命力,终于使它的生命发出了灿烂的光彩。他在那树龄超过他年龄数倍的枣树前,抚摩着因为不断吐哺生命汁液而形成的树疮,陷入了良久的沉思。在那一瞬间,他好像获得了某种解悟和启发,并为自己平时那种睥睨一切的太良好的自我感觉惭愧了。

夜很静,窗外是一派无涯的暗色。小刚在房间里踱着,忽然感到一种沉重的困惑和闷室。平常,他也时时产生这种感觉,今天大妹的到来,使这种感觉骤然明显和加强了。二十多年来,这个家庭哺育了他,培养了他,还使他在社会上获得了一份较理想的工作。他在这里,什么也不会缺,以后也不会缺。而且,在时尚的潮流中,他还考上了电大中文班。现在,他正在为毕业做准备。可是今天,他突然厌恶起桌上那大叠大叠的故纸堆了。

这次毕业论文他选的古典文学评论。对李商隐那些晦涩朦胧的《无题》诗,已有众多观点鲜明的评论,要达到"观点正确、结构完整、文通句顺"这个获得正常学分的起码要求是不难的,只需任选一家,抄抄摘摘,或者来个折中、各打五十大板(也可算个新发现)就尽够应付的了。这是一条机巧而保险的路,但也是一条懦夫选择的路。

他忽然对班上的一些同学产生了敬佩。他们选择了"调查报告",选择了"报告文学",勇敢地冲向了现实,冲向了时代,冲向了生活和人生。

他猛地推开了面前的窗户,一股冷峻而清新的空气潮水般流了进来。夜空里,他隐隐听到了远方土地上传来的呼唤,顿时,浑身的血液又在脉管里热乎乎地汹涌、奔突起来。

……

雪,不知什么时候已停了。天幕上黑苍苍的,但天空东方的下缘出现了一条明亮的光带。那光带正延伸着、扩展着,仿佛要挣脱沉重的地面。远远近近,已传来一声、两声、三声四声爆竹的脆响。

明天——新年的第一天已悄悄地来临了。

小楼里,四架窗户还亮着,远远望去,像四只睁大着的眼睛,但已越来越淡,快融入那越来越亮的天光了……

国 药[①]

他回到这个县城来了。这县城是他的家乡。

他在省城长大,亦在省城工作。回来养病。长病假。

养病当然要吃药。他吃的中药,每天两大碗。浓浓的、稠稠的汤汁灌进腔子里,苦得皱眉,苦得舌尖发木。他感到那苦味已渗透了他的肌肉神经、他的五脏六腑。这样的药他在省城已吃掉三百副了。药渣积起来可堆座山。是一座不小的山,他想。但还要吃。一副药就是一个希望,一个个希望接续了他一个个日子,一个个日子联起了他的生命之链。一年多时间,便在这链子上不紧不慢地滑去了。

他经常要去城里的中药店抓药。

这中药店与省城的有点不同,他第一次去就看出来了。

药店设在城里的一条老街上。这老街是早先最热闹的一条街。现在县城已经膨胀,闹市也早转到城外的新区去了。但这老街却没动。据说今后也不准备动,一是这老街有文物价值,

---

[①] 原载于《雨花》1987年第6期,第4–9页。收录于《江苏文学50年:短篇小说卷》,江苏文艺出版社1999年版,第783–791页。1989年,第二届金陵文学奖获奖作品。

二是可以留着拍电影。上影厂来这老街上拍过两次电影，一直是城里居民引为骄傲的。

这是一条长长的、仄仄的由麻石铺成的板道，两边是搭脊连墙的一座座木质小楼。无论什么时候，街道上总是湿漉漉、阴幽幽的。药店坐落在街道的中段。门面是一座青石砌成的高大墙壁，如苍青色的断崖，需仰首方能见顶。壁上开了门，门柱、门楣、门槛也都用青石砌成。大门是乌木的，黑亮得能照见人影，一颗颗硕大乳钉暴突上面，狰狞如巨人嘴里的牙齿。

这叫石库门，他知道的。他进入老街，进入这石库门，总觉得不是走进去，而是被吸进去的。

药店内部也与省城有点不同，没有了那琳琅满目的西药柜，只有一壁割成一方方的抽斗柜。这抽斗柜分明比省城里的长、大、高，且漆成沉沉的褐红色。他知道，一个方格里有一个抽斗，一个个抽斗里，便装着各种根的、叶的、花的、果实的又各成片状的、条状的、粉状的、块状的更兼了各种红的、白的、黑的或说不上什么颜色的药。他总感到，他的希望就在那一个个抽斗里藏着，他的生命也在那一个个抽斗里藏着。

他来当然是抓药。他当然还用省城里医生开的那张方子。还是那个散着披肩长发的小姑娘，还是那么快地对方子瞥一眼，又很快摊开五张纸，然后陀螺似的一转身，扇出一股浓香，迈出极袅娜的步子，柜台里便发出橐橐的响声——里面一定铺着地板，她一定穿着高跟皮鞋——他一听就这么想。柜台很高，他在外面只看到姑娘的上半身。她拿着一杆极小极小的秤。他知道那叫戥子。她拿着那戥子抓药，特别熟练，总是"一抓准"。

总是秤纽一提,小小的、白白的手往秤杆上一压,从来不添也不减。然后捏住秤盘,一张纸倒一次,倒得飞快。他有几次发现,有的纸上倒了一多半,到后那张纸上只敲上些屑子。于是那屑子就敲进他心里去了,浑身顿时麻辣辣地难受。他几次鼓起勇气想提醒她,但看她极自信的样子,又闭口忍住。这情况他在省城碰得多了,知道除换来两下白眼,不会再有其他。往往这时候,他便设法补救,譬如想:"中药就是这样的。"这是省城里一位营业员赐的一句话,他记住了。另外还有个办法,就是将眼睛盯了别处,譬如去看那屏风上的标语。

今天,他又将眼睛移到那屏风上去了。忽然发现,不知什么时候,那条"挖掘祖国医药遗产,发展中医中药"的标语,已换成了一副对联:

毋谓立功　只愿不欺天理
敢云济世　但求无愧我心

不禁怔了一怔,便细细品味这对联的意思来。字是宽博舒展、雍容大度的颜体,雕在坚实的红木板上,嵌了石绿,极鲜艳,极醒目。端详得久了,他感到自己沉入了一种境界。这是一种从未体味过的境界。在省城,进那一片白色的医院,他的目的极明确:去看病。这里却有些不同,这不同一时又不甚明白,只觉得一瞬间,他的心竟出奇地平静,平静得有点感动,感动中又无端生出信赖来。

忽然,有声音从背后传出,把他从飘渺中拉回来。

"你这药怎么还这样倒?多次对你讲,药要一味味排起来,看得清楚，也可以查，怎么就不听？"

回头一看，柜台里有了一个从没见过的老头子。这老头子生得精干，头发花白、清疏，脸容方正、峻洁。在那一站，顿有一股威凛之气逼来，不由你不生出严肃和认真。

小姑娘已窘得满脸通红，红得如搽了胭脂。他忽然发觉，她竟是极好看的。

"药抓全了吗？"老头子还在追击。

"有……有缺味。"姑娘嗫嚅着回答。

"缺什么？"

"嗯……"

"嗯？！"

"缺这味。"姑娘指指药方。

"这是什么？"老头子盯住她。

"看不清。"

"你就当了缺味？"

"……"

"抓了多少副了？"

"抓过六次，三十副了。"

"你……"老头子气得手直颤。

"我看不出来，这字蛇游似的。"

"为什么不问？"

"……"

老头子一把抓过药方：

"这不是天花粉吗？"

姑娘别转了头,露出了白白的粉颈。

老头子不再理她,扬扬方子,唤过他来。

"这是你的药方吗?"

"嗯。"

"你有肾炎?"

"……嗯。"他吃惊,这老头子竟一眼从方子上瞧出他的病来,顿时起了恭敬。

"多长时间了?"

"一年多了。"

"一直吃的这方子?"

"嗯。"

"在哪里看的?"

"省中医院。顾名显老先生的处方。"

老头子沉默有顷,说:

"很对不起,前面三十副药都没有抓全。这样吧,这几副药,你先吃着,五天后再来,看你的机缘如何?"

"机缘?"他不明就里,隐约觉着老头子话里有话,想问,忍住了。老头子已把药补齐,每帖上又翻检查看了一遍。这一次他没用牛皮纸袋倒药,却一帖帖包起来。他包得极快,是那种久不见了的三角包,一个个见棱见角,叠成一叠,扎成一串,往他面前一戳,如一座玲珑宝塔。

他道了声谢,提着那座宝塔走了。这一次,他走得轻松,走得愉快。

五天,在轻松、愉快中过去了。

他又轻松、愉快地进入老街，进入那个石库门。

老头子果然在等。见到他，高兴地对他点点头。

"来了？"

"嗯。"

老头子露着极难得见的笑容，说：

"你的病想另找人看看吗？"

"另找人？"

"这里有个极负盛名的医生，早年是春和堂的坐堂医生，解放初就被遣送回原籍务农去了。最近，局里指示恢复春和堂，打听到他还在，又把他请出来。起初他不肯，后听说原春和堂的小老板要回来，才同意了。我本来也是春和堂的药工，一直在药材公司工作，最近才调来当经理的。"

他这才知道眼前这位老头子是经理，但他讲的又多不明白，看他讲得极兴趣，不忍拂了他的兴头，便依着他的话问道：

"这，这小老板是怎么回事？"

"呀，这你还不知道啊？这春和堂是百年老店，早年驰誉江淮，名满苏皖，分店开到了香港、马来西亚、新加坡。解放前夕，小老板出洋，听说在外面闯出了好大一片天地。最近来信，说要回来，还要在这里投资办一片药厂，条件是要恢复春和堂。你看不出来吗？这店是新近刚搬进这原址的。"

"喔……"他好像一下子明白了许多道理。

这经理、这老药工已沉浸在往事的辉煌回忆中：

"唉，恢复原样谈何容易。一些东西，几十年中早搞光了。单说春和堂那一块贴金大匾，就连样子也没有了，现在只好照旧仿单上的字样复制。原先石库门额还有一虎头门楼,"文革"中敲掉了,要不要恢复,上面意见不一。老医生坚持一定要按原样重塑。他说,店堂坐南面北,向在坎方,需在白虎开门,水火既济,结交泰之气;虎头镇邪祛恶,节制凶煞,无此于店堂不利。他对春和堂有功,早年店里有名的观音救急丹、辟瘟丹、龙虎膏就是他创制的。他来了好几天了,一直住在招待所里,今天我把他请来了。你的情况我已对他讲过。你机缘不错,他一出山你就遇上了。好,你快随我来吧。"

经理一片古道热肠,竟不由分说,一把拽了他就走。

他满腹狐疑,跟了他穿过店堂,出一小门,三弯五绕,经理掀开一竹制门帘,里面竟是一精致小室。迎面一座屏风,悬一幅松鹤齐寿中堂,旁边又是一副对联:

花发东垣开仲景
水流河间接丹溪

屏风下一张雕花红木八仙桌,两边各有一张圈身太师椅,上首坐着一位老人。老人生得令人感动,童颜鹤发,长眉隆鼻,一嘴长髯,飘然如雪。他看不出他多大年纪,但脸上光洁、润泽、红光笼罩,处处透着爽朗的慈和。

经理模样极恭敬,踱到老人面前,轻轻地说:"师傅,病人来了。"

老人听着,双眼微睁。立时,便觉有两道精光在脸上撩过。

"好,坐下吧。"轻轻的一声,如和风拂面。

他被镇住了,不自主坐下,亦轻轻的,在杌子上搁下半个屁股。未经吩咐，便自然伸出手去。渐觉有三团温温柔物噙住手腕，轻瞥一眼，亮亮如三条卧蚕。

看过舌苔，问过饮食起居，老人久久不语，端坐如佛。他和经理侍立在旁，大气不敢再出。忽有一声长叹入耳，遥遥如从天际传来，声音渐渐宏大，而至分明：

"此病久缠失养，至肾阳不足，命门火衰。命门者，为水火之府，为阴阳之宅，为精气之海，为死生之窦。心赖之则君主以明，肺赖之则治节以行，脾胃赖之济仓廪之富，肝胆赖之资谋虑之本，膀胱赖之则三焦气化，大小肠赖之则传导自分。命门火衰，卫阳不固，故汗出肢冷，怯寒神疲；肾气亏耗，失其固摄封藏，不能温化水湿，致水邪泛溢上逆，外溢肌肤；心失温煦，摄纳失权，故常至心悸气短……"

老人徐徐而道，他屏息谛听，却一句也听不懂，只感到自己再一次沉入了那个境界。这一次沉得更彻底，精神恍惚，身子飘了起来，悠悠不知到了何处。但觉眼前瑞气缭绕，有楼阁隐隐出没；又见芳草花树，欣荣满目；一时烦躁顿消，心头大畅。渐渐又见老人在前，侃侃而语，如宣佛号：

"顾老先生亦当世名医，处方慎重，用药有道，贤者在前，不敢有僭，先开五帖试服，如病身有动，再来候诊。药物治病不治命，这得看你的机缘了。"

"机缘！"又是机缘！他惊醒过来，看到经理已在磨墨，老人对纸凝眉沉思，须臾，援笔蘸墨，一挥而就，对经理道：

"这方子你亲自上柜，不要又蹈顾先生覆辙。"

经理点头应了，转脸对他说："走吧！"他惶悚站起，竟忘了道谢。跟至店堂，经理果然拿戥子亲自抓药，依然极快地包成三角包，扎成檐角峥嵘的宝塔。递过来时，方正的脸上笑得慰人：

"你小老弟好造化，大约该应病祛灾除了。老话，名医家门槛上坐坐，也能治病，这药不会错的，回去好好服吧。"

他呆呆地听着，依然如在梦里。礼貌地道过谢，捧过那尊宝塔，一如捧了自己的生命，走了。

五天以后，他去县医院做了尿检，惊喜地发现，蛋白、管型均降了一个+。病动了身。

自此，他每隔几天就到那斗室中，请老人诊治一次。渐渐地，他自觉肿胀开始消失，食量增加，精神也一日健旺一日。这段时间内，他出入店堂，不断发现着变化。二道屏门立起来了，上面安着镂花木格，中间一个大福字，四周四只蝙蝠翩翩飞舞。横梁上木雕装起来了，图案中的葫芦、鸳鸯剑、芭蕉扇、玉板、笛子、花篮、竹杖、渔鼓，暗藏着八仙故事。一日他去到石库门前，陡觉眼前一亮，只见门楣上已赫然悬起一块大匾，上面六个贴金大字：春和堂国药号，光彩闪闪，逼人眼目。店堂内，四根柱子上也描起了飞金大字：

道地药材；精选饮片；丸丹膏散；遵古炮制。

那位经理忙进忙出，一脸喜气。柜台内，那位小姑娘不见了，换上了一位皱纹纵横的营业员。他想他们一定也是春和堂的老药工了。他们一律包的三角包，一样包得飞快，并能扎成玲珑的宝塔。店内人来人往，却听不到一点杂音，一切谐和得如弹着一张七弦古琴。那橐橐的皮鞋声没有了，那浓香、那披肩发也没有了。她到哪里去了呢？

但他已无暇去顾及她了，因为他的病快好了。

他的病的确好了。

临走前，他去了春和堂，只见石库门前已搭起了脚手架。经理告诉他，上面已决定：拨款两万元，重修虎头门楼。

那次，他带去了四瓶茅台酒。在那个小斗室里，经理婉言相拒，老医生却拦住他：

"你不必谦让了。有功受禄，合理合情，这酒饮得。"欣然受了。

老人还欣然地对他说："你宅心仁厚，后福有继，今后保德守本，可得天年。你可以结婚了，会有三子，但需节制房劳，怡养真元。年轻人，前车之鉴，戒之，慎之。"

老人哈哈笑了。这是他看到他第一次笑。

他离开了那老街，那店堂，那经理和医生，还有那不知去了哪里的姑娘。

他重又回到了省城。白天看着那宽宽的街道，汹涌的车流；入夜，看着那五光十色的霓虹灯，看着那相依相偎的红男绿女，心便热热地搏动，他真实地听到了血液在血管里奔流的声音。他长长地呼着气，似乎要将这两年吸进、灌进嘴里、肚里的药味、苦味统统呼出来。

他结婚了，尝到了人世间的别一种甜蜜。自然，他不想生三子，即使想，政策也不允许。

有时他也想起那老街，那石库门，那把人飘起来的氛围。但如烟似雾，总不那么真切。他是无论如何也不想再到那片天地中去了，尽管还有威风的能镇邪祛恶的虎头门楼。他想，那虎头门楼一定修好了，那小老板大约也快回来了。

人不生病多好啊！

榆树园①

一

我家有个榆树园。

从我家老屋向南，顺村前大塘埂向西，路沿长圆的大塘打了一个大弯。弯兜里，塘面凹进去，长出一块三分左右的陆地。它伸在塘里，三面临水，一面深沟大坎，内沿插着荆条、老鼠刺编成的密篱。篱笆中间开了个豁口，有两块青石垒成的便桥和外面相通。这块园地长年覆着浓浓的绿，在四转大块的杂色中，它绿得明净，绿得润泽，像一块莹莹的翡翠。

园子地是黑绿土，膏腴肥沃，庞大勤快的蚯蚓家族在里面日夜耕耘，从不板结。园子从解放到合作社、公社，到现在一直是我家的自留地。我家在里面经营着四时的蔬菜。冰雪消融，地气转暖，揭掉垄背上挡寒的稻草，隔年留下的"春不老"②抖开绿叶，独占岁时之先，迎接春天的到来；而第一茬韭黄正是时鲜的美味；悄悄地，莴苣却在蓬蓬勃勃长着茎叶，"三月芹

---

① 原载于《钟山》1983年第2期，第108-115页。
② 春不老：当地一种青菜的俗名，冬天栽种，春天开花迟，可吃很长时间。

菜当柴烧",它已能充实桌上的碗盏了。南风一吹,麦梢变黄,嫩脆的黄瓜即可采摘,尔后茄子、辣椒、四季豆、刀豆、长豇豆、蕃茄、蒜苗、笋瓜、瓠子竞相献美,蔬菜的旺季到了。秋天是收获的季节,扁豆荚实累累,丝瓜长势不衰,秋茄子可以吃过白露,常种常收的小青菜不用说,最易丰收;稍后,泛着诱人颜色的水红萝卜又接上来了。冬天的园子也不寂寞单调,肥硕的大白菜、辛辣的大蒜、号称"红嘴绿鹦哥"的菠菜、供腌制用的雪里蕻、冬令吃羊肉、狗肉助餐必备的芫荽,都节候不误地为人们增添生活的乐趣;而水边上单独栽培的一畦甘蔗,更是孩子们喜爱的解馋上品。一年四季,栽种收摘,轮回不息,小园里有着说不尽的风光。

菜蔬的绿,瓜果的香,花的美艳,还不足以道出小园全部的好处。奇特的是,园子东南角有一棵百年老榆,干子有水桶般粗。它长在塘边,一面实,一面虚,水里不能下根,半边根系在水里游半圈,又倒扎回岸土中去。年长月久,树干失去了平衡,自重把身子整个压向了水面。树上藤蔓缠绕,垂垂挂向水面,织起疏薄的帘。夏秋之际,树冠浓荫可笼半亩水面。老干横斜水上,是天然的戽水码头,站上边用粪瓢舀水,可泼浇大半个园子。树干上是我们孩子时代最喜欢的场所,它既像路,又像桥,坐可以濯足清涟,蹲可以钓捕鱼虾。顺树干还可以攀到顶端,去摘那残留的老丝瓜和老扁豆。丝瓜络给母亲刷锅洗碗,老扁豆则剥出饱满的籽实,埋在烘手的火钵子里,静静的期待中,乒一声炸开,翻出白白的肉,香香的,甜甜的,虽然母亲骂"那东西小人家多吃了会头晕",但偷偷煨吃,仿佛更添十倍的滋味。

自然，树干也不是我们独占的天地，树干下潮湿、阴暗，虫子、蚂蚁也喜欢来安家。记得有一年，一群黄蜂在干杈上安营扎寨，这些尾上有针的飞物在周围飞来飞去，我们有几个月不敢到那里去。它们侵犯了我们的利益，霸占了我们的乐园，我们愤怒了。有一天，我们戴上斗笠，蒙上衣服，扎起四肢，操着一柄长竹竿，俨然像古代的勇士，把黄蜂的老营捣了。那巢穴落到水面上，乖乖！有脸盆那么大。失所的黄蜂在树冠上面，嗡嗡嘤嘤盘旋了三天，把天空都遮暗了。

未进小园，先看到榆树，大约这就是榆树园名的来历。

据父亲讲，园底子原是塘里的一块浅滩，祖父从外地迁来，经数年的围堰垫高，才形成现在的规模。那榆树也是祖父手植的。当年那沟坎外面的小坡上还有十几棵梨树，一年能出息几百斤大青梨，后来一场兵火烧了，再没长出来。园子的西南角，原先还有座小茅屋，里面支了口大浴锅，一家大小从不在家里洗澡，要跑一二百米到浴锅来洗。男人洗了女人洗，也欢迎村上人来洗，洗的人越多，水越浓浊。洗完，水往屋后的茅窖里一倾，便是上好的肥料。

父亲七十五了，身子骨已大不如前，闲下来就喜欢叨些陈言古话。他不管阴晴雨雪，早晚都要到小园里转转，或捡掉几块调皮小孩掷进来的瓦片，或捉去蔬菜上的几只虫子。每当这时候，他那瘪瘪的嘴角会突然变得饱满，那张皱纹纵横的脸也被满园的绿映得格外地生动。

二

其实，我家的菜园并不只榆树园一块，论起来，应当是三块。

我家门口是一块镜面似的小场，场前一条甬路，路边左右是两块旧宅基地垦成的园子。园子各有一分地大，四转栽着人高的木槿。两块小园也是我家的自留菜园，它们分列场前，和我家三间老屋恰恰构成一个倒转的品字。

现在，那两块小园都不属于我家了。那几年，接连几个姐姐出嫁，大哥出去上大学，家里一下子少几个人，村上便有人提出要重新丈量我家的自留地。父亲听说，搬了一张小趴趴凳坐到那人家门口，烟灰敲了一地，没能闭上人家的嘴；又扬着烟杆和那人吵一架，也未能挽回局势。最后由队长做主，划出门口左手那一块，但也依了父亲一条，园子不给那个算计起意的人，给了父亲的亲侄子——我二婶家的堂弟。于是，那品字就成了斜斜的吕字了。

当时我在部队上，复员回家，便脱下黄军装继承祖辈相传的本业。那几年，队里的工分值不足两角，没办法，只能在剩下的两块小园上下功夫。由于多年鸡鸭畜牲糟蹋，门口的木槿园篱已被它们打开了多处缺口。我和父亲披星戴月，上山撬挖石头，用担子挑回来，肩上磨脱了皮，手上砸出了血泡，在小园周围垒了一道石壁。两块园子务弄得很好，使我们能用"瓜菜代"填充粮食的空缺，余下的零碎售出一部分（当时还不能明当明上街叫卖），贴补万万少不了的家用，偶有余裕，年底还能扯两块布，装点一下新年淡冷的气氛。它们帮我一家度过了那几年艰难的岁月。后来县上招工，复员军人优先，我被录取，随后把家属也迁到了县城。这时父亲已显老态，母亲也不健，妹妹又在上学，父亲一人承担不了两块园子的劳作，坚持了半年，力不从心，门口右手那块又废了。

但是，榆树园一直在经营着，经营得兴兴旺旺，茂茂荣荣。

这都是我妹妹巧巧的功劳。

我兄弟姐妹七个，上手四个姐姐，一个哥哥。四个姐姐早早出嫁了，哥哥在外地工作，成了家。我虽没出县，但也离了衣胞之地。巧巧是最小的，她生在七月初七，这是天上牛郎织女相会的日子。她又排行第七，一落地，父亲就给她取了个叠音名字：巧巧。

这姑娘手巧脚巧，心眼巧。不是我夸，她在我的姊妹中是最美的。她那一头浓黑的天然卷发，完全继承了我母亲的优点。"女像娘，苦断肠"是唯心的，但巧巧也真能苦。上学时候，她就是父母亲的一只手了。农村的孩子，背起书包是学生，放下书本会种田。在我们这样的家庭里，父母年老，哥哥姐姐不在家，她过早地挑起了生活的担子。她一大早挑水、洗衣、喂猪食，帮母亲忙完家务，才迎着初升的朝日赶往学校；放学一到家，鞋子一脱便进了菜园，翻地、薅草、浇园，在碧绿的菜畦上泼洒出一阵阵均匀的水雾，映着火焰似的晚霞，雾中舞起一道道五光十色的彩虹，耀得她额上的汗珠也晶晶地闪亮。在父母身边做闺女是最舒心的日子，可她从没有一天消消停停玩耍过。村上人都说，我家出了一个好姑娘。

那时升学兴推荐，巧巧中学毕业就失学了。回家的头一件事，就是帮父亲把门口园子周围的石壁拆走。那石头是我和父亲一块块从山上运来的，父亲还能指出哪一块上有他碰破手指滴下的血斑，新主虽不乐意，却不能阻拦。巧巧把石头一块块挑进了榆树园，父亲指挥，她堆筑垒砌，将临水的土岸全部改成了石驳堰。巧巧手皮嫩，粗砺的石面将手掌磨得渗出了血珠，石头上又染上了她新的血迹。但榆树园却从此更坚固、更齐整了。

巧巧白天忙大田，早晚就忙榆树园。巧巧有文化，每次到县城来看望我，总去书店觅些《蔬菜栽培问答》之类的书带回去读。那些知识很快用上了。营养钵、温床催苗、人工授粉，园子里菜蔬的茬口安排更合理，栽种更科学，常常人家的蔬菜还没见影，榆树园的瓜菜已可采收了。她不仅勤快，人也泼撒，二十多岁的大姑娘，裤腿一卷，露出白白的腿，挑起满满的苗篮便上街。她人俊俏，菜新鲜，买卖公平，秤头上从不欺人，苗篮往市上一歇，人、篮就围她拥了一转。听她告诉我，有一年她一季黄瓜就卖了二百多元。俗话"小猪西瓜，神仙也怕"，这两项东西最难伺候，当地的老农都不敢轻易触弄。那一年夏天，榆树园突然种出了又大又甜的西瓜，一时在镇上、公社里引起了轰动。

巧巧在榆树园里浇灌、耕耘，园里响着她柔美的歌声，土上印着她细细的脚迹；绿叶扶衬着她，鲜花簇拥着她，她也艳艳开放着，成了榆树园中的一朵奇葩。

一年年，我家的光景越过越好，但父亲的脾气却日见变坏。前一阵，闹得好串门的邻居不敢上门，常和他喝茶唠闲的几个老辈世交也远远避开了。

这一切竟都是巧巧引起的。

三

一家有女百家求。家里有了巧巧这样的美女巧媛，求亲的就踏破了门槛。

巧巧毕业回乡那一年，就有人上门提亲了，但父亲一口就回绝了。那时她年龄还小，虚龄才二十岁。

接着几年，村上几家看上巧巧的也上门来说。那些人家对辈对门，门楼上几块砖都清楚；小伙子亲眼看着窜大的个子，和巧巧也熟悉，但父亲也不答应。他说："同村同队，娘家、婆家在一起，牙齿靠舌头，总要磕磕碰碰，到时弄得亲不亲，眷不眷，不讨人笑话？不稀罕！"

对巧巧婚事最挂心的是我那嫁在龙桥头的大姐。她是当地有名的红娘。"撮合十对婚，来世投男身。"她心里还有着修善积德求好报的迷信观念。她是大姐，对巧巧负有不可推卸的责任；再者，她娘家放着这么大个妹妹把不出去，确实也刷掉她脸上一半颜色。

那一年，大姐第五趟回门为巧巧说亲事。对方是她一个村的，小伙子有模有样，父亲在集镇供销社工作。巧巧去大姐家玩，见过人，大姐暗里一问，她就默应了。

但大姐刚开口，父亲脸就板了下来。

大姐说："人家不错，老头子是国家户口，吃供应粮，一退休，儿子就可以顶替……"

父亲说:"顶什么替?黄土不养人?你看不起我,就滚了走!"

大姐:"巧巧……"

父亲一拍桌子:"巧巧怎么,你倒真会做个人!你把妹妹全说到你龙桥去,你光彩了?显耀了?"

"爹……"大姐红了脸。父亲说得对的,我二姐、四姐都是大姐做媒嫁到龙桥去的。

"闭上嘴巴不当你是哑巴,以后你别提巧巧的事!再要噜苏就别上这个门……"

大姐再也说不出话,平常她那利嘴快舌、巧言花语全不知哪里去了,讪讪吃了午饭就开了路。以后回门,大姐再不提巧巧婚姻半个字。

巧巧年龄越来越大,婚事显得有点紧迫了。

前年冬天,三姐把巧巧接去住,顺便让她散散心。巧巧歇不住,见三姐夫出去做瓦匠,硬要跟他去趁小工。三姐夫手下有个徒弟,勤快老实,人品也不错。巧巧和他在一起做活,上手下手,言来语去,两人心中都有了意。三姐夫看在眼里,回来对三姐一说,三姐心里乐开了花,随即又犯上了愁。大姐的教训像乌云一样笼罩在头上。商量半天,决定托我家隔壁的二婶出来说。

二婶在我家亲房里是个热心人,家里人口少,日子也好过。我兄弟姐妹小辰光没少得过她好处,闲常烙点饼、蒸点粑都有我们一份,吃饭捧饭碗去她家,饭就锅里添,菜往碗上搛,就像自己人。我几个姐姐坐月子,她备的礼不比父亲少。她人好强,也要个面子，连父亲也服她，母亲更把她当姊妹待。巧巧的事她也一直挂在心上，所以一说就应了。

二婶兴冲冲来到我们家。

父亲一见她来很高兴，端凳抹桌又倒茶，可一听提巧巧的事，脸上的笑就飞了。

二婶："大伯，巧巧一年年大了……"

父亲一声不吭，嘴闭得铁紧。

"不知巧巧要把个什么样人家？农村有个手艺也不错，'荒年饿不死手艺人'。现在有个人，跟巧巧三姐夫当徒弟，忠厚人家出身，和巧巧同年。巧巧自己看了，也满意……"

父亲猛然头一扬："老二家，不是我驳你面子，巧巧爷娘还没死，她的事不要外人操心。我们天天脸孔碰鼻子，客气的……"

父亲在亲房族里是最年长的长辈，有着公认的权威。二婶是个明白人，一见情势不妙，知道再说下去自己就没地方站了，转身就走。

母亲在旁边看着叹气，巧巧却在房里哭了。

父亲听到哭声，脸一黑骂道："放你出去半个月，心就野了。自己找男人，没皮没脸，不晓得的人知道了，还说我失了家教……咳咳……"他又气又喘，脸皮紫涨，一边骂，一边往房里走，人老腿硬，被门槛一绊，摔了一跤，顿时脸如白纸，昏了过去。

全家人慌了，七手八脚把他抬到床上，看看不醒，又找人把他抬到医院。医生一检查，说原有高血压，这一跤跌成了脑溢血。

老头子瘫在床上，三天水米不能进口。医院里吊盐水，灌中药，看看不济，医生挥手说："准备后事吧！"

一家大小哭哭啼啼为他做老衣，置寿材，乱得翻了天。可一切忙得差不多，父亲突然在床上睁开了眼，在医院里躺了两个月抬回家，半年后竟奇迹般站了起来。每天早晚，人们又看到他拄着拐杖，出现在榆树园里了。

从此，巧巧的婚事再没人敢提。

母亲有时发狠，在背后骂他："老东西，当时怎不一跤跌死了他？！"

自然，这是气话。老头子住院两个月，每天三顿饭都是她亲手烧好，抹眼揩泪迈着小脚送的。这气当然还是为了巧巧。

母亲一辈子在家说不上话，发气也只敢在背后吼几声，几十年和父亲这样过下来了。

四

如果说父亲心狠，那是不公平的。他一生最爱儿女。

七十岁时，他还到大队里找书记，要求去林业队劳动。书记看着他佝偻的四肢和腰脊，笑着挡住他递过来的勇士香烟，摇摇头，但经不住他三番四次硬磨软缠，还是答应了。他在林业队苗圃地上做些轻活，林业队工分值高，他一年秤回口粮不算，年终还能落几十元余钱。他对我们说："我这一世不能给你们砌房造屋，也不能给你们添负担。别看你们兄弟俩在外面，手里也不宽，一只苍蝇脚都要花钱买。我有口饭吃，你们肩上也松快些。"我们听了心里酸酸的。父亲劳碌了一生，抚养了这么多儿女，自己从没有上馆上店，七碗八碟浪吃浪用过。一口少不了的烟，吸的是最蹩脚的牌子，那几年糊口都困难时，他在榆树园角落上种几棵烟叶，采收晒干了往屋梁上一挂，便能细水长流打发一年。他喘着气挣下的几十元钱也未见他瞎花过一分一厘。每年春节，儿子、儿媳、女儿、女婿回门，二十来个孙男、孙女、外孙、外孙女像一群雏鸡围住他，齐升齐落喊他"家公"时，他扶了这个搂那个，一脸皱纹蚰蜒一样四散爬开，瘪瘪的嘴角张开，露出红红的牙龈："乖乖，快来！"抖抖地从怀里掏出二十余个红纸小包，塞到每个人手里。孩子们雀跃着打开，每个包里都裹着一张新刮刮的贰元人民币。我哥哥路远往往回不来，两个孙子的压岁钱都要嘱咐我到邮局汇了去。有时我推托说："他们并不缺这几个钱用。"不肯去，他会说："这是我的心，不在乎钱不钱。"于是我只好服他的驾。自然，那钱是双份的。

那些年，几个姐姐家都过得紧巴巴的，她们都得过榆树园的好处。园里吃不了，售不出的菜蔬、甜瓜都由父亲挑着分别给她们送去。这几年，大家生活开始转势，但老规矩却一直没改。

前年他蒸刨了两百斤山芋粉丝，宝贝似的，刚晒干就往女儿家背。每个女儿三十斤，给我的一份第二年都没吃完。但父亲自己在家没到过年就吃光了。我四个姐姐家其实都不缺，过年时，为补老头子的空，又都给他送回来。这种无用功他自己看着也笑了，只好解嘲地说："人活在世上，就是忙忙的，忙到口眼闭，黄土一埋，看不到你们，心也只好定了。"说得几个姐姐眼睛都发了潮。

但我们看得出，他最疼护的还是巧巧。

巧巧在家劳动，这两年又分了责任田，加上榆树园里的出息，家里一年的收入很可观。钱再不像以前那样掂着用了。父亲也为此闹过笑话。一次我把他和巧巧接到县城来玩，他去百货大楼转转，一下子抱回来几丈红红绿绿的各种灯芯绒，说是给巧巧做衣服。巧巧看到噘起了嘴："现在这东西还有谁穿？你剪回来这么多，怎么办？"他听了直摸头："唉唉，我老糊涂了。那几年我看队长老婆穿了一件，真好看，村上妈妈家都围了咂嘴说好……唉唉，巧巧，以后你……你自己买吧……"孩子似的笑着，把钱往巧巧手里塞，弄得巧巧也笑了。他在巧巧身上花钱从不吝啬。现在家里打了五斗橱、写字台、宫灯桌，还买了缝纫机和三五牌座钟。大家都知道，那是为巧巧准备的嫁妆。听他几次露口风，还要买电视机。几个姐姐有时回来和他打趣："我们那时，一身布褂裤就打发走了，你对巧巧这样，我们都要造你的反，补第二回的。"

老头子却正经地说："怎么？那几年，一身布褂裤还是我上山砍柴换来的，一次碰到三只狼，差点没把我这几根老骨头衔了去,还待差了你们？别人家妹头出门还没有一根洋布丝哩！你们不要一口气伏不下，这是巧巧自己挣的，我就尽她用。"

几个姐姐笑了，巧巧眼里含上了泪。

但他就是对巧巧的亲事犯忌，大家也摸不准他肚子里打什么谱。老头子脾气越来越暴躁，喜怒无常，丧魂失魄似的，一脸皱纹缠来绕去，扭成无数解不开的结。他常常一个人站在村口，呆呆地向远处眺望，像在等待什么？又像在呼唤什么？一家大小怕他，可怜他，又有点恨他。他成了巧巧出门的一只拦路虎。

巧巧过年就二十九了。她的同年伙伴早嫁出去，儿女已经搀在手里；比她小几岁的也几乎都有了人家，逢年过节，小夫妻一对对回门，怀里奶着胖胖的婴儿。事情严重的是，巧巧晚上出去看电影已结不成伴，找男的不合适；找妈妈家，和她们不合群；找姑娘家，都比她小七八岁，巧巧小时候还抱过她们，颜面上实在下不来。在姑娘群里，她成了落单的孤雁。巧巧渐渐地见老了，眼角上出现了细细的纹线。"花无百日红，人无百岁春。"鲜花开了不采，就要谢了。

不行，得采取措施。我和几个姐姐一商量，决定先来个瞒天过海，再来个围魏救赵。由三姐夫托人物色，在公社丝织厂找了一个小伙子，巧巧和他暗暗会了面，那人早就知道巧巧的大名，两人一见如故，立刻就同意了。只瞒着老头子。

中秋节，我们相约回家。这一晚，月亮圆晃晃的，我们夫妻俩和姐姐、姐夫一共十个人在堂屋里团团围住了老头子。

内定大姐是先锋，她当然打头阵。

"爹，今朝过节，理该小辈不能讲这些。巧巧是你女儿，我的亲妹妹，我不能不说。巧巧二十八了，给她说人家，你这个不肯，那个不把，又不是嫁你，要你那么挑拣做啥？巧巧若是你女儿，那她以后的婚事不要你多管，由她自己做主；如若巧巧不是你女儿，那我们四个也不是，我把巧巧带了走，以后逃荒讨饭也不上你的门。今天，你当着大家的面，说一句……"

大姐的连珠炮刚完，没容父亲讲话，好脾气的二姐又接上了口。

"爹，你这一生养了七个儿女，六个成了家，留下巧巧孤单单的，忍心吗？巧巧成了家，你一世的苦也吃到头了，事也了了，百年以后，我们儿女为你打'了旗'①。唉，爹，你到底在想什么？图什么？……"

老实的三姐不会讲话，只能在旁边插空凑着劝：

"爹，你要想想……爹，你要体谅巧巧……"

四个姐姐中，数四姐最温和。她不仅很会讲话，而且慢声细气，熨帖暖人。

"爹，你是怕巧巧走了没人服侍你？你想错了。你看看，站眼前的哪个不是你的亲骨肉？巧巧走了，我们四个每家接你住三个月，一年就过去了，大姐，你说是不是？……"

母亲的角色也是安排好了的。她坐在灯影里长一声短一声数落，说着说着，竟动了真感情，又哭又骂起来：

"你个老活尸，多少好人家让你脱掉了……巧巧耽误了，我也不跟你过，带巧巧走，让你一人在家成精去！……"

一霎时，红脸、白脸、生旦净末丑一齐上场，一台戏真真假假，唱得紧凑热闹，有声有色。

父亲给这突然的袭击围攻闹懵了，他惘然四顾，不知所措，也不能应对。

趁这机会，我又来了段"借东风，火烧赤壁"，掏出大哥写来的信（自然也是商定中的），读道：

---

① 了旗：当地丧葬风俗中打的一种布幡，是死者生前把儿女婚事全面办完的标志，说明他的人生债已经了了。

"爹,家里的情况,姐姐和弟弟写信来告诉我了。我远在千里之外,非常记挂你们,尤其记挂巧巧的婚事。巧巧这么大了,她应当建立新的生活,应当有更广阔的天地。也许你觉得她最小,不放心她,这大可不必。父母亲抚养了儿女,已经尽到了责任,你不能保、养儿女一辈子,而且,儿女的婚姻自由,是得到国家法律保护的。至于你的晚年生活,我们儿女都有赡养的责任,这也是法律规定的义务,巧巧走了,你和母亲可住到我这里来……"

大哥的信写得真切动人,而且使用了法律依据,我认为他这两张纸攻击力量最强,所以放到了最后。

父亲已从毫无准备的惊愕中转过神,他脸色铁青,嘴角紧抿。大家心里怦怦直跳,期待地看着他,不知那瘪瘪的嘴里会吐出什么话来。吉凶未卜,前途难测,屋子里空气几乎凝固了。

大姐刚想再开口,父亲突然手一挥,沉闷地长叹一声:

"唉——你们都在胡扯些什么?你们……"

他木然地看看大家的脸,摇摇头,再没说什么,颤颤站起来,走回他的房间。身后留下一串苍老、瘆人的咳嗽。

我们面面相觑,僵立在堂屋里。

夜,渐渐深了。一家大小都已入睡。我和几个姐夫睡在堂前新开的铺上,久久不能合眼。外面月色朗朗,我的心里却一片昏黑。今天这一着棋不能获胜,我不知还有什么妙招能扭转乾坤了。

父亲房里的竹榻吱嘎吱嘎响着,他也没有睡。我身边几个姐夫不断在翻身,内房里还有低低的絮语,一屋子的人都在焦心、烦愁。老头子把整个家庭的宁静都搅乱了。他究竟要干什么？为啥死死地和巧巧作对？百思不得其解，我恨起黄石般顽固的父亲来了。

后房一阵轻轻的敲门声："巧巧，巧巧。"

啊，竟是父亲。

"你个天打雷劈的灰消，半夜三更还不挺尸？"和巧巧一屋睡的母亲在呵斥他。

"巧巧，你开门。"

吱呀——嘴硬心软的母亲到底把房门打开了。

"你想做啥？你要把我母女俩磨死？……"

一串脚步。父亲好像不屑与母亲论理，直闯进去。

"巧巧，巧巧……"父亲在呼唤着。

巧巧抽泣起来。一屋子的人都起来了。几个姐姐要赶过去，我拦住了她们。

"巧巧……我耽误了你，对不住你……我白活了几十年，我不配做你们的上人……"

"爹……不，我不怨你……"巧巧陡然增大了哭音。

"巧巧，我知道你是个明白人。他们……他们不知道我的心……"

"我，我知道……"

"巧巧，你能答应我一句话吗？"

"嗯……"

"你两个哥哥走了，我不能拦他们的前程。你成了家，住到这老屋里来……"

"……"

"巧巧，我给你们攒下了一千元钱，今天交给你，以后好好过吧，可你们不能……再不能废了榆树园……"

"爹——"一声撕裂心肺的呼喊。巧巧和父亲抱头痛哭起来。

我们压着的一口气刚刚呼出，又紧紧憋住，喉咙也被什么东西堵塞了。

屋外圆月中天，正静静照看着人间的一切……

五

来年元旦，巧巧结婚了。

新房设在老屋里。父亲中秋以后，病了一个月，又挣扎起来，张罗着为巧巧打床、打三门柜，三间老屋也内外粉刷了一新。他不顾别人的阻拦，默默地干着，像一头负重的老牛贡献着自己最后的力量。

巧巧在兄弟姐妹中最后一个结婚。婚礼办得很隆重。喜日那天，大哥也携家带眷千里迢迢赶了回来。兄弟姐妹、亲戚邻里欢天喜地挤满了三间老屋。

新妹夫在社办厂管理科工作。他年富力强，业务精通，最近提拔当副厂长了。巧巧脸上泛着喜悦的红潮，在这人生难得的庆典上，还有着小姑娘般的羞涩。我暗暗为巧巧庆幸，经过一番折腾以后，她终于有了满意的归宿。

婚礼按传统方式举行。爆竹点燃，红烛烧起，众人拥着新人拜堂的时候，父亲突然不见了。大家正忙乱着要寻找，我说：

"我知道他在哪里。婚礼先举行吧,别耽误了喜宴。"

我走出老屋,赶到村口,果然看到一个人悄然站在榆树园里。是父亲。

一轮金红的夕阳,悬在西山背上,正把最后的光热默默洒向大地。峭劲的冷风呜呜吹着,扫荡着榆树上残存的几片枯叶。这段时间,巧巧忙着办婚事,榆树园已显出荒芜了。两垄刚收过大白菜的土畦还未翻垦,断根败叶布满了垄背。父亲站在园里,扶着老榆树,任风吹刮他那稀得还剩几茎的白发。他老了,苍老得和老榆一样古拙。不知怎么,我鼻子里有股异样的感觉,我真想冲上去,抱住他大哭一场,为他,为榆树园,好像还为……我一时说不清楚。

我终于没有惊动他,悄悄回来了。

婚礼正在热闹地进行。亲友们簇拥着新人,道贺着,祝福着,说着各种人间吉祥的话语。妹夫和巧巧像喝了醉人的醇酒,脸上放射着幸福的光彩。忽然间,我觉得那两张年轻俊俏的脸模糊了……妹夫告诉我,他已为巧巧在厂里争取了一个名额,不久就可安排巧巧到厂里去,巧巧自己也同意了……这个消息直到现在还瞒着父亲。我隐隐觉得,我应当劝一下巧巧,能否略微推迟一点。父亲的日子不多了……

自然,我的想法不会告诉父亲,而且已下了决心,在他这辈子不告诉他……

1982 年 11 月于南钢招待所

青丝缘[1]

引子

出金陵城往南,迤逦百余里,有一片当地史志赞为"历史悠久"的土地。土地的确堪称古老。山上的薄土中时有人拾得石锛、石斧;道旁高耸的零落土墩中,常能挖到印有麻织物纹的陶器、陶皿。近年,乡民开山取石,在一处神仙洞中清出一块据说是古先民颅骨的化石,更使当地人惊喜地把历史的页码编到了万年以上。

这里地属江南。在人们心目中,江南理应与小桥流水、杏花春雨,抑或和软款款的话语、女人脸上红艳艳的水色联系在一起,这里却好像与那些发人雅兴的东西无缘,除西部傍一片湖泊,有一些圩田,境内十之七八是山地。山也不高,最高者海拔不足三百米。多少年之前,从这里往东往南,满目便是这些起伏不大、苍黄萧索的丘陵。绵延不绝的岗峦上,稀稀拉拉地长着过膝的茅草,里面点缀着地丁、石蒜、六月雪、水马兰

---

[1] 原载于《太湖》1986年第7-8期,第3-22页。

等各种各式的野花野果。蛇行的小径旁,风吹草低,蓬蓬簇簇的大蓟、飞廉、菝葜便探出头来,戟刺怒张,狰狞骇人。

这里地广人稀。古先民的后代们傍水靠溪,率先占领了地肥土厚的田冲和宜于垦殖的平坡缓岗。他们无力也无兴再去光顾那大片山瘦土薄的丘陵。日复一日,年复一年,那里野草死了又长,野花败了又开,不知过了几朝几代,忽然有一批河南人,因淮河上游发水,外出逃荒,来到此地,见有这么一块无主宝地,箩筐一歇,停了下来。他们砍树作柱,割茅盖屋,在屋周围垦翻一片土,撒下种子,居然扎下根来。生活稍稍有点滋润,又回去邀集亲友。那些在当地无田无业的贫苦农民,听到天底下还有这等好事,一传十,十传百,相约结队,背乡离井到这里来安家。于是,沉寂的荒山飘出了炊烟,喧闹起人声,悠扬起长长短短的鸡鸣狗吠。他们并不群居,一家一户各选位置,割据地盘,那仅够遮风挡雨的茅屋如棋子般星星点点撒落在各地。后因走动需要,便依姓氏住地顺口唤起那些茅屋的名字,刘姓住地叫作刘家棚子,王姓住地称为王家棚子。以后子孙繁衍,分门立户,棚子渐渐变成一个个村落,到地名普查时,这些当年随口叫成的地名竟堂皇地登上了县里的地舆图。

外乡人在这里立住了脚跟。

土生土长的本地人称这批外乡人叫"客边人"。

客边人在异乡客地自产自食,生儿育女。苦寂的生活、单调的颜色并未泯灭掉他们的乐天本性。逢年过节,他们按老家的传统撑旱船、跳犟驴、舞狮子,玩得兴兴抖抖。农闲季节,阴天下雨,他们尤喜聚在一起,泡几壶自制的山茶,炒几簸箕自产的花生、蚕豆，嘴里咬得崩崩响，听村上能说会道的人说几段掌故，唱几段家乡戏文。过得久了，各村便出现一些精于此道的人。他们不仅在本村唱，外村也慕名来请，渐渐地，这种浸透外乡气息的艺术也招得了本地人的喜欢。于是，这些人索性弃了作田营生，拉起帮来，专门吃起了开口饭。后来队伍渐渐扩大，分出生、旦、净、末、丑，又配了乐队伴奏，竟然成了一个戏班子。

他们唱的戏叫花鼓戏。

这故事就缘起在这个偏僻山乡的民间戏班子里。

上篇

一

1944年，也就是日寇投降的前一年，是这个戏班子轰动山乡、最最兴旺的时期。原因不是别的，班子里出了个旦角：解兰英。

解兰英不是他们一地人，是戏班班主方九收留的一个孤儿。

三年前，戏班子到一个叫水晶山窑的地方演出。其时正是日寇在中国大地上最疯狂肆虐的时期。在这兵荒马乱的年代，戏班子的生计日益艰难，他们到处流浪，于辗转流徙中寻找自己的衣食寄托。水晶山窑地处偏僻，新四军挺进江南以后，常到那一带活动，日、伪、顽不去涉足，比起其他地方，有着一种相对的平静。方九带着戏班子在那里，白天帮村民干些杂活，晚上在祠堂里开台唱戏。村人亦知他们的处境,东家出半斗,西家凑一升,从嘴里分出一口食,养着他们,乐得晚上能听听戏,在乱世的动荡中,取得短暂的休息和心理平衡。

方九他们住在村上的大祠堂里。

那一天,正值端阳,班子里演员白天帮村上插了一天秧,晚上专门给村上唱了一出《黄天荡》,演出完毕,演员们卸了妆在祠堂里歇息。村人们过节,虽不及太平年月隆重,依然送来了粽子和鸡蛋,还有几壶酒、几尾鱼。演员们演出后睡不着,趁兴在祠堂里小酌。方九饮了三杯,带着微醺,走出了祠堂。他站在门口的大白果树下,望着远方那沉沉的天空出神。四周大夜如墨,不见一点微明,夜风掠过,头顶上白果树枝叶摇动,荡起的簌簌声便应和着他胸中的思绪,波涛般汹涌起来。他想着自己飘泊半生,如今领着这二十余人,处处无家处处家,这日子何时方是尽头。他是一个仅属下九流的戏子,不能像今晚演的《黄天荡》中韩世忠、梁红玉那样,领兵抗击外侮,尽扫狼烟,只能借古人的声口,在台上一抒心中的块垒。想到这里,不禁苦笑一下,一时思前顾后,愈发不想睡了。

方九妻子麻三娘见丈夫久去不回,出来找他,并告说刚才祠堂里来了个小叫花子,向他们乞讨。方九心中正不乐,不耐烦地说:"你给几个粽子不就得了?我们的饭食不也是乞讨来的!"麻三娘说:"你不知那花子是个小姑娘。"方九道:"小姑娘不一样打发?"麻三娘见他不理解,气急说道:"你也不想想,方明今年十八岁了。"这一句话出来,方九明白三娘的用意了,便趑回祠堂里来。

在祠堂的左厢房里面，方九见到了那个小姑娘。她穿着一件补缀过的老蓝布大襟衫，一条蜡染印花的裤子在腰上松松地束着，显得身量尚未长足。她眉目清秀，一条小辫光滑整齐地搭在胸前，倒没常见花子的那副邋遢相。方九进去时，她正吃着粽子，显然这是妻的功德。见到方九，她飞快地把嘴角上粘着的糯米粒子抹进嘴里，站起来对方九鞠了一躬，说："大爷，谢谢你们。"

方九一见，已有几分喜欢，问道："你是哪里人？多大了？"

小姑娘伶牙俐齿，说："我叫解兰英，今年十五岁。"

"你小小年纪，怎么出来讨饭？"

小姑娘晶亮的眼珠闪了一下，暗淡了。麻三娘接口说："刚才她说了，她是解家棚子人，一次鬼子去抢粮，将全村人都杀了，她在山上挖野菜，才没遭毒手。"

"又是一笔孽债！"方九眼前出现了冰冷的枪刺和漓漓的鲜血，心里拉锯般地痛，不禁俯下身，泪水浸浸的，拉住她的手说："你住解家棚子，也是河南人了？"

解兰英点点头。方九站起身，迎着麻三娘的目光做了个手势。麻三娘领会了，忙对小姑娘说："大爷答应留你了，还不磕头！"

解兰英一听，对着方九，就要跪下。方九连忙扶住，对麻三娘说："三娘，你好好照顾她吧！"

麻三娘刚才已陪着淌了不少眼泪。她见小姑娘清秀干净，想起艺人在外面，台上皇帝，台下花子，人们眼睛里爱看，心里瞧不起，儿子方明十八岁了，尚未结亲，便有心留她做个童养媳。现在见方九答应留下她，欢喜得嘴里念了声佛，将她领进里面梳洗去了。

解兰英在班子里留下来了。方九夫妻俩认她作了干女儿，仍让她姓解。方九这么做，也是河南人一股义气，他不忍心那位死去的河南老乡断了宗姓根脉。麻三娘在班子里帮着烧饭，演出时在后台管理衣箱。她粗手大脚，却最是心慈。其时班子里都不带家眷，顶梁的旦角高三、高四也都是男的，独她一个女人，现在见老天爷凭空里赐了个女儿给她，便日里夜里当个心肝宝贝养着，倒把个儿子方明也冷落了。解兰英在麻三娘身边，免了风霜之苦，享到了母爱的甜蜜，虽无好饭好菜调补，却再无挨饥受冻之虞，第二年就来了月信，身量也窜过了三娘半个头。到十八岁上，脸上桃红李白，身材婀娜清纯，长成了十足的美人儿。她嘴巴儿巧，满口大伯大叔地叫，手也勤快，班子里角儿的缝补浆洗，她和三娘两个包了圆。人人喜欢她，爱她，那方明知道解兰英日后是给他做媳妇的，更是百般地让她，整个班子把她娇成了宫中的皇后。她在班子里走动，角儿们高兴了，就教她几段。她心性儿机敏，脚步儿灵巧，几年下来，班子里的戏文便记了个十之七八。有时角儿们兴头上，让她摆几个身段，竟模是模，样是样，天生一段风韵。方九看了也暗暗点头。

方九班子自成立起，就没女子上台的规矩。戏文中的女角均由男角担任。班子里高三饰花旦、青衣，高四饰彩旦、老旦，戏中女角儿多了，他们便要串几个角色。那一次也是巧，戏班子在溧阳上沛埠演出，戏牌子《包公刀铡陈世美》已挂出去了，偏偏扮秦香莲的高三得了病。观众进了场，高三挣着火炭般的身子要起来，啊哟一声又躺倒了。方九心如火燎之际，麻三娘挽着解兰英来了，说："他爹，别愁得跳河挂梁的，你让兰英唱一唱，怎样？"方九说："这可不像在房里绣个花儿朵儿。人一上台，几百双眼睛盯着，是闹着玩的？她没唱过戏，再说一个女儿家……"他话未说完，三娘就接上了口："这戏台子也不是专为你爷儿们搭的，女人唱戏的多哩，趁着她青春年少，现时不露脸，到八十岁再露脸？"解兰英也说："爹，高三叔上不得台，我试试看吧，这戏我听过几十遍了。"其时情况紧急，前边开台锣鼓已打一遍，救台如救火，方九想不答应也不行了。

当时，他们的花鼓戏演法简单，上台演员不多，戏文由演员边说边唱，调度也不繁复。譬如《包公刀铡陈世美》，包公、秦香莲、陈世美等几个主角由人专演，其他配角如张龙、赵虎、王朝、马汉便由乐队兼任。那乐队也特别，不用胡琴、笛子，仅有锣鼓，戏文中唱段的过门全由锣鼓的节奏代替导引，演员几近清唱。花鼓戏曲调也不多，用的最多的是"陶腔""四平调""百纽子"。调子基本上由上下句组成，下句唱完，调门儿便翻到上句，唱得长了，由乐队和上一声，锣鼓敲起，再转入下一段。他们化妆简单，班子里没有本钱，置不起行头，常常有戏装便穿戏装，没有戏装，家常衣服也上台。高三、高四他们演戏，往往裹一件大襟褂儿就唱花旦、青衣了。这一次解兰英上台，麻三娘却翻出了全部家底，着意给她穿一身旧宝蓝色袄子、袄裙，脚上一对小小绣花缎鞋，头上盘起发髻，耳垂上挂了珠坠儿，鬓边俏正正贴一朵艳红绢花，薄施脂粉，淡扫蛾眉，真个如芙蓉出水，秀姿可人。化妆完毕，麻三娘四转一打量，不禁满心欢喜，啧啧连声："这等模样，不上台，岂不埋没了孩儿终身。"

　　解兰英上场了，她在台上一亮相，观众们就一愣，想不到方九班子里今日竟推出这么个水葱嫩笋般女角出来，听她嗓音儿一吐，便如一串晶亮的珍珠落到了碧玉盘中，滚动跳荡不停，她初时还有点生涩，随着剧情发展，她便进戏了，调门儿上高入低，抑扬顿挫，唱得行云流水，婉转自如。至喜处乐处，便如云雀鸣于秀林，皓月出于东山；至愤处怒处，又如晓风击于林樾，云气聚集空山，却无丝毫狞厉躁戾之态；而至哀处愁处，则耳听落叶萧萧，泉石呜咽，那一双秀眉微蹙，两汪泪珠儿欲掉不掉，凄凄楚楚，叫人生出千般怜，万般爱来。观众眼睛儿直了，脖颈儿僵了，口涎儿也便流下来了。演出中间，竟出现"砸彩"场面。当秦香莲在台上痛陈苦情，哀告呼冤时，下面的铜圆、角子、揉成团的钞票便雨点般甩上台来。

　　第一次上台，解兰英就得了个满堂彩。当天演出结束，上沛埠会友茶馆的老板来与方九说，要正式挂牌。第二天，解兰英的名字就赫然出现在戏剧海报上。"方九班子里出了个妙龄旦角解兰英"，消息如一股清风吹遍四乡八村。方九的班子也一再被挽留，已演过的戏一再重演。他们在上沛埠竟整整演了一个月。

　　解兰英的出现，便如那片浑黄萧瑟的土地上，突然开出了一朵奇花，艳艳地炫人眼目，摇人心旌。她在台上一出现，那头上乌乌浓浓的青丝，胸前圆圆满满的隆起，那柔柔软软的腰肢，娉娉婷婷的步态，清清亮亮的嗓音，无一不引起人的遐思近想。尤其那些正当青春的小伙子，看着她在台上一投足，一举手，一个媚眼，一声娇笑，心里便同三月里长江起了大潮，周身的血脉鼓鼓地贲张起来。

便是戏完了，人们还不肯散，台前台后团团围住，单等解兰英卸完妆出来，一睹她在尘世中的芳容。往往这时，后台也热闹着，挡板的空隙中会不断塞进一些不知是谁送的东西。小包袱包的、小篮里装的是鸡蛋；食盒里装的、盖碗里盛的是点心，是热腾腾的馄饨。这些是让解兰英吃的。红纸包的钱钞，卷裹着的铜钿，这是让她用的。有时后台多出了柳木板制的小靠椅、竹制的小榻，一时不明所以，弄半天才清楚，这也是送给解兰英的，让她唱累了可以坐着躺着歇息。

一时间，方九的班子声誉日隆，这里来邀，那里来请，再也不需上门求告陪笑了。演员们脸上红润起来，也有了笑影。腰包里也鼓鼓的了，有家眷的，十天半月还能捎些回去养活妻小、孝敬老娘。看着这兴旺景象，方九是一半儿高兴一半儿忧愁。喜的是，戏班子的生计不愁了，免了许多跋涉之苦；忧的却闷在心里，说不出口：出了这个解兰英，说不准什么时候便会闹出事情来。

二

解兰英在山乡的名气越来越响，戏班子每到一地，热心的观众便会潮水般涌来。为看一场解兰英的戏，有的赶十里八里山路，当夜往返，不以为苦。那些精壮力健的小伙子，看解兰英的戏上了瘾，一遍看了看两遍，两遍看了看三遍，有的戏看了许多遍，还要看，已到了乐此不疲，百看不厌的地步。

对这一些，解兰英憨憨颠颠，一点也不自知。她依旧爱笑，爱闹，像一只羽毛才丰的雀子，在林子里，在蓝天上，鸣啭嬉戏，振羽飞翔。戏班子里多赚了钱，她喜欢；观众如痴如狂地叫好，她喜欢；听到那些叫人皮肉发麻的赞誉，撞见那种眼眶里伸出手来的目光，她友善地回报人家一个娇笑，纯真甜净，毫无人欲。那些人得了施舍，正云里雾里傻想，她却一头钻进幕后，躲进麻三娘那宽大的怀里，由三娘拍着笑着搂住了。

她是天上遥遥的一轮明月，是缥缈仙境中的一位仙女，可望而不可及，可爱而不可亲，真正要想煞人了。

戏班子到龙口巷来演戏了。他们是第一次来这里演戏。龙口巷夹在两个山包中间，是个不大的村子。方九想不到这么个村子也会喜欢花鼓戏，也要请他们的戏班子。这山乡的乡风是：正月里拜拜年，二月里赌赌钱，三月里唱唱戏，四月里才下田。其时正交新春，是唱戏的好时光，方九他们身价抬高，台口很忙。但龙口巷几次三番来请，情词恳切，且包银丰厚，方九他们只得回了别处，接了龙口巷的台口。

龙口巷这一次办事的确隆重。三天前，便着人去二十里外把戏班的箱笼道具抬了来，等方九他们赶到，村口的戏台已经搭好，演员们的下榻处也一一安排好了。方九一家安置在一处单独收拾出来的空屋里，里面打扫得干干净净，床榻、桌凳，一应生活用具俱全，看得出主人的热情和周到。当晚，村上又给班子送来两石上好的粳米，还有鱼肉蔬菜、馒头点心，另加一坛上好米烧，连松枝烧柴都备好送了来。方九他们暗暗感激。

第二天，他们日夜演出全本《玉堂春》。为了答谢主人的盛情，他们在正本前又加演了小戏段子。这次加演的是《小尼姑下山》，由方明饰小和尚，解兰英饰小尼姑。春日晴和，暖风撩人，小和尚、小尼姑在道上相遇，挂一串念珠儿的小和尚念道："风送清香一阵阵，"头上包罗帕饰小尼姑的解兰英便对："古松单遮有情人。"和尚念："有缘千里能相会，"尼姑说："无缘对面不相亲。"四句对白念完，台下已一迭声拍起巴掌来。方明演的小和尚俏皮、机灵，解兰英扮的尼姑清丽、腼腆，两个人在台上调情、试探，或即或离，恍如一对玉人。当他们对唱到"一年到二年，养起青丝发，三年四年过，生下一双胖娃娃，叫你一声爹，叫你一声妈，五年六年七年八年九年十年过，娃娃人长大，我带儿子去种地，我带女儿学纺纱"时，台下打起吆喝嗬来，这山乡特有的、发自肺腑的喝彩声，由前向后，海潮一般荡去，久久不息。那些远远地观看的姑娘、尚未开怀的小媳妇们则心头怦怦鹿撞，脸上辣辣火烧，头也垂了下去。龙口巷虽然偏僻，赶来看戏的观众却不少，戏台前的人群，黑压压漫过了广场，踩平了好几块麦田。

接连两天，演出都很成功。还有一天，龙口巷的演出就要结束了。这天中午，村上主事的派人来请方九夫妇到他家里赴宴。

主人年近六十，姓王，家里前后两进瓦房，砖砌门楼，条石铺阶，在这村上比起来，显见得是个殷实人家。家宴设在后进内室，里面收拾得甚是整齐。方九夫妇去时，主人早已在天井内恭候，主客稍事寒暄，便招呼入座，菜也一道道摆了上来。方九瞅着主人的举动有些蹊跷，料定有事，主人虽频频劝酒，却不敢多饮，三杯过后就拢了酒杯。麻三娘酒量颇大，席间谈笑风生，来者不拒，杯杯馨尽。酒宴过后，主人又奉上茶来。方九见他老不开口，心中纳闷，耐不住问道："王先生，这次来贵村叨扰，多蒙照顾，今天又承盛情款待，实在感激不尽。"

主人见方九主动挑起话头，沉吟半晌，终于开口了："今日薄酒一杯，请方先生夫妇光临，实有小事相求。只因族中有年轻子弟，爱看你们的戏，对贵班解兰英小姐起了不敬之念，日思夜想，遂成相思之症。前日请医疗治，需解小姐青丝一束，煎汤内服，方能解救。族人相求，事出无奈，不得不觍颜请二位到此，据实相告，望方先生能援之以手，起重疴于床榻。事成之后，自当重重有谢。"

方九听主人说完，已明白事情原委，心中便有些不悦。他走惯江湖，这类事见得多了。近几月来，便常常有人来班子里纠缠，尽是些地方上的浮浪子弟，还时常收到些不三不四的信束，都被他截住烧了，不让解兰英见面。这次来龙口巷演出，主人招待周全，他原很感激，现在清楚了底细，不禁把主人看得小了。方九虽在社会上被人看作戏子，却秉性刚正，但碍着主人脸面，不好当面给人难堪。正沉吟之际，麻三娘却先接了口："这事不难，一束头发有什么稀奇，我回去和兰英说，一定送来。"方九见麻三娘半道岔出，措手不及，生恐她再说出什么话来，忙插上说："此事既有王先生出面，我们也难却盛情。只是身体发肤，受之父母，小女是我夫妻收养，尚需征得她同意才行。"麻三娘还要说什么，方九一拉她的手说："三娘，王先生急等回话，我们还是回去再说。"随即告辞出来。

回到住地，方九劈头将麻三娘数说一顿："你怎么能随口应承。兰英是黄花闺女，轻易就把头发剪了给人了？"三娘说："一束头发有什么要紧，又不是要人。"方九瞪她一眼："你真是妇人见识，这事开了头，传出去，一是声名难听，若再有这等事，岂不把兰儿的头发剪光。"至此，三娘才想起不妥，不响了。

当晚演出照常进行。不想演出结束，主人又来催回话，并邀方九再次去王家商量。这次方九不敢带三娘去了，独自一人去了王家。王先生没有睡，王妻也守候在旁，见到方九，便问事情怎么样了。方九沉默半晌说："此事回去已和小女说起，小女性烈，不肯应命，我不敢相强，只得告罪了。"

王先生听方九说完，久久不语，在厅堂中踱步，半天，终于下决心说："方先生，实不相瞒，这事是我求你。"

方九心中吃惊："什么，是你求我？"

王先生见方九误解，连忙分辩："不不，你理会错了。是家门不幸。适才所提族中子弟，实是我小儿。因家丑不敢外扬，日间羞于面陈，才推说别人，实在对尊驾不起。"王先生尚未说完，旁边他的妻子已流下泪来，王先生继续说道："现时小儿已得病一月，茶饭不思，梦中常唤解小姐芳名。我家三代单传，膝下只有这不肖之子，万望方先生高抬贵手，救小儿一命。"说罢，夫妻俩对着方九就要跪下，慌得方九赶忙一把扶住。至此，他已明白主人所言属实，没有恶意，心里顿时动了恻隐之心。

原来这主人家子息不旺，夫妇俩年过四十，方生这独子一人。夫妇俩薄有田产，前些年还勉力送他去邻县私立国华中学读书，后因鬼子横行，不放心他一人在外，便辍学回家。他闲居无事，常去看方九班子的戏，不想就成了癖，只要听到哪里有解兰英的戏，风里雨里也要赶了去，回来后便痴痴作呆，睡梦中也呼唤解兰英名字。夫妇俩合议，向解兰英求婚不可能，便给他聘下一门亲事，但他死活不肯成亲。一月前，终于卧床不起，虽多方请医调治，总不见效。后一走方郎中过境，请他诊治，郎中哈哈一笑，开了这张古怪方子。夫妇俩爱子心切，便单独出资，重金礼聘方九班子来龙口巷演戏。

夫妇俩谈完以后，当即封出二十个大洋，往方九面前一放："这点薄礼不成敬仪，还望笑纳。"

方九一见，抬手阻住，说："我们演戏，原也有劝世救人之意。我这一回去，定当对小女言明，事妥之后，便即送来，这钱财却断不能收。"

主人见方九诚意推却，便不相强，夫妇俩千恩万谢，将方九送出门去。

回到下处，方九把真相对麻三娘说了，三娘暗暗咋舌，随即去叫解兰英。其时解兰英已卸完妆，正准备睡觉，见方九夫妇进来，便问："爹，娘，这么晚还不休息？"

方九碍着女儿大了，吞吞吐吐说不清，在麻三娘的解释下，方把事情说明白了。解兰英虽然单纯，近来也已渐通人事，对社会上那些风月事情也多有耳闻。她明白自己的身价，也极爱自己的容颜，每天早晨起床，那一头油油黑发总要梳上好半天。一个姑娘家被人爱恋，虽不免心中暗暗得意，但对那些轻薄行为却很厌恶，今天一个陌生男人无端要剪她头发，还劳动干爹干妈来说，心里便不高兴。这时，恰好方明也没有睡觉，听到父母和解兰英讲话，不知发生了什么事，便赶过来看，一问知道是这么回事，当即发了火："什么东西，也来轻侮兰妹？这种畜牲，死了活该！"他深深爱着解兰英，也知道她将来要做他媳妇，心里那股火便燃得特别猛烈。

方九一听，却黑下脸来："畜牲，你懂什么？还不滚回去挺尸！"

方明不敢违拗，一边走一边大叫："兰妹，你不能答应他！随便将头发剪给人家，成什么体统？"

听到方明父子俩争执，解兰英心里又是感动，又是怨恨，一阵委屈，伏在床上哭泣起来。这一下，方九夫妇慌了手脚。麻三娘一步抢过去，扶住解兰英，又是劝，又是哄。谁知这一劝，解兰英哭得更厉害了。她两肩耸动，声短气急，弄得方九头也晕了，口也哑了，安抚一阵无效，只得退了出来。

方九夫妻回到自己房内，四眼相对，半天默默无言。解兰英虽是他们收养，毕竟不是亲生女儿，现在她成名之后，已身价百倍，是班子里的台柱、摇钱树，苦苦相逼，弄出事来，便不得收场了。但这家人家也是出于无奈，一片至诚，如事不成，反倒显得方九不肯济危扶困，是个言而无信的小人了。

三娘见丈夫闷闷不乐，劝解道："这事也实在没有办法。正像你说的，兰英是黄花闺女，如何肯做这失脸面的事，日后传出去名声也不好听。你只能去向他们道个歉了。"她长叹一声，又说："可惜，他们不要我的头发，要是我这老婆子的头发有用，剪一绺就剪一绺，哪要费这些口舌？"

谁知三娘这一番话提醒了方九,他端详三娘良久,看得三娘也不好意思起来,嗔骂道:"你这老不入调的,瞧什么?我这头发没有用,这又不能代的。"

方九一听,拍掌笑道:"有了,有了。我想这相思病多半是心事郁结而起,头发并非药石,能济何用?这郎中倒聪明,那病人得了头发,也不过宽心散郁罢了。救人一命,胜造七级浮屠。三娘,我看就用你的头发。"

麻三娘一听,顿时恼了:"你怎么把我的话当真了。我这张脸只有你看得上,也不怕人家笑话!"

"不不,这不是笑话,这叫作瞒天过海,李代桃僵,只推说是兰英的头发,保不定事情会成功。"

麻三娘也渐渐悟出了理,一面笑,一面拉过菱花镜,找出剪子,解开了发髻。三娘年近四十,一头浓发依然油黑有光,不杂一根白丝。她在后脑下,拉出一束,剪子一铰,绞下一绺来,往方九手中一塞道:"死鬼,我这头发一送,你可不要吃醋哪!"

"你这世做了善事,下世投胎,菩萨一定赏你个光光的白脸!"方九边说边笑,快步去了。

方九送发回来,不放心解兰英,又和三娘去看她。解兰英一天劳累,已在床上睡着了。一床红绫被裹着她成熟的身子,两条藕节似的臂膀,伸在外面,泛着白玉似的光。麻三娘爱怜地啧啧嘴,给她盖好被窝,眼定定地说:"这女子,实在长得好看,我要是男身,也会得相思病的。"

方九看着那张红绫被拥住的脸,却不无忧愁地说:"戏文中我们常唱,美人是祸水。人生祸福无常,这班子说不准成也由她,败也由她,一切只能走着看了。"

三

事情虽然叫人担心,日子还得过下去。方九的戏班子生意依然兴隆,台前观众依然踊跃。解兰英依然是台上妩媚,台下娇笑。看看便到了十月十八,这是台城赶庙会的日子。

台城地处苏皖交界,紧傍石臼湖,是湖边有名的大村。村上有一座社庙,年年春秋两季都要举行庙会,祭祀社神。各地商贾亦来设摊摆市,常州、溧阳的色布,苏州、丹阳的绸缎,宜兴丁山的陶器,安徽桐城的黄烟,广德、宁国山里的木材,泾县的徽墨、宣纸,其他如药材、茶叶、湖笔、铁器,南北杂货齐全,四乡群众扶老携幼从方圆几十里来赶会,你买我卖,讨价还价,万人云集,热闹非常。这几年,日本鬼子横行,台城庙会已多年不办,今年正逢日寇投降,群众心情为之一畅,便商议重开庙会,并议定要搭置花台,请戏班子唱戏。

这一次,他们请的就是方九的班子。

当地群众中流传着一句话:到台城花台唱戏不容易,不上台城花台的班子不算好班子。

方九的班子这一年内又有了发展,从外地、本地聘请了一批演员,新置了一些行头,乐队的锣鼓伴奏中又加进了胡琴箫笛,上演的曲目也增加到了几十种。由于名气越来越响,他们收到了台城的聘帖。这是方九创立班子以来最大的荣耀。

庙会正日是十月十八,他们早三天就结束了溧阳的台口。

当他们十月十六日赶到台城时，那座闻名遐迩的花台早已巍巍矗立在社庙前的广场上。

这花台创设历史久远，年年庙会时搭置，庙会后拆除。在社庙对面广场上有现成柱础，其他梁栋、雕板、屏风都用活动榫头套装。花台宽约四丈，沿口置有栏杆，中间塑福、禄、寿三星，左右列八洞神仙，全系彩绘木雕。台口上方为"五架彩"屏风。最下一架是"双龙戏珠"，两条五色金龙舒鳞扬爪，腾云抢珠。往上第二架绘有十二月花神：正月柳梦梅，二月杨玉环，三月杨延昭，四月姜贵华，五月丑钟馗，六月美西施，七月傅石雄，八月钱素款，九月陶渊明，十月汉貂蝉，十一月白乐天，十二月佘赛花。再往上三架则绘《渭水河》《女起解》《追韩信》《宇宙锋》《六月雪》等各种戏剧故事人物。五架彩屏中间一块墨绿衬底大匾，上书"玉楼春"三个煌煌金色大字。彩屏之上，便是重瓦飞檐，堂皇富丽的"五凤楼"顶了。花台上用雕花屏风隔出前后台，左右各两个彩门，左边彩门上书"出将""来云"，右边彩门上书"入相""去风"。台前四根盘龙漆柱，则写有两副对联：

你是我我是你再看看像你非你像我非我
假中真真中假细想想不假亦假不真亦真

文成武就金榜题名虚富贵
男婚女配洞房花烛假风流

台城花台嵯峨壮观，独步县内，且演出规矩极严。规定三天演戏不许"倒槽",也就是三天内不许有一场戏同样,而每场戏还需"得彩",得彩后,庙前旗杆上便会升起一连串九盏红灯,谓之挂"九莲灯";假如观众不喝彩,不叫好,不但不升灯,戏还须重演。数年前有个班子在花台上演《徐策跑城》,老徐策上城跨了十三步,下城楼时观众数了,只跨了十一步,满场子喝了倒彩,班子只得重打锣鼓重开台,从头再演起。

方九这一次做了充分准备,来前已将几台戏反复演练成熟。他们第一台"打炮戏"演的是《玉蜻蜓》,解兰英饰智贞,方明前扮申贵升,后饰徐元宰,得了个满堂彩,当晚庙前旗杆上挂出了明晃晃九盏红灯。第二天演《何文秀》,更加轰动,广场上人山人海,两旁的田里、庙前的树上、围墙上都爬满了人。今天是最后一天,排的是《小方卿见姑》,下午的日场已演完了《前见姑》,晚上的《后见姑》,解兰英扮陈翠娥,是她的重头戏。假如这一场演完,他们到台城便功行圆满,可以顺利收场了。

这天晚上,戏班子从上到下都高度紧张。演员们日场演完,没有卸妆,草草吃了晚饭,便到后台守候了。方九演出前到台口张了一下,见台下观众潮水涌浪一般,似乎比前两天还多,心里暗暗祝祷,但愿这最后一场能顺利演完。闹台锣鼓打过后,戏便开场了。花台前,四盏汽灯嗤嗤作响,照得台上亮如白昼。解兰英在《哭塔》一场中,观众便连爆了几声欢彩。到这时,方九的心才略略宽了,照这样下去,今晚这台戏不会差。他转回后台,泡上一壶茶,慢慢品着。他正想打个盹,麻三娘走了过来,递给他一张纸折的方胜。方九连忙打开,上面一手清秀

103

的毛笔字写着：

方先生尊鉴：

请尊驾速带班子离开此地。甩摆尾子未死，遁迹湖上，今夜已潜来台城，密谋抢人，目标是贵班解兰英小姐。如若不信，可至大庙旁食摊处自察。

一观众

方九看完，头脑里轰地一声，眼前金星乱迸，僵住不动了。麻三娘见他呆愣的样子，连忙问道："他爹，出了什么事？"方九被三娘一叫，醒了过来，一把抓住她的手问："这条子谁送来的？"三娘见方九骇人的神态，也慌了："后台灯暗，看不清楚，好像是个年轻人。""他人呢？""不知道，我拿到条子就来找你了。到底出了什么事？"方九心中连打三个激灵，把纸条往口袋中一塞，对三娘说："没什么事，你好好在台上照应演戏。"匆匆从后台下去，没进了黑暗中。

原来条子上提到的甩摆尾子，是两年前横行在溧阳、溧水一带的一股惯匪的司令。这家伙生性残忍，手下有五十余人枪，一度曾打出过抗日的旗号，但从不打鬼子，却流窜乡里，专事抢劫，残害百姓。当时我新四军曾派人争取过他，这家伙不但不听劝告，反而杀害了新四军一名民运工作队员。我新四军见他冥顽不化，便觑准机会，在他一次抢劫途中，打了一个伏击，击溃了这般顽匪。从此，甩摆尾子从地方上销声匿迹了，众人都以为甩摆尾子已死，谁知他却逃到了石臼湖上。现在日寇投降，新四军奉命撤到苏北，趁着地方上治安很乱，他又露头了。

但方九看过条子却不相信,决定按条子上所说,亲自去察看一番。

因为赶庙会,广场四周布满了各种吃食摊,炸油条的,烙烧饼的,下面条的,卖馄饨的,一盏盏玻璃小风灯在夜色中闪闪烁烁,密如星火。大庙旁是一带小土岗,灯火至那里便稀落了。方九寻到那里,见一家烧饼铺子的帐篷里坐着几个人,一式短装打扮,模样有些蹊跷,便走过去,装作买吃食的样子和他们搭讪。谁知那些人见方九进来,便往黑暗中让。方九心中已有几分信了。便在这时,他听到内中一个叽咕骂了一声,方九心中一紧,这是一句道地的川话,他早听说甩摆尾子手下有一些南京失守时国民党溃逃留下的散兵,因为操一口四川话,当地老百姓称他们是"川大爷"。看来,条子中讲的不假了。他不动声色,掏钱买了几个冷烧饼,便离开了吃食摊。

戏台上,戏正精彩地往下演着,观众群里不时爆发出一阵阵轰笑喝彩声,丝毫不知黑暗中发生了什么事。方九心急如焚地回到后台,即把麻三娘叫来。麻三娘没有听完,腿肚子先已软了,簌簌地便站立不住,这时台上《庵会》一场刚开始,解兰英扮演的陈翠娥正与流落到襄阳的方卿之母杨氏在庵堂相会,一时还下不来。方九毕竟在江湖上走得多了,他明白他这个一班之主不能乱,一乱更加要出事。他镇定一下心绪,从乐队里唤出一个人,叫他速速去村上找主事的族长。那人应声走后,台上的解兰英也下场了。麻三娘一见,扑过去一把搂住,眼泪就啪啪往下掉。解兰英不明白发生了什么事,问道:"娘,出了什么事?"方九一见,拽过三娘,瞪她一眼:"你知道什么?乱讲!"随即叫过解兰英,说:"下面你不要上场了,快卸妆。"

解兰英一听,眼睛睁得老大,吃惊地问:"怎么,这戏不演了?"方九说:"你不要多问,下面一场羞姑,你不需上场,卸完妆,先把你送走。以后的陈翠娥由高三顶上。"这一下,班子里都明白发生严重的事了,一个个惊慌起来,方九说:"大家不要慌,没发生什么事,戏照常往下演。"他嘱咐高三赶紧换妆,又唤过演方卿的方明和扮姑母的高四,要他们在《羞姑》一场中,尽可能把姑侄对唱的词往下编,越长越好。前场锣鼓响起,方明、高四应声去了。这时,方九心里宽展了些,催着麻三娘给解兰英卸妆。麻三娘却把持不住,手颤颤地抖。方九恼了,把她拖过一边,亲自给解兰英动手。正在这时候,后台楼下传来一阵嘈杂,他赶过去一看,淡淡的灯光下,只见食摊边那几个人正往后楼口挤,心里一拎,知道今天这场祸避不过了。他刚要下去敷衍他们,忽然黑暗中有人大叫一声:"不好了,甩摆尾子来抢人了!"这一声叫,便如在广场上打了一个劈雷,人群惊愕一下,立刻炸了锅。方九见这势头,赶忙吩咐撤人。但花台有六尺多高,四面悬空,不得下去。那几个短装家伙却已掏出盒枪,向后台冲来。危急中忽见一条人影,箭似的冲出暗处,往梯子上一站,守住了上台的入口。梯子只容一人上下,那几个家伙上不去,便争执撕扯起来。突然间,一声枪响,紧接着是一声惨叫,梯子上那个人跌了下去。枪声一响,广场上更加混乱,前台上汽灯也不知被谁砸灭了,偌大一片广场,顿时陷入一片黑暗之中。方九此时已顾不得什么了,顺手拉过一只箱子,往梯子口一堵,吩咐台上众人往下跳。他将麻三娘交给方明,自己拉过解兰英,一把挟在腋下,蹬开左边的栏杆,两眼一闭,往台下就是一跃。

广场上已像遭了地震一样，人踩倒了，小摊挤翻了，四处响着哭叫声、喝骂声、呼儿唤女声，人们像炸散的羊群向四野里涌去。方九跳下花台，脚踝崴了一下，不敢停留，忍住钻心的疼痛，拉着解兰英，穿田埂，过小路，随着人流，一口气奔出了三里地，来到一个小庄子上。站在一片小竹林里，向台城方向看，只见那花台上已冒出了一团火光，这股悍匪见抢人不成，放起火来了。那花台是木质结构，点火就着，不到半个时辰，花台便陷入了火海之中，熊熊大火把半边天空都映红了。

方九心里如万把钢刀在绞。一台戏完了，戏班子的箱笼行头完了，多年的心血也完了。眼下，戏班里人已全部冲散，方明母子下落不明，生死未卜。自然，他还挂念着那个送条子的"报警"的人。他是否就是那个守梯子的人？他为什么要舍命救人？他又怎么知道甩摆尾子要来抢人的？台下那一声惨叫，显然他被枪击中了，如今他是死，是活？这场大火之灾，他能躲得过吗？这人是戏班子的救命恩人，但连他姓甚名甚都不知道。

惊魂未定的解兰英却在旁边哭着，她不明白这场飞来横祸是怎么发生的。在远处那烛天大火的映照下，两串泪珠儿挂在她腮上，晶亮亮地颤动，便如一朵被风打残了的花儿。方九看着她，心里一酸，双脚跺地，绝望地长叹一声：

"命，这是命啊……"

下篇

一

一条青石板小街，宽不过丈余，两旁密密地排满了商号、店铺。一式的木制小楼，下层排门屏立，里面安着露木纹的曲尺柜台，上层是居室，檐牙飞挑，镂花窗子对街相望。在这街上走，天空只看到狭狭的一条。每天太阳升起，东边街屋的阴影便遮住石板路面，至日午中天，满街才得享受那一线暖暖的阳光，未几，两旁的阴影就盖过来，满街又幽幽的了。

这是皖南县城典型的一条老街。早几年，这街道并不冷落，从早到晚，四乡的农民背着山货，挑着土产，拥挤在这窄窄的街道上，你来我去，叫卖叫买，茶馆里的笑声、浴室里的闹嚷、小吃摊上的吆喝、猪牛市的争执，一条街被各种声音喧得要浮起来。如今，店铺的墙上刷满了"革命"的颜色，排门上印上了嵌"忠"字的红心，到处是大海的碧波、升起的旭日、破浪的巨轮、金色的向日葵。在一场史无前例的"革命"中，街上干净多了，也清静多了。店铺里整日长闲，售货员在打盹。从小街往南，市容更显空清，至尽头，一所矮墙围成的院落给这小街打了一个冷冷的句号。可别看轻这破败的院落，早几年，这里却是热闹去处。那悠扬的琴声、摇人心弦的锣鼓声、咿咿呀呀的吊嗓声，会把一群群人吸引过来。人们记得，这院落门口曾挂过一块堂皇的牌子，指示着这里是县花鼓戏剧团的驻地。在人们心目中，这可是一座需引颈仰望的神圣殿堂。如今，那块漂亮的牌子不见了,那仙乐般的声音也消失好几年。在人们新接受的概念中,这里是"黑窝",是"牛鬼蛇神的大本营",是"封资修的大染缸"。如细加搜罗,还可列出一长串叫人心悸、发怵的名词来。

几年来,人们已习惯于接受这些朝起暮改的新名词了,对生活中的有些事,也不过初时震动、吃惊,渐渐便视如日落日出,月盈月亏一样的自然。譬如每天清晨,这院落里会走出一个人,帕子包头,遮住大半个脸,扛把大扫帚,从小街的这头扫到那头,那刷刷的竹丝磨擦街面的声音已浸透了人们清晨的梦,假如有一天突然消失,反而会觉得身边少了什么一样地不习惯。

人们差不多已忘记了这位扫街者的本来面目,但我们应当能认出她来。当她扫完街道,来到街尽头的井边,摘下头帕,打水洗脸时,我们便会看到她的真容,她竟是我们相违了二十多年的解兰英。

自然,她已不是二十多年前那个乡间戏班子里的解兰英。她是堂堂正正的国家干部,是这个县花鼓戏剧团的头牌花旦,华东戏曲会演演员一等奖获得者,拍过电影,灌过唱片,名声噪于整个皖南的著名演员解兰英。但是,这也是几年前的事了。现在的她,则是黑帮,是牛鬼蛇神,是反对革命现代戏、反对"革命旗手"江青的三反分子。

难道这就是"命"?这就是方九二十多年前常常慨叹的"命"?这一年多来,每当她那把扫帚扫过长长的街面,她就好像悟出了这个道理:人便如这街上铺墁的一块块青石,任人踏,任人踩,任阳光曝晒,任风雨侵蚀,它不能翻身,不能躲避,磨平了角，磨薄了身，裂了缝，开了圻，直到粉身碎骨，最后从这个世界上消失。她曾听说过，这条街的那一头，便有几十米长一段街道的青石板，1958年被起出，填进了小高炉的炉膛，永远消失了它们的身影。

　　谁说这一块块青石板是死的？这一年多来，她已看出了它们的灵性，她能与它们对话。街头上东风商店前的那一块，不知被什么冲击过，碎成了十几块，她细细地辨认过，那零乱的石头，就和十五岁那年麻三娘摆到她面前的粽子一样。那一次，她接过三娘剥好的第一只粽子，只三口就吞下了肚。也就是那一次，她感受到了人世间的温暖，那粽子，那三娘慈和亲切的笑脸，使她留在戏班子里了。这石头的模样使她吃惊，从此，她便留意这些石头了。果然，几天以后，她在一条岔巷的拐角处，发现了一块石头。那石头的纹路真怪，竟活脱脱就是台城花台的样子，石头上方，泅出一片红红的颜色，像着了火一样。这块石头使她心惊，在那里，她往往扫帚一带就过去了，不敢多看一眼。台城那一幕是一场噩梦，那一次，失散的人虽然找齐了，也没有死伤，但剧团的家当全部损失了。当地再没人敢请他们的班子，他们不能在当地立足，便辗转来到皖南。皖南的郎溪、广德、宣城一带，河南人也多，人称小河南，他们在这里找到了依托。也就在那段日子里，她和方明圆了房。在一个山里的小村上，方九和三娘为他们租了一间小茅屋，买了一对红烛，摆了个小小的香案，她和方明在香案前拜了天地，拜了公婆兼爹娘，便送入了洞房。在那四周土墙，屋顶漆黑的茅屋里，她结束了姑娘的日子。苦涩年月里的夫妻生活依然是甜蜜的，新婚第一夜的情景她至死也忘不了。她挂念那羞涩,那期待,那害怕,那惊喜,于是她又在那石块群中细细地找,终于在那座水井边的一块石头中,找到了她那洞房的影子。她每天扫到那里,总要在那里站一会,借着微明的天光端详着,细细回忆那人生难得的一幕。以后,她便发现得多了,一块块青石几乎串起了她的一生。供销社门前的那块,映出的是红旗飘、锣鼓敲的场面,使她回忆出解放后被迎进县城的情景。从那以后,方九的班子便定编在这个县,正式称为花鼓戏剧团,她也开始了一个人民演员的生涯。老居委会前的那一块,她也爱看,那里面就像嵌着她的获奖证书,那一次华东戏曲会演,她获得了一个演员的最高荣誉。但有一块石头,她从不用扫帚去扫。那石上有一张面容,一张她干娘、她婆婆麻三娘的面容。她曾是她世上最亲的亲人,是三娘收留了她,带大了她。她在三娘跟前,第一次学会了处理一个姑娘的麻烦;她在三娘的鼓励和支持下,第一次踏上了舞台。她是三娘的亲女儿,是三娘的儿媳妇。解放不久,方九便过世了,三娘却一直没离开她。三娘照料着她,爱护着她。三年困难时期,三娘离她而去了,临死前交给她二十斤粮票,而三娘自己,却是饿死的。解兰英每次扫到这里,总要流泪,总要轻轻地呼唤几声娘。每当她发现这块石头染上污迹,她总是掏出手帕,在上面细细地擦,直到三娘对她露出笑容为止。自然,有几块石头她十分厌恶,那上面有着几张狰狞的面容,看到它们,她便心悸,便害怕,便愤怒,她想起了拷打、训话、一个女人难堪的侮辱,于是她不但是扫,且狠狠地拍打了。呵!这满街的石头,就是她的一部历史,都有灵性,她能读懂它们,每看一遍,她都有新的启示,新的领悟。

然而,最近这段时间,她感到越来越翻不动这部沉重的历史了。她感到脚下开始虚浮,手也越来越拿不住那把扫帚了。晚上回去,手指往腿上一按,便出现一个窝,半天也平不起来。她感到体内的油已一点点耗尽,生命之火正一点点缩小。她觉得自己的历史已写到了尽头,如同小街那一端的青石一样,将被投入那熊熊燃烧的大火了。

今天又是端阳节了。昨天,她早饭在食堂打回来二两稀粥,喝了两口就没有再动。她在昏睡中度过了一天一夜,今天一早,习惯又使她挣扎起来,拿起那把大扫帚。她还得去扫街。她决心在那小街上结束自己的一生,把自己历史的最后一天也写在那些石头上。石头会记住她的。

虽然已到了插秧的季节,早晨还有点冷。解兰英的棉袄从去年上身以后就一直没有脱。她扫着,一块块细心地扫着,手中那把扫帚越来越沉。她在那块印有她洞房的石头前站了几分钟。在"三娘"面前,她蹲了下来,掏出手帕,细细地为三娘擦拭面容。三娘好像哭了,又好像笑了。娘,你哭什么?你又笑什么?娘,你别哭,也别笑我,我就要来了,以后永远和你在一起了。她在那儿蹲着,眼前金光四射,一片光亮,果然她看到了三娘,三娘笑着,叫着兰子,向她走来了。她迎着三娘,满心欢喜地扑过去,扑过去,终于跌在三娘那宽大的怀里了……

解兰英昏倒在小街上。

天空黑黑的,一弯新月挂在县城西边的宝塔尖上,闪着青冷的光。街头上还少见行人。就在这时,红卫浴室那盏若昏若明的门灯下,幽幽走过一个人来。此人佝偻着腰,脚步蹒跚,走得近了,才看清,这人是一个驼子。

他走近解兰英,看看她,叹息一声,费力地将她扶起来。她毫无知觉,驼子几乎是背着她走到浴室门口。他似乎很焦急,四面望望,见街上空寂无人,便放下解兰英,急急地向街北头走去。那里,一家老虎灶已点火开炉。他拍响了关着的排门,门开了,他和店主交涉几句,讨了一碗开水回来。他扶住解兰英,把碗凑上去,给她灌了几口水。解兰英觉得一股热流涌进喉管,冲向五脏六腑,动了一下身子,终于睁开了眼睛。

她发现躺在一个人的怀里,女性的本能使她挣扎起来。驼子发现她醒了,像触电似的,赶紧把她放下。

解兰英问:"你是什么人?"

"我,我是个过路人,今天来这里有事,见你昏倒了。"

"你为什么要救我?"

"这……人总不能见死不救哪。"

"那谢谢你了。"解兰英口气冷冰冰的,并不感激他。她稳稳心神,挣扎着要站起来。那人想拦,解兰英挡住他的手,晃几晃,站住了,拿起扫帚就要走。那人急了,说:

"你这样子,哪里去?"

"你这人倒奇怪,救了人,便不让走吗?"

这时,解兰英才看清,这人是个驼子。站起来,还不到她肩膀高。于是更加要走了。她才一迈步,眼前便一黑,驼子想去扶,伸出了手却没敢再碰她。解兰英靠住墙,喘息了一阵,终于扶着墙一步步走了。远远地,她听到背后传来一声长长的叹息。

今天,解兰英第一次没有完成扫街任务。

都说人是万物之灵,但有些地方,却和鸟兽没有两样。鸟在天上飞千里,得还那个窄窄的巢,野兽在山林转半天,也得去那个小小的窝。往往,聪明的猎人便会在半途设伏,或干脆在窝里逮个正着。解兰英这一年多,也只在她的窝边打转转。一些人打她,骂她,甚至侮辱她,放心大胆,不怕她飞上天去。今天,她原以为在三娘面前,要随三娘去了,结果去不成,还是回到她那剧团院落中的"牛棚"里。

她整整睡了一天。这间昏暗的牛棚里,没有人来,连看守们也不来了。对于一个垂死的人,一个六亲无靠的弱女人,他们何必还要费这个神呢?即使死了,也不过如死了一条狗。社会已不需要她了,不要她的嗓子,不要她的演技,何况她本来就是"狗",一条"修正主义文艺黑线"的"走狗"呢?

睡到夜里,解兰英醒来了。天黑黑的,周围听不到一点声音,她真疑是到了阴世。但是她心里却一片空明,平静得像一池清水。到如今,她是没有什么可牵挂的了,没有牵挂的事,也没有牵挂的人。她结婚后,没有生养过。麻三娘死后,她的丈夫方明,却在去年的学习班上,在拳头和棍棒的强硬专政中,揭发了她。说她在一九六四年观摩革命现代戏时讲了反江青的话。方明讲的那些她说的话,是事实,但他有一点错了,她没有反江青。那一次看过戏后,会上硬逼着要提意见,她推却不过,随口说了几句,结果这就成了反江青的罪状。她并不怪方明,方明是在没有办法的情况下,才供出她的。但方明自己并未逃过厄运,团里头牌小生引起的嫉妒，当团长管理中造成的矛盾，一切私欲都可借着漂亮的言词趁各种机会发泄出来。他终于受不了那种折磨，上吊死了。现在，这条路要轮到自己走了。早晨，好心的三娘没有收留她，今天晚上，她无论如何也要回到三娘那宽大温暖的怀抱中去了。

房间里阴沉得可怕，那盏落满灰尘的灯泡半死不活地亮着，像一星鬼火。她手颤抖着，从枕套中摸出了一个白色小纸包。这是一包安眠药，她早就积攒着了，期待着够分量的日子。这日子就是今天，又恰好是端阳，是十五岁那年进方九班子的一天。"命，这是命！"方九的话又在耳边响起来。她惨然地笑了一下，拿起了手中的药。

牛棚的门被推开了，黑黝黝进来一个人。解兰英惊悸地一抖，药包掉在地上，白色的药片蹦蹦跳跳，滚了一地。她恐怖地喝一声："什么人？"

"我。"一声轻轻的回答。

解兰英看清了，来人竟是早晨救她的那个驼子。

"你来干什么？"

"我看你早晨那样子，不放心，来看看你。"

解兰英冷笑道："嘿嘿，这世上居然还有不放心我的人？"她忽然警觉起来，这驼子怎么老盯住她？他怎么会知道自己的住地？不禁声音严厉起来："你到底是什么人？你怎么知道我住的地方？这地方是你来的吗？"驼子走上一步想解释，解兰英往后一退："你别过来，你再往前一步，我就喊人了。"

"你不要这样。"驼子急了，"告诉你，我是你的一个老观众。

我知道你是解兰英，你们这些人遭罪，我们都急。我经常不定期来这里办事，住在浴室一个熟人那里，早晨起得早，正好碰到你晕倒了。"

听他说得真诚，解兰英语气和缓了些："那你到底想干什么？"

"看你那样子，我实在不放心，果然你想走绝路了。"

驼子拣起地上的几粒药片，凄凄地说："你不能走这条路，我们还等着看你的戏呢。"

"戏！你们还想看我的戏？"

"嗯。"驼子点着头："你知道严凤英吗？"

"严凤英！严凤英她怎么样了？"

"她，她死了，和你想的一样，是吃安眠药死的。"

"啊——"解兰英浑身一震，几乎软瘫下来。她这些年，早断了外面的音讯。严凤英是她的好朋友，是她的大姐姐，想不到这么一位艺名旷世的演员也会走了这条路。

"你不知道，严凤英的消息传开，安徽多少老百姓哭了。大家想看她的模样，耳边响着她唱的戏，轻轻唤着她的名字，还有的摆着香案，祈祷她这个七仙女升天呢。"

解兰英已捂着脸哭了，为严凤英，为自己，也为那些有着共同遭遇的演员们。她曾和严凤英一起，在华东戏曲会演时得了一等奖，那次以后，她们结成了好姐妹。她了解严凤英，她知道严凤英在群众心目中的地位。她是一个用歌喉唱红一个剧种的演员，因为她的卓绝演出，使黄梅戏几乎得到了全国老百姓的喜爱，她那优美的身段，甜润的唱腔已印入了人们的心里。

此刻，解兰英反而忘掉自己的处境了，只是不断地喃喃自语："她，她怎么能死？她不该死，不该死啊！"

"是啊，你们真不该去走那条路。想着我们这些想看你们戏的观众，就该活下去。留得青山在，不怕没柴烧，我看，这世道不会长的。"

解兰英渐渐不哭了，注意倾听驼子的讲话。驼子说："实话告诉你，我不是你们安徽的，是江苏人，就在你们隔壁。几十年前我就喜欢看你的戏了。"

解兰英已完全消除了对驼子的敌意。她本就是江苏出来的，解放后也常到那一带演出，想不到这驼子和她是同乡。她不禁产生了一种亲近感，问道：

"那你今天来，到底要我干什么？"

"我看你这样下去不是个事，劝你避一避。"

"避，避哪里去？"

"俗话说，小乱进城，大乱入乡，你若放心我，可以避到我们那里去！"

"避你那里去！"解兰英有点吃惊。

"是的，避到江苏去，隔了一个省，他们找不到你，等过了风头再回来。"

解兰英不响了。自她听到严凤英的死讯，听到安徽老百姓的悲痛情绪，倒真不想死了。但听驼子说要避到他们那儿去，又有些迟疑。避，分明是逃。一个国家干部，一个人民演员，能随时离开自己的单位吗？而且这驼子到底是什么人，还不真正了解。可不避，下面的结局是明摆着的，那就是和严凤英走

117

同一条路。她踌躇着,沉吟着,迟迟下不了决心。

驼子有点急了:"要走就快点走,现在已是后半夜,再迟就走不掉了。你还有什么东西要收拾吗?"

"还有什么东西要收拾?"解兰英环顾四周,心里一阵酸楚。这些年,家、亲人、艺术,什么都完了。她已是死过几次的人了。人到了不怕死的地步,还有什么可担心的呢?"人不该死有一救。"说不定这也是干爹常说的那个"命"。她经历了最后的犹豫,终于艰难地吐出一个字:"走!"

县城里死一般寂静,像被一张巨大黑幕严严盖着。在长长的空寂的小街上,两个人影悄然踏过青石板道,消失在茫茫的夜色中。

从此,著名花鼓戏演员解兰英在这个县城失踪了。

二

这是一个名叫石山下的小村子。一座小小的山包脚下,一汪弯月似的小塘,十几架草的、半瓦半草的房子,蘑菇似的撒在小塘周围。屋前屋后,榆树、刺槐、香椿笔直地向上窜,新绿的枝叶在高空搭接、亲吻,笼成一片浓荫。鹅、鸭在塘中优游,高兴了,头颈在水中一伸一翘,水便积到背上,颤儿颤,珍珠般跌落下去。稍有一点响动,便拍起翅膀,一溜儿腾起,在镜面似的水中犁出深深的浪沟。随即,村口那几条大黄犬也一连串吠将起来。

山脚下的水田已是绿绿的了。

这天傍晚，小山村传开一个惊人的消息："驼子拐了个老婆回来了。"

老光棍、丑驼子，居然从外面拐回个老婆，不能不叫村人惊讶了。驼子是石山下村上的外来户。一九五八年隔壁乡里筑水库，要淹掉几个村子，驼子被疏散到这个村上来了。对驼子的身世，村人了解不多，只隐约知道他祖上是不错的，不知怎么解放后倒评了个贫农。因为是贫农，村人便不敢小觑他。他是不大能劳动的，队里不能养个闲人，便叫他看牛，但不久，队里那三条牛的屁股上便长了"角"。于是便改叫他看鸡，过几天队长就发现，他在谷场上不仅不赶鸡，却喂起鸡们来了。那得了意的鸡咯咯咯咯围他转，他便神气得像当了司令。最后的结果是，索性让他歇着，年终给他秤一份口粮，分一点零花钱，提前做了"五保户"。所幸的是驼子人随和，不惹事，平时喜上十几里外的镇上吃壶茶，听听书。手中有了几个钱，则赶上几十里到县城或不知什么地方看看戏，回来后却又能抱把胡琴，连拉带唱，把戏文敷衍出来，听得小伙子给他敬烟，小媳妇们把鸡蛋往他口袋里塞。他还通文墨，村人写个信，立个帖，分房做纸，过年写对，都是随叫随到。于是，驼子不仅得到了村人的容纳，且一切的缺点都宽恕了。今天，驼子领回个老婆，村人不但惊奇，也为他喜欢，便争相来看。驼子住在村旁的小岗上，矮矬矬一座茅屋，窗洞小小的，里面黑黑地看不大清楚。村人讲礼节，不像城里动物园中那样拥住围观。驼子带回的老婆在东屋床上坐着，人们在门口张一下，妇女中胆大的进去看一眼，也就回了。下了山岗，才聚过头去叽叽喳喳议论：

"那女人多大？好看不？"

"看不清，头上包着帕子哩！"

"我看到了，比驼子老，脸上肿肿的，黄黄的，怕是有病。"

"这驼子，吃猪油、荤了心，领了病鬼来，怎么弄？"

"饱人不知饿人饥，驼子打了几十年饥荒，还不拣到篮里就是菜。你不信叫你男人打光棍试试，我看熬不过三天……"

"去你的！不怕舌头上生疔疮！"

一记捶打，一声嗔骂，一阵轰笑，去得远了。村人看过了，满足了，也走清了。屋子里没有人，解兰英却喔唷一声躺倒了。她跟随驼子逃出县城，赶十多里路，在一个小站乘上了汽车，到江苏境内又换车，下来后又走了十几里山路，一天一夜的劳顿奔波，使得她已经病弱的身子像散了架。刚才村人拥来看，还拼力撑着，人一走，便再也支持不住了。

解兰英这一躺下，便沉沉睡去。当她醒来时，窗洞上已透进明明的青光，屋外树上的鸟雀在喳喳地鸣个不住。她这才知道，自己整整睡了一夜，已是第二天早晨了。她挣扎着坐起，见原先那条被子已换过了，身上盖的，是一条刚翻缝过的新被。寻思，这驼子倒知情识意，只不知他夜里在哪里睡的。昨天，她刚到这里，一见这茅屋，一见这黑洞洞的房间，心便凉了半截。她这几年虽然遭罪，毕竟走过大码头，住过宾馆，大人物也见过，想到以后要和这个又老又丑的驼子在这个破茅屋中过下去，心里便委屈，也有点懊悔。但路走到这一步，回头已不可能，只能听天由命，静观其变了，便在这时，她听到屋外有人走动，两个人的说话声也传了进来。

"队长，"是驼子在说，"我想把我那份自留地要回来，另外，能不能再给我加一份？"

"嚱，你驼子讨了老婆倒学好了，自留地你能种吗？"

"这……"驼子嘿嘿笑着，"还不是要仗着队上帮忙。这也是没办法，多了一个吃口，不能缝起来过哪！"

"好吧，自留地划给你。下午我先帮你耕好，灌上水，明天你再找山狗、金保他们插上秧。不过我问你，这女人来路清楚不清楚？现在搞运动，上面问起，我要有个回话。"

"嘿嘿，这你放心。她是安徽一个寡妇，出来要饭，在路上昏倒了，我买了两个饼子喂她，她便跟我了。"

"哈哈，驼子你两个饼子换一个老婆，天下的便宜事都让你碰着了。好吧，上面有我担待，你倒要看好老婆，别让她跑了。记好，下午灌水，再和山狗、金保说一声……"

队长去了，解兰英在屋里却笑了。心想，这驼子还能扯谎，一套话编得也圆滚，把那队长也蒙过了。这时她要小解，便挣扎起来，见床后那只粪桶已涮洗过了，没了昨天那股异味，桶沿上还厚厚裹了一层塑料薄膜，旁边放着一迭干净的卫生纸，便想，这驼子虽然单身，对女人的事却知道得这么清楚，倒难为他想得这么周到，心里便宽了几分。过了一刻，驼子进来了，手中端着一碗清水潽鸡蛋，说："你起来了？昨天你一夜没醒，把人吓坏了。"他把碗往床前的桌上一蹾，"这蛋是村上人送的，快趁热吃吧。"

驼子蹒跚着出去了，解兰英却呆呆地愣着。这驼子何以对她这个落魄遭难的人这么热心？难道真像他刚才对队长说的，是骗她回来做老婆？要真是这样，她怎么办？她想到驼子那丑陋的样子，心中立时泛泛地要吐，那碗鸡蛋也减了白嫩的颜色，眼泪便下来了。

但是，解兰英还是住下来了。几天以后能下床走动，她便看清楚了。这驼子的茅屋共三间，中间是堂屋兼灶间，东间原是驼子的卧室，现在让出给她住了，他自己住进了西间的柴屋。那柴屋后面新隔了一个猪圈——驼子向队里借了点钱，捉了一头小猪，开始养猪了。他住在西屋，那味道是可以想见的。可解兰英注意到，驼子在西屋睡得很踏实，那短促的鼾声每一夜都甜甜地响到天亮。平常无事，他也不来东屋走动。看来，驼子那天对队长说的话也是谎话，她一颗悬着的心终于落实了。

渐渐地，解兰英的活动范围扩大到了屋外，也看清了小村子的情况。清晨和傍晚，她站在茅屋前的岗子上看，一脉青山横在眼前，山脚下，那一方方水田，映着晨晖夕照，润着明净悦目的绿。空气是透明的，夹带着山野的清洌和草叶的芬芳，吸一口，那透心的沁凉，把积压几年的闷浊、怨怒都驱清了。小村中，鸭喧、鹅唱、牛鸣、犬吠，愈发增了四周的静。而村人对孩子的呼唤、夫妻间亲昵的喝斥、甚至邻里间的吵嘴，无一不使人感到人生的可恋和可亲。小村子离公社集镇十多里，中间还要翻两座并不矮的小山岗。村上只有队长偶尔出去开会，才带回些外面惊心动魄的消息，而村人吃惊一下便安然了，丝毫不影响旧有生活的轨迹。在这里，解兰英的心情松弛了，闲适了，产生了一种解放感、安全感。

小山村的水甜、饭香、空气养人。村人见驼子讨了家眷，念他不会养家活口，常给他们送些米面瓜豆、时鲜菜蔬。而驼子对她的照顾更是尽心着意。他开始在队上干些轻杂活，还揽下了记工员的工作，自留地上也去务弄了。他虽然忙了很多，却不误一日三餐服侍解兰英，那只便桶更是日日倒，日日涮，晾晒后送进东屋。初开始，他连解兰英的换洗衣服都抢去洗了。一月两月，解兰英自觉浑身的肿胀感渐渐消失，皮肉开始发紧。她感到生命的血液重新在体内迅疾流动，停了近半年的月信也准时来了。她又开始照镜子了。她惊喜地发现，那一头焦黄的头发已开始发黑、发亮，脸颊上出现了胭脂般的水色，皮肤白净细嫩了，胸脯饱满而有弹性了。有一天，她去塘边洗衣服，村人大吃一惊，这驼子拐回的老婆一点不老，竟是一个仙女般的美人儿。

驼子整天乐呵呵的。村人常和他打趣："你前世做了什么好事，修来这个仙女般的老婆？和这个女人睡一夜，便死了也做个风流鬼了。""驼子，你这个身架，躺下像座桥，搂得住她吗？""你老实讲，这女人你到底怎么拐来的，这种好事我们怎么碰不上？"对这些荤素齐备的玩笑，驼子一律用嘿嘿的傻笑作答。

这些疯话时时传进解兰英的耳朵，愈发揪紧了她心里的那个疙瘩：这个素不相识的驼子，为什么会这么待她？要说他打光棍，想娶自己做老婆，又没一丝儿迹象。平日见到她，眉眼低低的，不敢多看一眼，温驯得像一只猫儿。一夏天洗澡，他烧好水，就远远避出去了。天天夜里，西屋那鼾声绵绵不断，透着无欲的满足和充实。是不是他在等，等着自己恢复和好转？

可自己的身体现在早已恢复了，已经是一个完完全全的正常女人。她没有生养过，身体没有遭受巨大的变异和刺激。她清楚地知道自己的姿容，那是使许多狂蜂浪蝶痴迷过的一朵花儿。难道他是泥塑木胎，就不动心？难道他真是那种施恩不望报的人？但解兰英又宁可希望这是真的。要是驼子有一日真动了那念头，她可就没办法了。惶惑、疑虑、担心、害怕，在另一种形式上缠绕住她。解兰英刚脱却那个苦海，又陷进了烦恼的深渊。

秋风起了，田野清了，收罢稻子种下麦，队里分红了。今年，队里按八成工分给驼子秤了两份口粮，还分给他几十元现金。第二天，驼子养的那头猪也出了栏，找人抬到镇上卖了。到下午，驼子大包小篮地从镇上回来了。晚上，天下起了雨，瑟瑟秋风挟着冷雨在茅屋顶上沥沥作响，屋内却暖融融地，弥着一种安谧和恬适。驼子下厨，将镇上带回的鱼肉菜蔬做了一桌，又摸出了一瓶本地土烧。他劝着解兰英，对酌了两杯，解兰英便觉热晕上了脸，两颊上艳艳焕发出光采来。驼子却低下了头，解开包，拿出两捆毛线和一卷涤卡料子。解兰英一看，惊得呆了，粗粗一估，几乎花去了整整一个猪钱，终于忍不住，按住包问："你买这么些东西做什么？"

"你来这里半年多了，身上也没什么好衣服，这些给你……"他嗫嚅着，不敢正视她的目光。

解兰英心里的那个疙瘩又在活动，沉默半天，盯住他问道："你为什么要这么待我？"

驼子却拿起酒瓶给她斟酒："来，你喝酒，别问那么多。"

"不，今天我一定要问清楚。"

"我不早说了,我以前爱看你的戏,是你的一个观众。"

"就这些?"

"这还能有假,来来,你再喝一点。"

"不!"解兰英固执地捂住酒杯:"人家都说我是你带回来的老婆,你是不是真这样想?"

"不,不,不……我求你别这样说。"驼子口吃了,身子直往后缩,"我是真心让你来避一避。"

"假如你不说实话,我明天就走,你买的这些东西也一样不要。"

这一下,驼子慌了,站起来连连阻止:"你快别这样,别这样。你千万不能走。我假如存了那份心,天诛地灭,日后不得好死。"

解兰英看他不像做假,心里倒起了愧意,觉得自己的做法有点过分了,默默喝了几口闷酒,憋不住问道:

"你费了这么多心帮我忙,真的不想报答吗?"

"这……"驼子又一次慌乱了,迟疑地搓着手说:"假如你觉得难受,想报答的话,我想,你……你就唱段戏吧。"

"想听戏?"解兰英哑然失笑了。一个观众爱戏到这种程度,也是天下少有的了,便爽朗地说,"好,今天我就唱段戏,唱什么呢?"

驼子一听,立即轻松和高兴了:"你唱段《小尼姑下山》吧。"

"唱这个?"解兰英很惊讶。

"是的,这戏我几十年没听了,真想听听。"

解兰英也已二十多年不唱这个戏了,但那台词还是记得的,便趁着酒兴,清清嗓子唱起来,可刚唱两句就住了口,说:"这几年不唱戏，嗓子都涩了，戏也荒疏了，要有乐队伴奏，或许……"不禁黯然垂下头去。

驼子一听，却欣喜地说："我能拉几下胡琴，不知能为你配一配吗？"

"你还有这一手？那快试试看。"

驼子一听，如听到金纶玉音一般，从西屋拿出一把二胡来，掸去上面的灰，庄重地坐下。他坐得端端的，手有些抖，颤颤地紧了几次弦，方谐了音，眼睛看着解兰英，请她示下。解兰英点点头，他才颤巍巍地拉响了过门。

解兰英一听，竟是道地的花鼓戏曲调。琴声把她带到了遥远的过去，带到了以前那一个个舞台上。她的眼前又出现了那个春日融融，暖风撩人的梦，一亮嗓子便唱开了：

他那里斗胆向我求婚姻，
奴这里两腮发热起红云。
咳——
奴感他聪明伶俐又温存，
啊呀，
话到唇边难出声。
小师父，只因你我是出家人，
怕只怕，触犯佛门罪孽深。
……

驼子拉着琴，眼睛闭着，神情严肃而专注，布满了一股虔诚，一种超脱尘俗的陶醉，脸上的皱纹一条条漾开，溢出圣洁、幸福的光彩来。一曲终了，他端坐不动，仿佛还神往在一个遥远的梦中。有顷，那微闭的双眼中，挂下一串泪水。

解兰英慌了，急问："你，你怎么了？"

驼子醒悟过来，赶紧抹抹眼睛，神情像一个做错了事的孩子："我……我是高兴的，谢谢你。"擎着二胡，站起身，慢慢踱进了西屋。

看着驼子的样子，解兰英也像感应着了一个梦，呆呆地痴了。

三

山中的树叶青了又黄，黄了又青，村外的田禾种了又收，收了又种。小村子里的日子单调，平静，绵绵长长地过下去了。

解兰英和驼子在一张桌上吃饭，一个碗里搛菜，晚上又眠卧在一个屋顶下面。她足不出小村，名正言顺地做着驼子的"老婆"，掰指头算，已八年了。比着那动乱的天时，这里有天高皇帝远的地利，有山里乡邻的人和，虽有几次清查和追问，都有惊无险地过去了。

驼子的背弯得更厉害了，晚上上了床，吭吭声要响小半夜。解兰英一次照镜子，陡然发现鬓边长了几根银白的丝丝，竟愣愣地坐了半天。

驼子常常出远门。他不是出去听戏，外面无戏可听，家中有个名角，听戏不必出大门。他出去为解兰英探消息。每一次，他把听来的消息藏一半，吞吞吐吐讲一半，解兰英听了不开颜，驼子心里也怏怏。

这一次,驼子又出去了。解兰英算着日子,今天该回来了。傍晚,她站在茅屋前的岗子上向南望,心里凄凄的。她已这么望了八年了,早已看熟了眼前的一层层山包,看清了山包上那起起伏伏的茅草,她还是要看,那空落落的远方有根无形的线,牵着她的足,牵着她的心。她注定不是这块土地上开的花。在这里,她的脚是浮的,她的心是虚的,扎不下根去。她的根丢在那个花鼓戏剧团,还在那个灯光闪耀,锣鼓齐鸣的舞台上,虽然想起那里来,还要时时头皮发麻,浑身惊出一身冷汗。

解兰英呀解兰英,你究竟应该怨命运,还是怪你自己?

此刻,那轮血红的落日,如戏装盔帽上斗大的缨子,颤颤悠悠坠进山包里去,满天霞彩火似的燃起来。归巢的鸦雀噪噪着,在山村上空盘旋,辨认着栖宿的枝头。远远的山道上,蠕动着一个黑点,像一只小小的蚁虫。来得近了,解兰英认出来了,是他,瘪瘪的胸脯风箱似的抽,背峰一耸一耸地动。解兰英看得心疼,迎上去,接过他手中的包。驼子气喘不匀:"兰英,告……告诉你,"瘦削的脸上冒着喜气,"剧团里到处找你,找你回去。"解兰英听着不悦,思量这句话听了八年了,找回去好加倍地斗,加倍地骂,把这长好的头发再剪去,然后去扛那把大扫帚。驼子知她想岔了,赶紧做补充:"那个江青抓、抓起来了。你那时反江青反对了,他们要找你回去唱戏,恢复名誉。快回去,我明天就送你走!"

解兰英却钉住不动。头脑里空空的,成了白纸。她想和驼子说什么,说不出;想和驼子走回家,两膝软软的,迈不开步。驼子慌了,又像八年前那天早晨,又扶又背把她带回家。小屋里笼罩着喜气,喜气中又透出哀愁。这奇特而变幻的人生!这降灾又赐福的命运!

三天了,解兰英并没有动身。三天中,茅屋里没有了声音,驼子也不再提那个走字。两个人默默地吃饭,默默地做事,晚上又各自默默地睡觉。解兰英的包袱打好了,驼子上街剪回的布做成新衣了,圈里的鸡、鸭、猪托付给了邻居山狗子。该做的事似乎都做尽了,两人便默默地枯坐,东屋一个,西屋一个,成了两段不会说话的木头。

晚饭桌上,驼子愣了半天,嘴角抽动多少回,终于逼出了三天前那句话:"明天一定送你走!"说罢进了西屋,关上了那扇薄薄的门。

正是农历十五的晚上。"月半十六两头红",那西天的残红未收尽,东山头又冒出个银红的月盘,不一刻,亮成了清白的一轮。

这是山里普通而又宁静的一个夜晚。

东屋,解兰英没有睡,端坐在桌前,盯着桌上那打得格整整的包袱出神。包袱里,有这些年添的衣服,虽不华贵,却一件件襟角四正,干干净净。里面有这几天蒸的点心,这是他给备的干粮。包袱底下一个小包包,裹着五十元钱,是给她的零用。牙刷、牙膏、肥皂、香脂都新买了,嘱咐她,收在里面了,去了就有的用。他真精细,那弯曲凹陷的胸脯里究竟藏着一颗什么样的心,她到今天也没摸清楚。

山里的风刮起来了,掠过屋顶的草茬,簌簌地响。这响声今夜特别清晰,特别扰人。她心里乱,心里烦,便出了东屋,走出大门。眼面前,一片透明的青蓝,长长短短的树梢,一枝枝插进空明,疏朗交错,勾出一幅画。她手扶着墙,挨次地摸过去,清楚地觉到了它的硬,它的冰凉。这是用板筑填山土垒打成的墙,三年前,东屋拐角处破过一个洞,那天,驼子和泥她加水,一坨坨将那洞塞满了。这屋上的草是今年秋后新苫的,乡邻们来帮忙,她忙进忙出烧了茶,山狗子说:"婶子,你这茶真香!"连喝了三碗,给她凿了一"栗壳",方才住了手。屋后头是一片园子,里面前几天刚栽上两畦小白菜,那蒜、芫荽、萝卜早勃勃长了一片。她弯腰摸摸,萝卜已起了身子,有鸡蛋那么大,要是不走,这一冬天的蔬菜也尽够了。

八年了,这里是她的家,她是这家里地道的一员。这茅屋里里外外印满了她的脚印,布满了她的影子,也洒满了她的汗水。

她扶着土墙壁转了一圈,两圈,围着茅屋整整转了三圈。

她痴痴地停住了,对着那一轮无言的凉月,泪在心里流,她看看西屋,小小的窗洞黑着,没有灯光,没有熟悉的鼾声。这个可怜的人,一定也睡不着。这两天,她注意到了,他吃不下,半碗饭扒两口就倒进了猪食槽。他的脸瘦得更小了,却还装着笑。八年了,他把她从那个"牛棚"里领了来,供她吃,供她喝,使她有了个遮风避雨的地方。她的生命是他给的,她的身子,她的一切都是他给的。他对外人说,她是他带回的老婆。可他们有夫妻之名,无夫妻之实。八年中,她和他睡在一个屋顶下,中间却隔了一个宽堂屋,身子都没有挨一挨。明天,她就要走了。也许这一走,她就再也看不到他那呵呵的笑,看不到那不敢视人的低着的眉眼。便是那一坨隆起的背,此刻也变得亲切、难以割舍了。人是要有点良心的,自己就这样不明不白地走了?甩下这茅屋,甩下这驼子,心安理得回那个已经没有危险的地方?

解兰英回进了东屋,她似乎已想清了,也似乎有了坚定的决心。她要去做一桩自认为应该做的事,完成一个神圣的应了的心愿。她静立了一会,平息一下心中起伏奔腾的思绪,心境如水一般澄澈、纯净了。她迅速脱去那套刚穿上身的新外套,露出了散着温热气息的身段。她这一生没有生养过,虽然已过了一个女人的最佳年龄,但胸脯依然结实而饱满,并不松塌,肚腹绵软而平伏,腰肢粗了些,但并不蠢笨。她知道自己美,美人是不容易老的,她依旧是一个有诱惑力的女人。她平静地做着这一切,还取过镜子,理了理鬓边的发丝。她看到,镜中的她,脸上起了潮潮的红。她眼前,依稀出现了十八岁那年小茅屋中洞房的影子,但倏忽就消失了。这一次,没有了那羞涩,没有了那幸福的期待和害怕,有的只是走上献祭台的淡淡的激动。

她走出东屋了,推西屋的门,门顶得铁紧。她低低地唤:"开门,你开门。"这八年,她没喊过他的外号和名字,一个你字代替了一切。

房内的喘息、咳嗽停了。

"你开门哪!"她擂起门来了。那举动,竟像个未经世事的小姑娘。

门依然不开。解兰英明白驼子的心了。她哭了,哭着哀求:"你开门,我不能这样不明不白地走,让你八年来担个空名……"

"嗵"地一声,门内驼子跪下来了,他的声音颤抖得不能成句:"兰英,我求你,不……要这样。我……我要是存了这片心,天……天打雷劈……"

门两边的声音都断了。小茅屋内死一般静寂。

清峻的月光从明瓦中透进,窥看着这里发生的一切。解兰英傻了似的立着,两行泪水,冰冷地挂在苍白的脸上。她凝固了,如一尊玉立的观音。

……

第二天,是一个晴好的天气。暖暖的太阳照着他们上路了。两天以后,他们踏进了皖南地面。解兰英又看到那个县城了,又看到那座镇风水的砖塔了。她又一次踏过那长长的小街,又一次踏过那一块块印证着她历史的青石板。

还是那段矮矮的围墙,还是那两垛小小的门楼。不同的是,那门垛上又挂出了那块花鼓戏剧团的牌子。她在离院门几丈远的地方愣愣地站着。是梦?是现实?当年那个扛扫帚在这里进出的解兰英竟没有死,还能回来?她心里发颤、发冷,又有股热热的东西在回流。

她忽然觉到了什么,回身一看,驼子不见了。行李卷摆在她的脚边,四楞四正的包袱搁在上面,稳稳的,她赶紧搜寻,赶紧追,但眼前除了那条长长的青石街,什么也没有。

驼子走了,如一阵风,一溜烟,一场梦。他在她身边悄悄地出现,又悄悄地消失了。

而剧团里的人已看到她,迎出来了。解兰英的回来,如爆开了一颗大炸弹,剧团里震动了,轰动了。同事相见,好友会面,唏嘘问候,互道别情,相对如梦寐,惊定还拭泪。大家问她这八年在哪里？怎么过的？她一概笑而不答。随后剧团整顿，增补角色，恢复演出，解兰英陷入了繁忙的事务漩涡。一个月旋风式的工作，同事们相见的喜悦，使她暂时忘却了驼子的存在。

恢复演出的戏排出来了，解兰英重返舞台的海报贴出去了。县城也如开了锅，三天公演的票一天之内全部售空。解兰英心里充满融融的阳光，八年的阴霾好像在一朝之内驱清了。

第一场演出的晚上，解兰英坐在化妆镜前，再一次穿上宫装，围上腰裹，戴上网巾，往头上插珠凤，贴绢花，挂耳坠，看着镜中出现的粉面红颜，真是百感交集，恍如隔世。就在这时，舞台监督领进一个人来，解兰英一看，竟是小村里的山狗子。山狗子脸郁郁的，见到她，没有惊喜，没有笑闹，默默地将一个小包和一封信交到她手中。

"这是驼子叔让交给你的。"

解兰英高兴地问："他来了？"

"没有。他……"

"他怎么了？"

"他死了！"

"什么？"

解兰英胸口如遭到重重的一击，两眼昏黑，差一点栽倒。她一把抓住山狗子的手：

"他，他什么时候死的？他怎么会死？"

山狗子说："你一走，驼子叔就病了，不吃也不喝。我和村上人去看他，他睡梦里也在喊你的名字。那几天，我一直在那里陪着他。最后一天晚上，他精神忽然特别好，坐起来，给你写了信，还拿出一个包，嘱咐我一定要亲手交给你。我服侍他洗了脚，还给他抹了身子。那一晚他没有哼，也没有喊你的名字。到第二天早上，我去西屋喊他，他不应，再看时，身子已凉了。桌上包下压了三十元钱，是他给我准备的路费……"

山狗子凄凄地哭了。

解兰英匆匆打开那个白布包，包内还有一个红布裹着的小包。她解开红布，愣住了，里面竟是一团头发，发丝中间凝着一块硬物，亮亮地闪着紫黑色的光泽。她不明就里，又拆开了那封信，上面一手清秀的笔迹，写着：

兰英：

也许这是我最后一次叫你了。我就要到另一个世界去了，我早就有了这个预感。你现在回到了剧团，我一切都放心了。在临死之前，我还有些话要告诉你，不告诉你我也不能瞑目。你不是一直问我是什么人？为什么要这样待你？这个疙瘩一直结在你心里，现在到解开它的时候了。

你一直说我救了你，要谢我，其实应该倒过来，应该由我感谢你。不知你是不是记得那个龙口巷，还记得那个害相思病的青年。我看出你早把那件事忘了，八年中你讲你的身世，讲了那么多，唯独没有提到这件事。说来也脸红，那个青年就是我。那时我辍学在家，便迷上了你的戏，也迷上了你，你在那一带演戏，我几乎每场必看的。后来我就病了，白天痴痴地想，晚上梦中还和你一起演戏，演的都是《小尼姑下山》。我不想吃，不想喝。人瘦得只剩一把骨头一口气。我是独生子，父母亲急了，请医生调治，问到了走方郎中的一张偏方，便请你们来演戏，也向你求发。你竟然就剪了一绺头发给我。那一天，我拿到头发就哭了，没有煎汤吃就起了床。古书上讲，"身体发肤，受之父母"，我得到了心爱的人的最珍贵的东西，我成了世界上最幸福的人。我知道我是配不上你的，但这样我已满足了。我现在已是垂死的人了，青少年时候的荒唐不知你听了会不会笑。但我想你会原谅的。直到现在我也不懊悔，那时，我对你是真正从心里爱着的。

从此，这团头发就一直伴着我，伴了我几十年。我把它珍藏在贴近心口的口袋里。不知你还记不记得台城庙会演戏的事。那张条子是我写的。那时我身体已好了，听到你在台城演戏，便又赶去看。我住在一个亲戚家里。那一晚甩摆尾子来抢人是有内线的，内线就住我亲戚的隔壁。天黑时，甩摆尾子他们来了，我出去小解，偷听到了他们的讲话，便写了一张条子送到后台，叫你们快避开，谁知方九去察看被土匪认出来了，跟着就进来动手。那时我一直守在那里，见情况危急，便高声报警，抢住了梯子。土匪向我开了一枪，正好打中我胸口上，和我在一起的亲戚把我救了出去。后来，父母为我治伤，几乎卖光田产，命保住了，但落下了驼背的残疾。

135

也许这也就是你常常挂在口头上的"命"。就因为这一枪,我因祸得福,解放后竟因为穷评了个光荣的贫农。也因为这个残疾,我便一直成不了家。但我已满足了,我这一生已与戏、与你结上了缘。后来五八年,修龙口水库,堤坝筑在龙口巷,我便迁到了石山下,但我想看你戏的习惯一直没有改。看到你出名,看到你戏越演越好,我也暗暗为你高兴。后来"文化大革命"开始,你被关进牛棚,我心里着急,苦于没有办法救你。那段时间,我几乎每个月都要到你们县城来一次。我知道你天天早晨要出来扫街,总睡在浴室的门口等你。当我看到你能出来,心也就定了。那次救你也是碰巧的,正好你昏倒,被我看到了。我看你那样子下去要出事,便冒险去找你。以后的事你便都知道了。

你一团头发救了我的命,伴了我三十多年,还居然使你到我这小茅屋来住了八年。这八年是我一生中最幸福的日子,我到死也感激你的。走前那天晚上,你把我吓坏了。我知道我是配不上你的,你是天上的月亮,我是茅房里那盏油灯,我能在你身边,看着你,服侍你,已经满足了。

我一生是个痴人、傻人,说这些话,你一定要笑的。但人到临死,也不怕笑话了。我这一生什么也没做成,一生的爱好也就是听戏了。这八年,我常常听你的戏,你给我的太多了。现在你回剧团了,回到你一直想去也该去的地方了。假如真有命运的话，下面你便将交好运了。你好好演戏吧，为我，也为别的喜欢你的观众，我到冥冥中也会赶来看你戏的……

解兰英看痴了，看呆了，眼睛死死地盯住下面那三个笔画清秀的签字：王元龙。她直到今天，才知道这个驼子的真实姓名叫王元龙。一切的谜团解开了，纠结在心里的那个疙瘩消去了。但解兰英心里却有刀在扎，有针在刺。她眼中流泪，心里滴血。她好悔！她好恨！恨三十多年前那个无知的自己，悔自己那轻率任性的举动。这个可怜的人，直到死，都不知这团头发不是她解兰英的。麻三娘当年李代桃僵的一团假发竟骗了他整整三十年。

三十年的情结，三十年的孽缘，命乎？运乎？——天！

尾声

十天以后的一个傍晚，解兰英出现在石山下村后岗子上的一座新坟前。

鸦雀在灰色的天空中凄凄噪鸣，稀落的枯草在冷峭的寒风中瑟索颤抖。暮霭四起，山野空寂。隆起的鲜鲜黄土上，摆着一个炫目的花圈，苍白飘忽的纸条上写着：亡夫王元龙安息。

解兰英伫立着，凝视着那堆无声无息的黄土。好久好久，她对着新坟庄重地揖了三揖，从提包中取出一把亮剪，分开自己的顶心，铰下齐整整一绺头发来。她拈去了夹杂在其中的几根白丝，手中已是青黑有光的一束，又掏出火柴，划出一朵火苗。火红亮地跳着，吻住了那缕青丝。青丝在欢快的火焰中蜷曲，燃烧，化出一缕袅袅的青烟。

　　青烟在解兰英面前升腾、盘旋、扩散，在那片弥开的青幛里，一个弯腰曲背的小人儿正满面笑容地向她走来……

跑 步[1]

这一月来,每当东方泛白,晨曦初露,县委大院里的大道上就会出现一个瘦精精的老头儿。他舒拳踢腿,做上几节谁也叫不上名儿的操式以后,就径直走向传达室。这时,奇迹出现了,当老头儿刚刚踏上台阶,那扇红漆边门就吱呀一声开了,露出老传达那张满是皱纹的脸,他手里的闹钟,长短针正好交着一百五十度,这是老传达每天的起床时间——准五点。于是,好奇的星星,多情的晨风,就会听到如下一场对话:

"老张,您早!"

"老周,您比我的钟还准!"

"嘿嘿嘿……"

"今天跑哪儿?"

"北城区。"

"好,回头来喝茶,听您的新闻。"

---

[1] 原载于《钟山》1980年第1期,第78—88页。转载于《小说月报》1980年第4期,第72—79页。收录于《麦青青》,江苏人民出版社,1983年,第26—48页。

接着是开锁、启大门，老头儿走出门去，沿着县城的大街迈开两腿跑起步来。

这老头儿是谁？县城里早起的人都知道，他就是刚调来的县委书记——周拯。

说起跑步，大家都明白是一种很好的体育锻炼，并不稀奇。可是，这周拯的跑步却与众不同，这在老传达的话中已经微露端倪了，那就是他的跑步没有固定路径，而且还有新闻。

大家如果不相信，那就让我们一起跟上他的脚步观察观察吧。

一、北城区

这时，周拯已经跑过状元坊，登上万寿桥，出了北城门了。

这里在东汉时就设了县治，老县城还是明代万历年间的规模。这几年，县办工业迅速发展，县城人口不断增加，老城区容纳不下，工厂、建筑已经越出城墙，扩展到了郊外。

此刻，天还未亮，西天的残月在熹微的晨光中，只留下一弯淡淡的影子；而断缺的城堞、耸峙的古塔、工厂的烟囱却已渐渐显出了身影。

时已隆冬，大地上铺着一层浓霜，水坑中凝着薄冰。周拯沿着一条新修的大道，大步向前跑去。这条路着实难走，裸筋露骨的路面上到处是纵横的车辙、凸起的石块。周拯沿着一条人们选择踩出来的脚迹，曲曲弯弯地摸索向前。不知是有心还是道路难走，他的速度明显慢下来了。在一个十字路口，他终于停了下来，四周打量一下，折向了东面的一条巷子。

这条巷子夹在两排简易竹木结构的房屋中间，前檐墙是泥着石灰的芦席，屋顶盖的是油毛毡。这时，小巷子已经喧闹起来，到处响着吱吱嘎嘎的开门声、喔嘘喔嘘的放鸡声；一团团呛人的生煤炉烟雾充斥着这条狭窄的空间；一个个赶早市买菜的家庭主妇（或主男）挎着篮子从周拯身边匆匆穿过。周拯在巷子里走着，借着淡淡的晨光细细辨认着，最后在一个写着大10字的木板门前停住了脚步。他看了看表，五点一刻，估计一下，从城里到这儿，足足跑了两公里的路程。他敲响了门，但是没人答应，里面却传出了小孩子的哭声。他迟疑了一阵，稍稍用劲一推，门开了，原来门是虚掩着的。他走了进去。

这是一间长不到四米，宽不足三米的小屋，靠后墙一张大床占去了近三分之一的地方；门边一只煤炉，一只小几案上摊放着锅碗瓢勺；床前一张白板三屉桌，上面堆满了书籍；梁上错落挂着几个大小布包，床肚里堆着纸盒、木盆等杂物。整个屋子就像一只塞得满满的火柴盒，几乎所有的空间都给利用起来了。

忽然，屋子里又响起了那个童音哭声。周拯这才发现，床上并排躺着一男一女两个小孩，那个大点的男孩子已从被窝里爬了出来，他揉着惺忪的睡眼，嘴里喊着妈妈。周拯怕他着凉，连忙走到床前，想叫他躺下去。谁知小男孩见到他却不哭了，一双疑惧的眼睛盯住这位陌生的来客。

周拯拉过被子，围住他那光溜溜的小身子，问道："小朋友，你妈妈呢？"

"妈妈买菜去了。"小男孩翕着鼻子。

"爸爸呢？"

"爸爸……不知道。"

正在这时，门推开了，走进来一个满头银丝的老太太。小男孩一见，立刻喊起来："吴奶奶！"

"亮亮，你怎么又哭了？"老太太数叨着向床前走来，当她发现周拯时，惊讶地站住了，"你……"

周拯站起来，笑容满面地说："我来找杨翠英同志。"

"啊！不巧，她刚到城里买菜去了。我是她家邻居，翠英叫我代看一下孩子。"

"孩子他爸爸呢？"

"你说老林啊，唉！小夫妻前天吵了一架，他卷了个铺盖住到厂里去了。"

"喔……"

"您坐一下，翠英一会儿就回来。"吴奶奶热情地招呼着。

"不了，我找老林也一样，麻烦您了。"

"那……你到农机厂去找，他叫林厚文，是厂里的技术员。"

周拯从杨翠英家出来，立即跑往农机厂，没费什么事，就找到了这位离家出走的林技术员。

林厚文已在厂里的工具间安排了一个小窝，而且在窗下用几只工具箱科学地垒起了一张简易办公桌，上面铺放着图纸和厚厚薄薄的书籍。此刻，林厚文正摊开一本书，映着晨光聚精会神地读着。

周拯走进来，林厚文丝毫没有发觉，直到周拯的一只手搭上他的肩膀，他才回过身来："谁？啊……你？"

"我叫周拯，今天特地来看你。"

"啊……周书记！"林厚文呼地站了起来，手肘一带，桌上那本书啪嗒一声掉到了地上。

"嘿嘿……叫我老周吧！"周拯弯腰从地上捡起书，翻到封面一看，原来是一本《材料力学》，他掸去上面的灰尘，放回桌子上，笑笑说："我想找你聊聊。"

"我……"林厚文不知所措，站在那儿，显得手脚都没处放。

"你坐。"周拯反客为主，按住他的肩膀，让他坐下；自己顺手拉过一只木箱，也坐下来，开始打量眼前的这位技术员。林厚文大约三十五六岁，脸庞清秀，端正的鼻梁上架着一副白边眼镜，气质文弱宁静，是个标准的知识分子形象。

林厚文见周拯看他，眼光避开了，两手机械地翻动着《材料力学》。

"老林！"周拯袭用吴奶奶的称呼开口了，"刚才我到你家找杨翠英同志，没有找到，所以找你来了。"

"找她？"

"你怎么住到厂里来了？"

"这……"林厚文的脸立刻涨红了。

"怎么，家丑还不可外扬哪？"周拯哈哈大笑起来，"小杨已写信到我那儿告状去了！"

"什么……"林厚文一揿桌子站了起来。

"别急！"周拯再一次按他坐下，说，"她告你不照顾家庭，一天到晚只知道书籍图纸，看样子她反映的还符合事实哩！"

"她……"林厚文瞪大了眼睛，继而无可奈何地摇摇头，

"唉！这个人真是，把这些事都捅到县委去了。……"

"不，这是她的权利，我看她比你大胆，在生活中是个强者。"

"唉！她一天到晚就知道房子、孩子。"林厚文脸更红了，局促地搓着手，"为房子的事，不知和我吵过多少回了。说我眼睛只盯着车间、图纸。唉！你不知道她有多自私，整天骂我没用，还逼我出去找门路……"说着，他从裤袋里掏出一包揉得皱巴巴的精装前门香烟，愤愤地说，"你瞧，这是她前天硬塞给我的，叫我去找人，可我……喔，你抽烟吧？"他好像猛然醒悟似的，连忙就要拆包。

周拯笑得前仰后合，伸手拦住他："你呀，真是个书呆子。看来小杨对你批评得很对，难道你除了书，就不要吃饭、睡觉？听说你母亲还要来吧。"

林厚文点点头，沉默了。

周拯看着林厚文，一时也没说话。他翻着桌上的图纸，转了个话题："厂里生产怎样？"

"生产？"林厚文蒙上一股悒郁的神色，"起色不大。'四人帮'横行那几年，厂里搅得一塌糊涂，月产值连交电费都不够。现在遗留问题很多，工人憋着一股气，有劲无处使。不过，领导上也有困难，身体又不好……"

"喔？！"周拯沉思着，手指有节奏地敲着桌子。停停，他抬起头问道，"你最近在搞什么？"

"我最近在搞两个车间的整体设计。"说到他的工作，林厚文来了劲头。他翻开一大卷图纸，指给周拯看，"你瞧，这是我们厂要新建的两个车间，要制造一大批新设备，设置两条自动线，原有的铸造车间也要翻建扩大，还将在厂区内配套建造新的办公大楼。如果这些建成投产，我们厂的农用柴油机产量将翻上一番。现在图纸都已齐全，三个月前就送到了局里，只等局、厂党委审查通过，就可马上动工。"林厚文兴奋地说着，脸上泛起了红光。

周拯被林厚文灼热的话语感染了。他看着这个仿佛变年轻了的技术员，赞赏地点着头。少顷，他说，"老林，能不能带我实地去看看？"

"对，图纸上看不出名堂，实地看看，才有气魄。"林厚文立刻站了起来，麻利地卷起图纸，和周拯走出了工具间。

天色渐渐放明，毗连的厂房、高耸的水塔，在霞光中挺起了巍峨的身姿。大夜班还没结束，机器的隆隆声，人们的喧哗声，汇成了一首明快、欢腾的晨曲。一切都显得繁忙、紧张、蓬蓬勃勃。虽然在这里还有些脉管被阻塞，一些关节也需要疏通，但站在这里，依然能使人精神振奋，心里一阵阵发热，仿佛你已经站到了新长征战斗的前沿。

林厚文陪周拯来到了厂旁边的一片空地，这里堆满着块砖、砂石、水泥柱头和预制板。林厚文一边走，一边比画着车间的方位、办公楼的规模。周拯一边聆听，一边观察，有时还用脚步丈量着，在头脑里勾勒着未来厂房的图景。

这时，水塔上的大喇叭响了，播出了雄壮的《工人进行曲》，周拯低头一看表，已经六点。于是他拦住林厚文说："老林，今天打扰你了，谢谢你的指导。不过我得劝你一句，在现在，像贾宝玉那样离家出走，总不是好办法。对待生活，也应当像你对待科学一样，要勇敢地正视它。今天和你约好，明天早晨，我还到你家去。"

"明天？"

"对！明天。"

二、订合同

上午，周拯批阅了两个公社落实经济政策的报告，又到县委落实干部政策办公室参加了一个座谈会，接着又接待了两个上访群众。一直到十一点半，才离开县委办公室。

饭后，他按照他的时间表，去探望一位老战友。这位老战友叫韩伯群，当年周拯在新四军中当班长时，韩伯群是他班里的一名战士，现在是这个县的工业局副局长兼县农机厂的党委书记。

韩伯群的家住在县委对面的一号宿舍区，紧凑凑一个小院，齐楚楚三间明屋，正是中午时分，冬阳可爱，小院里透着一股温馨的气息。花坛中，一丛天竺青翠挺拔，顶上缀着一簇簇鲜红的果实；窗台上，一只虎背黄猫正在悠闲地舔爪洗面。

周拯走进院子，敲响了门。

"谁呀？"里面传出一个女人的声音。

"我找老韩！"

"停会来，他正休息呢！"

周拯笑笑，侧耳一听，里面果然响着沉闷的鼾声，但他还是在门上重重地叩了三下。

门哗地开了,出现一张胖胖的中年妇女的脸,正是韩伯群的老伴陈桂芝。她紧绷着脸,两条柳眉竖着:"你是谁?"

"我,嘿嘿,我是周拯。"

"周拯?!"陈桂芝一惊,眼珠转了两转,柳眉垂了下来,脸上堆起了笑容:"啊——是周书记,老韩一直念叨您呢,快,快进屋!"她忙不迭地把周拯迎进屋,搬凳子,让坐,嘴里连声说着,"真想不到,真想不到,啊!这个该死的老韩……"一边说一边风风火火进了内室。立刻,里面如雷的鼾声戛然而止,一会儿,韩伯群走了出来。

韩伯群五十多岁,高身材,大块头,因为发胖,腰围变粗,下巴也已经起双,但脸上气色红润,油光发亮,看上去比实际年龄还年轻些。他一出来,就连连打着招呼:"看我,一躺下去就不得醒。你这个老班长唷,还是不改当年作风,又是个突然袭击。桂芝,快泡茶,换那套茶具。"

不一刻,陈桂芝手托茶盘,沏上一壶茶来。韩伯群笑着说:"这是昨天才从宜兴丁蜀镇带来的一套茶具,出口转内销,紫砂陶中的精品。想不到一到手就招待你这位贵客。"韩伯群一面给周拯倒茶,一面不断地说到:"你来一月了,还是会议上碰了几次面。一直想去看你,都……唉!反让你先来了。真正该死!真正该死!"

"你什么时候学会这套功夫的?"周拯皱皱眉,瞥他一眼,"听说你生病了,今天特地来看看你。"

"嘿嘿!"韩伯群苦笑:"感冒了三天,连半天上班都给医生取消了。"

陈桂芝插上话来："老周，你别看他胖胖壮壮，可是个空架子，还不如我这个家庭妇女。'四人帮'折腾了这几年，县里的帮派集团对他又是关，又是打，落下了一身病。现在三天酸，五天痛，整天靠药罐子过日子，为了这，烟也被我逼着戒了……"

韩伯群感慨地应和着："唉！人过五十，逞不得英雄啰！"

周拯不说话，顺手翻开了桌上的一本书，原来是一本新版的《一千零一夜》。

陈桂芝可不歇嘴，呱呱地讲着："组织部也真是，老韩要求去工会，可偏偏把他安在农机厂。前几年，帮派中那些天杀的，又闹又吵，停工停产，厂里工资都发不出。这下好，馒头吃光了，让老韩去洗蒸笼。哼！我看除非是神仙……"

周拯合上书，推过一边，笑笑说："这倒不一定。当年国民党也留给我们一副烂摊子，可我们硬是在一穷二白的底子上搞起了社会主义。依我看，我们共产党人就是神仙。老韩，你说呢？"

陈桂芝又要插嘴，韩伯群挥退了她："老周，别听她瞎叨叨，你起个头，她就没个完了。"

陈桂芝嘟起嘴，不响了。停了停，韩伯群关切地问："听说前几年你也吃了不少苦，一直躺在医院里，想不到你这么快就站了起来。"

周拯笑笑："嘿！当年日本鬼子、国民党的子弹都没能叫我躺下来，'四人帮'那几顶帽子就能叫我躺下来啦？"

"你呀，还是当年那个脾气。"提起过去，韩伯群的眉毛舒展开来，"记得三八年新丰一战，你左肩穿过一粒子弹，一个月就上了战场；黄桥反顽战斗，一块弹片嵌进大腿，你只躺了半个月，又跟上了队伍；后来大军南下，追歼蒋匪逃敌，我俩一起负伤，你死也不肯进医院。那次领导找你谈话，你还发火，在担架上叫着'离心还远着呢'！"说到这里，韩伯群捂住嘴笑起来，"嘿嘿，这句话我到现在还忘不了。"

"不，年纪不饶人啰！"周拯摇着头，眯起两只眼睛，看着韩伯群说，"不过，这几年我找到了一个秘方，这个秘方使我活着从'学习监'里出来，又使我一年内扔掉了拐杖。"

韩伯群一听，眼睛顿时一亮："秘方！什么秘方？"陈桂芝也竖起了耳朵。

"嘿嘿嘿，跑步！"

"跑步？！"韩伯群迷惘地看着周拯，陈桂芝也失望地收拢了眼光。

"你别看轻这跑步唷！"周拯神秘地眨眨眼，"在那个'罐头式学习监'里，我跑长方形，跑对角线；出来后，我在医院里跑院子；以后我就跑大路。靠着它，才留下了这把老骨头。"

韩伯群嘘了一口长气，仰靠到椅子背上："你这个秘方，我可不敢领教，现在我走到厂里都喘哪！"

陈桂芝也应和着："是啊，老韩的筋骨不如你。"

"不，你们还不明白这跑步的好处，它比那些膏丸丹散可强多了，舒筋活络、活血理气、安神健胃；能增进食欲、改善睡眠、振奋精神，外国人还说，跑步能使人达到一种神圣的境界。不过，对这一点，我可还没体会到。"说到这里，周拯痛快地大笑起来。

陈桂芝的兴趣被引上来了，关切地问："这是真的？"

周拯诡谲地笑笑："这还能骗你，我可不是那种说嘴郎中。"他站起来，拍拍韩伯群的肩说，"伙计，怎么样，试它一试？"

韩伯群有点犹豫："医生也劝我要锻炼，可我……"

"治病怕药苦可不行，如果你愿意，咱俩订个合同。"

"合同？"

"嗯！每天五点，我来喊你。"

"五点……"韩伯群搓着大手，迟疑了半响，一击桌子，"行！听你老班长的，试它一试！"

周拯一步跨上去，抓住他的手："好！那就一言为定！"

韩伯群兴奋起来："桂芝，你今天把那只小闹钟上上发条，明天四点五十我准时起床。"

陈桂芝满面欢笑地点着头。一席谈话结束，夫妻俩高高兴兴送客，一直把周拯送出院子，送到大街上。

三、解表药

冬天日短夜长，早睡的人不知不觉就迎来了第二天。公鸡啼过两遍，五点到了，韩伯群家的小院依然关得严丝合缝。这时，周拯来到了院门口，侧耳听听，里面悄无人声。他微微一笑轻轻叩响了门。一会儿，院内有了脚步声，早起的陈桂芝打开了门。

周拯悄声问："老韩呢？"

"还没起来呢。"

"他不是有小闹钟吗？"

"我见他睡得香,又把钟拨过了。"

"唉,你呀!"周拯无可奈何地摇摇头。

"好,我去叫他。"陈桂芝登登登跑进去。好一刻,响起了韩伯群沉重的脚步声,他终于出来了。

周拯迎上去:"伙计,还跑不跑?"

韩伯群一面扣钮扣,一面打着呵欠:"这时间……唉!桂芝太会照顾人了……"

"那这合同……"

"跑!"韩伯群一跺脚,下了狠心。

夜色尚未消褪,街道上路灯已经熄灭,房舍、屋宇在蓝莹莹的天幕下,黑黝黝糊成一片。沿街的小吃部里已经案板响动,准备开早市。穿城河两岸的一些窗户透出了灯光,闪闪烁烁映到河面上,晨雾在黄亮的灯影下盘旋、升腾着。

周拯和韩伯群一前一后跑着。韩伯群已经气喘吁吁,浑身发热,腿也拉不开了。周拯不得不慢下来等他。

"伙计,怎么样?"

"还好!嘿嘿,还好!"

"初次跑步,总是这样,慢慢就会好的。"周拯在旁边一面跑一面鼓励。

穿过十字路口,周拯拐过状元坊,向北城门跑去。韩伯群在后面喊起来:"老班长,好回头啰!"

"快,跟上!"周拯毫不理睬,只顾往前跑着。

"唉——"韩伯群叹口气,一面解着上衣纽扣,一面咬咬牙齿跟上去。

北城门那黑黢黢拱形墙门洞出现了，韩伯群紧赶几步，追上周拯，拉住他："差不多了，回头吧！"

"早呢！"

"我的天，你想跑到地球外面去？"

"嘿嘿，我还想上月球呢！"周拯乐呵呵地笑着，"怎么，吃不消啦？歇会儿吧！"

"好！"韩伯群张大着嘴，喷着粗气。

城门外面是条护城河，原先的石拱桥已经平毁，砌了一座平展展的水泥大桥。但群众还依照老习惯，将它称作万寿桥。周拯站在桥中心，望着斜倚栏杆喘气的韩伯群笑着。

"你笑什么？"韩伯群诧异地问。

"嘿嘿，我笑你，一千米不到，已不成个人形了。"

韩伯群捶捶腰脊："多年不活动，节节骱骱都生锈啰！"

"那就上上油嘛！"

"嘿嘿！"韩伯群不置可否地笑着，"老班长，你真想再往前跑？"

"伙计，你给我闯下祸啦！"周拯把嘴凑到韩伯群耳朵上，"有人告状告到我跟前来了。"

"告状？"

"对，今天带你见见原告去。"

"这个……"

"怎么，你这个被告怕啦？"

"嘿嘿——"韩伯群苦笑道，"我知道，还是那几个老问题。"

"嗬！那就走，是黄是黑咱们去弄个水落石出。"

"走就走！"韩伯群呼地脱下了棉袄。

两人又跑起来。五点三十分，他们来到了杨翠英家门口。

巷子里聚着不少人，看到他们，一齐轰起来："来了！""来了！"几个青年工人见到韩伯群，互相挤挤眼睛。其中一个做了个鬼脸，手掌一摊，一躬到地："昨夜灯花报信，今朝喜鹊叫门，原来韩副局长驾临，难得！难得！"

这一下把韩伯群闹了个大红脸，因为有周拯在旁，不便发作，脸皮抽搐一下，把头扭向了一边。这时，林厚文闻声出来："小李子，你又耍贫嘴了。"说罢连忙打招呼，把周拯和韩伯群邀进门去。

周拯和韩伯群刚跨进门，当屋一个女人迎了上来：脸盘宽大，身材修长；两片薄薄的嘴唇，一双会说话的眼睛。她高声大嗓地打着招呼："啊！周书记，韩副局长，快请屋里坐！"立刻风快地拉过两张椅子。

这时，外面那几个小伙子也跟着挤进来，林厚文在门口拦着："嗳嗳，有什么好看的，停会来！"周拯连忙拉住林厚文，对那几个小伙子说："来来，一起请进，外面冷。"顺手把椅子端过一边，让出一块地方。韩伯群见状，也站了起来。

林厚文挠着头皮，白了杨翠英一眼："都是你，又敲锣又打鼓，看……"

杨翠英却不理他的茬："怎么？当着自己干部的面,怕什么？我不像你，点灯是人，吹灯是鬼。"说着一扬手对门外说，"都进来，周书记喊你们了。"呼一下，外面的人一起拥进了小屋，顿时屋里叽叽喳喳像吵翻了锅。

待静下来以后,周拯对杨翠英说:"杨翠英同志,你的信我收到了,我转告了韩伯群同志,今天我们上门征求意见来了。"

韩伯群一听,愣住了。屋子里小声议论起来。杨翠英也显得有点局促,但她很快镇定下来,抬起明亮的眸子说:"谢谢周书记、韩副局长。不过,我的意见在信上都说了。现在你们来了,也看得见,四个人住的还是老林做单身汉时的房子,进来几个人,屁股就磨不开。今年夏天,孩子奶奶还要来,这五个人不能睡一张床上去。"说着她狠狠地白了林厚文一眼,"老林他不管,我肠子可抹不直!"

周拯鼓励地点着头:"嗯,说下去。"

杨翠英道:"我个人主义,就这点意见。"临了又对林厚文飞了一个白眼。

这时,几个小伙子挤上来,那个小李子又开口了:"韩副局长,我们进农机厂五年,还是住这几排芦席棚子。我们五一等国庆,国庆盼元旦,等了几年了,不能老做童男子哪。现在六个人挤一间小棚棚,不能在一屋子里结婚。"旁边一个青年应和着:"今后,对象闹崩了,我们要向你要人的呀!"屋子里轰一声笑了起来。

吴奶奶插进来:"你们这些小青年,有话好好讲,别油嘴滑舌的。不过周书记、韩局长,说句不中听的话,你们这些父母官,自己住着宽房大屋,也要为工人想想哩!"

周拯搀住她,拉过椅子说:"吴奶奶,您老坐下,慢慢说!"

吴奶奶见状,反而往后缩:"不,我也是说说的。周书记,您坐。"但她还是耐不住,又说起来,"他们工人一天三班做,早晨还要赶到城里买菜，中午要做饭，晚上下了班还要洗衣服。双职工连孩子都没地方送，你们看老林这一家……"一时，话越说越多，你一句，我一句，屋子里又吵了起来。

韩伯群在屋里站也不是，坐也不是，一脸尴尬，周拯坐在一张趴趴凳上，掏出个小本子记着。他看看差不多了，用脚碰碰韩伯群，示意他讲两句。韩伯群此刻心乱如麻，一时不知从何说起，磨蹭了半晌，嗷嗷嗓子说："同志们，你们的意见都很对，前几年，'四人帮'横行，遗留问题很多，这次我们一定带回去研究……"

一个青年说："研究研究，运动后期解决，我们耳朵里都长茧了。老林他们那个图纸早就好了，到现在还没批下来，你们要研究到什么时候？"

林厚文鼓起勇气走上来，涨红着脸，讷讷地说："韩副局长，那份图纸送到局里三个月了，到现在还没消息。这可……唉！快批下来吧！"

韩伯群额上冒出了细密的汗珠，口吃地说："对！对！这些问题，我……我们局，厂党委有责任，有责任……"

周拯不住地点着头。他看看表，合上本子，对大家说："今天你们讲得很好，对我们县委敲了一记响鞭。你们要相信党委，也得给老韩同志一个时间，相信他一定会尽快拿出一个妥善的办法。"

"哗——"屋子里响起了热烈的掌声。

走出杨翠英家大门，到了大路上，韩伯群咚地给了周拯一拳："我的老班长唷，你这跑步整得我好苦！"

周拯嘿嘿笑着:"中医讲究四诊八纲。外感风寒,病在体表,就得发汗解表,这跑步好得很哪!"

韩伯群这才发现,自己的背心完全潮了,不过耳聪目明,神清气爽,有股轻松的感觉。这种感觉已经多年没有了。

周拯瞟瞟他:"明天还跑不跑?"

韩伯群把棉袄往肩上一甩:"跑!你这帖解表药我算吃长啦!"

周拯拍拍他的肩膀:"好!明天咱再找几个伴。"

四、神仙会

当天下午,周拯出了个电话通知,要求明天早晨五点,各局局长和一些公司负责人在县委门口集中,有紧急安排。

翌日清晨,五点才过,县委门口就影影绰绰聚了不少人。商业局的大老张、粮食局的胖老李、城建局的老王、交通局的老马,还有其他一些局和公司的负责人都来了。他们见面寒暄,递烟招呼,一时烟火明灭,笑语喧哗,县委门口热闹起来。韩伯群今天早就来了,他下巴刮得溜光,笑容可掬,在人群中穿来穿去,显得非常活跃。

周拯点视了一下人数,往门口一站,讲起话来:"同志们,今天把你们请来,召开一个现场会,蹬'两脚马'来的把马甩开,交给传达室,大家跟我跑步前进。"

"跑步?!"人群中起了一阵小小的骚动。

周拯扫视一下,大声问道:"有没有什么意见?"

"没有！"下面发出了一条声，但也夹着几声轻轻的讪笑。

"好！现在是五点十分，马上出发！"周拯挥了一下手，人群哗一下散开，自动排成两路纵队，由周拯领头，向前跑动起来。

五点半，这支参差不齐的队伍出现在北城区，马上引起了人们的注意。那些早起买菜的主妇主男们纷纷站下来，好奇地观看着、议论着。在农机厂的芦席棚宿舍区，队伍停住了，周拯前后检查、安顿好队伍，开口说："好！会议地点到了，大家先休息一下，我去请几个代表。"

局长们跑得也有点累了，一个个敞胸露怀，大口喘着气。他们装着一肚子问号，三个一伙，五个一簇，低低议论着今天这个奇怪的现场会，揣摸着周拯这么早把他们从热被窝中叫出来，葫芦里到底卖的什么药。

韩伯群却稳不住神，这儿钻钻，那儿站站，脸上露着得意的笑容。商业局的大老张一把拽住他："韩大个子，你今儿怎么啦，成了一个笑菩萨？"

韩伯群憨笑着："嘿嘿，今天老周的跑步大有名堂哩！"

"喔？"局长们哗地围了上来。

韩伯群看着一张张急切的脸，笑得更厉害了。他伸出一个手指，凌空划了一个大弧："嘿！你们别小看这跑步唷！比那些膏丸丹散可强多了，舒筋活络、安神健胃、发汗解表、振奋精神，嘿嘿！还能使人达到一种神圣的境界。"

"呔！你都快成走方郎中了。"大老张搡了他一把，"能否先透露点消息？"

"那可不行！"韩伯群拨浪鼓似的摇着头，"这天机不能泄露！"

"妈的！这家伙，得给点颜色瞧瞧！"粮食局的胖老李使个眼色，和大老张、老王、老马四个人呼一下把韩伯群架了起来。

"好！我说！我说！"韩伯群讨饶地摆着手，"说到这老周的跑步啊，嘿！那真叫神……"正当韩伯群拿腔拿调说开头，前面一片声喊了起来："老周来了！"韩伯群赶紧扭过身去，只见周拯已经走出巷口，后面跟着杨翠英、林厚文和那个满头银丝的吴奶奶。

巷口站满了人，整个十字路口也被闻声而来的群众挤得满满堂堂，俨然成了一个群众大会场。周拯站在一条借来的凳子上，对人群招招手，嘈杂的声音立即平息下来。他带笑扫了大家一眼说："同志们，现场会正式开始，我先给大家读一封人民来信。"

局长们面面相觑，紧张地注视着周拯的一举一动。周拯从口袋里掏出一张纸，就着晨光大声地读起来：

周拯同志：

　　我叫杨翠英，在县农机厂机修车间当车工，现在向你反映件事。

　　我一家四口，五年来，吃饭、睡觉、连带丈夫的办公都在一间四面透风的小芦席棚里。今年夏天，孩子奶奶要从乡下来靠附我们，以后也不知怎么对付过去。对这些生活上的事，我丈夫不管，整天看他的书，画他的图，说说他，还和我吵架。像我们这样的情况，农机厂，北城区还很多。这些问题我们也曾多次向工业局、厂党委反映过，他们也唱过几声"研究、研究"，可是再没有下文，足见他们的眼睛还没扫到下面。

现在，全党全国都在轰轰烈烈地奔四个现代化，可我们却要在这些问题上操心、烦神。我们工人就像陷在深井里，两脚拔不出，双手使不开，心里急得像烧了火。

周书记，我们无门无路，讲话不响，现在斗胆到你面前告上一状。我们曾听过你的广播动员，知道了你拨乱反正的决心，如果你还能走得动的话，就请下来看看。

希望你不要将信简单地转局、厂处理。

打扰你！

此致

敬礼

杨翠英

周拯读完之后，下面轰动起来。大老张嘘了口气，拧了韩伯群一把："呔！原来今天这一巴掌是打你的脸啊！"

韩伯群狡黠地笑笑："伙计，你别急吵，一出戏才开了个头哪！"

周拯这时把杨翠英拉了过来："现在给你们介绍一下，这就是杨翠英同志，下面请她给你们谈谈。"

杨翠英从未见过这样的场面，一时有点慌乱，林厚文在后面急得直跺脚，他拽住杨翠英的衣襟，想把她往后拉。谁知这一拉把她拉火了，她一巴掌打落林厚文的手，把垂到眉梢的一绺头发抹到耳后，大大方方往凳子上一站，清朗朗地说："各位领导同志，老周已把我的信读了，现在要我说我就再说几句。我们北城区十几家工厂，好几千职工，家家煤炉要冒烟，老小张口要吃饭。我们工人一天三班做，下班还要买菜买米、烧饭洗衣，可是我们买盒火柴、打瓶酱油来回要走八里。以前，'四人帮'不管老百姓死活，只要咱吃草、喝西北风。可我们是人，是社会主义中国的工人，我们要学技术，要奔四个现代化。现在，'四人帮'被打倒了，天亮了，可我们北城区工人还得要走这八里路。以前，那笔账可算在林彪、'四人帮'头上，但以后这笔账，又该怎么算呢？……"

杨翠英的话就如一阵大风刮过平静的水面，在局长们的心里掀起了狂涛巨浪。人群开始涌动、不安，嗡嗡的议论声越来越大，会场显得有点乱了。

韩伯群捣捣大老张和胖老李："怎么样？"

大老张、胖老李没有说话，嘴角紧抿，脸容肃穆；老王、老马和其他局长也都表情严峻，一个个默默地思考着，低低地议论着。

这时，周拯正在征求林厚文和吴奶奶的意见，要他们也谈一谈，但他们执意不肯。正在相持不下的时候，韩伯群在人丛中大喊一声："我讲几句！"他分开众人往前挤去，站在凳子上，脸上闪着亢奋的红光，几乎打雷似地喊着："同志们，今天杨翠英同志这把火烧得好，是真金、是渣滓立刻显出了原形。

前几年,'四人帮'不仅把我们的肉体关进监狱、牢笼,而且把我们一些人的灵魂也铐上枷锁,打入了地狱。昨天和今天,老周带我跑步,出了两身汗,我像从噩梦中醒了过来。现在我代表工业局和农机厂党委表个态,农机厂那座办公大楼不造了,全部材料资金给职工盖宿舍大楼;另外农机厂新建车间的方案已在昨天下午的党委会上通过,明天就破土动工。"

"哗——"韩伯群的讲话激起一片热烈的掌声,人们赞叹、惊讶、议论的声浪,一阵高过一阵,驱散了冬晨的寒气,把整个会场染得热烘烘的。

周拯站上凳子,脱下单帽,露出霜雪也似一头白发,灼亮亮的目光扫视一下,激动地说:"同志们,我们的人民太好了。可是我们有没有想过,从战争年代到现在,人民为党、为国家做了些什么?而我们呢,又为人民做了些什么?我们是共产党人,党的形象是具体的。如果我们每个干部、每个党员都站在人民行列之外,听不到他们的声音,触不到他们的脉搏,那党在人民中的形象就是空的。这几年,我们吃够了林彪、'四人帮'的苦头,人民也吃够了他们的苦头,我们再不能闭着眼睛坐在衙门里高喊'损失最小最小,成绩最大最大'了。眼睛应当睁开来,看一看,想一想,量量自己的脚印,有几步是走向了人民。'四人帮'横行时候,对我们干部是一次考验;但是胜利以后,我们面临的将是一场更严峻的考验。杨翠英同志的信和讲话是一面镜子,照出了我们县粉碎'四人帮'以后的现状。今天把你们这些当方土地、各路神道请来,就想开一个神仙会,听一听、看一看红尘凡间的声音和情况。"说到这里,他看了看表,继续说，"现场就在脚下，大家可以议议，八仙过海，各显神通，各局、各公司也可以通通气，拉拉手，争取会议有个看得见的成果。会议在正六点结束，然后我们跑步回去，吃早饭、上班，不准迟到……"

周拯讲话的声音不高，却像一记记重锤敲击着局长们的心坎。直到现在，现场会的神秘窗子才向他们全部打开。对这样的现场会，他们不仅感到奇特、新鲜，也感到痛快、有劲。但他们已没有时间再让思想的琴弦弹奏激动的乐章，要紧的是考虑下一步该怎么办了。

城建局的老王拉住交通局的老马说："伙计，你看咱们来的那条路……"

老马来回溜达着："嗯！得铺成柏油路面，记着，这次动工，要抓住林业局的老彭，路两边绿化的三千棵风景树苗，少一棵也不行！"

大老张已拽着胖老李走进了宿舍区深处，他们比画着，商量着，一个由百货店、菜市场、小吃部、粮油站、煤球店组成的供应网已经在他们的头脑里初具轮廓……

霎时，所有的局长和公司负责人都散了开来，他们三三两两，考虑着应做的一切，托儿所、幼儿园、杂货铺……甚至连厕所也被安排着它们合理的位置。

巷口边上，周拯把林厚文拉到韩伯群面前，说："伙计，你那个方案，我赞成，而且已给你物色了一个设计师。"

韩伯群笑笑说："我早就知道你在打我办公楼的主意了。好，老林，这一次，你拿出所有的才能，放手设计吧！"

林厚文红着脸，站在一旁。周拯拉拉他："老林，以后可不能再离家出走了，你得向小杨同志学习。不过，我还给你揽了个差使，帮你找了两个学生。"

"学生？"林厚文惊愕地抬起头来，"谁？"

"我！他！"周拯笑着从口袋里掏出一卷东西往韩伯群手里一塞，快活地笑道，"伙计，你还不拜老师？！"

韩伯群打开一看，是一本崭新的《科学画报》，他醒悟过来，一把抓住周拯的手，咧开嘴巴喊道："嘿！我的老班长哟！"

尾声

从此以后，县城里跑步的渐渐多起来了。每当晓星抖落、晨晖斜照，县委门口就出现了一群跑步的人。他们迎着绚丽的朝霞，沿着笔直宽阔的大道，大步向前跑着。跑在头里的是鬓发斑白的周拯，后面跟着韩伯群，虽然他还喘着气，但挺着胸，目光前视，两条腿已经迈得有力多了。

新来的校长[1]

这个公社在县的最北面,境内有不少山。山不高,却绵绵不断,覆盖了整个公社的大半。因为远,县城里的班车开到这里要一个半小时。人们给这个公社起了个荒僻、边远的代名词——"西伯利亚"。

"西伯利亚"水土贫瘠,教育事业也不发达。虽然有一所完中,自从上大学要考试以后,这里就没再出过大学生。老百姓说,现今学校的地场不好,坏了风水,活该自己的孩子倒霉。

这所送不出大学生的学校,坐落在公社集镇旁边的一个小山坡上。那里,常年的雨水将红土坡面冲出一道道纵横的水沟;坡上坡下,裸露的石块砂礓比比皆是。那泥又特别的粘性大,雨天会粘掉你的鞋;天一晴,又出奇的硬。学校周围杂乱的小径上,凹棱的脚印从未平过。在那路上走,现今时兴的软底鞋踩上去,会硌痛了脚。山上没有树,光秃秃的。阴雨天气,四野的风便毫无阻挡地掠过没有围墙遮拦的校园,刮掉门窗,吹

---

[1] 原载于《十月》1982年第2期,第228-234页。改编后转载于《连环画报》1983年第3期,第1-7页。收录于《麦青青》,江苏人民出版社1983年版,第169-185页。

碎玻璃，把教师学生赶到稍稍背风的走廊上去。

不过，学校近来也有了点变化。引入注目的变化是，新调来了一位校长。这校长调来一年多，就出了两桩大新闻。一是当年暑假高考发榜，公社里破天荒出了一个大学生。这可不是那几年分配名额"推荐"上去的，硬是凭一支笔在考场里夺的魁，还取在全国景仰的北京大学。二是这个校长得了个颇不雅听的称呼："难剃头校长"。

茅草窠里飞出了金凤凰，为人师表的中学校长获得这么个雅号，喜讯带着乖谬，确是奇特又奥妙。于是，议论在偏僻小镇、山乡农户潮水泛波般播散开来。人们赶集上镇，都免不了要到中学弯一弯，看看这个校长究竟是何许人物。

这位"难剃头校长"姓范，名石甫。扑面相撞，首先入目的便是他那一头花白的短发：又粗又硬，向上戗着，前后左右看去，像一块平展展的台地。那张四方脸上，从两鬓到下巴，蓬蓬一兜胡子常常长封了口。整修这样一副脸面，大约真要费一番手脚。所以，大家至今还怀疑，范校长的绰号是镇上那个没老婆的剃头匠叫出来的。不过他们却忽略了一个常识，为了夸耀自己的手艺，绝不会有哪个剃头师傅肯说顾客的头难剃。但这个漏洞，却没有人去探究过。

事情一被关注，就不断会有一些新发现。譬如，那山坡上新出现了一排漂亮的教工宿舍，明窗净瓦，水泥铺地，论质量，在镇上绝放不到第二流去。又譬如，新修了一条大道，从山下公路一直通到学校的教室和厨房门前，虽然路面是煤渣铺的，但雨天至少不会打滑粘脚了。又譬如，学校里前前后后栽了不少泡桐,这些曾为焦裕禄书记推崇过的速生树苗,一年中居然蹿出一丈多高。炎夏凉秋,校园里竟也葱葱茏茏,盈满了浓浓的绿意。

自然,每桩新发现都会在公社里引起一番议论,可议论得最多的还是今年春节的分香烟。

去年年底,由于各地发挥优势,使得一些大烟厂"吃不饱",香烟出奇的稀少,在这边远地区,名牌香烟就更金贵了。然而,春节前夕,供销社给集镇各单位的分配单上却并不寒酸:粮管所、信用社、肉铺、邮局、饭店以及社办厂都有一定的数字,连农副产品收购站的生猪饲养员也每人弄了五包,独独漏掉了全公社的中小学教师。

据说那天范校长得到消息,立即上了集镇。适逢供销社倪主任在公社里对公社干部"酌量供应",他一头闯了进去。

公社曾书记也在,范校长劈口就问:"曾书记,我提个问题怎样?"

曾书记向来见人开口笑,一般人很少见到他的怒容。范校长话音未落,他已迎了上去:"哈哈,可以可以,当然可以。"

"我们公社的孩子不如猪,是不是?"

问题提得突兀,曾书记先一怔,随即笑起来,笑得前仰后合:"老范,你开玩笑了。"

"不,这是真的!"范校长脸上五岳不动,庄严肃穆。

"喂!我说范校长,你们教师可不能诬蔑我们贫下中农子女哪!"旁边的倪主任听着不服,半真半假丢过来一句。这个集镇上的"超级大嘴",舌尖是从不饶人的。

"喔？！"范校长瞟他一眼，"倪主任倒是真关心贫下中农子女。我问你，这次香烟怎么分的？"

"香烟？香烟与猪有什么关系？"

"收购站的生猪饲养员分到了香烟是不是？"

"嗯……这倒有的。"

"可管学生的教师呢？"

一句话惊雷落地，在场的人全愣住了。"超级大嘴"的舌头也打起了结。好一刻，还是他先缓过神来："范校长，这次香烟实在紧张，下次优先考虑，一定从丰……"

范校长瞥了瞥桌上的纸箱，里面"牡丹"盛开，"凤凰"展翅，"大前门"巍峨，突然笑起来："既然如此，我去上面要吧，可能县里忘了。打扰！"抬腿就走。

这一下，办公室里乱了营。曾书记一把拉住他："哈哈，老范，这你就见外了。有困难，我们公社解决嘛！"转过身来，"老倪，再查查看，是否调剂一下？"

"好，我再查查，查查。"倪主任随即应道，"一定给你们解决……"

"嘿嘿嘿，谢谢你关照。"范校长笑得胡子直抖，"你知道，我是不抽烟的；我们教师的工资低，舍不得抽你们那好烟，随便买两包烟就对付啦！"说完，晃晃袖子走了。

这一场对话没第三者听到，倪主任原以为不了了之，没想到春节期间，大家从县有线广播中听到了一封听众来信，批评了这种不正之风。据说来信是一位语文老师写的。那老师有文采，信写得既尖锐又中肯，着实令人佩服。这件事在集镇上又足足议论了三天。

传说毕竟还只是传说。不久，这位"难剃头校长"却在众目睽睽之下，做出了更为惊人的举动。

这几年时势所趋，这个边远公社也开始发展社队工业。汽车站上出现了拎皮包的供销员，公路两侧陆续围起了一个个小院落，挂出了一块块油亮的牌子：皮件厂、沙发厂、小五金厂、卫生香厂……小镇上现代化的气息日渐加浓，那厂房也不断向野外延伸，渐渐和孤岛似的中学毗连起来。

那天中午，范校长从县里开教育工作会议回来，刚跳下汽车，就被守在那里的总务宋老头截住了。

"我的天，你总算回来了。学校里出事啦！"宋老头原本就瘦，此刻哭丧着脸，皱纹全纠到了一起。

"什么事？"范校长倒很镇静。

"我……我们那片操场让人占了。"

"谁？"

"公社工业办公室要在那里盖办公楼。"

"你们为啥不挡住？"

"挡？"宋老头苦笑笑，"以前学校办农场，自己厕所里的大粪都管不住，还管得了地皮？"

"嘿……看看去！"

其实，那是片什么样的操场哟。学校在山坡上，原就难找到巴掌大的平地。以前的体育课都是在公路上上的，课目也只有一项——跑步。去年冬天，范校长相了半天地形，带领师生发扬愚公移山的精神，破山开石，搬高填低，才挑出靠山脚一小块平地，竖上了一副篮球架。这样，学生们课间总算可以出出操，课外活动也能抛抛球了。可是这么一点点"水平"地表，居然也有人来动脑筋了。自然，一些人也明白的，征用良田，一是上面不允许，二是农民现在有了自主权，懂得自己的土地值什么价。学校呢，却用不着考虑这么多，因为历来如此。

可是，这一次他们遇上了"难剃头校长"，事情就难说了。你看，当那群在操场上打桩、拉线、挖墙基沟的人出现在面前时，范校长立即大步迎了上去。

"喂！你们是哪里的？"

应着话声，人群里挺胸凸肚站出一个人来。此人是工办的管理人员，叫马金禄。因为现在时兴称呼职务的风习，群众也就随俗，喊他马管理。虽然乍听有点拗口，马金禄却很满意。他见范校长招呼也不打，便有点不悦，冷冷地说：

"工办的。"

"谁让你们到这里来施工的？"偏偏范校长上镇不多，又没有入境问俗，还不认识这个集镇上大名鼎鼎的人物，接着追问一句。

"姚主任。"马管理气开始粗了。

"通过学校了吗？"

"学校？"马管理顿了一下，突然大笑起来，"什么学校不学校！老子大字不识一个，中国二十九个省市还不跑遍了，手模印一捺，几万、几十万的合同哗哗过……告诉你，这儿历来是荒地，谁也没有立界碑！"

范校长皱皱眉，望着眼前这个顾盼自雄、以"贫贱"骄人的人物直摇头,但依然顺气软言地问他:"那你也没有子女在这里上学吗?"

这一句话却把马管理问红了脸。因他常年戴着帽子,范校长不知道他自小有个癞顶残疾,至今还是个在外打野食吃的鳏夫。而马管理又素在这个问题上气短,咽了口唾沫竟没有回嘴。这时,那些瓦匠、小工见起了纠纷,乐得停下来看热闹。马管理正有气没处发,立刻瞪起眼睛骂道:"妈的!关你们什么鸟事?快做!"自己从瓦匠手里夺下一柄榔头,砰地一下,在东南角钉了一根桩。

范校长见这架势,倒愣了一愣,仍平静地走上去,拦住他:"话没有讲清楚,你们就自作主张动手,不大好吧!"

"我管什么好不好!误了工找你开工钱。闪开!"马管理舞着榔头,把范校长往旁边一搡,当!又是一锤。

范校长火了,头发根根直立,两步跨上去,一脚踹倒桩子,又几拉,把准线团成一团,往马金禄脚下一甩,双目圆睁:"国有国法,校有校规,你们别欺人太甚了!"

这一下坏了事。刚才马金禄被戳了疼处,正窝着一团火,经范校长这一搅,那火便焰焰奔突出来。他就势冲上去,一把揪住范校长,汹汹吼道:"看样子,你们教师还想交交手哪!"

天!马金禄那是双什么样的手哪。粗壮、厚实,骨节间长满了黑黑的茸毛,浑如熊掌一样。他铁钳一样箍住范校长细瘦的胳膊,仿佛只要一用力,就会捏个粉碎。可范校长却很镇静,目光盯住他:"喂!你别瞪眼睛,勒拳头,先看看这是什么地方?"

马金禄四转一瞄，倒吸一口冷气。原来已到午饭时间，学校的师生听到争吵，都围了过来。人丛中，高中部那几个五大三粗的篮球爱好者正虎视眈眈地盯着他。不过，今天范校长未免小看了自己的对手。这马金禄早几年是集镇专政队一把硬手，是凭拳头从草莽中杀出来的一位人物，连工办姚主任也让他几分。现在要叫他在稠人广众之下低首下气，把大脸丢在小小的范校长手里，岂不是笑话？他冷笑一声，直起喉咙叫道："今天老子就要教训教训你们这帮臭知识分子！"手起一拳，劈脸向范校长打去。

全场观众一声惊呼。可呼声未完，就见范校长身子一闪，让过了拳锋，大家还没来得及看清楚，他手脚一动，马金禄一个踉跄，已摔出了几步开外。

顿时，全场惊呼变成了欢呼。马金禄做梦也没想到范校长还有这一手。他自出娘胎以来，还没受过如此大的屈辱，挣扎着爬起来，就要拼命。学校的师生见了，呼一下围上来，护住了范校长。可范校长却张手一拦，把他们挡在身后，挺身走上去，说道："我早就告诉你，这里不是你横行的地方。你若不相信，可以再来试试。"

马金禄满嘴是泥，看着凛然难犯的范校长，不由得停住了脚步，嘴里哼哼着："你……你们教师还兴打人？"声音一下低了八度，分明没有了刚才的气焰。

范校长微微一笑："这么说，干部就兴打人了？我告诉你，教师并不低人一等，也不是臭知识分子，他们是中华人民共和国的公民，劳动人民的一员。他们一年到头辛辛苦苦办学、教书，为下一代服务，为人民服务。他们是我们党，我们国家的宝贝。我劝你，活这一把年纪，该想着为下一代做做好事了。"

这一番话泰山千钧，掷地有声，把马金禄彻底镇住了。而周围的学生却一齐喊起来："这家伙到学校寻衅闹事，殴打教师，拖他到专政机关去！"

喊声惊天动地，马金禄慌了，一面拍打着身上的土，一面悻悻地骂着："对！有种到公社去！找姚主任去！我等着！"说着退着，一道烟走了。

范校长制服马管理的消息当天就传遍了集镇。人们起始意外、吃惊，接着拍手称快，随后又在"难剃头校长"身上恣意涂抹神奇的色彩。说范校长文武双全，唇枪舌剑战败了"超级大嘴"，精拳厉脚降住了"马管理"；说他以前干过新四军，跟江西、湖南过来的红军练过少林拳、八卦掌；并有人证明，每天早晨都看到范校长在山坡上打拳舞剑的。可也有一些人叹息，现在的学校太可怜，"纸糊的衙门"，一无权，二无物，动辄遭人欺；教师更是"筷子头上的萝卜"，可以随人夹来拨去。而更多的人却在担心，事情远远没有了结，孩子挨打，娘未露面，工办姚主任决不肯善罢甘休，而姚主任和公社曾书记的关系又是……唉唉，范校长后面这段"闯关戏"还着实难唱哪……

事情发生以后三天，公社发出了召开党委扩大会的通知，邀请集镇各单位头头参加会议，共同解决工办和学校的地皮纠纷。消息传出，镇上又是一片哗然。为一小块地皮，专门召开这样一次会议，在"西伯利亚"公社史上还是第一次。人们的心底嚣起了巨大的浪潮。会议召开的这天下午，镇上的好事者们便不断在公社大院出出进进，想率先采访到头条爆炸新闻；街面上、商店里、茶馆中，到处都在交头接耳，神秘地议论、猜测。镇上的生活车轮仿佛一下子停转了。

会议在公社大院的会议室里召开。不知什么缘故，会前失去了往日那种谈笑打趣、轻松愉快的气氛。与会者没一个迟到，个个表情严峻。他们明白今天双方的力量对比，也大体知道会议最后会有什么结局，但因为纠纷的一方是已经露过锋芒的"难剃头校长"，事态发展究竟如何尚难预料，所以大家心里还隐隐然有着一种期待。

会议由公社吴秘书主持。他讲过会议的主旨，便进入纠纷双方陈述、辩论的议程。这时，马金禄早已憋不住了。自从出了那场丑，他一口气闷在肚里，都快沤烂了五脏六腑。因此，吴秘书话音刚落，他立即站了出来，满脸通红，额上青筋乱跳，愤怒地向大家控诉那次受辱的经过。虽然他气如山涌，常常激动得语无伦次，却没有疏忽出示最有力的证据——搅乱了的准线和蹾断的木桩。最后，他强烈要求公社党委，严肃处理这一起殴打国家干部的事件。

马金禄发言时，姚主任一直在旁边冷静地听着，尽管不时对发言中过于"出格"之处皱皱眉，但基本上是满意的。唱"红脸"要的就是猛打猛冲，先声夺人，部下的鲁莽、斤斤计较更可以衬托他的稳重、豁达大度。何况他早已知道公社的意图和解决办法，这个会和发言（包括自己的）都不过是虚应故事。所以，他看着会议主宰者曾书记双目微闭、神态安详的样子，心里泰然得很。当吴秘书问他还有什么补充时，他只简单地强调了那是块无主荒地,扼要地阐述了当前发展社队工业与四化大业的关系。他的态度平和轻松,语调得体自然,好像完全是个局外人。

所有的目光集中到范校长身上了。今天的范校长,换了一件整洁的涤卡罩褂,四方脸上新刮了胡子,颏下泛着一圈淡淡的青晕。他一直正襟危坐,目不斜视地听着工办方面的发言。现在轮到他发言了,他并没有直接说"地皮"的事,却用不紧不慢的语调接着姚主任的话:"我想提醒大家注意一下,在四个现代化里有一个科学技术现代化。很难设想,一个科学文化落后的民族能够建成现代化的国家。这个道理我不想多说了。我们现在已是 20 世纪 80 年代的中国了,我这里有一组数字:这几年,我们公社的小学入学率只有百分之七十,而外流生却在增多,单公社中学转到外校的就有四十多名。这些年,从外地调进、师范分配来的中小学教师共计三十七名,任教不到三年调走的有十五名,不到两年调走的有十名,剩下的十二名现在百分之百打了请调报告,甚至连本地教师也有要求调出的……不知大家有没有看到,现在我们公社里老文盲没有扫除,新文盲又产生了;我们一些高中毕业生,连封信都写不周全;我们的高考连续几年都是空白……"

人们已完全安静下来,偌大个会议室里,只听到范校长那清朗、沉着的声音在响:"难道我们这里风水不好?难道我们公社的下一代天生比别地方的小孩子差?我想请大家想一想,为什么在我们公社会出现这些现象?这些数字和四化大业有没有关系?如果这些问题有正确的答案,'地皮'纠纷就不难解决……"

范校长发言完了，会议室里久久沉寂着，不但没有议论声，连咳嗽都在喉咙里憋着。这期间，曾书记眯住的眼睛睁开了，从椅子上竖直了身子。可见，他也被打动了。

吴秘书已失去了会议主持者应有的镇静，频频转头去看曾书记。虽然他几次启发大家谈谈看法，可会上没一个人吭声。在这急人的当口，曾书记站起来了。他的脸上失去了往日的笑颜，威严的目光在会场上扫了一周，大家的心立刻被提了起来，有几个把架着的腿也放了下去。今天曾书记讲话干脆利落，几乎没有什么繁言套语，立即宣布公社党委的意见：

一、那地皮虽属荒地，学校先进行了开发，所有权、使用权应归学校。

二、工办未经协商，去那里抢地皮，造房子，是不重视教育的表现，工办要深刻认识自己的错误。

三、马金禄去学校闹事，首先开口骂人，动手打人，是侮辱、殴打人民教师的严重错误行为。责令工办严肃处理并向学校、向范校长赔礼道歉。

四、有关人员要从这一事件中吸取深刻教训，集镇各单位都要重视教育，关心学校，争做发展教育事业的促进派。以后再不允许发生类似事件。

……

曾书记的发言，完全出乎大家的意料。马金禄傻了眼，姚主任脸色煞白。可大家醒悟过来后，会场立刻活跃起来，纷纷发言，批评马金禄，一致认为公社党委的处理非常正确，对下面很有教育意义。

但是，今天事情的发展好像始终和大家拗着劲，就在吴秘书做过总结，准备宣布散会时，范校长又站了起来。他说："我代表全校师生感谢公社党委，感谢曾书记和同志们对教育工作的支持。不过……"他停顿一下，看大家一眼，"我们学校最近还有点困难没法解决，也想趁这个机会，请党委在这个会议上讨论一下……"

会议室里，有人开始嘀咕：真是个难剃头校长，支持你一下，就得陇望蜀，没完没了，未免有点不识相了。

可曾书记已笑了，他摆摆手，叫大家静下来，说道："可以，可以，老范，趁大家都在，一起帮你出出主意。"

"好，我们大家都是共产党员，在党的会议上，我就直言不讳了。"范校长看着满脸笑纹的曾书记，朗朗开了口，"我们公社总计有六所戴帽子初中，由于师资力量不足，设备条件太差，影响了教学质量。根据最近教育也要调整的精神，县主管局要求我们进行合并，只在公社所在地办一所中学。这样，我们一下子要增加六个班，原来的校舍就不够用了。因此，只有一个办法……"说到这里，他拉开手边的提包，从里面取出一卷纸，打开，扫视一下会场，灼灼的目光仿佛要射入人的心里，"大家都知道，1956年，省教育厅拨来一大笔经费，按这张统一图纸——我刚从县教育局取来——造了一所中学。后来，由于历史的原因，中学的校舍被公社机关占了。根据国务院(1978)166号文件精神，要求各有关单位，特别是占用校舍的各级党政机关，要以身作则，立即把占用学校的校舍、教学设备归还给学校。

因此，我代表学校，请求公社党委把这个历史遗留问题在会议上讨论一下，执行国务院的指示，迅速将占用的校舍归还给我们……"

啊！人们终于看清了"难剃头校长"的"真面目"。会场上，一些人撇着嘴，袖着手，坐观动静；一些人痛快、钦佩、暗暗叫好，又感到事情棘手……会议室的空气凝固了，气温由刚才的沸点陡降到了冰点。

沉默，持续的沉默，令人窒息；抽烟，不断地抽烟，催人昏眩。有人打开了窗户，不少人的眼睛随之透过窗户，看着外面这座宽敞的大院。

现在成了公社大院的这所校园，是一座飞机式的建筑群。进大门一条环形砖砌甬道，围起一个大大的花圃。花圃后面是尖顶的高大门楼，这是飞机的机头；紧挨着机头是左右张开的两大排教室，横向舒展，形成飞机的两翼；跟着一条冬青夹道，从机头通向正中的饭厅兼会堂，构起宽绰的机身；后面又是左右对称两排宿舍，便是尾翼了。房子，一式的漆柱走廊，红砖红瓦；衬着常青的松柏，萧萧的白杨，满院葱茏而清爽。

对于这桩公案，与会者都记忆犹新。在那"知识越多越反动"的年代，学校已沦为培养"修正主义苗子"的温床。当时，公社还设在镇西头的一所老祠堂里。虽然厅屋宽大，厢房齐全，但从解放初的乡公所沿用到现在，不但寒酸，且夹在密密的民房中间，没有发展余地。拆迁贫下中农的房子，当时的执政人还没有这样的胆量，可铲除修正主义温床，却是革命的需要。于是，公社革委会用三天时间，进驻了这所飞机式大院，而在现在的山坡上，盖了几排简易房舍，把周围的坡地划为战斗基地，挂出了"五·七战校"的牌子。这样，师生成为"五·七"战士，温床变成战场，完成了"西伯利亚"公社史上的一件壮举。

可是，历史的发展使壮举变成悬案了。这些年，公社书记已换过好几任，现在是重视教育、支持学校的曾书记接任了，他还会把这桩公案悬下去吗？……

这时，会议室里已有人耐不住漫长的沉默，开始忿忿不平了。马管理虽然对刚才宣布的处理决定感到委屈，却很能顾全大局，没再吱声。但这时候，他站出来了。

"喂！校长先生，你那是什么时候的文件？别忘了，现在是 20 世纪 80 年代了。"

又是他！范校长看了看这个已不是初交的对手，不禁笑笑，随即也问他："你看到国务院撤消这个文件的通知了？"

"呃……这……"马管理噎住了。

"如果没撤消，那就奇怪了，为什么 20 世纪 70 年代的文件到 20 世纪 80 年代还没贯彻呢？"

啊！又帮了倒忙。气得姚主任在桌子底下狠狠踢了他两脚。马管理终于像泄了气的皮球，闭了口。

幸喜吴秘书开了腔："今天这个会议主要解决工办和学校的'地皮'纠纷。当然啰，范校长提出校舍问题也可以……不过，这个问题存在多年啰，还有些具体问题很难讲清楚。是否让公社党委研究研究……不能操之过急嘛……今天时间不早，会议到此结束吧。"

开了一下午会，这最后的结局是意料中的。是的，事情到了不可开交的地步,研究研究是最好的解决办法。看看,连范校长都无言以对,站起来了。倒是曾书记,似乎想找他谈谈,可张了张嘴,到底没说出口。而大家却看到了曾书记一头的汗,在这早春的天气,腾腾地蒸着热气哩。

会议的情况由那些嘴巴不严的头头们有心无心传了出去,再加上好事者们自己采访到的"花絮""拾零",自然也免不了进行点加工和渲染,把几个月来关于"难剃头校长"的议论推向了高潮:

"这才是真正的校长,真正的共产党干部,我们的孩子有希望了。"

"人怕狠,鬼怕恶,有些人把自己的子女送去县中读书,丢下别人不管,现在困在枕头上也不安稳了。"

……

议论,毫不掩饰地透露着赞佩和喜悦。范校长在这边远公社的出现,好像随之带来了一股清新的风,人们的眼睛发亮,心里激荡起一种少有的兴奋,催开了久受压抑的希望的萌芽。

可不久,大家的脸上渐渐又笼上了阴影。半个月来,听到的消息越来越不妙。首先是学校的烧煤停止了供应,供销社的理由是运输跟不上。这消息是确实的,因为粮管所的职工一致讨论通过,向他们供应砻糠了,镇上建筑站的瓦工师傅还连夜去学校改了灶。还有,接连好几个在社办厂工作的教师家属被辞退了,内中就有学校总务宋老头的女儿。而细心的人发现,这期间曾书记一直没在集镇上露面,有人说他去学习了,有人说去边远大队蹲点了。据说,这些天范校长一直找他,想和他好好谈谈心,却一次也没找到。可找范校长的人却越来越多,有镇上的,有公社的,甚至还有县上的,连姚主任都暗暗找过他。据邮局里的小刘讲,他在总机上听到有人打电话给范校长:"小心点,别做得太过分……"声音很熟悉。由于业务纪律,小刘没肯透露真名实姓。

事态发展到这般地步,校舍归属问题已变得次要,人们关心起范校长本人的情况来:他的起居,他的健康,乃至他的人身安全……大家偶尔在街上碰见他,发现他瘦了,眼睛布满红丝,而胡子也更长了。听那个剃头匠讲,他几次拉住范校长,要给他修修面,范校长都没肯。人们的心揪紧了。

世界上的事情常常有例外,而"难剃头校长"的作为好像更不按人们常规的揣测发展。焦急的期待中,事情突然出现了转机。忽然有一天,曾书记在镇上出现了,并传出话来:"学校提出的要求完全正当,这问题早该解决了。公社党委决定,立即贯彻国务院文件精神,半个月内把公社占用的校舍归还给学校。"

就像一场急风骤雨过去,人们的心里透进了阳光,出现了朗朗的蓝天。欣喜之余,有关范校长的传说却更多、更神了。集镇上街谈巷议,茶座里扯闲聊天,家庭中夫妻私话,都离不开范校长的话题。有人说,那天镇上出现的几个拎皮包的人物,是省、地两级联合调查组,其中还有一个是省报记者,他们专门找了曾书记……有人说,范校长是个有来头的人物,学生时代就参加了革命,现在不但有老同学、战友、部下在地区、省里工作,还有以前一个老师在中央当大干部;范校长——给他们写了信,调查组就是省、地直接派来的……还有人说得更详细,范校长一生就吃了"头难剃"的亏,不然早就升上去了;这一次恢复工作,本来要叫他留在县里当教育局长,他考虑到年纪大了,让给了比他年轻的同志,自己却要求下来当一名普通中学校长,还特地选了这个偏僻的"西伯利亚"……

议论、传说的准确程度且不管它,半个月后,公社倒是真的搬出来了。至于以后在镇南重盖新院,那是后话。但归还校舍后还有件余闻值得补叙一下:

几天后,曾书记和范校长都到县里去开会,在车站上相遇了。两人有这样一场饶有兴味的对话。

曾书记拍拍范校长的肩膀说:"老范,你真是个名不虚传的'难剃头校长'。"

范校长说:"不!我的头不难剃,早几年就被剃光过好几次的。不过,今后再剃就不容易了,那种剃头匠虽然现在还未绝迹,却是越来越难当了……"

"哈哈哈……"曾书记大笑起来。

"哈哈哈哈……"范校长笑得更响。他笑得那么痛快,那么豪爽。自从范校长调到这里,镇上人还是第一次听到他这么笑呢!

在夏日熏风里[1]

夕阳的最后一缕光辉在城郊的宝塔尖上消失,县城就沉浸在迷离的夜色中了。

钟老师坐在招待所小花圃中的靠背长椅上,又在数他的星星了。即使是出差开会进了县城,也没有改变他多年来的嗜好。单调、冗长的教研工作会议开了整整一天,而他,还为他的学校去办一件公事,牺牲了宝贵的午睡时间。毕竟是上了年纪的人,他累了,他需要休息,需要精神上的补偿。现在,他感到非常满足,非常惬意,那从受到污染、发黑发臭的护城河上刮来的夏夜熏风,远处化工厂大烟囱里飘来的煤烟,丝毫也没有消减他的兴趣,破坏他的情绪。

夏夜的星空多么明洁,多么深邃。浩瀚的宇宙中究竟有多少星星呢?天鹅、天琴、室女、仙后、大熊、人马……宇宙的胸怀多么博大,竟能容纳下这么多的"世界":行星、恒星、彗星、星云、云团……卫星绕着行星转,行星又绕着恒星转,更多的星组成星系、星团……呵,物质世界多么奇妙,多么瑰丽,

---

[1] 原载于《青年文学》1983 年第 3 期,第 60–65 页。

任何大胆的想象在它的面前都显得苍白、枯燥和干瘪。

　　人人都有自己独特的业余爱好。不知什么时候，钟老师养成了看星的习惯。幼时他在《幼学琼林》里读过"混沌初开，乾坤始奠，气之轻清而上浮者为天，气之重浊而下凝者为地。"以后，他从同校的物理教师那里学会了初步的天文知识。每当他仰视苍穹、遨游星空的时候，他觉得那一颗颗星星就像他学生的眼。那一双双神秘的、调皮的、水晶一样清澈的眼睛，似乎在向他发问，向他问好。顿时，他和他几十年中教出来的千百学生近了，近了，他几乎张口就能报出他们的名字：赵大牛、李多伢、史来娣、贺菊英……

　　夜色沉了，拂面的风带上了天露的清凉。渐渐地，近处的房屋、迷蒙的灯光淡了，远了，但那星空却越来越亮，越来越亮……

　　钟老师睡着了。梦中，他又看到了星星，一颗颗灿灿发光，对他微笑……

　　一缕明亮的阳光照到钟老师脸上，他睁开了眼。窗外，绿树婆娑，雀鸟喧腾，新的一天又开始了。他暗暗责备自己怎么睡得这样死。他已记不清昨夜是几点钟回宿舍的了。只记得他正身轻如烟、飘飘悠悠飞向星空的时候，猛然霹雳一声，立刻跌了下来。原来服务员跑来叫他了。而他，一回到房间，触到枕头又打起了鼾，想不到一入睡乡，就留连了这么久。

　　"亡羊补牢，为时未晚"。古训使他迅速行动起来。漱口、洗脸、叠被，以最快的速度料理完身后的杂务；食堂已关门，去外面拐角处的小吃店买点豆浆油条，胡乱填饱肚子。一切齐备，整装出门,他要继续办他的公事了。

钟老师走出大门,走上城中大街,向县木材公司走去。他的学校要维修教室,添置桌凳,向县里打了一个木材申请报告。昨天中午,他就是到物资局长家里去批报告的。那还是会议上一位数学教师教给他的方法。那位数学教师有个奇怪的理论,说数学上两点之间的距离直线最短,社会上两点之间却是曲线最短。钟老师没有去深究这条定理的证明过程,但事情却真办成了,局长签了字,批了三个立米。会议已经结束,别的老师都陆续离去,他还必须留一天,去木材公司付款、提货。

几年不来,县城的变化大多了。原先的土街泥巷铺成了真正的光坦、坚实的水泥大道。街两边平地矗起一幢幢大楼,三层的、四层的,样子还要往高处发展。街面上,人们的服饰也变了。各种各样的款式,红的、黄的、紫的、橘橙的、藕荷的,氤氤氲氲,绵绵密密,像浮着一片彩色的云。商店的橱窗也布置得分外鲜明、醒目,商品列成图案,模特儿穿上盛装,彩灯闪烁,扑朔迷离,那写得老大的"出口转内销""誉满全球""物美价廉"的广告牌,勾得你心旌飘荡,不由得想从口袋里挖出钱来。据说做生意要研究顾客心理学的,但钟老师终究没有被感动。倒是新华书店的那条标语把他吸引了,"书山有路勤为径,学海无涯苦作舟。"有内容,也文雅,虽然标语下的书摊上大多是"惨案""谋杀"之类的书,他还是在那里逗留了一刻钟。

县木材公司在郊外,钟老师足足走了半个小时。这一带紧靠着护城河,建了不少工厂。日夜排放的污水、日益增多的垃圾已使护城河水发黑。河面上漂着五颜六色的油迹,不断落下的煤灰被风刮到岸边，积成一圈圈弧形的壳。大烟囱喷吐的浓烟、卡车扬起的灰尘使这里的空气闷浊、窒人，白天也雾沉沉的。这种环境使长居乡村书斋中的钟老师很不习惯。

木材公司里人很多，不断有人拖着装满木料的板车从他身边通过。站在宽阔的木料堆积场上，钟老师的眼睛放光了。居然有这么多的木料，一堆堆，一垛垛，小山似的；而搬运工人打着号子，还在不断把木料从河中起上来。他兴奋地打量着，那粗的、细的、长的、短的、方形的、锯成板形的木料，在他眼里已变成教室里崭新的门窗，变成了一张张整齐的课桌凳。

"下来！下来！不许翻！"

一个粗粝的声音把钟老师从木料世界里拉了回来。转身一看，却是一个人站在一垛杂木棍前，对上面的农民大声叫喊。

"同志，我们乡下人买点木料不容易，让我们拣拣吧。"下面一个老农民央求着，颤巍巍递上一根烟。

那人望也不望，手一挥，香烟掉在地上。

"拣？剩下来的给谁？"

"同志……"

"少来这一套，叫你们下来就下来！"那人伸手一拽，堆上的农民立脚不稳，一晃翻下地来。

钟老师心陡地一拎，腿都软了。他看着在地上挣扎的农民，一股气冲上来，走上去拍拍那人的肩膀：

"喂，你怎么对人这种态度？"

"嗯？！"那人转过了身子。钟老师这才看清是个青年，戴着一副太阳镜，一件涤纶衬衫透明见肉，卡在腰里，沿皮带轻飘飘兜了一转。特别引人注目的,他皮带上挂着一大串钥匙,上面一把长卡尺,在阳光下锃锃发亮。

"你是什么人?"青年耸耸肩,两块镜片直对着他。

"我……"看着两块黑亮亮的光斑,钟老师怔住了。他没想到青年会这样反问他,嗫嚅半天说:"你有话不能好好说?那么拉,人摔伤了怎么办?"

"嘿!你是县长还是书记,倒管得宽?嘴发痒,旁边找块石头擦擦去,别在这里挡事。少见多怪!"青年对眼前的老头子根本不屑与辩,抬腿踢着地上的棍子,对农民更加凶狠:"你们还买不买?我还有事呢!"胡乱从堆上抽几根往地上一甩,"好了,去开票吧!"抬腿就走,钥匙在屁股上一颠一颠,咔咔直响。

钟老师气得脸色发白。农民感到不过意,反过来安慰他:"老同志,这种事我们见得多了,犯不着和他生气。"

逐渐喘匀了呼吸,钟老师问农民:"你们买这树干啥?"

"盖房。多年买不到木料了,房子漏得没法住。这次好不容易批到张条子,这里又不让拣。看这几根弯的,这两根梢头这么细,买回去也派不上用场。唉,没办法,人家手里有……"

"喂!你们有完没完?再不来我走了。"远远镜片耀过来两道光,那青年又在催了。

农民感激地对钟老师点点头,跑去了。钟老师愣在那里,久久没有动弹。他在离县城几十里远的云岭中学教书,平常很少出校门,在家也百事不问。教育上他业务精湛,治学严谨,要问他一个出典、一条古诠,他几乎能随口告诉你,百不失一,在教育界、同行中享有很高的声誉。十年浩劫中,山区淳厚的乡民用他们的身子挡住了袭来的风雨，他仅受了点惊吓。他埋头教育，在朴实单纯的乡村学生中默默地履行着自己的职责，也借此报答乡亲们的恩情。这几年，外界的变化他也时有所闻，每当一些外地教师慷慨激昂议论时，他仅只是淡然一笑，听听而已。但今天，那耳听为虚的事情突然活生生地出现在他的面前，他惊骇得不知所措了，唉，罢，罢！

当钟老师心境稍定，想起该办自己的事了。可怎么开始呢？是先看料？还是先付款？单子上批的是等外杂木。什么叫等外？眼前一垛一垛的，哪垛是杂木？临来开会前，学校里总务身体不好，他主动要求捎办这件事，总务摇头说他不行，他还不相信，事到临头才感到真不简单。他想起总务最后点头时那神秘的一笑，看来还真有点意味深长哩。

没有办法，只好去问问了，钟老师沿着农民跑去的方向，走进了一间办公室。屋子里，一条水泥柜台冰冷僵硬地横列着。那几个农民已开好票，见到他，友善地笑笑，走出门去。钟老师看到柜台里有两个姑娘，连忙凑上去问，

"同志，你们这木料怎么买？"

"拿单子来。"一个烫发姑娘头也不抬地回答。

钟老师掏出单子递了上去。姑娘瞥了一眼，啪地掷了回来：
"要检尺单！"

"什么检尺单？"

没有声音。两位姑娘顾自钩着花边，笑着谈起了什么事。一台摇头电扇呼呼转着，吹得她们头上的卷发直泛波浪。

钟老师急了，提高声音问道："喂！同志，我问你要什么

检尺单？"

"你叫什么？找检尺去！"

谢天谢地，虽然挨她瞪了一眼，可终于开了口。但又有了问题：

"喂！什么叫检尺？"

"你这老头子真罗唆，检尺在里面。"另一位姑娘开腔了，手不耐烦地向旁边的小门一指。

这次，钟老师大体弄清楚了。检尺是个人，买木料要先找他；而且，那手势说明，检尺就在里屋。

钟老师敲响了小门："检尺！检尺！"

门启开了一条缝。镜片一闪，竟是那个青年。他一看是钟老师，脱口就说："检尺不在！"砰！门合上了。

面前一片暗红色的漆。里面传出一阵男女的大笑，钟老师傻住了。

检尺不在，去哪里找？屋里除那两位姑娘，再没有其他人。看着她们竖起的眉毛，蓬起的卷发，钟老师一阵心跳，失去了最后一点勇气，怏怏走出门去。

太阳越升越高，燃成了白亮亮的火球，广场上无遮无掩，像一片大火场。蒸腾的暑气熏得钟老师直冒虚汗。看着那一堆堆木料，他已失去了刚进门时的兴奋，开始懊悔不该冒失揽下这个任务，但责任心又不允许他走开。怎么办？他骑虎难下，完全束手无策。

远远有个工人走过来，大约刚卸过木料，赤裸的肩背上满是泥迹。看到钟老师，他好奇地停住。

"你这个人真怪,站在大太阳里,晒霉哪?"

"我……"钟老师脸红了。

"我早就看到你了。来买木料的?"

"嗯……检尺不在。"

"咦?刚才还在办公室的。"工人打量了钟老师一眼,"这样吧,我去帮你问问。"工人进了办公室,很快跑回来,对他说:"你还是第一次办这种事吧?好了,我去帮你拣拣。你的单子呢?"

钟老师今天还是第一次碰到这样的热心人,感激之情油然而起,急忙掏出单子递给他。工人看完单子,问他:

"你是教师?"

"嗯……"钟老师点点头。

"唉,你们这些教师哪……"

"教师怎么?"

工人微微一笑:"不说了,走吧。"随手在路边拾起一块石头,向一垛木料走去。

木料堆前,工人站住了,问钟老师,"你们这木料派什么用?"

"修门窗,打课桌凳。我们学校最近并来几个班,要添一些设备……"讲到学校,钟老师话又多起来。

工人却没听他叨下去,两手抓住一根圆木,一拧劲,跳上了垛子。他眼睛瞄着,用石块敲着,木料发出突突突、梆梆梆的声音。他不断把木料往下掀,臂膊上肌肉一条条隆起,汗珠从棕红的皮肤上冒出,四处流挂,耀眼的阳光下,浑身像涂了一层油。

"你大约得罪过检尺吧?"工人一边翻,一边问道。

"没有啊。"钟老师惶惑地摇摇头。

"你有没有和谁吵过架?"

"……没有……刚才,有个戴眼镜的年轻人对农民很凶,我劝他态度好一些……"

"这就对了。你知道他是谁?他就是检尺。"

"啊?!"

"嘿嘿,我刚才话没说完。你们教师哪,真是书呆子。在这里,他是什么人?你是什么人?他一把尺上定生死。尺寸、等级,松一松,紧一紧,全凭他一张嘴。木料这么紧张,人家巴结都来不及。你倒好,太岁头上动土,教训起他来了。他一直在办公室,把你晾这里晒到现在,尝到滋味了吧。"

钟老师面前又出现了那片暗红色的漆,一股火往上直冒:"那,你们怎么不管管?"

"管?"工人冷笑一声,"谁管?谁能管?人家从师范毕业,粉笔没写过一支,就调到这里来了。能占上这个位置,那是什么背景?"

背景?!钟老师平时教学中常用这个词,时代背景、历史背景、现实背景,想不到这个词在这里出现了。

轰通!又一根圆木翻下垛子,在地上砸出一股烟尘。工人手一捺,一个燕子掠水跳下地来,拍拍手说:"好了,这些话一时也说不清。以后哪,这种事你最好不要来办。现在,三个立米差不多了,都给你拣的栗树、榉木,打门窗、课桌很合适。

去叫检尺吧。"

见到工人要走，钟老师才想起，这位工人素不相识，帮干到现在，连他的姓名都没问。连忙从口袋里掏出香烟敬过去，感激地问："同志，你，怎么称呼？"

工人挡住钟老师的手："我早就戒烟了。现在这种烟，我们这种人抽不起。你也不要问我的姓名，我劳动吃饭，目前还不要苦苦去求人。我以前也读过书，老师在我们身上花的心血，我都记在心里……在先，我一眼就看出你是个教师，你太像我原来的班主任了……"

这一番话，说得钟老师眼睛发了潮。他一把抓住工人满是茧花的大手，连连说："谢谢你，谢谢你还记着学校，记着老师……"

工人缓缓抽出手来，望着远处喷烟吐雾的大烟囱，久久不语，好一刻，呼出一口长气，说："以前在学校里，我还不觉得那种生活的珍贵，出了校门才突然发现，学生生活是我最值得回忆的日子。不过，从学校出来这些年，我又学到了许多学校里没法学到的东西……好了，老师——恕我不问你姓了——去叫检尺。记住，不要喊检尺，要叫老纪，叫纪师傅。他叫纪晓平。"

什么？钟老师耳朵里一震，生怕听错，追着工人又问一遍："检尺他……他叫什么？"

"他叫纪——晓——平！"工人走远了，夏日的熏风又长长送过来一声。

几乎是一记电击，钟老师全身都麻木了。他僵立在那里，眼前的景物渐渐模糊、消失,却出现了那片星空。广漠的天穹中,有两颗星,特别亮,特别晶莹,正遥遥向他移来……

……又一届学生毕业了,其他学生也放了暑假,偌大的校园一下子旷落起来。教室里空了,读书栏前空了,操场上空荡荡的,单杠、篮球架孤零零竖在那里,原先响彻校园的读书声、喧闹声也突然间消失,归于沉寂。那参天的白杨、高大的梧桐,好像找到了显身手的机会,在风中拼命鼓动枝叶,哗啦哗啦地喧嚷。

家在本地的钟老师没有回家,睡在学校的单身宿舍里,听着宿鸟惊噪,树梢风鸣,久久不能合眼。他眼前晃动着一双双熟悉的眼睛,就像暗夜人静,置身在空阔的大操场上,面对着那片灿烂的星空。他几乎每年都要经历这种情绪复杂的时刻。每送走一届学生,他总感到自己灵魂的一部分也被带走了。这种失落的感觉往往要延续好长时间,直到新的学生、新的工作再一次填满那块空白,才能恢复正常。这届学生虽然在"文革"中毕业,有较多的特殊气质,但毕业前几天,依然出现了过去毕业同学中惯常出现的现象。下午毕业典礼后和同学们分手,许多学生都哭了,钟老师也差一点控制不住自己。他这个班主任匆匆结束和他们的最后一次谈话,便避进了宿舍。

钟老师辗转反侧,一夜没有入眠。清晨,正当他迷迷糊糊的时候,一阵轻轻的敲门声把他惊醒了。

"谁?"

"我。"一声怯生生的回答。

这么早,会有谁来?钟老师打开门,不禁一愣,门口站着他班上的一个学生。急忙问:"纪晓平,你怎么来了?"

"我……"学生在老师面前拘谨得口吃了。

"别急,别急,慢慢说。"

"……今天早晨起床,我还想着往学校跑,看到桌上的毕业证书,才想起我已经毕业,离开学校了……"

"那你来……"

"我……"纪晓平脸上泛起一阵红晕,"我想再看看学校,看看教室,看看您……"

钟老师的眼睛润湿了。纪晓平平时在班上少言寡语,一说话就脸红,羞怯得像一位姑娘。他住在离学校十几里远的一个小山村上,父亲是下放到山里劳动改造的干部。当时,阶级斗争的弦绷得很紧,纪晓平下乡后就失学了。云岭中学离县城几十里,学校领导比较开明,进驻学校的贫宣队对社会上流行的一套也执行不力,"天高皇帝远",在那荒芜一片的知识沙漠中,云岭中学竟例外地成了一块有水有草的绿洲。纪晓平的父亲为儿子的读书问题跑了几趟公社,公社最后把决定权交给了学校,云岭中学破例收下了他。

"你来了好一刻了?"

"嗯。"

"那快进来坐坐吧,跑了那么多路。"

"不了,刘金牛他们在镇上等我呢。"

"他们也来了?"

"他们到农具厂帮我拣扁担、秧篮去了。队里马上要栽后季稻,金牛说,像我这样的身体,没有一副好工具不行。以后,我和他们一起劳动了……金牛说他们带我……"

"……"

"钟老师，"纪晓平抬起了那双大眼睛，"我还想找您办点事。"

"什么事？"

"我们回家了，很不习惯，大家都很想学校，很想读书。听说外面旧书店有一些书卖，我想买一套自学丛书和他们一起读……今年我采草药卖了点钱，想请您给我……"

一张崭新的拾元人民币交到了钟老师手里，钟老师的心一阵发热。他感到和纪晓平一下子贴得那么近，近得可以听到彼此的心音。呵，他来到这里，并没有遭到遗弃，乡下的学校收留了他，山里同学的纯正友情温暖了他，融掉了他心灵上的厚冰。他失掉了些东西，但得到了更宝贵的，也许他从城里来到乡下，反而是幸运的。钟老师看着瘦弱单薄的纪晓平，他那双眼睛那么纯洁，那么明亮，眸子里烧着蓝色的火焰，真像夜空里的两颗星星，不禁心里一动，俯身对他说：

"晓平，你们买书的事，我一定给你们办。钱你拿回去吧，如果那套书买到，就算我送你们了。"这时，钟老师已决定，立即写封信给城里的弟弟，请千方百计搞一套书来。

纪晓平接过钱，非常为难："这……"

钟老师劝慰他："晓平，你懂得这些就够了，记住这件事吧……"

纪晓平眼睛里浸出了晶莹的泪水："老师，我……一定记住您的话……"他深深鞠了一躬，转身跑了……

钟老师眼前的星星熄灭了。纪晓平，那个戴太阳镜，挂一大串钥匙，训斥农民，把他关在门外的检尺就是纪晓平？就是找他买书的那个学生？钟老师觉得天旋地转，日色无光。他完全懵了，垮了。但一瞬间，肺腑里一股热流愤然升起，撑住了他。他要去找，找那个检尺，找他的学生，找他的星星。

不必去找，那个检尺已来了。看样子还是那个工人的功劳。他依旧戴着太阳镜，一长串钥匙依然在腰里咔咔作响，不过他又加了一只太阳帽，显得更加潇洒和英俊。

"拣好啦？"依然是那副傲岸的神气。

钟老师没有答理，眼睛定定地看着他，眼前的检尺，发育完全，体格魁伟，透明的涤纶衫里，弹力背心裹着两块发达的胸肌，突突地鼓着……长大了，长大了……他就是当年那个姑娘似怯弱的纪晓平吗？有点像，又完全不像……那对星星似的大眼睛呢？看不清，两块大镜片云霭似的把它们遮住了……

检尺见钟老师不理他，很不耐烦，踢踢地上的圆木：

"这是你的木材吗？"

……声音也不对，那轻灵的、嫩生生的嗓音没有了，换上了成年男子的粗浊喉音。

"你耳朵聋啦？"

一声断喝，把钟老师震醒了。在检尺威猛的气势前，他不由自主点了点头。

检尺不再睬钟老师，从腰上解下那把卡尺，上下左右量了起来，嘴里报着，在小本子上记着："0.3、2.8、0.35、3.2……好了，一共3.1立米，多0.1，便宜你了。去付款吧！"

钟老师对那些数字一个也没听进去。直到镜片一闪,才意识到检尺要走了,急忙一挥手喊道:

"慢!"

检尺停住了,冷冷望着他:"还有什么事?"

"你认识我吗?"钟老师跨前一步。

"你……不!不!"检尺迟疑地后退着,摇着头。

"你没在云岭中学读过书?"

"什么云岭中学?"

钟老师急了:"你爸爸没下放过?"

"我爸爸一直在物资局,最近调到了计委……怎么,你想查档案?"检尺声音高起来。

"那么,你不叫纪晓平?"

"哈哈……"检尺弄清是怎么回事了,"是啊,不过不是纪,你一定听错了。我姓季,一年四季的季,应该读第四声,你读成第三声了。"

"啊——"

钟老师心里惊叫一声,再一次僵住了,在那夏日的熏风里,炎炎的烈日下……

又是一个晴朗的夏夜。钟老师又出现在那个小花圃中了。下午他去运输公司联系车子装木料,没赶上晚班的客车,再一次住进了招待所。

今晚天气有点闷热,护城河上的风一阵阵刮来,丝毫觉不着凉意。周围的大楼里、街道上,到处灯光明亮;喧闹的市声时起时落,热烈而欢乐。繁华起来的县城还远远没到安静的时候。

钟老师一天奔波以后已非常疲劳,但他没有在那张长椅上就坐。他在小径上来回踱着,脚步沉重而凝滞。时而他也停住,睁着昏花的老眼仰视天穹。天空中飘着一些浮云,使得星空不那么清晰和洁亮。但他努力辨认着:

……天鹰、天龙、武仙、牧夫、狮子、乌鸦……

信 念[①]

前天,我收到了老朋友尹春华的来信,并随信收到了他的一张照片。这是他被评为优秀教师在 K 县教育工作会议上得奖的照片。照片上的他,捧着一束鲜花,容光焕发,神态轩昂,显出一股信心百倍朝前奔的气概。

是的,就是他,曾和我一起度过一段难忘的岁月,在心灵上遭受过粗暴无情的蹂躏和践踏。此刻,我引笔铺纸想给他作复,但写不下去,有关他的一些片段却像潮水一般汹涌而来。我索性收起纸笔,趁着夜长无睡,面对窗外的一天繁星,细细地咀嚼过去,回忆起来……

一

1968 年,我从 S 师范学院中文系毕业,分配在江南内地的 K 县。带着对未来美好的憧憬,对工作浪漫的猜想,我踏上了新生活的征途。同行的还有我院数学系的一位同学胡君达,他

[①] 原载于《钟山》1979 年第 3 期,第 235–246 页。收录于《麦青青》,江苏人民出版社 1983 年版,第 144–168 页。

和我同届，也分在 K 县。这一天，我们乘着南下的火车，到了江南某市，要在这里换乘去 K 县的长途汽车。

中转汽车站上，声音嘈杂，挤满了南来北往的人群。我们进了候车室，拣了一个角落，放下行李，在长椅上挤出两个位置，坐了下来。胡君达眉头紧锁，还在长吁短叹。我知道他对这次分配极不满意，一路上的牢骚话已灌满了我的两个耳室，快溢出来了。但是有什么办法呢？我们这一届师范毕业生，全部面向农村。尽管他是学校里大名鼎鼎的造反派头头，分配前也进行了一些活动，甚至还提出了改行，要求留在城市，但还是没能如愿。

胡君达拿着那张硬硬的汽车票，翻来翻去地看看，愤懑地说："你看，票价三元五角，还有三百多里路程，也不知要把咱们送到什么龟不下蛋的地方去。"

我说："算了，职业是社会决定的，到了那边再另行设法，既来之，则安之，从长计议吧。"

他长长地叹一口气，低下了头。我同情地望他一眼，也不说话了，开始想我的心事，设想起那个未来工作地点的面貌来。就在我山呀水呀开始打轮廓的时候，我们的对面发生了争吵。在那个多事的年月里，任何一点小浪花都会引起人们莫大的好奇和关切。果然，争吵开始不久，那里就围上了一大堆人，吵嚷的声音从攒动的人头上时断时续地传出来：

"你为什么要看这种书？"

"各人爱好嘛！"

"这是苏修的书，在封资修中挂上号的！"

"啊……"一个声音苦笑着,"这高等数学也染上修味儿啦?你要知道,这本书可是得过斯大林奖金的。"

"嗯……"另一个声音小下去了。人群中发出嘘声,显然分成了两派意见,激起了辩论的声浪,开始骚动起来。

这一小小的冲突,竟是由看书引起的,我也好奇起来,推推隔壁胡君达说:"喂,那边为看书吵起来了。"

他不耐烦地耸耸肩膀:"算啦,自己的事还顾不过来呢,别去惹是招非了。"

我见他不感兴趣,就丢下他,走了过去。我挤进密密层层的人墙,到中间一看,只见长椅前站着一个人,丰颐广额,鼻梁上架一副眼镜,身材高大而单薄,透着一股文弱沉静的气质。他身边放着一卷行李,看这副模样,也是和我一类人物。他的对面站着一个人,臂上套着"红哨兵"袖章,手里拿着一本书,一面翻着,一面慷慨激昂地向人们解释,看来在争取群众,这位红哨兵看到我,立即凑了上来,打着手势说:

"你看看,'文化大革命'两年多了,他还看这种修正主义的书。"

我接过书来,翻到内容介绍一看,原来是苏联斯米尔诺夫著的《高等数学教程》。

红哨兵对我说:"现在我们站在抓这方面的工作,你看!"

我顺着他的手指向前一看,只见对面墙上贴着一条醒目的大标语:大刮十二级红色台风,狠抓意识形态领域里的阶级斗争!

这时,一直站着不语的那位旅客走了过来,对我说:"你看看这一页。"我低头一翻寻,果然在译者序中明明白白地写着:这部巨著获得1948年斯大林奖金。旅客灼亮的目光盯住我,好像在说:"看你也是个读书人,得说句公道话呀!"

一边是那位认真负责、忠于职守的红哨兵,一边是这位连候车时间都用来读书的"书生",而且围观的群众也冲着我喊了起来:"对!请他评评!"几十对目光交织在我身上,看来就等我一言定乾坤了。

说实话,我感情上是倾向于那位书生的,觉得这位红哨兵的干涉未免多余,但我是学文科的,对数学一窍不通,怎么办呢?我懊悔刚才没将胡君达拖来了。就在这时,急智发生作用了,我猛然记起了恩格斯在《反杜林论》中对数学的一段论述:"纯数学的对象是现实世界的空间形式和数量关系,所以是非常现实的材料。……和其他一切科学一样,数学是从人的需要中产生的,是从丈量土地和测量容积,从计算时间和制造器皿产生的……"于是,我向大家解释起来。虽然当时理论上非常混乱,真理和谬论常常混淆不清,而且我那段宏论人们也未必都能听懂,但因为抬出了恩格斯,引证了马列主义的经典理论,舆论开始向我一边倒了,人群渐渐平静下来。那位红哨兵惶惑地看看我,又看看周围的人群,似乎觉得形势已于他不利,只得讪讪地把书还给那位书生,但临走时他还不服输地说:"虽然听这位同志说,自然科学没有阶级性,但我得劝你一句,你这样死读书,可得当心走'白专'道路!"

这句话似乎侮辱了那位书生的人格,他白皙的脸上一阵发红,一步跨过来,又要和那位红哨兵辩论。为了不使风波重起,我连忙拦住他，把他拉回到椅子上坐下。他气得额上青筋乱跳，半晌，愤愤地迸出一句："真是岂有此理！"

他终于平静下来，握住我的手说："谢谢你，要不是你，我这本书不知又将遭到什么样的厄运。"停了一会，他有点感佩地说，"你记性真好，竟能大段背诵恩格斯的原著！"

我脸红起来，赶忙解释说："不，我们系里以前曾组织过《反杜林论》的讨论会，这一段，我正好细细琢磨过。"

"啊！你是哪个学校的？"

我简单地讲了我的情况。他听完，惊喜地喊出来："真巧，我也刚分配，和你在一个县。"

从他的介绍中我才知道，他叫尹春华，刚从G师范学院数学系毕业，也分配在K县。

车站上这场不寻常的遭遇使我和尹春华认识了，我把他介绍给胡君达。

胡君达听完始末以后，从尹春华手中拿过书去，翻了一阵，惊讶地说："怎么，这种书都快进博物馆当文物去了，你还对它这样富有感情？"

尹春华笑笑说："萝卜青菜，各有所爱，况且我学的就是数学。"

"看来你今后真想教数学，去当那个教书匠？"

"这是我的专业，我当然要当教师。"

"嘿嘿，你们两个倒是志同道合的。"胡君达掠我一眼，笑起来了，"可惜，现在的学校里都在练嘴皮子、笔杆子，ABC早就去他妈的了；而教师，在社会上排得了第九，前面还得堂皇地冠以一个'臭'字。你们这份好心,恐怕不一定有人赏识吧!"

胡君达的嘲讽使尹春华有些发窘,他脸红起来,讷讷地说:"不过我相信,一个国家不可能不要教育,一个社会也不可能没有教师。"

初次相遇,就发生了龃龉,我觉得不妥,拉拉胡君达,示意他别再说下去。但他全然不顾,继续发泄着:"我是把这一切看破了。这几年,读书读不成,就造反,造反造不成,又被分到那么个鬼地方去。哈哈,十六载寒窗,一旦尽付东流,命乎?时乎?"

尹春华听着,眉头渐渐拢了起来。这时去 K 县的指示灯亮了,尹春华说:"我去拿行李,咱们该走了。"说罢转身向自己的行李走去。

胡君达看着他的背影,轻蔑地摇摇头:"哼!书呆子!"

"明知不是伴,同行且相随。"生活的逻辑奇妙地把我们三个人组合到了一起。就这样,我们一起乘上了去 K 县的汽车。

二

到了 K 县,我们这批新分配来的大学生又到一个农场去劳动锻炼了几年,过了一段延续的"学生生活"。其后,我们分配了。胡君达拉关系、找门路,被留在县文教局教育革命办公室工作;我和尹春华则被分到了一所偏僻的农村中学——屏山中学。

我们终于开始当教师了,原先那些朦胧的设想变成了现实。

但是生活的道路并非我想象的那样浪漫和富有诗意，它一开始就非常严峻地展现在我们的面前。

屏山中学刚刚办，没有高中班。尹春华担任了初一甲班的班主任，我上他们班的语文课。这是一个什么样的班呵！由于前几年教育上的荒废，这些踏进中学大门的孩子，对一些极常用的字都不识，数学上则连米达尺上的刻度都不能读。但顽皮劲儿却是登峰造极的，没有几天，窗玻璃破了十几块，断脚桌凳也日渐增多；上课的时候更糟，嗡嗡的吵闹声压过了教师的讲课声。上他们的课，真比挑两百斤的担子还吃力。一星期下来，我有点心灰意冷了。

一天上午，上课铃打过好久了，我正在办公室看报，忽然从旁边初一甲班的教室传来一片喧哗声。我赶到那儿一看，只见尹春华正和一个学生谈话。那学生大敞着衣襟，眼睛盯着屋顶，毫不在乎。啊！又是他！我的眉头皱了起来。原来这个学生叫陆小健，是屏山中学出名的皮大王。他原在城里读书，沾染上不少坏习气。他父亲从地区下放到这里劳动，对他不放心，想给他换个环境，就把他带到了乡下。他进校已经半年多，在他身上，既有城里学生的油滑，又具有乡下少年的强悍，非常难办。

尹春华站在陆小健面前，涨红着脸，大声说道："走，你跟我到办公室去！"说着去拉他手中的书包。

陆小健后缩着，渐渐退到了墙壁。猛然他一个前冲，手臂一挥，把尹春华的手甩开，拨开旁边的同学，从教室后门窜了出去。

和任何一个年轻无经验的教师一样，尹春华脸色尴尬，当场愣在那儿。教室里整个大乱，课上不下去了。

我进去把尹春华劝进办公室，问他是怎么回事？原来刚才是尹春华的一堂数学课，课上到一半，忽然教室大门乓一声被踢开了，陆小健颈脖上吊着书包，大大咧咧闯了进来。他走到位置上，把书包咚地往课桌上一摔，拖桌拉凳，弄得乒乓山响。尹春华为了不影响上课，强捺住心中的怒火，对他说："陆小健，你迟到了，快坐好，别影响其他同学听课。"陆小健头也不抬，顾自在书包里掏摸着。尹春华好容易将课堂秩序安定好，重新开始上课，但不到五分钟，课堂里又发生了骚乱，一只麻雀从陆小健的书包里逃了出来，飞上了窗户，翅膀在玻璃上乱扑乱打。陆小健从座位上冲出，带翻了课桌，一瓶墨水泼到了前面女同学身上，女同学惊叫起来。可陆小健全然不顾，猛地扑向窗户，只听得砰的一声，玻璃碎了，陆小健抓住了麻雀。

听完尹春华的叙述，我也非常恼火，愤愤地说："哼！初一甲班混乱的根子就是陆小健。害群之马养不得，我看把他的情况向校革委会反映一下，勒令退学算了，教育不是万能的！"

尹春华半晌没有言语，眼睛里蒙上了一层灰色。他踱着步，足足沉默了一刻钟，忽然转过身来，眼里重新闪出自信的光："不！不能认为他是混乱的根子。也许我们这瓢水没有浇到根子上，教育虽不是万能的，却有它本身的逻辑。"

我看着他执拗的样子，心中一动，低声告诉他："昨天胡君达来信了，他透露说，据得到的消息，最近教育上有股复辟回潮的倾向，可能上面会有所动作。我看咱们也得小心些，这些年来，上下翻复已是够多的了。对陆小健，我看别费那份心了，成驴成马，听其自然发展吧！"

尹春华听了，大不以为然，嘴角撇一下说："他，本来就不是当教师的材料，对教育有什么发言权？哼！见着点风，就想着下雨了。"

诚然，我也不同意胡君达的说法，不过我看着尹春华一脸诚笃，就揶揄地说："或许你出身书香门第，家里是教育世家，对教育有着家传的爱好。"

尹春华却一脸正经，认真地说："现在我不想和你争论这个问题。陆小健身上的毛病，虽然牵涉到一些更广泛、更深刻的原因，但对于他，我作为一个人民教师，应当尽到自己的努力、自己的责任。"

我沉默了，没有再作分辩。

尹春华精神抖擞地投入了工作，他在初一甲班这片荒芜的土地上辛勤地耕耘着。玻璃破了，他想法配上，桌凳坏了，自己动手修理；为了给学生搭好学习知识的阶梯，他从小学的四则运算重新教起。他自编教材、家庭访问、整顿班风，培养学生们的集体主义精神，激发他们的求知欲，给他们苍白的思想安上理想的翅膀。对陆小健，他更是采取了一些令人费解的行动，譬如他挤出了平时极为珍惜的业余时间，用他拙劣的球技陪陆小健去打球；费尽脑筋搞来一些水泥，为他们做成几副大小不等的杠铃，而且还哼哧哼哧地陪他们进行抓举、挺举；更令人吃惊的是，忽然有一天他宣布了一条消息：陆小健当上了初一甲班篮球队的队长。

说也奇怪，尹春华这些做法，竟像一帖帖神效的药，使陆小健逐步变好了。而且初一甲班的体育水平也因此显著提高，一次全校篮球比赛，初一甲班勇挫初二联队，一跃成为全校之冠。那天发奖仪式上，当陆小健在哗哗的掌声中代表全班领回那张闪射着荣誉光彩的奖状时，他那布满流气的小脸上第一次露出了天真、纯洁的笑容。

但是久病躯体的恢复需要时间，隐伏的病灶在适宜的时候还会浸润蔓延。果然，陆小健又一次出事了。

这是一个下雪天的晚上，晚自习早就结束，到了熄灯的时候，突然一个学生紧张地跑来告诉我们，陆小健摔伤了。这个消息犹如晴天霹雳，把我们惊呆了，我们连忙赶往学生宿舍。

学生宿舍里乱哄哄的。陆小健脸色苍白地躺在床上，见到我们，羞愧地把头扭向了一边。从旁边同学的口中了解到，上晚自习时，陆小健看到天下着大雪，又起了掏麻雀的念头，约了几个同学就出去了。他们翻进了公社粮管所，到土圆仓顶上去掏麻雀窝。正当陆小健爬上仓顶时，梯子滑动了，他从仓顶上滚了下来。

了解完情况，我们立即开始了检查。陆小健伤得不轻，整个脚脖儿都肿了起来，可能引起了踝关节骨折。陆小健额上冒着豆大的汗珠，可他不哭不哼，咬着牙关，默默地忍受着伤痛。检查完以后，我们决定立即送公社医院。

学校里没有担架，尹春华准备自己背。他走到床边，俯下身去，去拉陆小健。陆小健已明白尹老师要干什么了，蜷曲着身子直往里缩。尹春华脸色严肃，蓄着爱和恨的目光盯住陆小健。足足相持了半分钟，陆小健耐不住了，一把抓住尹春华的手，声音颤抖地说："尹老师，别……我不能让你……"

"听话，现在可不是你顽皮的时候。"尹春华说得很轻，但字字含着巨大的力量。

陆小健不反抗了，顺从地伏到了尹春华的肩上，两颗豆大的泪珠从眼睛里滚落下来，滴到了尹春华的背上。这个顽劣、倔强的孩子当着众人的面哭了。

屋外朔风呼啸，扯絮般的雪片无声地飘落着。尹春华背着陆小健艰难地向公社医院走去。白茫茫的大地上，留下了一串深深的脚印……

陆小健终于变好了。在初一甲班升入初二的时候，这个出名的乱班成了学校里的先进班。那一年，县里举行学习质量大检查，初二甲班在统考中高树一帜，在全县取得了第一。

三

不久，批林批孔运动开始了，教育阵地又一次成了运动的前沿。一阵阵风暴刮来，我们这所小小的农村中学就如一叶小舟，在惊涛骇浪里剧烈地颠簸、晃荡起来。

学校成了复辟回潮的黑典型，县里派来了批林批孔工作队。带队的竟是我的同学胡君达。这天开完动员大会，我在校门口碰见了他。

两年不见，胡君达变样了。原先瘦削的下巴已经变圆，一身整齐的中山装衬着红光闪耀的脸，更显得神气十足，踌躇满志。他握住我的手，用一种领导的目光，左俯右仰地看了我半天，开口说："我的老同学，农场分手，一晃就是两年，听说你们在这里混得不错啊！"他讲话颐指气使，颇有一副政治家的风度。

我抽出被他握得发痛的双手，哈哈一笑说："与你老兄可不能比啰。我们到现在只混了个'教书匠'，你可是'船遇顺风，人在时中'，当上了队长大人，造反造出名堂来了。"

"哪里，哪里。"胡君达故意皱起眉，摆出副洒脱的样子，"唉，我也没有办法，在其位而谋其政，听听差使罢了。"

我不愿意和他纠缠，想抽身走开，他却不放我走："尹春华的情况怎么样？听说这两年，他教育上搞出了不少名堂，居然能将一个皮大王，改造成一个得五分的小绵羊，真不简单啊！"

一听到尹春华，我心中一拎，看着他那张神秘莫测的脸，语带讥讽地说："是啊，我们在这儿奏了几年'前朝曲'，干了些复辟回潮的蠢事，下面可要听你们唱'新翻杨柳枝'了。"

"哈哈，你想到哪里去了？"他拍拍我的肩膀，"我知道你们是朋友，不过，我们是老同学，想提醒你一句，运动头上，真伪莫辨。我们是当惯'动力'的，可得当心当'对象'啊！"

"那就请你多照顾啰！"我多少有点厌恶地回了一句。

话不投机，胡君达也觉得没趣，讪笑着说："你呀，脾气一点都没改。好吧，你带个信给尹春华，说我改日去看他。"

胡君达走了，我看着他的背影，脊梁上一阵发冷，半天没有动步。

运动猛烈地向前发展，文件雪片似的发下来，校园里的大批判专栏日日更新，整个学校像一锅沸腾的水，上下翻滚着。这是我分配工作以后碰见的第一场政治风暴。多年来，正如胡君达所讲的，我们当惯了"动力"，一旦当起"对象"来，那滋味儿真不是好尝的。今天×老师的大字报上墙了，第二天×班的学生又点了班主任的名。教师们上午不知下午的事，如坐针毡，一日数惊。

奇怪的是，尹春华却显出一种超乎寻常的镇静。他照样按部就班地备课、上课，偶尔也到大批判栏前去看看。他那个初二甲班也出奇的平静，既无批判学校复辟回潮的大字报，也不批判"师道尊严"点老师的名，恰像一池不皱的春水，反常地成了学校运动中的"死角"。

我知道这是尹春华两年来的威信在学生中间起着作用，他班里大部分同学已能凭着朴素的直觉，鉴别生活中的是非，分辨周围人事的好坏。但是平静只能是暂时的，稚嫩的小树怎么经得起狂风的摇动呢！更何况这场风暴还带着强有力的政治号召，罩着神圣光圈的黄帅日记、张铁生白卷日夜冲击着孩子们纯洁的心灵，使他们目眩神迷。终于，平衡的杠杆开始倾斜了。

一天早晨，我从食堂打早饭回来，碰见了陆小健。他神情有些异样，脸红红的，迟疑地望我一眼，低头拐向了旁边的小道。我正在诧异，忽然听到前面一片喊声："大字报！陆小健贴大字报了！"

我心里咯噔一下，立即赶了过去。果然，在校园中心那块大批判栏上，高高贴着一份大字报。标题是：尹春华要把我们引向什么路——控诉尹春华对我的毒害。下面刺目地署着三个大字：陆小健。

我周身的血液刷一下涌向头顶，眼前的景物恍惚起来。定了定神，我迅速将大字报浏览了一下。内容都是我所了解的，没什么新东西，唯独使我惊讶的是，大字报的遣词行文却另有一番功底，不像陆小健的手笔。我逐渐醒悟过来了，似乎已看到了大字报背后那个晃动的影子。

我慌慌地跑回宿舍，想找尹春华，他却不在。直到临上课前，他回来了，脸色苍白，嘴唇失去了血色，活像一个大病初愈的病人。第一堂他有数学课，我担心他支持不住，劝他是否调调课，他摇摇头。预备铃响了，他拿起了备课笔记。当他去抓桌上的粉笔盒时，我看到他的手在剧烈地颤抖。

我看着尹春华踉踉跄跄走向教室的身影，心里像倒翻了三江四海，汹涌澎湃起来。

教师，曾经是一个多么光辉的名字。从童稚时期到长大成人，我在学校里曾接触过上百个老师，教师的形象带着灿烂的光环，伴着美好的回忆，深深地烙印在我的脑海里。有人曾把教师比作辛勤耕耘的园丁，有人把教师誉为人类灵魂的工程师，更有人把受老师教育赞为"如坐春风，如沐时雨"。可是为什么在今天，一个普普通通的教师，因为教了几页书，引导一些孩子爱祖国、爱科学、走正道，却成了社会的罪人；并且还要发动运动围剿，驱使一些年幼无知的孩子向他们的师长进攻。为什么？这是为什么？

我不禁又想起了尹春华的家史。尹春华的老家在江南某地乡下，他父亲是一个私塾教师。在旧社会的漫漫长夜里，他父亲一肩书箱，半领青衿，辗转在江南偏僻小村的学馆中，终年穷困潦倒，靠一点菲薄的课学金生活。陪伴这位谁也瞧不起的穷书匠的，只有孤灯冷月、残卷断简。他中年以后才成家，但不到三年，一场伤寒夺走了他的生命，遗下寡母孤儿，在死亡线上挣扎。就在尹春华一家感到绝望的时候，中国解放了，党挽救了尹春华幼小的生命，并把他送进学校读书。为了报答党的恩情，也为了告慰九泉之下的父亲，他决心要把自己的一生毫无保留地献给新中国的教育事业，毅然选择了教师的道路。可是，当他在教育道路上刚刚起步，刚要把自己的才能贡献给人民时，却遭到这样的打击。难道他父辈一代的悲剧还要在尹春华身上重演吗？难道那已经打碎了的镣铐还要加到新中国的教师身上吗？是谁，胆敢这样恣意妄为地歪曲党的知识分子政策？这些问题我以前没有考虑过，但当我当了教师，亲自感受到这种沉重压力时，这些问题就深切而鲜明地觉察到了。我悲愤，我茫然，我甚至懊悔当初为什么要选择教师这项倒霉的职业。

一整天，我就像傻了似的。春华下课回来，也是默默无言。平素热闹的宿舍现在成了寒冷的冰窟。一些经常来的学生也不来了，他们一个个睁着疑惧的眼，远远地在窗外望上几眼，又惊慌地跑开了。宿舍里的空气仿佛已经凝固，我们四目相对，呆呆地坐着，坐着。

傍晚，尹春华似乎好了点，脸色也明朗起来。他走到我面前，轻轻地说："出去走走吧！"我机械地站了起来。

我们顺着学校后山的一条小径信步走去。天气阴沉沉的，虽说已是初春，但冬天的痕迹尚未消去。山径两旁布满衰草，落叶树依然枯枝向天。由于心境不好，我们默默地走着。

经山风一吹，我头脑清醒些了，心里那股火苗好像被风吹燃，又呼呼地往上蹿。我愤愤地说："哼！这个陆小健，想不到花了那么多心血,他却来了个以怨报德。"

"你呀,也太意气用事了。今天的大字报原也是意料之中的,但一旦真的出现在面前,精神上确实有点受不了。不过这样也好,可以让我们冷静冷静头脑,更深入地思考一些问题。"

"刀都架在脖子上了,我可没你那份心思。"

"他毕竟还是个孩子。不要忘了,咱们可是教师。"

"教师怎么样?就该给人放油锅里煎?开水里煮?"我几乎冲他嚷起来。

"不,我不是这个意思。如果说陆小健没有正确的是非观念,那正好说明了我们教育上的失败。"

"什么?!你还对陆小健抱有幻想哪?"我吃惊地看着尹春华。

"不,不是幻想!只要陆小健不离开屏山中学,他还是我的学生。"他脸色很平静,没有丝毫的做作和虚伪。

我默然了。走了几步,尹春华忽然问我:"那张大字报你细细看过没有?"

"那还不是明摆着的,是胡君达的代笔,这几天他整天围着陆小健转。真想不到,这家伙堕落到这个地步!"

"这就对了,实际上也正是大字报本身提醒了我。不过我现在想的是,为什么有些人要苦苦拽住教师、学生不放,在教育上大做文章?"

"这很清楚嘛,胡君达这几年浮惯了上水,这次运动正是他加官晋爵的好机会,他还不踩着别人的肩膀往上爬?你还没有看到他在大学里斗教授的那股劲头,这个人是惯会顺风放火、落井下石的。"

"不，你想岔了。胡君达这么起劲，虽然有他的个人企求，但他也不过是应运而生，在这股潮流里冒出来的一星水沫。说得明显些，他不过是受人驱使的一只可怜的小卒子。"

"那你指什么？"我迷惘地看着他。

这时，我们已走上山顶。尹春华倚着一棵松树，深沉的目光投向远方。天色暗下来了，山脚下的田野、村庄在暮色中已经苍茫一片，尖厉的山风掠过松林，响起了呼呼的松涛。尹春华沉思了一会，对我说："你应当记得，两年前周总理曾提出过抓基础理论的指示，这两年教育上略有起色，正是按照这一指示做的。可现在，这一切都成了复辟回潮，成了罪过。联系当前报纸上的那些论调，那些明比暗喻，我感到这后面还藏着更大的阴谋。"

"你是说，他们要……"我惊骇了，想不到他竟考虑得这么深，这么远。

"有些人是什么事都干得出来的，林彪事件的教训难道还不足以引起我们的警惕吗？"

"恐怕你想得太复杂了！"

"不，应当这样想。不过我深信，这种反常现象只能是暂时的。事物的发展是一个螺旋式、波浪式的前进上升运动，人类社会的一部发展史，正好证明了唯物辩证法的这一伟大真理。咱们等着吧！"

我不说话了，觉得他的话不无道理。但是，他提出的问题，却使我心头感到一种紧迫的沉重。

山脚下的校园里响起了钟声，该到吃晚饭的时候了。我站起身来，想邀尹春华回去。忽然他眼睛一亮，惊喜地喊我："明哲，你看，点地梅！"

我顺着他的手一看，果然，在山坡的衰草丛中，一簇漫地的绿叶中抽出了几支柔长细嫩的花茎，顶端嫩黄的花萼上，已绽开了几朵雪白的小花，在这一片枯黄的颜色中，是那样莹洁，那样显眼。

春华蹲在那里，细细端详着，高兴地说："你看，严酷的寒冬到底没能扼杀春天，它已把春天的信息给我们悄悄地带来了。"尹春华兴奋地看着，眸子里烧起两团青春的火焰，脸上露出了神往的笑容。

我望着几乎已忘掉一切的尹春华，又看看山脚下已经模糊了的校园，心里轻轻感叹着："你呀，真是个名副其实的书呆子！"

四

事态在急速发展着，一桩意料不到的事发生了。陆小健的大字报在初二甲班引起了愤怒，一部分孩子出于对老师的真诚爱护，自发起来保卫自己的老师了。陆小健遭到了围攻。

几个同学领来了一卷纸，往他面前一掼，挑衅地说："你写吧！有种，就把初二甲班的同学一起写进去！"

女同学围着陆小健尖刻地唾骂："也不用镜子照照自己，你凭什么批判尹老师？你的脚怎么好的？还毒害你？！不要脸！羞！"

有的男同学还撸袖勒拳，摆出了打架的架势。

这一突发的"叛乱"使工作队慌了手脚，胡君达又打又拉地去弹压了几次，都未解决问题。尹春华看这情势，也去说服。但这一次他的威信失灵了，同学们对他说："这不关你的事，你不要管！"

陆小健偷偷哭了几次，一个人躲在宿舍里不敢出来。第二天晚上，他突然失踪了。

这一下，整个学校骚动了。在校师生都被发动起来，四处寻找陆小健。我和尹春华听到这个消息，也非常吃惊，立即准备去寻找。就在这时，胡君达登门"看望"尹春华来了。

胡君达在宿舍门口拦住我们："尹春华，陆小健哪里去了？"他一脸杀气，终于撕去了最后一层薄薄的假面。

"这不正去找吗？"尹春华淡淡地回答。

"你知道这一事件的后果吗？"

"一个学生失踪了，后果当然严重。"

"你发动和策划初二甲班的学生围攻陆小健，压制迫害革命小将，这是破坏批林批孔运动，是一桩严重的政治事件。对今天的事件，你得负全部责任！"

我耐不住了，冲口说："胡君达，罪名不是这么容易加的，话可得说说明白！"

"耿明哲，在这件事情上，你最好少插一手。没有好处的！"胡君达话中带着威胁。

尹春华拦住我，目光盯住胡君达说："现在争论责任归属的问题,恐怕不是时候吧!"说着一拉我的衣襟,"走吧!"

我鼻子里哼了一声,撇下胡君达,和尹春华走出了大门。

田野里、小河边、后山上,到处晃动着手电,响着呼唤陆小健的声音。但是,到下半夜了,去陆小健家的老师也已回来,陆小健还没有下落。这一下大家都慌了。尹春华和我商量了一下,决定到十里路外的云凤山去看看,因为有一次,陆小健曾和几个同学到那儿去逮过野鸡。

摸黑赶了一个多小时的路,来到了云凤山下。我们记得山顶上有一座云凤寺,就沿着山径向上攀去。当我们磕磕绊绊到达庙门口时,猛听得庙旁竹林中一阵响声,我连忙揿亮手电,只见一个人影向庙后面窜去,尹春华立即高声喊起来:"陆小健!"

那个人钉子一样站住了,果然是失踪半夜的陆小健。他面容憔悴,眼带泪痕,上衣被挂破了好几个口子。在雪亮的手电光下,他浑身瑟索,活像一头惊惶的小鹿。

尹春华严肃而带疼爱的目光看着他,陆小健也呆呆地看着尹春华。忽然他喊了一声尹老师,立即扑了过来,就像一只离窠迷路的雏鸟,投进了尹春华的怀抱,他一面呜咽,一面哭诉:"尹老师……那大字报不是我写的,我心里不那么想,是胡队长叫我抄的。今天下午,他还要我再抄一份反击迫害的大字报,我……我……"他大声痛哭起来。

尹春华抚摸着他抽搐的肩膀,亲切地说:"回去吧,老师和同学们都盼着你呢。"

陆小健找到了。正好这时发生了河南马振扶公社事件,于是屏山中学这场风波成了轰动 K 县的陆小健事件，并由胡君达撰文，通报全县。陆小健成了反潮流的革命小闯将，尹春华却成了这一事件的罪魁祸首和幕后策划者，被撤消了班主任职务，被责令一边上课，一边检查。

这一事件以后，胡君达很快入了党。不久，屏山中学领导班子改组，他又被任命为校革委会主任。霎时，胡君达成了县里教育界炙手可热的人物。

学校里整个被翻了个儿，教学秩序全部打乱，学生们被赶出了小课堂，走上了"大课堂"。偌大的校园里一下子变得空落起来。

转眼到了暑假，这届初二学生要毕业了，屏山中学要增设高中，办成完全中学，学校里初中毕业的学生都可推荐进入高中学习。可是，在这次升学中，陆小健却意外地落选了。

这天晚上，学校里开校务会，最后落实新生名单，并研究下学期的教学工作。在会议快终了的时候，尹春华突然推门走了进来（尹春华是没有资格参加校务会的）。大家都吃了一惊。胡君达马上站了起来，虎着脸问道："你来干什么？"

尹春华脸色也很严峻："我想来问问，陆小健为什么不能上高中？"

"你没有资格问这个问题！"胡君达脸上露出轻蔑，"不过，你既然来了，我也可以告诉你，他父亲是个走资派，从地区押到这里来监督劳动。我们的学校不能为走资派的子女开门！"

"陆小健与走资派有什么关系？"

"这是他的阶级出身，我们办教育要执行阶级路线！"

"不要忘了，阶级路线中还有重在政治表现这一条！"

"呃……他有什么政治表现？"

"你不是把他誉为革命小闯将，写进县教育革命简报，广为传扬的吗？"

"这……"好像一记耳光打在胡君达的脸上，他的脸一下子涨成猪肝色，两颊肌肉颤抖着，语不成句地说，"呃……当时赞扬他是……是革命的需要，现在不……不让他上高中，也……也是革命的需要。这，你管得着吗？"

"对！这就是你的'革命'需要，这就是你的'原则'，必要的时候，你可以把猴子说成人，也可以把人说成猴子。真可惜，革命这个神圣的名字给你玷污了！"尹春华语言犀利，目光直逼胡君达，"可是，赶走一个陆小健容易，你能一手掩住全县几十万人民的口吗？"

胡君达无词了，他像一个输光了本钱的赌徒，眼睛瞪得血红，猛地一拍桌子，吼道："你滚出去，这里不是你说话的地方！"

"你不说，我也要走了。"尹春华说罢，衣袖一拂，神态从容地走了出去。

会议在混乱中不欢而散。我回到宿舍，见尹春华正在捆扎一包书，陆小健提着一个小铺盖卷，眼睛红红地站在旁边。尹春华郑重地把书放到陆小健手里，对他说："小健，这是一套数理化自学丛书，你带回去好好自学吧。"他仿佛噎住了，停顿一下，又继续说，"其实，在学校读书，也不过是学习中的一种方式而已。只要有恒心，有毅力，在哪里都可以学到知识。"

陆小健抽抽咽咽哭起来了。尹春华把书装进他的网兜，语重心长地说:"记住,不管碰到什么困难,都不能荒废了学业。你要相信,知识总有一天会回到人民手里,得到党和国家十倍、百倍的珍爱,因为,祖国的现代化建设需要它。"

陆小健点点头,就要出门。我惊愕了,一把拉住他说:"你哪里去?"

"回去!"他声音很低,但语气坚决。

"这么黑的天,你怎么走?"

尹春华拦住我说:"我本来也劝他明天走,他不肯。我想也好,他应当要学会自己走路了。我去送送他。"

尹春华和陆小健出去了,茫茫的夜色立即吞没了他们的身影。一个多小时以后,尹春华回来了,他目光呆滞,一言不发,僵立在那里,仿佛成了个木头人。半天,颤抖地吐出一句:"走了……终于走了……"话未说完,两汪热泪,夺眶而出。

他,第一次哭了。

五

这年秋天,尹春华也终于要走了。胡君达已报请上级批准,将尹春华送到一个偏僻的农村去"劳动锻炼"。

临走前的一个晚上,我邀了几个知心朋友,置了一点酒为他饯行。

天空黑漆漆的,飘着细雨,阵风撼动窗棂,锵锵作响。席间,虽然有烈性的酒,但气氛始终热不起来。想着几年来朝夕相处,现在分别于一旦,大家心头都非常沉重。春华为了打破这冰冷的局面，举起酒杯，笑着给我们劝酒，谁知他这一笑，我们觉得比哭还难受。

屋内愁绪笼罩，屋外雨声淅沥，几杯苦酒下肚，我突然有了一首诗：

连年朋好散天涯，
夜雨敲窗感物华。
七载暑寒成旧梦，
几番笑乐付长嗟。
漫言身后道途远，
细检箧中书簿加。
曲尽阳关君忽去，
秋风满树扫残花。

我把它写出来，默诵一遍，觉得真切地道出了自己此时此地的心情。其他几个人看了，也都一致赞好。春华把诗拿过去，细细读了两遍，对我说："我不懂诗，但感到太低沉、太悲凉了。"

我说："这种时候，谁能有那种浩荡的诗兴。"

春华也默然了。就在这种凄凄冷冷的气氛中，结束了这次别致的饯行仪式。

第二天，我送春华上车站去，为了不惊动其他老师和学生，他特地选了上课的时间，和我悄悄地走出了校门。

雨，在清晨已经停了，天空中严实的云霾开始消散。一夜的秋风秋雨，好像抹去了所有的绿色，使周围的一切都肃杀、萎黄了。我挑着春华的铺盖，和他下了屏山，上了去屏山镇的大道。春华在我身边默默地走着,脸色舒展而平静。我忽然想起了我们在汽车站第一次见面的情景,想起他和红哨兵、胡君达辩论的认真神态……这一切竟还是如此清晰,历历如在目前。可现在,他却要走了,这么悄悄地走了。山水如昨,人事已非,但觉秋风扑面,衣袂生凉。在一个山坡前,春华拦住了我,握住我的手说:"千里送行,终有一别,你回去吧,下一堂你还有课呢。"说罢接过铺盖,又一次紧紧握了我的手,毅然转身向前走去。

我伫立在路边,目送着他远去。忽然他停了下来,向我喊道:"明哲,等一等!"飞也似的跑回来,喘吁吁地说,"还有件事忘了。昨天晚上,我又细细琢磨了你的诗,觉得你太消沉了。马克思曾经说过,'人类是站在先辈们的肩上的'。我们应当相信,人类社会存在多久,教育也就会存在多久。眼前的这一切是暂时的,秋冬很快就会过去,教育上的春天不远了。"说到这里,他脸上漾出一种异样的光彩,笑笑说,"我还冒昧给你改了两句诗。"说着,掏出了昨天那张诗笺。我一看,后面两句他圈掉了,在旁边端端正正地写着:

却待阶前桃李盛,
春风吹发满枝花。

他歉意地笑笑说:"是胡诌的,请你指正。"说罢转过身大踏步走去。一肩小小的铺盖,伴着他那高大的身影越来越小,终于和山坡后刚露出的蓝天白云融成了一片。我低头往回走,心里反复吟诵着他留下的两句诗,猛然领悟到:言为心声,这既是他给我的留言,也是他矢志不渝的信念。

以后,因为耐受不住胡君达的压力,我终于没能在屏山中学坚持下去,设法调回了我的家乡。由于尹春华的遭遇给我的刺激太大,加上教育上那种混乱不堪的现象有增无减,"桃李盛、满枝花"的前景越来越黯淡,我对教师的最后一点信心也丧失了。于是我托人找门路,改行到一家图书馆当了管理员。

现在,万恶的"四人帮"已经被粉碎了,中国历史上那艰难的一页终于翻了过去,党中央已经把教育上的春天唤回来了。尹春华的预言成了令人鼓舞的现实。

我再次打开他的信,从信中的字里行间,我又一次感受到他那挚笃的对教育的热爱、对前途的自信、对光明的追求。信的末尾他这样写道:

十年来,我们的国家遭受了亘古未有的浩劫,历史的丑角也做了淋漓尽致的表演,我们读到了一部深刻的生活教科书。十年人生,教给了我们多少知识啊!

十年,不过是历史的一瞬,短暂的停顿可以促使更快的起步。你看,中国历史上最辉煌的一幕已经开始,几千年的教育史也将揭开全新的一页。回望满目青山,尚有夕照通明,我们刚步入中年,正如日过中天。我们是幸运的,我们赶上了一个伟大的时代。诚然,前途也许并不一定平坦,但不要彷徨,不要颓丧,更不能沉沦,革命是需要勇气的。让我们去掉沉重的因袭,抖落身上的污秽,用新的斗争来医治身上的创伤,健全我们的体魄，到时代的洪流中去寻求我们的归宿。

读着尹春华热情洋溢的信，我心绪激动，不能自已。信念，在当年使他顽强地坚持了下来；今天，信念又把他推到了新的起跑线上。而我呢，却相反，在暂时的挫折面前掉队、落荒了。

我推开窗户，外面星月皎洁，明河在天，明天将又是一个朗朗的晴天。忽然，一个强烈的念头在我心头萌动、生长起来：明天就向领导要求，我要归队！

钓 鱼[1]

柯青志县长生着个大脑门，大脑门下生一个大鼻子，大鼻子下又生一个大嘴巴，大嘴巴下还挂着个大下巴。这几大合着相书上的南岳、中岳、北岳，是贵相。这是柯青志当年在农业局当技术员下乡蹲点时一位房东给他看的。那房东姓莫，早年有过当阴阳先生的历史。当时柯青志说，我这眼睛不大呀。莫大爷说，眼睛不大不要紧，你这眼睛亮，亮如点漆；有神，神光内敛——哈哈哈，你有十年官运哪！此话不想竟被言中，柯青志刚交不惑之年，真被推选当了县长。

柯青志上任两年以后，莫大爷找上门来了。柯县长不是一阔脸就变的浅薄人，取消了一次不太重要的会见，真真诚诚接待了他。柯夫人端来了瓜子、糖果，泡了杯碧绿澄清的香茶，还削了只又红又大的苹果，满面笑容地递到他手上。

柯县长宽厚地笑笑："你来大约有什么事吧？你说，只要我能解决的。"

莫大爷心一横，把事情兜了出来。

---

[1] 原载于《南京日报》，1988年5月12日，第3版。

事情很简单。这两年，莫大爷承包了村上鱼塘，成了养鱼专业户。他隔壁有个人在县里管老干部的工作，就在前天，那个邻居回来告诉他，说星期天要带几十个老干部到他这里来钓鱼。说他的塘四周有杨有柳，背靠青山，老干部可以来散散心。说老干部都是为革命做过贡献的人，是我们国家的宝贵财富。还说莫大爷是受过他们恩惠的，解放前，靠一只罗经，骗几口死人饭吃，差点饿死，要没有他们，能有你现在的日子？能让你养鱼？让你当专业户？至于鱼嘛，你放心，当然要付钱的；价格嘛，就不要计较了。

当天晚上，莫大爷没睡着觉。他清楚这塘里的鱼，夏天赤脚下去，十个脚指头都能钓上鱼来，这几十副钩子下去，要钓多少？他和老太婆在塘边的看鱼棚子里商量来商量去，回绝不行，自己确实受过这些老同志的恩惠，现在政策这么好，连一点鱼都不肯贡献，也太不仗义。但想到一条条银子似的鱼划着弧线甩上岸来，心又颤颤地痛。最后还是老太婆想出个主意，找柯县长去。

柯县长听完，也怔住了。这次老干部活动他是知道的，还接到张请柬请他带队，但没想到会是去莫大爷承包的塘里钓鱼；更没想到，为这次钓鱼，莫大爷老夫妻俩会急得合不上眼。

柯县长大脑门上冒汗了。莫大爷那位邻居的热心话句句有"道理"。但这"道理"背后分明又有着拿不到阳光下面来的东西，在他的经验中，这种"道理"最难对付。

莫大爷看到了柯县长的窘态，讷讷地说："柯县长，要是这事为难，就不麻烦你了。"

柯县长却也固执，一拍桌子说："莫大爷，你别走，今晚住在这里，会有办法解决的。"

柯县长很自信。他相信他的大脑门。

柯夫人端来了可口的饭菜，两人面对面，干掉了半斤洋河。柯县长豁出去了，今晚什么事也不干，陪陪这位老房东。

晚上，柯夫人叫儿子睡在沙发上，让莫大爷睡到儿子的小房间里。

这一夜，柯县长仰着大脑门，一双小眼睛始终睁得亮晶晶的。临到天亮，遥遥一声鸡啼传来，竟唤醒了他的灵感，将计谋告诉了莫大爷。

第二天，莫大爷迈着踏实的步子回去了。

星期天，柯县长兴致勃勃地参加了老干部们的活动。他带着几十个老干部乘着一辆漂亮的大客车开到了莫大爷的鱼塘边。老干部们对着青山绿野，鱼池清波，雅兴大发。垂钓的垂钓，做诗的做诗，塘边白发映童颜，老夫化少年。

柯县长到一个个老干部身边巡视，给他们做参谋，告诉他们，这塘里养的都是鳊鱼，鳊鱼最喜吃的饵料是山芋。而柯县长叫那位热心邻居备的饵恰恰是每人一袋蒸熟的山芋块子。

一天的活动结束了。老干部们垂钓成绩不太理想，有空手而回的，也有钓了一条两条的。但莫大爷烧了两大锅白粳米饭，炖了几大盆鲜鱼汤端到塘边让他们野餐，使他们个个心满意足。

临行前，柯县长讲话：

"今天活动搞得很好，宋代欧阳修太守说，醉翁之意不在酒，在乎山水之间；我说我们的老同志是钓翁之意不在鱼，也在山水之间。"

众拊掌大笑。

车子发动了。柯县长走过去，拉住莫大爷的手说："谢谢你，我代表老干部们谢谢你。"

莫大爷说："我该谢你呢，要不是你那个主意，我……"

柯县长嘘一声，瞥一眼车子，低声问："你回来怎么弄的？"

莫大爷眨眨眼睛，低低地说："我回来煮了三百斤山芋，和老太婆在塘里撒了两遍。"

"哈哈哈……"柯县长笑了。

"哈哈哈……"莫大爷也笑了。

"哈哈哈哈……"奔驰的大客车里，老干部们笑得更响。

最后一阵笑声中，柯县长却沉默着。他的脸色很凝重。

天堂之路[1]

人民路尽头的北寺塔影在暮色中隐去,龙春又站在察院场口了。

"上有天堂,下有苏杭。"名不虚传。这刻,正当苏州市下班的高峰。满街的自行车流,分成左右两股,潮水般汹涌而过;徒步的人群摩肩接踵,挤挤挨挨,漫满了人行道。吆喝声、斥骂声、自行车铃声、汽车喇叭声,各种音响在被大楼挤压着的空间喧嚣、流动。人,到处是人。龙春出世以来,还是第一次看到这么多人。这些有着不同面孔,穿着不同服饰的人,一个个匆匆地,从他身边擦肩而过,碰了他,踩了他,也不停一停。在这股翻滚、涌动的急流中,他就像一株随波浮沉的柔弱小草。

街灯亮了,斜对面的霓虹灯亮了。闪烁的光波照在他脸上,红的、黄的、绿的,掺和混合,交互辉映。

龙春觉得自己悬空提着,恍如真的置身在一个虚幻、飘渺的天国。他感到头晕,感到窒息,孤独和寂寞越来越重地裹紧他——"我怎么会到这里来?"这个奇怪的问题一闪,又使他

---

[1] 收录于《麦青青》,江苏人民出版社1983年版,第90–105页。

回到了现实世界。他瞥一眼臂弯里那只瘪瘪的旅行包,黑瘦的脸上冒出一丝苦笑。

在龙春的生活史中,他还没有过这种落寞、孤凄的遭遇。虽然有着许多悲愁和痛苦,但他踏踏实实地占有着自己的地盘、自己的世界。在那个圈子里,可以争执,可以哀叹,可以愤怒,可以奋起,他实实在在觉得到自己的力量。可现在,他却到了苏州——这个世代传说的天堂。来这里做什么?就为旅行包里那两丈轻柔滑腻的布?好像这不是他的本意——不!这就是他的本意。他这次从几百里外的偏僻山村赶来苏州,不为这布,又为什么?

他记得很清楚。那天,一轮血红血红的太阳挂在西山背上时,他还在百步山弯的田冲里转悠着。这一块近三十亩的后季稻,正在孕穗时期,由于稻飞虱为害,成片成片枯死,恰如遭了火烧一样。今年久雨之后久旱,"伏夏不热,入秋不凉。"虫口密度大,四、五两代重叠,造成了严重的患害。队里买不起农药,虽然搞了点土法防治,仍控制不了虫情。他扒开行子察看,浑身皱起一层鸡皮疙瘩,稻根上部,蠓虫似的稻飞虱密麻麻爬了一层,数了一数,一株稻上的虫子竟有一百五十多头。他揽下一把,轻得灯草一般,不禁跺脚骂道:"队里真遭了瘟了……"

他抓着那把稻火烧火燎回到家,正想去找队会计土根叔商量,妻子秀梅拦住了他,给他端上一碗蛋炒饭来。

"快吃吧,吃了爹有话对你说。"才过三十岁生日的妻子笑吟吟地看着他。

"做啥要撑饱了再说?爹呢?"他嗡声嗡气撞了一句。

"爹马上就来，你先吃。"

龙春虽然脾气愣冲，但在温柔的妻子面前，往往是顺从的。他见秀梅不回答，也不再追问，埋下头扒起饭来。

在妻子洗碗的叮当声中，他的爹夹着一块东西进来了，也是一脸的笑。奇怪，这半年多，家里还没见过笑影，今天他们怎么了？

爹含笑坐在愣怔的儿子身边，一边掏烟杆装烟，一边说："龙春，明天你去趟苏州。"

"苏州？去做啥？"

"做啥？你没看到村上不少人出去了。最近乡下人造棉吃香，听说苏州有，随便剪。"

"……要我去贩布？"龙春像被什么蟹了一口。

"嗯！"爹了解儿子的脾气，话随着淡淡的青烟不紧不慢吐出来："我年纪大去不了，你家里妇道人，又拖着小伢，出去不方便，当然你去了。……喏，我都给你准备好了。"说着，将夹来的那块东西一展，却是一只印着飞机的旅行包；又从怀里摸出一个小纸包包，掂一掂，往他面前一搁："这旅行包刚向小学里徐老师借来，这六十元是你镇上姨夫下午从银行里拿的，我破着老脸……"

龙春烦躁地打断他："爹，你怎么叫我去走这条路？"

"怎么？"爹的笑不见了，声音沉浊得像石夯砸地，"叫你去犯法啦？广播里都讲可以做生意，队长金明说是增……增了价值，合理合法。他去了几趟苏州，赚了好几百，后头小六子跟他去混了一次，回来皮鞋雪亮，还弄了个'钟山'箍在手上。

你好手好脚,为啥不能去?你姑夫又在苏州,还能落个脚……"

"是的。"秀梅在旁边帮着腔,"听他们说,金明跑一趟苏州,人造棉、粘胶布剪回来几十丈,三四角一尺家来卖六七角,还直抢。现在,乡下姑娘就时兴那个孔雀蓝,花的还可做被面,又勿要布证……听讲荣大、林火都要去,连菊妹丫头都想去碰碰运气。他们说'上有天堂,下有苏杭',这是一条'天堂之路'……"

"唉,你们看这个队里,我还能走吗?"

龙春沉默了,眼光又投向那把枯焦的稻。是的,队里确实不像个队了。去年分了三角一工,今年看光景能不能分配还是个问题。现在金明屁股一拍走了,枪都打不到。社员们砻糠搓绳子,扭不到一起,贩鱼的贩鱼,挑虾的挑虾,城里有亲眷的出去做小工,凡有门路的几乎走光了。剩下的都是些没脚螺蛳。可今天有人说:"鱼有鱼路,虾有虾路,螺蛳没有脚也能转三个轱辘。"——也准备出去了。这几天,队里是他硬着头皮顶着。一个星期前,他找机电站同学弄来一百斤柴油,拌了砂土撒治稻飞虱,逼命一样才喊到五个社员,折腾了一下午,才治了百步山那三十亩,但虫到底没治住。这稻……

"你到底去不去?"爹见他不响,吼起来了。

"不去!"龙春也发起戆头脾气,抓起那把稻就往外走。

"好吧,一家人下半年吃西北风吧!"爹把旱烟杆往桌上一掼,站起身指着他的背影骂道:"我前世作了孽,养下你这个讨债鬼。我也活够了,眼睛一闭,芦席一包,随你们的便吧!……"他恨声不绝,呛出一串咳嗽,进了里屋……

龙春出去转了一圈，满村子黑灯瞎火。他去寻土根叔，土根婶隔着窗子说土根走亲戚去了，把他晾在外面，连门都没让进。他憋着一肚子气回家来，衣裳也不脱，往床上一倒，不断地长吁短叹。

秀梅体谅丈夫，给他盖上被子，待他平静一些，偎到他身边来，软软地劝他："你也不想想爹的心思，你很小没有娘，爹尿一把、屎一把捧到你这么大，现在年纪大了，指望你为他置口寿材，可你……却是那个煞相。这两间草房，黄梅天漏得那个样，你也不是不知道……看有些人家小伢，逢年过节，穿红着绿，可我们家小龙龙……"说到动情处，秀梅伏在他怀里哭了。

龙春一声不吭，妻子的话像虫子一样咬啮着他的心。是的，爹这一世吃了不少苦，老年人的心思，自己也知道，可哪来的钱呢？……这草房是该翻修了……秀梅还只记挂儿子，她自己呢？就结婚那年做了一件花府绸衬衫，过门这几年，泥里钻，汗里滚，除了几身家织土布衣裳替换，洋纱丝没添过一根，至于涤卡、中长，就更不知什么滋味了。……

龙春翻来覆去想了半夜，最后搂紧妻子，咬咬牙齿在她耳边说了声："去！"答应了。

第二天，在爹和秀梅殷切的目光中，他背上送给姑夫的土产，踏上了来苏州的"天堂之路"。

……

天完全黑了下来，灯光更加璀灿、明亮，苏州的夜市呈现出格外迷人的景象。艳装打扮的少女，挽臂相依的情侣，抱子携女的幸福父母，举着闲步，捉对成群从龙春身边走过。满街香风阵阵、吴语呢喃，不知哪里又悠悠飘来了婉转、缠绵的评弹……直到这时，苏州才撩开厚重、严肃的面纱，露出娴静、柔媚的本色。可是龙春领略不到这人间天堂的真趣，他直抱怨，人说苏州话好听，却一句也听不懂。他觉得苏州远不如自己那山窝窝里的小村子看着清爽、舒坦……这时候，村上鸡上窝、鹅进棚，巷口的大黄犬吠人，各家各户应该围桌端碗了。……

正当龙春浮想翩翩，斜对面人群中一个平顶头一闪。啊！那不是荣大吗？穿着一件窄短的老蓝布上装，肩上背一只尼龙化肥袋。是他！龙春赶紧喊："荣大！"但人声鼎沸，嗓音很快被满街的声浪淹没了。他急起来，分开人流就往前闯。人们不知发生了什么事，一个个好奇、愠怒地盯着这个黑瘦、莽撞的庄稼人。可是人太多了，等他冲到街中心，平顶头已在人海中消失了。

龙春疲惫地站住，这才感到肚子咕噜咕噜叫了。他立刻意识到应该赶回姑夫家吃晚饭，可想起姑夫那双鼓鼓的田鸡眼和"吭吭"的浓重鼻音，又打消了念头。他摸摸贴身口袋里的钱包，咽了两口口水，猛一拧身，向近旁的一家小吃店走去。

……

楼上响着音乐，姑夫一家正在看电视。龙春从街上回来，姑夫看到他，鼻子里哼了一声，淡淡地点了下头。他那位表弟，是个标准的现代青年，当然不会有客套的应酬，挽着女朋友，目不斜视，翩翩上了楼。倒是姑母，忙着要为侄儿张罗晚饭，龙春解释他吃过了，还讨姑母怪了几声。但龙春听得出，那责怪并不发自内心，所以当姑母再次邀他上楼看电视，他推说自己累了，想早点休息，便一头钻进了为他临时收拾出来的杂物间。

天花板上，冰棱似的三瓦荧光管发着冷幽幽的光。龙春躺在那张被褥单薄的旧竹榻上，浑身都凉透了。他想起父亲和秀梅说到苏州来有地方落脚，心里直冷笑。昨天他按着地址摸到这里，迎接他的是三张惊讶、冷漠的脸。当他把出力流汗背来的四十斤山芋——都是秀梅一枚一枚拣过的，爹说姑夫一家最爱吃——放到地板上时，姑夫连看都没看一眼；而那个留了长发，比他高出一头的表弟则当场抱怨泥巴邋遢的，没地方放，弄得龙春尴尬极了。他有点伤心，也想不通，人怎么会变得这样厉害？当年闹"自然灾害"，胡萝卜卖到五角钱一斤时，姑夫一家曾到他那个山窝子里去度荒。不还是这几个人，捧着那少盐没油的煮萝卜狼吞虎咽？当时，这个抱来的蝾蛉表弟才八岁，长得芦杆似的，龙春带他去掏挖人家田中漏下的山芋时，挖到一个稍稍上相的，他甚至泥巴也不擦，就往嘴里塞了。晚上在灯下叙谈，姑夫姑母说着漫天的感激话，姑夫还直夸龙春能干，懊悔当年没有把他认为义子，可以亲上加亲。……想到这里，龙春苦笑笑："嘿嘿，我没那份福气。"母亲在世时，曾给他去掐过八字，说他五行不全，是个土命人。

是的，龙春是个土命人，这一生他和泥巴结下了不解之缘。……

龙春的家是他没见过面的祖父从河南一担挑过来的。祖父过世以后，丢下父亲兄妹两人，妹妹被人带到苏州一家丝厂当了童工；父亲去人家帮工，做小伙计混口饭吃。父亲很晚才结亲，成家以后，租了几亩山地，在山窝里搭个小草棚定居下来。生下龙春以后，父母亲下地，不放心把他丢在家，总把他带着，让他戴顶破草帽，孤零零坐在地头边。小龙春很懂事，知道父母亲没工夫亲他，不哭也不闹，瞪着小眼睛看父母亲干活。坐得厌了，就一个人抓草茎，玩泥疙瘩，有时塞得满嘴是泥，母亲发现以后，流着眼泪给他掏，好半天才能掏干净。……

稍大一点，他就直接和泥巴打交道了。整天赤着一双脚，踏着山道，踩着荆棘，放牛、拾柴禾、挖野菜。一次他到山上砍柴，在扳一根枯树枝时，一失足滚了下去，脸上、身上擦破了好几处。事后，几个小伙伴笑他和泥巴亲嘴，他还难为情了好一阵。至今脸腮上那两道小疤，就是那次和泥巴"亲嘴"留下的印记。……

十岁那年，镇上的老师到山窝里来动员学龄儿童读书。当时母亲已过世，父亲带着他过得很艰难，但经不住老师的劝说，他终于和荣大他们背上了书包。他们天天早出晚归，翻几个山头去镇上上学，无论阴晴寒暑，刮风下雨，从不间断。在镇上那座大祠堂改成的学校里，他们听说了大地是圆的，美国在自己的脚底下；知道了北京有美丽的天安门，上海有几十层高的大楼房……现代的文明，增长的知识在他们幼小的心灵里煽起了理想的火焰，激起了希望的浪花。可是在食堂大锅里的伙食由干变稀，最后可以照见人影时，他们再也无力跑那十几里山路了。父亲看着瘦小的龙春，长叹一声说："注定是个土命人，还是早点回来种田，图条命吧。"就这样，命运的绳索又把他牵回到那个山窝子里。……

可今天，他这个土命人，却丢掉他熟悉的犁耙镰锄，离开他安身立命三十多年的土地，梦幻般地踏上了一条陌生的路，一条为爹、为妻子和村上人羡慕、称道的"天堂之路"。但是，他在这条路上，却走得远不如想象中的那么顺利。

今天，龙春一大早就出去了，在市中心的人民商场门口等了两个钟头。开门以后，人造棉却没有剪到，布柜上的营业员说已脱销三天，接着又问了几爿布店，都是一样的声腔。后经一个好心的老营业员指点，他辗转寻到阊门外的一爿小店，才问到有货。可是一次只许剪一丈。他出去转了一圈再去剪，那个梳着鸭屁股头的剪布女佬立刻变了脸，盘问他是哪里来的，还辣辣地训他："你们农民勿种田，到城里来抢购布，长途贩运，不务正业，是破坏四化……"当时龙春真恨不得地上有个洞能钻进去。最后鸭屁股看他可怜，总算又剪了一丈给他。出门以后，龙春贴身的小褂子都汗湿了，再也没有脸去第三次……

"明天怎么办？"鸭屁股那里是不能再去了，重找门路，希望也不大。看来城里对乡下人贩布卡紧了。而这姑夫家也不是久留之地，"冷粥冷饭好吃，冷言冷语难受"。凭他的脾气，在这里连一分钟也待不下去。可带这两丈布回去，盘缠都赚不回来。……龙春眼前又出现了秀梅期待的目光，听到爹一声比一声沉重的咳嗽。他痛苦地闭上了眼睛。

楼上的音乐强烈起来，还传来姑夫一家人的笑声。这是进入电视规定情景以后沉迷的笑，这是不耽温饱的人才有的那种轻松畅怀的笑。笑声更加重了龙春的愁绪。隔着一层板，上下就是两个天地。命运布排和捉弄着人们。半月前刚升了行政科长的姑夫和拿着六十多元退休金的姑母,当然不会明白乡下侄儿此时的心境,而那位鬓角要对镜子烫半天的表弟,就更不理解人还要为人造棉发愁了。

……

就在龙春愁肠百结、辗转难寐的时候,外面响起了敲门声。

"谁?"楼上笑声停了,响起了姑夫鼻腔共鸣的声音。

"龙春姑夫家在这里住吗?"

"是的!"姑夫的皮鞋沉重地敲击着楼梯。楼上传来轻轻的絮语:"又是龙春,烦死了……"

大门哗地打开,外面的声音大起来:"龙春在不在?"

"在!龙春——"

"啊,荣大!"龙春蹭地跳起来,趿上鞋迎出去。

堂屋的灯光下,平顶头的荣大出现在龙春面前。龙春很激动,惊喜之情溢于言表:"荣大,我在街上看到你了,没喊住。你怎么知道我来了?"

"听林火讲的,他去阊门一爿店里剪布,一个鸭屁股头营业员告诉他,有个黑黑瘦瘦的乡下人也去剪的,和他是一样的口音。我们估猜是你,就找来了。"

"没处往吗?"

"吭!吭吭!"姑夫沉重地打起了响鼻。

荣大皱皱眉:"不!菊妹也来了……你出来。"

龙春走出门去,荣大压低声音说:"菊妹今天出去,在公共汽车上给人把钱包掏了……"

"啊——她人在哪里?"

"在火车站，土根叔正在劝。"

"土根叔……他也来了？不是走亲戚去了吗？"

"哪里！那是土根婶在外面放的烟幕。队里来了五六个人呢。"

"……"

"你快去吧，菊妹闹着要寻死，拉都拉不住。"

"唉——"龙春叹了一声，"我马上去！"猛地转过身，对姑夫说，"姑夫，我要到火车站去一趟，村上来了人。"

"嗯……还回来睡吗？"

"看……呃，不回来了！"龙春答了一声，拉起荣大就走。

"田勿种，到城里来活折腾……"姑夫轻轻咕哝着。

砰地一声，红漆大门关上了。

……

苏州火车站正在扩建，原先的老站显得特别低矮、陈旧。时近午夜，旅客不多，门口广场上灯光暗淡，更觉冷落和荒凉。

在车站前的小花圃旁，龙春和土根叔他们会合了。

龙春的到来，给这小小的人群注入了力量，原先僵冷的局面开始有了活气。土根叔刚见到龙春，脸上讪讪的。这个五十多岁的队会计，小时候念过两年私塾，是村上长一辈中有头面的知识人。他在这样的境遇里会见晚辈的副队长，掩不住自己的窘态。但他毕竟是见过点世面的，很快恢复了自信，悄悄地把龙春拉到一边，向他介绍这里的情况。

龙春在路上，已向荣大问了个十之七八，现在再听土根叔详细而有条理地述说，眉头越皱越紧了。土根叔他们是在火车站上宿夜时逐个相遇的。五个人中，三喜来得最早，也只剪到八丈布，回去即使能顺利销掉，除去盘缠用场，只能勉强落个本钱。林火已来了三天，他还是有心机的，来之前，暗中打听了金明他们的做法，特地去龙山水库弄了三十斤大蟹，贩来苏州，可他是用塑料袋装的，路上一闷一颠，到这里死掉二十多斤，虽然他也剪到一点布，但回去肯定要折本。土根叔和荣大、菊妹比龙春早来一天，碰到的是和他一样的情况。菊妹在队里是个有棱有角的姑娘，到了苏州，却成了断线风筝，见了人连话都讲不周全。她和瞎眼寡母辛辛苦苦养了一头猪，十天前刚卖掉，得到一百多元，还去四十元债，余下的一起让她带了来，结果今天在公共汽车上，给人掏了个净光。她刚才闹着要去铁路上寻死，几个人拉都拉不住。没有办法，才叫荣大去把他找来。土根叔说完，连连叹气："唉，都怪我没照应好她，我老糊涂啊……"

龙春听了，一股又苦又涩的东西往喉头直涌。他想不到大家也遭了这么大的难处。看得出来，虽然他在队里是个微不足道的副队长，但在这几百里外的苏州，大家却仍把他看作他们的领导，他们的主心骨。他心里一阵发热……

菊妹蹲在小花圃栅栏边的阴影里，头埋在两膝中间，还在抽泣。土根叔走近她，轻轻地说："菊妹，龙春来了。"

菊妹听了，身子动了一动，没有抬头。

龙春从未碰见过这样的场面，站在沉浸在痛苦中的姑娘面前，一时竟找不到合适的话。斟酌半天开口道："菊妹，事体已经出了，你要想开点……"

谁知这句话又触动了菊妹的心境，她重新痛哭起来。

龙春慌乱了，在旁边搓着大手，没了主意。是的，在这种时候，讲那种嘴皮上的吹风话有什么用？六十元，对一个穷山窝里的农村家庭，意味着什么？这不是那些对肥胖发愁的人能想象出来的。菊妹家寡母孤女两人，平时咸盐要算着吃，一分钱要掰着花。她家养猪，粮管所的便宜秕糠沾不着边。龙春每天看到，别人傍晚收工回家了，小菊妹还得满山满坡转，一直到五指抹黑，她才背着沉重的猪草篮子摸回家来。乡下人说："年年养猪白辛苦，临了赚个猪屁股。"现在，这笔凝着心血、汗水的钱却被小偷轻轻巧巧拿走了。……龙春看着一身土布打扮的菊妹，在心里轻轻地埋怨："你这个妹头，不在村上好好蹲着，也到外面来瞎闯，不想想，这城里是你来的吗？……"

土根叔看龙春一筹莫展，把他拽到一边："龙春，我看得另外想点法子……"

龙春心里一动。他刚才在路上也想过，最好大家能捐一点钱，但到这里一了解，就没有再开口。

"我琢磨过了，眼下菊妹遇了难，大家最好能帮一把。"

"叔，你也这样想，只是……大家也难哪。"

"唉，不说那些了，大家喝一条河里的水，到哪里都是乡亲。我去找荣大他们说说。"

"不要说了，我们同意。"龙春背后传来了荣大的声音。不知什么时候，他们已凑了过来。黑暗中，荣大将一叠钱送到龙春手里："这里十五元，我和林火、三喜一人五元。"

"龙春，你赶快办吧。"土根叔干枯的手也递来了五元钱。

龙春捏着这一叠还带着体温的钱，心都激动得发颤了。此刻,虽然大家都不说话了,但他依然能透过夜色,感受到他们热切的目光。这些手脚粗大、皮糙茧厚的农民,虽然平时可以为一分工、一厘钱争得面红耳赤,但在这种时候,却显出了少有的慷慨和义气。在这异乡客地,龙春第一次掂到了乡亲——这个普通称呼的全部分量。他眼睛一阵发潮,迅速摸出怀里的钱包,取出一张十元的夹了进去。

菊妹早已停止了哭泣,眼睁睁望着眼前发生的一切,看到龙春向她走来,急忙迎上去,挡住他伸过来的手:"龙春哥,你们的这份情我领了,钱我不能收……我刚才想过了,我不死,我还有两只手,那六十元,今后苦一点能挣回来。现在大家都难……土根叔这次来,我婶把两只耳环都卖了……"菊妹说着又哽咽起来。

土根叔听了,老泪纵横:"妹头,这点钱,权当大家多吃了口,你就拿了吧……眼下虽然难,但只要大家有一碗,就有你一半……"

一时,荣大、林火、三喜都上来劝,但菊妹高低不肯收,局面又僵住了。

秋夜很凉,下起了霜水。幽蓝高远的天穹上,点点寒星眨着眼,俯瞰着这几个流落在"人间天堂"的庄稼人。土根叔和荣大他们点起了劣质烟卷,呛人的烟雾中,他们又想起了各自的心事。

龙春紧挨他们坐着,借着路灯的光亮,逐个地审视他们,发现他们经过几天奔波,一个个都已面容憔悴、倦怠不堪,心里一阵揪痛。土根叔这么大年纪,头发白了一大半,还拖着腰腿病，也居然来吃这么大的苦；还有荣大、三喜、菊妹……他们和自己一样，都是清清白白的农民，怎么会落到这种地步？"架起金桥上天堂"，他在小学里就唱这支歌了，而今天，他和土根叔他们却不约而同走上了这样一条"天堂之路"，这又是一条什么路呢？刚才，他还埋怨菊妹不该到城里来，而自己呢？他看看自己那身老蓝土布装束，翻翻那双粗黑厚实的双手，又一次苦笑笑……昨天，他路过一处地方，挤进去走了一遭。在那光怪陆离、眼花缭乱的旋涡中，到处响着"喂喂，便宜卖啦……""看看清爽，真正的香港货……""不多了，买者请早，喂，试试看嘛……"唾沫喷到脸上，衣襟差点被撕破。不知怎么，他当时产生了一种要呕吐的感觉，赶紧抽身出来，跑到空旷处，才吁出一口长气……唉，这次来，还只一门心思想着剪布，如若真剪到了，这布能像金明他们那样叫卖着，以一倍的价钱卖出去吗？当一双双和自己一样粗黑的手，把割山柴、抠鸡屁股换来的钱往自己手里递，你能心安理得地往口袋里装吗？……难怪这次在姑夫、鸭屁股头面前，自己讲话不响、心里空虚，有种被人捉住手的感觉。自己长这么大，还从没尝过这种滋味。多少年来，虽然吃汤喝水，穿破着旧，但活得踏踏实实，站得堂堂正正，人前走得去，也不怕人指背心。为什么这次却鬼迷了心窍？……也不能说姑夫和鸭屁股头训得不对，这农民都往城里跑，田谁去种？粮哪里来？如果大家都像乌眼鸡一样盯着别人的口袋，而大家的口袋都空了，你还赚什么？……

其实，在那个山窝子里，也不全是烦恼和愁苦啊。当栽满一冲秧，直起疼痛的腰，看着一行行随风摇摆的嫩秧，看着绿绒毯似的田块，心里竟是那么明净、舒爽，就像头顶上那片无际的蓝天……当抢场完毕，抹去额上的汗水，站在屋檐下，透过密密的雨帘，看着风雨中巍然不动的禾堆和草垛，胸中便有股热辣辣的东西在涌、在溢……傍晚收工回来，在村前水塘里，洗净腿上的泥迹，换上秀梅叫小龙龙送来的干净布鞋，而后举起儿子，迎着一天霞彩踏上回家的石板小路，心中自然就会泛起一种满足，甚至还有点醉人……每当这种时候，他竟会忘掉了秀梅额上的皱纹、爹的沉重咳嗽和书记那金刚一样的面孔……啊！在那块泥巴地上，痛苦和欢乐、劳累和轻松、失望和留恋……却是那样的如影随形、不可分离……

夜更深了，天顶上那条浩浩的银河早已斜向了西北。静默中，龙春感到一只手搭到了自己肩上，扭头一看，是土根叔。他的声音苍老中带着喑哑："龙春，在这里一天要一天的吃喝，老待下去不是个事。我已细细琢磨过了，这条路不是我们这号人走的……快让大家回去吧，'人误地一时，地误人一季'，我们这些人经不起两头落空哪……"

是的，是应当回去了。注定是土命人，还只能在泥巴地上打主意。况且隔壁省里去年就在搞责任制，让农民自己当家作主了，听说有的一年就翻了身。虽然自己那里有人在骂这是"右倾""倒退"，但农村要变，这是股潮流，谁也挡不住的……

笛——一声嘹亮的汽笛，又一列火车空咣空咣进站了。强烈的震动使大家都坐了起来，夜色中，龙春看到他们的眼睛全都炯炯发亮。是的，他们已经越过浩渺的星空，看到了几百里外的家乡：那一块块山坡条田，那一幢幢草房石屋，那屏立村

后的苍翠峦影,抱村而流的潺潺小溪……龙春没有回答土根叔的话,一骨碌站起来说:

"我说我们来也来了,钱也花了,早听金明他们说苏州好玩,我们好不容易来到这里,我建议大家索性好好玩一天,看看这'天堂'到底是啥样子?……"

……

第二天夜里,龙春他们又到了火车站,他们要回去了。

这一次他们来苏州,没有达到预定的目的,但他们领略了观前街的繁华,品尝了苏州小吃的风味,看到了江南园林的迷人景色;更重要的是,他们看清了自己,看清了真正的路还在他们粗黑的脚下,要靠他们积着厚茧的双手去开拓、去创造。虽然这条路对他们还朦朦胧胧,远不是那么清晰……

龙春的包里又添了几样东西:一件涤卡上装,是给秀梅的;一瓶十全大补酒,是给爹的;一只配有红塑料带的铝质小手表,非常漂亮,只花三角五分钱,是给小龙龙的。小家伙有次看到金明的儿子戴了一只,哭闹着要了好几天。……至于那六十元债,他相信自己有力量还清它,时间不要太长。……

推山人[1]

深秋的白天已很短了，二大妈下地没多久，太阳就躲进了观峰山。她抬起昏花的老眼，看看脚下的稻田，才割了西边田角一小块。她沉重地叹口气，抹抹鬓角的汗水，捶捶酸疼的腰脊，开始捆起稻把来。稻子长得很差，秆细穗短，二大妈下午割的稻子只能勉强凑成一担。二大妈记挂着家里的事，她把扁担往稻捆中一插，牙一咬，挑上肩膀往家赶。

稻田离村子半里多路，途中还要爬两个土坡。二大妈中午只吃了一碗山芋糊，肚子早已空了，加上这几个月来的精神折磨，身子已非常衰弱。如今她挑担走着这崎岖的山道，只觉得担子越来越沉，使她喘不过气来。前面又到了上坡路，她佝偻着腰，强挣着跨上几步，忽然眼前一黑，身子晃了两晃，担子从肩上滑下，稻捆散了一地。二大妈已无力再把它收拾起来，就在旁边一块山石上坐了下来。

二大妈是从河南逃荒过来的孤儿，连名字也没有，当时大家叫她二丫头，嫁到李庄以后，人家喊她二大嫂，现在则被人

---

[1] 收录于《创业艰难百战多－茅山抗日斗争故事》，江苏人民出版社1979年版，第217–230页。

称呼为二大妈了。二大妈早先也有一个和乐的家庭，但最近这个和乐的家接二连三地遭到了灾难。老伴替东家到溧水去籴粮，正碰上鬼子轰炸，惨死在炸弹下；儿子被国民党挺进队拉伕，在浙西山里摔下悬崖，尸骨都未还家；她和媳妇翠凤泪痕未干，小孙子金伢又被土匪徐大山、程老么绑了"肉票"，说要五十大洋，才能释放回来……二大妈家里贫如水洗，哪里拿得出这笔钱来。二大妈呼天唤地，哭得泪干肠断；媳妇翠凤到处央求地方上的绅士出面到土匪处通融说情，争取早点把金伢放回来。翠凤已经出去六七天了，连个影子也没见回来。家里早就揭不开锅了，三亩租田的稻子又急等要割，二大妈没有办法，只得强挣着下了地……

"娘！"暮色中传来一声亲切的呼唤，接着飞快跑来一个女人。这女人三十上下年纪，鬓角上插一朵白花，脚上穿一双白帮布鞋，正戴着重孝，原来是媳妇翠凤。她刚从前村回来，见婆婆下了地，赶忙来接。她走到二大妈跟前，看着散了的稻捆，嗔怪地说："娘，叫你等我回来割，你……"

"等你，等到哪一天？稻子都快掉光了。"二大妈怪她好几天没回来，话语中带着怨气。

翠凤没理会这些，一边捆稻一边说："我在前村有点事，耽误了一些时间。"

"你倒还有心思去打野差！"二大妈心中更来气，"金伢的事你管不管？"

"金伢的事有办法了。"

"真的？！"二大妈一把抓住翠凤的手。

"嗯！"翠凤没有详细讲下去，麻利地理着担子说，"娘，快回去吧，今晚家里还要来客人呢！"

"谁？"二大妈惊讶地问。

"你回家就知道了，我先走，你慢慢来。"翠凤说完，挑起担子风快地登上了土坡。

二大妈心中疑疑惑惑，但听翠凤话中带着喜气，以为金伢真有了下落，顿觉轻松了许多，站起身就赶了上去。

二大妈回到家里，见稻子垛在大门口，堂屋已打扫干净了。二大妈喊了几声翠凤，见没人答应，心中不悦：这媳妇怎么变了，几天不回家，好像魂都不在身上，是不是丈夫一死，生了二心？她又想起了老伴、儿子和金伢。走进房间，她一眼瞥见床头那段新布，这还是用积攒鸡蛋的钱扯来给金伢做褂子的。如今金伢不知下落，二大妈睹物思人，心里一阵刺疼，伤心地痛哭起来。

堂屋里响起了脚步声，翠凤回来了，后面还跟着个穿灰军装的年轻人。交霜降好几天了，这小伙子还赤脚穿着草鞋。翠凤连喊了两声娘，见二大妈没有答应，便对小伙子说："小刘，你们的铺就搁在这堂屋里吧！"

小刘说："不行，我们的铺搁在堂屋里，陈司令员肯定会批评的。我看把铺搁在西间柴屋里蛮好。"

翠凤想了想说："也好，你快去把陈司令员接来，我去把柴屋打扫一下。"

小刘刚要走，翠凤又叫住他，从破柜里拿出一双布鞋对他说："小刘，这鞋你快穿上，外面天黑，寒气重！"

"不，我不要！"小刘说完就走了出去。

大妈看清了，那鞋是儿子的，心中更难过，儿子才死几天，媳妇连鞋都往外拿了。想到这里，眼泪又簌簌地淌了下来。

翠凤收拾完柴屋，听到房里有啜泣声，端起油灯跑了过来，走到床前喊道："娘！"

二大妈侧身躺在床上，没有答理。

翠凤明白婆婆怪她了，笑笑说："娘，你知道我们家今晚来的是什么人？"

二大妈没有吭声。

"今晚来的是新四军。这几天前后三村来了不少，今天又来了一批，要住到我们村上。他们一来，我们就不用发愁了。"

二大妈也听说邻村来了不少军队。但她一心记挂着孙子，便火冒冒地说："我问你金伢的事还管不管？他好歹是你的亲骨肉，现在你……你……"她本想把肚里的话全倒出来，转念一想不妥，到嘴边的话又咽了回去。

翠凤听着，知道婆婆误解了。心中又好气又好笑，便坐到床边耐心地解释："娘，金伢的事，新四军正在设法解救呢。"

"解救？这些兵少糟害些老百姓就谢天谢地了。"二大妈低声咕了一句。

"真的，新四军派队伍追徐大山、程老么去了。"翠凤兴奋地讲着。

大妈一听翠凤的话，呼地坐了起来，心里燃起了希望的火花。

翠凤继续兴奋地讲着："娘，今天前村开妇女会，我也参加了。新四军的陈毅司令员还到会讲了话，讲的全是打鬼子、打汉奸、救穷人的事；那些话字字在理，句句中听，都讲到我们心里去了。会后几个村里的妇女代表——喔，说给你听真笑死人，她们还选我当了李村的妇女代表呢。我们商量，眼下霜降都过了，新四军还有不少人没穿上鞋，准备发动各村的妇女给他们做军鞋，我想和你商量一下……"

一提到鞋，又触动了二大妈的心事，她想：原来你这两天不归家，是在外面揽这些事儿，还当了什么代表。二大妈斜眼看了媳妇一眼，发觉她眉眼间冒着喜气，脸上闪着青春的光泽，前几天的愁容不见了。唉！到底是女人，她还年轻啊！

翠凤没体会婆婆的心思，又催了一句："娘，你快说话呀！"

"金伢没回来，我没心思管这些闲事，谁知道人家的心是红的还是黑的？"二大妈没好气地顶了一句，又转身朝里躺下了。

翠凤一见，心中也来了气，端起小油灯，转身跑了出去。

天完全黑了，二大妈家里锅冷灶冷，没一丝儿生气。二大妈心里乱糟糟的，就像打翻了的酱油铺，说不出是什么滋味。她一看天色，心里一惊，啊！我怎么把一桩要紧的事情忘了，急忙翻身起来。

二大妈的要紧事，就是每天到夜间戌时，上香念佛，祈求天地神灵保佑她一家平安，老少无事。几十年来，不管春夏秋冬、阴晴寒暑，她都严守这个"规矩"，从不中断。现在她点起三炷香，站到门口，对着遥远的星空，口诵佛经，虔诚地对上苍祝告起来。她最近的祈求，有了更具体的内容——希望救苦救难的菩萨能保佑小孙孙金伢平安回来。

恰好在这时，翠凤和小刘陪着陈毅司令员来了，二大妈一见来了两个当兵的，赶紧收起香走进屋去。

陈司令员早看到了，他笑笑问翠凤："这是你婆婆吧，她烧香啊？"

翠凤平常不搞迷信活动，听到陈毅同志问她，不满地说："她呀，几十年都是这样，天天烧香念佛，可是菩萨从来没给我家什么好处，我看菩萨是没有眼睛的。"

陈毅同志微微一笑，没有作声。

进屋以后，翠凤抱柴禾、烧开水，灶前灶后忙开了。她猛然想起晚饭还没烧，笑了笑说："瞧我，光顾高兴……"说着提高声音朝房里喊，"娘，你饿了吧！我马上烧……"翠凤是个爽快人，她利索地端来半钵子褐色的山芋糊，就要朝锅里倒，被陈毅同志拦住了："今天改改口味，吃吃我们的。"接着要小刘去炊事班打两份饭来。

小刘很快把饭拿来了，陈毅同志示意小刘去喊二大妈。

二大妈见屋里来了两个当兵的，已经是胆颤心惊了，现在见那个小伙子来喊她，更加惶恐，缩在房里不肯出来。陈毅同志在堂屋里，见二大妈不出来，就讲话了："老妈妈，我们是一家人嘛，你不肯吃饭，分明是要赶我们走了。"

翠凤见这个架势，知道推辞不了，也进来劝，二大妈只好磨磨蹭蹭走出了房间。

翠凤剔了剔灯芯，屋子里顿时亮堂了。二大妈端着满满一碗白米饭，手颤抖着，几乎怀疑自己在梦里。她偷偷地打量着眼前这位司令，只见他高高的个子、宽宽的额头，浓眉朗目，红光满面，两只眼睛闪着炯炯的神采。更使她惊奇的是，这位

251

大司令和那个小兵一样,着一身灰布军装,也赤脚穿着草鞋。

陈毅同志望着二大妈,亲切地说:"老妈妈,我们来给你们添麻烦了。"

二大妈见陈毅同志讲话软声细语,面容和善可亲,心里消除了戒备,产生了敬意。饭后,陈毅同志和二大妈唠起了家常,他关切地问起二大妈家的情况。

二大妈向陈毅同志哭诉了一家的遭遇,当讲到金伢被土匪"绑票"的时候,她失声痛哭起来。翠凤也在旁边呜咽着,屋子里的气氛变得非常沉重,小刘抚摸着枪穗子,闪着泪光的双眼仿佛要喷出火来。

"江南人民受苦了。"陈毅同志双眉紧蹙、脸容严峻,在堂屋里踱着。好半天,他走到二大妈面前,安慰地说:"老妈妈,不要难过,我们新四军来到江南,就是来打鬼子、汉奸、土匪的,这些坏东西的日子不会长了。"

二大妈止住抽泣,叹口气说:"唉!这全是劫数,在劫难逃啊!"

陈毅同志看着二大妈被折磨得异常苍老的脸,提出了一个问题:"老妈妈,你每天烧香念佛,拜菩萨,求神灵,为什么灾难总是不断?为什么菩萨总是不保祐你们呢?是你的心不诚吗?是你不善良吗?……"

陈毅同志的声音虽然不高,却像一把锤子重重地敲击在二大妈的心坎上。对这个问题,二大妈从未想过,也不敢去想。

陈毅同志继续讲着:"老妈妈,菩萨神灵是没有的,遭受苦难也不是劫数难逃。中国来了日本鬼子,他们和中国的汉奸、土匪等坏东西勾结起来,像你们村后的大山一样压在老百姓身上,在江南,受苦受难的又何止你们一家。去年,日本鬼子炸了溧水的城隍庙,烧了弘觉寺,占了玄妙庵……老妈妈,你想想,那些菩萨自身都保不住,怎能帮百姓消灾除难?数佛珠、求神灵是没有用的,只有组织起来,抱成一团,齐心合力打鬼子、剿土匪,把压在头上的大山推倒,老百姓才会有出头的日子。"

新鲜的道理像春风一样吹进二大妈的心里,对于她,这个深深沉缅于封建迷信的善良农妇,虽然还不能把鬼子、汉奸、土匪跟大山联系起来,但几十年堆积在她心中的寒冰,却已经开始消融、动摇了。

这时,一个新四军战士跑进来报告,说土匪徐大山、程老么带着几个"肉票"跑了,上了鬼子的观塘据点。

陈毅同志一听,眉峰陡竖,眼睛里射出灼人的光芒,他呼地站起来,对小刘说:"立即通知营以上干部开会!"

小刘旋风似的跑了出去。

二大妈一听土匪带了"肉票"进了鬼子据点,顿时痛哭起来,翠凤也抹开了眼泪。

陈毅同志走到二大妈和翠凤跟前,安慰她们说:"你们不要着急,汉奸、土匪是跑不了的!"说完招呼那个新四军战士走了出去。

翠凤擦擦眼泪对二大妈说:"娘,我不能在家里等金伢回来,新四军为我们穷苦百姓除害,我和村上乡亲们也得去帮忙。推倒大山,要齐心合力,我们不能抄着手在旁边看着。"说罢一拧身子出了门。

夜深了,二大妈破例地没有念经拜佛。她面对小油灯,细细品味着陈司令员的话。是啊,几十年来,自己的心地还不善良吗?烧香念佛还不诚心吗?不!自己平常走路都怕踩死蚂蚁,因为害怕伤害生灵,四十岁起还吃了长素;家境贫寒,但逢年过节,总要想法买些供品祭拜天地,为家里人消灾祈福。可老伴、儿子却遭到了这样的厄运,现在孙子又……为什么灾难总像影子一样跟着自己?难道真像那位司令讲的没有菩萨神灵吗?……二大妈梳理着几十年来的生活经历,不断地想着、思索着……

一缕曙色从窗洞里射进茅屋,二大妈醒来了。屋子里静得很,她奇怪了,难道陈司令员他们一夜没睡?忽然门外响起了一阵脚步声,接着传来几个人的说话声。

"我们村上的妇女真落后,工作难做,现在青抗会已成立了,可妇救会到现在还没有人报名……"这是媳妇翠凤的声音。

陈司令员答话了:"不要急,慢慢来,烧饭炒菜还有个火候呢。"

"唉,我连我娘的工作都做不好,怎么去发动人家?昨天为做军鞋,差点顶起来。"翠凤抱怨着。

听到媳妇讲自己,二大妈心里有点紧张,她屏住气听下去。

陈司令员耐心地说:"大妈受苦几十年了,信神信佛,受的毒害也深,她思想上也有几座大山压着哪。要把妇女发动起来,首先得把她们头脑中的大山推倒。那天选你当妇女代表,你不也是顾虑重重吗?"

翠凤轻声笑了起来。

陈司令员忽然转了话题："刚才吴参谋来报告，观塘战斗打得很顺利，天亮前能结束战斗，现在谈谈你家里的事吧！"

翠凤不解地问："我家里的事？"

陈司令员说："听说你家的稻子还没割，现在已经深秋，快种麦子了。你要闹革命，也要抓生产，不吃饱肚子，怎么抗日，怎么去推山呢？嗯！？"

翠凤好奇地问："陈司令员，你怎么知道的？"

"住在你们家，还能不知道你家里的事。好吧，我叫参谋处的同志一起来帮忙，把三亩稻子割上来。"

"那怎么行？"

通讯员小刘插上话来："怎么不行？新四军和老百姓是一家人嘛！那你们为什么要帮我们做军鞋？"

大妈听着这一切，心里非常激动，这位司令考虑得多细啊！连我们家那三亩不像样的稻子都想到了。这时她猛然想起，自己该做些什么呢？她一时手足无措起来。她转了两圈，返身走进房里，从坛子里摸出剩下的几个鸡蛋，悄悄张罗起来……

天色渐亮，东方燃起了红霞，门口场子上闹忙起来。参谋处和警卫班的同志们已把稻子割好，从田里挑回来了。场上摆开了掼桶，响起了乒乒乓乓的掼稻声。陈司令员敞着衣襟，一边掼稻，一边指挥大家扬稻子、垛稻草。稻场上笑语喧哗，不时从人堆里传来陈司令员那朗朗的大笑声。

二大妈已把早点烧好，正要叫翠凤把陈司令员他们喊回来，忽然村口传来一片喊声："徐大山、程老么给抓住了！"

啊！土匪给抓住了，那金伢该回来了，突如其来的喜讯，使大妈惊愕、惶惑起来。这时,村口走来一队新四军,陈司令员和翠凤他们连忙迎了上去。二大妈定睛一看,最前面一个新四军抱着的圆脸大眼的小伢,不正是自己日思夜想的宝贝孙子金伢吗?可不是,那件蓝土布小褂,正是自己亲手缝的。二大妈怀疑自己在做梦,在手上使劲掐了一把,又觉得疼……啊!金伢扑到他娘怀里去了……啊!陈司令员从翠凤手中接过金伢,抱着向自己走来了。

二大妈急忙跑过去。金伢一见,立刻"奶奶!奶奶!"地喊起来,向二大妈伸出了双手。二大妈从陈司令员手里抱过小孙孙,紧紧搂在怀里,把脸贴在小金伢的嫩脸蛋上,两眶眼泪如同断线的珍珠,从脸颊上滚滚地落下来。

翠凤告诉二大妈,观塘据点打下来了,小金伢和村上几个孩子都被救了出来;徐大山、程老么被抓住了,还打死不少鬼子、二黄……

二大妈欢喜不尽,不由得脱口而出:"阿弥陀佛!"

翠凤一听,连忙搡她一把:"娘,你又来了!"

陈司令员笑着替二大妈辩解:"念了几十年佛,一时还改不过口哪!……"

二大妈在金伢脸上亲了一下,难为情地笑了起来。

一轮红红的太阳从观峰山顶升起来了,驱散了晨雾,消融了严霜,照亮了小小的山村。远山、近树一齐沐浴在金色的阳光里。二大妈的眼前,天高了,地宽了,一切变得那么美好,生活又重新充满了希望,充满了光明。

这天晚上,小金伢偎在二大妈身边,早已发出甜甜的鼾声,二大妈却始终睡不着。她望着小孙孙甜睡的圆脸,心里像村后山上起了松涛一样,一阵接一阵,呼啸澎湃,不能平静。两天来发生的事使她目不暇接,就像陡然在这山村上、小茅屋里刮起了一股旋风,把她平常习惯的生活、习惯的思想搅乱了。如果说昨天晚上二大妈对菩萨神灵产生怀疑、动摇,那她现在已经实实在在相信神灵是没有的了。她已渐渐领悟到:日本鬼子、汉奸、土匪和那些不抗日的国民党反动派真是压在老百姓头上的大山,自己和乡亲们的一切灾难都是这些坏东西造成的;而陈司令员和新四军打鬼子、救穷人,他们才是穷苦百姓的"救命菩萨",他们是一群真正的"推山人"。这时她又想起了翠凤的话,"新四军为我们穷苦百姓除害,我和村上乡亲们也得去帮忙。推倒大山,要齐心合力,我们不能抄着手在旁边看着。"难怪翠凤这几天老跟着他们,原来她也参加"推山"去了。她想起陈司令员和小刘他们在这深秋的天气里还赤脚穿着草鞋,而自己却为了一双鞋子责怪翠凤……想到这里,二大妈一阵脸红,心中说不出的懊恼。她一眼看到床头那段新布,心里突然闪过一个念头。她一骨碌坐起来,拿起新布,用剪刀比量着剪了起来。

翠凤开会回来,看到这副情景,怔住了。

二大妈没有发现翠凤,全神贯注地量着、剪着。小油灯光映着二大妈那多皱的脸,是那么庄重,那么虔诚。

翠凤一切都明白了,她想起昨天二大妈发火的样子,忍不住"扑哧"一下笑出了声。

"谁?"二大妈看清是翠凤,立即嗔怒地说,"倒吓我一跳,还不快进来!"

翠凤走进房间,也帮着婆婆忙起来。不一会,一双大号的鞋底衬出来了。

翠凤看着二大妈飞针走线的双手,笑笑说:"娘,昨天你还说'我没那心思去管闲事',今天怎么……"

二大妈一听,故意沉下脸来:"你倒会牵丝扳藤,踏人脚后跟哪!"说罢也笑了。

翠凤拿出一张鞋样对二大妈说:"今天,我们村上不少妇女都在做军鞋了,你看她们的鞋样上还写着字呢。"停了一会,她又兴奋地告诉二大妈,"娘,明天我们村就要成立妇救会啦!"

"什么?"

"就是妇女救国会。陈司令员说,妇女也要动员起来,参加抗日救国。娘,咱们妇女是一支了不起的力量呢!"

"噢,是这么个会。"二大妈连连点着头。

"村上好多人都参加了,隔壁李大婶、村西王大嫂、根全他妈、秀英姑娘……"翠凤兴奋地报着一个个名字。

"啊,这么多人都参加了,这妇救会真好!"二大妈停下了手中的针线,羡慕地说。

翠凤把话一转问:"娘,你呢?"

"我?"二大妈愣住了,"我一个老太婆能干什么呀!"

"能!陈司令员说,妇女做好后勤,支援新四军,也是革命工作。娘,你已在做了,告诉你,妇救会已经把你算上了。"

"把我也算上了?"

"对!算上了,可你要报名呀!"

"报名，报什么名呢？"二大妈为难了。报二丫头？二大妈？金呀奶奶？都不合适！她这才想起自己连名字也没有。

翠凤看着二大妈愣怔的样子，嘿嘿地笑着说："娘，名字已给你起好了，叫李迎春。"

"李迎春？六十出头的老太婆，叫这么个嫩生的名字，不让人家笑掉牙。"

"娘，名字不是我起的，是陈司令员给你起的。他说，推倒大山以后，春天就来了。"

"陈司令员起的？！"二大妈眼睛里放着光，脸上皱纹舒开，幸福地笑了。就在这时，小油灯上"叭"的一声，绽开了一朵大灯花。

这一夜，二大妈家茅屋里的油灯一直亮着、亮着，一直亮到黑夜消褪，东方日出……

翌日清晨，陈司令员和新四军要走了，乡亲们站在村口送别自己的亲人。李迎春、翠凤和妇救会的妇女们抬着一箩筐新做的军鞋，送给子弟兵。

小刘牵着马在村口等候，不一会，陈毅司令员走过来了。李迎春分开众人，迎了上去，从怀里掏出一个布包，送到陈司令员手里。

陈司令员打开一看，是一双结结实实的新鞋，鞋底扎得特别厚，连鞋帮上都用线密密匝匝地扎了好几道。尤其特别的是，鞋底的中间还用黑线缝了三个字："踏倒山。"

陈司令员端详着手里的新鞋，问李迎春："为什么叫'踏倒山'？"

李迎春笑着说："这是我们山里人穿的一种鞋,穿上它,不怕荆棘丛生,乱石硌脚。你们是'推山人',帮我们穷人推倒压在头上的大山,就应当穿这种鞋。"

"喔!"陈毅司令员朗声笑了起来,"好!'踏倒山',名字起得好!李迎春同志,你现在参加了妇救会,不也是个'推山人'吗?"

"我也是'推山人'?"李迎春惊讶地自语。

这时,小金伢在旁边拍着手喊起来:"奶奶是'推山人'!奶奶是'推山人'!"

陈司令员和新四军战士们走远了,长长的队伍消失在远处的青山丛中。

李迎春站在高大的枫橡树下,遥望着远处的青山,脸容庄严,嘴里喃喃地重复着陈毅司令员的话:

"推倒大山以后,春天就来了!"

………

"大官儿"[1]

你们见过"大官儿"吗?我听过、见过各种各样的"大官儿"。这些"大官儿"们有的使我感到害怕、仇恨;有的使我感到亲切、欢乐。告诉你们,在"大官儿"问题上,我在童年朋友中还引起过一场争论呢。

一

人人都喜欢自己的家乡,我的家乡实在美极了。站在我们村子前面的大场上看,四周都是山。迎面那座腰里飘着白云的山叫茅山,西边葱葱绿绿一片的叫回峰山,东面长满松树的叫黄梅山,村后面那一横像翠屏似的大山,还是我们县的八大景之一,叫观峰山。真是山连山,山套山,就连我们的村子也叫上了一个山的名字——毕家山哩!

可是,在日本鬼子来到江南以后,我的家乡就变了。鬼子

---

[1] 原载于《少年文艺》1978年第5期,第24–34页。收录于《上海儿童文学选(1949–1979)第一卷》,少年儿童出版社1979年版,第607–618页。

一来，就烧房屋、抓鸡鸭。一次我哥哥上山砍柴禾，给鬼子抓住，用刺刀捅死了。从此，我们村子听不到笑声，看不见欢乐。大人们脸上布满了愁云，我们小朋友也不敢随便上山去玩了。我们真恨死鬼子了。

一天傍晚，我正在村后山坡上放牛，忽然小玉子牵着牛兴冲冲地向我跑来，说："小牛子，村子里来军队了。"

我心里一惊，急忙问："是鬼子，还是国民党？"

小玉子连连摇手："不是，这次来的是一支新军队，名字也是新的，叫新四军。"

"来就来呗，军队总不是好的。"我冷冷地回了他一句。

因为我们毕家山来过不少军队，国民党、挺进队、忠义救国军，鬼子更不用说了，他们一来，烧杀掳掠，干尽了坏事。所以我听到军队两个字，心里就害怕和厌恶。

小玉子急了，小脖子涨得通红，争辩说："不！这次来的新四军和别的军队不同。他们是来打鬼子的，对老百姓才好呢！我家里也住了十几个新四军，他们在屋前那棵大榆树上挂了一根线，家里桌子上放了大铁盒子，还有一个安在凳子上的圆家伙，一个叔叔这么一摇，那个耳朵上戴着黑疙瘩的大胡子叔叔就用手在铁盒子上揿起来，的——的的，叫得才好听呢！"小玉子学着，小手儿拍着，把眼睛儿都笑眯了。

我被小玉子的话吸引住了，可还有点不信，问："真的？"

"骗你是小狗，你家也住了，还是个大官儿呢。"

"大官儿！"我一下子愣住了。

"怎么，你不相信？我刚才从你家门口过，还看到有人站着岗呢。我哥哥说，只有大官儿住的地方才有岗哨。"

听了小玉子的话，我半天没有吭声。对"大官儿"，我不仅听说过，也亲眼见过。村上财主金老万家小子在国民党挺进队当了个什么营长，金老万整天到村上晃着脑袋讲："我儿子当了大官，福荫乡里，对大家都有好处。"好处可没见着，我只是见他更加作威作福，糟害百姓。"大官儿"给我留下了十分不好的印象。可今天，"大官儿"却住到自己家里来了。这"大官儿"会不会像金老万家那小子一样呢？我这样想着，心事重重，一步三拉地走回村去。

二

村子里果然跟往日不同，到处有穿灰军装的人进进出出。路过张爷爷家门口时，见张爷爷正叼着旱烟锅和几个背枪的人讲话，他胡子直翘，不时发出爽朗的笑声。张爷爷对军队这么亲热，我还是第一次看到。

来到家门口，见门口站着一个小伙子，年纪和小玉子哥哥差不多大。他穿着一件长过膝盖的灰军装，腰里束了根皮带，背着一支带穗子的盒枪，长得结结实实，我心想他大约就是岗哨了。

我娘听到我回来，迎出来对那岗哨说："同志，我家小牛子回来了。"那小伙子对我点点头，笑嘻嘻地对我招呼："小鬼，放牛回来啦！"

我一听小鬼两字，心里老大不高兴，心想，你才多大，嘴上还没长胡子呢！哼！叫我小鬼。我没理他就牵牛进了屋。不过我很奇怪，平常我娘见到当兵的，总是战战兢兢，很害怕，怎么今天也和张爷爷一样，对他们很亲热，像自己人一样，而且称呼也变了，叫他们同志，真有点捉摸不透。

我家的破草房，一共两间，东间是我们家吃饭、睡觉的地方，靠南墙砌了个灶，后半间架着我们一张铺。西间也一隔为两，前面作为走道，后半间是牛屋和堆放杂物的地方。我牵着牛才进走道，忽然看到隔墙的小窗户上亮着灯，心里不禁一动，啊！牛屋里怎么住了人？跨进门，见窗户下放着我家那张用树棍子做腿的破桌子，上面堆了不少书，点着一支蜡烛，一个人正坐在那儿写字，我想他大约就是小玉子所说的那个"大官儿"了。他见我进来，朝我点点头，没有说话。我牵着牛只管朝里走，谁知小黄牛一进门，四条腿一拄，背一弓，不走了。我一看不对，牛要拉屎了。果然它尾巴一翘，就在那张桌子边拉下一堆牛粪来。我急了，举起鞭子就要打，忽然那个人站起来，向我走来。我心想糟了，惹恼"大官儿"了。谁知"大官儿"走到我面前，拦住我手中的鞭子，和气地对我说："不要打它，它是牛，不懂事哩！"说完就走出外面去了。

我赶紧把牛牵进来，在牛桩上拴好，就要去找扫帚，还没动脚，"大官儿"进来了，手里拿着铁锹和扫帚。他一进来，就将牛粪铲起来，倒在牛囤里，然后扫起地来。

我不敢插手，只是怯生生地望着他，我开始打量起这个"大官儿"来。这个人个子高大，宽宽的前额，浓眉下，一双大眼睛闪亮闪亮，真像天上最亮的星星一样。他穿一身灰军装，脚上一双圆口布鞋，长得精精神神，脸上和和气气。他熟练地干着一切，一点儿发怒的样子也没有。再看看牛屋，我这才发现，一些杂物搬出去了，靠中间土墙，架起了两张门板床，上面铺着稻草，展开的灰色毯子上面，一条很小的灰色棉被，折得四棱四角，方方正正，放在床中间。我想这就是"大官儿"和那岗哨的铺了。看着看着，我心里纳闷起来，这个人就是小玉子所说的那个"大官儿"吗？他和金老万家那小子没有一丝儿相同的地方呀！

这时我娘来了。她一见那人在扫地，连忙去拦他："同志，快放着，让我来！"她见他快扫完了，就对我数落起来，"我说小牛子呀，你长这么大了，连条牛也看不好！"

"大官儿"忽然哈哈笑了起来，他拖着长长的声调儿，连连说："不怪他！不怪他！"我趁着这个机会，一溜烟跑出了牛屋。老远，我还听到"大官儿"在屋里的朗朗笑声。

我们娘俩吃过晚饭，家里又来了几个穿灰军装的人，他们把那张破桌子搬到东屋，"大官儿"他们开饭了。他们吃的是稀饭，桌上没有什么菜，放着一碟蚕豆，"大官儿"和那几个人围在一起，呼呼拉拉，又说又笑，吃得很开心。

我娘见他们没有菜，连忙从坛里摸出两碗香菜来，端到他们面前，他们连忙摇手说不要，我娘说："你们吃得太苦了。"可是"大官儿"敲敲蚕豆碟子说："有这个就不错了，以前我们打游击时，连这个还吃不上哩！"这时"大官儿"见那岗哨还在和我娘推揉着，就笑笑说："好吧，老妈妈既然拿出来了，咱们就吃吧！"他还是拖着长长的声调。"大官儿"一边吃还一边夸:"好!江南的老乡好,这菜也特别香!"

我娘看他们吃得又香又甜,高兴地笑了。

吃过晚饭,"大官儿"和我娘唠起家常来,他问我娘:"老妈妈,你家几口人?"

我娘叹了口气:"同志,苦啊!我家老头子死得早,背了一身债,留下几个孩子,送的送了,卖的卖了。前月,小牛子的大哥又给鬼子打死了。现在家里就剩我娘俩,小牛子整天给金老万家放那头小犊子,要放到十六岁,给他家还……还债。"我娘说着说着,眼圈儿一红,哭了起来。

这时,我看到"大官儿"两条黑眉毛扭到了一起,他站了起来,在屋里来回走着。屋里谁也不说话,静得出奇。过了一刻,"大官儿"走到我娘面前,慢慢地说:"老妈妈,不要难过,这些反动家伙作恶的日子不长了。等打走了鬼子,打倒了坏人,毕家山就不是现在的样子了……""大官儿"讲得很慢,可是很有力,每句话都讲到我心坎里去了。我娘不哭了,屋里的人一个个握紧了拳头,我看到那个岗哨抚弄着枪穗子,眼里似乎要喷出火来。

晚上,我们正准备睡觉,那个岗哨来了,手里拿着一叠钞票,对我娘说:"老妈妈,刚才吃了你们的菜,这点钱,你们留着买点咸盐吃吧!"我娘连连摇手不肯要,那小伙子说:"不要客气,都是一家人,这是我们首长叫送来的。"我不懂"首长"这个词儿,但我估摸一定是那位"大官儿"叫送的。

我娘捏着那叠钞票,眼里闪着泪花说:"多好的军队啊!我活了几十年才第一次看到,真是救苦救难的菩萨兵啊!"

我明白，"菩萨兵"这是我娘称赞新四军和"大官儿"的词儿。今天的事对我来说，确实太突然了，我头脑里怎么也转不过弯来。新四军是军队，为什么和国民党的那些军队不同，"大官儿"为什么和我听到见过的那些大官儿不同。金老万家那小子回来，住的是走马楼，睡的是花板床，吃的鸡鸭鱼肉。可眼前的"大官儿"却住牛屋，睡门板，吃稀饭，还帮我扫牛屎，多么不同的两种军队，多么不同的两种大官儿啊！这一夜，我想了很多，一直没有睡着。

牛屋内还亮着灯，烛光把一个高大的身影映在茅屋顶上，那身影伴着缓慢有力的脚步声不停地闪动着。我知道"大官儿"还没有睡，说不定正在琢磨打鬼子的事儿。我在心里暗暗地喊着："猫眼睛鬼子，也让你尝尝我们新四军和'大官儿'的厉害！"

三

半夜里，我被一阵枪声惊醒了，伸手一摸，我娘不在，我不知发生了什么事。正想摸黑起床，我娘端着油灯进来了，她兴奋地对我说："小牛子，快起来，新四军打鬼子去了。"

我高兴地问："真的？"

这时，小玉子一阵风似的闯了进来，一进门就亮开大嗓门嚷嚷："小牛子，猫眼睛鬼子快完蛋了，观峰山那一边打得正热闹呢！我哥哥跟新四军他们去了，咱们快看去！"听完小玉子的话，我一蹦三尺高，二话没说，拉住他就冲出门去。

我们奔到村前大场上一看，嚯！大场上尽是人，村上男女老少都没睡，一个个睁大眼睛向西北方向望着。观峰山那一边，不时传来一阵阵的枪声，还夹杂着轰轰隆隆的爆炸声，在这静静的夜里，格外清脆，格外响亮。

小玉子忽然想出个新点子，他将我一拉说："小牛子，这儿看不到，咱们到观峰山顶上看去！"

我们一口气爬上山顶，哈！这下看得清清楚楚了。观峰山那一边，一道道亮线划过夜空，一团团火光照亮山岗；噼噼啪啪的枪声，像过年的喜庆炮竹，轰轰隆隆的爆炸声，像报春的惊雷。看在眼里舒服，听着心里熨帖。一会儿，枪声渐渐稀下来了，这一下我们急了，心儿扑通扑通直跳，小拳头都捏出水来了。猛然间，传来山崩地裂般的一声巨响，一团火光冲天而起，火光中，我们清楚地看到，那个黑乎乎的大炮楼被掀去了半边，火焰照亮了夜空，照亮了观峰山。

啊！鬼子据点打下来了，猫眼睛完蛋了。我们在山顶上跳啊！蹦啊！心里那股乐劲儿哪，嗨！怎么说呢？反正我们还从来没有这么乐过。

回到大场上，叔叔、伯伯、爷爷、奶奶们，呼地围住了我们。小玉子这个精灵鬼，嘴比八哥儿还巧，他一边比画一边讲，听得他们一个劲地直叫好。

星星渐渐隐去，山峦显出身影。一会儿，朝霞升起来了，绚丽的朝霞漫满了东天，火焰般鲜亮，染得周围的山山林林一片彤红。

这时，观峰山那边传来一阵响亮的歌声，歌声气昂昂，雄赳赳，震荡着群山，听着叫人浑身长劲儿：

胜利胜利哈哈哈,
敌人给我们打垮啦。
缴机枪,捉洋马,
鬼子报销一百八。
胜利归,胜利归,
江南遍开胜利花。

　　歌声越来越响,越来越近。啊,英雄们回来了!大场上的人呼地向前涌去,山道两旁站满了人。我和小玉子挤在人群中,伸长脖子向前望着。嗬,来了,新四军捐着闪亮的钢枪,脸被朝霞照得红红的,迈着有力的步子,向我们走来了。

　　咴——一阵马嘶从队伍里传来,一匹高大的枣红马过来了,上面还骑着一个人。咦!那不是住在我家的"大官儿"吗?我不敢相信,抹抹眼睛,再细细一瞧,果真是他。"大官儿"骑在马上,粗黑的眉毛跳动着,一边笑一边向大家招手儿,那个站岗的小伙子,背着带穗子的盒枪,乐颠颠地在后面跟着。我心里一阵高兴,一拉小玉子,挤出人群,跟着"大官儿"向大场上跑去。

　　霎时,大场上热闹起来了。一碗碗热腾腾的茶水递到新四军叔叔手里,他们大口地喝着。这时我看到村上人一个个脸上都放着光,甜甜地笑着。打从鬼子来到这儿以后,我还是第一次看到他们这么高兴呢。

　　一会儿,"大官儿"站在那棵高大的枫橡树下,两手叉腰,大声讲起话来:"同志们,我们遵照毛主席、党中央的指示,来到江南打鬼子,开辟抗日根据地。我们的兵力弱于日本的兵力,却连连取得胜利。我们靠什么?靠的是人民战争。新四军爱江南人民,江南人民爱自己的子弟兵。军民血肉相连,团结一致,这是我们坚持抗战,战胜敌人的保证……"

"大官儿"讲话的声音真响,群山间发出了嗡嗡的回响。大场上,几百双眼睛盯着"大官儿",静静地听他讲话。"大官儿"讲完了,场上的人都拍起巴掌来。虽然我不能全听懂"大官儿"的话,可我从张爷爷不住点头的样子,知道"大官儿"讲的全是最对最好的话。于是我和小玉子他们也使劲拍起手来。我们拍啊!拍啊!把小巴掌儿都拍红了。

下午,"大官儿"和新四军要走了,小玉子的哥哥和村上很多小伙子都参了军。村上男女老少在村口欢送他们。张爷爷对已穿上灰军装的小玉子哥哥他们说:"小伙子们,这下称了你们的心了,以前咱们这儿说'好铁不打钉,好男不当兵',可现在是'吃菜要吃白菜心,当兵要当新四军',你们去了好好干吧!多打几个鬼子,为咱们毕家山的乡亲出口气。"

小玉子的哥哥挺着胸脯,捏着钵子大的拳头说:"张爷爷,你放心吧!我们决不给咱毕家山人丢脸!"

"大官儿"和新四军走了,我们一直送出村口,送上山道,送到观峰山脚下。我和小玉子他们站在一个高坡上看着,看着,一直看到长长的队伍消失在远处,一直看到"大官儿"和他的枣红马融进莽莽苍苍的青山丛中。

新四军走远了,我们还站在村口依依不忍离去。张爷爷走到我身边,抚着我的头,问:"小牛子,你知道那骑枣红马的是谁吗?"

我脱口就说:"是'大官儿'呀!"

"你知道他是什么样的'大官儿'吗?"

张爷爷见我们答不上来,哈哈大笑起来:"他就是新四军的司令,叫陈毅。"

"啊!司令!"我虽然不知道司令究竟有多大,可我相信,陈毅司令一定是一个很大很大的大官儿。

这时,我心里的问题又冒上来了,又问张爷爷:"陈毅司令既然是'大官儿',为什么'大官儿'又不像大官儿呢?"

小玉子旁边插上来了:"我说陈毅司令像大官儿,要不怎么骑那么漂亮的大马儿,还有岗哨呢?"

我说:"不像,金老万家那小子住的是走马楼,睡花板床,吃鸡鸭鱼肉,可陈毅司令却住牛屋,睡门板,吃稀饭,还帮我扫牛屎,凭哪一点也不像大官儿!"

小玉子不示弱:"陈毅司令对那么多新四军讲话,看他那气派,我说像大官儿。"

一场争论在枫橡树下开始了,我和小玉子一个说不像一个说像,嗓门儿越来越高。争论不分胜败,最后我们还是问张爷爷。张爷爷摸摸胡子说:"这问题儿还深奥得很呢!连我都给你们这些精灵鬼问住了。"

一场没有结果的争论结束了。"'大官儿'不像'大官儿'"这个深奥的问题深深地埋到了我们的心底。

以后,我和小玉子也参加了新四军,在漫长的革命道路中,我们才逐步弄清了这个问题,"我们共产党人不是要做官,而是要革命",而陈毅同志正是伟大、光荣、正确的中国共产党的一名优秀党员。

打开石墙门[1]

一

这几天,石墙门村空气十分紧张。自从村上一批妇女上山砍柴被鬼子掳去以后,到望湖镇赶集已被禁止,青壮年白天都要自带大刀,成群结队方许下地,妇女老弱更是不许随便出村。村前石桥上由联庄会加了双岗,村子里昼夜巡查,一有情况,立即筛锣报警,通知村民"跑反"。

石墙门坐落在溧高县境的伏牛岗下,是个有五百多户人家的大村子。这天傍晚,夕阳已落下山岗,房庑连属的石墙门沉入一片暮色,只有伏牛岗顶耸立在半天晚霞之中,依然被映照得一片火红。这时岗顶上出现了两个人,披着满身霞彩,一前一后向岗下的石墙门走来。

村前石桥上站岗的大牛兄弟俩早就发现了这两个人,待到来人走近,他们猛地跳出桥堍,大喝一声:"站住!"几乎是同时,

---

[1] 收录于《弯弓射日到江南:茅山抗日斗争故事》,江苏人民出版社1979年版,第263-285页。后改编为《打开石墙门》(连环画),江苏美术出版社1985年版。

两把大刀当的一声，交叉成一个刀门，挡住了来人的去路。

杨大牛气汹汹地问道："你们是什么人？到这里来干什么？"

看着这杀气腾腾的架势，来人中的小伙子不觉把手伸向了腰间，可那位年长的却眉毛一挑，微笑着迎了上去："我们是新四军派来的代表，到贵村拜访杨会长。"

一听说是新四军的代表，又是来拜访联庄会长杨恒昌的，大牛不敢怠慢，刀也松了下来。二牛却将刀一横，嚷了起来："现在已经天黑，什么人也不许进村。"

那位中年人走上一步说："能否相烦传报一下？"

二牛蛮横地大喊："不行！天王老子也不行！"

"谁在这里叫嚷？"随着喊声，村巷中一阵灯笼乱晃，闪出一群人来。为首的黄布缠额，腰带扎缚，穿一身黑绸镶边短衫裤，两腮瘦削，眉眼乜斜，站在昏蒙的灯笼光下，恰像一段烧焦了的枯木。

大牛斜了来人一眼说："孔法师，来了两个新四军代表，要面见杨会长。"

"新四军？！"这位石墙门联庄会的传道法师孔令发心中一拎，提起灯笼，向前一照，只见桥塄下站着两个客人，穿一式的灰军装，皮带束腰，斜背盒枪，浑身透着一股英武之气。前面那位更是眉宇清朗，气度不凡。看着这两个钢铸铁浇般的新四军，孔令发马上闪过一个念头：不能让他们进村！于是脸一黑，大声吼道："天色已晚，外人一律不许进村，这是我们联庄会的会规！"说罢把头一歪，他身后立即跳出几个人来，大刀向前一横,就要把来人逼下桥去。

年长客人看着胸前雪亮的大刀,毫无惧色,微微一笑说:"我军和杨会长早有函约,今日登门拜访,你们刀枪相见,拒之村外,这样不大合适吧!"

客人话虽不多,分量很重。孔令发斜睨一下客人,见对方目光像闪电一样逼视着自己,不禁倒抽了一口冷气。肚里寻思:他们已有函约,这样僵持下去,杨恒昌知道了不好交代,不如让他们先进村再说。于是将手一摆,叫左右收起大刀,迎上一步说:"既然如此,就请两位少待,我去通报杨会长。"说罢调身走进村去。

夜色降临,暮霭笼罩着整个石墙门,村中不见一星灯火,除了偶尔传出一两声凄凉的狗吠,一切都沉寂得可怕。那位年长客人目睹眼前的一切,眉峰微蹙,思考起来。

原来客人不是别人,正是我新四军溧高县总队政治部主任任湘奇。今天他和通讯员小陈来到石墙门,为的是执行一项特殊的任务。最近溧高县委遵照苏皖特委的指示,决定迅速开辟望湖镇地区,发展两溧抗日游击根据地。望湖镇鬼子军曹黑野发觉新四军的动向以后非常惊慌,派人四处活动,企图拉拢利用石墙门一带的联庄会,设置路障,阻止我军的行动。为了迅速打开局面,县委决定派任湘奇和小陈到石墙门,对联庄会进行工作,挫败黑野的阴谋,打开进军望湖镇的通道。

今天任湘奇和小陈来到石墙门,还未进村,就被挡住了,这里联庄会的厉害,果然名不虚传。任湘奇想着自己的任务,顿时感到了肩上担子的重量。他抬眼看看小陈,见小陈正抓住桥栏上的石狮子腿暗暗使劲,知道这小鬼有点沉不住气了,便笑笑走过去,轻轻地说:"小陈,准备好,马上要进村了。"

任湘奇话尚未完,孔令发已带着杨恒昌来了。杨恒昌满面春风,迎上桥头,对任湘奇一拱手说:"贵军华札收到多时,今日任主任屈尊光临,杨某迎候来迟,属下失礼之处,还请主任包涵。"

任湘奇对杨恒昌这番客套只是淡淡一笑:"那就请杨会长照顾啰!"

"哪里,哪里,我杨某一片心意,唯天可表。"杨恒昌说罢,让过一边,"任主任,进村吧!"

桥上的人嚯的一下散开,任湘奇一拉小陈,阔步走进村去,浓重的夜色立刻盖住了他们的身影。

二

村中间的杨家宗祠,黑黝黝一大片青砖瓦房,以石墙门为首的十二村联庄会的议事堂,就设在第二进大厅内。里面黑漆屏风上,挂着一幅彩墨神像,画着一位手持金背砍刀的将军,五绺长须,威风凛凛。下面条桌上,供着一块金字牌位,上面大书:大宋王朝先祖杨老令公之神位。这既是石墙门十二村的杨姓祖宗,又是他们联庄会念咒祭刀的刀神。条桌前,一溜摆开三张八仙桌,供着猪头三牲,八珍果品。锡蜡台上点着明晃晃两支红烛,案前大铁香炉中,燃着成股的甜香。

这时,晓星才落,天色未亮。昨晚,任湘奇和小陈来到石墙门以后，就像突然卷起了一场风暴，杨恒昌心里不安宁了。他辗转反侧，一夜没睡好，今天一大早，就到祖宗牌前祈祷来了。他手中擎着一股香，面对神像，躬身三叩，默念祷告之后，虔诚地将香插进香炉。做完，他缓步走向大门，探头看看，见外面还是黑漆漆一片，只有旗杆上那面联庄会的青龙白虎会旗被风刮得哗哗作响。他长叹一声，转身在厅堂右侧的太师椅上坐下，拿起水烟筒，抽起烟来。

杨恒昌今年五十多岁，祖居石墙门，家有三百余亩良田，兼开着糟坊、砻坊、纸坊，望湖镇上那爿恒昌南北货店更是生意兴隆，远近驰名。日本鬼子入侵江南，望湖镇陷落，他将镇上店务交给二掌柜，自己带着金银细软回到了石墙门。当时鬼子烧杀，兵匪逞凶，在他的同年换帖弟兄孔令发的撺掇之下，以防盗防匪为名，联络周围十二村拉起了联庄会，组织青壮年舞刀弄枪，拜佛练武，联庄会会费按户摊派，武器会员自备，他自己两袖清风，当上了会长，外收了声名，内保了家财，真正是一举两得。但上月新四军进入望湖镇地区以后，麻烦事便接踵而来。黑野多次派望湖镇伪镇长姚德贵来传言，要他倒戈向日，共同对付新四军，否则就要刀兵相见，血洗石墙门，三天前，村上一批妇女被鬼子掳走，下落不明；昨天二掌柜带信说，鬼子几次到店内糟蹋，看样子要封店扣人。偏偏在这节骨眼上，新四军又来函敦促他发动联庄会抗日，而且派来了谈判的代表。抗日、投日两条路，水火不能相容，怎么办呢？办了联庄会，套了紧箍咒，早知今日，不该当初棋错一着，如今种了蒺藜收刀子，懊悔已经来不及了。

杨恒昌正想着,厅堂花格子门呀的一声开了。孔令发带着股寒风走了进来。杨恒昌一见,连忙迎了上去:"老弟,你是个晏起的人,这么早就来啦?"

"唉!为大哥的处境,为联庄会的前途,睡不着啊。"孔令发重重地叹口气,一屁股就在杨恒昌旁边的太师椅上坐了下来。

听着孔令发贴心贴肉的话,杨恒昌心里一阵感激,连忙接口说:"是啊,新四军的代表正急等回话,你是见过世面的人,快帮着拿拿主意吧!"

孔令发瞟瞟杨恒昌,见他像热锅上的蚂蚁,便有意给他再加一把火:"今天,黑野又带信来了,三天之内,要你做出决断,不然的话……"他眼睛盯着杨恒昌,没有把话说完。

"什么,三天?!"杨恒昌一惊,木然跌坐在太师椅上。

"是啊,阳关道、独木桥,你得选一条走啊!"

"两条路我都不想走,联庄会还是恪守中立,保境安民为好。"

孔令发哈哈大笑起来:"中立?黑野会同意吗?新四军会答应吗?你那个中庸之道行不通了。"说到这里,孔令发眼睛一眯,故作关切地说,"大哥,甘蔗没有两头甜,依小弟之见……"

"依你之见怎么办?"杨恒昌急问。

"杀掉新四军,背靠望湖镇,投日抗共是联庄会的唯一出路。"孔令发兜出了他的主意。

杨恒昌沉吟半响,郁郁地说:"老弟,不是我拒纳忠言,联庄会创办几年,全赖众乡亲扶持,这当汉奸……"说到汉奸,杨恒昌急忙掩住口,停了一会,才转个口气说道,"这是件大事,有关气节,是否与十二村商议商议再行？"

孔令发嘿嘿冷笑,不屑地说："识时务者为俊杰。现在年荒世乱,气节值几个钱一斤？连蒋介石都与日本人眉来眼去,何况你我。大哥,皇军的期限只有三天,过了这个村,就没那个店了,你得打定主意啊！"

听完这一席话,杨恒昌身上一阵痉挛,忧心忡忡地说："新四军陈兵望湖镇周围,也不是好惹的啊！"

孔令发猛地站了起来,烛光把他的身影投在墙上,像鬼魅一样闪动。他呲着黄牙,阴沉地说："量小非君子,无毒不丈夫,现在是箭在弦上,不得不发,谅新四军那几支破枪也成不了什么气候,大哥你若怕事,不需你动手,我自有办法。"

一听孔令发要动手,杨恒昌急了,连忙劝道："老弟,我是有家有室的人,经不得风浪,在这多事之秋,行事还是慎重些好。"

孔令发知道杨恒昌还在犹豫,心中又气又恨,一个念头闪过："哼！你要想脚踩两只船,到时候连你这颗胖猪头也给搬掉。"他没有讲出来,只是酸溜溜地说："大哥,小弟可是为你好啊！"说罢一撩衣襟,走出门去。

花格子门呀的一声关上了。偌大的厅堂内又剩下了杨恒昌一个人。他顿时觉得如坠半空,失去了依傍。于是又点起一股香,在祖宗牌前祷告起来。

忽然一道晨光照进厅堂,供桌上的烛焰顿时暗淡下去。任湘奇和小陈推开花格子门,大步跨了进来。

杨恒昌正在行三跪四叩之礼,一见任湘奇和小陈,顿时手足无措,呆在那儿。

任湘奇昨天进村以后,杨恒昌就托辞回避了。任湘奇考虑一夜,觉得黑野活动正紧,工作不能拖延,于是决定主动来找杨恒昌。现在他来到厅堂,见杨恒昌正在祷告,便笑笑说:"杨会长祭神拜祖真虔诚啊!"

杨恒昌尴尬地笑笑,自我解嘲地说:"嘿嘿,多年的老习惯了。请坐,请坐。"

任湘奇也不谦让,就在厅堂左侧一张太师椅上端然坐下。他目光向四周一扫,见这厅堂内不佛不道,乌烟瘴气,心中一阵腻烦,但不露声色地问道:"杨会长,昨天考虑一夜,联庄会抗日事宜,不知有何打算?"

"唉!"杨恒昌叹口气说,"不怕任主任笑话,我杨恒昌年过半百,本想苦守田园,安度衰年,因不忍乡亲涂炭,才拉起联庄会,宗旨为防匪防盗,保护乡里,僻乡小村,实在闯不得大事业啊!"

任湘奇见他推托,便有意挑出话题:"听说望湖镇黑野有言,要联庄会换旗倒戈,投降日本,不然就要刀兵相见,扫荡村坊,此事确否?"

"我正为此事日夜焦虑,石墙门兵微力寡,倭寇猖獗,前途难测,只能听天由命了。"

"听天由命?"任湘奇哈哈笑了起来,"现在村上有人与望湖镇频繁来往,准备将石墙门拱手让与日寇,你是一村之主,对此作何处置?"

杨恒昌见任湘奇熟知情况,晓得不能相瞒,只得表白道:"杨某虽然孤陋寡闻,但自幼读书,亦粗知礼义廉耻。与寇贼为伍,实不是我之素愿。"

"既然如此,联庄会今后何去何从呢?"

"眼前局面,实在棘手,杨某力薄难支,如有人执意要行,我只好阖家退避,迁居他乡了。"杨恒昌吞吞吐吐,说出了心里话。

任湘奇站了起来,严肃地说:"皮之不存,毛将焉附?眼下沧海横流,国难方殷,日寇打不走,国无宁日,民无宁日,你杨恒昌家又岂能有宁日?大敌当前,你却退退缩缩,甚至还想与虎谋皮,还有一点中国人的骨气吗?"说着,任湘奇指着屏风上的画讲,"你们先祖杨老令公为抵抗外族,血战疆场,节义可嘉。你是杨门子孙,如今见敌退避,听由奸人出卖同胞,今后有何面目见祖宗于九泉之下!"

一席话说得杨恒昌哑口无言,他默默地坐在那里,闷声不响了。

就在这时,天井里突然响起一片喊声,孔令发带着一群人闯进了厅堂,大牛、二牛横眉怒目,手持大刀向任湘奇扑来。小陈一见不好,咔的一声拔出短枪,飞步上前,护住了任湘奇。

双方剑拔弩张,对峙起来。

杨恒昌一见,吓得冷汗直冒,连连摆手,喝住了大牛、二牛。任湘奇对小陈使个眼色,小陈立刻收起短枪,站到一边。

杨恒昌急忙拉住孔令发问:"老弟,出什么事了?"

孔令发嘿嘿冷笑一声说:"大哥,现已证实,我村那批妇女又被新四军劫走。现在村上大乱，齐声要来要人。众怒难犯，我可弹压不住！"

孔令发话音未落，大牛含泪对任湘奇喊了起来："我娘被你们抢走了，还我娘来！"说罢又举起了大刀。厅堂里立刻乱成一片，那批人呼喊着"向新四军要人！""还我人来！"挤挤拥拥，又向任湘奇和小陈逼来。

杨恒昌这时脸色阴沉，他拦住众人，走向任湘奇，责问道："这就是贵军的不是了，你们张口抗日，闭口救国，难道这就是你们对石墙门的诚意吗？"

任湘奇面对这场变故，泰然自若，没有回答杨恒昌，却掉过脸问孔令发："新四军抢劫妇女，此事可真？"

孔令发声嘶力竭地大喊："现在村村坊坊皆知，有人目击！"

"什么时候？"

"昨天晚上！"

这时大牛出来证明："我大伯今天回来说，有人亲眼看见的。"

任湘奇听了大牛的话，心里急速思考起来，根据前一时期得到的情报，鬼子为安定军心，正到处抢劫妇女，送往南京。在任湘奇来石墙门之前，我军已了解到望湖镇黑野掳掠了一批妇女，县委已研究了解救的计划。现在根据大牛提供的情况看，可能解救计划已付诸实施。想到这里，他对杨恒昌说道："杨会长，新四军挺进江南，抗日救国，一向以民众利益为本，石墙门妇女被黑野掳走，我军很可能半路搭救，如若真有此事，我们可回去核实，保证不少你村一个妇女。"

未等杨恒昌答言，孔令发大叫起来："你不要花言巧语骗人，这套金蝉脱壳之计骗得了别人，可骗不了我孔令发。"

任湘奇冷笑一声，对孔令发道："我们新四军行事向来光明磊落，你不要在此蛊惑人心！"接着转过脸对杨恒昌说，"杨会长，新四军言必信，行必果。我马上手书一封，叫通讯员带人前去认领，如真有此事，保管信去人来。你们不放心，我愿在此等候。"

任湘奇这一番话，说得铿锵有力，杨恒昌心里暗暗佩服，又见他甘愿留下充当人质，便含笑说道："如此也好，就请任主任马上动笔。"

任湘奇不慌不忙，拔出钢笔，在小本子上撕下一纸，立即给溧高县委写了一封短信，交给了小陈。

小陈见任湘奇要一人留下，眼眶里涌出了泪水："任主任，你……"

任湘奇抚着小陈的肩膀说："不要紧，你放心去吧！"

杨恒昌派二牛和小陈同去，他们走后，杨恒昌转身对任湘奇说："任主任，只好委屈你一下了。"说罢，立刻吩咐大牛收拾祠堂后院的厢房，把任湘奇带过去。任湘奇被软禁起来了。

人散去以后，孔令发眼睛里射出了凶光，立即召集心腹密议起来。

三

下弦月挂在伏牛岗头，冷冷地照着石墙门，秋风掠过树梢，发出簌簌的响声。杨家祠堂的后院厢房,这时更加显得昏暗、阴森。任湘奇被软禁在此已经整整一天了。

小陈还没有回来,任湘奇伫立在木格窗棂前,望着窗外的天井出神。浮云遮月,秋风过檐,夜空里传来一声声联庄会巡夜的吆喝,甬道上不时响过看押人沉重的脚步,空落落的祠堂里到处隐伏着杀机、危险。可这些都被任湘奇置之度外了。浮现在他眼前的是井岗山的红旗,黄洋界的炮声,赣南的游击,东进的铁流。这个从湖南来的老红军战士,想起了跟随毛委员战斗的火红岁月,想起了在陈毅同志领导下转战江南的壮丽情景。这一切在任湘奇的胸中激起了千丈波澜,无比豪情。眼前局势和个人的危险他是清楚的:黑野的阴谋,孔令发的诡计,杨恒昌的动摇,增加了完成这次任务的艰巨性。可他相信,县委的同志们正在配合他战斗,抗日的烽火会唤起联庄会的广大群众,党的抗日统一战线必定会使古老的石墙门觉醒。想到这里,他浑身充满了力量,舒展一下身子,深深地吸一口江南秋夜的凉爽空气,思考起下一步的工作计划来。

忽然,一阵低低的哭泣声引起了任湘奇的注意,他透过窗子向外看去,只见月光洒满的天井里,有个人正站在那儿抽泣,他哭得那样伤心,以致全身都在抽搐。啊,是大牛!任湘奇对他细细打量起来。这个在村口用大刀迎接任湘奇的小伙子,穿一件对襟短衫,斜背着大刀,长得膀阔腰圆,站在月光下,就像一头壮实的牛犊。忽然大牛不哭了,抹抹眼睛,呼的一声从背后掣出大刀,跳到天井当中,舞起刀来。大刀片带着风声在空中飞动,天井里耀起一道道寒光。可任湘奇看得出来,大牛舞刀全无路数，只是一味地乱蹦乱跳，猛劈猛剁。但他却全然不顾，只是一刀一刀地砍着，舞着，好像要把满腔的悲痛和愤怒从刀上发泄出来。任湘奇不由得喜欢起这个淳朴、鲁莽的小伙子来。

这时，大牛站住了。他撩起衣襟，抹抹刀刃，突然身子一伏，贴着墙根，向厢房走来。

任湘奇对大牛的举动捉摸不透，便隐在窗户下面暗暗地注视着他。

大牛走到门口，侧着耳朵在门上听了一下，见里面没有声息，便将刀尖插进门缝，挑开门闩，轻轻地推开花格子门，蹑手蹑足走了进来。

厢房里黑黢黢的，大牛什么也看不见。可任湘奇却把这一切都看在眼里，他屏息静气地注视着，看他要干什么。只见大牛走进厢房以后，就径直摸向任湘奇的床铺，黑暗中，只见大牛呼地举起了大刀，向床上猛劈下去。啊！好险！这小伙子是来杀我的！任湘奇心中打了个忽闪。

大牛一刀砍在竹榻上，发出一阵嘎嘎的断裂声，知道任湘奇不在了，他正要转身，发觉手腕已被人抓住，知道背后有人，便身子一低，一个平地旋风，左腿向后扫去。谁知一腿扫空，大牛只觉膀子一麻，大刀脱手，"扑通"一声，倒了下去。

任湘奇这时已执刀在手，他一手反剪住大牛的胳膊，一脚踏住大牛，厉声责问道："你为什么要来杀我？"

大牛面孔朝下，不能挣扎，只得咬牙切齿地回答："你们抢我母亲，我就要杀你！"

"杀我？"任湘奇笑起来，"你杀不得我吧！杨会长没有下令，我们通讯员和你兄弟未回，你母亲能否回来尚不知道，你就莽撞动手了？真可惜你这么大个小伙子，不知道手中的刀应该向哪里砍！"

大牛反问道："为什么？"

任湘奇说："我问你，你们村上妇女是哪个抓去的？"

"鬼子！"

"那你为什么要来杀我？"

"人又被你们半路劫去！"

任湘奇见他答得干脆，暗中微微一笑，继续说："我再问你，新四军来到这里这么长时间了，你听说抢过东西，掳过妇女吗？"

"……没有。"

"这次你为啥又这样相信？"

"我大伯听说，有人亲眼看见！"

"新四军有枪在手，为什么不到村上去抢妇女，反而要到有枪有炮的鬼子手中去夺呢？"

大牛答不上来了。

"说呀！"

大牛心中不服，瓮声瓮气地说："我种田人嘴笨，说不过你。"

任湘奇觉得大牛实在鲁莽得可爱，于是激他一句："斗刀你也不行！"

大牛在地上恨恨地哼了一声。

任湘奇有心要制服大牛，便说："你若不信，我们月光下再试！"任湘奇放开大牛，将刀当的一声丢在他脚下。

大牛拾刀在手，飞步跳出门外，在天井里大声喊道："你来！"任湘奇泰然地笑笑，跟出门去。

两人在月光下站定，大牛手中有了刀，根本不把赤手空拳的任湘奇放在眼里，举起大刀就向任湘奇劈来。任湘奇见他来势凶猛，有意先煞他锐气，身子向旁边一闪，让过了大牛的刀锋。大牛乱劈乱剁，都被任湘奇轻轻闪过。大牛几刀砍空，心里急躁起来。他见任湘奇在几尺前站着，求胜心切，便腾地跳起几尺高，大吼一声，大刀带着风声向任湘奇砍过来。任湘奇这次没有退避，瞅准时机，身子一偏，右手就势抓住大牛手腕，轻轻一带，大牛立脚不住，向任湘奇跌来。说时迟，那时快，任湘奇左手趁势托住大牛下颏，抬腿一脚，大牛刀离手，身离地，扑通一声摔倒在地上。任湘奇连忙丢下大刀，奔上前去扶他起来。

大牛气喘吁吁地站在那里，这一场白手夺刃的格斗把他惊呆了，他望着这个表面平静的新四军奇怪地问道："你学过法术？"

任湘奇哈哈大笑起来："小伙子，我们新四军从来不相信法术咒语，我老家在湖南，以前和你一样，也是个穷苦的种田人，后来跟着毛委员闹革命，在农会里练过一阵刀枪。"

"那你跑到这里来干什么？"

"抗日打鬼子呀。听说你们石墙门以前有很多人参加过太平军，打过清兵，杀过洋鬼子。"任湘奇提起了石墙门的历史。

"听我祖母讲，我太公在太平军里当过两司马军校，后来在守卫溧水城时被洋鬼子用洋枪打死的。"

"你是石墙门的后代，大刀为什么不向鬼子砍去，反向我们新四军砍来呢？"

"……"

"你现在还相信新四军抢劫妇女吗？"

大牛低着头，羞愧地对任湘奇说："我上了孔令发的当了，他说母仇不报非孝子，鬼神不会放过我，叫我深夜前来行刺，我一怒之下就……"

任湘奇拾起了大刀，郑重地将刀送到大牛手中，语重心长地说："记住，要看准谁是敌人，谁是朋友，大刀握在手里可不能乱砍啊！"

大牛捧着大刀，感激地望着任湘奇说："你在这里太危险，孔令发见我没有动手，一定还要来害你，我马上放你走吧！"

"不，我不能走！"任湘奇摇摇头说，"我到你们石墙门来，就是要发动大家起来抗日，包括整个联庄会。对杨恒昌，只要他愿意抗日，我们还要团结他。大牛，抗日打鬼子，多一个人多一份力量啊！"

大牛看着眼前这个和蔼可亲的新四军，心里激动地想：他离开了家，从湖南来到江南，冒着风险来到石墙门，你去杀他，他抓住你又把你放了，道理讲到你心里去；现在要放他走，他却要留在这里，连死都不怕。像这样的人会去抢劫妇女吗？不！绝对不会！新四军是自己人。大牛从心底里对任湘奇产生了敬意。于是他头一昂，将大刀凌空一挥说："任主任，今天我也不走了，我要守着你，哪个敢来动你一指头，我大牛的刀就割断他的咽喉。"

这时，祠堂外面传来一片喊声："村上妇女回来啰！"院子外面响起了人们的跑动声,石墙门闹腾起来。祠堂大门哗地打开了,小陈、二牛快步跑了进来。二牛看到大牛,激动地说:"哥,娘回来了!"大牛惊喜交集,含着眼泪对任湘奇深深鞠了一躬,拉着二牛冲了出去。

小陈喊了一声"任主任",就和任湘奇热烈拥抱起来。原来果如任湘奇所料,溧高县总队在"京杭国道"上打了一次漂亮的伏击,歼灭了押队的鬼子和伪军,救出了大批妇女,石墙门那次被劫的妇女也在内,现在她们已全部回村和家属团聚了。

大牛兄弟俩和一批妇女家属涌了进来,他们一见任湘奇,就要跪下磕头。任湘奇拦住他们,激动地说:"乡亲们,你们不要谢我,要感谢共产党,感谢毛主席,只有共产党、毛主席才是穷人的救星,中国的希望。"

杨恒昌来了,见到任湘奇就深深一揖:"任主任,你们新四军真心抗日,为国为民,言必信,行必果,真是仁义之师,我杨恒昌深为钦佩。今夜特备小酌,向你道歉,请主任赏光。"

天空中薄云散去,月亮升到中天,照着江南广袤的田野,照着伏牛岗下的石墙门,这个古老的村子快觉醒了。

四

任湘奇进村以后,孔令发整天寝食无心,如坐针毡。现在他钻在祠堂西院一间昏暗龌龊的小轩子里,抓耳挠腮,坐立不安,一会儿踱着步子,一会儿唉声叹气。豆大的烛焰照着他那张灰暗干瘦的脸,布满红丝的小眼闪着凶光,活像一只跌下陷阱的困兽。

　　孔令发不是本地人，几年前曾在匪首朱永祥手下当过大刀会法师。后来朱永祥投降日本，被新四军歼灭，他只身逃出，来到石墙门。凭着他一套江湖混世的本领，和杨恒昌换帖结拜，骗取了信任，在联庄会当上了传道法师。几天前，望湖镇黑野给他送来一个飞黄腾达的好机会，叫他把石墙门联庄会控制过来，作为望湖镇屏障，协助"皇军"抵抗新四军，事成之后，黑野答应给他一个望湖镇维持会长的肥缺。但就在这时，石墙门来了新四军，打乱了他的计划，于是他拉拢杨恒昌，煽惑被劫妇女家属，挑动大牛行刺，使出了浑身解数，可这一招一招的诡计都被任湘奇粉碎了。如今，石墙门的老百姓正在倒向新四军。而杨恒昌在妇女回村以后，竟对新四军改变了看法，但又不敢得罪日本人，因而决定对联庄会甩手不管，准备全家搬往安徽。今天一早，他要儿子到望湖镇关闭店堂，料理后事，虽然任湘奇力劝苦阻，但杨恒昌主意已定，还是派大牛陪他儿子悄悄地走了。如果杨恒昌一走，联庄会一盘散沙，那帮穷鬼更加要一心一意跟新四军走了。现在他感到已被推到了断崖边上，想想朱永祥的下场，不禁头皮阵阵发麻。但他孔令发不甘心失败，还要最后和新四军斗一斗。他牙齿咬得咯咯响，蓦地想起一个主意：现在必须抓紧时间和黑野联系，叫他速速派兵前来弹压，拖住杨恒昌，控制联庄会。想到这里，他走出了小屋，趁着村上人不注意，偷偷溜出了村口。

　　下午，望湖镇伪镇长姚德贵带着一班全副武装的伪军，由孔令发前导，开进了石墙门。石墙门的形势陡然紧张起来。

这班伪军一进村,哪里也没去,就和孔令发直奔杨恒昌家。

杨恒昌家大门,正对杨家宗祠的后院花墙,这时,杨恒昌正在家翻箱倒柜,收拾行装。正在他忙得满头大汗的时候,孔令发带着那班伪军如狼似虎地闯了进来。杨恒昌一见,立刻怔住了。

孔令发笑嘻嘻地迎上前去,对杨恒昌说:"大哥,望湖镇姚镇长来了。"

杨恒昌强装笑容,掩饰着内心的恐慌说:"姚镇长光临寒舍,欢迎,欢迎。"

姚德贵腆着大肚子,盛气凌人地说:"杨会长,黑野多次传言给你,要联庄会和'皇军'同舟共济,抵御新四军。如今三天期限已到,你应该拿定主意了吧!我这里一切都给你准备好了。"说罢拿出一面膏药旗和一张石墙门维持会的布告来。

杨恒昌看看四周凶神恶煞般的伪军,战战兢兢地说:"姚镇长,我已决定退出政局,全家搬往安徽,恕我年老力衰,望你高抬贵手。"

姚德贵将旗和布告往桌上一摔,冷笑着说:"什么,你想走?这几天你和新四军日谈夜议,待如上宾,黑野对此大为不满。最近新四军活动厉害,他军务繁忙,不能亲自前来,叫我带给你一份手谕。"说罢掏出一封信来往杨恒昌面前一掷。

杨恒昌抖抖颤颤将信打开,才读数行,立即脸色刷白,瘫坐在椅子上,抱头痛哭起来。原来信中告诉他,恒昌店已被封,儿子被扣,如再不投日,便要杀他的儿子。

姚德贵气汹汹地说:"现在投日、投共两条路,你自己选吧。

不过,你可再不能错走一步了。"

杨恒昌泪流满面,痛不欲生。孔令发连忙佯装笑脸,上来圆场:"姚镇长息怒,杨会长也是一时糊涂,联庄会投日抗共还可从长计议。"说着转过脸对杨恒昌说,"大哥,现在江心补漏,为时未晚。只要你同意,我们马上召集联庄会,将新四军抓起来,然后宣布成立石墙门维持会,那时一切就万事大吉了。"

杨恒昌低声抽泣,仍是默默无言。

孔令发对姚德贵使个眼色,姚德贵会意,放缓口气说:"孔法师说得对,只要杨会长悔过回头,悬崖勒马,'皇军'宽宏大量,一定既往不咎。"

杨恒昌这时已如泥塑木雕,一任他们摆布。孔令发见事情成功八九分,便大声向里面招呼起来:"赶快摆酒,今天杨会长要陪姚镇长喝几杯。"说罢,拿下壁上的铜锣走了出去。

"喤——喤——喤!"石墙门上空响起了紧急的锣声,孔令发在召集联庄会开会了。

这时,任湘奇正在大牛家中召集一些骨干开会。局势发展得这么快,这么严峻,任湘奇没有估计到。孔令发已提前行动,姚德贵带来一个班的武装,一定是想用武力胁迫杨恒昌表态,利用他在联庄会中的威信,控制联庄会。现在争取杨恒昌已成了关键,但他正被孔令发、姚德贵严密控制着。怎么办?时间不允许有丝毫的犹豫,必须迅速做出决断。任湘奇把情况向大家说明以后,大家立即研究起对策来。

正在这时,大牛面带伤痕,神色慌张地闯了进来,大家大吃一惊,连忙问他去望湖镇的情况。原来大牛今天一大早陪杨恒昌儿子上镇以后,正在店里整理账务货物,突然门板被撞得震天响。大牛从门缝里向外一看,原来是一群鬼子,中间站着孔令发!鬼子把门推开后,立即把杨恒昌的儿子抓了起来。大牛见势不妙,拔脚从后门逃跑,鬼子在后面紧紧追赶。他钻了好几条巷子,在一个熟人家一直躲到下午,才瞅个空子跑出镇来……

任湘奇听大牛说完,脸色严峻地对大家说:"现在已证实,孔令发已和望湖镇鬼子合谋,杨恒昌也有生命危险。必须抢在孔令发前面,救出杨恒昌,揭露孔令发阴谋,最后争取联庄会。"任湘奇下决断以后,立即由大牛带路,率领大家从村巷中绕道向杨家扑去。

任湘奇他们从后门进入了杨家。这时姚大肚子和伪军酒已喝到微醺。二牛装作收拾东西,走进客堂,看伪军不注意,一步跨到墙前,就势将靠在墙上的十二支步枪一搂,飞也似的往后院就跑。伪军一见着了慌,乱哄哄地要追赶。任湘奇和大牛他们趁着混乱,冲了进去。任湘奇和小陈端着张大机头的驳壳枪,大喝一声:"不许动,举起手来!"大牛他们的大刀也纷纷顶到了伪军们的胸前。姚大肚子正要掏枪,大牛跳起一步,大刀就势往下一盖,正砍中他的手腕,任湘奇一伸手抽出了他腰里的短枪。姚大肚子傻眼了,只好乖乖地举起了双手。

二牛找来绳子,像捆死猪一样将他们绑了起来。没一刻工夫,就干净利落地解决了这股伪军武装。

杨恒昌被眼前的情景惊呆了,直到姚大肚子被押出客厅才清醒过来。他一步跨到任湘奇面前，双膝跪下，大声痛哭起来："任主任，我悔不该不听你的金玉良言，致有今日之祸。我年过半百，膝下只有这一脉子息，日寇企图绝我宗嗣，我与寇贼有不共戴天之仇，希望贵军秉承大义，为我报仇雪恨！"

任湘奇一把扶起杨恒昌说："现在孔令发正在召集联庄会开会，你赶紧到祠堂去，揭露他的汉奸面目。至于你儿子，等一等我们再商量解救的办法。"

杨恒昌咬牙切齿地说："我瞎了眼睛，在身边养了这只豺狼！"说罢立即和任湘奇离开杨家直奔祠堂而去。

祠堂前的广场上，十二村的联庄会会员胸佩神符，手持大刀，黑压压地站了一大片。孔令发站在那杆青龙白虎会旗下唾沫四溅，正在大放厥词："会友们，我奉杨会长之命，通知大家。自今日起，石墙门成立维持会，由杨会长兼任维持会长，联庄会和望湖镇'皇军'携起手来，共同抵御新四军，从此永保境内平安。如有违抗者，按联庄会会规，严加惩处！"

"住口！"人群外忽然一声大喊。大家回头一看，只见任湘奇和杨恒昌等人大步向前走来。人群立刻开始骚动起来。

任湘奇和杨恒昌分开众人走上台阶，杨恒昌指着孔令发大骂："孔令发，你这只衣冠禽兽，我姓杨的还有一点骨气，还记得祖宗是中国人！"说着转身对人群大声说道，"你们不要听孔令发胡说八道，我杨恒昌现在已真正知道，新四军是抗日的军队，我们联庄会只有和新四军团结起来，共同抵抗日本鬼子，才有真正的出路。"

广场上立即轰动起来了。孔令发见杨恒昌和任湘奇一起来到广场,知道事情已经败露,立即对身边几个心腹使眼色,几个爪牙立刻拔出了大刀。他自己瞅个空子,举起大刀,一个乌云盖顶,劈头向任湘奇砍来。任湘奇眼明手快,从大牛手中接过大刀,使个清风奔月,就势往上一格,"当"的一声,孔令发虎口震开,刀被格出老远。接着任湘奇刀势一顺,大刀泰山压顶般向下劈去,只见刀光一闪,孔令发四个手指被齐齐削断。

任湘奇左手将他一提,像拎小鸡一样往台阶上一掷,孔令发像只癞皮狗瘫倒在地,只有进的气,没有出的气了。

孔令发的心腹见主子被擒,一个个丢下大刀,磕起头来。这时广场上一片大哗,有的拔刀,有的乱哄哄地想离去。任湘奇腾地跳上最高台阶,大声说道:"乡亲们,新四军只惩罚死心塌地的汉奸,与其他人无关。"下面听到任湘奇的喊话,立刻煞住脚步,慢慢安静下来。

这时大牛将姚大肚子押了上来。杨恒昌拿出日本的膏药旗和维持会布告,控诉孔令发勾结黑野,抓走他儿子,勒逼他当汉奸,陷害联庄会的罪行。众人一听,立即愤怒地吼起来:

"砍死汉奸!砍死鬼子的走狗!"

"砍死孔令发,砍死姚大肚子!"

口号声惊天动地,响彻了石墙门上空。任湘奇看着这沸腾的群众场面,内心非常激动,热情洋溢地说:"乡亲们,大家看清楚了,孔令发企图出卖同胞,把联庄会拉入泥坑,去替鬼子当汉奸。今天,我们挖出了内奸,抓住了姚大肚子。可是望湖镇的鬼子没有消灭,中国广大土地上的日本鬼子还没赶出去,鬼子一日不消灭,我们中国就一日不得安宁。今后,我们要团结起来，不信神，不信佛，不信孔令发那套骗人鬼话，在共产党的领导下，将大刀擦亮，向鬼子的头上砍去！"

任湘奇激动人心的话博得了一片赞扬，当大牛将一张大红布告贴上花墙，宣布成立石墙门农抗会的时候，广场上齐刷刷地举起了几百只大手。石墙门农抗会在抗日的呼声中诞生了。

祠堂里的大铁香炉抬了出来，人们纷纷摘下胸前的神符投进香炉。杨大牛飞步上前，大刀一挥，旗杆上绳断旗落，那面联庄会的青龙白虎会旗被丢了进去，那张石墙门维持会布告被杨恒昌一撕两半，连同那面膏药旗一起摔入了香炉。任湘奇拿出一支点着的红烛，往香炉中一投，香炉里立刻燃起了熊熊的大火。烈焰卷着神符，吞噬着维持会布告，烧着了膏药旗，越烧越旺。火光映红了石墙门，照亮了众乡亲容光焕发的脸。

石墙门打开了。就在第二天深夜，我新四军溧高县总队悄悄穿过石墙门，在石墙门农抗会的配合下，打响了解放望湖镇的战斗。仇恨的子弹向侵略者射去，闪亮的大刀向鬼子头上砍去。在黎明的曙光照亮伏牛岗的时候，我英勇的新四军战士和觉悟了的农民冲进了最后一个据点，歼灭了负隅顽抗的黑野鬼子小队。一面鲜艳的红旗，迎着初升的朝阳在望湖镇上空升起，望湖镇解放了。

跳动着时代的脉搏

——读恽建新的短篇小说[1]

丁柏铨　胡素华

恽建新是位文学新人，几年来，他执着地走着自己的创作之路。他并不追赶浪头，草率成章，但也不故意同现实保持着长长的距离。他和时代的前进，取的是同一步调。在他的作品中，我们每每可以感受到跳动着的时代脉搏。

恽建新的近作《麦青青》（载《钟山》1981年第3期），是实行生产责任制以后农村崭新景象的写实。主人公程万清，在分给自己的麦田上使用了"绿麦隆"杀草剂。由此，两组矛盾交叉展开了。连根对万清的"弄科学技术"，持怀疑态度。他们之间的那场"口舌官司"，并不单纯是为了争个你高我低，还包含着究竟信不信科学的实质性问题在内。用药杀草，也引起了万清父子之间的纠葛。这一组矛盾，有着更为深刻的内容。

---

[1] 原载于《钟山》1982年第3期，第248–251页。

二儿子兆林，是个"吃四方饭"的人。他这次打药，还像"吃大锅饭"时那般取巧，到头来，"跌了筋斗出了丑"，还挨了老子一顿揪。大儿子兆荣秉性老实，"不管人前人后，队里家里，总是这样默默地干，死死地做"。以往，万清对两个亲生儿子，并不是一般看待的。他吃过"一吹九道浪"的大锅饭，分过做一工要倒贴八分钱的"红"。经验使他觉得"队里那片土地与他关系不大了"。因而，他是在"混种田"。农村工作中长期存在的"左"的错误，扭曲了程万清心头那杆衡量是非曲直的标尺。他"看不惯大儿子那样牛一般死做的人，他欣赏二儿子，夸奖二儿子"。然而，曾几何时，"世界的光景大变了"。程万清又要"真种田"了。从"混种田"到"真种田"，这是一大飞跃。随之而来的，对两个儿子的估价，必然发生根本性的变化："真种田"的、"做煞命的儿子"兆荣，在万清的心目中，竟变得"那么好看，那么可爱"。一度曾受到贬称的"秤砣心"，被重新解释——"真正的内秀"。而"长着比干的七窍玲珑心"的、"混种田"的兆林，却降格为"败家儿子"。这种贬褒的前后变异，活现出生产责任制所引起的人的心灵的突变以及与此关联的人们相互关系的变动。这是对多年来被扭曲的是非标准以至道德标准的一次彻底的匡正。所有这一切，只有在我们党彻底清算了指导思想上的"左"的错误，调整了农村生产关系后的今天，才有可能实现。小说《麦青青》的成功之处就在于，它在展示农村人勤春早、麦苗青葱的美景的同时，通过程万清形象的塑造，揭示了广大农民精神状态的异常深刻的变化。它是一曲新的农村经济政策的热情的颂歌，又是一幅新时代农村生活的真实的画图。

最近,恽建新又向读者奉献了他的新作——《稻花飘香》(见本期《钟山》)。这是《麦青青》的续篇。作品中的万清、兆荣、兆林和连根,都为我们所熟悉,作为连续性人物而再次出现了。此外,作者又把兆林的对象金梅——在《麦青青》中只是虚写的人物——从后台推到了前台,让她卷入了生活的漩涡。这些人物之间,发生了饶有风趣的冲突,形成了错综复杂的关系。以"纹枯病通天"为中心事件,主人公万清经历了一场新的家庭危机。作品通过程万清的一连串带戏剧性的经历,形象地告诉人们:生产责任制的实施,使农民将科学同自身真正地联系起来了;而且,随着时间的推移,科学种田终将成为不可阻挡的时代潮流,强有力地冲决生产领域中的因循保守势力。

《麦青青》和《稻花飘香》是恽建新深入生活,呼吸了农村的新鲜空气以后写出来的,散发着新时代、新生活所特有的馨香,饱和着来自当前农村现实生活中的清新和愉悦的气息。从饱经风霜的主人公程万清心灵的浮沉中,从金梅的"对每一个社员负责"的可贵精神中,从连根对科学种田的前后态度的变化中,我们看到了这些普通农民身上所蕴藏的闪光发亮的东西。我们感到欣喜的是,恽建新善于敏锐地发现和下功夫开掘这些并不浮现在生活表面的金子,又把它们置于时代的光束的照射之下,从而折射出鲜艳夺目的光彩。我们说从恽建新的作品中感受到了时代脉搏的跳动,很大程度上,就是在这些普通人闪光发亮的心灵上感受到的。

恽建新正式开始他的创作生涯,至今不过四五年时间。在这之前,他曾是中学物理教员,是和力矢量图、电路图等打交道的。使他和文艺结下不解之缘的,是当时频繁的文艺会演。为应付差事,他写过小戏和唱词。但这种应景之作,很快就如过眼烟云般地消失了。1977年,他参加了茅山抗日斗争故事的创作和编写工作,发表过两篇故事。当时,他还并不为人所注目。但到这时,他已经具有了一定的生活基础和创作准备。次年,他的短篇小说《调动》(载《钟山》1978年第3期)发表。这篇出手不凡的处女作,初步显露了他作为文坛新秀的艺术才能,引起了人们的注意。此后,除儿童文学作品外,他又在文艺刊物上发表了七八个短篇小说,其中的《跑步》(载《钟山》1980年第1期)、《麦青青》产生了一定的影响。

"和时代的脉搏一起跳动"的这一特色,恽建新在他的处女作《调动》中,就已经明显不过地表现出来了,而以后,则形成了一条一以贯之的红线。《调动》截取的,是在周总理逝世不久这一特定的时间内,革命干部同"四人帮"帮派势力决死斗争中的一个片段。它落笔于县委书记丁国梁和他的有着多年党龄的妻子凌淑娟的家庭矛盾,围绕着在帮派势力肆虐的是非之地,是坚持下去还是借故调离这一问题,展开故事情节,塑造人物形象。作者提出的问题是严峻的:共产党人,党的干部,在党性受到一些人践踏,而另一些人已经褪去原先的鲜红颜色的情况下,还要不要始终不渝地坚持它?恽建新用自己笔下的形象,回答了这个问题。作者将主人公丁国梁放到了与以老于为代表的帮派势力尖锐对立的位置上,着意渲染了剑拔弩张的紧张气氛;又让他与自己的妻子凌淑娟在精神、气质和思想境界等方面，形成鲜明的对照。呈现在我们面前的丁国梁，虽然身处于十分危险的境况之中，但他镇定自若，谈笑风生。他不仅以身作则，坚守岗位，还耐心说服妻子，调动自己的工作，来和他并肩作战。从而在对比之中，刻画了一个生命可以捐弃、党性不可不要的有着铮铮铁骨的党的干部形象。小说《跑步》，我们不妨把它当作《调动》的姐妹篇来读。永葆党性鲜红颜色的丁国梁，在《跑步》中幻化成了一个新的形象——周拯。党的三中全会揭开了历史发展中的新的一页，时代大踏步地前进了。恽建新将他作品中的人物，也大大向前推进了。摆在主人公周拯面前的问题，已不是在艰难困苦的斗争环境中要不要和能不能坚持下去，而已经是如何才能带领干部群众在新长征的路上大步迈进的问题了。从折磨人的"学习监"出来，周拯没有躺倒不干，也没有在终日的哀叹和牢骚声中消磨时日。作为县委书记，他在党需要他组织新的战役的时候，甩掉拐棍，振奋精神，以全新的姿态投入了新的生活。他利用跑步的机会，深入职工聚居区，细心倾听群众的呼声；又将带领部局长们跑步，变成对他们进行群众路线教育的独特方式。从工人杨翠英的斗胆告状和局长韩伯群的无病呻吟中，他敏锐地意识到：某些干部身上存在的以无病呻吟为症状、以脱离群众为症结的政治衰老症，是向"四化"的宏伟目标进军途中的严重障碍。跑步——接触群众——发汗解表——跑步前进，这是他针对病症下的妙药。周拯，是永葆党性鲜红颜色的丁国梁在新的历史时期的合乎逻辑的发展。他作为新长征征途上跑步前进的带头人，展开了他革命生涯中新的一页。此外《信念》（载《钟山》1979年第3期）所塑造的身居逆境而不失信念的教师尹春华，也是感人至深的。丁国梁、周拯、尹春华，这是一组走在时代发展前列的社会主义新人的动人形象。在这些新人身上，恽建新倾注了火一般的热情，谱成了一支支高亢激越的赞歌。

与恽建新作品的思想特色相契合的，是他的作品所具有的那种明快、乐观的格调。读他的作品，我们不像读某些作品那样，感到沉重的压抑和难以解脱的痛苦。相反，我们感到振奋，感到希望和力量在我们心头滋长。恽建新并不粉饰现实，在他的笔端，不乏对黑暗和邪恶的暴露，不乏对时弊和存在于某些干部身上的痼疾的针砭，也不乏对后进的人们的批评和责备。《调动》对老于那班帮派势力的鞭挞，《信念》对醉心仕途、近于政客的胡君达的讥讽，不能说不尖锐。一篇《翰墨缘》（载《雨花》1981年第10期，笔名陶坤），对慕虚名、不求实的陆书记、闵局长、潘秘书的讽刺，虽纯属善意，但可谓辛辣。然而构成恽建新作品主调的，还是那种对生活中的美好事物和光明面的热烈的讴歌。他在对生活素材进行艺术处理的时候，总是有意识地将光明面放在主导地位上，或者，让光明面在经过一番波折之后最终居于主导地位。他作品中的人物，依据各自的性格发展逻辑，在相互间的矛盾冲突及其逐步解决的过程中，奏出了光明战胜黑暗、正气压倒邪气、先进带动后进的主旋律。《跑步》《麦青青》《稻花飘香》自不待说，就是在邪恶势力一度猖獗的时代背景上展开故事情节的《调动》和《信念》，也莫不如此。记得恽建新在给友人的信中曾说过："我观看的世界是带有一定程度的'亮色'的。"正是这种亮色，赋予他的作品以明快、乐观的色调。写出世界的"亮色",并不是从主观意念出发,在作品中硬按上光明的尾巴,而应当是从生活实际出发,艺术地、真实地反映生活的本来面貌。恽建新是一个创作态度比较严肃的文学新人。诚如他自己所说:"一般说来,我写的都是现实生活中曾经触动过我的人和事,作品中出现的人物、事件大都是存在、发生过的(当然免不了有虚构、补充和加强)。"他是坚持从生活出发的。他之所以写丁国梁,是因为"在那样的关头,党、革命者始终在人民中间,党性虽然被一部分人遗忘了,但在另一些人身上依然鲜红鲜红";周拯的形象之所以在他的笔下脱颖而出,是因为生活中关心群众疾苦,念念不忘"四化"的好干部大有人在,这些人深深地触动了他。现实生活中,当然有疵点和弊病,有时甚至有逆流和曲折。恽建新对此并未熟视无睹。他的几乎所有的作品,都或多或少地触及到了这方面的问题。但纷繁复杂的现实世界中,向上的和前进的因素始终是他注意的焦点,恽建新透过生动丰富的生活现象,牢牢地把握住这些,并运用艺术的笔触,形象地显示了这点。

从"这一号"到真正的人

——《瑞雪兆丰年》小析[1]

梁永安

一个年轻的驾驶员,大年三十出车,遇上了一群胡搅蛮缠的人,又差点翻车——这么简单而平凡的故事,在短篇小说《瑞雪兆丰年》中却显得那么动人,那么充满诗意。这神奇的艺术魅力来自哪儿呢?

来自那年轻的主人公——齐小宁。

罗马诗人贺拉斯说过:"生活中没有一样东西是不经过巨大的劳动才得到的。"这流传千年的名言, 在齐小宁身上简直失去了灵验。请看:他无一技之长,却有可能不费气力地"弄一套房子,打一套物美价廉的家具,再找一个门当户对的漂亮爱人"。这一切都因为他有一个爸爸。不言而喻,这是一个手里有权、党性观念又不大强的爸爸。看来,他可以在小说中那

---

[1] 原载于《萌芽》1984 年第 1 期,第 11 页。

个社会风气有些问题的县城中快乐地、慵懒地聊度平生了。当然，他还要有一个工作。于是，全城的舒适工作部门都向他敞开了大门。

然而，就在这里，"正常逻辑"发生了问题：他不要那唾手可得的安乐窝，主动来到工厂，当上了一名普通的汽车驾驶员。他性格深处的一种渴望，隐隐露出了微光：不寄生社会，要创造生活；要用自己的腿，走出自己的路。这使我们想起了著名的斯芬克司之谜：是什么早上有四条腿，中午有两条腿，晚上有三条腿？是人。人在朝阳初升的幼儿时爬，日正当午的青壮年时用双脚走，日落西山的暮年拄杖而行。齐小宁所选择的正是青年人的道路，一条真正的人的道路。

不过，这却是一条十分艰辛的道路。父亲那根无形的权杖像影子一样追随着他，人们都把他当作特殊的"这一号人"。杜厂长想方设法使他浮到舒服的工作岗位上去，而工人们又鄙夷地将他贬为不足挂齿的寄生虫。他在浮力与压力中挣扎，他委屈、他惶惑，"感到一种从未有过的寂寞和孤独"。不能责备这位年轻人的彷徨，他面对的是一个复杂的问题：在那个小县城的天地中，用自己的双腿走路为什么这么难？这个谜还是小说中那位包师傅解得透彻："工人对我们党、我们的干部要求高着哩，他们眼里搁不下砂子。他们看着现在的一些坏风气发火、不高兴，正说明他们爱我们的党、爱社会主义。"一席话，道出了齐小宁的特殊处境："人们对不正之风的痛恨，已经多少有些不公正地转化为对他的强大压力。他必须流比别人多得多的汗水，才能获得为工人们所承认的普通劳动者称号。"齐小宁明白了这一点,"下决心凭自己的力量在前进厂干下去。"这时的他,已不再是一个单纯的可爱的小伙子,一团火在他胸膛里燃烧,他要向封建门第观念、向不正之风、向世俗偏见挑战,他要创造出一个与工人群众融为一体的"我"!

正是从这一基点上,我们才能理解作者为什么如此细致、如此专注地描写齐小宁这次普通的出车经过。这是一次特殊的考验。漫天风雪,流里流气的一帮青年,危险的滑坡——人间与自然联合起来,考验着他的意志。这就是一个普通驾驶员的生活!你能像工人一样忍受这一切,战胜这一切吗?信念与邪恶、风险,在撞击、在撕打。这场搏斗的真正意义不在于装回一车碧溪砂,而在于他能不能以不屈不挠的斗志证明自己是一个真正的工人。他终于胜利了,"他感到自己被一团融融的温暖包裹住,整个身子在那片灿烂的光影里向上飞升、飞升……"这是火中凤凰腾起的一瞬间,一个大写的人,在艰苦的劳动中诞生了!

整个作品,是一首当代有志青年的赞美诗。作者以朴实的艺术语言,展示了凝结在齐小宁性格中的两股力量:老一辈工人的坚韧、吃苦耐劳、嫉恶如仇与新一代青年的创造力与开拓精神。作者在描绘这一人物时,没有使用任何"闪光的语言",而是紧紧扣住主人公在现实生活矛盾中入情入理的内心冲突,努力开掘他潜隐自强的精神内核。这样,人物不仅焕发出蓬勃的生气,而且有着泥塑般的质感。

作品着力于刻画人物,但在谋篇布局上也颇见匠心。小说的情节并不曲折,但读去山重水复,有着回旋往复的音乐结构之美。这是由于作品大开大合，不断地在此刻与彼时之间跳跃、穿梭，加速了小说中时间与空间的流转。作者没有采用"意识流"小说借助人物"心理时间"连结"此时此地"与"彼时彼地"的手法，他直接在叙述中把不同的时空间发生的事揉合在一起。请看第四节：

　　车子开出来了，齐小宁又一次获得了胜利。
　　是的，人只要不失去希望，不失去自信终会成功的。
　　刚才，他按发票上写的地址去了那个村子，发誓就是大海捞针，也要找到那帮家伙。……

作者很精细地把握住了行文中的一股情绪之流，平滑地把情调相似的事物、情节衔接起来。情绪变化则另行分节。这是一种明暗对比鲜明、风格轻快明朗的"立体交叉"结构，给人以自由舒展的审美感受。这大概也是读完作品之后，能给人们回味的原因吧！

太平岁月

恽建新中短篇小说集(下)

江苏凤凰文艺出版社
JIANGSU PHOENIX LITERATURE AND ART PUBLISHING

图书在版编目（CIP）数据

太平年月 / 恽建新著. — 南京：江苏凤凰文艺出版社，2021.6
（恽建新中短篇小说集）
ISBN 978-7-5594-6046-2

Ⅰ．①太… Ⅱ．①恽… Ⅲ．①中篇小说－小说集－中国－当代②短篇小说－小说集－中国－当代 Ⅳ．①I247.7

中国版本图书馆CIP数据核字（2021）第114860号

太平年月

恽建新　著

责任编辑	姜业雨
助理编辑	张　婷
特约编辑	白劲松　吕　军
装帧设计	南京自然而然视觉设计有限公司
责任印制	刘　巍
出版发行	江苏凤凰文艺出版社
	南京市中央路165号，邮编：210009
网　　址	http://www.jswenyi.com
印　　刷	南京新洲印刷有限公司
开　　本	889毫米×1194毫米　1/32
印　　张	10
字　　数	220千字
版　　次	2021年6月第1版
印　　次	2021年6月第1次印刷
书　　号	ISBN 978-7-5594-6046-2
定　　价	188.00元（全2册）

江苏凤凰文艺版图书凡印刷、装订错误，可向出版社调换，联系电话 025-83280257

目 录

自序　我的一段文学情缘 | 001

春晖寸草 | 006

栀子花 | 028

麦青青 | 050

稻花飘香 | 068

翰墨缘 | 090

剧团里来了个孩子 | 107

大李、老李和小李 | 129

废坝 | 144

案板 | 166

罗音 | 182

甘师傅 | 191

催生 | 202

调动 | 211

眼睛 | 238

太平年月 | 266

附录　二元心态：现代人面对传统 ——读恽建新的三个短篇 | 308

自序　我的一段文学情缘

我是如何与文学结缘的？这问题确实令许多人费解。

四十多年前，我从江苏师范学院物理系毕业，分配到溧水县南部边缘的一所农村中学教书。那时正值"文革"时期，物质生活匮乏，但社会上却非常热闹，学校除上课以外，还组织学生文艺宣传队下乡演出，还经常去县城参加汇演。演出就免不了要写些说唱、小戏剧之类的节目。因为我会拉二胡，又懂些韵文，所以这写的任务就天然落到了我的身上。那些节目演出很成功，一些剧目甚至被县剧团选中，排练后到地区、省里汇演，不仅获奖，有的还被推荐到省里的《江苏戏剧》上发表。

这一下，我算写出了名，于是县文化部门就要调我。县文教局说可以用教师来换我，甚至说派两个换一个。但当地公社坚决不干，公社书记放言，就是派三个人来也不换，可几经周折，县里还是下了调令。1975年10月，我调进了县文化馆。当时，镇江军分区正组织地区各县市采访、搜集茅山抗日斗争故事。溧水县是老区，新四军下江南时就常在溧水一带活动。可前两次派去的人水平不行，都交了白卷。这一次镇江军分区重新组织采集活动，县人武部急了，到处寻访合适人选。一位文化馆工作人员向他们推荐了我，说："你们什么人也不要找，让恽老师去准成！"于是我又被调进了"茅山抗日斗争故事"采写组。

接着就是紧张辛苦的调查采访活动，我和县里抽调的另两位下放知青上南京，去上海，到杭州，下徽州，寻找线索，探访老干部，积累了不少素材，那一段抗战历史也在模糊中渐渐清晰起来。溧水的几篇初稿很快就写了出来，随后，镇江地区十一个县市加常州市，几十名撰稿人集中到南京，住进后宰门"省团校"，由江苏人民出版社组织阅稿、修改。两个月后集体审稿完成，这时已到年底，春节放假，军分区政委召集撰稿作者开会说："你们先回去，春节以后等通知。"散会以后，政委把我和溧阳县的一位常州下放知青留了下来，说："春节以后初十，你们两位直接来南京报到。不要等通知了，你们的文字功夫是大家公认的，最后的定稿任务就交给你们，其他人就不来了。"春节以后，我和溧阳的那位知青如期到南京报到，由出版社安排住下，对全部稿件进行修改、润色。我们夙兴夜寐，字斟句酌，两个月后，修改好的稿子交到出版社编辑手中。后来，两本"茅山抗日斗争故事"由江苏人民出版社正式出版，取陈毅同志《卫岗初战》和《梅岭三章》中的两句诗作为书名，一本叫《弯弓射日到江南》，另一本叫《创业艰难百战多》。这里需要记一笔的是，那位溧阳知青叫龚放，他除了改稿还要复习功课，后来他参加了"文革"后第一届高考，是镇江地区文科状元，被南京大学中文系录取，现为南京大学高教研究所所长，学术成果丰硕，还被推为南大校务委员。

圆满完成军分区的采写任务，我回到了文化馆，因为我从学校调动后，本就未上几天班，文化馆工作插不上手，一时竟无所事事，闲了下来。一天下午，文化馆开会，我坐在一个角落里，想到"文革"中县城里发生的文攻武斗，纷披乱象，思绪一下岔了开去。便随手找了一张残破的白纸，取笔写了起来。那天会议究竟讲的是啥，全没有听进去，周围的同事也似乎不存在了，只顾低头伏案，奋笔疾书。忽然听到一声散会了，我才回过神来，将纸一团，塞进裤袋，当天晚上铺纸估了一下，足足写了六千多字。随后几天梳理补充，分章布节，誊清后居然有一万四千多字。这就是我写作"茅山抗日斗争故事"后的第一篇小说《调动》。过了几天，我不揣冒昧，将稿子寄给了《人民文学》。焦急中等了三个月，没有回音。因为稿件需等三个月，过后才能改投他刊，于是又重抄一遍，寄给了江苏刚刚创办的《钟山》杂志。《钟山》的回复很快，编辑回信说，杂志原已编好，收到你的稿子，火速录用，还说，将后面的稿子，其中还有名家的抽掉了两篇，将《调动》排到了《钟山》第三期头条，已发往印刷厂。我得到消息自然大喜过望，可喜悦尚未平息，《人民文学》忽然来信了，寄回稿子，说："速改两个细节，寄回"。这一下我懵了，《人民文学》是我心目中的圣殿，但人家《钟山》待人不薄，而且稿子已送进了印刷厂，贸然抽回显得太不厚道，于是只好给《人民文学》回信，说明原委，谢谢他们。就这样，我失去了一次登陆《人民文学》的宝贵机会。

随后，我就陆陆续续写下去了，接着发表了《信念》，成了文化部1979年的推荐小说，又发表了《跑步》，被《小说月报》转载。当时江苏省社会科学院的陈辽同志给我写信，说："当我看到《调动》时，我就相信，一个新的作家在江苏文坛上诞生了，接着我又看到《跑步》，我对您的信心更足了……"陈老1931年生，日寇投降前加入新四军，是文艺界的老前辈，对我这样一位初出茅庐的后学年轻人，他在信尾落款居然谦称"弟"，真正让人感动。现在陈老已去了天国，我只能写下这一小节文字，当作一瓣心香，遥祭这位热心善良的长者了。

曾有人说当代写小说的人，或者在文学刊物编辑部供职，或者调入专业队伍，否则大都坚持不下去。想想也是，当时写了几年，也发表了几十万字，有些作品还得过"金陵文学奖"等奖项，省作家协会著名评论家黄毓璜看了我后期的一批小说后对我说："老恽，你现在的小说写得越来越好了，千万不要搁笔，千万不要放弃。"但最终我还是没能坚持下来，辜负了这些朋友的热心嘱托。

这就是我在20世纪70年代末和80年代初的一段文学情缘。现在，一晃几十年过去了，古稀之龄，苍颜白发，已无复当年之勇。感谢我的书法学生们，尤其是吕军、白劲松他们，居然倒海翻江，在网上把一篇篇散落在旮旯角落里的文章捣腾出来，聚到一起，有了今天这本集子。

小说是作者自己的影子，你的人格，你的秉性，你的人生观、价值观，全渗透在你的文字里，丝毫做不得假。我和大多数人一样，年轻过，努力过，也认真过，因此不必踌躇，也不必悔少作，把这一段人生经历，具体而微地呈现给愿意翻看这本书的读者，也算对自己那一段文学人生有个交代，或者说给自己留个纪念吧！

2019年6月于金陵玄武湖畔

春晖寸草[1]

> 谁言寸草心，报得三春晖。
> ——唐·孟郊《游子吟》

一

儿子终于回到身边来了，就像那南去的燕子，又飞回了旧时的窠巢。

他依然睡在后房，依然睡在他那张铺板搁架的小床上。新翻缝的被，盖住他的身子。脸静静地挨着枕头，鼻翼翕动，听得到平稳的呼吸。十九年，这张脸一直在她眼前。她看得到脸上每一点细微的变化，眉毛由淡变浓，鼻梁由直变挺，连十六岁唇上长出茸茸的软髭，都记得清清楚楚。才两个月的分离，她发觉这张脸有点变了，圆圆的脸盘开始显长，下颏出现了隐隐的棱角。他瘦了，也有点黑。可每次杏秀念他的来信，都说单位上饭食很好。也难怪，他干的是起早熬夜的营生，年轻人

---

[1] 原载于《雨花》1983 年第 10 期，第 2–12 页。收录于《扬子江文学总汇：短篇小说选（下册）》，中国文联出版公司 1987 年版，第 124–145 页。

好的是觉,"一夜宴席不如一夜眠席",少了觉,最好的饭食也不养人。

她不由得一阵心酸。

两个月前,她送儿子去单位报到。临走前一夜,她煮了三十只鸡蛋,又用上好的豆油和面打了两锅油酥裹饼,整整装满了他的一只人造革背包。儿子食量大,去单位吃食堂,定量吃不饱,油酥饼不容易坏,可以吃很长时间。第二天清早,一夜未睡的她把儿子送出村口,儿子颤颤叫了声娘,拉住她的胳膊放声哭了。是的,长这么大,从没离过娘身边,他还是个孩子。她心里也有热热的东西在涌,强忍住了,看着儿子一步一挨地走出村子,消失在远处的白杨林中,那憋了半天的一声哭才出了口,要不是杏秀扶住她,恐怕走不回家门,她的腿早已软了。

回到家里,她呆呆坐了半天。儿子一走,她感到又一半生命从身上失去了。这几年来,她连续承受着家庭的变故和打击。首先是三个女儿一个个从身边出嫁,虽说男婚女嫁是人伦大事,可每走一个女儿,都仿佛从她心里挖走了什么。这些还不说,做梦也想不到的是,老头子会这么快离她而去。三年前的他,虽然满头白发,身板却是那么硬朗,杏秀爹都说他是山一样推不倒的身体,可一下子就病倒了。其实究根到底,还是累的。为造中心小学那点教室,老头子跑上跑下不知跑了多少次,县里文教局的门槛都让他踩低了。等那笔经费批下来,他却躺倒了。人黄瘦,不思饮食,到医院一检查,说是黄疸肝炎。人进了医院,又闲不住,砖瓦问题、教学问题、人事问题,许多人探望带着工作,病房成了半个办公室。勉强住到好转出院,家门未进先去了学校。等到房子竖起，学生坐进宽敞明亮的新教室，老头子再一次病倒了。这一次医生说转成了慢性，还伴有了腹水。等他第三次住进医院，已是肝硬化晚期……临终时，老头子拉着她的手说："立强娘，你不要怨我。你不在学校，不知道现在办教育有多难，但那些事不办又不行。我并不怕死。人过四十，不算寿夭，我今年五十九，已有寿了。只是对不起你，累你跟我吃了一世苦。现在三个女儿都成了家，我担心的是立强。照理，扶持他成人是我的事，可这副担子只能由你来挑了……"当了几十年小学校长的丈夫撒手而去，把一个家，一个尚未成年的儿子丢给了她。虽然老校长的余荫还在庇佑着她母子俩，国家每月给她发放定期抚恤，两个月前又让立强顶替，参加了工作，可她觉得丈夫一走，抽去了她心中的顶梁柱。身边少了个说话的人（她刚刚发现，丈夫在世虽然不管家里的事，却是掌着舵的），做什么事都不踏实。立强离家去了单位，她看不见，摸不着，就像放出去的风筝，飘摇摇进了云端，她日夜担心捏在手里的那根线会绷断。假如稍有差池，以后九泉之下，她怎么去面见那贴心贴意的老伴……

可今天，立强终于回来了，汗毛未损地回来了。冷清空落的屋里重新充满了生气，充满了光彩。她觉得她的手脚重又变得麻利，走路轻快有力，人也好像年轻多了。

她坐在床沿上，久久地端详着儿子。这孩子睡觉也不老实，两只胳膊树丫一般伸在外面。虽说已是春三月，天气回暖，但最易着凉。她想轻轻地搬动它们，却搬不动。儿子的胳膊那么壮实，那么沉。好容易把它们塞回被子中，四周掖好，心却怦怦地跳。

淡淡的晨光,像一层透明的薄纱,从窗栅中漫进来,洒在儿子的脸上。他眼皮合着,还在酣睡。她如释重负地吁了一口气。

二

其实,立强早已醒来了。他知道母亲在看他,故意调匀呼吸,假装睡着。他愿意这么躺着,躺在母亲的目光中,让她尽情看个够。闭着眼,他能想象得出母亲那瘦小的身影,慈爱的面容,泪花模糊的双眼。

这一切,他苦苦盼望、等待两个月了。

在单位,他太想家了。三间平屋、一丛竹林、村后的小河、田野上的云影……每样都能编织一个美丽的梦。也许,他长到十九岁从没离开过家,连读书也在本公社,早出晚归,他还是个不离窠的孩子。也许根本不是这些,是单位上的一切使他心烦、不安,使他日夜向往这个单纯、宁静、充满温馨气息的家。

是的,他突然面对的那个世界太复杂,太扑朔迷离了。

他这个在农村长大的孩子,从没想过有朝一日会离开这块生他养他的土地。虽然,他早就听说有子顶父职的政策,可他觉得那是极为遥远的事。在父母的身边,一切有父母安排操持,一切都无忧无虑。大人翼护下的生活,淋不到风雨,经不着霜雪,就像村后那条淙淙流淌的小河,平静而明澈。但是,小河没流多远就急剧地改变了流向,父亲的逝世,把毫无思想准备的他,猛然推向了新的生活。

听到顶职的消息，他不是没有过激动。凭着年轻人的想象，他描绘过一幅幅前程的蓝图。农村孩子的企求是现实的，没有太多的浪漫色彩。他对自己的文化水平有自知之明，知道自己不会再当一个父亲那样的教师。出现在头脑里的自己的未来形象首先是驾驶员，其次是工人，再其次是营业员。他设想着奔驰的汽车、高大的厂房、透明的玻璃柜台，曾多少次彻夜失眠。可怎么也没想到的是，县劳动局竟会让他去临河镇的食品站报到，迎接他的是污秽的猪圈、油腻的案板、白刀子进红刀子出的操作。而据说，分配的理由是他个子大。他这才第一次知道，人的个子也能决定人的前途；他也第一次把体检表身高栏中的那个数字深深地印进脑海：一米七十六。

流着眼泪告别家，挑着行李铺盖去报到，他发现母亲的担心是多余的。食品站，名符其实是食品的世界。

第一天上班的早晨，他起身后刚要去食堂吃早饭，在站门口碰见了报到时派定的跟班师傅。他姓陆，脸上有几颗黑斑麻子，大腮帮，皮肤下隐着饮酒过多褪不掉的红丝，一对眼珠也好像永远是红的。不知怎么，立强有点怕他。

"立强，哪里去？"陆师傅主动地喊他。

"陆师傅，我去食堂吃早饭。"他声音怯怯的。

"哈哈哈，去食堂？走，跟我走！"

陆师傅大声笑着，不由分说，拽住他就走。他的手指钢爪似的，捏得立强的胳膊直发疼。在他的面前，立强就像一只毫无自卫能力的羔羊。

镇中心石拱桥堍下的国营饭店正开早市，忙碌的营业员们看到他们，个个笑容满面地打招呼：

"陆师傅，早！"

"早！早！"

"这位是新来的小师傅吧？"

"不错，以后多关照。"

陆师傅在这里，活络得像鱼进了水塘。

一张偏角的桌子抹净了，拧干的热毛巾送来了，很快，一大盘油条加酥烧饼，两碗腰花煮汤面端了上来。汤面用菠菜、榨菜丝搭配，绿叶油花浮了一层，蒸着腾腾的热气。立强像看魔术一样呆愣着。

"立强，吃哪！"

陆师傅一面催促立强，一面风卷残云吃起来。立强从没下过馆子，也没吃过这种美味的早点，嘴里吃着，心里却在计算这顿早餐的代价。他本是大方的，今天和师傅一道吃饭，便有心承担这顿早点的开支。他摸摸口袋里母亲给他的二十元钱，悄悄问：

"师傅，多少钱？我来付。"

"吃你的，别多问！"陆师傅一副不屑一顾的神气，"你呀，真是只没长毛的小公鸡。"他吃完，抹抹油亮的嘴站起来，招引着立强往外走。

"陆师傅，走啦？"

"嗯，嗯。"

"回见！"

"回见！"

轻轻松松，随随便便，他们毫无阻拦地走出了饭店。立强不敢问师傅，憋着一肚子疑问跟在后面，频频地打着饱嗝。

下午，他把早上的奇遇讲给比他早来的小亮听，小亮哈哈大笑起来：

"你呀，真是没长毛的小公鸡。"啊！竟是和陆师傅一样的口吻，"杀猪师傅去饭店吃饭还付钱？"

"怎么？"

"他们哪一样不要我们供应？食品站就是他们的皇上！"

"还能天天去吃？"

"你真憨！镇上五家饭店，轮着吃，一家一月才轮六天。他们还怕我们吃腻了，不去吃呢！"

又是一条没听过的理论，立强再一次愣住。

忽然有一天，他想起了母亲为他准备的那只背包。打开一看，油酥裹饼已经潮腻、发松，散着一股难闻的怪味，鸡蛋也已走水、发臭，不能吃了。他犹豫了半天，把它们悄悄倒进了猪食缸。做完这一切，他在宿舍痴痴地坐了半天。母亲深夜在灶上忙碌的身影，桌上一颗饭粒也要捡进碗里的动作，老在眼前转悠，拂之不去。十九年来第一次，他感到了思想的颤栗，心脏的紧缩。

立强在食品站正式上班了。他渐渐地发现，食品站在镇上只是一个小小的单位。这个县属集镇，比他那公社集镇大多了。京杭大运河横穿过镇，河中帆樯不断，京沪铁路傍镇而过，闪亮的铁轨上，日夜奔驰着呼啸的长龙。从早到晚，集镇都卷在繁忙、喧闹的漩涡中。自由市场上，买主卖主可以为一分钱争得面红耳赤；众多的馄饨摊、油匙锅灶、豆腐脑挑子竞相招揽生意；也不知从哪里冒出来的那么多蛇展队、魔术团，不断演出些"人首蛇身""双头娃娃"骇人耳目的节目，而人们又是那么好奇，一个赤膊扬掌砍石头的人，马上会在广场上吸引一大圈人。每逢集日，镇上更是成了人的海洋，四乡赶来的顾客，能把镇上两条青石板长街挤得水泄不通。这是一个陌生的、纷扰的世界。在这个世界中，人们的目标是明确的，又是迷乱的，置身这里，他觉得人都变小了。

生活的惯性使立强在食品站一天天待下去。他已能单个儿把一只二三百斤的大肥猪抱上宰凳，一刀捅到要害而不手颤了；已能单独清理内脏而不会把肠子挠乱了。他头脑聪明，学得快，快成为一个真正的宰猪师傅了。慢慢地，食品站神秘、陌生的外衣层层剥去，社会向他展示出了更多的面。他知道了小小的食品站在人们心目中的位置，和其他单位相比大得多的价值；他了解到好好的猪竟然作了病猪处理，宰过的肉却不知去向；他看到了肉案子前顾客拿着医院开的营养证明买不到猪肝、腰子，后面却有另一些人在分配着。他感到，人们看他的眼光也变了，有谄媚的，有乞求的，也有轻蔑和愤怒的，使他很不舒服（他以前领受的目光中只有亲切和爱抚）。也有人向他敬烟了，他还没学会拒绝别人的热情，推搡几次只好收在口袋里（而不是像陆师傅他们那样夹在耳朵上），过后统统掏给陆师傅。他曾在师傅们的催逼下吸过一次烟，那是他有生第一次将那辣辣的烟雾吞进肚里，当时呛得他咳了好半天，引得师傅们哈哈大笑。

立强老实、听话、干活从不吝惜自己的力气。不知是不是这些原因，忽然一天，站里把卖猪血的任务交给了他。这事情本是另一个师傅干的，也很简单。每天早晨，把几大钵子煮熟成块的猪血挑到镇上集市，按市价出售，卖不掉的，不能保存，当场处理，倒入茅窖，然后回来把钱向会计一交就完了。他不习惯一个人在集市上叫卖，几次要求换人，领导不准，反而鼓励了他。

他终于除掉了站在人前的羞怯，能够单独熟练地营业了。一天，他正在卖猪血，陆师傅走了过来，看看猪血，又看看他，神秘地笑笑说：

"小伙子，我们在这里蹲了这么些年，也没捞到这好差事，你一来就交了好运。"

"好运？"立强惘然地望着他。

陆师傅打量着眼前高大憨实的徒弟："你知道你交的是良心账吗？"

"良心账？"立强更糊涂。

"你难道真不懂？"陆师傅凑上来悄悄说，"这猪血卖掉多少，倒掉多少，全由你一张嘴，回去交账不全凭着良心？！嘿嘿，立强，要有好处，可别忘了师傅啊！"

像一股电流通遍全身，他懂了，也懵了。陆师傅什么时候走的他不知道。那一早上，他很紧张，几乎不敢看人，一颗心在胸腔里咚咚直蹦。那些卖猪血的钱在口袋里也不安分了，仿佛隔着衣服在咬他的肉。当天上午去会计处结账，虽然如数交了，但说话便不大自然，交完出来，汗水竟濡湿了里面的小褂。他第一次明白，钱，这种可爱的东西居然会这样怕人。他感到，自己的面前,道德与罪恶、正道和邪路、坦途和陷坑,只有一步之隔。一种不安全的感觉笼罩着他,使他不寒而栗。

他开始失眠了。在站里本就起得早,又加上失眠,他瘦了。原先活泼、喜欢说笑的他开始变得沉默,那双单纯、明亮的眼睛蒙上了迷惘、思索的色泽。他常常一个人到镇上的大石拱桥上去,看着桥下滔荡的河水发呆,似乎要看清这条千百年来流淌不止的古运河究竟流向何方。

他开始想家,想得那么厉害。有几次,他几乎想趁着月色连夜走六十里赶回家去。但站里有规定,学徒期间,无事一般不准请假。他只能安下心来,焦灼地等待,或在夜间梦中享受回家的甜蜜。

终于,机会来了,为换春装,站里批了他三天的假期。昨天薄暮时分,他回到了村子,回到了家。熟悉的村道,袅袅的炊烟,乡邻的呼唤,母亲的慈颜,连空气都是温柔的,在他熟悉的后房小床上,在散着皂香的新被里,他安然入梦,并一觉睡到天明。

三

母亲在天井里洗衣服。这是立强的衣服,领子、袖口、前襟上尽是厚厚的油腻,热水一泡,一股猪身上特有的腥味便冲鼻而来。虽然又重重地用了一遍肥皂,水面上依然漂着一层黄黄的浊沫,衣服的肮脏,可以想见儿子环境的龌龊、工作的辛苦和料理生活的粗疏。她叹了口气,重新打来清水,准备再细细地搓洗一遍。忽然，她的手停住了，翻开的工作服口袋上，粘着一层东西，捏起一看，竟是一撮黄黄的烟丝。

啊！立强抽烟了？

她的心里一抖，眼前顿时迷糊起来。她再一次感到，这次回来的立强已不是以前的立强了。原先那个见人就脸红，有时还在自己面前撒撒娇的儿子形象，周围已罩上了一层浓浓的雾。

这次儿子回来，曾给她带来多大的喜悦啊，人到老年，自己已别无他求了，老头子一走，一切希望都放到了儿子身上。立强离开后两个月的日日夜夜，只有她清楚是怎样过来的。端起饭碗，便想起儿子能不能吃饱；刮风下雨，记挂他知道不知道加件衣服；夜晚上床，担心他会不会蹬开被子。谁能知道做娘的一颗心呵。要不是她要守住这个窝，她真要跟了儿子去。可这三间屋子不能丢，儿子以后要在这里成家，把丈夫的这条宗脉延续下去。

两个月的日夜熬煎全由儿子的回来得到了补偿。昨天傍晚，立强从天上掉下来一般出现在面前，使得一向做事有条理的她乱了手脚。为准备儿子归家的第一顿晚饭，她盛了米又想挖面，割了腊肉想宰鸡，结果在立强的提议下，最后只弄了几样一般的家常菜。她感到歉疚，感到很不满足，后来想着还有明天，后天，心里才终于安然一些。

她确实好好做了准备。昨夜睡在床上，她几乎把三天的菜谱都想好了。今天早饭的"摊饼"便是昨夜计划好的。这是一手从过世的婆婆那里学来的卓绝手艺：淡淡的盐水向热锅里一洒，倒入一团稀稀的面糊，锅铲子左一转，右一抹，中间轻轻补上两铲,然后浇上香油,撒上白糖,再撒一层炒熟的芝麻,锅铲子一铲,一只锅子形的摊饼便完整地盛到了竹匾上,薄、脆、香、甜,就着搅溜出来的米粉糊粥,既爽口,又养人。以往老头子在世,最喜欢这种早点,立强更是三日两头缠着她做。这次儿子回来,当然这是第一道食谱。

可刚才立强吃早饭时……第一锅摊饼端到堂前桌上,儿子的眼光似乎闪了一下。她原以为他会像以往一样,高兴地喊一声娘,用筷子重重地敲几下桌子。她喜欢看儿子那天真的娇态,听儿子带着娇音的呼唤。她站在堂前,静静地期待着,但儿子没有出声,手将饼子一卷,三折四折,捏到了手里。她有点失望,回灶上操作,手脚便不那么灵便。但第二锅还是很快端了上去。当第四锅快起锅,却听到儿子在堂前喊:

"娘,你也来吧!"

声音平稳,是一种冷静的客气,又像是听惯了的另一种声音。她怀疑自己的耳朵出了毛病,但确实是儿子在堂前喊她。她端起第四锅饼走出去,发现第三锅还剩一大半。儿子望着她说:

"娘,你快来吃吧!"

"正在摊呢,你先吃。"以前,儿子一顿起码吃五六锅的。

"不,我够了。"

"饼不好吃?"

"不,好吃!很好吃!"儿子努力咽下最后一口。但她看得出,那话,那动作是一种做出来的安慰。他什么时候学会和娘客气了呢?

她积聚了一早晨的兴致全没有了,收起剩下的半钵子面,放进了碗柜。以后是她毫无滋味地吃早饭,和儿子一问一答式地对话。儿子好像有话说,又说不出来;她想问,又无从问起。两人说得那么艰难,简直成了一种负担。最后,她对儿子说:

"你回来了,今天要去杏秀家里看看。我的责任田是她家代种的。你不在家,杏秀常来做伴,再说……"

"娘……"儿子听到提他和杏秀的事,打断她的话头,但很快答应并站了起来。等儿子走出,她嘘了一口气,竟感到一种莫明其妙的轻松。真正怪了,想儿子,盼儿子,儿子回来却出现这样的局面……

现在,儿子口袋里又出现了烟末。以前老头子口袋里是常有这种东西的。他抽烟很厉害,越是在外面有事,越是抽得多,往往她半夜醒来,还能看到老头子倚在床上抽烟的火光。听着他一面抽一面咳,她心里一阵阵揪得发疼。难道儿子也抽烟了?难道单位上也遇到什么事了?以前,儿子的一举一动,一言一语,她都能看透他的心底。但这一次儿子回来,话变得特别少,她分明感到,立强眼睛后面藏着很多东西,却捉摸不透了。对了,那句"你也来吧!"活脱脱就是老头子的口吻。她终于悟出刚才那声音为什么那样熟悉了。

她心里一阵难过,又感到一种隐隐的担心。担心什么呢?她不知道。

四

田野上,春色是那样的浓了。一垄一垄的麦田,蹿过了腿肚,一片片盛开的油菜花，融在那无边的绿中，灿烂耀目，像一抹黄色的云。塘里，蝌蚪儿摆起了柔柔的尾巴，小鱼不时跃出水面。百灵子在绿原上翻飞啁啾，唱着动听的歌。一群蜜蜂儿从身边掠过了，留下一串嗡嗡的尾音。明丽的阳光下，处处都感受到大自然生命的跃动。

　　立强在绿色簇拥的田埂上走，心里充满着童年时的欢乐。在单位上，纷繁的事绪，色彩单调的环境，对四季的感觉也迟钝了，竟没觉到冬天已悄悄逝去，春天这么快就来到了人间。但他似乎又有点不满足，不满足什么呢？他说不清楚。刚才吃早饭时，他感到和母亲的谈话老融洽不起来，许多话分明到了嘴边又吞了回去。他好像本能地感到那些话不便和母亲讲，即便讲了也没有用。他竭力想恢复以前和母亲在一起的亲热状态，却不行，结果一场勉强维持的对话变成了沉重的客套和敷衍，弄得他非常懊丧。他感到奇怪，在单位上是那样强烈地想家，可一切出现在眼前，又很快觉得平淡了。母亲那没完没了的嘘寒问暖，经过了最初的激动以后，再听便近乎对小孩子的唠叨；那以前最喜爱的早点摊饼，味道也不如想象中的好。看来，记忆也会骗人的。后来，母亲叫他到杏秀家看看，他不假思索就答应了。出了门，他竟然有一种解脱感。他和杏秀的亲事，虽然没有定，父亲在世时就隐隐约约地说了。在单位上，杏秀也常常在梦境中出现。

　　此刻，他已是强烈地想见到杏秀了。

　　杏秀不在家，和她爹下地了。她家的责任田在村西的庙湾里。那是一片河沟半抱的土地。原先那里有一座土地庙，庙里有两棵合抱粗的银杏树。庙在五八年已全部拆毁,只有两棵银杏树还矗立在那里,拔地指天,俯视着旷野。近年来,那片光光的庙基也被人垦成耕地了。

杏秀父女正在庙湾里翻土,准备晒垡以后做小秧田。看到立强,杏秀爹停下手里的活计,老远向他打招呼:

"立强,今天早晨才知道你回来,本想下午去看你,你倒先来了。杏秀,你强哥来了。咦!你跑那边去干什么?"

杏秀跑到地的另一头去了,头低着,拾地里的杂草。

杏秀爹明白姑娘的心情,笑着怪一声:"这孩子!"转过身来,却发现立强拿起了杏秀丢下的钉耙,连忙阻拦:

"立强,你放着,这点地很快翻完了。"

立强却没歇手,捋起袖子,粗壮的胳膊高高举起了钉耙。杏秀在那边偷偷地瞧。

立强一边翻地,一边和杏秀爹搭白:

"大伯,我娘在家,多亏你们照顾她。她的责任田也由你们种了。"

"她那么点口粮田,我们手紧一紧就带过了。你这孩子怎么也会客气啦?"杏秀爹笑着和他打趣。

"不……我不在家,我娘年纪大了,很孤单……"立强说话,嗓子有点哑。

杏秀爹感到一股大人气向他逼来,不禁也正色起来:"你在外面放心就是了,杏秀会去陪伴她的……"

说到杏秀,立强头脑里浮起了镇上另一个姑娘的身影。最近,陆师傅几次说要为他介绍对象。半月前的一天上午他把立强领到一户开着小杂货铺的人家去，一个从未见过有那么胖的胖女人接待了他们，又是端凳子，又是倒茶水，糖果剥好送到你嘴里。立强很不习惯那种热情，终觉得那笑是肉褶子里挤出来的。尤其是她对他的称赞太过分了，又是聪明，又是能干，她和他刚刚认识，怎么会知道他聪明能干？事实上，他总觉得自己太笨，太无用，既不能看清周围，也看不清自己。他在那小屋子里感到郁闷，感到窒息。后来，他们要走了，胖女人嚷着要留饭，却又不动。立强看那小钢精锅里淘的米都不够他一个人吃的。在自己家乡，主留客饭往往是不响的，悄悄地鸡杀好，菜弄好，饭便端了出来，客人要走也走不掉。他们终于不顾嚷嚷出来了。路上，陆师傅问他屋里的那个姑娘怎么样，立强这才想起那个出来续过两回水的女孩子，长得很清秀、干净，待人也很真诚，比那胖女人入眼得多。但当陆师傅说要把那姑娘介绍给他时，他的嘴缝住了，眼前立即闪过了杏秀的影子。陆师傅接着说的一大套话，什么应当找个吃居民粮的呀，找了乡下婆吃一世苦呀，他一句也没听进去。

以后，那胖女人来过站上好几次，有两次陆师傅不在，便直接来找他了，把钱塞给他，要他去门市部买这买那，弄得他非常尴尬。小亮还当场开他玩笑，说丈母娘来找女婿了，几乎使他要和小亮翻脸。但过后，小亮在宿舍里对他说出底细，他默然了。原来那胖女人是陆师傅的一个远房亲戚。小亮还知心地告诉他，和师傅的关系特别重要，那是以后满师、定级的关键。小亮又告诉他镇上许多藤牵蔓绕的事情，都是他从未听过的。他想起那次卖猪血时师傅和他讲过的话，忽然感到自己周围似乎有一张无形的网,要把他网罗进去,编织进去。刹那间,他觉得自己是那么地孤单,那么地无力。

晚上,他便做了个梦,梦见了杏秀。可杏秀不理他,他焦急地喊她,却醒了。睁着眼睛等天亮,回忆杏秀的样子,却模模糊糊,想不真切。而那姑娘的身影却不时跳出来。那姑娘确实好看的,尤其笑起来,脸上两个酒窝,真迷人……

立强翻着地,眼光向那一头瞟着。此刻,他非常想杏秀能站起来,走近些。他想细细看看她,和那个姑娘比一比。这两年,不知什么原因,两人见面都不大说话了。尤其杏秀,见面头都低着。而小时候,他们是常在一起的,一起挎着篮子去割猪草,割猪最爱吃的一年蓬、牵牛藤、马齿苋、小蓟草;一起用草棍子在墙缝里掏蜜蜂,掏得它嗡嗡哼着爬进预先备好的玻璃瓶。他们最喜欢在禾场上搭小房子,大人们在打稻,他们用散着清香的新稻草围起来,盖成个小屋。有次大人开夜工,收工时发现他们不见了,大人们到处找,最后在"小房子"里找到了他们,两人已在里面搂着睡熟了。现在,杏秀缩在那一头,既不说话,也不过来,他不禁有点怅惘。

大块大块的泥土在闪亮的耙齿下翻垦过来,黑黝黝的,散发着潮湿的芳香。一家一户种责任田,小秧田不大,很快就翻完了。杏秀爹在田埂上坐下,从口袋里掏着烟:

"立强,最近不忙,都是些零碎活。现在回去吃饭还早,在这歇歇吧。你抽烟吗?"

"不抽!"

"还是不抽的好。现在年轻人,人不大,嘴上叼根烟,样子真不好看。你爹要在世,看到你长成这么烈烈轰轰的,不知要多高兴来……"他点着烟,话多起来,"唉!你爹真是个好人哪!可惜好人寿不长,眼见得你家慢慢好了,他又……"杏秀爹一阵黯然。

"爹,强哥刚回来,你又说这些伤心事……"心地善良的杏秀阻止她爹,走了过来。

立强终于看清了杏秀,也听到了那银铃般的声音。他发现杏秀很好看,一件水红色的新单褂,紧紧裹住她那丰满的身体,一双时抬时低的眼睛,亮润润的,像蓄着两汪清澄的春水。她站在融融的阳光里,浑身溢着青春的光彩,更衬得周围草茂花荣,春色浓了十分。他心里很高兴,便望着她故意说:

"怎么,我就喜欢听大伯讲。"

杏秀脸上飞起两朵红云,头又垂下了。隔着一段,在她爹那边坐下,手里摘着田埂边的小花。

杏秀爹看着笑了:"我们不比你们,人老了,讲讲过去的事,也是一种乐趣。唉,好人就是叫人想。你们不知道,我和立强爹小时候还是同学哩。在私塾里,我念书老记不住,光挨先生的板子。可他很聪明,先生教的书,一念就熟,尤其那一手毛笔字,在周围几个村都闻名的。"

立强被吸引住了,他想不到父亲也有这样的童年和读书时代。他长这么大,父亲的事知道得很少。父亲在时,一星期才从学校回家一次,回家话也不多。他长得很魁梧,脸庞方正,很严肃。立强有点怕他,在父母亲中也更亲母亲。可今天,不知怎,他忽然非常想知道父亲的事,简直是渴望。便问:

"你们那时念书念点什么？"

"念得多了。《三字经》《千家诗》《幼学琼林》，以后"四书""五经"也读，还要做窗课、做诗、做对子。这些我都忘得差不多了，但你爹对过的一副拆字对我还记得很清楚，叫作'金傍两支戈，色头一柄刀'。后来又仿照《神童诗》凑了两句：'男儿须立志，慷慨意气豪'，作成一首诗。那次，先生是着实地赞扬了他一番的。"

立强依稀记得父亲也曾对他讲过这首诗，但当时不明白是什么意思，便又问道："这诗讲的什么？"

"我也到以后才真正明白，是讲的'钱''色'两字，这两样不是好东西，最易坏人；人生在世，不能被这两件迷了心志。老话'从小看看，到大一半'，你父亲一生做人清白，我看他小时候就有这志向了……"

不知杏秀爹是闲谈，还是有意讲给立强听，立强听了却沉默了。他想起在单位里遇到的许多事情，心里起着微微的震颤。

"你爹的脾气耿，为这也吃了许多苦。不知你知道不知道，你二姐、二姐夫到你爹死还埋怨他哩！"

"爹，这些话你提它做啥？"杏秀不愿意当立强的面议论他家的私事，又出面制止他。

"好，不说不说……"但他到底忍不住，又说道，"唉！你们不懂，正因为这，别人才敬他，念他。你们没看到发丧那天，他那么多同事，他生前蹲过的许多地方的学生、群众都来送葬了。那么多花圈，那么多挽幛，那么隆重的追悼会，四转三村谁有过他这样的排场……"杏秀爹说着，眼圈都红了。

立强眼睛也湿湿的。他想起了父亲的丧葬场面，想起了那堆得山一样的花圈，灵堂里挂满的挽幛，送葬路上唏嘘的哭声。这是对一个默默无闻的人的肯定，是对一个清贫正直的教师的褒奖。此刻，他已隐隐意识到那丧葬场面中包含的人生内容，来时的缠绵的儿女之情一下子全飘走了，心里充满着高旷、庄严的感情，没有一点杂质。

杏秀爹还在感叹着："你爹去世快一年了，今年我想去给他烧点纸，再过两天就清明了。"

立强心里蓦地一惊：啊，再过两天就清明了？！他抬起头，村野上草木蔚然，一片明净；不远处，两棵银杏树笔直伟岸，挺立在蓝天碧霄中，枝叶簌簌地响着，像在诉说着什么。忽然，一个念头在脑际倏地闪过：

"趁着这次回来，应当将爹的坟好好修一修……"

五

立强今天要去上班了。他的行装已经收拾好，人到杏秀家告别去了。母亲想不到三天时间过得这么快，娘儿俩没有好好讲话，他就要走了。她坐在堂前，望着儿子的行李，闷闷地发呆。

儿子这次回来，几乎没有歇一歇。起早带黑地帮她把自留地全部整了一遍，又花一天工夫把老头子的坟重修了一下。那天，她也去队里的公墓地里看了。老头子的坟茔整整升高了一尺，上面覆着青青的草皮。嫩嫩的草针中，地丁花、点地梅、半枝莲团团簇簇开放着，白的、红的、紫的，围成一圈圈彩色的环带。

假如有一场春雨,那些花草便会扎下根去,年年度度返青开放了。

在坟上,她没有想到立强会突然向她问:

"娘,我爹为什么事和二姐、二姐夫闹翻的?"

她一点没有思想准备,愣了半晌,把二姐夫想当民办教师,让二姐回来说的事讲了一遍。谁知立强听了说:"哼!凭二姐夫肚子里那点墨水,能教人?那是害人!他们还怨爹哩?他们根本不是我们家门里的人!"当时她一听惊傻了,立强的话几乎和老头子那次拍桌打凳赶他们出门时骂的话一模一样。她看着绷脸站在坟前的儿子,眉毛拧着,头发蓬着,在夕阳的余光中,她恍惚看到了那个熟悉的影子,那是老头子年轻时的样子啊。她心里即刻冒出一种敬畏的感觉,她是那样惶乱,那样惊悸,这是面对自己的儿子呀!

是的,这次儿子回来的许多行动都叫她不理解。昨夜,她又要为他打油酥裹饼,也被他拦住了。整理行装时,却把老头子丢下的两本黑面簿子装进了背包。她不知道那簿子上究竟记着些什么,以前老头子在世时,是常在那厚簿子上划写的。她感到有点委屈,也有点难过,便鼓足勇气问他:

"小强,你这次回来,好像有什么事瞒着娘?"

"娘,不会的。你放心,我不会做对不起你,对不起爹的事。要真有事,我一定会告诉你。"

儿子平静地笑着。那笑,又使她想起了老头子……

立强从杏秀家回来了,后面跟着杏秀。他走到母亲面前,轻轻地说:

"娘,我要走了。"

他的声音稳妥沉着,没有一点儿稚态。他站在眼前,整整比她高出一头。她端详着儿子那开始变得方正的脸,突然觉察到,儿子已经长大了,心里一热,眼中溢出了泪花。

立强扶住母亲的双肩说:

"娘,你别伤心。你一人在家,我一有空就回来看你。"

"不,我不是伤心,是高兴……"

她感到儿子的那双手是那样有力。她抹抹眼睛,给他拉正衣襟,又掸去儿子肩上的一根草屑,把包一个一个递给他。

儿子走了。

这次立强没有哭,出大门就没有回头。他脚步迈得很坚实,那前行的身影,活脱脱就是年轻时候的老头子。

她也没有哭。杏秀扶着她,在村口目送着儿子远去,一直看到他隐没在那片青青的白杨林中。这一瞬间,她隐隐感到有什么东西从身边失去了,永远失去了。她有点留恋也有一点悲哀,可心里却感觉着更多的安慰。假如老头子现在就把她唤到身边去,她将一点也不犹豫……

栀子花[1]

> 栀子花，栀子花，
> 花旺家也旺，花发人也发。
> ——当地民谣

漠漠水田飞白鹭的季节，我回柳家湾去探亲。

离开小镇车站，我便迎着芳山那一横黛色的峦影走去。一路上，芳草迷径，繁花惹眼；田野里，蛙鼓阵阵，田歌声声。所过处，社员们都在收麦打场，灌水插田。农村里"起早落黑，汗水不歇"的最忙时光到了。

正走间，忽然一阵香味扑面而来，是那么浓郁，那么醉人。抬眼看去，一群姑娘挑着满满的秧篮悠悠地到了眼前，她们胸襟上、鬓发间都插着一枝枝嫩生、洁白的花朵。

啊，栀子花！栀子花又开了。

我猛地停住了。姑娘们穿行在方方明镜似的水田间，翩翩的英姿在千顷绿色的背景上已逐步模糊，我却久久没有动步。

---

[1] 原载于《雨花》1980年第12期，第27-34页。收录于《麦青青》，江苏人民出版社1983年版，第49-68页。

渐渐地，另一个姑娘的身影却在我面前站起，她干净、娟秀，带着一身芳香向我走来。

一

十年前的这个季节，我随着全家下放到芳山脚下的偏僻小村——柳家湾安家落户。

我虽说是城里姑娘，却也有两只手，不能在断薪绝俸的家里吃闲饭。因此，下乡的第三天，我便扒下维纶丝袜，赤着一双雪白的脚踏进了冷浸浸的水田。

在城里，每天端起一碗碗白米饭，只觉得香甜、爽口，却想不到这稻米的生产还要经历这么繁复的过程。尽管我竭力学着社员的样，但插下的秧棵还是垅不成垅，行不成行。而且不一会，腿开始打颤，背开始发胀，腰疼得快断下来了。更难耐的是，周围男人群中那不堪入耳的蠢言粗语，不时向我袭来。农民们脸朝黄土背朝天，用出格的戏谑笑闹打发着单调的时间和繁重劳动的疲劳。我是个二十出头的姑娘，初次接触到农村的这种原始娱乐，却被羞得耳热心跳，吓得头不敢抬，眼不敢望，只好拼着全力，默默地撑着。

太阳辣辣地照着，蒸腾的水气熏得人头晕脑眩，直想呕吐。就在这时，一股清香不远不近，不浓不淡地向我飘来，味儿甜丝丝，清幽幽，使人迷醉，又使人安神。我好奇地搜寻，才发现清香来自一个双辫扎着手绢儿的姑娘，她在我近旁，已将第二趟秧赶上来了。

带着对女性的亲近感，我悄悄地问她：

"你身上什么香啊？"

"栀子花！"她好像惊异于我的提问，直直地抬起头来。

"栀子花？！"

"嗯！"她飞快地摘下斗笠，从里面取出一枝白花，"喏，就是它！"

"哦！"我惊喜地捧过花。那花儿洁白，无一丝尘垢，花瓣儿敦厚阔大，微露着娇黄的蕊儿，闻着比玉兰清雅，又不像兰草花那样香得呛人。

"你喜欢吗？拿去吧，我家里还有。"姑娘扬着藕节似的臂膀，露出一嘴小巧的牙齿。我这才看清，她是一个长得很漂亮的姑娘，丰圆的前额，染着红晕的双颊，两弯清秀的月牙眉，半抱着一对水晶般清澈的明眸；尤其是两条乌漆发亮的大辫，沉沉地搭在胸前，特别引入注目。正当我凝视她的时候，猛地感到腿上痒痒的，俯身一看，只见两条黑黑的东西在腿肚上蠕动着。我皮肤一阵颤栗，吓得惊叫起来："虫！虫……"

姑娘看到了，连忙喊道："别急，等我来！"三两步跨过来，对准那黑虫就是两掌，黑虫蜷成一团，落进水里，一曲一直游走了。

这番骚动招来一阵轰笑，男人群中立刻送过来一条粗哑的嗓音："嘿嘿，城里妹头细皮白肉，连蚂蟥也识得好歹哩！"

我的脸颊颈子红到了耳根。正不知所措，那姑娘却头一昂，骂了起来："水蛆虫，有屁回去对你老婆放去，别在这里烘烘地熏人！"然后一拉我的衣襟说，"别理他们，臭嘴里倒不出半句好话。我们那边去插,我教你!"说完,将两条乌黑的大辫子往背上一甩,拉住我走到了田冲另一头的一块小田里。由于刚才的救援,我心里很感激,和她的话更稠了。絮絮的长谈中,我才知道,她叫六梅,住在村东头那棵浓绿青翠的枫橡树下。她上手还有两个姐姐,三个哥哥。父亲前年已经去世,姐姐都已出阁,大哥成家另开过了,二哥在部队里服役,眼下她和母亲、三哥住在一起。她在家里是老巴子,父亲在日,发誓让她断文识字,送去镇上念初中。但急风暴雨的革命一开始,她便失去了读书的机会,没有念完就回村参加了劳动。可就凭她那一手,在村上还算得一个女秀才哩。因为家里宝贝,且六梅心气也高,在这一带早婚成风的山乡,这个快二十岁的姑娘竟还没有许人家。

六梅不独生产上活路熟,出手快,心灵手巧在全村姑娘中也是出了名的。她纳的鞋底袜船,针脚整齐密匝,结实耐穿,常常是姑娘们仿效的榜样。同样的棉花,她纺出的纱又细又匀;同样的家织木机,在她手里能织出各种新巧的彩条、花点。难怪村上小学里的女老师这么夸她:"如果天边那七彩的云霞能够得到,六梅准能裁下一块织进她的布机。"

在六梅的帮助下,我很快学会了栽秧,在水田里也渐渐能跟上趟了。而我和六梅也越发亲近了,两人一同出工,一同收工,外人看来,竟以为我们是一奶同胞的孪生姐妹呢。

一天傍晚,我俩挂着一身泥水收工回家,在塘边洗干净身子以后,我们水淋淋地走回村来。路过她家门口,六梅一把拽住我说:"姐,你别走,今天我给你梳梳头。"未等我答应,已被她拉了进去。

下乡这些天，我还是第一次踏进六梅家的大门。她家住着三间向阳草房，前面有着一个整洁的土墙小院。小院里，丝瓜爬藤，扁豆上架，山药蔓已开始游上屋顶；墙根屋前，却争奇斗艳般开着一丛丛凤仙、月季、蜀葵。在一片灿烂中，一簇枝叶峻茂的花树分外显目，泛着光泽的翠叶丛里，一枝枝莹洁的白花俏生生探出头来，那一股甜香，幽幽四溢，一直透进你的心里。我惊异，六梅这样的庄户人家，竟是这样的酷爱花儿草儿哩。

在六梅干净整洁的闺房里，我们换过了衣衫。六梅掇出一条长凳，我俩就坐到院子里来了。她取出梳子、镜子，给我梳起头来。这姑娘的心，大约真比旁人多了一窍。她那柔软的手指在我的长发上轻轻地理过，又顺畅又舒服。她沥去水，梳顺发，又给我精心编织小辫。我驯从地承受着她的爱抚。最后，她在我后脑上摩挲一会，忽然叫道："好了！"随即递过了镜子。

我一看，脸腾地红了。镜子里的我，容光焕发，两支小辫在后面交叉拢起，上面却被一嘟噜插起六朵栀子花，简直成了大观园中的刘姥姥。我站起身就要抓她，她却一闪躲开，咯咯笑着钻到栀子树背后，冲我说："姐，你真漂亮，做我的嫂子吧！"

这一来，我更羞得不行，扑过去要拧她，她告饶道："姐，你不是爱栀子花吗？我喜欢你，和你脾气投得来，换了旁人，伸了手我还不给呢！"随即走拢来，说道，"你别看它是花，这花就像人，还拣门呢。老辈人说，'栀子花，栀子花，花旺家也旺，花发人也发。'倒运人家想它开花还开不来哩！"

她说着，走向栀子树，扳过花枝，轻轻折下一支刚吐蕾的新鲜花枝。递到我手里说："这花也和人一样，爱洁，可不能对它泼脏水，一泼就不开花了。这花，我们这里老小都爱它，因为它香得长，香得久，你采下几枝，放进箱子，花瓣儿黄了，还淡淡地香着。它不会霉烂，不怕虫蛀……"

想不到六梅对栀子花爱得这么深，我擎着那支栀子花，对着六梅俊秀的脸，望出了神。

二

谁知三年以后，真的应了六梅的话，我嫁给了六梅那刚从部队复员的二哥。从此，我和六梅姑嫂相伴，一门进出，更加形影不离了。

婆家是个勤俭家庭，由婆母主持家务。她是个能干人，耐劳、肯苦，为人正派、清白，六梅身上，清晰地留下了婆母的影子。

三叔要娶亲了，女方坚持要草房翻成瓦房，新人才肯进门。多亏婆母事先打了后手，早早积聚了一笔钱。当年秋后，全家便投入了目前农村最大的创业战斗。谁知破土动工，屋架竖起，老天不架势，下起了绵绵的秋雨。瓦工时停时歇，砌屋进度拖下来了。家中匠人加自动来支援的十几个亲戚，连带村上帮忙的小工，天天几十张嘴吃饭，每顿烧两大锅，还是连锅巴都剩不下。婆母有个不许冷脸待客的规矩，为了桌上能摆出稍稍像样的菜，婆母动煞了脑筋。就这样一划算，要等新屋落成，再配齐装修新屋的零碎物件，钱差了四百元。

这是一笔不小的数目。几天下来，婆母瘦得只剩下了骨架，夜里躺在床上，翻来覆去，长吁短叹，常常睁眼以待天明。

记得那一天，来帮忙的一个远房舅舅把婆母拉到后房，唧唧哝哝商量了好半天。婆母出门来叫六梅的时候，两眼红红的。我估计要有什么事发生了。果然不多一会，后房就传出了六梅的哭声："我不，娘，我跟你一辈子，不出这个门！"

"傻妹头，哪有个闺女不出门的理？这条路迟早总要走的。你看你姐姐，还有村上琴妹、菊英她们……"婆母充满慈爱地劝着。

我连忙推门进去。婆母看到我，对我说明了事情的原委。原来为了垫空这笔钱，舅舅为六梅介绍了一个对象。人不远，就在前村，彼此也知道的。家中就母子两个，答应如果事情成功，订婚费马上拿过来四百。可是事情亮开，六梅高低不肯。

事情僵住了。一家人愁眉搭着苦脸，六梅哭得泪人儿似的。婆母心痛，流着泪劝了几次，六梅总不应声。三叔看着不忍，说道，就是终身不娶，也不能委屈妹妹，说完拉起钉耙就要扒房基，被众人拦住了。当天晚上，在秋雨的淅沥声中，六梅扑在我怀里大哭了一场，然后一拧身跑到婆母房里，喊了一声娘，就扑通一声跪了下来。

婚事说成功了。四百元救了全家，新房落成了。当年冬天，三叔娶回了媳妇。可是春节一过，那位姑爷就一身簇新上门催亲了。乍一看，这是位精明过人的姑爷，言谈爽利，人也长得漂亮，配六梅配得过的。只是了解的人讲，他脚头活，外面路数足，人不大宜当……但事情到此地步，翻悔是不可能的了。

磨缠几次，婚期定了下来。

又是栀子花盛开的时候，六梅要出门了。

新婚前两天，六梅就不进一点饮食了，整天不言不语，目光呆滞。我暗暗伤心，六梅终于没能逃得过，走了农村姑娘千百年来常走的那条道。正巧半月前，我城里的姑妈看我在乡下可怜，为了让我能挣几个活络钱，买了一架缝纫机送给我。我想着和六梅姐妹一场，便将这架缝纫机转送了她。

喜日碰巧也是个雨天。从清晨起，斜风夹着细雨就一直没有断点，打得那丛栀子花也枝叶萎蔫，失了精神。迎亲的人来了，六梅木头人似的任由别人摆布，及至穿好新衣，抱出门外时，她似乎清醒过来，猛地向婆母跪下，放声大哭，一身新衣立刻就弄脏了。婆母没有作声，抿紧嘴唇，挥了下手就进门去了。也不知是路滑难走，还是大家心绪不佳，两里多路走了近一个小时。到姑爷家门口，六梅看到门上的大红"囍"字，双眼一闭，就往下瘫。大哥情急地抱起她，她猛地一蹦，又从大哥怀里滚到地上。大家七手八脚，好容易才把她弄进新房，可新娘和送亲人都成了泥猴。

晚上，人声静了，我陪着一动不动的六梅，还在劝她。临到终了，她深深地叹了一口气，说："姐，我恐怕就是这个命了。"

"六梅，别这样想，往后只要姑爷待你好……"

"姐，有句话我一直没有告诉你。前年村上放电影，黑地里他就对我动手动脚。他……"

"哦……"我惊愕得说不出话，原来六梅心里结着这么一块疙瘩。

六梅再也不作声了，只是流泪不止。

深夜，我回家了，一路上想着六梅，心里一阵阵发痛，泪水和着雨水不住地淌。

三朝以后，六梅和姑爷回门，我瞧着她虽然脸色苍白，但平静多了，眼睛里似乎又闪起前几年那种坚定的光。婆母看着高兴，悄悄地对我说："老二家，我说一成亲就会好的，你看六梅头……"

回去前，六梅自己寻了一把锄头进了老屋小院，在栀子花周围垒了起来。我一下子明白了六梅的心，眼泪又止不住流了下来，连忙走到她身边，帮她扒土。六梅既不看我，也不说话，只是默默地干着。她细心地分开土，轻轻地将栀子花分出一株，连土用稻草裹好。一切做完，惨然地对我一笑，抱起花树和姑爷出了门，再没回头。

以后三年中，六梅很少回门。婆母和我去看过她几次，她已大变了，两条浓黑的大辫已经剪去，留了一头利索的短发，外表看来，她已是一个地地道道的农村少妇。她全心全意撑起了那个门户，家中养起了肥猪，喂起了鸡鸭。她原本就跟我学过裁剪，这两年，技术更加长进，几乎成了那一带的巧裁缝。她白天参加队里劳动，晚上承做人家衣衫，怀孕八个月，还拖着重身下田做活。节前年下，开夜工做衣，缝纫机声常常响到黎明。她这样日夜操劳，但还像在娘家做姑娘时一样，堂前房里收拾得清清爽爽，柴草屑都不见一根；一家三口，脚上不断新鞋；身上整整齐齐，连补丁都补得平平整整，不露针脚，不挂线头。六梅过门后，姑爷也变好了，收了心在家劳动，再不出去乱跑，队里还让他当了农技员。前村人齐声夸赞，姑爷前世修得好，今世讨着了一个好媳妇。

第三年栀子花放苞的时候，六梅生了一个俊女儿。满月那天，六梅第一次邀我们全家去做客。姑爷在路上偷偷告诉我们，这是他家三年来第一次上街割肉，六梅今年坐月子，只吃了点鸡蛋，鸡没有杀一只，连他罱河泥逮到的两只甲鱼，都没舍得做汤吃，硬逼着他提到镇上卖了。

我听着心里酸楚，难受，左右翻腾，不知是什么滋味。从六梅身上，我又一次看到了农民——中国几千年来牢牢维系在土地上的农民。他们也是有嘴的，虽然不一定知道甲鱼能滋阴补肾的养生之道，但至少也能辨得出鸡腿的滋味远远胜过那薄油少酱的老青菜。如果一亩田的出息能大大超过一只半导体，在这物质尚不丰富的年代，他们也许不会把甲鱼送上城里人的饭桌。

那天，六梅非常客气，灶上灶下忙得脚不沾地。她脸上罩着红云，明显地胖了。

我悄悄地夸她："六梅，你真能干。"

她抿着嘴，只是好看地笑着。

我又问："你怎么就管住了他？"

她仍笑而不答。

我进一步打趣："听人说，姑爷常跪在你床前的。"

她笑着白我一眼："你也轻嘴薄舌的。"转而轻轻叹口气说，"人逼急了，咬咬牙齿也能爬出一条路来。其实，我也不想上天，只要家像个家，人走出去，挺腰直背像个人，就心满意足了。"

在灶下，六梅悄悄地告诉我："姐，告诉你，那年办事我家做了亏空，那四百元也是造房钱。这两年钱又积得差不多了，材料备得齐的话，年下就动工，这两间草房一下雨就漏。"她说着，掩不住脸上的喜色。

我怄她："你个鬼妹头，那年过门，哭天号地的，差一点没打了人，现在也'我家''我家'的了。"

她急得捶我一拳："姐，你怎地也变坏了。"

……

饭后，六梅搂住我的肩膀，喜滋滋地说："姐，我的栀子花开了，开得才旺势哩！"她抱着女儿，一把拽我到了后院。那儿，竹篱包围成的园圃内，那株移来的栀子长得枝旺叶盛；绿荫翠丛间，姣洁的花朵白霞霞开了一片，满天世界，散着重重的奇香。

六梅抱着女儿，对我说："姐，不怕你笑话，这妹头，她爸爸不知给她起了多少名字，向红、卫青、小军……我都不爱，后来，干脆就叫她栀子，叫着顺口，也是我们种田人的本分。"

我听着，心里一阵发热，从六梅怀里一把抱过小栀子就亲起来。呵！那粉团团的小脸，那眉，那扑闪的亮眼，竟活脱脱就是一个小六梅。此刻，她正咧开圆圆的小嘴，甜甜地笑呢。

……

临走前，六梅从绿盈盈的树上，采了满满一帕子栀子花送给我。我知道，这是她的一片心，是她三年来足以向人显示的业绩。我捧过这洁白的花儿，又一次流下了眼泪。

但这一次，我流的是喜泪。

三

　　这年下半年，六梅预定的造房日期到了。一年来，靠着姑爷的精明能干，砖瓦都已到家，就是四围的立柱、顶上的梁椽还没有着落。这些年，农村除了失火防汛、复员转业，几乎分不到什么木材计划（我家翻房就靠的六梅二哥的复员计划），即使净瓶里杨柳洒出一点，也都得先尽着那些有门有路的人家。姑爷看着不服，曾试探着跑过几次公社和大队，但碰了几次鼻子，也就泄了气。六梅说："不要热脸去贴人家的冷脸了，与其受别人的气，不如多花点钱。我们不是那号有福的人，自己留点寿活活吧！"

　　由于多少年来上面不管，这一带的造房人家大都自寻门路，进山花高价购买黑市木料。六梅和姑爷不比别人多长一只手眼，当然也只有进山这一条路。

　　一般人还不知道这进山是什么滋味，那是一种万分吃苦还要把心攥在手里的"黑"勾当。且不说要几天几夜不睡觉，拖着板车往返三百余里，单是绕过公路上的那些大关小卡，就得叫你出十几身虚汗。所以不到万不得已，谁也不肯揣着血汗钱去冒那个险。

　　六梅是个想定了就做的人。秋忙一过，她就催促姑爷上路了。临行前，她掏出三年来的积蓄——五百元，郑重地放到姑爷手里，千叮咛，万嘱咐，要他路上小心清醒，不能失手误事。而且还根据姑爷的秉性关照他，山里人弄点木料出来，也是拼死力挣的一点脚力钱，不能耍小手腕，亏待欺蒙人家。姑爷一一答应，当天半夜，就和来帮忙的三叔搭伴进了山。

姑爷走后，六梅邀我去陪夜。那几天，六梅吃不下饭，睡不好觉，不是烧饭多放了水，就是菜里多抓了盐，半夜里常常一跳醒来，说听到外面板车响了。我劝她放宽心，姑爷是个精细人，路上决不会出什么差错。

谁知到了第五天，三叔一身汗渍，满面尘垢跑回村来，一进门对着六梅和我就放声大哭。原来他们进山以后，很快就买好了二十根长梢圆木，沿途回来，又顺利地闯过了五道关卡。在进山人称为"鬼门关"的两省交界处，姑爷特别多了个心眼，宁愿多绕七八里，选了人家不常走的一条小路。殊不知那里的检查站比鬼还精，竟然条条路上设了暗卡。这一下，他们措手不及，遭了截，木料充公不算，还把姑爷的人扣了。

这个消息等于晴天霹雳，六梅两眼一翻，昏了过去。我和三叔掐人中，捂冷手巾，好半天才弄醒过来。六梅捶胸痛哭："天哪，你怎么没长眼睛啊……"

姑爷被扣在外省，要紧的是先把人弄回来。弄人要三级证明，这就不得不惊动农村的三级政府大员。当时正是"堵路迈步"风刮得最厉害的时候，公社里来了"基本路线教育工作队"。这些县里的钦差大臣正发愁手中没有典型，这下好，"活靶子"自动送到枪口上来了。他们当即派人前去交涉，三天以后，姑爷被五花大绑押回了公社。

俗话说："祸不单行。"姑爷一出事，后面的麻烦竟像竹鞭透笋般一桩接一桩冒了出来。天真的六梅自出娘胎以来，虽然遭了许多磨难，但还没有真正尝到过社会上那种"政治台风"

的厉害。她是个刚心人，岂能受得了这种耻辱，当夜就跑进公社找工作队面质，要求放人。这一来好，摘瓜牵藤，连她也搭了进去，说她在家踏缝纫机，开地下黑店。就这样，他们夫妻俩一个投机倒把分子，一个自发资本主义势力代表，被押回大队批了三天，连六梅的缝纫机也封了。

事情发生以后，六梅人瘦了一圈，足足半个月没有出门。她的婆婆残年风烛，经不起这样的惊吓，连气带急，竟至卧床不起。两个月中，六梅侍汤奉药，克尽了孝道。婆婆过世，六梅痛心痛肺大哭了一场，卖去圈里仅有的一头肥猪，居然邀集所有的亲友，热热闹闹办了三天丧事。然后锯掉屋后两棵树，钉了一口薄木棺材，送走了劳碌一世的婆婆。

村上人都用惊奇的眼光看着这一切：这女人难道是铁打的，这样一场塌天灾祸，都没能把她压垮？其实，他们哪里知道，六梅夜夜泪水打湿枕头，那条结婚的绣花被子，两端的被角都快让她咬烂了。

丧事办完，六梅家中已如水洗一般。恰逢这年是个干冬，立冬以后就没见一点雨星。在这样的忙乱折腾下，六梅却没忘记每天两遍给那株栀子浇水。那栀子偏也像通晓人意一样，虽然经霜遭寒，依旧青枝绿叶，长得精精神神，不显一点萎相。

这段时间，婆母不放心六梅，时常叫我去伴她。一天我去，正巧六梅提桶给栀子浇水，她忽然问我：

"姐，问句不该问的话，难道我们种田人该的就是穷命？"

我没有思想准备，一时竟无从答起。

她却又说："我家爷爷手里要饭，爹爹解放前打长工做零工，难道我们做小辈的就得永远一代代穷下去？"

　　这些问题，我虽然思考过，但始终未有信服的答案。可未等我开口，她又接着说了下去：

　　"我在上学时唱的歌、念的书上都说，共产党搞革命，为的是打倒剥削，解救穷人。我没有剥削别人，凭良心、凭双手挣了那几个看得见的钱，倒成了坏人。姐，你相信我是坏人吗？"

　　我被问住了，没法回答。好半天，她长长地叹了一口气："姐，想想小时候我真傻，那时候和琴妹、菊英她们一起玩，大家都盼着快快长大，做个大人。想不到这大人竟是这样难做。"

　　我心里一阵阵发酸，在舌尖上滚的安慰、宽心的话一句也说不出口，猛想起怀里的二十元钱，这还是城里好心的姑妈上月寄给我的添衣钱，连忙掏出来给她。谁知刚出手就被她拦住了：

　　"姐，我不要你的钱！"

　　"为什么？你嫌姐……"

　　"不……"她眼圈红了，撩起衣角擦擦眼睛，"姐，不瞒你说，我并不愁。这几天算算，人家欠的裁缝工钱还有五六十，昨天盘盘米缸，拢拢还有一百多斤，三个人紧一点能熬到明年麦收。我也想了，往后，只要我和栀子爸不倒，这个家就一定能撑起来。"

　　……

　　没几天，大队里号召上水利，各家各户摊下了土方任务。姑爷身体不好，六梅把小栀子送回娘家，挑起畚箕随队里的男劳力上了开河工地。

四

半个月后的一天深夜,六梅突然敲开了我的门,一脸焦灼的神色问道:

"姐,栀子爸到这里来过没有?"

"没有啊!你走这么多天,一直没有照过面。"

"这次我走,心里一直不落实。前一阵,栀子爸整天唉声叹气,动不动就摔碗砸碟,好像魂都不在身上。我看着不忍,才顶了他。可这几天工地上一些人传,他又和水蛆虫那帮人搅上了,三天两头在镇上喝得醉醺醺的,听说上了赌场,还和一些烂污女人搞在一起。我不放心,连夜请假回来看看,门上却挂着把锁。"

"啊——"我大吃了一惊,想起姑爷以前的行径,大队里风传水蛆虫家开了赌场的议论,相信这是真的了。

"姐,你快陪我到水蛆虫家找找去!"六梅在屋外要哭出来了。

我连忙穿好衣裳,和六梅直奔水蛆虫家。

水蛆虫住在村后的小山坡上,单门独户,是个相当僻静的所在。我们赶到那里,见屋内一片漆黑,摸摸门上也上着锁。我们奇怪,贴着门一听,里面却隐隐有人声。这一下我们明白了。六梅猛地将锁一拉,那锁却是假插的,门哗啦一声开了。屋里顿时一阵骚动,立刻响起水蛆虫粗野的喝骂:"谁?深更半夜撞人家的大门!"

我和六梅不顾一切闯进去,一看,里屋挤了一堆人,桌上一盏小油灯，小窗上用黑布蒙着，押宝盒子和钱还没来得及收。斜眼一溜，靠北墙一侧，果然坐着姑爷。他眼皮松弛，眼珠发红，赤裸裸闪着贪欲的光，见到我们，隐隐掠过一丝惊慌，又很快恢复了原状，仿佛早准备迎接将到来的一切。

我看着心里恶心，六梅早已骂了起来："你这个不长心、不要脸的东西，又死到这里来了。"

我愤愤地说："你怎么能走这条路？你就是不看六梅，也得看看小栀子……"

谁知姑爷一听，竟嘿嘿冷笑起来："我看？这几年，我死巴死做，苦还吃得少？可我看到了什么？还不是等于上了一次赌场，输了个净打光。哼！这年头赌！赌！到处都在赌……"

我没想到他会讲出这么一番话，顿觉一阵寒意袭来，骨头缝里都凉了。六梅却不管，哭骂着拉开凳子，扑过去要撕他。我连忙拦住六梅，严峻地对姑爷说："好了，有话回家说，六梅寻了你半夜了，还不快回去！"

在场的人先还凶神恶煞地瞪着我们，后看到六梅要拼命，知道待下去不妙，一个个悄悄往外溜。姑爷在这样的场合和我们脸碰脸，毕竟还有点羞愧，僵持了一刻，昂着的头低了下去，讪讪地站起身，向门外挪开了脚步。

回到家，一家人都起来了。六梅扑在婆母怀里放声大哭，闹着要和姑爷离婚；一家人齐声指责姑爷，不该不顾脸面，去做那些下流勾当。足足闹了两个时辰，婆母把六梅拉到房里，好言劝导她，说人在世上是"钉煞的秤，生成的命"，一生都是前世注定的，不能由着性子胡来；家里几代清清白白，不能掀着尾巴让人家看雌雄，给别人留下话柄。最后，又劝说了一顿姑爷，就叫我陪同他们回去。

去前村的路上，姑爷一声不吭，六梅只是抽泣，再不言声。送到姑爷家，我又好好劝慰了一阵，见他们安静多了，才拖着疲惫的身子往家走。这时，天已微微亮了，远近村上的鸡此起彼落啼鸣起来，田野上漫漫地升起了浓雾。我高一脚低一脚地走着，心里又乱又糟，想着六梅，为她难过，又为她担忧。她以后的日子怎么过？下面的路怎么走？只觉得如眼前的大雾一样迷茫。

第二天早晨，我正准备下河边洗衣服，前村气喘吁吁跑来一个人，进门就喊："快！你们家六梅出事了，服了毒，叫你们娘家快去人！"这个消息就像在家里丢了一颗大炸弹，我顿时呆了，婆母顿脚大哭。我和大哥立刻丢下手里的一切，不顾命地往前村奔去。

我们到时，六梅家已挤满了人，满屋人声嘈杂，几个妇女偷偷在抹眼泪。六梅换了一身整洁的衣衫安安静静躺在床上，而姑爷却不在。六梅家隔壁的金二嫂看到我，眼睛红红地告诉我：昨天我走后，六梅开始查点家中的物件，发觉米缸已全部空了，连缝纫机也不知了去向。追问之下，才知道被姑爷在赌场上输掉了。六梅一急，和姑爷拼起命来。这一次姑爷没有忍让，三年来第一次动手打了六梅，然后跑了出去。事情发生后，六梅一直哭，金二嫂还过来劝了好一会。到烧早饭时，金二嫂出来淘米，发现这边没有动静，推门进来，闻到了乐果味，才知道六梅喝了农药……

六梅看到我们进来，身子动了一动，把头扭向一边。我懂点医药，知道中毒未深，必须马上送公社医院抢救。可是在我和大哥扶她时，她却连蹬带踢，又打又咬起来，弄得旁人几乎不能近身。这时婆母也赶来了，在旁边一面哭一面劝，可六梅连正眼也不看她。闹了一刻，六梅依然不肯俯就，大哥火了，虎脸骂道："不要脸的货，要死好好死，丢人现眼害什么人？走！"他到底是男人，两只胳膊一使劲，把她一挟，往门外就走。六梅两手乱舞，号啕大哭：

"我不要脸？！是谁，把我送进这个大门？又是谁，把我送上这条路？我没给你们丢脸！我没给人留下话柄！我清清白白，为什么你们不让我走？不让我走呀……"她头发完全散了，两眼瞪得老大，声音凄厉，撕人心肺。

正忙乱间，姑爷闻声回来了，一进门就拿起两个药瓶。我拦住他，问道：

"你，你要干什么？"

"不……不干什么。"他脸上没有血色，嘴唇直打哆嗦，"这药是我以前拿……拿回来的，害人……害人。"他不敢正视我的目光，逃也似的奔出后门，往后院一甩，药瓶砰然两声碎了，剩余的药液溅了一地。

我看着他的丧魂落魄相，心里又恨又气，冷冷地哼了一声，没空和他磨牙，收拾起一些用物，一溜小跑，追上大哥，往公社医院赶去。

六梅终于被送进了医院，医生立刻进行了抢救。忙乱半天以后，六梅沉沉地睡着了。

病房里很静，输液瓶中的药液无声地滴落着。我守着悄无声息的六梅，这才发现，她已惊人地衰老了，脸容憔悴，两腮陷塌，皱纹无情地网上了她的前额和眼角；早先那一头浓密的黑发，已变得稀疏、焦黄，失去了油亮的光泽。我想起三年前那个清俊、健美的六梅，心中犹如万把钢刀在绞，眼泪扑簌簌直往下流，不禁痛切地喊道：

"六梅，难道你真向眼下的苦难和泼来的污浊屈服了？"

五

六梅在医院住了半个月，痊愈出院回到了家。可是春节以后，我父亲的问题解决，我却要随全家上调回城了。

临行前，我到前村向六梅告别。她见到我淡淡的，全没有以前的那份亲热。我特地到后院看看，只见那株栀子树已经枝凋叶落，枯萎了。原来那次姑爷的药瓶不偏不倚正好砸在它身上，剧毒的药液残酷地毁了它的生命。

我带着无限惆怅、无限悲凉的心情离开了六梅，离开了柳家湾，离开了这一块牵动情丝的土地。

回城以后，一切都得从头学起，始终抽不出工夫下乡，只能从上城探亲的六梅二哥嘴里了解一些农村的现状。他说现在党中央拨乱反正，农村的政策变了，一切都在逐步变好。六梅精神也旺多了，又参加了劳动；姑爷从那次变故以后，就和那批人断了来往，最近前村办工厂，还选他当了供销员。我听着心中欣喜和宽慰，下乡的愿望也更加强烈。这一次，领导上准了我的探亲假,终于有了机会。

进了柳家湾,一家人又见了面。婆母见我这个城里人不忌寒门,回乡省亲,又高兴又意外,竟抹开了眼泪。接着,亲房邻里、嫂子婶娘一齐拥来,男女老少、小伢妹头满满地挤了一屋。在这一片欢乐的气氛中,我总觉得少了什么。对了,六梅,少了六梅!六梅啊,你在哪里?

热情的婆母硬留着吃过点心后,我来到了前村。可是,六梅的门上挂着锁。正在犹豫,一个漂亮的小妹头从菜园里走了出来。哟!这不是小栀子吗?我走时她还抱在怀里,眼下都这么大了。我惊喜地抱起她,顿时闻到了一股浓郁的清香。啊,栀子花!她小辫上端端地插着两朵栀子花呢。我连忙问:

"小栀子,你哪来的花?"

"妈妈去年栽的,今年开花了。"声音脆得人心里发甜。

哦!六梅又栽栀子花了。我眼里一阵发涩,又问道:"妈妈呢?"

"喏——"小栀子胖胖的小手向前一指。

我顺手望去,只见那一片绿波荡漾的水田中,一群人出没隐现着,还不时飘来轻松的笑语。呵!我分明已看到了六梅,她插着栀子花,戴着斗笠,站在满田的青秧中,干净、娟秀,一身芳香……

初夏的风暖和和,湛蓝的天明净净,我抱着小栀子,心中默默地说:

"六梅,愿你这次栽的栀子花长得鲜活!开得长久!香得浓烈!……

"小栀子,愿你长大时,农村的庭院里都开遍了栀子花,你再也不要像妈妈那样栽花了。"

麦青青[1]

一

早几年种田烦煞队长，现在种田愁煞众人。想不到，程万清到了往六十赶的年纪，又实笃笃为种田烦起心来。

秋末队里收完稻，队长在稻场上和一个社员勒袖子交手，吃了几拳头，一掼砂锅放了瘫，队里麦子种不下去，大队书记来村上一核计：分！——搞起了"联产到劳"责任制。万清他额角头高，手气仙，社员会上摸了个阄，分到了牛马墩下这片好田。田是好田，立冬播的种，小雪刚过，麦苗就齐刷刷冒了尖。可为着抢季节，翻了田没晒垡，多年来繁衍不息的草子草孙委屈了两天，又吸着地气，趁着暖阳，塞塞眼眼蹿了上来。那棒槌草、雀舌草、看麦娘和麦子兄弟般挤着挨着，绵绵密密，真个如戏文里唱的：绿得浓，绿得翠，锦缎般好看哩。

要在往年，大家眼里看着，脸孔板着，抄着手在地头骂着，

---

[1] 原载于《钟山》1981年第3期，第74-82页。转载于《小说月报》1981年第9期，第72-79页。收录于《麦青青》，江苏人民出版社1983年版，第106-122页，及林文山编《水东流》，安徽人民出版社1984年版，第198-213页。

并不真往心里急。天塌有长子顶,长子顶不住还有众矮子扛,一口气蹿上来总能平得下去。可现在不同了。你看看,隔壁连根家,娘子军全上阵了。连根老婆带着五个千金,一字儿摆开六张小趴趴凳,小鸡啄米似的,雁阵一样往前赶。可连根还嫌慢,在地头一边泼粪,一边骂着娘。可怜那最小的五妹头,刚刚六岁,小指头儿拔得痛,不敢哼,放在嘴里吮两下,又埋下了头。她不敢看爹,这刻儿爹的眼睛比队里那头大水牛的乌珠儿还大哩。再看看,村东金火家,爷爷胡子齐了胸,奶奶掉牙瘪了嘴,也拄着拐棍搀着手,下了地。老伴俩一边拔,还一边体贴着:"老头子,你那气呛毛病,天天风箱拉到半夜,回去歇歇吧。""嘿嘿,儿女是债,一点不假,等金火抬了媳妇,抱上重孙子,我天天上凤湖镇泡一壶。"老头子笑着,银髯飘起,像天上悠悠的浮云……是的,人勤地有恩,种田人谁不晓得这个理,全超全奖的合同上,大家都揿了红红的手模印。今年洒下千滴汗,来年挑回去是黄灿灿的金子哩。

可是程万清这一家却风不动,树不摇。他看不起这些人的傻笨劲:哼!这连天连地的草,用手爪爪抠,不要拔到牛年马月?"现在是什么年代,也得讲点科学技术了。"早年他当头一任队长,公社第一次分氨水,他去挑,嫌呛鼻子,带了社员想往回逃,被县里的史科长截住,狠狠骂了一顿,硬着头皮挑回来,第二年麦子多收了三成,他算服了。史科长那次的骂人话儿稻箩,他就记上了这一句。这一次,他不知从哪里听来的风声,去大队农技员华春家坐了半黄昏,果然打听到有种杀草的药,公社"生产资料"就有。他喜坏了,第二天勒着眼珠骂了老太婆一顿,硬从她手里夺下三只下蛋鸡婆,叫儿子去镇上换来药,打了下去。

种田种了几十年,用药杀草还是头一遭,队里百十双眼睛滴溜溜凿住了他。程万清脸上放光了,走路背起了手,脑袋仰到了脊梁骨上。头三天,草没异样,他不急,药性没到哩,按着他的算盘,带两个儿子去村西大塘里罱了三天河泥——他早看中了,要抢先走一步。第二个三天,草色依旧,他还不急,带儿子把家里的冷圈改成了热圈——猪圈灰比水粪养田,这是要紧办的,但脑袋直起来了。第三个三天,草还碧绿爽青竖着,他眼珠暗下来了,脑袋耷下来了,原计划带儿子到山上刈山柴,也不去了,没事就到田头来转轱辘。

"他娘的,政府总不会骗人吧。十一元五角丢水里,还起几点水花,不信这药粉会有假嗒?"程万清这一次是真急了。花点冤枉钱还是小事,打这么点药粉,四邻八村都传遍了。走出去,谁不指指戳戳说:"万清老头子在弄科学技术。"现在那指指戳戳将要换上完全相反的内容:"肉头,打外国算盘,偷鸡不着蚀把米……"他真正是鱼未吃着反惹一身腥气了。当然,家里并不怕,老太婆虽然还在肉痛那三只鸡,但只要两粒眼乌珠一瞪,她自会像出洞的老鼠见到猫,乖乖地缩回去。可社员们呢?尤其连根那个鬼,直长直大一条汉子,却和镇上那摆狗肉摊的呱呱婆一样,那条刀子般的舌头,到时不把你的脸说裤裆里去?前几天,连根和一些人已经在背后唱空曲儿了,他强作镇静没有理会。可社员们不是司马懿,自己的"空城计"能唱到哪一天呢?罢罢罢!不要为面子,到临了连夹里都贴出去——拔吧!这天下午,程万清终于也提着一张小趴趴凳,上麦田里来了。

二

暖阳如春，带着泥土味儿的风擦着山脊，贴着地皮缓缓地吹过来，拂到脸上，轻轻的，柔柔的，把人心都拂得酥酥的了。

万清心里可没这番享受。他低着头，避着人，活像个做错事被娘打了的孩子，怏怏地走到田头，摆下凳，悄悄坐了下去。可是越怕越招鬼，偏偏连根挑着粪担跟屁股到了，见到他那副样子，嘴唇皮一掀动，话飞了过来：

"咦！万清叔，今天怎么有空，到田里来坐坐？"

万清不理他。

"母鸡炖了吃，煨了吃，年纪大不受用，到田里看风景，消食来了？"

连根喉咙很大，引得周围田块中的人都伸头延颈向这边望，连根老婆也不是省事货，接着搭过来话：

"我叔福气真好，婶子也大气，鸡吃不了，还送人。啧啧！——一出手就是三只。"

"那些吃鸡人真没良心，草这么盛，也不来帮拔拔，今后养儿子、孙子不长屁眼儿。"一个青年凑着趣。

"哈哈哈……"开心、满足的笑声在田野上漾开，久久不散。

程万清的头埋在膝盖中间，恨不得地上马上裂一道大缝，好让他跳进去。猛地，他看到了眼前那片草，顿时气不打一处来，一把揪住，狠狠地一拔。谁知奇迹出现了，那草就像没有根，松松就离了土;再一看,根须儿已经发黑,烂了。他不敢相信,又拔一棵,还是这样,再拔一棵,一点不假。哈哈,这草也跟我唱空城计呢。转眼一想,不错,早几天天阴,草不显萎相,太阳一出,就蔫了,这不,草芯儿都黄了……他一兴奋,举着那把草蹦起来,那架势不亚于播发一条世界头号新闻:

"成了功了!看看,杀草药成了功了!"

程万清的喊声震动了所有的庄稼人,几乎不约而同,人们丢下手里的活计,向他这边围拢过来。

"啧啧,草还真死了。"

"老东西有眼力,花点钱,省多少工。"

"我家死鬼逼着起早摸黑,这些天了,只拔了这一小块。"

"……"

惊羡钦佩的脸色,交口称赞的话语,老头子屈辱的心情得到了补偿,他毫不掩饰地笑着,声音又大又响:"政府做事,还能有假嗒?!这药别说杀草,沾点入口,人也杀得死。"

"奇怪!还真有这种药,只杀草不杀麦。"

"现在是什么年代了?这就叫科学技术。"程万清嘴里喷着唾沫星星,只顾开着大河,"科学技术,懂不懂?外国还从飞机上栽秧呢。"

这条新闻把庄稼人骇坏了,飞机飞那么高,手怎么够得到?一个小青年不服,问他:"你怎么知道的?"

"这个……"程万清一下子被问翻了眼,清了几下鼻子才顺过口来:"当然是史科长告诉我的。史科长你不认识了吧,那时你穿着开裆裤,嘿嘿,小麻雀飞飞的……"

小青年脸红了。大家当然不会去追究此话的虚实，一起哈着嘴，报以善意的笑声。

兴奋的当口，连根又来了，看着程万清忘形的样子，不甘心轻易输了这场口舌官司。他四周转转，突然歇下担子，跳进田去，拔出几棵草来："喂！看看，这几棵草怎么这样命大？"

这一声喝叫吸住了众人的目光。真的，连根手里的草和万清手里的不同，不萎不黄，没有一点儿死相。

"再看看这里……还有这里！"连根像一只猎犬，在田里窜着。奇怪，凡是他指过点过的地方，那草都芽嫩叶绿，精神抖擞，闪着强烈的生命色彩。

程万清脸红了，舌头短了，刚才顺畅流泻的话一下子全堵在了喉咙口。

"你们在这里哄什么？少见多怪。回去！回去！"连根大声斥骂着赶来看热闹的妻女。他的骂声像平地一阵风，又把人们吹向了各个角落。

田头边空了，剩下万清孤零零一个人。他傻住了。怎么会呢？一样的地，一样喷的药，草怎么会一片黄，一片青，癞痢头似的，左手两块地，草更未死半根。他失了魂似的转着、想着，猛然悟出了道理，顿时火冒三丈，拎起小板凳，磨转屁股就走。

田里的众人见他那副式样，又发出一阵更烈更长的笑声。

三

程万清铁青着脸，一朵乌云似的飞到村口，在大儿子面前站住了。

万清的大儿子叫兆荣，一向最怕爹，也最听爹的话。他正在村口的油菜田里插篱笆，见到爹那副恶形，不知出了什么事，赶紧丢下手里的山柴棍，欷欷地站直了身子。

"你们那天的药怎么打的？"程万清盯住儿子，吼吼地开了口。

兆荣非常紧张，口吃地答不清楚："我……和兆林……"

"有没有照药袋上印的字打？"

"嗯！"

"你一直打到底的吗？"

"我……"

"嗯？！"程万清感到了问题。

"吃过点心我没去。"

"什么？"万清又叫起来。

"我……陪兰英去镇上医院了。"

兰英是万清的大媳妇，快足月了，万清听老太婆叨咕过检查的事。这一些，他做公公的当然不便多问，但心里却扣紧了：

"这么说，后来是兆林一个人打的？"

"嗯。"

"他后来怎么打的？"

"我……"

"说！"

"听兆林讲，后来没用喷雾器，用粪瓢泼的。他说这样快。"

"啊——"程万清心里又一拎，"泼遍了吗？"

"左手那两块田没泼……药没有了。"

"不是算好斤两的吗？"

"前面泼多了。"

"你个活死人，为什么不早说？"

"我……"大儿子低下头不响了。

证实了，一切证实了。药是好的，政府没有骗人，自家人拆了烂污。刚才在麦田里他就琢磨是打药上出了毛病，那天他身上不爽气，没有去亲自押阵，想不到一着不到就出了差错。大儿子是实性子人，话不会有假。最近，小儿子的确是越来越不顺眼了。那天在华春家打听实以后，因为兆林识字，便想叫他上街去办。谁知他头颈一勒，不肯去，还帮着老太婆编出"鸡种好，留着下蛋孵小鸡""马上卖不出价"一大串鬼话。其实屁！他是懒，不肯大早去吃苦，上街卖鸡，放不下高中生那臭架子。要不是兆荣提了鸡走了，他真要上去刷他几下子。后来老大买来药，他倒神了，念那纸袋袋上的字，什么"触杀"，什么"内吸"，还有他娘的溶解度、百分比，报出一连串新名词来。这一来，他的气倒平了。"麦龙""麦虎"他听不懂，心想，两个儿子，撑门烧火，倒各有所长，科学技术也要个识字人顶着。怎会料到又在兆林身上出问题呢？

"败家子！"程万清在肚子里狠狠地骂着，想起刚才在麦田里受人奚落、嘲笑，自己不能回嘴，觍着面皮死受，心里的火又腾腾燃烧起来。

程万清这场丑的确出得太窝囊，这场气的确受得太冤枉。为啥？只怪万清以前在队里、村上把话说得太死太绝。万清脚前一共六个儿女。一开始，老婆一串落下四个妹头，他在外面被人讥笑"没用"，回来就拿老婆出气。后来老婆连着给他下了两个小伢，才顺了他的心。两个儿子长成以后，秉性却大不一样。在他看来，大儿子兆荣是秤砣心，空长一身好肉；处处吃人的亏，连打架吵嘴都不行。二儿子兆林长着比干的七窍玲珑心，内秀；手脚活络，是个吃四方饭的人。为此，万清只让兆荣读两年小学就回来捏锄头柄了，而兆林却念完了高中。两兄弟在队里干活，兆荣只会出死力气，挣死工分；兆林力气出得少，工分却没少拿。只要看每次上水利，大儿子赤脚巴地，哼哧哼哧挑泥巴；二儿子穿双白球鞋，干干净净，走走晃晃，播播喇叭，工分一样多，还拿补贴。而且还有一桩万清最称心。兆荣的媳妇是万清十元钱一斤"秤"回来的，而兆林的对象却是在学校里"自由"拐来的，这在农村是最合算的事。所以万清平常逢人就夸：鸭吃糠，鸡吃谷，七字到底熬不"八字"过；要不是"文化大革命"，我家兆林去北京念个大学是拿稳了的；今后养老送终要靠老二，靠老大，恐怕尸骨都入不了土。可现在，却偏偏在兆林身上跌了筋斗出了丑。他懂得"家丑不可外扬"的理，这件事张扬出去，等于当众人的面刷自己的嘴。所以他这次是自己捏住了自己的颈根，有苦有气没处吐，只好打落牙齿往肚里吞。

程万清像根桩子一样戳在那里，眼憋红了，气憋粗了，脸铁板石紧，刀都斩不进去。半天，迸出一声可怕的冷笑："嘿嘿！"

兆荣在旁边躬身侍立，听了猛打一个寒战，以为自己干的活出了毛病，连忙说："爹，这篱笆……"

儿子的声音惊醒了程万清,他一看兆荣的脸变了色,才明白兆荣误解了,心里倒缓松下来。看看眼前的田,这是村前的"鸡口田",历年队里耕种,鸡鸭猪羊糟蹋,庄稼十停中要去掉九停。分到户以后,兆荣想了个主意,在周围插篱笆;没有材料,大儿子又提议上山去刈山柴。前几天,万清没心思上山,兆荣一个人去了。现在那山柴已剁成一节节两尺长的棍子,田地周围,也夹夹别别竖了大半圈。田头边站起了这排"卫士",畜牲当然是进不去了。想不到他竟能想出这么个好主意,还能干出这么漂亮的活计。兆荣不管在人前人后,队里家里,总是这样默默地干,死死地做,不会嚼舌头,不会掉花枪。他还是他,还是那个曾经发誓不跟他过日脚的做煞命儿子。程万清从来没有这样细致地端详过大儿子,现在一看,兆荣那张仿佛是石头雕出来的脸面,那敦实的鼻子,那阔大的嘴唇,竟是那么匀称,那么好看。看着看着,万清一肚子火化成了一片爱怜,不禁慈爱地说:"兆荣,你忙了一下午,快回去歇歇吧。再说兰英快养了,你也要照顾她……"

兆荣从没受过爹如此软言细语的抚爱,一时倒手足无措起来,讷讷地说:"爹,我……还有一点点,弄好就回去,你……你先走吧。"

万清看看,篱笆真的快收口了,便不再相强。可他回过神来,又想起了小儿子,便问:"兆林呢?"

"下午没来。"

"去哪里了?"

"不……不知道。"

"哼！我看他这几天魂都不在身上，一定又被那个花脚蚊子勾去了。"程万清近来对小儿子不好，连那个"自由"拐来的未过门儿媳都被他骂作"花脚蚊子"了。他认定兆林的变坏与那个长腿花俏的女子有关。想到这里，他跺脚骂道："小贼，我今天不拆散他的骨头，和他颠倒过来叫。"说完，噔噔噔走了。

兆林腿早已经软了，站在那里，半天都没能动弹。

四

也莫怪万清这么火，老头子曾经是个最要面子的人。1958年去青龙山开河，在那"拳打南山猛虎，脚踢北海蛟龙"的工地擂台上，他挑着五百斤的担子，硬是拼败了几十个壮小伙子，从河底挣上了顶，在万人丛中夺了那副两头披彩的"红旗担"，天天挑着它走在队伍的头里。虽然从那以后，阴天落雨发老伤，要在床上打滚哼哼，但打破茶壶嘴勿瘪，人面前摆那段英雄故事，从不承认伤是那次落下的，硬说是小辰光嘴馋，爬树采桑果果掼的。可是，程万清毕竟不是那种专爱花架子的人。他吃过"一吹九道浪"的大锅饭，他分过做一工要倒贴八分钱的"红"。他渐渐觉得，出死力气做并不值得，并不能得到相应的报酬（直到如今，他娶媳妇、修房子还欠着八百元债），他觉得，队里那片土地与他关系不大了；田禾好不好，他不急了；庄稼收不到，他也不骂人了。反正大家大事，浅的是大家的碗，勒的是众人的腰。他开始看不惯大儿子那样牛一般死做的人，他欣赏二儿子，夸奖二儿子。反正锅就这么大，饭就这么多，手长的多吃点，手短的少吃点，大家混吧。自己年纪大了，活一天是一天，饿不死就行。

可是，万清做梦也没想到，这两年世界的光景大变了，真要揩揩眼睛才能看得清。看看吧，自留地发回了，粮价提高了，今年，干脆地都包给劳力了。当他那次拈阄回来，站在包给自己的那份土地上，他突然感到一股热力从脚底心升起，迅速向上，弥满了全身，甚至，他觉到了小伙子时候的那种冲动："哈，想不到我六十临头，又要真种田了。他娘的！我还要种它十年、二十年，看看到底谁是种田伙里的'角色'！"程万清要比一比了。季节迟了，抢！麦种土了，换！田里长草了，买杀草药打！是要面子吗？当然要，种田人包几亩地还种不好，不难为情？！可他心里想得更透：要出力，要算计，田里才能出粮食；出了粮食，才能还债，才能娶二媳妇。可是，用药杀草是第一次，不冒险吗？不，对"科学技术"，他凭几十年的经验，是近乎固执地相信共产党的，而且事实证明，这一次也没有骗人。但是万万没有想到，就在他要重振雄风的时候，他会一跤跌在兆林身上，跌在自己想靠着养老送终的二儿子身上。

"小贼！在家里都跟老子捉起'藏猫猫'来了。"程万清真火了，烧得五脏六腑烈焰腾腾，烧得节节骱骱毕剥直响。他要教训儿子、管教儿子了。

程万清住在村中间的机耕道旁边，刚翻修过的三间屋子还是半草半瓦的。这刻儿老伴正在喂猪，万清旋风一样卷到她面前，一把捏住她的手：

"兆林小畜牲呢？"

温顺的老伴抬起头,吃惊地看着老头子那副面孔,疑惑不解地回答:"我不晓得哪。"

"我问你!"万清旱天落雷响了一声。

老伴的手被握痛了,也来了火:"你叫什么魂?他这么大个人,我绑得住他的脚拐榔?"

"你知道他那药怎么打的?"

"我哪知道他怎么打的?你买的药没有用,回来对我、对儿子发什么狠劲?"老太婆分明还在肉痛她的鸡。

"你……"老伴鞋子穿在袜统管里,把个万清气得浑身发抖。

老伴俩吵得烟雾尘天,引来了不少小伢妹头。隔壁的小金伢听出了他们吵架的眉目,悄悄地说:"我看到兆林了。"

万清最不愿意别人看吵架,正想赶这帮小鬼,一听这话,扬起的手停在了半空中,急急问:"在哪里?"

"在窑厂,我刚才看见的。"

万清再也不愿意和老伴纠缠不清,抬脚就走。

大队窑厂是闲散劳力的集居地,兆林也曾经在这里混过一段时间。最近,他罱河泥、盘猪圈扎实吃了点苦,今天和宽厚的兆荣咬了个耳朵,就躲到这里歇闲了。现在,他一觉睡足,正和几个"世交"在玩老K,甩着银角子"小来去"呢。

万清在门缝里把一切觑了个实,砰地撞开门,扑了进去。他二话没说,一把揪住兆林的耳朵:"你个小贼,跟老子回去!"

兆林给这场"突然袭击"打懵了,以为自己偷懒露了馅,心里直发毛。但耳朵太痛,头一仄,挣脱开来。可万清的手又挥了上来。他已退到墙角,没法避了,出于自卫的本能,伸出胳膊一抢,挡了上去。兆林是小伙子,这一挡少说也有百斤力,顿时把万清击了个趔趄,差点摔倒。

这一下万清气疯了,顺手操了一条长凳,举起就砸。旁边几个青年一看要出人命,冲上去抱住了他。老头子挣了几挣没挣脱,像只绑起来的狮子,狂吼起来:"你个小贼,竟敢打起老子来了……"

兆林知道闯了祸,他到底还是怕爹的,苦着脸哀恳:"爹,我……"

"谁是你爹?我蛤蜊爿往家刮刮,你粪瓢朝外攉攉,我没你这个败家儿子!"

兆林一听,以为自己玩老 K 引起了老头子这么大的火,心里倒一松,脸上一笑,赶紧解释:"爹,我们这是玩玩,不是正经的赌……"

万清两眼发红,看到兆林嘻皮笑脸的样子,突然发现二儿子平时蛮讨喜的小白脸,鼻子不是鼻子,嘴不是嘴,竟是那么得丑。这时,他早已忘掉了"家丑不可外扬"的信条,一肚子话溅着火星喷发出来:"你玩玩?你是存心想毁老子的家!我问你,你那药怎么打的?想不到这几年,养出你这么身懒骨头,……我算瞎了眼了。"

兆林这才知道事情全败露了,眼睛再也不敢正视爹。旁边的青年见这情势,偷偷给他使眼色。兆林醒悟过来,好汉不吃眼前亏,在这里撑下去不妙。他瞅个空子,突然一个老蹦子,窜了出去。

万清见这情况，眼前一黑，差一点昏倒。几个小青年手忙脚乱，把他按到凳子上，捶背抹胸，终算把他一口气顺过来，又倒了一碗水，端到他面前，一口一个大伯，劝他消气。

万清失去了对手，威发不出来了，力气也消尽了，没办法，只好顺坡下台接过了碗。

里面风波刚歇，窗玻璃上却出现了连根的脸："哈哈，鸟靠大腿都靠不住，今后儿子也保不住能养老送终了⋯⋯"他泼完粪，回村经过这里，正好目睹了这场父子斗，在外面乐呵呵地唱起了空曲儿。

万清听到，一腔火又被吊了上来。他把茶碗往桌子上一蹾，张嘴骂道："老子不靠儿子不怕，有人屁股上吊尖锄①，只怕祖宗亡人夜夜在坟上哭哩！"

连根最怕人家骂他"绝屁股"，再没回话，捏捏鼻子走了。

这时，万清才算出了一口恶气。

五

程万清到天浓黑，才由人扶回家。可兆林没有回来，老伴一直哭，要和他拼命。他吼了几声，在碗橱里拣几只豁口碗砸了，又踢碎一只破鸡食盆，才制住了她。

他恨声不绝睡了，一直到天快亮才眯了眯眼。他好像听到外面有响动，脚头也空了，但实在浑身无力，便没有动身。

第二天早晨起来，老太婆眼睛红红的，显然气还未消。

---

① 屁股上吊尖锄：意思是后面的根给锄头锄掉了，这是当地骂人没有儿子的话。

他净过面，洗过手，又端过老太婆递来的碗吃早饭，自始至终不说一句话。

老太婆憋不住了，告诉他："兆林昨夜回来了。"

"他死了我也不管！"万清一早晨，总算开了第一声口。

"你个死鬼，昨夜亲家和兆林的对象都来了，一直送到这里。你好意思，躺在床上挺尸……人家……"老伴又开始来气，抹开了眼泪。

万清心里也吃惊了。现在他再也没有争斗的勇气，第一次驯顺地听老伴数落下去。在老伴那断续的絮叨中，他终于弄清楚了。原来兆林昨夜跑对象家去了，亲家听了事情的经过，着实批评了他一顿。现在亲家那边也在搞责任制，知道眼下种田的好处和难处，便劝着兆林，连夜把他送了回来。到这里已下半夜了。见万清刚睡着，没叫醒他。因为家里活忙，父女俩又连夜赶了回去。兆林回来也没有睡，坐了一会儿就去了镇上，敲开"生产资料"一个同班同学的门，买了两斤药，天亮前赶了回来。现在，他和兆荣已下田好一刻了……

万清话没听完，气早消了，心里倒反起了愧意。亲家村上到这里，足足十五华里，亲家和兆林对象（不叫花脚蚊子了）摸黑来回走了三十里，自己面都不照，真正失礼了。而兆林，还要加镇上一个来回，二十里，小赤佬昨夜整整奔了五十里路程，想想又有点肉痛起来。昨天自己那场火也发得太大，他毕竟是个大小伙子，当那么多的人骂他，确实太坍台。但万清到底还下不来面子，沉闷地冒出两个字："活该！"却声音很低，也没有力，脸上自然也缓和了。

老伴偷偷觑了他两眼，放了心。万清也只当没看见，走出门去。

外面起着大雾。朝日隐在雾幔中，染着淡淡的红晕；田野里，白色的雾带，像仙女的裙裾飘曳起伏。空气浸着雾露，清凉、沁甜，吸一口，妙不可言。

万清像在云端里行走。快近麦田边，听到了喷雾器的嗤嗤声，兄弟俩的讲话也传了过来，他停住了。

"兆林，现在种田不比以往了，那时大家混一起，好坏分不清。你那脾性要改改了。"是兆荣的声音。

"嗯……"兆林低低应着，"只是爹那性子我受不了。"

"他年纪大了，火气旺，你我要让着点。"

"早几年，他都护着我，谁晓得他的脸变这么快？"

"田包到劳力头上，要凭真本事了，爹能不急？再说，你不想娶媳妇啦？……"

"嘿嘿嘿嘿……"

两个儿子轻声笑了。万清心里却不舒服起来，想不到兆林还在怨自己哪。小赤佬说得也对，那时他在队里手脚晃荡，赚轻巧工分，自己不但不怪他，还护他、夸他。逢到社员提意见，自己哪一次不跳出去帮闹的？桑条要从小直，现在养出他一身懒骨头，自己这做老子的难道就没有责任？万清心里翻腾着，又想，倒难为兆荣理解自己，他那一番话，算把自己看透了。当初自己怎么就错看了他，还说他是秤砣心呢，他才是真正的内秀哪……

万清不想走过去了，刚想转身，又听到一个声音：

"兆林,这药究竟叫什么名字?"

"啊——"是连根。万清心里一顿,停住了脚步。

"叫'绿麦隆',是一种除草剂,它不但有触杀作用,也有内吸作用……"兆林解释着。

"多少钱一斤?"

"两块三。"

"你看我家要买多少?"

"嗯……你家五斤足够了。"

"……"

"这个瘟贼!"万清轻轻骂了一句,不再听下去,轻快地抬起脚,真的往回走了。他边走边想:赶快回去提醒老太婆,给两个儿子每人敲四个鸡蛋。

雾渐渐消散,朝日抖落掉慵懒的晨妆,通体透亮,迸射出万道光华。田野上笑语盈盈,麦苗青青,极目一片锦绣……

稻花飘香[1]

一

农事就像老妈妈纺车头上的线,牵牵连连没有断头。早稻割罢,晚稻插毕,中稻又跟着带肚、破口、扬花了。

虽说交了立秋,还在伏中,辣辣的日头像一盆火,烤得路面发烫,炙得脊背冒油。可是"人热得直叫,稻热得发笑"。一阵清风掠过,田冲里便翻锦涌翠滚动起来。细心听听,稻叶子挨擦交接,正在喁喁私语;稻苞子鼓肚开口,正在窃窃发笑哩。

其实,这时你到农村走一走,多少人也在笑。这么好的天时,这么好的庄稼,种田真是顺了心,可了意。要说辛苦,确实比以前苦得多,起半夜,摸黄昏,天旱了牵肠挂肚,地涝了焦心愁面,晃膀子、嚼白话的工夫没有了。但是,一滴汗水砸个坑,心总算落到了实处,笑也能笑出声来了。这半年多,程万清便是笑得又大又响的一个。

自从去年用了杀草药,程万清在方圆十里之内出了名。茅

---

[1] 原载于《钟山》1982年第3期,第187-196页。收录于《麦青青》,江苏人民出版社1983年版,第123-143页。

草屋里出俊贤,消息传到了县里,县广播站派人来做了专题采访,第二天就在"农村新事"里播出了,文章写得好,又被省台采用,程万清的名字便架着现代的无线电波越出了县界,扬遍了省内。这还不算荣耀,农历五月初八(这个好日子程万清记得特别牢),他在牛马墩下割小麦,田边走来了两个人。前头矮墩墩的一个,穿件雪白衬衫,戴顶宽边麦秸草帽,脸上一部短髭,一笑一个圆,站在田埂上喊他:"你就是程万清吧,这是你用'绿麦隆'治过的那片麦吗?"万清一听,立刻悟到又是记者一类人物到了。对这一点,他是不怕花工夫的,丢下镰刀拍拍手,拎起大肚茶壶倒一碗茶递过去:"嘿嘿,难为同志你老远赶来,我是瞎猫碰着死老鼠……""不不,你眼睛亮得很哪,这小麦长得不错,估估能收多少?""这个嘛……"程万清话到嘴边突然收住,顺手掐一个穗头,合起大手,一搓一吹,金黄的麦粒在掌心辘辘滚动。他手伸着,诡谲的眼光在来人脸上一闪一闪:"看看,穗大粒饱,三百斤怎么样?""哈哈,你还留一手哪,我看四百五只会多不会少。"程万清心事被说破,钦佩来人的精明,开心地大笑:"不错,好眼力,实话告你,我想这个数哩!"程万清拍拍来人的肩膀,伸出了一只手。那人一口茶刚喝到嘴里,一笑呛出来,胡髭上水珠直颤。就在这时,只听得咔嚓一声,乖乖!后面那个漂亮小伙子还挎着个皮匣子相机哩。

五天以后,程万清收到了一个大信封,拆开一看,一张大照片附着一封信。兆林读罢那张印着红头子的信,万清眼睛定了光,那天麦田里碰见的矮个子竟是前月刚选的县长李益群。他担心白日做梦,又叫兆林读了一遍,信上明明白白写着李县长夸他会种田，要他带好头，还提出和他交朋友。看着大照片，程万清眼睛潮了。

是啊，他这个十八辈祖宗都种田的泥腿子，在戏台上看过威风凛凛的迴避肃静牌，见过帽翅子直颤的县府正堂，那一声声狼嚎虎啸般的吆喝，听得腿肚子都会发抖的。可现在，县长——是个七品命官哪，却和他并肩笑着，还要和他交朋友。是祖坟得了力？不！多年来一直过的是嘴架在梁上，肚哈在腰里的日子。是皇历换了，时代变了。看着看着，他抹抹眼睛笑了。

笑声中，他寻出一块上好木头，请村后的老木匠打了一个镜框，把照片端端地挂在了堂前。每天晨午昏，他笑笑，看看；看看，又笑笑。

笑声中，夏收结束了。他三亩田油菜收了一千多斤，卖去八百斤，加上麦子钱得了五百多元，又贴上两条大肥猪，还清了陈债。

笑声中，兆荣夫妻养了个胖儿子，他抱上了胖孙子。

笑声中，他忙着准备，要为兆林娶媳妇了。

真是一日三笑，百病全消，程万清变年轻了，五八年受过伤的腰居然挺了起来。家里自不用说，兆荣做事比以前更加认真，屋里屋外，抬头抬足，一应粗细生活不要万清烦心。兆林自经那场变故，野马性子收了许多，承大家看得起，年初又被推为队里的农技员。两个儿子一武一文，左帮右衬，就像万清两条胳膊，使起来得心应手。家和万事兴，他一家在村上更成了杨树梢上的尖尖子。只看每天晚上，他屋里比大队部的代销店还热闹："老哥，要育秧了，什么时候浸种？""万清伯，我那鲤鱼背上的稻子老上不来,有什么法治不?""爷爷,我娘叫我来问你,要不要搁田了?"每逢这时候,程万清的脸便像腊月年下蒸糕团的发面,整个舒松开来:"坐坐,快坐坐!"转身向里,"老太婆,煽茶!""兆林,给他们讲讲!"满屋子响着他的声音。碰到抽烟的,还从堂前长台上拿根飞马烟,而自己却掏出口袋里压扁的勇士牌点着,一口气吸去小半截。如果凑巧兆林不在,他还能自敲锣鼓自开场。譬如他那段"长稻米"就很精彩:"我们种田种了几十年不晓得,稻叶子搭城里工厂一个式样,吸的是我们人呼出来的气和田里的水,碰上太阳光一照,嘿!就做成米粒子啦。"还真把大家讲得啧啧连声哩。日复一日,万清家门口的路踩宽了,猪棚边的柴草垛被那些跟来的小伢妹头挤散了,而程万清的笑声也更响了。

他忙得高兴,忙得入迷,甘心贴烟贴茶,磨电磨火为大家服务。是的,活了几十岁,这种日子才叫日子嗒,用他的话讲是:"金銮殿上的皇帝老儿也不过如此了。"不过,老伴常常看不惯他的张狂相,烦得过分了免不了要发几句火,碰到这种情况他就眼睛一瞪骂回去:"你个妇道人家懂个屁,没见到李县长叫我带好头吗?"也是的,谁叫他程万清是李县长的好朋友呢?

可是,猛虎也会打盹,好马也有漏蹄。偏偏在这稻子抽穗扬花的时候,旁人的稻子安然无恙,独独他在牛马墩下的一片杂优稻出了毛病。而且由此缘起,他家里又爆发了一场危机。

二

稻子出毛病是连根来告诉的。

连根的责任田也在牛马墩下，和万清家隔一条田埂。连根去年跟程万清用了"绿麦隆"，尝到了甜头，今年便一步不脱跟着他。万清下秧他落谷，万清施肥他泼粪，万清放水他灌田，连小秧田也做在万清家贴隔壁。连根这一着果然没有吃亏。他的那片杂优和万清家一样，稻秆比人家高一截，棵把比别人粗一转，绿得发黑，长得健旺。他当然不会再唱空曲了，见面一口一个大叔，把万清供得像祖宗一样。

那天，他在田里看水，发现稻子出了毛病，像被摘了心肝似的，慌慌赶回来找万清，寻了两转，在大队小店里把他寻到了。

万清正捧着小孙子和小店售货员闹着玩，他们各拿一颗糖逗那小孙子，二老一小笑得咯咯的。听到稻子发了病，万清立刻回家了，把小孙子往大媳妇怀里一送，喊上兆荣、兆林就下了地。到那里一看，果然自己和连根的稻子与旁边田里的不同，有五六簇稻子的叶子像开水烫过一样。这几处稻竖在田里，就像一头好发中长了几块秃疮，直戳眼睛。万清也毛了，但心里没底，碍着连根在旁，嘴里嗯嗯着，却把眼睛瞄向两个儿子。兆荣一向话不多，对这没有把握，老实地把头低了。兆林却熟练地揽住稻叶子，正看反看，上看下看，然后掸掸身上的草屑说："没什么，最近稻子封行，郁闭程度高，纹枯病旺发，前几天治得不彻底，这几处纹枯病通了天了。"

万清松了口气。兆林自被推为农技员，到公社开过几次会，又念了两本书，嘴头上科学名字一套一套的，这半年在万清眼里又涨了价。现在兆林轻轻巧巧把病诊了出来，老头子笑了，拍拍连根的肩膀："我说不要紧嗒，刚才我也忖量是纹枯病，看你倒像失了火，死了人。走吧，我家上次的井岗霉素还没打完，匀点把你。"

万清和兆林的话就是圣旨，连根岂有不依的。回去以后，和兆荣搭档，掺水拌药，又把两片稻田治了一遍。

药水泼下去，却没有用，三天以后，病情反而扩大了。连根急红了眼，气咻咻来找万清。万清见他那副式样，笑笑说他："你呀，狗肚里摆不下四两油。不记得去年了？这药性还没到哩。"

连根在这方面是没有争辩权的，去年种麦给人留下了笑柄，脸丢尽了，嘴也缝了起来。但田里出了毛病，正剜心挖肺地疼，和老头子说不清，便转身问兆林："兆林，我看……会不会不是纹枯病？"

兆林这半年看惯了别人的烧香进供，想不到连根竟会否定自己的意见，不禁一怔："喔！那你说什么病？"

连根使劲咽了一口唾沫："是不是白叶枯病？这几天我一直听广播……"

"乖乖，你倒变内行了。"兆林打断他的话，"你为什么不买药去治？街上'生产资料'又没关门！"

"你……你说话怎么这样冲？我不是问你吗？"

"你都晓得了，还问我做啥？"

"你是农技员，稻子发病不问你问谁？"

"农技员该的？帮你抬媳妇，还包你养儿子嗒？"

这一下连根跳起来了。他虽然比万清小一个班辈，年纪却比兆林大得多；去年万清骂过他"绝屁股"，现在兆林也这样柞他，他受不住了。连根在村上本就不是好剃的头儿，这半年只是为了责任田，才暂时屈居在万清的檐头下。现在他一气，那条刀子般的舌头复活了："哼！你当农技员才几天，倒像个人样了。也不撒泡尿照照，以前是啥样子？"

兆林其实并没笑他"绝屁股"，连根这几句话出来，也便顶了真："我以前怎么了？偷了？盗了？尿撒你饭碗里了？放屁也不看看地方！"

"你是什么货，自己量不出？家门口的塘，谁不晓得深浅，有养没教的东西！"

万清初还捺着性子，现在这句话把他也惹发了火："连根，打狗也得看主面，你说兆林，牵上他爷娘干什么？"

连根已收不住嘴，稻子出了毛病，心痛、焦急，连带几月来憋住的委屈翻肠倒肚吐了出来："哼！'科学科学'，整天听你那本经，现在好，毛病通了天，还铺了地呢！"

这番话捅着了万清的痛处，他绝想不到连根会这样翻脸不认人，气往上一冲，也跺脚骂开了："你瞎了眼？谁叫你钉屁虫一样钉在后面的？稻子发病，天长眼睛；一把天火烧光了才好呢！"

"哈哈。"连根猛进一声笑，"抬个泥菩萨，就充正神了。你还不和我一样，肚里一包草。李县长看你一下，就把你兴的。哼！'天落馒头狗造化'，老子赤脚在你肚里走呢。"

村上人越围越多,里三层外三层围了个风雨不透。万清只觉得树在转,屋在摇,脚下的地往下陷。他脸色发白,嘴唇直打哆嗦:"你……你个卡长草的东西,我……我今天和你拼了……"一蹿要冲过去,被老伴和兆荣拉住了。连根老婆见丈夫和人家三个男人对阵,生怕吃亏,又哭又骂把连根拖了回去。

万清也被人劝回了家。老伴心疼,递给他一根烟,他手抖着,连擦两根火柴没着,气得往地下一摔,又把一腔火烧向兆林:"你个小讨债鬼,没那个鸟本事,去当什么农技员?害得贴爷贴娘讨人家骂!"

兆林一肚子委屈:"我有什么错?白叶枯病我又不是不懂。今年队里是统一的杂优种子,下秧时都用硫散、402浸过种,现在别人田里不发白叶枯病,我们可能吗?前一阵刚治过纹枯病,能没遗留的病株?你不也说是纹枯病吗?连根不懂装懂,怪我干什么?"

兆林分析得有根有据,头头是道,万清没话说了,沉默了半天吼道:"好!看你能,那片稻你给我治,治好它,塞他们的嘴!"

家里闹矛盾,兆荣插不上嘴,在一边干着急。万清一走,他把兆林拉出去,悄悄地说:"兆林,怎么泼了药没有用呢?"

"药没用够吧。"

"不,发病地方都加重泼了。"

兆林咬咬牙:"再泼!"

"井岗霉素没有了。"

"我马上上街去买。"

……

兆林果真上了街。谁知中午不到，他面色发灰回来了。药没有买到。万清问他，他不吱声，又问兆荣，兆荣说：

"他……他和金梅……"

"什么！你说什么？"

"公社最近设了'农技询问处'，农科站人手不够，把金梅调公社去了。公社控制农药，买药要农科站批，兆林去碰到金梅，两人吵了一架，吹了。"

"啊——"

真是屋漏又遭连夜雨，万清两眼一黑，差点栽倒在地。

三

金梅就是兆林"自由"拐来的那个对象，眼看着就要过门，想不到眨眼之间飞走了。消息传开，万清家里等于发生了一场强烈的地震。老伴中饭锅也没开，在灶间长声短气抹眼泪，万清腰疼病又犯了，躺在床上哼哼；兆林不知死哪里去了。兆荣夫妻端汤弄水，忙出忙进，可老的没劝住，摇窝里的又哭了。大媳妇兰英到底是女人家，没经过场面，心一酸，红了眼睛，弄得兆荣也手足无措没了招着。屋子里大哭小喊，万清耳朵根不清静，一蹬床板吼道："老子还没死，你们嚎什么丧？"老伴经这一吓，住了声；兰英赶紧抱起小伢，把奶头往他嘴里塞。正不可开交，外面不知谁喊了声："金梅来了！"这一声比药还灵，万清一个鲤鱼打挺竖起来，老伴和兰英要紧找毛巾抹脸。

屋子里碰翻了碗，绊倒了凳，慌慌地还没忙调妥，呀呀，金梅已到了门前。

呵！真像黑星夜突然冒出个大月亮，屋子里一下子亮了。大门口，金梅一手提只包，一手拿着绿绸丝带草帽，热汗浸润鬓发，红云泛映脸面，未进门，甜甜就是一声："大伯！大妈！"

这一声叫，万清骨头都酥了："啊，金梅哪，快进屋，外面日头毒。"接过她的包，顺手拉过一张凳，想想不妥，搬出了堂前的靠椅："快坐！"老伴也过来了，笑着却别着脸，喊声金梅，递过一把扇子。兰英不作声，打来了一盆清凉的井水，漂着的雪白毛巾上，两朵牡丹艳艳地开放着，仿佛端来一盆春色。万清却已朗声命令起来了："兆荣，快去叫兆林！"

金梅一直微微地笑着，听到叫兆林，一抿浓黑的发鬓，拦住了兆荣："别，别叫他！"

"怎么？"万清一愣。

"我来看你们的稻子的。"

"啊……"

"听说稻子发病了，先到田里看看吧。"

万清舌头失灵了。不留，显得怠慢失礼；留吧，又怕得罪了姑娘，看她那两条眉毛，正透出一股执拗的英气。哟！她都站起来了。走吧！万清当机立断下了决心。叫上兆荣，又找出一把伞，金梅没有接。刚出大门，万清又猛想起一件事，三两步踅回来，拽住老太婆悄悄说："夜饭……"老伴推他一把："放心去吧，家里有我……"老夫妻对视一笑，万清两脚生风跑出门去。

正是最热的昼心头里，田野里树枝不摇，草叶不动，满世界像一只盖严了的大蒸笼。金梅却在兆荣的带领下走得飞快。到了牛马墩下，金梅卷起裤腿，脱下丝袜凉鞋，嗵地下了田。她分开行子蹚着水，细细地察看稻子，眉毛渐渐皱起来。万清看着，不由肠子也一段段打起了结。

"大伯，赶快治，白叶枯病感染严重，再迟一点，这块稻子没收了。"

万清心里砰的一下，跟着跳下田去："那兆林说……"

金梅没接话头，揽下一张叶子，递到他面前："你看，这最上面一片叫剑叶，现在半边青，半边黄，病斑像水渍过一样，叶面上还有鱼子状的菌脓，是典型的白叶枯症状。"

万清这才感到问题严重了，额上渗出了密密的汗珠子，不知是热的，还是冷的。

"大伯，只要赶快治，还能控制，药我已带来了。"金梅一边上岸，一边安慰万清，"另外，马上通知其他社员也进行防治。这几天有台风过境，风雨一起，病菌蔓延，满田冲都要发病的。"她洗净脚，穿上鞋，突然又问，"今年你们小秧下在哪里？"

"小秧？"万清又是一愣。

"我想看看你们的小秧田。"

万清想不通，都几个月了，怎么还兴起看小秧田。但这时金梅是皇上金口，没办法，只得又顶着太阳，把她领到村口的螺蛳塘边，指着一块三角田说："就是这里。"

金梅问："今年小秧田淹水没有？"

万清想想，怎么也记不起来。幸好兆荣接上了口："淹过哩。黄梅天塘里水满，淹过几天……"

"别人家的呢？"

"别人家秧田做得高，没淹到。连根紧靠我们，喏，就是这一块，也淹了。"

"喔……"金梅点着头，绕塘口转转，又顺着塘往上走，在机耕道上站住了。机耕道旁是一条水沟，曲曲弯弯从村口通到塘里；村上沿机耕道错落造着几幢草房，万清那三间半草半瓦的房子也在那里。

万清一直在后面跟着，心里充满了狐疑，又不敢问。但他心里松快了许多，闹了半天，金梅自己却上门来了，进门水没喝一口，顶着太阳就下地，贴心贴肉，道地是一家人的式样，哪有一点点"吹"的影子。他看看金梅汗水涔涔，一件短袖小褂也稀湿了，顿时生出几分心疼："金梅，快回去歇歇，毒日头底下，我这老皮老骨都吃不住哩。"

"嗯。"金梅应了一声，掏出小手绢擦擦脸，终于往回走了。

这时，万清家里的接待准备正趋向高潮。老伴和兰英菜拣好，米淘净，一锅水笃笃烧开，老太婆刚逮着一只老母鸡要下刀。恰好金梅进门看到，一把捺住了："大妈，你别忙，我马上还要走呢。"

"什么，马上要走？"万清懵住了。

还是老伴机灵，假装沉下脸："妹头，哪能不吃饭就走嗒，没这个理。今朝塌天也得吃了夜饭走，天黑了我叫……叫兆林送你。"说着，又要下刀。

金梅急了:"大妈,我回去有事。最近不少地方发生白叶枯病,我要回去安排防治。你们这里社员也需要药,我还得告诉'生产资料'赶紧准备……"

"那你这次来……"万清的心直往下沉。

金梅嫣然一笑:"大伯,我来是公事,公社农科站要对每一个社员负责。"说着拎过包,取出一个塑料袋交给万清:"这是半斤'敌枯双',一两掺一百二十斤水,趁着现在没露水,赶快打吧!"

万清捧着药袋,和老伴拦不敢拦,拖不敢拖,眼睁睁看着水灵灵的金梅出了大门,出了村,消失在那大块的绿野深处。

万清浑身发软,猛感到腰里一阵刺疼。他晒了半天日头,经历了这一天的悲悲喜喜,实在挺不住了。挣扎着走回大门口,刚想扶着门框喘口气,突然看到兆林像段木头一样立在山墙边,立刻脸一黑骂起来:

"你个小贼,还有这个家嗒。稻子让你误了,娘老子的脸皮也让你剥光了。要是金梅再断了,你滚出这个大门,一辈子打光棍去!"

四

程万清家里亮了又黑了。

暮色从四野里合上来。鸡上窝,鹅进棚,场院上、树荫下散了一天步的肥猪也归了栏。村子里,一家家门前泼得潮浸浸的,人们搬出竹椅、竹榻,摆出小方桌,准备乘凉、吃夜饭了。

兆荣、兆林去田里打药还没回来，老太婆去自留地弄猪饲料去了。屋子里没有开灯，万清一个人搬张竹榻躺在大门口的暗影里。往常这辰光，串门的早踩塌了门槛，屋子里灯光耀眼，笑语哗哗，那恭敬醉人的声音能把屋顶掀起来。可现在，周围真静，静得叫人可怕。他感到自己在做着一场梦……

唉——大约该应倒运了。连连根都朝自己头发梢上爬了。听听他那些话，到现在还像一根根针往心里扎，"泥菩萨""天落馒头狗造化"……就差祖宗八辈给他骂了。这个瘟贼，平常钉在屁股后头，一口一个大叔，叫得多肉麻，谁想他是个毛面畜生，狗脸子一放就下。真是知人知面难知心哪……不过怪来怪去还得怪兆林不争气，怎么会鬼摸了面，诊了个"纹枯病通天"，而偏偏自己又去附和了他。下午金梅来看了是白叶枯病，兆林屁没放一个，和兆荣一道下田打药了，可见他真是诊错了。唉！这一错，稻子损失不说，以后还怎么出去见人？连根肯定是更得劲了，村上人呢？特别是李县长，他还会说自己"眼睛亮，会种田"吗？如果再有哪个写文章到喇叭里广播一下……啊！万清头脑里轰一声炸开了。

天黑尽了，水沟里、草棵中的蚊子飞出来，开始向人进攻。周围嗡嗡嗯嗯，打锣似的响。万清觉得腿上痒痒的，伸手一拍，手心里一片黏稠，一股腥味往鼻孔里直钻，他感到一阵恶心……

唉——福无双至，祸不单行，偏偏这时候，金梅又来凑了一脚。这个"花脚蚊子"，当初看他们谈"自由"，就觉着不是个稳妥角色，这不，一沾高枝，就飞走了。不过还得怪兆林小畜生不懂事。人家是妹头家，脸皮子薄，你一个男人家去和她争交什么？女人都是一样的嘛，芥菜籽肚肠针眼大的心，让一让不就过去了，还能和我们老辈比吗？再说现在的妹头多金贵，老戏里"千金、千金"都应上了。看看兆荣抬兰英，订亲事，看日脚，那次过来改口，一声"爹"就是五张"工农兵"①还是少的。现在金梅和你"自由"，一分钱没花，造化了你，还不知足？况且眼下人家又到了公社，大小是个干部了，跳进了"龙门"，是什么身价？听听她那些话，"农科站要对每一个社员负责"。把公公都当社员一样待了，这不是摆官架子了？唉——这门亲事看来是没指望的了……

远处有人闷起了蚊烟，一团团白色的烟雾从麦秸堆里涌出来，变幻着，升腾着。程万清思前想后，头脑里万念缠绕，也云里雾里的了。

后门"嘎"的一声，响起一串脚步，兆荣、兆林他们回来了。厨房里一阵响动，传来了老伴的声音：

"你个小人家，怎么没有一点清头脑水？现在的妹头性气高着哩，你怎么去和金梅一般见识？听我的话，明天去认个错，把个面子……"

"我……不去。"

"为啥？"

"人家调到公社，眼界高了，我……配不上她。"

"你白噇了二十几年饭，老话'媳妇未过门，吵吵才兴旺'，作兴的……"

"我……"

---

① "工农兵"：指十元面额的人民币。

"哎呀,小祖宗,你不要灌了迷魂汤,凉水喷不醒……"

后门咣的一下,兆林走了。万清再也忍不住,起身就想去赶,却被老伴揪住了:"都是你这个老'活尸',鳑鲏得了三寸水,就狂、狂、狂,把个儿子都狂成了这副式样。金梅断了,你……你去给我说回来……"

老伴气特别盛,又哭又骂,把万清呛了个没头没脑。他一个屁股墩瘫倒在椅子上,再也没有起来。

……

夜渐渐深了,外面开始起风,满天星斗隐去,大约台风真来了。村上到处响着呼孩子、搬桌椅的声音,人们开始回屋了。万清屋里没一点声息。老太婆斗了一阵气,也许想想再吵下去不是桩事,主动鸣金收兵,摸到老头子身边,软和着声音说:

"他爹……"

万清不理她。

"我看今朝那妹头来,有礼有信,不像断的样子……"

万清翻了一个身。

"兆林五心六心没有定心,还是你去公社跑一趟吧。"

"说昏话,做公公的找媳妇去说亲,不讨人笑煞?"万清终于冒了一句。

"实在也没办法,他们是'自由'的,要有个媒人,还能传传话。去金梅家说又不中,全要那妹头一句话……"

万清不说话,其实他心里翻腾得很厉害。他明白老伴的心情,这里订亲早,马上要找个二十出头还没许人家的妹头,确实比登天还难。

"你……你还是去一趟吧。"老伴的声音中已带上了绝望。

"……也没第二、第三个招着了,拼着这张老脸,再出一回丑吧……"万清长长出了一口气,抓住了老伴的手。

黑暗中,老伴觉得老头子浑身在抖。

外面的风愈刮愈大了。

五

刮了三天三夜的台风终于停歇了。由于及时打了药,牛马墩下的稻子保住了。今天是程万清去公社找金梅的日子。

头顶上浮着一座座小山似的白云,残余的天风驱赶着它们,飞快地往前走。几天风雨的洗染,田野上更姣更绿了。放眼看去,稻海上已是茸茸的一片,秀齐的稻穗,一个个像绿色襁褓里钻出来的婴儿,粉嫩嫩的,颈项上挂着一串串黄色的璎珞。碧澄的空气里,弥散着一股股稻花的清香。在这翡翠的世界里走,万清的心境渐渐开朗起来。

镇上正逢节场,四乡来的庄稼人把那条窄窄的青石板路都挤满了。程万清无心观赏街景,急急地往镇南的农科站赶。他艰难地挤到"生产资料"门市部前,再也挤不动了,人流在这里打了结。拼命往前扛了扛,人墙动也不动,没办法,只得停下来,却听到了一个姑娘的声音:

"大家看,这就是患白叶枯病的水稻病株。白叶枯病初起时,田里先出现小块的发病中心,然后迅速向外蔓延……"

万清听到声音很熟,但人声嘈杂,听不真切。在人丛中踮起脚朝里望,啊——原来是金梅,她正拿着几株稻子向人们讲解呢。他这才知道,公社"农技询问处"设在这里。他不需往前走了,便站下来耐心等待。

这时有人在问:"我们今年的杂优稻用药水浸了种,怎么还会发生白叶枯病?"

金梅道:"这个问题提得好,我们公社不少地方发生这种情况,有些人弄不懂,把白叶枯病当成了纹枯病,差点出了大错……"

万清心一跳:"这不是说我吗?"又往前挤了挤。

"他们下秧也浸了种,但去年的病稻草没有烧掉,不少人家用来苫了屋顶。开春一下雨,稻草上的病菌冲到水里,那水就变成了毒水。毒水沿着水沟排到塘里,塘水淹了秧田,小秧叶缘上有气孔,病菌从气孔侵入,以后移栽进大田,到稻子破口扬花时,病情就发作了……"

万清听到这里,恍然大悟:稻子发病还有这么复杂的原因,难怪兆林诊不出来了。倒看不出这妹头有这点章程,原来她那天看小秧田是做的这么篇文章。他望着站在柜台里面讲解的金梅,她满脸含笑,应对自如,又大方又漂亮,不禁在心里叹道:"兆林配不上她,配不上她呵……"

更多的人被农技员的讲解吸引了,门外又有不少人往里拥。万清这时已没有见金梅的勇气,走又舍不得,迟疑中被人流裹进了大门。金梅见秩序乱了,扬扬手说道:

"大家不要挤,关于白叶枯病的防治,公社农科站已印了一个材料,需要的可以去取。另外,再告诉大家一个好消息,公社为了适应大家学习农业技术的需要,决定在最近成立'农民科技协会',培养骨干,推广农业先进科学技术……"

门市部里轰起来了,人们纷纷打听报名、参加的办法。万清看到这种情况,虽然也感到振奋,但不知怎么却有点脸红、惭愧,心里空落落的。在这如痴如狂的人群中,他甚至感到了一种莫名其妙的孤独。

快到中午时间,人群渐渐散去。万清一见,也赶紧转过身子往外溜,谁知背后有人喊他。回头一看,却是金梅。

"大伯,你也来啦?"

"嗯嗯……"万清非常尴尬。

"那,快去我那里坐坐。"

万清没办法了,心一横:反正走不脱了,索性去问个实落吧。

金梅住在农科站里面。小小一间屋子,雪白的墙上钉着各种农技图片。到底是妹头家的房,床帐被铺收拾得清清爽爽,桌上书本摞得整整齐齐,满屋子有股好闻的香气。

金梅给万清泡了一杯茶,出去了。万清一直看她笑模笑样,猜不透她在想什么,一颗心别别跳着。一会儿,金梅回来了,开口又是一笑:"大伯,今天你老上街,有事吗?"

"我……我……"在这关键时刻,万清把老伴教他的、路上想好的话全忘记了。

金梅又笑起来了:"大伯,你有什么事就直说吧。"

"我……"万清终于鼓起了勇气,"我想来问问,你和兆林的亲事……"

"亲事,兆林不是说断了吗?"

"不不，他小人家说话不算数……"

"小人家？"金梅长睫毛闪了两闪，"大伯，你知道他上次来说了些什么吗？"

"……"

"上次兆林来买药，我告诉他连根已来过了，劝他慎重些，一家损失不算，病害蔓延，要影响整个小队的。他却说相信连根的话，盐缸里都要出蛆了，现在家家户户种田，他不能扎头扎脚包下来。我说他不像个农技员的样子，他反说我调到公社，眼眶子高了，要我马上开条子，还……还用一刀两断来逼我……"

"妹头，他不懂事，你让着他点……"

"不！"金梅严肃起来，"大伯，他哪是不懂事？他是要护他那张丑面子、假面子。种田是一门科学，可他刚有了一点点，就狂，就骄傲，处处摆出副吓人的样子，出了错不肯承认，硬着颈子往前撞，这样下去，不但害他自己，还要害别人……实在说到底，他没有一颗为大家的心……"

万清怔住了，这哪里是说兆林，分明句句都在说自己。他感到脸上一阵红，一阵白，浑身的痱子暴突开来，麻辣辣地又痒又痛。

金梅递给他一把扇子："以前在学校，我看他聪明、能干，也肯帮助人，想不到这几年却变成了这样。"

万清已不敢看她，只是机械地应着："是的，是的，这畜生，小畜生……"

不知什么时候金梅出去了，端进来三个盆子。万清偷偷一瞄，一盆两头翘的大鲫鱼，一盆碧绿的韭菜炒肉丝，一盆煎得油汪汪的荷包蛋。她身一转,又变戏法似的摸出一瓶酒来,对他说:"大伯,就在这里吃饭吧。没什么菜,请前面医院里的医生帮烧了点,怠慢你了。"万清留又不是,走又不是,看着满面春风的金梅给他斟酒、搛菜,心里已完全糊涂了。他觉得在这里真是春夏秋冬,一上午过了一年四季。

饭罢,程万清再没有停留的勇气了,决定马上就走,但还没起身,又被金梅拦住了。

"你还有什么?"万清吃惊地望着这个不可捉摸的姑娘。

"大伯,公社成立农民科技协会,公社管委会决定,你是筹备小组成员之一,叫我通知你……"她突然脸红起来,"另外,你……告诉兆林,叫他赶快报名,争取……做第一批会员……"

"啊——"万清心里一阵紧绷:"那你和兆林……"

这一次轮到金梅语无伦次了。她的声音低得几乎听不到:"大伯,你告诉他,只要他好好……改……"

呵!万清一字一句都听清楚了,听进心里去了。他望着低着头、红着脸的金梅,颤抖地说:

"金梅,你,你真是个好……好妹头。"

六

公社农民科技协会正式成立了。

成立大会上,程万清被选为第一届理事。他主动要求发言,当着众人的面,把"纹枯病通天"的笑话,家里闹的风波,公公见媳妇丢脸的经过原原本本说了出来,并向已是第一批会员的连根道了歉。发言中，他多次批评了兆林，却对主席台上的金梅连翘了三次大拇指，引得会场上的人都朝金梅看，看得她抬不起头来。

他的发言获得了热烈的掌声。

但程万清毕竟是程万清，在发言的末了，他说："共产党帮我们治穷治了三十年，现在终算把治穷这本天书读通了。（热烈鼓掌）我们这些种田佬也要为共产党壮口气。今天，大家选我当什么桃事、李事，是抬举我。我自家有多少斤两，自家秤得出。解放前我八岁放牛，十五岁做小伙计，打长工，做短工，学堂门朝哪边开都不晓得；土改辰光上冬学识的几个字，又都包包扎扎还给先生了。现在公社为我们农民学科学，成立科技协会，我从心里赞成。不怕大家笑话，我程万清一世就要个面子。人要脸，树要皮，今天我当大家的面露丑，当真不要脸皮了？不，要的！我们这里有句老话：'不看大姑娘上轿，要看老妈妈上山'。今天会上，我程万清要和大家拍个手，约个章，看看谁先成为我们公社的第一批科技户。下一次，我要把我的面子争回来……"

长时间地热烈鼓掌。

程万清讲得太激动了，眼睛潮浸浸的。就在这时，会场后面站起来一个矮墩墩的人，竟是李县长。他走上主席台，紧紧握住程万清的手，恰恰又在这时，台口上电光一闪，哈哈！竟又是那个漂亮小伙子，把这个珍贵镜头拍进了那个皮匣子相机。

翰墨缘[1]

一条青石板路，躺在两溜矮小的房舍中间，在白亮的阳光下，像一条僵硬的死蟒。

大汗淋漓的我，急急地向前趱路。就在今天上午，县委陆书记从地区会议上挂回来一个长途电话，说有一个上海书法家马上要来我县，下午两点，由他亲自作陪，同车到达，并再三指示：马上准备，组织接待。

县委办公室秦主任把这个消息一公布，机关大院里立即鼎沸起来。这里地处偏僻，从未见识过"家"的尊面，现在书法家惠然光临，在家门口就可一睹"家"的风采，确实是喜从天来；县委那幢新落成的办公大楼，从上到下，粉墙空虚，一直是大家心上的缺憾，书家临场挥毫，定能使白壁生辉，大楼增色，这就凑成双喜了。而不少机关家庭，这一阵对泛滥成灾的大美人之类渐觉腻味，干部们对书画雅兴成风，书家驻足县境，当然是面恳墨宝的良机（而名家真迹据说是值大钱的），这是

---

[1] 原载于《雨花》1981年第10期，第19-25页。收录于《麦青青》，江苏人民出版社1983年版，第201-216页。

大家的内喜，说不出口的。不管怎么说，今天真该是我们县城的喜庆节日。

整个接待工作由秦主任亲自挂帅，我和宣传部潘秘书作左右手，总管一切后勤事务。当然，我和老潘对荣任这个职务是最乐意的了。不说我是文化股长，接待文化名人是份内事，在早年我也是一名业余书法爱好者，这次能由我亲自接待书法家，不能不说是平生一大快事。而老潘是县里有名的收藏家，平时最喜收罗文物古玩、名人字画。一次他去地区开会，适逢首都一位书家路过，他闻声赶去，凭着宾馆一个同乡引见，硬凑上去陪了一天。精诚所至，感动了那位素昧平生的名人，当场提笔写了"书癖"两字赠他。至今他还引以为荣，在县里传为美谈。

在我和老潘卓有成效的组织下，各项接待措施通过电话网络准确无误地布置、落实下去，招待所下榻的雅居，国营饭店的名厨，文化馆全套的文房四宝，果园消暑解渴的西瓜……还有！老潘提醒着：龙头水库要速捕几条大头鳙鱼，贵宾来临，有名的"砂锅鱼头"不可以不尝。

秦主任细细检查了我们的工作，非常满意。最后，他却提出了一个问题：书家来县，应当有个通书道的人作陪，不然不但将使书法家寂寞，也显得我们县里无人。

这一下难住了我和老潘。一度，大家把目光盯住了我，我吓坏了。虽然我一时兴至，也能春蚓秋蛇，涂鸦几笔，但狗肉上不了桌面，叫我去陪上海来的书法家，岂非班门弄斧，雷门布鼓。正烦愁之际，我一拍脑袋，突然叫道：

"瞎！怎么忘了他？"

"谁?"老潘比我还急。

"舒志远,那个自号磊石的。"

"哈哈哈……"老潘陡地爆出一串大笑,连连摇头。

这一下弄得我很尴尬。其实,刚才我话一出口,也觉得轻率了。因为对这块石头,我已多年没有接触,实在并没多大把握,不过一时情急,才把他推了出来。

老潘却不管我的处境,机关枪似的向我打着连发:"你知道今天要谈什么?谈书法!书法是什么?东方艺术的明珠!他算什么?一段行将就木的老朽!哈哈哈……识个横竖撇捺,就算书法了?"

老潘的理论一向是有权威性的,在场的人都被他犀利的谈锋镇住了。我不满他那嘲笑的口吻和君临一切的姿态,讨厌的自尊心使我血沸千度,我开始固执地争辩:"我看县城里除了他,决找不出第二个人来。不然,你提个人试试。"

这一着真灵,老潘给将住了。

秦主任把我叫到旁边,郑重地征求我的意见。事情到此地步,已势如骑虎。我只得咬紧牙关,搜索枯肠,编派出几条舒志远称职的理由。想不到主任一听,竟然满口应承,并命令我立刻亲自去请。于是这一声请,便把我驱到了这炎炎赤日之下……

小巷子南北走向,两旁俱是秃檐小屋,热毒的阳光直射下来,无遮无掩,满巷子都是火。我喘着粗气,憋得直冒油汗,不禁又自恼起来。对舒志远,我并没什么好印象,甚至还有一点鄙薄。我和他的那次相识,至今想起来,还觉得窝窝囊囊的……

在那"文化有罪，知识无用"的年头，多亏日本人夸口说书法这门东方艺术今后要由他们来继承这句话，激发了我们中华民族的自尊心，又加上头倡导，身体力行，因此，在百卉凋零、荒寂一片的园地里，唯独书法这门古老艺术一枝独秀，兴而不衰。那几年，我这个管文化的也靠边在家，闲居无事，便一日数纸，做些临池弄墨的功课，以打发日子。但苦于手头无碑帖可供临摹，书店里没有供给，和儿子合用小学生字帖又太寒酸，所以起步便用郭老的《三十七首墨迹》作为入门阶梯。一天，一位友人向我透露了一条消息，说舒志远暗暗传出话来，有一批古代碑帖想转让出手。我一听，以为他在开我的玩笑。舒志远在我们小县城里曾经是个轰动一时的人物。在那震惊全省的几起匿名信大案中，他恰恰符合破案材料上提供的几条反革命特征：六十多岁，退休银行职员，孤身独居，精通古文，解放前在上海滩上混过。在"大会发动、小会排查"的人民战争中，又具体揭出他攻击"文革"的言论，"六六、六七两年正值丙午、丁未，丙丁五行中属火，色红，未属羊，国家逢'红羊劫'，要遭大难。"还诽谤林彪的手迹是"鬼画符"。于是遭到了隔离。听办案人员内部透露，这老家伙出奇的顽固狡猾，审讯时向他宣传"坦白从宽，抗拒从严"的政策，他竟然说："坦者，坦然也；白者，清白也。清白者自当坦然，何须宽严也。"因此格外吃足了苦头。据说一次已经断了气，拖到火葬场，他叹了一口气又活了转来，吓得办案人员三天不敢近他。好在不久抓到了真凶，林秃子也摔死了，他才带了个"尾巴"放了出来。现在，友人要我去和这样一位危险人物接触，不是不想活啦。

友人看出了我的疑虑，对我说："你又不是去搞反革命串连，买几本碑帖，愿卖愿买。他孤身一人，你黑夜去来，有屁事？！"

舒志远住在城东文书巷。记得当时推门进去，屋内一灯如豆。他正卧榻养病，见到我，伸出两只枯枝般的胳膊，艰难地撑起半边身子，目光中游动着惊恐和慌乱，上下审视着我这个不速之客。我连忙道明来意。在他确认我没有恶意以后，眼皮松弛下来，以目示意我开水在哪儿，叫我自便，并要我当面写一张字。我这才发现，床头边还有一只快塌坏的小几，上面搁着一方积着厚厚宿墨的墨盒和一支文化大楷，旁边一张纸，天头上刚写上"检查"两字。他迅疾地把那张纸撤去，另递来一张新纸，我有点紧张，抖索着按郭老的笔迹背临了一首"天高云淡……"，他接过去，倚在床上看了半晌，突然问道：

"你知道取法乎上，仅得其中；取法乎中，仅得其下否？"

他声音喑哑，带着喘息。我不懂这番高论，惶惑地摇摇头。他很失望，又上上下下打量我一番，似乎下了决心说："郭老虽是当代名贤，书坛国手，然未臻化境，有些应酬之作，更不得作为楷模。临者一旦误入歧途，当不可收拾。"

我惊异于他的直率，也觉得有点狂妄。便问："那，依你的看法呢？"

"历代习书者很多，而能卓然成家为后世所宗仰者，代不过数人。学书亦当探其源而溯其本，可自上而下，先习三代钟鼎，秦汉篆隶，晋唐行草；而后魏碑正楷，再遍及颜柳苏黄，文祝董王，清代诸家，如此始可登堂入室……"

他滔滔不绝，旁若无人，声音也洪亮起来。我吃惊地望着他那双突然变得有神的眼睛,说道:"我正想追摹古人,手头没有碑帖,说这些也是空话。"

他听了,连声说:"这个,只要你心诚,不难!不难!"随即跳下床来,从床底下拖出一只磨损得很厉害的老式皮箱小心打开,翻出一个捆扎严实的纸包,拆开层层裹封,露出一叠帖来。我看到几乎每本帖上都盖着"舒志远收藏"的大印。他告诉我,这些东西在"破四旧"时藏在乡下侄儿那里,不然早就付之一炬了。他一边说,一边抚摩着那一本本装裱完好的碑帖,手簌簌地抖。良久,又对我说道:"古人说,'书生穷死不卖书',想不到这些劫后余烬,到底还是留不住……"说到这里,他一阵黯然,眼睛里闪出了泪光。

我看着不忍,便说:"既如此,你还是留着吧。"

谁知他一听,却急了,一把按住我的手:"哪里话,怎么可以让你白跑一趟,空手而还?我老了,留这些古董也无用。宋李清照在《金石录后序》中说:'有有必有无,有聚必有散,乃理之常。'你今天来,可见与这些东西有缘。"

我见他说得恳切,也不推辞了,说:"好吧!那就烦出个价,帮我选几本吧!"

"这……还出什么价?你看着给一点就行了。"

"不,你保存这点东西不容易,不必客气。"

"那……"他犹豫着,显得很为难。停停,叹口气说,"好,我也不怕羞,直面而道了。这本《黑女志》是原拓,给两元,这本《爨龙颜》三元,这本《争座位》三元,这本《定武兰亭》五元,这本《圣教序》墨皇本给六元吧。"

"我的天！"我在心里暗暗叫苦，想不到他开价竟是这样辣。摸摸口袋，一共只带了三十元，是我半个月的工资。

他还在唠着："这本《怀素小草千字文》，版本难得，给五元；这本《孙过庭书谱》，据清廷内府真迹，珂罗版精印，当年我在上海书摊，花大洋八圆购来，你出个原价吧。"

我僵住了，头上冒出汗来，原来他开先那套宏论是引我上钩的生意经哪。我憋不住了，急急分辩："我是初学……初学……"

"初学不要紧，以后你会用上的，上溯汉魏，下追唐宋，此乃学书正途。"

他分明已把我看成大主顾了，我不得不向他兜底，把钱全掏出来，嗫嚅着说："我……我只带了三十元。"

"啊……"他轻轻叫了一声，停住了，用一种陌生的眼光看着我，棱棱的嘴角抽动着。足有好半天，突然说："也罢，有道'宝剑赠烈士，红粉贻佳人'。三十元就三十元吧！"随手接过我手里的钱，把那堆帖往我面前一推。

我不知道自己当时是一副什么样的表情，只觉得买帖的雅兴全被破坏了，胸腔里一股什么东西直往外泛。昏昏然中，我在帖堆里随手捡了几本，便跟跟跄跄走出了那座小屋。

长长小巷的尽头，一株黄杨在土墙里撑出浓密的树冠，几只夏蝉在上面一声高、一声低地扯着嗓子。啊！到了。

"谁？"一个清朗的声音响过，院门开了半边缝，探出一个光秃秃的头来。

舒志远！呵，他正在浇花呢。树荫下，并排放着两溜花盆，红的，黄的，紫的，花事正盛，满目灿烂的颜色。他穿着一身宽大的香云纱裤褂，手里提着一只小巧的喷壶。此公几年不见，倒硬朗多了，脸上红白淡衬，两撇稀稀的白眉，蝶翅般向两边飞着。我强作镇静，主动地打招呼：

"您老好啊！"

"你是谁？"他认不出我来了。

"还记得那个夤夜来客吗？"

"……"他眯着眼睛，端详着我，"喔——买帖者。稀客稀客！快进屋。"他放下喷壶，忙不迭往里让我。

躬身进屋，四周一片光亮。一帧徐悲鸿的《奔马》水印立轴正中挂着。那只小几还在，上面供了一盆"水石清赏"，旁边一套新版的《古文观止》端端地摆着。

"多亏落实了政策，那几年，八元一月的生活费……唉，总算熬过来了。"他见我打量，殷勤地解释着，"那次来怠慢了您，您帮了我那么大的忙，一直想谢您，又不知道您……"

我连忙分辩："不……我那次太冒昧了。"

"我可是真心话。岂不闻'涸辙之鲋，得斗升之水可活耳'。您那点钱治了我的病不说，您的到来给我这蓬筚小屋带来了一线光明，这世上还有人看得起我，足见我的大限未到。不怕您笑话，您走了，我可哭了一宿。您是大恩大德哪……"

我的脸腾地红了，顿觉领口里塞进了一把芒刺，浑身不自在起来。

他还在关切地问着："最近还在练吧，学书之道要紧的是一个恒字，纵观……"

他又要开始那套宏论了。我看着时间紧迫，不得不打断他的兴头:"舒老,今天造访府上,还有一事要麻烦。"

"这个,好说,好说。"

"今天,有一位上海书法家要来我县……"

"什么!你说什么?上海书法家?!"他突然一把抓住我,眼睛里放出光来。

我见他的兴奋劲,微微一笑,告诉他:"今天,有一个上海书法家要来县里表演,想请您老去作陪。"

谁知他听了后一句话,抓住我的手却松开了,目光也开始往回敛缩:"这个……怕不行。我才疏学浅,见识鄙陋,去陪书家,岂不要贻笑大方……"

我很失望:"您老再考虑考虑……"

"嗯……不行,不行。"他皱着眉,嘴里喃喃着,突然一抬头,坚决地说,"不行!我实在不行!"

最后一点希望破灭了,我只得站起来:"舒老,那……今天打扰您了。"

"唉!唉!"他一脸羞愧往外送我,"这……实在抱歉,抱歉……"

刚走出院门,猛听到后面一声"慢",转身看去,舒志远赶出来,两眼盯着我:"上海书家来,是否真的?"

"这还有假?"我开始不耐烦。

"上海,我在那里待过几年。沪上书家,近代首推沈尹默,其次邓散木、潘伯鹰,可惜都已作古,今天不知哪一位下阶这里?"

"这个,我还不知道。"我抬脚要走。

"慢！"他又拦住我，脸上分外地严肃，"好吧，我去。古人云'朝闻道夕死可矣'，拜师学艺，不能怕出丑。我早就想见见真正的书法家了，这机会不能错过。"说着，又神秘地凑上来，"告诉你，我还有几张康熙内府御制的宣纸，当年从书摊上得来，一直珍藏着，想候高手落墨，想不到还真等到了。好，我去！一定去！"

看着他焕发的神采，坚定的语气，我没话说了，只得告诉他："那您马上准备准备，下午三点，在招待所小会议室集中。"最后，我又强调了一句，"这是领导对您的信任。"

离开他的小屋，我并没感到轻松，反而被更大的不安扰动着：这个迂老头子，能否不负众望，完成陪客的任务呢？

中午十二点，陆书记陪着贵宾到了；同车到达的还有地区文教局闵局长。一霎时，招待所里热闹起来。洗尘、消汗、摆酒、接风，乃至"砂锅鱼头"，一应细节都有条不紊进行着。

书法表演定在下午三点钟。两点半，书法家午睡起床，他五十出头，生得魁伟雄壮。此刻，浓睡不消残酒，两眼还红红的。他一边整衣，一边还连声赞着："今朝一只鱼头汤勿错，真勿错！"满嘴喷着酒气。

潘秘书口舌灵活，随即接了上去："这是敝县的名菜，省里来人，也不得不尝的。"

"难得！难得！啊——儌县里还有啥名产？"

"有！有！灵山茶尖、凤湖大曲，都在省里得过奖牌，还有塘湾糕点、石铺狗肉也久负盛名……"

"真勿简单！真勿简单！"

我在旁边一眼瞥见他领子、袖口上黑黑的油泥，不禁皱了皱眉。退身出来，对潘秘书说："这人怎么这个样子？"

"唉！你这个人真外行。这叫放浪形骸，不拘小节。你看历史上，张旭颠，怀素狂，王羲之袒腹东床，李太白斗酒百篇；还有竹林七贤、扬州八怪……哪位名人不沾个怪字？"潘秘书报出一连串人物掌故，瞪我一眼，又进屋去了。

快近三点，宾主在小会议室里陆续就座。清茶泡开，卷烟点起，切开的西瓜显着诱人的颜色，四只落地风扇驱赶着午后的暑热。该来的人差不多都来了，只有陆书记和闵局长还未到场。为了等人，大家围着那位书家询问、闲聊，书家正襟危坐，饶有风度地频频点头，回答着大家的问题。

屋内凉爽如秋，我却不断地揩汗。表演马上就要开始，担负重任的舒公却还杳如黄鹤。我看着外面高张的火伞，想着舒志远那年高瘦薄的身子，心悬空拎着。正在这当口，窗外一个白色的身影闪过，出现了舒志远那光洁的脑袋。"我的大爷，终于来了！"我赶紧迎出去，只见他夹着一卷纸，连连说着："三点，我没误事吧！"

"唉！这么多人，就等你了。"我就差没对他跺脚了。

舒志远今天特地换了一件雪白的硬领衬衫，看样子还专门去剃了头，修了脸。落座以后，我为他们俩相互做了介绍。可那位书法家似乎对这位中途出场的"土八路"不屑一顾，他矜持地对舒志远点了下头，便又自顾抽烟喝茶了。

由于舒志远的到达，室内陡然静了下来。大家都明白舒志远的身份，目光全集中到了他的身上。这时，我的心里开始打鼓：

"戏就要开场了,我的大爷,你可得为县里,也为我壮口气呀!"

"不敢动问,您尊姓?"舒志远憋得满脸通红,终于趋身向前,开了口。

"敝姓程。"书家的回答毫不多余。

这场开始的对话使外面围观的嘈杂声也息了下去,屋子里只有呼呼的风扇声和轻轻的咳嗽声。

"喔,程……程老,"舒志远选了一个很别扭的称呼,看样子他已没有勇气再问台甫,而腰却躬得更低了,"您不辞辛苦,屈尊光临,真是敝县的荣幸。"

"嗯!"程书家闷重地哼了一声,头仰得更高了。

这哪里是作陪,简直是朝拜了。我不满意舒志远那卑微腐酸的样子,也不满程书家那傲慢无人的态度。但我插不上嘴,只好在旁边干咽着唾沫。

"谈谈书法吧。我们县小地陋,闭目塞听,望程老多多指教。"潘秘书很得体地导引了一句。

"嗯,书法这东西可是门学问,深奥,深奥得很哪。"程书家操着上海官话,开腔了。空气一下子轻松起来。

"程老讲得真对!书艺之奥,古人池墨冢笔,皓首难穷,其难可知。"舒志远看样子也来了劲头,"敢问程老擅长哪路书法?"

"魏碑!"程书家粗浓的眉毛一扬,"魏碑,你们懂吗?魏碑就是我发明的。"

"什么?"我心里惊叫起来,"这个玩笑可开得太大了。"

舒志远依然一脸虔诚:"程老莫不是指的新魏体吧?"

"对！新魏体。我发明的魏碑就是新魏体。"程书家自负地点着头。

"嗯，新魏体也是从魏碑脱化而来，请问程同志师承的哪种碑体？"

"龙门十二品！"程书家昂奋起来，眼睛直视舒志远，"你没听说过吧，我足足练了它十年。"

舒志远腰直了起来，蝶翅眉飞了两飞："敢问你那龙门十二品有点什么内容？"

"嘿嘿，这就多啰，内容很丰富……当然啰，一时也不容易讲清，可惜我没有带来，不然可以让你们开开眼界……"

"请问，有个《龙门二十品》练没练过？"舒志远三问中，称呼连降了三级。

"不说二十品，三十品我都练过。练书法要的是冬练三九，夏练三伏，这魏碑讲的是外方内圆，眼到手到……"程书家滔滔不绝地演说起来。

舒志远脸冷下来了，头昂起来了，嘴角往下拧了。不好，今天要出事。我想起自己的职责，连忙笑着圆场："还是讲讲新魏体吧！程老既是发明者，早几年上海出版的几本新魏体字帖，想必都是程老的手笔了。"

"这个……那是我徒弟写的，我才不干呢。"

"为什么？"舒志远突然来了兴趣。

"那时没有稿酬，出力流汗，让出版社去赚大钱，你干不干？"程书家一脸愤色。

舒志远吁出一口长气，脸上迸出一个冷笑，仰倒在椅子背上，再不声言了。

正在这时，外面一阵轰动："闵局长、陆书记来了。"

我像在灾难里突然遇到了救星，头脑灵动起来，对潘秘书说："陆书记他们来了，马上准备，就请程老表演吧！"

"好！"潘秘书一听说表演，立刻磨墨铺纸，准备起来。

局长、书记就座以后，表演正式开始了。潘秘书将一支新开锋的"落纸如云"递到程书家手里，他援笔蘸墨，刚欲起手，一滴墨汁落到了纸上，顿时洇化了一大片。

潘秘书连忙说："不要紧，换纸！换纸！"

一片忙乱声中，我忽然发现舒志远不见了。到窗口一望，只见他夹着那卷纸，正快步向大门走去。我赶紧追出去，一把拖住他："表演才开始，您老怎么走了？"

"别污了我的耳目！"

"人家是地区介绍来的书法家哪！"

"哼！一皮囊钱蠹耳。真乃书林之大耻。"他振臂一挥，挣脱我的手，扬长而去。

我立在原地，呆住了。

"……"

一下午紧张的"书法表演"过去了，观众们挟着、捧着一张张墨宝真迹满意而归。我帮着服务员收拾好茶杯水瓶，清扫完地上的烟蒂瓜皮，又妥善安置好那位程书法家，才拖着疲惫的身子回去。

第二天上午，我有事出去了一下。中午刚回宿舍，潘秘书一头闯了进来，神色沮丧地告诉我："出事了。你知道那个书法家是什么人?"

"什么人?"我也慌了。

"上午地区又挂来个长途。说上海一家广告公司打电话到我们地区查问,他们有一广告工人已旷工半个月,知道到了我们这边,要求相帮找找。于是电话转到了我们县。"

"就是姓程的吗?"

"正是他。我早就看出这家伙不是个好人。只可惜了我那一大捆宣纸。"

"他怎么会成为书法家的呢?"

"他住在一个朋友家里,他朋友吹出来的。后来闵局长听到了,请到地区机关里写了几天字,以后越吹越玄,又介绍给了陆书记。"

"真太不像话!"

"是的!闵局长、陆书记已发火了,要我们立即追查。"

"这家伙呢?"

"我已叫招待所扣住他了。你看,我昨天给他买的四瓶凤湖大曲也让我追回来了。"

我这才发现老潘手里还提着四个瓶子。

"秦主任叫我通知你,要向他追回一切损失。招待中的伙食费、房间费、西瓜钱全部要算清,一分不能少!"

"好吧,我马上去!"告别了潘秘书,我立即赶到招待所,可传达室的小刘却告诉我,人已经走了。

我责问小刘:"为什么不截住他?"

小刘无可奈何地笑笑:"翻遍了他的口袋,一个子儿也没有,他在这里求饶，就差下跪了。我们看他可怜，才放了他。"

我差点没急闷过去，连忙问。"去哪里了？"

"去了车站，刚走！"

我一听，不敢耽搁，掉转过头，又向车站奔去。

汽车站前，人来人往，正是最繁忙的时刻。花坛前的树荫下，一个魁梧的人站着，他还在！

我大喜过望，几步跨过去，猛看到旁边还有一个人：白衬衫，光脑袋。啊！是舒志远。

只听得舒志远说："你就这么走啦？走得了吗？"

那位大书家低着头，躬着腰，已经矮了一截。

"今天上午一传开，我就注意你了。"舒志远在口袋里掏摸着，"这里有十元钱，一张车票。"

啊！这个迂老头子，怎么做出这种事来。我正要上前拦阻，却见他把手一摆，挡住那个"书家"伸出来的手，沉重地说："你为什么不尊重自己，好好做个人呢？书法是艺术，艺术你懂吗？按理说，你那一手新魏体，写得并不坏，可没有根基，为什么去图那个虚名呢？唉唉！人最染不得名利两字，古人讲'名缰利锁'，真是参透世情了……"舒志远摇着头，连声嗟叹着。

"嗯，嗯。"那位大"书家"只剩下点头的份儿了。

"你这次来，也算我们有缘。我也写了一点东西送你。"他打开包，取出一卷纸来，我凑上去。呵！正是他珍藏多年的御制宣纸，上面墨迹淋漓，写了一副对联：

受人以虚，求是以实；

欲见者大，先为其难。

整副对联写得沉雄有力，墨彩飞扬。对联上面钤着一方朱红大印：磊石。

那位大"书家"已经完全呆了，低头躬身问道："请问您老大名，以图后报。"

"我曾被赐过'茅厕里石头'的美名，故垒四块石头，愧作大号。我乃僻乡小县一陋石耳。"舒志远朗朗说完，将对联、钱、车票往那位"书家"手里一塞，掉头就走。一阵清风扬起他鬓边的缕缕银丝。

两个人都从我眼前消失了，我却久久没有动弹。脑海里云水相激，浪花迸迭，各种形象迤逦交错，纷至沓来：枯瘦的胳膊、着了火的小巷、龙门十二品、凤湖大曲、大头鳙鱼、人民币、汽车票、对联、印章、瓜皮、烟蒂、我、他、他……

嘻！这两天的事，真是一段"翰墨奇缘"。

剧团里来了个孩子[1]

一

临河镇上来了个剧团,在镇上新砌的大剧场里演出。

剧团是外县的,临河镇是他们演出路线上的第十个码头,他们出来快半年了。剧团在临河镇上业务很好。新编传统剧目《天要落雨娘要嫁》已连续演出七八天,场场满座。

到剧场看戏的大部分是农民,他们白天要生产,剧团只演夜场。演员们夜里辛苦,白天比较清闲,常常一觉可以睡到九、十点钟。青年演员要练功,略略起得早些,因为抓得不太严,一般都自己管自己。男的压压腿,下下腰,拉几个山膀,翻几个蛮子;女的来几个前桥,走几圈台步,然后咿咿呀呀吊吊嗓子,唱上几段。老演员却松快些,起身后,泡一壶茶,点一根烟,一阵悠然过后,便可以上街转转。夫妻对的则去农贸市场买点新鲜蔬菜回来,点上火油炉子自炊。下午一觉甜睡,手脚勤的还可以掮根钓竿,下乡钓捕鱼虾。那些好客的农民见是演员(已在台上照过面了),便会显得特别宽容,即使插了禁止钓捕木

---

[1] 原载于《雨花》1984 年第 5 期,第 30-38 页。

牌的河塘,也会破例向他们开禁。他们随遇而安,"处处无家处处家",各按自己的习惯打发着一个个日子。

这天傍晚,一个孩子突然来到剧团,打破了他们惯常的宁静。

孩子是吕导演的儿子。吕导演夫妻都在剧团工作,把独生儿子丢给了县城家里的母亲。这次,剧团里管灯光的小吴回县里取天幕镜片,正逢幼儿园放暑假,孩子奶奶见了这个空,便请小吴把孩子带到远在几百里外的剧团来,让他和分别近半年的爸爸、妈妈团聚团聚。事不凑巧,吕导演三天前患阑尾炎住进了就近市里的医院,孩子妈妈也陪伴去了。孩子到了剧场门口,却不肯进去,说要等爸爸、妈妈来接,并说他奶奶在信上念过的。小吴劝了好几次,他都不肯动,这使小吴挠了头。

孩子的到来早惊动了整个剧团。家里来人,在团里是一桩喜事。演员们长年奔走江湖,辗转流动,县里来人都带三分亲。现在,大家的注意力都集中到了大门口。井台上冲澡的,树荫下洗衣的,吃过晚饭歇凉的,化妆室里化妆的,都拥了过来。人群在孩子面前围了半个圆。

孩子穿着小黄裤衩,白边红地小汗衫,背一个草绿色小书包,倚在剧场院子的大铁栅栏门上。西斜的阳光从街对面屋顶的罅隙间投射过来,融融地罩裹着他。刷着白漆的栅条门上,像镶了一朵美丽鲜明的贴花。

他既不害羞,也不怯生,睁着一对滴溜溜的大眼睛,看着眼前的叔叔、伯伯、阿姨们,仿佛很有主意。

一个青年演员逗他:"小涛涛,你爸爸当和尚去了,妈妈给卖掉了,你还来干什么?"

这种不高明的骗局,小涛涛见得多了,轻蔑地撇撇嘴,理也不理他。

人群轰起一阵笑。一个女青年演员挤过来说:"小涛涛,你爸爸妈妈不在,今晚上跟谁睡呢?"

"哼!"小涛涛鼻子翕了一下,根本不相信。

"走走,你们走开!"彩旦何大姐拨开两个青年,蹲下对他说,"涛涛,你爸爸住了医院,妈妈也陪去了,真的不在啊。"何大姐在县里排戏时,常和小涛涛逗闹,现在见他孤零零的,说话动了真感情。

涛涛把头转过来了,大眼睛眨了几下,显然相信了。

何大姐很高兴,拉住他的手:"涛涛,爸妈不在,你晚上跟何阿姨睡吧!"

小吴见工作有了进展,也跟着趁热打铁:"涛涛,你跟何阿姨,好吗?"

何大姐夜场开戏就要上,已经化过妆。小涛涛看着她涂满油彩的脸,又打量一下她矮壮的身躯,摇摇头。

何大姐很扫兴。几个男青年演员说:"涛涛,你晚上跟叔叔睡,怎么样?"涛涛不作声。几个女青年演员也围住他商量,他迟疑一下,还是移开了目光。

乐队里几个老头子兴奋了。打板鼓的老罗凑上去说:"涛涛,你不肯跟他们,晚上跟爷爷吧!"

涛涛看他迎上来,翕着小鼻子,身子直往后缩。

人群轰闹开了,也愁开了。看样子,他是非见他的爸爸妈妈不可了。可现在去市医院，不说已没有车，即便有也不能让他去。面对这个倔强而有主意的孩子，一群大人毫无办法。

太阳隐落下去，街屋的阴影逼上来，重重地盖住了院子。临来受过孩子奶奶重托的小吴，开始绝望了，气恼地说："你谁也不跟，就让你一个人！"

涛涛似乎并不理会小吴的恼怒，眼睛定定地盯着人群外面。忽然他手一指："我跟她！"

大家心里一惊，齐齐回过身去。只见井台边的石阶上高高立着一个人，正远远地向这边看。

"她？！"人群中起了一阵小小的骚动。

她叫叶丹萍，平时最不喜欢孩子，在团内团外见到孩子，她都避得远远的。人们知道她这个怪癖，有孩子的都告诫不要和她接近。可现在，涛涛却偏偏挑上了她。

正当人们疑虑、为难、面面相觑时，叶丹萍竟意外地走过来了。她迎着大家惊讶的目光，走得非常从容。人群不自觉让出了一条通道。叶丹萍来到小涛涛面前，蹲下了：

"涛涛，你要跟我吗？"

"嗯。"涛涛的大眼睛扑闪着，透着信任、依恋的光。

"好孩子！"

叶丹萍一把搂住了他。两人紧紧依偎着，竟如久别重逢的亲人一样。

人们惊异、轰动了，交换着各种各样的目光。一直担心紧张的小吴却长长地吁了一口气。

二

帽笼架上，密密地挂着夫子盔、国公盔、虎头盔、雪梨盔、马超盔、蝴蝶盔、凤冠、过桥、兀子、罗帽；衣架挂上，满满地悬着蟒袍、宫装、席褶、霞帔、腰裹、杏帘、珠帘、箭衣、豹衣、马褂、彩裤；口面绳上，挨次地吊着黑三绺、彩口绺、彩满绺、网巾、散发、头带、帽圈。在舞台旁边的化妆室里，叶丹萍利用巨大的布景箱、灯光箱、服装箱为自己围起了一个小小的天地。挂得又密又满的帽笼架、衣架挂、口面绳如同一道道屏障，把这里和喧闹的外界隔开了。她在里面架了一张铺，两只叠起的服装箱，搁在床头边，成了日常起居用的桌子。这里的空气是凝滞的，光线是幽暗的，除了演出的那两个小时，很少有人到这里来。她在这一片流动、纷扰的世界里，为自己置起了一个临时的家。

今天，叶丹萍领来个小客人，一向冷清的"家"开始热闹起来了。

小涛涛乘了一天汽车，浑身衣服都蒙上了灰尘，脸上到处是汗垢，尤其那四只小爪爪，乌黑黑的，已看不出原来的皮色。这副样子，怎么上床呀？叶丹萍在团里素以洁癖闻名的。

从厨房拎来热水，倾入澡盆，蒙蒙的雾气在"家"里升腾、弥漫开来。离开场还有四十分钟，有的演员已经忙开了。她是打幻灯的，不必做繁琐的准备。这段时间，她可以将她的小客人好好清洗一番。

脱下变色的汗衫，褪下发黑的小裤衩，涛涛的小胸脯、小肚子、小身体露出来了。小家伙长得很壮实，手臂、小腿藕节似的，小屁股蛋上的肉打了叠，起了圈。

涛涛很听话，驯顺地任由叶丹萍摆布。

叶丹萍一面帮他脱衣，一面问他：

"涛涛，你为什么不肯跟叔叔、阿姨睡？"

"叔叔坏，骗人；胖阿姨脏；小阿姨……"小涛涛眼珠转了两转，说不出个确切的道理。

"小阿姨怎么？"

"我家那里的小阿姨，专门惹我……"他终于找出原因来了。

"那你为什么不肯跟爷爷？"

"爷爷吃烟，嘴里臭。"

叶丹萍笑了："你为什么要跟我？"

"你，像我奶奶！"涛涛爽快地回答。

叶丹萍心里一动，一阵热漫遍全身，急急问道："我怎么像你奶奶？"

小涛涛思索起来了，细细端详着叶丹萍，伸出小手指道："眼睛像，嘴巴像，头发像……嗯，衣裳也像……"

"啊……"叶丹萍惊讶了，开始打量自己。她身上穿着棕色的短袖衫，裤子是藏青的，浑身上下很素净。头发不用说，开始灰白了。吕导演的母亲，她见过的，眼睛、嘴巴像不像没在意。论年纪，她确也可以当奶奶了。可现在被一个孩子的眼睛鉴定，并肯定地说出，她还是感到了震惊。但此刻心里已被另一种异样的感觉暖和着，不禁嘿嘿地笑了。

涛涛给抱进盆里了。叶丹萍拿起毛巾，正要给他洗头，却给涛涛挡住了。

"不是这样。"

"怎么？"

"我家里的奶奶不是这样。"

"那要怎样？"叶丹萍没见过他奶奶怎么给他洗澡，被难住了。

小涛涛却拉住她的手，在盆里蘸了水，拍打着他的小胸脯，说："你唱呀！"

"什么，还要唱？"叶丹萍更糊涂。

"你不会唱呀？"小涛涛星星一样的眸子暗了一下，又亮起来，"我教你……"

呵！叶丹萍终于明白了。随即仿照他的样子，用手蘸了水，拍打着涛涛的胸和背，唱起来：

拍拍胸，勿伤风；

拍拍背，健伟伟；

拍拍屁股蛋，生个大鸭蛋；

……

叶丹萍嗓音很好，唱得柔曼而动听。涛涛笑了，在盆里顽皮地扑腾。盆里水花飞开来，飞到了叶丹萍的脸上、身上，她浑然不觉得。她朦胧地觉得，一种遥远的、原始的东西被这歌声召唤着，从身体内部、心灵深处复苏、飞升起来。她的手在孩子那柔嫩、光滑的肌肤上揉搓时，起着微微的震颤。她觉得全身心被一种难以言喻的愉悦围裹着,不禁眼睛湿了。

涛涛身上的污垢被洗净了,露出了红润的脸蛋,白净的肤色。他坐卧水中,就如一尊美玉雕成的孩儿。叶丹萍情不自持,就水中一把抱起他,顾不得水湿,在他粉嫩的脸蛋上重重亲了一下,亲得涛涛咯咯笑了起来。

"丁零零……"

准备演出的第一遍铃响了。叶丹萍猛地惊醒过来。她感到奇怪,平时最难挨的时间怎么会过得这样快。急忙中,她三两下把涛涛的身子擦干,又从他的小背包中取出小衫裤给他换好。涛涛没吃晚饭,她从床头边的食品盒中拿出一袋华孚饼干,往他手里一塞,欢快地说:

"涛涛,跟奶奶打灯去!"

三

演出结束,已快十一点,观众潮水般涌出边门,向外面散去。叶丹萍收拾好幻灯器具,匆匆赶回化妆室。

涛涛在演出中途就伏在叶丹萍腿上睡着了。趁着没有字幕的空当,她把他送回到床上。可她在剧场老走神,一颗心悠悠地悬着,以致幻灯字幕两次打错,引起了观众的嘘声。剧团领导以为出了什么事,还特地赶来看她。这在她可是从没有过的。

叶丹萍揭开帐子,看到小涛涛睡得很熟,悬着的心才放了下来。

她拿起床底下的脸盆,不小心碰上了床沿,发出乓一声脆响，她的心也随之跳了一下。看看小涛涛依然睡着，轻轻嘘了一口气。她突然意识到，"家"里多了一个人，不能像往常那样放肆了，一种陌生而新鲜的感觉在心里升起来。她带着前所未有的快乐心情悄悄走出去，到井台上打水。

院子里一片溶溶的月光。许多演员都在卸妆，见叶丹萍出来，围上来问她。

"涛涛听话吗？"

"乖！乖！小家伙很听话。"

"奇怪，他怎么偏偏肯跟你？"

"他说……我像他奶奶。"

不知怎么，叶丹萍说这句话很不自然，脸上也有点烧。院子里扬起一片笑声。有人打趣：

"想不到吕导演成了你的儿子。"

"回来就叫他认你做干娘。"

老罗走过来打水，在井台上和叶丹萍相遇了。老罗也记挂着涛涛，问她：

"丹萍，带了孩子，缺什么吗？"

叶丹萍对这个打板鼓的孤老头子有种莫明其妙的复杂心情，是反感？是腻烦？还是其他什么？她说不清楚。听到老罗问，立即回他：

"不缺，缺啥我会买！"声音中带着生硬。

老罗讨了个没趣，在月光下打了水，默默地走了。

处理完个人的一切，已是十二点。叶丹萍筋疲力尽地躺到了床上。

院子里演员们的声音越来越稀,最后一串脚步也消失了。化妆室里间,负责服装的一对小夫妻已进入睡乡,轻轻打起了鼾。剧场背后的古运河上,传来船家长长短短的吆唤,拍击岸沿的水声也分外地响起来。

叶丹萍睡不着。西落的半轮弦月,从正对院子的窗户探进头来,把一块洁白的光亮投在她的床上。

涛涛并头躺在她身边,睡得很甜。圆圆的脸凝玉似的,顽皮的、星星一样的眼睛合上了;小鼻子、小嘴巴均匀地翕动着,听得到微微的鼻息。帐子里多了一股从未有过的气味,比花香更馥郁,比蜜味更甜净,那是一种温馨的、带微腥的奶味儿,孩子身上特有的味儿。能唤起甜蜜,唤起亲昵,唤起柔和,唤起某种遥远的记忆。

"妈妈!"涛涛睡梦中发出一声呓语,一只胖胖的小手搭到了叶丹萍的胸脯上。她一惊,一股麻酥酥的感觉从胸脯散开,漾遍全身。她再也顾不得会弄醒孩子,一侧身,把涛涛紧紧搂到了怀里。她感到自己有点晕眩了……

"妈妈!妈妈!"童声的凄厉呼喊在古运河面上回荡,一只乌篷小船在河面上越来越远,那呼喊声也渐渐嘶哑、轻微,终于随同那一片孤帆消失在迷茫的远方。叶家班子的老板把她抛弃了,并带走了她三岁的儿子。叶丹萍昏倒在运河岸边长长的纤道上。

小镇吴记客栈的阁楼上,一盏豆似的油灯,幽幽地闪着,照着叶丹萍昏沉、苍白的脸容。朦胧中,她眼前出现了母亲的影子,那影子是单瘦的,病萎的,常年伴着无力的叹息。记得那次母亲在一张纸上揿下手印以后,掩面哭了,随后,她就被一个有力的男人领走了。这男人就是叶家戏班的叶老板,她成了班子里最小的一个成员。她开始学戏了,在鞭子下练功,在寒风里吊嗓,在一个个戏楼、土台上跑龙套。渐渐地,一朵艺术之花开放了。她那姣好的台容,甜润的嗓音,圆熟的演技赢得了广大观众。叶家班子的"小花旦"风靡了铁路沿线,运河两岸。她十六岁正式挂牌,艺名叫叶丹萍。她唱红了。

为了守住这朵花,不让她落到别的院里去(当时戏班子之间挖墙脚是屡见不鲜的),老板对她施加了压力。为了吃饭,为了生活,也为了艺术,她屈从了。那年冬天,孤立无援的她向老板交出了十六岁少女的一切。一年以后,她生了一个儿子,因为生在秋天,取名叫秋秋。当时正是兵荒马乱的年月,班子生意不好,老板整天打拱作揖,叫演员们帮忙,工资从八折降到六折、对折,到后,连饭都吃不成了,行头送进当铺,赎不出来,终于,班子散了。夫妻好比同林鸟,大难到来各分飞。她的丈夫(其实从未有过正式名分,他前两个妻子就是不明不白离开的)偷偷去了上海,并带走了她的秋秋。

离弃的打击,失儿的痛苦,叶丹萍病倒了。这时已听得到长江北岸隆隆的炮声了。迅速前进的时代解救了她。解放了的江南在她面前展开了一片全新的天地。明净的空气里,温暖的阳光下,一切都在恢复,一切都在新生。叶丹萍重新站了起来,成了这个剧团开创时期的台柱,行将凋零的艺术之花再一次开放了。几年以后,她重新组织了家庭,爱人是同团的头牌小生。结婚那天,她捧着那张盖有政府大印的登记证哭了。几年以后,他们又添了一个可爱的儿子，为了纪念那一段欣欣向荣的日子，给他取名叫欣欣。

也许是命运的安排，也许人生注定要走曲折的路，叶丹萍的前途并未像预想的那样展开下去。十年浩劫的第二年，叶丹萍又孑然一身出现在江南乡下的狭窄小径上。她的丈夫受不了肉体和精神上的残酷折磨，一年前自己掐灭了生命的火花。专演才子佳人的"黑"剧团解散了，戴着"黑"帽子的她要下放了。临行前，她到丈夫家乡来接寄养在奶奶身边的欣欣。但是，她没有接到。昨夜，婆婆和大伯子在隔壁商量的话像刀子一样刺伤了她的心。

"孩子不能让她带走！"

"人家大老远赶得来，她能肯？"婆婆有点犹豫。

"欣欣是王家的一条根，老二留下的一点血脉，不能让他姓了外姓。"

"她现在还是王家的媳妇，又没说离……"

"她现在已是第二个了，能保定她不找第三个？戏子有几个守得住的？"

……

她咬住被角哭了一夜。对婆婆——一个失去儿子的母亲，她不忍心再伤害她了。第二天一大早，趁婆婆不在，她去婆婆房里亲了亲还在甜睡的欣欣，掏出身边全部的积蓄两百元，放在孩子头边，悄悄地走了……

月光静静地透过户牖，照着叶丹萍的脸。她的脸颊上亮晶晶的，积着两汪泉。

几十年的粉墨生涯，几十年的顺逆浮沉，她于人生已淡漠了。人到中年到老年，一切都如清水缸一样见了底。往日那些彩色的梦渐渐变淡，变灰，最后成了一片虚空。恢复工作以后，她拒绝再上台唱戏（本来她完全能成为一个出色的老旦），宁可钻在剧场的一个黑暗角落里，操纵幻灯，向墙上打出一小块光亮。她深居简出，将自己局促在大箱垒起的小天地里。她已习惯或者毋宁说需要这份宁静，这份凄清。甚至她还相信了命运。她偷偷去找瞎子算过八字，说她克夫、命独、无子。为了不引起往日的隐痛，她尽量避免和小孩子接触，遇到年轻父母抱着孩子，碰到街头上嬉戏的儿童、背书包上学的学生，她宁肯背过身去。团里的领导、同事看她这副样子，几次劝她重新安排生活，她都拒绝了。悲欢离合，阴晴圆缺，舞台上演的，生活中发生的，她见得太多了。与其去害别人，不如自己把这腔苦水吞到底吧。她服膺了命运对她的安排。

但今天，却神差鬼使来了这个小涛涛，而且什么人也不要，偏偏选中了她。她自己也不明白，当涛涛指着要跟她时，她居然不假思索、身不由己地走了过去。抑或这是缘分，这也是命运的安排。孩子给她带来了笑声，带来了乐趣，使她这个幽闭的天地里充满了生气，充满了光彩，在她那古井似的心灵中掀起了一阵阵波澜。她觉得某种失落了的东西又回到了身边，而她已等了好久好久了。

心灵中的风暴渐渐过去，如水的月光把她的心境照得晶明透亮。叶丹萍平躺着，看着自己舒展的身子。她发现自己的皮肤是白皙的，腰肢也不蠢笨，胸脯依然丰满而富有弹性。几十年的演员生涯,她知道一个女人如何保养自己的姿容。她还是漂亮的。她并不老。明亮的月光下,她的身子几乎裸露着。她忽然感到一种少女般的羞涩,连忙拉过毛巾被,盖住自己的身子……

一股热辣辣的感觉从身底下漾开。她一摸,汗衫、衬裤、毛巾被一片潮——涛涛尿床了。

她赶紧坐起来。

涛涛依然甜睡着。柔和的月光照着叶丹萍忙乱、不知所措的身影。

小天地里的宁静整个地被搅乱了。

四

院子里拉起长长的绳子,晾上了蒲垫和草席。床板拆出来了,床架子搬出来了。井台边,摆开了两只大盆,里面浸着毛巾被、帐子、枕套、枕巾、大大小小的衣服。明亮的阳光中,叶丹萍进进出出忙碌着。

早晨,涛涛醒了,叶丹萍问他:"涛涛,你尿床了?"

涛涛歪着头说:"你为什么不叫我?在家奶奶都叫我。我不尿床,我是好孩子。"

啊!叶丹萍一怔,随即笑了。是啊,孩子说得对,责任不在孩子身上,是自己这个奶奶当得不行。她既高兴又抱愧,在涛涛脸上响亮地打个吻:"乖乖,是奶奶不好,奶奶是个坏奶奶。"

"嗯?不,奶奶是个好奶奶。"涛涛搂住叶丹萍的脖子,扭胶糖似的猴在她身上。忽然他发现自己穿着一身陌生的新衫裤，好奇地问，"奶奶，这衣服是谁的？"

"谁的？"叶丹萍被问住了。这身漂亮的小海军服还是欣欣的，她一直保存着，带在身边。昨夜，小涛涛没衣服换，她翻出来了。现在涛涛问，怎么回答？是哥哥的？是叔叔的？都不合适，只得随口胡应：

"是一个小朋友的。"

"小朋友！他在哪里？"

"呃……在很远的地方……"

"他为什么不来？"

"……他不会来了……"

叶丹萍鼻子里一阵酸，赶紧抱住他说："涛涛，这衣服……喜欢吗？"

"喜欢！"

"好孩子，快玩去吧！"

"嗯。"涛涛拿起两块蛋糕走了，两根绸带在肩上一闪一晃地飘着。

"别跑远！"叶丹萍抹去快掉下的眼泪，拉过了洗衣盆……

太阳渐渐地升高了，院子里一片金色。叶丹萍心境恢复了平和，手臂在盆中有节奏地搓动着。她额上开始冒汗，白皙的脸上飞起两朵红云。她感到那片阳光铺进了她的心里，体内跃动起一股青春的力量。她甚至感到这加倍的忙碌不是劳动，而是一种幸福的享受。

"丹萍！"一声敦厚的呼唤。

"老罗！"

哗！一桶清凉的井水倾倒在她的木盆里。

这个老头总是适时地在她的生活中出现，好像他始终在默默地注意着她。每次团里开码头、换台口，演员们就要搬一次家。行李重，东西多，年轻人力气大，不算什么；夫妻对的相帮相衬，也不费事。唯独像叶丹萍这样的人，每次都是很大的负担。最后，总是老罗，默默地来了，帮她捆、扎、装车。那次在乡下演出生病，也是老罗，半夜上镇为她请来了医生。她不明白，这个和她一样在"文革"中失去亲人的孤老头为什么要这样做？要说他有什么目的，又看不出来。所以她往往需要他帮忙，又害怕他帮忙。现在他又出现了，但叶丹萍今天心情很好，甚至高兴他的到来，招呼时还对他笑了笑。

"涛涛尿床了？"老罗问。

"嗯。你不知道这小家伙一泡尿有多大，差点没把我冲到运河里去。"叶丹萍居然开起了玩笑。

"真难为你了，你又怕脏。"

"不，不，嘿嘿，告诉你，涛涛倒过头还怪我哩。说我没叫他撒尿。嘿嘿嘿，这孩子的嘴真巧，脑筋转得真快。我只好对他检讨，说奶奶不好，奶奶是个坏奶奶。可他却不许我说……"她轻松、满足地笑着，说着，就像一位唠叨护短的奶奶在夸自己的小孙子。

老罗入神地听着叶丹萍数叨，半晌说："累了你了。"

"不，不累，真的，我觉得今天特别有劲。你看，我都快洗完了。"叶丹萍说着，去拿老罗手里的吊桶。

"你歇着吧，还是我来。"

哗哗的清水，由老罗有力的臂膀从井里提上来，倒入水盆。水在盆里打着漩，卷着白色的肥皂泡沫溢出盆外。叶丹萍觉得心里也有什么东西在满，在溢。

床板擦过了，席子刷过了，衣服、帐子、毛巾被一样样漂净，拧干，晾了起来。叶丹萍这才想起，该找涛涛吃中饭了。她舒舒痠疼的腰，走进剧场大厅，可大厅里没有。她找到演员集体宿舍，说来过已走了。一个青年演员说，他好像看到涛涛去后院的，那里有几个夫妻对房间，说不定在那里。

叶丹萍心急火燎赶到后院，刚出小门，就听到有人在问涛涛。她忽然想听一听，便停住了。

"涛涛，叶阿姨对你好吗？"是彩旦何大姐的声音。

"不，是奶奶，奶奶对我好。"

"涛涛，今晚跟我睡吧。"

"不！"

"这衣服谁给你的？"

"奶奶！"

"又是奶奶……涛涛，在这里吃饭吧。"

"不，奶奶会烧。"

"有虾子呀！"

"嗯……"涛涛在迟疑。

"看，多大的虾子，通红通红的，拿着！"

"……不！我家奶奶说，好孩子不吃人家的东西。"

"她是你哪辈子的奶奶？不要紧，吃！"

"不……"

"这孩子……"何大姐泄气了。

"真怪,叶丹萍平常见孩子就躲,怎么这次肯接这孩子!"何大姐的丈夫感叹着。

"哼!还不是拍吕导演的马屁,下次演戏好排她个主角儿。看看,把孩子调教成这个样……"何大姐显得很气忿。

叶丹萍浑身一颤,好像当头遭了一击。拍马屁,想演主角,一点点影子也没有啊。她想不到,竟有人这样看待她领受涛涛,一阵委屈,眼泪糊满了眼眶,咬咬牙,转身就走。

"奶奶!奶奶!"背后传来了涛涛的喊声。

她钉子一样站住了。迎着欢蹦过来的涛涛,不由自主伸出了双手。

涛涛像雏鸟一样扑进了她的怀里,手紧紧地搂着,脸热热地亲着:"奶奶,我要吃虾子,红红的大虾子,人家的我不吃……"

"嗯……"叶丹萍漫应着,心里重新被温热的波涛充满。

"奶奶,你哭了?"涛涛松开手,扳过了叶丹萍的脸。

"没!"叶丹萍擦擦脸,突然把涛涛抱起来,亲着他的脸蛋说,"奶奶高兴的。乖乖,奶奶马上买虾子去!大虾子!大大的虾子!"

五

下午,传来一个惊人的消息,老罗给毒蛇咬伤了。

剧团里闹翻了天,各种议论如阴天塘里的水泡冒了出来。

"这老东西,不知发了什么疯,要跑十几里路到乡下去?"

"这么大年纪,还不安生。唉,人到啥时候才看得开?"

"你们不知道,老东西想老婆了。"

"别糟蹋人,我看他不像。"

"哼!信不信由你,我看是十有八九……"

……

议论还在其次,问题是晚上的演出。板鼓是整个乐队的灵魂,打板鼓的睡了医院,演出就危险了。剧场里一千张夜场票已全部售出。救场如救火,整个乐队紧急动员起来。

叶丹萍听到这个消息,也惊呆了。老罗上午好好的,怎么会突然出事?她听着那些隐有所指的议论,不敢去问,一个人待在化妆室里,望着忙乱进出的人群,一阵阵发愣。

正当她六神无主的时候,小吴一头闯了进来。气喘吁吁从挎包里掏出一只小竹篓说:

"叶阿姨,老罗叫把这个交给你。"

叶丹萍一看,大脑几乎停止了活动,竹篓里竟满满装着一篓虾子,急问:

"他这是干什么?"

"老罗今天吃过中饭就约我了,非要我陪他去乡下。我开始不知道他要干什么,他平时从不出去的。谁知他竟然买了纱布,做了八扇小网去钓虾子。我当然也高兴了,陪他跑了十几里路,想不到临回来前,他在田埂上踩了一条土灰蛇……"

叶丹萍一阵晕眩:"他现在怎么样了?"

"已送公社医院了。幸好我当时给他吮吸了毒汁,还扎了腿。医生说，问题不大……"

叶丹萍松了一口气："那今天团里的演出……"

"乐队已安排了，让老顾顶上去，小锣由弹琵琶的小陈代。我还要去医院，老罗在路上一再说，要我把这篓虾子亲手交给你，说你要……"

小吴匆匆走了。叶丹萍怔怔地望着眼前的小竹篓。篓子里全是青色的大河虾，只只长须大螯，甲壳透明，还活鲜鲜地弹跳着。

涛涛扒着篓子，高兴得直拍手："虾子！大虾子！"

叶丹萍的眼泪下来了。今天上午，她接回涛涛就上了街。她牵着他走遍镇上的市场，也没有买到虾子。虽然买了一条大鳊鱼，涛涛也满意了，但她总觉得对不住涛涛。涛涛在人家能忍住馋，对她这个奶奶寄着多大的信任，可她却不能满足他。一路回来，她心里像被挖掉什么似的难受。在剧场门口碰见老罗，她忍不住把一切都对他讲了。老罗听了连连叹气："唉，这个老何，怎么能这样说？唉唉……"想不到他下午……

叶丹萍心里又乱又糟，思绪繁杂纷纭，一片混浊。她好像很感动，又好像有点抱怨；她好像很满足，又感到很空虚；她觉得应当做些什么，可又不知道该怎么做。她犹豫彷徨，恍恍惚惚，心头突突地跳，血一阵阵往脸上涌，在屋内坐不是，立不是。

涛涛睁大眼睛看着叶丹萍，不明白奶奶怎么会变成了这样。他拉住她的手叫道：

"奶奶，快烧虾子，烧虾子呀！"

叶丹萍惊醒过来,拿过竹篓子说:

"涛涛,你知道这虾子哪里来的吗?"

"小吴叔叔送来的。"

"不,是那个嘴里发臭的爷爷送来的。"

"他为什么不来?"

"他住医院了⋯⋯"

"住医院,有人看他吗?"

"啊⋯⋯"孩子的话使叶丹萍强烈地一震。

"我们去看送虾子的爷爷,把虾子送给爷爷吃,好吗?"

涛涛的眼睛直盯着叶丹萍,那眼睛里明净、澄澈,没一丝儿杂质。她感到那眼光一下子透进了她的心里。她叫了声"好孩子!"一把搂住了他,眼泪顺着脸颊无声地淌下来,流进嘴里,苦涩而又甜蜜。

她迅速地平静了,以少有的速度拾掇好虾子,又点上火油炉。虾子很快烧好了,满满盛在碗里,鲜红、发亮,像一簇娇艳的春花。

涛涛欢呼着:"大虾子!红红的大虾子!"

叶丹萍装起一半在饭盒里,又迅速打开皮箱,翻出一件粉红的衬衫,想一想放下了,拿起另一件米色的换上,对着镜子拢了拢头发。

涛涛在旁边叫道:"奶奶真好看!"

"去!"

叶丹萍拍了他一巴掌,随即拉起了他的手:

"涛涛,我们看爷爷去!"

夕阳冉冉坠入了街屋后面,最后一抹光辉把西天染得一片彤红。晚霞绚丽地燃起来了。

叶丹萍提着饭盒,牵着小涛涛的手,走出了"家",走出了剧场投下的巨大阴影。她走得轻快、潇洒,甚至有点儿急。

大李、老李和小李[1]

一、老李的褒贬

却说这江南小县城中心有个东方红广场，十年浩劫中可是个一等热闹的场所。那时，诸多大会、仪式都在这里举行。这几年，大家一心一意奔四化，已无暇顾及它，广场时运渐衰，竟变得冷落起来。县里一些有识之士看在眼里，觉得这么一块地方荒废了殊为可惜，决定把广场划给县总工会，在这里盖了一座工人俱乐部。

俱乐部是个新建单位。在人们眼里，它的工作晒不到太阳，淋不到风雨，整天只和花花绿绿的杂志、奇巧精怪的游艺玩具打交道。于是一位干部夫人据说声带小结，不宜在教育岗位工作，改行进来管了电视；一个干部子弟在工厂常发皮疹，医院诊断为机油过敏，调来看管阅览室。地区师范音乐专业分来的一名女"歌星"，因为嗓音甜美，被一位主任看中也安排进了俱乐部。人事部门考虑到偌大一个单位，如若没有几个有真功夫的顶梁角色，一台戏便有砸锅的危险。于是物色了会说会讲的老艺人

---

[1] 原载于《海鸥》1982年第12期，第54–59页。

大李，调来了能蹦能跳的文艺新秀小李，加上那位歌星小刘和另外两名职工，组成文艺组，主管、辅导全县基层工会的职工业余文化活动。

今天所讲的故事就发生在文艺组的大李、小李和俱乐部主任老李之间。

县城机关早晨规定七点半上班。七点才过，大李已先一步到了。这大李确实秉承了祖先"黎明即起，洒扫庭除"的美德。他一进俱乐部，首先端起脸盆，里里外外洒上一遍清水，尔后操起一柄青竹长条大扫帚，左右挥动扫起地来。扫完门厅，又扫走廊，渐次扫上门前大街。这大街地处要冲，正是县机关干部上下班的必经之路。当书记、县长、主任、局长们鱼贯走过时，大李已将门口左右十丈之内的街道扫得一尘不染了。这时，大李便拄着帚柄、抹一头汗水，和干部们挨个儿热情地打打招呼，并送上几句"您早！""吃过早饭没有？"之类的问候。

七点半，老李准点到达，满意地左右溜上两眼，便一屁股坐进办公桌边的藤椅。不过五分钟，大李进来了，手中拎两瓶开水，一张旧报纸上托着两副烧饼油条。老李多半是在办公室进早点的，而这早点，也总由大李一手经办。也难怪老李不恋家中的白水泡饭，这大李办来的早点，烧饼是铺内师傅额外加过酥馅的，油条也起码在锅内多滚几滚。因为大李自小长在这小县城内，妇孺长幼，个个熟悉他，早些年，他那些精彩的大书段子《薛仁贵征东》《乾隆皇帝下江南》，曾像醇酒一样醉倒过他们的。

等他们清茶泡开，聊着街坊上的新闻轶事进完早点，已经八点过头。这时,三李中的那位小李才脚步迟缓,姗姗而来。按说,老李早就出过"安民告示",要整顿机关秩序,严格遵守"坐班制"。不知怎么搞的,小李却听不进这一套,他另有一套公开的理论:"俱乐部的电视、阅览、棋牌等阵地活动搞坐班铁定无疑。文艺组下厂下矿,时间不定,地点流动,搞坐班制是'抓住子弹当铆钉',用的不是地方。"可老李对他的这套宏论深不以为然,不仅常常赐之以白眼,还大会小会批评他"自由""散漫",指示他要向大李学习。逢到这时候,小李总是嘴角一抿对着老李胖胖的圆脸微微一笑,不加辩驳,过后依然我行我素,也不见有任何痛改前非的迹象。

随着各级机关作风的改进,老李对下属的要求也越来越高。这一来,小李的举动便越来越戳眼睛了。恰逢国庆前夕,县级机关布置卫生大检查。老李隔夜就出了通知:明天一早,全体人员一律到场,全力以赴投入大扫除战斗。

偏偏这小李不识相,第二天他竟然九点起床,到俱乐部已经最后一响打过十点。这也难怪他,昨天他去县纺织厂组织国庆晚会演出,辅导、排练一直折腾到下两点才上床。所以进门时,两只眼泡发酵似的肿着。那位"歌星"小刘昨天也和他一同去的,虽然也到下一点才回宿舍,但毕竟是姑娘家,心比小李多了一窍,不敢卖乖,今天早早就来了。因此,等小李大驾光临,大李、小刘他们已苦战了整整三个小时,楼内窗明几净,地面光亮整洁,寻遍整个大楼,就差门厅天花板上的那盏荷花大吊灯没有收拾。

小李迟到,老李并未说什么,仅按惯例对他翻了两下白眼,就指挥他去擦灯。爬高上梯当然是年轻人的事,小李二话没说,在桌上叠椅架凳攀了上去，扬起鸡毛帚就大掸起来。这下子闯了大祸，这吊灯已多时没有动了，灯面上灰尘积了足有半指厚，这一打扫，却让新拖洗过的地面上重染污迹，更可怕的是，几粒灰尘偏偏落进了正瞪眼瞧他的老李的眼睛。老李迷了眼，揉了几次没揉出来，不禁大怒，眯着一双泪眼对小李吼道："你想干不想干？"

"咦，不在干吗？喔，迷了眼啦。"

"你存心在捣蛋！给我下来！"老李虎脸了。

"下来就下来！"咚的一下，小李一个鹞子翻身跳了下来。

"你还像个国家干部吗？"

"啊……哪点儿不像？"小李两腮也冒血花了。

"机关规定几点上班？"

"七点半。"

"你几点来？"

"十点！"

"无政府主义！看人家大李，六点半就来了……以后再这样，扣你的工资！"老李使出了撒手锏。

见这架势，大李和小刘一齐上来劝架。

小李却一反常态，朝老李说："喂，你这话算不算数？"

老李一边掏手帕擦眼睛，一边斩钉截铁地叫道："算！"

"好，我等着！"小李一个转身，砰地拉开大门，走了。

事后小李的工资不但没扣，老李反而对小李好起来了。这其中的秘密，只有大李一个人知道。

二、小李的姻缘

这小李比新中国还年轻三岁,自小父母过世,靠着党的培养,读完了中学;下林场插队几年,又上调到县化工厂当了工人。因为他文艺上来得,成立俱乐部时,被人事局看中,调进了文艺组。可就一桩,已到而立之年,还未结丝罗之好。倒不是县城里没有好姑娘,也不是他条件太差,他虽然门庭不高,收入低微,但潇洒倜傥,人品出众,更兼多才多艺,吹拉弹唱,无所不精,钟情于他的姑娘为数不少。其中,老李的千金小珠就是一个。这小珠芳龄二十五岁,长得苗苗条条,娇媚可人。她高中毕业,几次高考,名落孙山,决心参加工作。但分了几次,都不如意,竟一年两年耽搁下来。

小珠闲散在家,气闷得慌,便常到父亲单位里来走走。这小李在县城是个成名人物,小珠曾多次看过他的演出,深为他的风度仪表、艺术才气所倾倒。那初萌的钦佩便逐渐升格为爱慕了。但姑娘家毕竟面嫩,不便启齿,只能把这段柔情悄悄埋在心底。近来爱情日炽,竟借着"家中无事,来帮帮忙"的缘由,一会儿帮整理刊物杂志,一会儿帮油印文艺材料,偷着空便找小李借书、请教,变着法子和小李接近。

小李不是木物,当然感觉到了,立即采取了回避的措施。

小珠、小李之间,一头干柴烈火,一头冰块严霜,温差越来越大。小珠看看不行,只得泼开面皮,直陈心迹了。她好好写了一封信,把火样的热情熔进五张信纸,在一天下班前,悄悄夹进了小李的笔记本。当天晚上,小李看到了这封信,一面觉得小珠幼稚，一面又感到不能伤害一个姑娘的心，经一番思索也好好写了一封回信，把自己的意思明白告诉了她。可他那些苦心设计的措辞都被小珠误解了。如小李写的"我不行，各方面很差"被小珠认为是谦虚；把"您另找，祝您幸福"看作是对她的考验；甚至小李提出的"两人都姓李，不合适"也被小珠用"同姓出五服，不妨碍结婚"的理论否定了。这一来，弄得小李躲不开，甩不脱，没有了招架。

这一切，都被善于察颜观色的大李觑在眼里。因为小珠是老李的独生爱女，大李决心插手，玉成此事。于是瞅了一个机会找小珠闲谈，没花多少脑筋，就把姑娘的一腔心事连枝带叶套了出来。随后，他当着小珠的面拍胸表示："此事包在我身上。"弄得小珠千恩万谢，差点没喊大李一声干爹。

大李和小珠的谈话恰好在那次争吵的前三天。事过以后，大李悄悄找了老李，向他传递了小珠爱上小李的信息。这一消息就像一记顶门锤，把老李震得半天没讲出话来。别看老李在俱乐部里颐指气使，威严赫赫，在家里却坐着末一把交椅。对妻子和小珠的话，他向来像领旨一样虔诚。他开始失悔那天肝火太旺，举动冒失了，于是便悄悄地主动修复关系。小李的工资当然不会扣了，就是早晨那惯使的两下白眼也换上了慈爱的目光，而且他还郑重地指示大李："这小李的脾气太倔，火候不到，不能随便揭锅，只能因势利导，慢慢来。"

殊不知，这次老李的"慢慢来"犯了一个战略性的大错误。这就要牵涉到文艺组的另一位人物："歌星"小刘。小刘全名叫刘碧霞。她初来俱乐部，小李就看不起她。在他看来，她是"走后门,抱粗膀"进来的,加上她那一身"摩登打扮"在小县城非常出格,又不免使小李产生了"绣花枕头"的印象。但事与愿违,这小刘好像偏要和他作对,每当小李要下厂下矿,她都要提出和他同行,理由是要熟悉工作,向他学习。小李虽然心里不愿意,骂她"装蒜",到底骂不出口,于是产生了"治治她"的念头。

不久,机会就来了。那一天,小李到下面一个县属矿去辅导工作,小刘照例提出要和他同去,小李满口答应了。矿上工作任务不重,两人很快就完成了,但返回时,小李有意拖延,错过了最后一次班车。从矿上到县城有二十五里路程,天又下着毛毛细雨,小李满以为小刘会哭的,谁知她竟脱下高跟皮鞋,露出一双雪白的小脚,爽快地对小李说:"走吧!"先他走到了头里。那天,他们浑身打得精湿,到晚上九点才回到县城。

小李不敢小觑这个小巧艳丽的姑娘了,而紧接着发生的一件事,更使他彻底改变了对小刘的看法。

这是一个星期天的下午,小李去俱乐部拿信件,刚进大门,忽然听到办公室里有人在讲话,细细一听,却是老李的声音。

"小刘,夏主任对你不错。他那小三子那次回家探亲,正好看过你演出,对你印象很好。小夏就要提干了,一提干,单工资就近九十,你也可以随军……"

"我不……"小刘低声推辞着。

"你知道,你是怎样分到这里来的?要不是夏主任一句话,你能进俱乐部?"

"……原来是这样……"

"对了,你能看到这一点就行了。快戴上,这种进口梅花女式表,县城一共只到了五块,我家小珠要都未弄到,是夏主任特地为你留的。"

"我不要。"

"你嫌它差?"

"我……"

"好了,我话已讲明。你这样做,会有什么后果?好好考虑考虑。"

小李在外面听了,怒火中烧,拳头都捏出了水。老李一走,他立即进了办公室。小刘抬起头来,叫了一声小李,眼泪簌簌直往下掉。

小李看着小刘通红的双眼,心里不知是什么滋味。他忽然觉得,自己有责任保护她,于是便说:"小刘,今天晚上,我要去纺织厂排练节目,你去不去?"

"去!"小刘抹了抹眼睛。

"好,咱们一道……"

……

那一晚,节目排到很迟,他们没马上回宿舍,而是沿着长长的古运河大堤一直走了下去。天上的星星照他们走路,河中的水浪伴他们絮语。在小李的生活史中,他还没有和一位姑娘讲过这么多话呢。

三、大李的悲欢

　　大李在小李和小珠的婚姻上不能不说是一位热心人。自从他在小珠面前拍过胸脯，便当真负起了说合的重任，一心要把小珠那支爱情的金箭射进小李的心田。可是万没想到，他收到的竟是一串苦果。

　　一月前，省里下了文，把工人俱乐部正式纳入建制，改成工人文化宫。老李原是俱乐部主任，仍出任原职，但还需增选通业务的副主任一名。大李是文艺组组长，按职顺序提拔，是当然的人选，而且老李透露的话风也证实了这一点。可最近隐约传出了另一种消息，要培养年轻人，把小李作为考虑的对象了。这使大李大吃一惊，细一思索，他才发现自己干了一桩最大的蠢事。是的，"烧饼油条""拍胸月老"和未来的"东床快婿"相比，分量不知轻了多少倍啊，大李啊大李，你"吃了自家饭，打了隔壁拳"，真是聪明一世，糊涂一时了。

　　大李悲愁交加，数天之内，人瘦了一圈。但老天到底无绝人之路，不久，事情就出现了转机。

　　这天下午，大李遵老李之命，在办公室清理文件材料。收拾墙角那只旧立柜时，在壁缝中发现了一本书。书是新的，引起了他的注意，抽出一翻，发现里面夹着一张纸条，上面写着：

霞：
　　今天，我下乡回来，没见到你，心中怏怏，晚上八点，我在老地方等你。

小李即日

"哈哈——"大李看完,差点没喊一声"乌拉"。原来你小李还有这么一段隐私,怪不得对小珠热不起来。好了,你小李这是自找,可怨不得我了。大李毕竟是大李,他不动声色,重新将纸条夹进书里放好。当天晚上,大李早早吃罢晚饭,来到了老李家,把老李叫到外面,将纸条上的内容一字不漏学说了一遍。老李听完,眼睛一弹:"你不要神经过敏,这不可能。"

大李看看表,已七点半,看老李还在犹豫,不免着急地叫道:"我的老李,时间到了。"不由分说,拽住他往外就走。

回头再说小李。

那张纸条确实是小李写的,那旧立柜就是他和小刘私下约定的"秘密邮筒"。这一段时间,他们已发展到一日不见如隔三秋的程度。今天,小李下厂回来,去办公室没看到小刘,他往"秘密邮筒"投了信后,好容易挨到天黑,立刻换上一身新衣服,早早来到了"老地方"——大运河湾的老柳树下。八点整,小刘来了。正当他们挽起手要走,月光下猛然钻出两个人来,却是老李和大李。

原来老李被大李拉出门,还一直疑疑惑惑,直到他们盯上小刘,跟到老柳树下,亲眼看到他们手挽手站在一起,老李才明白自己空做了几个月"未来丈人"的梦,心中那股受骗、上当的感觉立刻化作火焰腾腾燃烧起来。大李本只想让老李亲眼看看,心中有个底,谁知这老李是个炮仗脾气,如何按捺得住,撩腿就往大堤上冲,大李一把没拉住,也只好横横心,跟了上来。

老李怒目横眉,盯住小李,半天才从牙缝中蹦出几个字:"……好……好你个小李……"

大李一看老李气急说不成句,连忙接过话茬:"小李,你……你太不应该了。"

小李却很镇定:"我哪点不应该?"

老李:"你……你不该欺骗我!"

"欺骗?我什么时候欺骗过你?"

老李本想说你欺骗我当了几个月丈人,但一想不对,他和小珠没有婚约,自己和他哪来翁婿之称,慌急之下,冒出一句:"你……你发誓三十五岁以前不谈婚事,为……为什么反悔?"

小李一听乐了,笑着说:"原来是为这个。好吧,现在我明白告诉你:那句话没有法律效用,不必立案备查;第二,我三十岁谈恋爱,找到了满意的伴侣,符合晚婚条件,你应当支持。"

一句话把老李呛塞了口。大李见老李说话走了弦,赶紧纠正:"小李,老李的意思是说你不该欺骗小珠,这不道德……"

"咦,我早就对小珠说过,我和她不可能。既有言在先,也慎行在后,这一点,你大李不是不知道。"

"这……"大李也闷住了嘴。

事成僵局。老李看到了站在一旁的小刘,不禁把一腔怒火全喷到她身上,悻悻地说:"小刘,你不答应小夏,原来是存的这份心。"

小刘这次毫不示弱:"对,我早就爱上了小李,现在挑明了,你还有什么话说?"

小李接口道:"你们没什么急事,我们要走了。"说完,两人手挽手,肩并肩,顺着运河大堤,走进了月光的深处。

一场争吵，风暴雷电，顷刻归于静寂。老李两腿发软，几乎站立不住。大李赶紧扶住了他。

送走恨声不绝的老李，大李满身轻松走回家。一路上风清月朗，不禁雅兴大发，嗓门一亮，唱起了京戏："学天书玄妙法犹如反掌，设坛台祭东风相助周郎……"这段《借东风》调门儿不错，还是道地的马派哩。

四、三李的离合

以后事态的发展，读者大致可以预料了。老李听从了大李"把小李、小刘隔开"的建议，加上有夏主任帮忙，半月之后，把小李调回了原单位——县化工厂。可有一点却出人意外，大李在小李调出以后并未能荣膺那个副主任职位。大李虽然深为不满，但没有办法，只能暗中怨叹时运不济，造化弄人。

按说，这三李分开，故事就完了。但世事变化，很难预料，三个月之后，他们居然又到了一起。

这一年，全国工会系统要举行文艺调演，要求从基层选拔文艺节目。文件下达到文化宫，老李犯了急，赶紧找文艺组长大李商量。可商量半天，大李也没说出个子午卯酉，倒在办公桌上留下了一堆头皮屑。这也难怪大李，因为文艺组的基层文艺辅导几乎一直由小李"垄断"着。他大李一则年岁大了，而他擅长的那几段老书，现今的年轻人又听不大懂，拿出来也无济于事了。

离选拔调演的时间越来越近，老李心中也越来越急。这一阵,"加酥烧饼"不香,"多滚油条"不脆,圆胖的脸上出现了棱角,脾气也变得暴躁了。终于有一天,老李的"二踢脚"对着大李炸响了。

那天,大李刚要出门,老李截住了他:"别走,今天我一定要听听你的调演计划。"

"这……"大李措手不及,傻了眼。

老李气红了眼,他不顾一切擂起了桌子:"你这个组长是吃干饭的?"

这一下大李也来了气,头颈一昂开始回敬老李:

"我这个组长是你封的,我没要。"

"这……"

老李一下子僵在那里。"你的'女婿'跑掉了,找我来出什么气?"大李说完,从容拉开大门,潇潇洒洒走了。

老李呆了半天,一低头,一眼看到了个人。原来他的玻璃台板下压着一张放大照片,是去年职工国庆晚会演出后的合影,前排演员中间,小李那张喜眉喜眼的圆脸正对他笑呢。

"小李!小李在就好了。"

可小李怎么走的,老李心里非常"清楚"。自他调回化工厂以后,老李一直风闻他干得不错,据说还是抓工会工作。他配合共青团,把厂里的职工业余生活搞得热气腾腾,最近还评上了先进工作者。听文化宫的一些职工反映,小李厂里的职工业余文工团就不错,只要原班人马拉出来,稍加训练,就可直接参加地区选拔。可是,小李他会答应吗?

老李懊悔、内疚,又没有办法。正无可奈何,猛然想起了小刘。"是的,眼下也只有这步棋可走了。"幸好小李调走以后,自己没再对小刘施加什么压力,据大李不久前的侦察,她和小李不仅仍保持着关系,而且开始趋向成熟了。他立即找来小刘,委婉地提出要她去通融,请小李来帮忙。小刘一开始闷声不响,好半天,才吐出一句:"试试看。"老李顿时又凉了半截。

但第二天,小刘上班以后却给老李带来个喜讯,说小李已经答应,可没等老李表示感激,小刘又说出一番话来:

"不过,小李还有个条件。"

"可以,我们一定想办法满足他。"这时的老李,叫他上天摘星星也肯。

"他说他出来后,他的工作没人顶。"

"哈,这好办,我打个电话,叫他们厂里调剂一下。"

"不行!厂里忙四化,抽不出人。"

"那怎么办?"老李心里的弦又上了紧。

"小李说,工作不复杂,我们文化宫可以抽人顶一下。"

"什么工作?"

"扫地!"

"扫地?!"

老李一下子跌坐在椅子里,宽宽的额头上冒出了细密的汗珠。

五、尾声

故事结束了,可还有一点余波得向读者交代一下:

1.一个月后,县工人文化宫组织的节目如期参加了地区的调演。演出结果,有两个节目被评为优秀,并将参加省里的选拔。

2.大李究竟有没有去化工厂扫地?作者没有调查,据说小李后来在这一条件上让步了。

3.小李、小刘在这年"五一"结婚了。新房设在化工厂。老李本想去吃喜酒的,后因小珠母女反对,没有敢去。

废 坝[1]

宏富要发起开坝了,南村人一起这么说。

多少年之前,南村没有这道坝,自然也不会有开坝的事。

南村坐落在坦平如砥、锦绣如画的江南平原上。村子四周被河沟围着,村前村后绿树茏荫,竹林摇曳,遮掩着高低参差的房舍。村子西面,有两棵合抱粗的大白果树,拔地擎天,峥嵘万状,便得南村在妩媚中又平添几分壮美。

南村是这一带的地理标识。南村不算大,却能与东面的大村子邱庄、秦巷里齐名。

可这几年,南村却发生了许多了不得的大事。

首先是死人。

简直可以沿村巷排着算:顶东头的酒鬼;挨过来的中林;接着是宏富娘;然后是福喜大肚子、瞎子婆婆;过去是炳火瓦匠家三口、金春和儿子灵狗;再往西则是齐明老婆、谢家阿贵、黄毛……

---

[1] 原载于《雨花》1986年第9期,第32–39页。

按说死人并不稀奇，有生必有死，纵活千年最后也得奔了那个"死"去。南村死这些人却显着怪异，假如排出死者的年庚，老死的不多，青壮年反占了一大半。三十出头，四十冒尖，正是顶门立户的时光，这些男女当家便撇下哭哭啼啼的妻儿、抛开影单形只的丈夫撒手走了。更甚者，如灵狗、阿贵、黄毛一干人，还是轰轰烈烈的小伙子和如花似玉的大姑娘，竟也逝了这红红绿绿的世界，去走了黄泉路。那病又偏偏发得怪异。中林是贲门癌，福喜是鼓胀病，炳火割了半个胃也没保住命。而灵狗、黄毛住了几个月医院，医生都没能说出个子午卯酉来。为这些死鬼收殓，老年人纷纷垂泪："黄梅不落落青梅，一个个这么猴急急地走，是怎么了？"对那些没毛鬼、"少年亡"的家属，则款款地劝慰："他们是讨债来了。现在他们见阎王爷复命投生去了，你们还了债，灾星也去了……"一面劝一面却暗暗跺脚，那是为自己驱赶晦气。

其次是南村的权力转移。

南村以前是大队的称号。南村大队下辖着七个自然村。那时，大队书记是南村的，大队长是南村的，大队会计也是南村的。大队里死人失火、招工参军，无论大事小事不得南村人讲句话，便办不了去。如今大队改作自然村了，权力机构改作了村民委员会，虽然前面仍堂皇地冠着南村的大名，但书记成了梅家村人，村委会主任是景家塘人。南村人没踩空水凼，由金鳌担了个副主任。但主任带个副字，人们心里的秤砣，便不得不往提纽这边打打了。大家分明看到，三年了，金鳌还没有盖楼屋。

还有吗？

还有。

譬如：南村自古是出人的。老辈子便时时自豪地宣称，南村出过十八只书箱。那声势、那显赫真可说得上是"谈笑有鸿儒，往来无白丁"的。即便20世纪五六十年代，南村也出了十几个大学生和中专生。可这些年，那大学、中专便好像专对南村人关了门，连得高中生也成了稀罕了。

又譬如：科学计算，男女出生率大致各占百分之五十，可这几年南村一些妇女的肚子也作了怪，专生丫头不生小伢。

再有：南村人这几年养猪也不发旺，一头猪喂一年还瘦得像只狗。

再有：村上顺喜家那只黑狗竟在一天早晨突然疯了，走马灯似的在大场上转了几圈，倒地而毙。

……

南村人慌了。日子变得瘦而长，那太阳从东头懒懒地升起，也失了灿灿的颜色。一团不祥的乌云在村子上空游荡。那乌云浓密厚重，压得人透不过气来。灾变的恐怖咬啮、侵蚀着村人的心。人们的心虚弱了，悬空了，仿佛攥到了手里。

宏富家要盖楼了，偷偷请来了风水先生，花了五十元，外搭一桌丰盛酒席，在村前选了一块阳宅好地。那一天，风水先生酒足饭饱，未即离去，频频打着嗝噎，踱出大门，在村口站定。先生久久凝眺，宏富看到了他脸上的阴晴变化，不禁心中一动，问道：

"先生，你好像心里有话？"

"……"先生两撇鼠须左右牵动，似有满腹神机。

"先生法眼，请指示迷津。"

"呃……你们南村好风水哪！"

"好风水？"

"你来看。"先生招呼宏富，手指东方，"这里原是什么？是不是一座庙？"

"对呀，对呀，先生眼睛真好。这里原是座观音庵，解放后拆毁，改成了小学。那西边，就是那两棵白果树底下，原有一座土地堂，1958年拆了，现在光剩两棵树了。"

"呀——"先生别转瘦棱棱的身子，两只细眼瞵瞵放光，"你看看，这村子四周河沟环卫，众水来朝，两庙夹峙，浑称端严。神藏象貌之中，气聚皮肤之内，敛财、掌印、出人才。好风水，好风水哪！"先生赞叹不已，眯眼逡巡良久，忽然眉宇打结，长叹一声，"不过……"

"不过什么？"宏富的心陡地收紧。

"你们村上最近不太平吧？"

宏富心里又是绳扣住般一提，不禁脱口而出："啊呀，先生金口玉言，料事如神，这两年村上真是人口不安、怪事迭出哪！"

"这个嘛……"到这一步，先生却住了口，微微发笑了。

宏富忽然明白了关碍，低声说："先生但说不妨，一切都可再议，譬如这酬金……"

"不在这个，不在这个。"先生脸上皮肉顿时松弛，神秘地拽拽宏富，"你往这边看。"

在他们左前方，一条土筑水渠，巍然横身，像一条怪蟒，从正南游来，穿过村前河沟，在村东卧半节，转身一折，向东蜿蜒而去。这是1974年宏富当队长时，学大寨搞农田园林化，为拉直灌溉渠道，修的一条过水渠。这条水渠在宏富的记忆中，曾有过荣耀，有过号令众人、验证自己力量的陶醉。它改变了南村的地理格局，给村人们带来过新鲜感、时代潮流感。人们在上面挑断过扁担，做坏过筐子，流过汗，流过血。可是，后来却因测量不准，渠中放不来水。于是，这水渠在河沟上便成了一道废坝，十多年来，人们在上面走，已成了向南出村的一座旱桥。早先村东的那座小石拱桥，因要绕道，反而没人走了。

"毛病就出在这道坝上。"先生捻着胡子，朗声说道，"这道坝阻水源，断水脉，扼了奔腾踊跃之势，扰了归隆朝拱之情。你们坏了大事啦！这叫作错其旨者，节节皆差；得其诀者，处处是道……"

如一道阳光，穿透厚厚的云层，洞彻了宏富的肺腑。他满怀希望，直视先生："……还有禳解的办法吗？"

"有啊，把这重坝拔掉！"

先生的话斩钉截铁，毋容置疑，如下了一道命令。

这已是宏富家盖楼前的事了。当时，这个由宏富多出二十元掏来的消息立刻就在村上传开了。村人也立即闹哄哄地吵着要开坝。但村上一家一户种了责任田，没人出来领头，家有工人的又天天要去村办厂里上班，竟是动嘴的多，动手的少。宏富家的新楼早在那块阳宅好地上巍巍竖起来了，那道坝依然稳稳实实压在河上，也沉甸甸地压在村人们的心上。人们不时口水四溅地骂，却并不妨碍他们在上面省时省脚地走。

这一次，却是由宏富出头，真格的要动手开坝了。

宏富在南村可算得上是个大名人。

自然，宏富出名，是因为富，而且在村上是首富。宏富手里究竟有多少钱，至今也没人能报出个准数来。有人自作聪明，去镇上信用社偷偷查过他的底，结果白白跑了六里路。略知内里的说，他的钱存在常州，存在苏州，还有存在上海的。且眼下银行都为用户保密，于是他的富便被肆意涂抹、渲染得五彩斑斓了。

宏富的富是因为他当了村办厂的供销员。供销员是这几年最易发财的行当之一。

多少年前，宏富是做梦也不会想到有今天的，村上人把这归结为他家的祖坟得了力（他家的祖坟目前在村上是修得最高的）。其实细考起来，他祖上倒是很穷的。在他祖父手里，一次家中的盆桶坏了，眼看着使过不了夏天去。适门口有一挑担的圆作（箍桶匠）吆喝着经过，炸着头皮叫进来。圆作将盆桶补缀好了，两道箍却比来比去老套不上去。他祖父心里急，又不敢催，灶前灶后团团地转。那圆作的意思是极明了的，主人家须管了这顿饭去。看看日中午时，情知挨不过了，只得吆喝灶边的两个儿子开饭。两个儿子刚够灶头高，早急得如灶角上那几匹迅爬的蚂蚁，听得这一声喝，揭起了锅盖。雾蒙蒙一片腾开后，各盛起一碗稀溜溜翡翠也似吃食来，张口就吞了半碗去。其祖父亦盛起一碗招呼："师傅，歇一歇，长点力气再弄。"圆作安坐不动，脸合着那盆桶凝住一般，被邀再三，逼急吐出一句话来："在家饿得哭，出门不吃粥。"其祖父傻了眼，也加入灶角上小物的行列，团转三圈，头醒了些，嗅着鼻子往西走过五家，在第六家祭祖的供桌上讨了一碗饭来，方换回那两只受了半天罪的盆桶，事后多少年，他祖父说起这件事，还会跺着脚骂："日他祖宗，老子那天也算过了一次忌日。"

他祖父一双手难养家中活口，便对两个儿子做了安排。一个留下传宗接代，继承祖业；另一个送往苏州一家白铁铺当学徒，自寻饭吃。家中的一个，单传生下了宏富，但那土地上的祖传营生却使他几十年也没嗳出一口饱气来，天灾人祸的年头，一日三餐吃那红花草，宏富爹屎拉不下来，头肿得像面鼓，终于一脚走了。去苏州的那个在老板店里抱小伢、烧饭、倒夜壶，熬出了师，解放后成了光荣的工人阶级，根红苗正，逐级提拔，当到一家大厂的书记，竟闹出个兴旺发达的景象来。不久，乡下社队企业兴起，南村也想起了办厂，大家一致想到了宏富，一致想到了宏富那个当书记的叔叔。那一次，宏富是拎着两瓶麻油、二十斤精轧白米上苏州的，想不到一拍即合，一马成功。他叔叔念着"成龙也是蛇肚生"，不忘故里，发誓要为家乡办点好事，随即拨出一个配套产品，接着又派来师傅，运了设备。双方签署的合同上，规定产品由那边包销，但利润得按一定的比例提出，作为供销员的奖励。供销员是口头商定的，理所当然由宏富担任。"陈年的灰堆发热了"，当年，宏富就得了五千元，四个女儿进了工厂，工资奖金一起，一年就成了个万元户。第二年，工厂规模扩大，又配套办起了翻砂厂、电镀厂，工厂产值直线上升，这时，宏富一年挣多少就再也没人搞得清了。两年以后，便请风水先生选了一块好地，一个月之内竖起一座四间两层小楼。那小楼高峻挺拔,屹立村头,气概非凡地俯瞰着全村,使得"南村宏富"的名气扬遍了四转三乡。

这一场农民办工厂的历史运动确实给那些祖祖辈辈在土地上辗转的人们带来了转机。不少人家的儿子、女儿迈进了机器轰鸣的厂门,八小时上下班,逐月签字拿工资。到这时,人们才发现,那几小块责任田,手脚捎带勤些务弄,并不比早先那样翻来覆去折腾差。田块上所得够吃饭糊口了,工资积存了起来。手里有了钱,便想干点什么,土地收归国有了,置田已不可能,于是盖楼屋便成了第一个奋斗目标。他们盖楼,虽不像有些人搭积木那样容易(每每想到这,亦颇气愤不平),但一年买砖,二年备椽瓦,三年购楼板水泥。鸟雀金窝,点点而成,几年后,到底也竖出一幢幢水泥抹面的楼来。而因种种缘故不得进厂的人家,守着祖传的营生,坐在低平的屋里,看着一座座悄悄矗起的楼影,只得叹气、骂人,或怨自己的八字不好。于是,当上面传出要打击经济领域里犯罪分子的消息,南村便很有一些人暗暗高兴,村巷中也立即浮起唧唧喳喳的议论。"听说送东西、行贿也有罪的。宏富那小子自己说过,收录机、电风扇都送掉不少台了。"他们给宏富开出了长长的罪行录:送过麻油,送过大米,送过猪腿送过鱼,还送给人家孩子压岁钱,红纸包里是三百、五百的数。至于香烟、上馆子吃喝是查也查不清的了。还确凿地说他不仅有行动,还有理论,叫作"撒一把米,逮一只鸡"。这些话是关不住的,高高低低传到宏富耳中。在一次酒席上,宏富喝了酒,便说出些似疯不疯的话:"你们的眼乌珠叫老鸹啄去了?看看周围,乡、村办厂哪一家不这么干?人家'嘉陵''雅马哈'都不知送掉多少了，老子那点东西算个屁！哼，乡镇企业一年上交几十个亿，打打试试？你们懂法不责众吗？要这么定罪，牢监要砌多少！老子赚钱有合同，那是公家红红大印戳着的，要打我，先把那印劈了去！"随后的话就带着哀音了："你们过河拆桥，上树抽梯，坐家里得了现成好处就来这一手。老子赚这些钱是容易的？供销供销，孝子行孝，是人做的事？出去了，冲水，扫地，看冷脸，就差跟去厕所擦屁股了。不信，你们自己出去试试。老子吞了苦水无处吐，你们眼红，我还不想干哩！老子撕了那合同！"这番话传出来，村人便不响了。在厂里的思量着自己楼屋还没盖成；没有进厂的还想把儿子、女儿送进厂，心里惴惴，真怕他一怒之下撕了那合同。事情明摆着，宏富要不当供销，工厂铁定要关门。

村人泄了气，心里却不服："哼，看你张狂到哪一天？赚那些钱，日后留着垫棺材底去，阴间也不用人民币！"想到这一层，肠子抹直了，气也顺了。老天到底是公平的。

村人这番咒人的话却真正戳到了宏富的痛处。他自己也日夜在叨咕着："日他娘，老子日里做，夜里忙，到头来空忙一场。弄这些钱吃不了，用不了，日后给谁用去？"

难怪宏富懊恼，村人咒他，他没有儿子，他老婆是当年老娘磨破嘴皮说来的。在先的几个，姑娘进门看见那照见天亮的房子，一声不响就走了。这一个是愿意的，不足处是一张黄脸，一头稀稀的黄发。但宏富当时看了却觉着好看，心里也勃勃地热。后来有人取笑他，他说："光看上面有什么用，灯一吹，那方寸之地还不是一样！"这话不假，那婆娘嫁过来八年，就串珠般给他下了四胎,却都是丫头。他一律给起了"宜男"的名字:招娣、带娣、来娣、引娣。结果姐妹四个都没能"招、带、来、引"个弟弟来。那时上面还允许生,而且第四个"引"的结果还不知道,他却不敢生了。于是见着黄脸婆娘就来气,稍不顺心,冲她便是一顿拳脚。那婆娘也怨自己肚子不争气,自知理亏,咬着牙承受,宏富拳击上去,如触败革,渐渐也失了劲头。前几年,宏富腰里开始鼓起来,拼着罚去两千元,又委屈婆娘肚子痛了一回,结果还是个丫头,彻底失望了,开始探究内里的缘由。

不要看不起宏富只有初小文化,他可生着个哲理脑袋。

他首先想起了老娘的死。

那一年盖楼时,要拆除老屋,宏富夫妻带孩子借住到小学里,老娘搬进了原先养猪的小棚(其时他家早不养猪了)。楼屋在村前新崭崭竖起来了,爆竹声中,一家大小欢庆乔迁之喜,来请老娘搬进新居。这位一生用的钱都可以数得清的老人,一向在村上以穷得硬气闻名,这回却不领儿子的情,横竖不肯搬。宏富惊问再三,老娘冷脸甩出一句:"你用钱像揩屁股草纸那样便当,那楼我不敢住,也没福气住!"宏富夫妻跪求,孙女啼哭娇劝,整整纠缠十天,将老人生生抬了过去。老人进楼后终日郁郁,茶饭不思,一月后卧床不起,最后一句话没留就合眼走了。宏富每每想起这件事,心里就凛凛地怕,进而许多远远近近的征兆都向他阴森地扬起了眉目:村上迭出的变异;自己养不出儿子;那一次骑"雅马哈"摔下河塘,额上缝了五针;大女儿在厂里莫明其妙被轧了手指;甚至厂里排污不当被罚款,村委会扬言要修改合同上的提成比例，都使他觉得自己被一种神奇的力量控制着。他愈发相信那位风水先生的话，愈发相信一切的祸根来自那重坝。于是，在整整思索了三天之后，毅然做出了单独出资、拔除废坝的决定。

是的，这是桩好事，人就该做好事。宏富彻悟地想着。为南村做好事，为儿孙做好事，修善积德，消灾祈福。万元户原应该做好事的。报纸上不一直这样宣传的吗？

宏富不仅思路明晰，办事也极有条理分寸。为拔除这重废坝，他郑重地办了一桌酒，请了村上该请的人。这种酒，他每年要办好多次。在人丛中过日子，他懂得"酒桌子上好办事"的道理，譬如发动的舆论，由喝过酒的嘴巴造出去，效率是最高的。只是在做办酒的准备时，发生了一点小小的不愉快。他那黄脸婆娘说："那泥土筑的坝碍你什么事了？一村人不急，要你这样跳上跳下干什么？拿酒肉塞了那帮人的狗洞，事情就办得成了？"

黄脸婆娘似乎不仅仅心痛那几张人民币，话中分明还含着对神灵不虔敬的成分。这是又一个不吉利的征兆。宏富立刻吼起来了："你个吃草长大的东西，你懂什么？你只懂我的卵！"这是他骂惯婆娘的上句，下面还有更蠢的接着。婆娘未等他下句出来，就知趣地不响了。她明白，若再接一接口，那骨节凸露的拳头就跟着话飞过来了。拳头虽不大，其硬度和力度，是充分领略过的。于是，闷声不响做下手去了。她手脚本就慢，受了一包气，一只鸡半天都没弄干净，下午剖鱼时又把一条大鳊鱼的苦胆割破了，吓得她都没有敢声张。

办酒容易请客难。那次晚宴，宏富先派四个女儿出去打前站请了一次，傍晚，又亲自出马，挨个请了第二遍。时下请客，不请到两遍三遍，客人是不会上门的。这种习气，不知是从哪里学来的。但降尊纡贵、委曲求全对宏富来说早习惯了，这点点小事，他当然不会斤斤计较了，尽管他肚子里却在狠狠地骂：
"这帮狗日的，吃饭也得吃出个架子来！"

他记得第一个到的是金鳌，龇着一嘴被烟熏黑的牙齿，进门就往八仙桌的上座头一坐。他居然晓得那位置一定是留给他的。这家伙比自己小了五岁，当了个挂副的村委会主任，竟也头昂昂，肚子挺挺的了。

"人模狗样，像个人了！"

宏富心里愤愤地骂着。他是有理由藐视他的。此刻，在金鳌那张黄褐色的脸上，便分明迭现出另一张脸来。

还在农业学大寨的日子里，宏富在公社开完两级干部会，摸黑回家。平原上一片静，没一丝亮色。其时正值八月，秋老虎肆虐得厉害。他走得燥热，脱光了膀子，任稻棵上掠来的风，拂拭自己的胸膛。走近村口大场边，猛地记起场上堆着还没脱粒的黄豆秸，头脑里竟跳出这么一条商品信息："今天镇上黄豆喊到五角一斤哩！"心擂鼓似的猛跳起来，眼睛在夜色里闪闪地发亮。游魂似的飘到场上，却听到一阵窸窸窣窣的声音，汗毛顿时根根竖起，身上冒起一层冷浸浸的细粒。四周的风一层层裹上来，自觉身体也缩得小了。他神不守舍地，轻轻地踅过去，踅过去。豆堆前，一条黑影正岔手舞脚地忙着。他壮壮胆，大喝一声："哪一个？"影子长大起来，撒腿就跑。

"站住！"

果然就站住了。两团黑影靠近，四只眼睛接住，夜空中像四点磷火，荧荧发光。

"对不起，宏富哥……队长，是我！"

声音发出来了，形象立刻在黑暗中凸显出来，是金鳌。

"你怎么来做这种事？"宏富问，显得底气不足。

"这年头，没法活了，我老婆生了病，正住院。你老兄手上当大路，让我过去，我记着你的大德。"

无言。秋风掠过豆秸堆，飕飕地劲响。

一个黑影动了，移动的脚步，沉重，疲沓，像掮一座山。

"站住！"

"你……"

"带走！"宏富踢踢地上已打成捆的黄豆秸，像踢着一具干尸。金鳌转回身，扛起了那捆豆，临走，对宏富鞠了一躬，身影如河边那株弯弯的老榆。

那一晚，宏富放走金鳌，心气竟平了，没动场上一棵豆，轻轻松松回了家。

堂前一百支光的灯泡下，橙黄的光色在金鳌油亮的脸上流动。"怎么会让他当这个副主任？"宏富心里有股东西向上泛，酸涩涩地难受。既然是个副主任，就是官，官大一级压死人。那一次，假如自己把金鳌送大队去，第二天背豆游乡是最起码的。可现在，却得由他做人了。"老天真会捉弄人。"宏富不禁苦笑了。

第二拨进来的是五庚和玉宇。这五庚长得人高体大，粗壮蛮横，在村上能吃能喝，能吵能闹，是个既能成事，也能败事的角色。宏富这次一台戏要唱成,少不了他这个鸣锣开道的人物,关键是要能捏住他的喉咙,他那一嗓子抵得上十个高音喇叭。而跟进的那位玉宇,年纪虽然不大,却不可小觑了。他是村上前书记德兆的儿子。

德兆调到乡里去了,当时,玉宇还没够入党年龄,否则,就很可能父职子袭了。提起这个德兆,南村人至今还恨得咬牙,骂他"宁让外寇,不与国贼",自己走了,却把书记传给了外村人,是个国民党似的角色。现在他人虽不在了,但虎去余威在,他的魂还留在南村。而且,他这个儿子还是个电工。这电工在乡间不仅是个叫人艳羡的肥缺,单他掌着家家户户的电灯明暗就叫你望而生畏了。那次大康儿子结婚,晚上宾客满堂等候开席,电灯却突然熄了。遥望外村灯火灿然,明白不是停电。大康悟过来,还有一位祖宗没有敬到,赶紧封了两条好烟两斤好糖送过去,电灯才重放光明。这开坝,两边塘中的水要打光,到那时,他电闸一拉,小水泵转不起来,你再大的本事也没用。

席间还有一位客人叫俊元,是南村上德高望重的长者,还对宏富有过恩。对他,宏富内心敬重有加,平日见了,总谦谦地尊他一声叔。这次宏富倡议开坝,老俊元是第一个举手赞成的。他年纪大,解放后是南村第一任村长,至今在壮、老年一辈中还有号召力,即便村上的干部和那些横冲直撞的小年青,也不得不让他三分。今天他到场,是充当押阵人物的。

余外几位,也都是南村上不得不请的人物。宏富盘算过,有这几位撑出来,事情就成功了一大半。

宏富早年当过厨子,有一手绝妙的烹调手艺。那一天,他淋漓尽致地施展了灶上的手段。他记得在八只冷碟、十二道炒菜上完,下面的现成大菜可由老婆代劳了,他才到桌上搭个角坐下来。其时桌上的酒已喝到八分,一个个额头冒汗,两腮发赤,正是进入实质性会谈的好时机。

是老俊元先开的口。

"今天,宏富一片诚心,把大家请得来,想议议开坝的事。这道坝,我也一直觉得不好。老辈子都说,我们南村风水好,这几年村上老出怪事,说不定真是这道坝在作怪。这开坝本也是公益事,早先,村上有事,各家各户也是有人出人,有力出力的。这次,宏富愿意做好事,大家到一起,我就叨个老,先开个头吧。"

沉默有顷,一个小伙子说话了:"现在,村上一家一户,各种各的田,各上各的班,队长也变成澡堂门口的灯笼,只能挂挂了。我看除非出钱,老书上不是说,重赏之下,必有勇夫嘛!"

桌子上友善地笑了,气氛很融洽。俊元说:"这个自然,宏富既然要做这桩好事,原也有这个准备的,不然也不会破费请大家来了。不过,大家要核一核,大致有个数目,宏富可以有预算。那坝土方多少,有数吗?"宏富说:"有数的。当年挑土筑坝核土方,我参加了。坝底宽八米,顶宽四米,从河底到坝顶也是四米。坝总长二十米多一点,学大寨工作队的小刘算过,大约是四百八十方土,码足了,五百方碰顶了。"

俊元说:"这就有依据了。打宽些算,一个工挑一方,一方土拿一元钱。由宏富拿出五百元,算个茶水费吧!"

"什么，五百元？"五庚叫了起来，"现在，一元钱一个工上哪里叫去？去年大康家喊人割稻，出三元一工外加烟酒吃喝，都请不到人。我看哪，这坝不要开了！"

宏富心里感激俊元，他原先打的预算也不止这个数，于是摆手制止五庚："你这话也对，一元一工确实太低了。虽说开坝是公益事，跟下时代不同了，也不能让大家太吃亏。事情才开头，大家可以再议。"

"我看，不出到五元一方土，没人出来挑。"五庚别转身子，两只被酒醺红的眼睛盯住宏富的脸，"宏富，横竖好事做到底了，你拿两千五百元出来，我签合同承包，人我来喊！"

两千五百元！宏富心中一拎，立刻懊悔开始把土方算得太宽了。但他这时处在挨打的地位，不便多说，只得讪讪地敷衍："大家再议议，再议议。"

酒桌上气氛有些冷，洋河大曲的热力仿佛被抵消了。

"宏富，你出头做好事，可不能退缩啊！"玉宇开口了，他人不大，讲话却极老练："刚才大家还忘了件事，这打水的电费谁出？两台水泵，日夜打水，五天见底，电费嘛，没个三四百元拿不下来。至于我吃点辛苦，少睡点觉，也是为村上——就算了。"

宏富暗暗叫苦，知道着了他们的道儿了。他们是有备而来的。但人是自己请的，当众在桌上为钱争交，未免小家子气，也显得自己办事不诚心。他脸甜心苦地坐着，背心里冷汗直冒，两只手掌水浸浸的，真比受刑还难受。

幸得俊元又开口了："这钱，我看高了点。按理这开坝是全村的事，每家每户都要出工出力，不该计报酬的。既然现在时代变了，我看是不是就来个老章程，新办法，两边让让。另外，今天金鳌也在场，村上现在他是个头，是否再听听他的。"

宏富这才注意到，今晚桌上最重要的人物金鳌一直没有讲话。他正眯着眼，掰着一根火柴在剔牙，嘴角不时抽动，嘶嘶地吸气。终于，他说话了，说得节奏极慢，一个个字仿佛从牙缝里挤出来：

"按说，这件事我们村委会不能表态，什么风水啦，看地啦，都是搞迷信活动……"

这是什么话？宏富傻眼了。在这种场合，居然还来这一套，他心里热血一浪一浪地上涌，愤然骂着：你他妈的强盗念佛，装什么正经？你年年逢年过节，关了门在家磕头拜祖宗，算什么？去年你父亲过世三周年，扎了纸房纸屋，半夜去坟上烧，这不叫迷信？想不到这狗东西政治上才混几年，也学得这么奸滑了。

"不过，"金鳌却突然转弯了，"这坝是'文化大革命'中筑起来的。宏富，你那时是队长，大小算个领导，总也有点责任的。现在筑坝人变成开坝人，可说是将功补过，或者说解铃还须系铃人吧。现在不是要彻底否定'文化大革命'吗？从这点看，开这条坝可以支持。至于钱嘛，不是原则问题，大家还可再商量……"

宏富已记不清那次酒宴是怎么结束的了，只记得在讨价还价之后，由老俊元最后在桌子上敲定：一切费用，包括土方费、电费，宏富拿出两千元，交村委会找人承包。他觉得让人耍了，但鬼是自己引上门的,吃了闷拳只能在心里痛。他当时的心境是:老子今天挺着肚子让你们踩了,老娘不是说自己把钱当草纸用吗?那就再用一次吧!

他应下来了。

酒宴完,已是午夜时分。宏富把他们送进村巷,玉宇他们说还要去厂里值班室打麻将,便分手了。

那天月色很好,天地间朗朗地白。宏富尽管心情不好,但终于将一桩心事去掉了,又觉着有点安慰。他原是善于宽慰自己的。他想:这世上本就是你算计我,我算计你的,自己倡议挖这重坝,不就打了小九九吗?做好事也罢,将功补过也罢,全他妈的是幌子。那些花花绿绿的纸,生不带来,死不带走,过去不办厂,自己不当供销,买斤盐还要看看秤杆高低,不也过了?两千元算什么,挖了这重坝,神灵保佑,寿多活几年,就在里面了。钱,只要形势不变,后面还有得赚的。

他又兴奋起来,走在空空的村巷上,肚里的酒涌着,感到渴,体内被一团燥热撩动得难受,猛然想起,翠琴那婆娘前天从苏州回来了。

他眼前浮起一片肥厚的白色,顿时心酥酥,腿软软,举不动步了,像踩上了柔软的云。

"这婆娘!"夜空里陡地划过哧的一声,吃了一惊,才发现自己笑出了声,赶忙掩住了嘴。那几年,翠琴这婆娘还假正经的。那一次,田里放夜水回来,他知道浩明去苏州探亲了,便去敲门。结果,门是开了,两记肉掌却挟着劲风扇到了脸上。那火辣辣的味道,他在一年中还能清晰地品出来。后来浩明回来了,写状纸要告他。浩明是回乡投亲靠友的知识青年,他知道自己触到"高压线"上了。结果多亏俊元出来解了围。宏富和浩明私下了了,代价是让浩明去仓库秤了五百斤稻。这婆娘,那时神气活现,连他个队长都瞧不起。后来浩明上调回苏州了,闹着要和农村户口的翠琴离婚,这婆娘才像只阉了的猪,失了威风。那年春节前,翠琴被浩明从苏州赶了回来。刚回村还腰杆昂昂地说:"哼,他要离,老娘就给拖着,把儿子丢给他,看他跳天去!"但没到三天,头便低下来了。快过年了,她家中还是空壁清灰,冷锅冷灶。那一天,宏富上镇,与她同路,在肉铺子里,甩给她一条猪腿,当夜,他就进了那婆娘的门。

　　这两年,宏富分明觉得,小肚子下虚虚的了,半年也不想对黄脸婆娘靠一靠。这使他有点慌。他年纪不大,离五十还有几年活呢。他把这也归咎于那重坝了。人家六十岁还养儿子哩,该他断子绝孙了。他还想着政策放宽些,再试着养一个。于是他吃药酒,吃膏滋药,去年还托人从东北带了半斤上好山参回来,也不见起色。他私下里去问医生,医生说吃狗鞭有用,今年他已买了五条狗来吃了。此刻,他分明觉得有团热热的东西在小腹中涌动了。

　　宏富浑身燥热地拐到村西角,敲响了那两扇木板门。

　　"谁呀？"

　　一声慵懒发脆的娇唤。

　　门开了,一团热气夹着人腥味冲鼻而来。宏富说:"我!"婆娘一见,眉眼顿时化了开来,一把搂住他,拖猪似的将他挟了进去。

宏富已回忆不出那夜的详细情景了。那次尽管他很英勇，还是失败了。他那枯瘦的躯体敌不过正当盛年的对手。这使他有点丧气，在婆娘面前自觉矮了一截。翠琴倒不介意，冲了茶让他漱了，还殷谨地将他送出门来。

他酒已醒了，一团兴奋被失败的沮丧代替，身子像发酵过的面团，酸疲沓沓，提不出一点劲头，路过村办厂的厕所，想起要撒尿，刚解开裤子，忽然听到一声"宏富那狗日的"，一泡尿生生又逼了回去。

月色又朗起来，他蹑手蹑足潜到厕所后面，窗户中望去，有几点烟头明灭，声音听得清晰了。

"嘿嘿，现在好像有股风，有了钱，就想留名，连宏富这小子也赶这个时髦了。出点钱，买人在南村竖块牌，多显耀。两千元算什么？他小子两个月就挣来了……"是那个小青年的声音。

"你小子笨蛋一个。他哪里是想留名？他怕死！流芳百世，他还没那么高级呢。"玉宇精明地笑着。

"他怕死？"五庚恍然大悟地叫起来，"他奶奶的，老子差点上了他的当了。是的，他小子有钱，怕死；老子没钱，光棍一条，死了也不怕，见了阎罗王，也得给我发补助。什么风水？好风水，老子没得着好处；坏风水，也不定死到我头上。大家一起死，折本的是他！"

大家一条声笑了。玉宇问："金鳌叔，你真支持他开坝？"

"你这个小鬼头，非要逼得人把话说绝干什么？"金鳌笑着，"其实，这坝有什么？回去告诉你爸，是这水，水有问题。

县环卫办的人上次来检查时讲了，家里可以打口井。我是明年开春就打井了。"

"嘿嘿，我知道你今天是耍他的。不过，今天那小子一桌菜倒弄得不错……"

宏富头脑里轰的一声，天地间昏黑一片。

他踉踉跄跄往回走，走到那座废坝上了。一股水腥味贴着水面掠过来，他心里一阵恶心，一股脏物从喉咙口箭似的射出。朦胧中，那坝陡地伸展、长大，幻作一条银鳞闪闪的怪蟒，扭动卷裹过来，把他紧紧缠住。他感到窒息，感到五脏六腑一件件从喉间涌出，眼前却晶晶地白亮，细分辨，却是一张张脸：金鳌、玉宇、五庚……

老娘的脸也出现了，怒目横眉："你那钱，当草纸一样用，我不敢消受……"

脸层层围逼上来，龇出白森森的排齿，他大叫一声，栽倒在坝上。

这已是两年前的事了……第二天早上，有人发现了躺在坝上的宏富，赶紧叫人把他抬到了镇上医院。一月以后起了床，枯瘦的身子更细了，显得那颗清白脑袋更加硕大。整整一月，是黄脸婆娘去服侍的。据说翠琴那婆娘也买了水果去的，但几次到医院门口又折回了头。

那顿酒宴的味道在金鳌他们嘴里早就淡了，在以后几十次酒宴的同化、混和中，早辨不出什么特别的滋味了。

那道坝依然在村前立着，人们也依然在上面走着。每天早晨，太阳出来，红亮的光泽照临水坝，坝两边的水面上便会腾起一片紫雾。

两年中，又有几个姑娘、小伙子成了"少年亡"。俊元叔也死了，他刚刚五十九岁。人们说，逢九是个关。既然是关，他闯不过去，只能怨他自己的命了。

宏富依然当着他的供销，他手里钱的数目，人们更摸不着底了。那翠琴这两年也不去苏州闹了，在乡下信心十足地拖着。

宏富已在院子里打了井。

金鳌、玉宇也在家里打了井。

南村有钱人家都在家里打了井。

井里的水，老辈人尝了，说，水很甜，是道地南村的水。

从此，再没有人提开坝的事。

是的，何必要去开它呢？本来这是迷信的事，而且，已经有人精确地步量过，从坝上走，比从村东的小石桥上绕，要整整近一百米呢。

案 板[1]

天还没亮,临河镇食品站的院子里已经挤满了人。人们按着先来后到的次序,挨个地接着长龙。龙身逶迤着摆出了院门,龙尾还在加长着。这些四乡赶来的斩肉人,大都家中有急事的,他们缩肩窝颈,耐着霜晨的寒冷,眼巴巴地盯着食品站那排硬木板门,希望能顷刻之间哗然洞开,出现斩肉师傅胡老爹的身影。

营业时间到了,排门仍旧屏立不动。长龙开始骚动、不安起来。

"食品站人死绝了,现在还不开门?"

"生病了吧,前天我看到胡老爹在医院开膏滋药的。"

"老头子困失了忽了?"

"……"

议论、猜测和不满在人群中传染着、扩散着。

其实,胡老爹既没生病,也没困失忽。夜里一点钟,他和徒弟小王就起来了。此刻,五条大壮猪早已开好爿,皮白膘净,

---

[1] 收录于《麦青青》,江苏人民出版社1983年版,第186-200页。

整整齐齐挂在铺面的肉钩上。可胡老爹没一点开门的样子，只是呆呆地看着那块斩肉案板，一锅接一锅地抽旱烟，好像外面那个闹嚷嚷的世界根本不存在。

小王素知师傅的脾性，看着烟雾后面那张黑瘦沉穆的脸，虽然心急火燎，却不敢吱声。他自度明白师傅的心事的，不过他感到滑稽，退休让农村的儿子来顶替，一张户口换两份工资，对胡师傅来说，应当是最大的福音。可不知怎么搞的，这几天师傅却反常了，变得心事重重，神不守舍，今天翻肠时，把一挂肠子也搅乱了。他现在那副样子就更可怕，脸色铁青，目光呆滞，竟像傻了似的。曾记得有些书上讲，老年人恋旧，许多退休工人离开工作单位时都丧魂失魄的，大约师傅也是着的这个魔。你看，他又在抚摩那块肉案板了，手颤抖着，手背上青筋一条条隆起，蚰蟮似的蠕动，连出气也粗了。唉！真不可思议，这案板有啥可留恋的？那么脏，那么丑⋯⋯

是的，这是一块什么样的案板哟！粗笨、丑陋，上下周遭浸着一层厚厚的灰黑色油腻；它的面子是半爿合抱粗的大树段，长年的千砍万剁，上面刀痕累累，裂隙道道，中间已凹下去一大块；可它巍然横身，四只耙头钉带住的粗脚深深地栽进泥里，好像连根长在地上。它起于何时？历过何劫？恐怕连胡老爹也不知道。

难道胡老爹真的留恋这块和他打了几十年交道的肉案板？！

小王猜错了。胡老爹的心事只有隔壁开票的张会计知道。此刻，老张架着一副老花眼镜，正从墙上那方小窗洞里向这边张望，胡老爹的一举一动都没逃过他的眼睛。他一会儿正正镜架，一会儿拈拈八字小胡，微笑中透着狡黠的询问："老鬼，今天这一关看你怎么过？"

究其实，张会计不过在上班前给胡老爹带来一张便条，便条上也不过是公社罗世发主任要斩五斤肉。可恰恰是这张不足两指宽的白纸条，像一块千斤巨石，压到了胡老爹的心上。

按说，胡老爹在这小小的临河镇上也是一个人物。且不说他掌着全公社两万多人的吃肉大权，单他那一人杀三百斤大猪的本领，一刀平秤稳砣的手艺就足以使人叹服，又兼老人秉性耿介，行事磊落，自然而然就赢得了人们的敬重，博得了人们的爱戴。可今天，这个倔强一世的老人居然被一张小小的纸条镇住了，岂不是怪事？

实则怪事不怪。如果胡老爹肯将那张白纸条公开，人们也一定会明白老人的确遇上了难关，因为他和罗世发主任的那段纠葛，在临河公社几乎是尽人皆知的。

说起来，还是八年前的事。当时正是"阶级斗争，一抓就灵"的火红岁月，临河公社深入开展了"一打三反"运动。那些日子，临河食品站一年杀不了十头猪，胡师傅（当时还未被人称老爹）乐得挂起屠刀，回家赋闲。可就在那年冬天，一群人深夜闯进他的茅椽小屋，将他五花大绑押回食品站。一路上，他心怵腿软，不知自己犯了什么大罪，及至镇上原"红指"头头罗世发坐到他面前，审问他何时何地加入"五·一六"阴谋集团时，才明白自己已成了反革命。顿时，心中那股冤愤之气直冲斗牛，他竖眉瞪眼骂道："放你娘的臭屁，老子坐得正，立得端，不知道什么'五·一六''五·一七'！"这一下惹恼了罗世发，揸开五指就给他一巴掌。顿时，胡师傅脸上化开五条血印。罗世发手一挥，四个彪形大汉冲了上来，把他像猪一样按到那块肉案板上，两根杂木棍子交替起落，在他的屁股和后背上飞舞。一开始，他挨一下还吼一声："打得好！"后来渐渐叫不动，就在心里默默地数，数到八十下，终于挺不住，昏晕过去。当天夜里，他双手反绑着关在食品站里，蜷在冰冷的水泥地上，就像一头待宰的猪。他挣扎着，怒骂着，渐渐力气消尽，不再喊叫了，开始想这场飞来横祸的根子。想到半夜，觉得有两桩事情可能有点关碍。一是在造反声喊得最响的那年秋天，县商业系统的一个头头来临河镇串联，也就在这间屋子里，他和供销社的同事听过那人的一场革命演说。事后他领到一个红膀套套，说是加入了一个什么兵团。不过以后就没什么活动，那头头也从此再未露面。倒是那个红套套派了用场，被老伴给小外孙配了一双老虎头鞋子。还有一件大约在第二年，他只听说县城里打起来了，动了刀枪，死伤不少人，有好些人被打了出来。那天傍晚，他正准备收拾收拾回家，有两个年轻娃娃闯进了食品站，惊慌地说后面有人追赶，要他帮忙给藏一下。他看那两个娃娃可怜，把他们藏到了后院的柴草堆里。不一会，镇上造反派"红指"的头头罗世发带着一群人冲了进来，声称刚接到电话，县城中学两个铁杆头头逃到了临河镇，有人看见进了食品站。胡师傅看罗世发提枪拿棍的凶煞样，知道把两个娃娃交出去等于送他们的命，心一横，来了个矢口否认。这一下，弄得罗世发差点要动武，后来看到胡师傅手提屠刀，凛然难犯，没敢动手，胡乱搜了一通，悻悻然而去。当天深夜，胡师傅把两个娃娃领回自己的家，叫老伴烧了一顿好饭招待他们，随后又以长辈的身份规劝他们不要在外面生事，免得丢了性命。一直挨到黎明，他备了干粮，把他们送出县界，才放心地去食品站上班。对这两件事情，前一件他感到滑稽，简直像一场儿戏；后一件他感到自豪，认为是生平做的第一桩侠义事。可这样两件事怎么会与反革命联系起来，他想不通。其实，在那个年月，不要说是闭耳塞听的胡师傅，多少见过世面的达人俊逸，经过阵仗的元戎老将，没见过、没想通的事情也多着呢。他一个小小的宰猪师傅怎么会知道，他领过红套套的那个兵团是"红指"的死对头；又怎么会知道，他那些不相识的战友大都已被掌权的"红指"打成了"五·一六"；而县城里，深挖运动还在"加温"，要使揪出的"五·一六"分子突破一千大关；他怎么会知道，那个来演说的头头笔记本上的名单，已成了追捕"五·一六"残余分子的重要线索。因此，胡师傅越想不通，就越委屈，刚刚消歇下去的那股怒火又腾腾地燃烧起来。他活了几十年，还没有遭受过如此惨酷的作践和侮辱，在他的头脑里，既没有"两个阶级搏斗"的觉悟，也认识不到这是林彪、"四人帮"在行凶作祟，因此，咆哮半夜之后，他想定了一点：这是罗世发做的鬼。那一年，这小子因为没买到猪头，到食品站骂娘，被他轰出过店面，想不到这家伙挟私报仇，竟是如此狠毒⋯⋯好吧！"君子报仇，十年不迟。"古老的格言给他注入了力量，他撑起来，拖着浸透鲜血的身子，艰难地蹭到那块古老的肉案板旁，背着身子，用指甲在案板外侧狠狠地划了八十道。刻完，他想起了家，想起了妻儿，想起粉团团似的外孙⋯⋯悄悄地哭了。

腊尽春回,夏残秋至,他就在这屋子里关着。那案板上的道道也日渐增多,而道道的比数也逐步升级,由一比五上升到一比十。待到一年以后放出来,那案板上的指甲道竟然积了一千多条。至于一年中所受的其他奇刑酷罚,他还没用记号来计数。获释以后,胡师傅足足在家躺了一年,吃过的药渣堆成山,仍落下一身腰椎关节痛,一嘴牙齿个个晃摇伶仃,三年之后全部拔光(现在装了假牙)。恢复工作的第一天,他忘掉了平反时领导上和他谈的"以安定团结为重,向前看"的教导,在食品站举起那柄半月形屠刀,噌地杀进那块肉案板,当众立誓:"从今天起,狗×的罗世发想在我手里吃到一两肉,我不是人养的!他敢踏进我这铺面,我请他吃屠刀!"

这铁铮铮的誓言当即传扬开去,引起了人们的嗟叹和激赏,大家从心底里赞佩着胡老爹(这时已被人尊敬地称作老爹了)的志气,也在背地里骂那个缺德的罗世发是罪有应得。

大约这誓言也传进了罗世发的耳朵,不知他是真怕胡老爹的屠刀,还是粉碎"四人帮"以后一度吃瘪的原因,这几年,罗世发倒真没有到胡老爹手里来斩一两肉,也没跨进过临河食品站一步。但是,他"深挖"中"火线入党"后升任的公社党委委员却仍然保留着,不过后来调了个公社。而且,目击过罗世发家生活的人透露,罗家也从没断过猪肉吃,过年腌下的腊肉,一直要吃过第二年夏天。最近他又得了个"年富力强"的美号,一月前,重新调回临河公社,升作了主任。罗主任在公社分管集镇,供销社、食品站恰恰在他辖下。难怪张会计等人要在背后议论:"哼!冤家聚头,等着好戏看吧!"

胡老爹是条血性汉子，对于罗世发的重回临河，他是有了准备的。按理讲，胡老爹也并不是非得一杠子捅到底的人，如果当年平反时罗世发也能以安定团结为重，主动赔个礼，道个歉，或者能平等地交换一下意见，稍稍有一点表示，也许这桩公案早就了结了。但罗世发没有这样做，有几次扑面撞见胡老爹，竟然昂首而过，连眼睛都没扫一下。这等于在胡老爹那盆旺火上又泼了一勺油，他心里的那段誓言更坚决了。可是，胡老爹那个"五·一六"分子是假的，罗世发现在那个主任却是真的。这几天，胡老爹就有一桩要紧事攥在罗主任手心里。他小儿子的那张"自然减员职工子女顶替表"已在小队、大队通过，三天前刚送进公社，急等公社签署盖章以后上报，而签署的主管干部就是罗世发。偏偏在这节骨眼上，罗世发的纸条又塞来了，点着名要吃胡老爹手里的五斤肉，甚至连人都不来照个面。罗世发的心肺不明晃晃地亮着吗？！

"这肉斩不斩？"胡老爹从接到纸条起就在心里斗争了，可直到现在，还没拿准主意。儿子小亮对于顶职早已望眼欲穿，而他那刚说下的对象，也坚决地要以顶职作为结婚的条件。这几天，小亮干脆住到站里来坐等了。如果因为五斤肉让顶职的事吹了，小儿子岂不要遗恨一世。可斩呢？又怎能下得去刀。那一千多条道道不是刻在案板上，而是刻在心上的，看到它们，心口膛就颤颤地痛。"佛争一炉香，人争一口气"，人有口气才活着，要不，还算个什么人呢？

"这贼养的，真会卡人脖子！"胡老爹在心里狠狠地骂着，向空中猛劲地喷着浓烟。

这时，门外的长龙已经等得不耐烦了，开始愤怒、发威，排门被擂得山响，难听的斥骂声也传了进来。小王看着事情不济，悄悄转到师傅背后，嗫嚅着说："师傅，开门吧！"

徒弟的叫声唤醒了胡老爹，现实已不允许他挨下去。他磕掉烟灰，抬起头来，一眼看到了隔壁张会计那张神秘莫测的脸，顿时一股正气从胸中升起，一刹那间下定了决心。他鼻子里哼了一声，骂道："贼养的……"本想接下去说："吃我手里的肉，红脚盆里再去翻个身！"但话到嘴边又改了口，轻轻地对小王一扬手："开门！"

排门轰隆一声打开，顾客潮水般涌进来。繁忙的营业开始了。

胡老爹今天反常得真厉害，素常的"一刀准"不见了，一刀肉往往要剁上好几刀，添减几次才平得住秤。连小王都惊奇，难道师傅真的老了？

虽然这么说，猪肉还是一爿爿卖出去。眼下案板上已是最后一爿，胡老爹的手好像更加不听使唤。

"三斤。"会计那边喊。

胡老爹比了一下，磨转猪肉，在前胛上剁了一刀。这是一刀沾着血的离颈肉，顾客不满，喊道："要座臀！"

"不要挑三拣四，这不一样？还没有骨头。"胡老爹显得有点不耐烦，啪的一声，又剁了一小块，往秤盘上一压，"喏，再加一块！"

"师傅今天怎么啦？"在小王的心目中，胡老爹对顾客向来是一视同仁的，也能尽量满足顾客的要求，指哪斩哪，从不违拗。可今天，却像变成了另一个人。难道人老退休脾气也要变？

173

真奇怪！但胡老爹的话就是命令，顾客虽然不满意，还是拎着走了。

前胛斩完，又劈腰膛。猪肉片在胡老爹手中旋转着，斩剁着，越来越小。可奇怪的是，他今天下刀时有个禁区，猪后臀的那块肉始终不去碰它。

张会计一直观察着胡老爹。他看案板上那片肉所剩不多，立刻对窗外的顾客说："肉已卖完，明日请早！"咯吱一声，关上了开票窗。

人们在不满声中逐渐散去。小王诧异地看着案板上那最后一刀臀肉，不明白师傅为什么就听了张会计的，不把肉斩完。小王满腹狐疑正要关门，卡门板又挤进一个人来。这人是刚从上海退休回乡的老工人徐师傅，小王和胡老爹都知道的。他焦急地问："还有肉没有？"

小王道："没有了。"

"我有急事！"

"急事……那也不行！"

"案板上不还有一块？"

"有用！"胡老爹背过身子，沉浊地答了一声，随手把那块猪肉往边上一甩，迈着步子走进了里屋。张会计把这一切都觑在眼里，推推眼镜，偷偷地笑了。

早市过去，到了胡老爹他们用早饭的时候。小王从饭店里端来了一碗热气腾腾的腰花煮汤面，找到宿舍没人，寻到铺面，才发现师傅还在对着那块案板发愣。小王轻轻喊了一声，见师傅不动，便把汤面往案板上一搁，悄悄退了出去。

铺面里很静。由于刚才的闹，此刻就更觉静得厉害。门外树上，几只小鸟喇啾着，有两只还跳上了窗台，歪着毛茸茸的脑袋向屋里张望，见没危险，居然用嫩黄的小喙调皮地啄起窗玻璃：笃！笃笃……

要在以往，胡老爹见到这两个小生命，一定会偷偷地凑过去逗弄它们，甚至还会从窗缝中悄悄地撒几片肉屑。可今天他没动，犹如老僧入定，周围的一切都停滞了。他头脑中只有肉！肉！！肉！！！现在他盯着的就是案板上的那条肉：这是猪身上最好的一块肉，膘硬肉精，肥瘦适度；无骨头，无浮肉，切块方整，烧不皱缩。看斤两，五斤略超，就那么巧。他自己也惊异，不是下决心不睬罗世发了嘛，怎么神差鬼使，又把它留了下来？……这张会计也贼坏，怎么恰巧在那一刻关窗收摊？而自己怎么也就默认了？还居然回绝了那位徐师傅，人家今天六十大寿，外地的女儿女婿都赶了来，正等肉下锅上桌……不过来晚了一步，其实也不晚啊！自己那声冷冷的"有用"怎么就甩得出口？……想到这里，胡老爹脸上微微有点发烧，轻轻地叹了口气，唉！我这是做什么来？难道真要把这刀肉给罗世发送去？送得出手吗？案板上那一千条道道是假的？自己那誓言是放屁？这一送，以后还能走到人前去？头脸只能往裤裆里藏了。那不送！可不送行吗？表格还在罗世发手里，他是瞅准了时机来的。唉，儿子！儿子！老话养儿防老，现在倒养儿受罪了。偏偏又来一个退休顶职，这也罢了，又要个三级盖章。说到底，还是农村差了点。也莫怪儿子要往镇上跑，那些腿粗腰壮的干部子女不都争着往厂里钻吗？连那个未过门的媳妇都知道要找个吃供应粮的丈夫。这黄泥巴真不值钱了？唉！这世道哪能就变成了这样？也许是自己越活越糊涂了。可这肉得处理呀。哟！时候不早，太阳都升起来了……

明亮的秋阳已平了窗台，阳光从窗户口、排门缝中透进，聚成道道光柱。那两只鸟还在嬉戏，又有两只飞了上来，它们在阳光中啄羽顺毛，扑翅腾欢，这个世界在对它们微笑。唉！它们倒快乐，它们知道人的忧愁吗？不会的，看，它们瞧都不瞧我一眼。

侧门砰的一响，儿子进来了。小亮很有孝心，未进门先喊了一声爹。这小家伙这两天一直不定心，今天一大早就出去听讯息了。现在他满脸喜气，难不成表格有了着落？胡老爹急忙站起身迎上去。

小亮手里捏着一张纸，对他抖扬着："爹，章盖到了！"

"什么！你说什么？"胡老爹不相信这会是真的。

"章——盖到了！"儿子大声重复了一遍。

"啊！章——盖到了！"胡老爹一把抢过表格，顺眼一溜，果然在公社意见栏里看到了八个字：情况属实，同意顶替。右下角，一颗硕大的印章盖在上面，鲜红夺目。"章——盖到了！"突然降临的喜讯使胡老爹有点支持不住，他这才感到真正疲倦了。几天来，日思夜想，牵肠挂肚，寝食不安，神魂颠倒，为的什么？还不就为的它——这个两厘米半径的红圈圈。胡老爹浑身乏软，一屁股坐到了案板旁的条凳上。

小亮还在兴奋中："爹，你说是不是快了？这表格送上去，只要劳动局一同意，就……"

"嗯……"胡老爹随口应着,心里却在痛快地骂着,"贼养的,章盖到了。这肉,老子今天下酒用!"他突然来了劲,站起身就去抓肉。猛一想,不对!难道罗世发真会就此罢休了?连忙缩回手,急急地问儿子:"这表格谁给你的?"

"公社许秘书。"

"你没见到罗世发?"

"见他做啥?那张猪肝脸,看见就想呕。"

"那……他没有找你?"

"找我,找我干啥?……喔,许秘书倒是提了一句,叫我来铺里拿五斤肉给罗主任,说他关照过你了。"

"……"

"爹,别理他!哼!吃肉?!今后在我手里也休想吃一两肉去。我这耳朵上的账还没找他算呢!"

"啊,耳朵!"胡老爹头脑里轰的一声,眼前犹如拉亮一道闪电,他清晰地看到了小亮左耳根上那道半寸长的疤。

"爹,别怕他!罗世发是什么东西?我相信党不会让这号人在台上待多久。听小王讲,这类人都要一巴掌捋下去!"儿子的身上流着和胡老爹一样的反抗血液。

胡老爹却听不到小亮的话,满脑子响着"耳朵——耳朵——"如山崩,如雷鸣,震荡屋子,充斥天地。他一阵晕眩,瘫坐在凳子上。

小亮看到爹脸色刷白,不知出了什么事,连声喊:"爹!爹!"看爹不应,心里慌了,连忙出去喊小王。

"小亮——"胡老爹见小亮离去,想喊他,可喊不出来;

他想站，又站不起身。他眼前一片漆黑，一片混沌……

……这屋里哪来的风？冷飕飕，阴惨惨，像刀子一样割人……

啊！下雪了，窗缝中，门隙里，一朵朵雪花轻飘飘地钻进来，荡进来，在空中飞舞，在脸上摩挲……

哪里在响爆竹？……嘀！这个响得够劲，半斤的，天地两响，崩脆利落……还夹着霸王鞭，炒豆子一般。谁家在办喜事？喔！过年了，对！今天是大年夜了……

哟！老伴已在剁青菜，准备包馄饨了。她在挤菜芯子了，还笑着。这老东西还真老来俏，笑得怪好看的。碧绿的汁水从指缝间挂下来，曲曲弯弯，像一条条小溪……

咦！哪来的红颜色？嘻嘻，小外孙脚上穿着虎头鞋哩。老伴做得真巧，吊睛白额，王字当顶，那虎须根根直立，真威风！对，这鞋帮就是那个发来的红套套做的，那头头赶几十里路送了这块布来，还真派了用场……不好！小亮提着小外孙转起来了，"当心！小亮，他嫩皮嫩骨，别摔着了。你都十五岁的人了，还不像做舅舅的样子。"哟！小亮噘嘴了，生气了。这小畜牲……

"拿肉来！"谁在喊？喔，是老伴。真糊涂，过年了，肉还没送回家。我已准备下一只后腿了，快送回去。咦！怎么出不去？不对！食品站的门被人锁起来了，窗户上还叠了砖。啊！手也不能动，被捆起来了。他娘的……

噢，气窗开着，上面还扒了个人。那不是小亮吗？他怎么来了？扒那里干什么？喔，他那对眼睛在找什么？找我？他看到我了，他哭了："爹……"

"小亮,你怎么爬窗子上去?危险,快下来!"

"爹,娘叫我送东西来。院门口有人站岗,不让我进,我翻院墙进来的。"

送东西?送东西干什么?喔,对了,我已被关了三个月了,身上还穿着夹袄,难怪这么冷。

"爹,这是你的皮背心,这是娘给你蒸的团子,你接着……"一个蓝印花包袱在气窗口晃动。

哟!够不着,手捆着呢。

"小畜牲!谁叫你进来的?妈的!"这是谁的声音,这么凶?不好!是罗世发。"扑通——"啊!小亮摔下去了,哭起来了:"爹——爹——"

"小亮——小亮——"胡老爹拼命撞门板。

"爹——"小亮的哭声渐渐远去。

胡老爹急了,狠劲一撞,门板开了。……雪的原野……罗世发就在前面,左手提着棍棒,右手拎着小亮的耳朵在雪地里拖。小亮哭着,挣扎着,耳朵裂开了,鲜红的血顺着耳朵根往下滴,一滴,一滴,染红了地上的白雪……罗世发想把小亮往哪里拖?他还是个孩子啊。胡老爹拔腿就追……追啊,追啊,快追上了……不好!罗世发把小亮往案板上送了……那案板怎么了?啊!它四条脚活了起来,像一只狰狞的巨兽,它张开血盆大口,向小亮扑过去了。

"小亮——"胡老爹发出了凄惨、绝望的呼喊。

"爹!爹!我在这里。"

一声亲切的呼唤,把胡老爹从幻觉中唤醒过来。他费力地睁开眼睛，看到小亮含着眼泪站在面前，连忙拉住他的手，生恐失去似的把他拉到身边，轻轻喊了一声："小亮！"泪水哗哗地流了下来。

"爹，你刚才怎么了？"

"没……没什么。"胡老爹意识到了自己的失态，抹抹眼睛，掩饰地摇了摇头。小王端来了开水，胡老爹喝了几口，清醒多了。他端详着面前的儿子：英俊、高大，足足比自己高出一头；一张棱角分明的脸，红扑扑，亮闪闪，溢着青春、力量和不驯顺的光彩。他想起刚才梦中的情景，心里不禁又一阵颤栗。唉！小畜生，你怎么晓得老一辈的苦衷呵！"别怕他！"早十年、二十年，爹也会这么说，这么做，那时爹血气比你旺，胆子比你壮。可你，你想过今后吗？你今后得在罗世发手下吃饭，你得在他手心里捏着。他那一手你知道了多少？就半只耳朵？那算得了什么？你们年纪轻，不知道，不知道啊！是的，"善有善报，恶有恶报"，也许有一天，罗世发这号人会倒台，可他现在还在台上。唉，自己这辈子大半截入土了，眼前的事情又立着要办，还死死顾着这张老脸干什么！自己打的这个结，难道还要留给儿孙后辈去解？他们往后的路正长，不能害他们……

想到这里，他牙齿一咬，对小亮说：

"小亮，你把案板上那刀肉拿来。"

"干什么？"小亮大惑不解。

胡老爹苦笑笑，没有回答，转而一想，觉得不能逆了儿子的心意，便喊小王："小王，等歇你把这刀肉给张会计送去，他知道有用。另外，你在留给粮管所的那只腿上给我匀五斤下来，我做个主。"

胡老爹吩咐完，把小亮拉到面前，喘着气，艰难地说："小亮，爹这一世，没能烈烈轰轰做一个人。爹被人欺过，被人克过，但爹这把刀上也欺过人，克过人。你年纪正轻，也参加工作了，今后可不能学爹。爹赞成你的话，要挺起腰来，活得像个人样。"小王把另一块肉秤好拿来了。胡老爹接过，放到小亮手里，郑重地说："你马上把这刀肉给那个徐师傅送去，并代我向他道歉。今天早上，爹对他太无礼了。祝他长寿。"

小亮和小王提着肉走了出去。胡老爹靠着案板，目送着他们。灿烂的阳光照着他们，他们越走越远了。胡老爹不觉一阵心酸："我老了，不中用了。'满饭好吃，满话难说'，还是古训说得对，说得对啊……"两串老泪，顺着网络似的皱纹，断线珍珠似的滚下来，滚下来，一滴，一滴，落在那块古老的案板上。

罗 音[1]

笃！笃！

似有人敲门。屋里一对男女青年停止了拒拒抗抗的打闹。他们搂抱着的。

笃！笃！笃！

敲门声清晰地逼近来，怯怯地，试探性地，欲敲又止，似人轻轻的喘息。

男子推开怀中那个温软的身体。柔和的灯光下，女的黑瞳仁中有流光娇嗔一闪，却站过一边，轻抿零乱了的鬓发，拉正衣襟，恢复端庄模样。

男子旋动锁钮，门无声地打开。走廊的暗空中，一具矮矬的身影。

"干什么？"

男子声音中分明带着冷峻和搅了兴头的不满。

"我找你有点事。"回答一如敲门，怯怯地，且夹带一串起伏的肺部罗音，如从阴天的水塘底部冒上来。

---

[1] 原载于《雨花》1987 年第 6 期，第 9–13 页。

混沌中暗影笔立,他感到有冷冽的寒意逼上来:"有事明天来!"作势便要关门。

"不,不,我事情不大,一会儿就走。"对方罗音加快,明显带上了焦急。

大约估出了对手的孱弱,男子心绪渐趋稳定,愿意陪一陪了,但拒之门外的决心也明白无误。斜倚门框,交抱双手,整个堵住了门洞:"好,那你说吧!"

"能让我进去说吗?在这说不清的。"

要求却升了一级。

"不行!"

男子的声音中含上了金铁成分。

"唉——"长长一声叹息,"我是来还债的。"

"还债!还什么债?"男子的防线后撤,疑虑增加,且有了探询的兴趣。

"能让我进去说吗?"要求又提出来了。

男子感到有人扯衣角,那女子不知什么时候已趸到了背后。男子顿时来了勇气。他自度,即使耷夜打劫,眼前这位讲话有气无力的对手也足以对付得了。

交抱的手肘变作了放行的姿势。

灯光下面,看清了,竟是一个老太婆。蓬乱一团花发;脸上横沟竖道交扭盘曲,左右颧骨如镶两只出笼烧卖;眼眶鲜鲜翻出两条红肉,眼珠无力地缩在里面,只用劲喘气时,方见得有两点黑色跳动。

男子见是这么个对手,便有些失望,一身绷紧的筋肉即刻松弛；既不招呼，也不让坐，让她在长的沙发、短的沙发和镀铬的靠椅中间站着。他看清了，她罩在外面的绒线背心上，有两处巴掌大的油渍。

女的已背身对镜照影，显然失去了对这场夜戏的兴趣。

"好，有事就说吧！"男子打算速战速决。

"我……"老太婆在毫无依傍的空间中，更显萎琐。

"嗯……"男子眼光逼视过去。

罗音强烈地升起来。老太婆胸脯交替凹凸，见得她与体内某种力量搏斗着。猛地，右手探向怀里，一阵痉挛式的掏摸，手中出现了一个青布小包。鸡爪似的手颤抖着打开，竟是一叠人民币。全是十元的。

男子惊讶地注视着她的举动，似觉女子又一次站到了背后，转身一瞥，见到两汪彩色。

"我……我是来还债的。"老太婆又重复那沉重的一句。

"那，你，你快坐。"

这一次，却是那女子主动了。顺手拉过一张折叠靠椅，动作飞快。电镀椅架在灯光下闪得贼亮。

"对，快坐！坐下讲，坐下讲。"

男子也第一次露出笑容，笑得温柔。

小心呷过女子从气压水瓶中揿出来的开水，老太婆长长的罗音隐伏下去，脸上皱纹少了些，坐在折叠椅上，眼眶中黑色渐显分明，直盯男子：

"你不认识我了吧，小时候我还抱过你呢。你小名叫小胖，是不是？那时，我们住一条街上。你几个姐姐、哥哥我都认识。

你哥哥有两次挨你爸打了还躲到我家里睡了一宿哩！"

老太婆竟极能说话。灯光下，但见她眼睛飞动，时有唾沫星子溅出，表情极丰富。罗音已全然消失。

"你是不认识我了。我记得你过了周岁，你家就搬走了。你哥哥、姐姐恐怕还记得我。听说他们后来都念大学出去了。你住在这里，我打听了半个城才打听到。我也真该死，你妈过世了一年，我才知道。唉，好人哪！真想不到，好人寿不长，竟先我一脚走了。听说你爸爸也不在了……

"我记得，你妈小我一岁，属猴的。刚解放，你妈来时才三十出头，俏格格一个媳妇，穿一件士林布衫，皮肤雪白干净，还像个大姑娘。在街上走一圈，男人、女人的眼光都被她勾直了。"

男子、女子已全然被吸引。男子听着有些骄傲，斜一眼身旁边的女子，扮个鬼脸。女子不屑地撇撇嘴。

"到现在，你们还不知道我。我家和你家不能比了。你爸爸那时是过江来的干部，在政府里吃饭。现在也不怕你们笑话了，那时我家是地主，还是这县里有名的大地主哩！我们县城在东洋人来时被东洋人的飞机炸平了。也贼鬼，就我家金府巷口的那座楼房没炸掉。我家那房子是走马楼，老大老大，我做媳妇时，新房就做在楼上的西南角。后来解放军进来，就住在我家房子里。一个政府的人都住进去了。

"解放后，我家的房产都被没收了。我就搬到了三元巷，在那里搭了一座小草房。县城里房子不多，你家那时也住在那里，隔着半条巷子。那时，我们没有工作。我帮人家做做鞋子，洗洗衣服。我家老头子没事干，就拾砖头卖。那时县城被炸，到处是碎砖头。

"老话'穷瞒不得丑瞒得',现在说出来也不怕丑了。那时我们家是真穷了。我洗衣服、做鞋子也挣不到什么钱。老头子拾砖头卖,抬几大筐也卖不到几个钱,还得看人家要不要。我家挣钱手不多,吃口倒重,脚边四个子女,牙齿敲敲有一大捧。那一次,老头子三天没卖掉一筐砖,我身边一些零钱也已用光,接连两天没米下锅,孩子饿得直哭。到黄昏,老头回来了,一声不响就钻进了被窝。我晓得不对,只好拿着米袋上街了。那时候,我们是分子,弄不好要牵累人家。我在街上转了几圈,想想还是不敢去麻烦别人,又不敢回家,我怕见四双儿女的眼睛。我站在护城河边,一阵阵风在脚边旋,真想眼睛一闭跳下去,又舍不得几个儿女,只好站那里默默地哭。后来,后来你妈就来了……"

"我妈?"男子入神地发问。

"对,是你妈。她不知从哪里回来。我记得的,还抱着孩子,是你二姐。见我在那里哭,便问:'你怎么了?'我不答。她望望我手中的米袋,立刻明白了。你妈人聪明,心也细,一下子就明白了。她说你等一等,飞快地去了。回来时,拎来一只布袋,装着米。我回去秤了的,有八斤重,还塞给我十万元钱。"

"什么!十万元?"

男子、女子一起惊叫起来。

老太婆却笑了。瘪瘪的嘴角笑得生动。

"傻孩子,你们不晓得那时的钱与现在不一样。一万元就是现在的一元,一千元就是现在的一角,一百元就是现在的一分。

你是老巴子，那时还没出世呢。"

"喔，这么回事。"

男的、女的同时长出一口气。

"我记得，我当时就要下跪。你妈急着拦住了，说，快回去吧，也别声张了，看这天冷的，站这里要冻出病来，家里孩子还等着你呢。她走了，我还在那里站了好半天。她说话轻声轻气，真轻，真轻……"

老太婆红红的眼眶更红了，红得极鲜艳。眼珠被水雾蒙住，成了深潭，很深，很深。

罗音又升起来，从水潭深处升起，跌宕起伏，绵绵不绝。

男子、女子大气不出一下。

"唉，女人最懂女人的心。你妈真是个好人哪。唉，我这个人心不好。以后我手头缓过来了，你妈那份情一直没有回。我这个人没良心……

"你们年轻人不知道，良心不好要遭报应的。我那个公爹就是生前没好心，待人刻薄，遭了恶报，解放后被抓起来，死在牢里，连带子孙也跟着受罪。你们不知道，解放前我家有三百多亩田，在城里还开了几爿店哩。

"我良心不好，也要遭报应的。欠了债总要还，这里不还那里还，今天不还明天还，今世不还下世还。这两个月，我前前后后都想过了。我有许多事情做得不好，你们家的钱没还就是一桩，今天，我就是来还债的……"

老太婆说着，把青布包里的钱往前一推。

男子一见，手立即拦了过去："别……"立即觉得，背后的衣襟被扯住了，手又缩了回来。

老太婆浑然无觉，眼眶中黑色凝然不动。

"这笔债，我码算了一下，那时钱比现在经用，十万元回去后我买了一担米，一家人凑着过了一月。我全折算成米价。一百斤，加八斤，共一百零八斤，按现在市场议价三角二分一斤，合三十四元五角六分。从那时到现在，算成整三十年，我请银行的人算了算，本利一共应合二百七十元九角一分，我凑成了整数，三百元。现在你妈不在了，你爸也过世几年了，你哥哥、姐姐都在外地，这笔钱就请你收下。"

"这……"

听到这么一笔数字，男子、女子都惊骇了，一时不知如何应付这突然的局面。

"你们不要拒绝，老话人心不可欺，天地亮堂堂。我已多少夜睡不着觉了。你们要不收，我还要睡不着的……"

当这对青年男女从惊愕中醒过来时，老太婆已经走了。屋内灯光柔和着，沙发、靠椅、全套崭新的家具，一件件依旧五彩缤纷。

一个梦。

一个似幻非幻的梦。

但那块青布、那一叠人民币实实在在证明着：真的。罗音似乎还在屋里响着，时隐时显。

男子拿起钱想追出去，却被一只柔软的手按住了："你干什么？"

"我……我觉得这钱不能拿。"

"不能拿，为什么不能拿？她不是按银行里利息算过了吗？假如这钱当时你妈存在银行里，不就是这个数吗？"

罗音又清晰地响起来。他放开了手，呆呆地看着眼前姣美的对象。他们还没结婚，结婚证已经领了。还差一个月就是元旦，那是他们选定的大喜日子。

"你认识这老太婆吗？"女子突然笑吟吟地问。

"不认识。"男子惘然摇头。

"她不是南门口积庆桥下摆饺儿摊的那家个体户吗？她有钱的。听说，放《少林寺》那会儿，三天赚了三百多元。"

"什么！三百多元？"

"嘿嘿，现在谁家像你这呆头鹅，别看你在机关当个什么干部，比他们可差得远哩，你没听说今年赶庙会，一家服装个体户，两天卖出四千多元服装，净利一千多，抵你一年多工资。现在叫赚钱不吃力，吃力不赚钱！"

男子咋舌，罗音分明地开始消褪。

"你知道她家的情况吗？这几年，家里盖了小楼房，实现了电气化。她的小儿子，骑着轻骑，野马似的满街转……"

"是那个唇上有颗黑痣的吗？"

"是的，那家伙两个月前'严打'中搭进去了，是个小痞喽。哼！这就叫报应。你不知她那钱的来路。我在她摊子上吃过一次饺儿，整个是一碗饺皮，肉星子看不到一点，却要收两角钱。听人说，他们斩一碗肉馅可以包整整一天。这笔钱，我知道了，她不还，我还要上门去讨呢。"

灯光下，女子对他笑着，如一朵灿烂的花。

罗音又响起来,执拗地在四壁间冲撞,渐次加强,轰轰地震得他有点晕眩。

今晚,他注定要睡不着了。

甘师傅[1]

这个县很偏僻。这座中学在县的南部边缘，就更偏僻。

学校设在离公社（那时公社还未改乡）集镇一箭之遥的小山上。山叫石磨山，其实不是山，只是一座黄黄的土丘；形状也不像石磨，何以冠了石磨的名字，当地群众也说不清楚。

土丘顶上很平缓，修整之后便清出一块平地。平地分割成四块，恰如一个田字，每个空格中各盖一座平房，六间一座，很是整齐。学校没有围墙，也便没有大门，自然也没有旁门和后门。早晨，学生们带着清新的气息从四野里涌进学校，傍晚从学校雀跃着漫向四野，很是方便。

中学是初级中学，收初一、初二、初三各一个班，虽然小，却要接纳周围四个公社的学生。本公社的学生走读，早出晚归，要在学校吃一顿饭；外公社的学生路远，不得当日来去，便在学校寄宿，当然一天三顿也要在学校里吃。

---

[1] 原载于《雨花》1987年第6期，第14–18页。收录于《金陵文学丛书（10）：南京新时期短篇小说选》，中国文联出版社2003年版，第415–424页，及《汪味小说选》，广陵书社2017年版，第193–203页。

于是,学校里便得有厨房,有厨房当然得有厨师,厨师便是甘师傅了。

甘师傅全称叫甘福成。他还有个帮手,是个女的。许多学生直到毕业还不知道她的名字。大家都唤她作甘师母,因为她是甘师傅的老婆,而她也很乐意人们这么叫,一声之后,一定会回报你一个笑,很好看。

农村学校的学生吃饭,远不如城里学生那么潇洒。他们来校时都得背一个鼓鼓的米袋。寄宿生带得多,便一头铺盖、书包,一头米袋,用一根短短的小扁担——自制,且被汗浸得油光锃亮——颤悠悠地挑进校来,去总务处过罢秤,倒进一只釉光灿烂的大缸,然后交上搭伙费,有时是摸出两个鸡蛋,便可在总务会计手里领过一沓饭票。菜票一般是不买的,他们大都带有一罐酱、一瓶咸菜或辣糊。他们饭吃得很多,一般稀饭吃半斤,干饭吃一斤,多的一斤半甚至两斤;不须用菜,蘸上一点酱,或挑一坨辣糊,把饭染得红红的,吃得鼻子冒汗,发上腾腾蒸出热气。却一个个长得极壮,小牛犊似的,浑圆的四肢和躯干使人想起海中那矫健的海豚。

每天三次,甘师傅要到总务处秤出适量的米,到厨房烧煮。他是不记账目的,只要到月底交出等量饭票,就没事了。

一日三餐,自然都是甘师傅夫妻俩烧煮。每天早晨四点,甘师母还在酣睡,甘师傅就爬出了热烘烘的被窝。涮锅、下米、加水,然后点炉灶。他烧的是砻糠灶,将一束稻草点燃,塞进灶口,火便一下子被对面的拔风烟囱吸住,贯进炉膛。随后,一大簸箕砻糠,往灶口的斜道上一倾,糠便瀑布般泻上红烬,再用一根小木棍轻轻撩拨，火焰便熊熊蹿出，卷进锅底，缭绕舔舐，铺开一整块红色。不一刻，锅中冒出丝丝白气，渐渐有小气泡泛出，小气泡越来越密，越来越大，猛地，訇然一声，锅中心一朵大蘑菇耸出液面，如趵突泉涌，水、米也急速旋转浮沉起来。此刻，甘师傅便熄火了，盖严锅盖，让其焐闷。

这是一手绝妙的手艺，炉灶也是绝妙的创造。而值得大书一笔的是，这灶是甘师傅自己打的，当地瓦匠打不起来。即便依样画葫芦砌出，也不发火。个中秘密，甘师傅从不授人。几个瓦工曾递烟套他话头，他烟接过抽了，却微笑不答。

集镇几家单位的砻糠灶都是请甘师傅打的。

稀饭在锅里闷着，甘师傅就挑着水桶出去了。山脚下的大塘边上，他修了一座很好的码头。站在那不足一尺宽的石跳上，扁担往右一沉，挽一桶水；往左一沉，又挽一桶水，腰肢一拧，坚韧地挺起来；腿不颤，身不摇，水不溢，脚不潮，来回十五趟，厨房里的两只大缸满了，门口的一只大缸满了，全校师生一天的洗、漱、饮、用便全够了。这时候，他才悠悠地到厨房隔壁的"家"里，轻轻呼唤："喂，起来啦！"竟也不喊名字。

于是，里面便有慵懒的对答传出："天亮啦？"照例，甘师傅是不答的，操起一柄铁锤走出，去敲击那段挂在教师办公室前走廊上的角铁。

"叮——叮叮——叮——叮叮——"

满山上撒满了清脆悦耳的金属鸣声。

校园里的一天，平凡宁静地开始了。

甘师傅的一天却是极忙的。他的劳作时间远远超过了八小时。早饭后他要去镇上买菜，回来后把菜交甘师母拣着，他便得给领导、老师、学生们烧开水，接着就烧中饭了。中午过后，偷着小小的间隙，打个盹，很快又烧晚饭。只有晚饭后这一段是他的空余时间。这时候，他的一家都亮相了，团团围坐在一张小桌子边。他盘腿坐在一张溜滑的竹榻上，泡一缸茶，嘴上叼一支烟。桌上一只熊猫牌四管收音机，里面正放出慷慨激昂的样板戏来。他神往地听着，模样极像神殿中那尊笑容永驻的弥勒佛。他是极喜欢听京戏的。往往这时候，你还会听到他哼出几句样板戏中的唱腔：

山里人讲话说了算，
一片真心可对天，
擒龙跟你下大海，
打虎跟你上高山，
……

细听，还是道地的黑头，中气很足，很有股雄迈的劲头。而他的儿子、女儿却头也不抬地做作业。甘师母则照例坐在一边补衣服，或纳一只极大的鞋底。间或，她也抬起头，瞥一眼沉浸在戏中的"李勇奇"，眼中便漾出脉脉温情来。

学校里有几个外地教师，本地教师课务一完，一般便回家了，这一些家不在这里的教师无处可去，便会来此闲坐。甘师傅、甘师母看到他们，立时齐齐站起，让坐，递烟，甘师傅还会推过那只酽酽泡满的大茶缸。教师们看一眼那积满茶垢的缸子，茶一般就不喝了。他们坐在这融融的一家中间，看着笑弥陀似的甘师傅，看着甘师母虽到中年，却完满健壮的身体，便觉出生活的缺憾来。在那温馨气氛的包围中，竟会痴痴坐到星斗烂然，夜露披身。

对这些衣冠楚楚、斯文儒雅的外地教师，甘师傅、甘师母很觉得他们可怜。礼拜天、节假日，夫妻俩便邀他们一起改善生活。甘师傅、甘师母是很会改善生活的。最经常的是为他们包上一餐饺子，或者为他们烧一锅"清蒸狮子头"。据甘师傅说，那清蒸狮子头的手艺是从一位扬州大师傅手上学来的。多少年之后，这些外地教师想起那碧绿肥厚的菜叶上，托一坨粉嘟嘟的大肉圆，口腔里还会分泌过量的口水。调出那里后，他们觉得再没有吃过那么鲜美的狮子头。但是，给他们印象最深的还是吃羊肉。入冬以后，羊极肥了。当地的羊极便宜。早几天，甘师傅就打听好了。到星期六晚上，便有周近的农民牵进一只羊来。甘师傅连夜宰杀、开剥，第二天中午，一大锅喷香酥烂的羊肉就着嫩脆的荒荽便尽你饕餮了。吃羊肉是不需要出钱的，白吃。后来甘师傅才讲出秘密，原来羊的羊皮、羊油、羊骨、刮净的羊肠都可拿去供销社卖钱，卖得的钱付清羊价后，还能落两块肥皂。但那刮羊肠是很费工夫，且需技术的，收入、支出的差额便在那份精细的工夫和技术上。但甘师傅说，这还不算稀奇。他们一家人过年，年下从食品站购回几大篮骨头（春节猪杀得多，那时还没涨价），光骨头上的残肉（其实那恰恰是最好的肉）便能剔下好几斤。而熬出的一大钵子骨油——味道极好又富营养——可以吃过三春去。而这骨头也几乎是不需花钱的，残骨卖出，差几就抵了骨价去。生活中的收支计划算到如此精确的程度，使那些整天耽于 ABC 算式的教师们也叹为观止了。

外地教师和甘师傅一家关系极好。多少年之后，他们还能回忆起那段生活的温暖来，但也常常会升起一股内疚和自责。他们曾经做过一件对不起甘师傅的事，或者说，他们曾经精心地、真诚地戏耍过他们夫妻俩。

事情极简单——为的开水。

那时，学校里除了用茶桶供应学生开水外，办公室的开水却是由甘师傅用水瓶专送的。后来学校里成立了教育革命委员会。那委员会中的头儿极革命，常常住在学校，还有一位因家眷在集镇上工作，家也搬到了学校。于是，甘师傅又多了一份分内的工作，为办公室送水不算，每天，那几位头儿们的开水，那位家眷涮屁股的"用水"也便由甘师傅包了。

而外地教师的生活是清苦的，每人一只自备水瓶，傍晚冲满，一晚上的饮用便全指着它了。而他们宿舍旁边便是寄宿生宿舍，学生们晚自习后，想喝水，办公室前的茶桶早干了，只好向这些教师来讨。教师自然不好拒绝学生们这种小小的需求，三倒两倒，眨眼便空了。于是，这一晚，教师们便受罪了，偏偏还有两位有洁癖，睡前非用水洗脚不行，只好打冷水来洗，冬天夜寒，那滋味儿是可以想见的了。他们想到头儿那里水瓶林立——的确想到了林立一词——心里便忿忿且酸酸，又看到每天傍晚，甘师傅一脸虔诚地挑着担子将公用水瓶一瓶瓶递进头儿的大门，就迁怒起这位一向和他们关系很好的甘师傅来："甘师傅竟也是这种人，狗眼看人低！"一腔火燃起，便不顾一切，蠢蠢欲动了。情急智生,很快来了办法。入夜,晚自习下课铃打过,学生们又来讨开水了。这些教师说:"你们先去厨房讨讨看,讨不到,再来倒。"学生应声去了,雀跃着奔到厨房,擂起甘师傅家的窗户:"甘师傅,有没有开水啦?"风寒夜冷,甘师傅第二天要早起,早进了梦乡,此刻惊醒,立时大吼:"没有!什么时候啦,还有开水?"一拨学生碰钉子回来,倒开水走了。第二拨又来,教师们依然说:"你们去厨房讨,讨不到,再来!"第二哨人马兴抖抖拔营去了,窗子里甘师傅的声音更响,火气更大:"小赤佬,这时候哪来开水?滚!"第三拨、第四拨……甘师傅气得在床上发抖,这一边在宿舍里笑得发抖。一天、两天……一个星期以后,甘师傅圆脸盘小了一壳。星期六校务会上,从不参加会议的甘师傅赶来了,进门就骂:"你们这些教师、班主任也不管管,熄灯铃都打过了,学生还到厨房要开水,不让人睡觉啦?"校革委会主任一听,说:"是啊,班主任是要管管,我们要爱护工人阶级的身体,关心他的生活。"一位外地教师憋住要冲出口的笑,说:"我们既要关心工人阶级,也要爱护革命小将,他们是革命的下一代,是革命的接班人,他们要喝开水也是革命的要求。身体是革命的本钱啦!"另一位紧接着附和:"是啊,革命小将晚上要喝开水,厨房里工人阶级要睡觉,这是一对矛盾。我看这样吧,能不能事先送几瓶到我们宿舍,学生们要喝,可由我们代劳。"革委会主任听着点头:"嗯,有道理。甘师傅,你看呢?"甘师傅一听,恍然大悟,摸摸头说:"嘿,怎么早没想到这办法呢?不过,这要麻烦你们了。"

从此,外地教师也开始有丰富的开水,还落了甘师傅的千恩万谢。

这事情确实办得有点不地道,但并没影响他们和甘师傅的关系,因为不久,甘师傅就被公社群众专政组抓起来了。

全校愕然。

甘师傅是工人阶级,向以苦大仇深出名,多次学校里的忆苦思甜会都由他主讲。他讲日本鬼子轰炸县城,炸死几千人,尸首都没人收;讲他从小当学徒,受老板的欺压;讲他要饭时,人家唤狗咬他,还出示过腿上的伤疤。常讲得全校师生热泪盈眶,齐声高呼:"不忘阶级苦,牢记血泪仇!"怎么一夜之间成了阶级敌人呢?

事情很快弄清楚了。甘师傅曾对几个爱听他唱戏的学生吹牛:"这样板戏能叫戏了?梅兰芳的《宇宙锋》、马连良的《借东风》、李多奎的《钓金龟》、裘盛戎的《盗御马》,那才是道地的京戏哩!"学生不相信:"这些人听都没听说过,别瞎说了。哪里听去?"甘师傅听得急了:"嗜,你们不信,我唱几句你们听听:'将酒筵摆至在聚义厅上,我偕同众贤弟叙一叙衷肠,窦尔墩在绿林谁不尊仰,河间府为寨主除暴安良……'收音机里那边天天播,我天天听,神仙过的日子哩!"

就这样,那几个学生告发了。那时候,学生的阶级觉悟是很高的。

据说审训过程很简单。公社群众专政组以为抓到了一条大鱼,满心欢喜,审问时兴致极高。

"你为什么收听敌台?"

"我想听听戏。"

"有没有听别的东西？"

"没有。"

"你不老实！"

"我老实，我一贯老实。我只想听听戏，听听京戏。我一生就爱京戏。我没工夫听那阴阳怪气的声音。"

"坦白从宽，抗拒从严！"

"真的，我坦白，不说假话。我天天要烧早饭，每天四点钟就要起来……"

默然。

问不下去，三天后放了出来。

甘师傅成了反革命，甘师母成了反革命家属，他们的子女成了狗崽子。自然，食堂成了黑食堂；也自然，黑食堂的罪行被一桩桩揭发出来。譬如：烧饭后的锅巴怎么处理了？斩肉圆批下的肉皮怎么没看见？他夫妻俩工资不高，一家子怎么还过得笑嘻嘻的？ 结论是：他们是革命师生的吸血鬼。一张张大字报，触目惊心地贴满了厨房的山墙。

几个外地教师沉默着。只有他们明白，甘师傅一家是怎么过过来的。至于锅巴、肉皮什么的，一家食堂要计算到锅膛底的炉灰上去，恐怕是没法子办的。

从此，厨房门口没有了他一家的身影。一到晚上，厨房和他的"家"里就漆黑一片，鸦雀无声。那只收音机，出事第二天就被甘师母甩进了大塘，溅出了几点水花。

食堂虽黑，还得要办，甘师傅当了反革命，饭还要烧，革命师生不能空着肚子闹革命。每星期六下午,你可以在通集镇粮管所的路上看到他:两只足有人高的大箩筐,装满砻糠,小山一样压在一条长长的桑木扁担上。他赤着膊,皮肤经汗珠一浇,棕黑中泛着油光。他的背有些驼,两肩上各有一馒头状隆起。腿不粗,但结实,有些外凸,成微微的罗圈。他明显地瘦了,嘴唇变厚,仄仄的额头下,眼睛也大了许多,但失了神采,再不像以前那样活泼泼地视人。他挑着,默默地挑着——多年来,全校的砻糠都是他这么一担担挑回来的。

这期间,那位主任的开水不要他送了。反革命是会下毒的,他的警惕性极高。几位外地教师的开水他依然送着,一天不落,一瓶不少。送来时,到门口就静静地止了步,眼睛闪烁游移,瞳仁里分明浮得有字:听候发落。外地教师们神经发颤,赶忙让他进屋。他轻轻地进门,小心翼翼地把水瓶挨墙根一瓶瓶摆好,又轻轻地退出门去。外地教师们不忍心看,把头别了。

让他送开水,他们已不安然;此刻若不让他送,恐怕将更不安然。

甘师傅终于调走了。头头在会上说:"食堂是要害部门,为了革命师生的生命安全,要让可靠的人占领革命阵地。"

不久,调来了个新师傅:复员军人,政治绝对可靠。规定他参加校革委会领导班子,占领上层建筑。

食堂安全了。但再没有了扬州狮子头。自然,白吃羊肉也作了温暖的梦境。开水不用说,更不敢要。他们识趣。

砻糠灶也很快拆了。新师傅说,那东西棍子一捣,糠直往下漏,姓甘的反革命真会害人。于是改了煤灶,煤由学生们到供销社去抬挑——革命的下一代，从小应当经受革命锻炼。

新师傅一天两顿酒，食堂里摆出的菜，除萝卜条，还有菜梗炒肉丝，颜色可爱，满盆清绿，不见一点杂色。他是本地人，星期六要回家养儿育女，接续后代。星期天，应当让这些"臭老九"们自我改造：自炊，不然，他们岂不要修了——他在校革委会成员会上激情满怀地提议。

外地教师一个个打了请调报告。

几十次的活动、努力以后，他们一个个走了。

时间一晃，过了十几年。一个偶然的机会，他们在一次阅卷会上相遇了。一阵寒暄过后，竟不约而同提到了甘师傅。

"甘师傅怎么样了？"

"听说后来到县城一家工厂烧饭了，人家待他不错。"

"最近他和甘师母都退休了。儿子已大学毕业；两个女儿，一个当了工人，一个当了营业员，都结了婚了。"

"那事平反了吗？"

"这还用说。"

"唉，那送开水，真对不起他。恐怕他现在还蒙在鼓里呢。"

"瞎！那时年纪轻，竟会干出这种荒唐事来！"

"哈哈哈哈……"

他们喝了酒。第一杯，他们高高举起，齐声说：

"祝甘师傅长寿！"

是的，他们记得很清楚：甘师傅那年四十八岁，今年该过了花甲了。

催 生[①]

老枣树投下的浓荫渐渐移开，阳光朗照在大门口，白晃晃一片亮。

"又晏了。"

俞阿婆跨出门槛看看天色，又踅回儿子房里望望那架新买的三五牌座钟，玻璃壳里面的短针已爬到左边当中。儿子教过她好多遍，那蝌蚪似的洋码字她记不住，只晓得短针爬到顶上，就该吃中饭了。得赶紧走，十几里山路，她那双裹过半年的脚可要挪小半天。

儿子早晨就催她走了，可走得了吗？莳秧季节，一把黄秧一把汗，眼下田又包到了户头上。这几天，儿子、媳妇半段泥、半段水，天天要到墨漆黑才收工，看着他们眼眶直往下落，她心里猫抓似的疼。一个好汉还要三个帮哩，老辈帮小辈，只有做到口眼闭才歇手。她是早想好了，阎王老爷要喊她走，也爽快些，切切不要讨小辈的床头债，现在农村吃碗饭不容易。俞阿婆是村上出名的勤快人，今朝鸡叫头遍就起来了。年轻人早

[①] 收录于《麦青青》，江苏人民出版社1983年版，第82-89页。

晨一忽觉顶好困,她不忍心叫醒他们,先代儿子到村上拾了一转粪;等他们起来,出了早工,她才放鸡、喂猪、烧早饭;侍候他们吃过早饭,又洗碗、涮锅,送孙子上学,还到自留地里薅了一遍山芋苗;回来一思量,他们出力流汗,得焖一壶茶给他们凉着……唉,左弄弄,右摸摸,就拖到了现在……

临到真要走,俞阿婆又犹豫了。半月来,儿子一直在开导她。昨天夜饭桌上,她总算点了头——实在也不能再拖了。女儿荷妹头已带来几遍信,说这两天就要生了。荷妹头是老巴子,三个女儿中,数荷妹最牵她的心。要在以往,她早半月就去了。娘去女家催生,是这一带山乡很重的规矩,破四旧破了那么些年,现在依然盛行着。她俞阿婆当然越不了这个礼信。事实上,她也早做了准备:一把筷,六块尿布;两斤红糖,两斤红枣;一条鱼,一刀肉,一只五斤重的大公鸡。后面那三样是斋催生娘娘用的,三个头六只眼睛,猪头没买到,只好用猪肉代了。现在,这些东西都捆扎调妥,贴上了红纸,安放在一只盖着蓝印花包袱的元宝篮里。可俞阿婆看着这些东西,脚步却迈不出门。直到这时,她才明白,儿子半月来并没有解开她心里的疙瘩。荷妹村上那条路,她是不愿去,也不敢去,早晨到现在她忙那么些活,实在有一半是为了挨辰光。不是吗?儿子、媳妇早就叫她放心走,有些活他们手紧一紧就带过了,在先那遍山芋苗就是多薅的……想到这里,俞阿婆长长叹了口气,再一次去看看钟,短针又爬了半格,不能再挨了……她拿起梳子,压压发,整整髻,终于上路了。

太阳灿灿地照,南风飕飕地吹,真是个难得的晴好天气。

亮豁豁的田野里，几天前还一片黄、一片红，转眼间已是一片白、一片青了。满田的青秧绿得人心里也嫩润润的，直冒水儿。路边，那黄开口、半枝莲和一些不知名的小花珠翠般缀着，连绵地不见断头。田鸡和癞瘩蛄蛄爬在浸满泡沫的秧根上，比赛似的鼓鸣着，噪得人心里直泛喜波。尤其那讨人喜欢的百灵子，恋恋地一路跟随着，它一个俯冲，真担心它要跌落地面，可一声清脆的唧啾，又箭也似冲入了蓝天……到处是活鲜鲜的生命，到处是甜蜜蜜的希望，劳动的喜悦，繁忙的欢声，仿佛把空阔的世界都充满了。

俞阿婆脚步活络、轻松起来。前面是二里桥，翻过去，就踏上大路了。俞阿婆匀了口气，把篮子换换手，刚想往桥上登，突然听到有人打招呼：

"老阿嫂，又去催生啦？"

俞阿婆抬头一望，心里一沉："怎么，又碰上他？"

来人是村上的哈老头，一张嘴铡刀似的，没有关拦。他见到俞阿婆，哈劲儿又上来了："哈哈，你这一趟鸡腿可要扎扎紧，再来上那么一回，你可没老本贴了。"

"不吉利！"俞阿婆眼前掠过一团黑影。这老家伙儿孙多，眼下包了田，开始享福了，天天要上镇溜一趟。看他今天一脸红光，恐怕还喝了酒。俞阿婆怕他再嚼出没天倒数的话，便想先堵住他的嘴，笑着骂他："老不入调的，哪里去灌了黄汤，舌头都打结了？"

"老阿嫂，你可别多心，今天在酒店里听人说，荷妹头那里和我们这里不一样哩。"

"……你说什么？"

哈老头打了个酒嗝，神秘地眨眨眼："他们那里责任制就不容易搞，为包田还打了官司，听说一直打到了县上……"

"啊——"俞阿婆愣住了。哈老头踉踉跄跄过去了好一刻，她还没动身，只觉得臂弯里那只元宝篮像一块巨石，直往下沉，眼前一团团金苍蝇乱飞，五年前那场祸事竟闪闪亮亮现了出来。……

那年春天，荷妹头怀第一胎，她早早就去催生了。也是挎的这个篮子出的门，也是在这桥上撞到了哈老头，当时几句哈哈被她骂回了头，便轻轻快快上了路。俞阿婆心里喜，心里急，到那里人家早饭碗才搁下。见女心切，她把元宝篮往堂前一放，就进房看荷妹去了。谁知荷妹的小侄儿和村上几个小伢调皮，趁着堂前没人，掀开了元宝篮上的包袱，一下子看到了那只大公鸡……唉！也是晦气年月怪事多，活几十岁年纪没听说过，荷妹村上那些小伢，长六七岁没见过鸡是什么东西。听讲那小侄儿有一次跟他爸上县城，在街上看到鸡，一个劲拖着他爸问是什么雀子，闹得满街的人围着他们看笑话。现在这红冠翠羽的大雀子送到了家里，几个小伢欢喜坏了，扯脚的扯脚，拉翅的拉翅，几下子一搬弄，松开了鸡脚上的红布条。那鸡被捆扎了半天，早憋坏了，这一自由，立刻扬起爪子，舒开双翅，扑喇喇一扇。几个小伢一愣神，它就飞了出去。小伢见雀子跑了，满屋子就撵。鸡一受惊，窜出大门，飞过场院，一下子呛进了村前的样板田。恰好大队治保主任从那里经过，一把逮住了。俞阿婆闻声赶去，那小伙子却没把鸡还她，指着田头一块白亮的牌子说：

"老太婆，你犯了禁了。"

"啊！我犯什么禁？"

"你不看这牌子上红字写着：鸡鸭畜牲入田，一律罚款五十元。我们这里六七年不见一根鸡毛了，你这一来，成了典型啦。"

俞阿婆懵了，走亲戚怎么走成了典型？她看看面前竖眉瞪眼的壮小伙子，心里害怕，赶忙软和着分辩："亲眷人家，我不是典型，是荷妹她娘，来催生的……"

"催生？！"那小伙子竟笑起来，"现在还搞迷信活动，更是阶级斗争新动向了。走吧！"

可怜俞阿婆没弄清这些七十年代的新名词是什么意思，就被关进了大队部。荷妹一家听到消息，到大队苦苦哀恳，宁愿认罚，也不要难为远道上门的至亲。可这个大队是先进典型，革资本主义的命最最彻底，"十件新事"更是学得远近闻名，声振全县。在这样一块干净、圣洁的领地上出现了封资修的污迹，这还了得。当晚，大队就开动了全部宣传机器进行批判消毒，大队文艺宣传队还即兴赶排了一出戏文《催生》在广场演出，逼着俞阿婆和荷妹一家老老实实站在台前接受"教育"。俞阿婆一生没出过这么大的丑，当那个画着吊眉毛、三角眼、搽着满脸白粉的老太婆挎着元宝篮上场时，她几乎要瘫倒了。台上念一句，她就在下面抖一下，在那个黑老太婆被两个套红袖套的小伙子扭住时，俞阿婆昏了过去。荷妹头一气一急，回家路上摔了一跤，到家就早产了。孩子生不下来，抬到公社医院，医生动了钳子，保了大人一条命，那个胖墩墩的外孙囡却没留住，一脚走了。俞阿婆悲愤攻心，也睡倒了。儿子闻讯赶来，付了五十元，把她抬回去，一躺就是三个月……

俞阿婆无力地放下篮子，浑身软瘫地在桥沿上坐了下来。现在她真被弄糊涂了。这几天儿子一直说那时是奸臣当道，那号做法不是共产党的政策。是的，这几年自己队里变得越来越顺心，去年田也包到了户头上，别说鸡鸭，村上还有人养了外国的长毛兔，一斤毛就卖几十元。怎么荷妹头那里还是老样子？喇叭里都说"死人帮"坐牢监了，难道还有这号坏人？……不过也保不定，十个指头还不一般齐哪，哈老头的话虽然只能"万听一"，可他说得四角周正、有鼻子有眼，不像是打哈哈哩……

太阳升得更高了，田野上越加明净、澄澈，好心的风轻轻扬起了俞阿婆鬓边的白发。她却丝毫不觉得，睁着一对浑浊的眼珠，怔怔地向前看……桥那边就是大路，那路起起伏伏，弯弯曲曲，一直蜿蜒到远处那青色色的山脚下。翻过那座山，就到荷妹头村上了。可现在，这条路却像黄泉路一样可怕。五年来，荷妹家这条路就算断了，女儿托人捎信，亲家多次邀请，她都推说工夫紧，没有去。亲家也明白俞阿婆的心境，并不张怪她。可俞阿婆每回绝一次，心里就被刀割一下。老话"女儿不断娘家路"，现在倒是娘断了女儿家的路了。每当大女儿、二女儿把她接去消夏、度秋，一群外孙男女雏鸡一样围着她，甜甜地呼唤"家婆"时，她就簌簌掉泪了。她想起了她那苦命的荷妹头。记不清有多少回了，她站在村口，泪水蒙蒙向这条路上望，可远远那座山遮断了她的视线，也隔断了她们母女俩的心。她痛切地在心里喊:"荷妹,不是娘心狠,你实在不能怪你的娘啊……"

现在,俞阿婆又一次望着那架山掉泪了。荷妹就要生第二胎了,可自己却挨时挨日拖到了今天,现在出了村又停在半路上,对得起荷妹吗?啊……她记起了那次荷妹从医院抬回来的惨状,荷妹头搂着那个到世上没来得及睁一下眼的小伢,哭得哑了声。女婿提着锹几次要抱出去埋,荷妹都不肯松手。唉,天底下做娘的心都是一样的,只有女人才晓得十月怀胎、生儿育女的苦……这几天,荷妹头一定把眼睛都望穿了。是啊,母女心连心,临到那时候,娘往床边一站,女儿心里就撑起了一根擎天柱,痛也要痛得轻点哩……朦胧中,俞阿婆仿佛看到了荷妹那苍白的脸容,看到了向她伸出的无力的双手,听到了荷妹在产床上辗转痛苦的呼唤:"娘!娘!你怎么不来?还不来呀……"啊!荷妹再经不住第二回了。去!要去!哪怕这条路通往鬼门关,哪怕今天上刀山、下油锅,也要去!她不知哪来的劲,一咬牙齿,重新挎起了元宝篮。……

俞阿婆又上路了。这一回她不是在走,简直在奔了。红花绿草在脚边竞妍,她看不见,青蛙百灵在耳畔献歌,她听不到。只觉得田野在旋转,白云在后退。她步履生风,鬓际冒汗,心里不断喊着:"妹头,你不要急,娘来了,来了……"

盘过一座小坡,踏上小溪上的石板,荷妹村上那一片如烟似雾的槐雪,笼着浓香向她漫来。可俞阿婆却像遭到雷击一样停住了。她揉揉眼睛,是的,是那个治保主任,这个丧门星今天还扛着块牌子,牌子上分明还有着一个"鸡"字。那次拖她看牌子,她别的没记住,这个"鸡"字却深深地刻在心上了。啊!治保主任向她走来了。哈老头果然没有打哈哈,今天又撞上了他。俞阿婆在这四面无靠的狭路上,避不得避,躲不能躲,脊背一阵阵发凉。

"阿婆,又来催生啦?"治保主任发话了。

不好!又被他一眼看穿了。俞阿婆浑身发僵,一动也不敢动。

"您老人家赶十几里路不容易,快进村吧,都在等您哪!"

怪!今天治保主任竟没有难为她,和颜悦色,脸上分明还有着愧意。治保主任斜插进旁边的田里去了,把那块牌子也钉进去了。那里正是一片鸡口田,这原先的样板田周围现在围起了密密的竹篱,篱笆里面,绿莹莹的是菜,乌油油的是莴苣,藤蔓纵横的是甜瓜……

俞阿婆心里宽了一宽,避开瘟神似的疾走进村。又是怪!场院上,一群一簇,寻谷觅食,追逐嬉戏,不分明是鸡吗?河塘里,哑哑呷呷,浮着绿水,荡开清波,不是鹅和鸭吗?……

快进门了,荷妹家门口怎么聚着那么多人?一群女妈妈家进进出出,悄悄低语,像在等待什么大事。见到她,齐声喊起来:"俞家阿婆到了,赶得巧,荷妹就要生了。"

"快,催生!别误了时辰。"一个妇女手快,一把接过元宝篮,揭开盖住的印花包袱,掏出了那把"筷"。殊不知一路颠簸,那只公鸡已蹬开了脚上的束缚,一振双脚窜了出来。只见它展开双翅,扑楞楞越过众人头顶,飞出大门,落到了院子里那段花墙上。它赤冠金足,迎着午阳,抖开一身锦羽翠翎,扬颈啼鸣起来,初还低哑,渐即一声长啼,高亢、嘹亮,声闻天宇。

与此同时，内房里响起了一声洪亮的儿啼。

"生了！生了！是个小伢。""啊啊，女盼子时男盼午，这伢拣了个好时辰，福人，是福人哪！"女妈妈家潮水般向内房拥去，腾起的声浪，几乎要掀翻屋顶……

是梦？是幻？是真？是虚？俞阿婆呆住了。她身边的一切仿佛都已消失，就像往日早起东望，眼前是一片混沌寥廓的青色天屏，渐渐地，又升起一天彩霞；陡地，灿烂中托起一轮朝日，红彤彤，金闪闪；阿婆的眼前一切亮了，亮了，在那一片耀眼夺目的光影中，一个胖墩墩的婴儿正向她怀里扑来，扑来……

调 动[1]

一

从地区所在地开到这个小县城的最后一班客车进站了。下车的旅客提着旅行包,背着网兜,从出口处涌出来。他们看看天色,立即匆匆地穿过站前的广场,快步奔向自己的目的地。一会儿,就消失在纵横的大街小巷之中。

出口处最后出来一位妇女。她看上去五十出头,身体稍胖,一头短发夹杂着银丝向耳后掠着;脸庞丰满,皮色红润发亮,显然保养得很好。她把车票交给收票员,刚走出两步,身后的大门立刻哐的一声拉上了。她回首望望,把左手的黑提包移向右手,便顺着马路向前走起来。

夕阳隐入远山,淡淡的烟霭从林梢、屋宇之间升起,一抹晚霞映着城西半截古塔,给这个江南山区的小县城染上一片苍凉、古朴的色彩。这位落群的旅客脚步迟缓,一迈四顾,从游移的目光看,她还是第一次来到这个地方。猛然间她停住了,

---

[1] 原载于《钟山》1978年第3期,第1–23页。收录于《1949–1979 江苏短篇小说选(下)》,江苏人民出版社1980年版,第335–359页,及《麦青青》,江苏人民出版社1983年版,第1–25页。

目光停留在前面不远处的一条标语上。那标语墨色鲜亮，刚贴上不久，上面赫然写着一行触目惊心的大字：反击右倾翻案风，打倒还乡团头目、死不改悔的走资派丁国梁！在最后那个名字上，还用红笔醒目地打了个叉。她显然慌乱了，失去了原先的雍容大度，连着掠了两次鬓发，惶急地把包从右手又换到了左手，焦躁的眼神四处搜寻着。当她发现十米开外来了一个人时，立即快步迎了上去。

"喂！同志，请问到县委怎么走？"

"县委？"来人停住了脚步，原来是一位年轻姑娘。

"嗯。"

"从这儿往前，十字路口右手打弯，一直前走，到百货大楼前向左拐，再走两百米就是县委大门。"

"谢谢！"她刚走几步，又停下来，喊住了那位姑娘。迟疑了一刻，开口道，"请问，丁国梁……丁书记住……住在哪儿？"她显得有点慌不择言。

"你问他干什么？"姑娘有点吃惊，开始认真地打量起她来。

"我找他……"

"你？……"姑娘的眼睛闪着警惕的光。

"我……不，我……我是他的家属。"她嗫嚅着，声音轻得几乎只有她自己能听到。

"喔。"姑娘笑了，"你进县委大门，一直往后走，问老广播站就到了。"姑娘话中已带上了热情。

她再次道谢以后，返身就走。这时她步履生风，几乎小跑起来。

她终于来到了老广播站门口。这是一座旧式的四合院建筑,檐角斜挑,风火墙高张;大概年月久远,主人又不加修葺,墙灰已经剥落,露着青砖。她摸索着走上台阶,正要打门,又住了手。原来门上两个铁圈间挂着一把大锁,再定睛一看,在那木质显露的门框上还贴着一副对联:

走资派搞整顿手舞屠刀
还乡团闹复辟卷土重来

门楣横批是:

不见棺材不落泪

她再一次愣住了。

暮色严严实实地盖了上来,晚风掠过白杨树梢,飒飒作响。她把手提包放在石阶边,茫然的眼睛投向前方,一种莫明其妙的孤独感攫住了她的心。她不愿再去问人,就在石阶上坐下。她确实累了。

不错,正如她自己向那位姑娘介绍的,她就是这个县的县委书记丁国梁的爱人,大名叫凌淑娟。她原先是地区机关的一名干部,早几年她还有棱角的时候,因为针砭时事,说过上层那几位"中央首长"的坏话,几乎被打成反党分子。靠边以后,就以病休为名,在家过着脱然无累的离职生活。她的爱人丁国梁原是地区农业局局长,一直在"五七"干校锻炼,去年随地委工作组到这个县工作,留下来当了县委书记。这个县一直是使省里、地区头疼的老大难单位。几年以来,这儿有三多:"反潮流战士"多,街上大字报多,群众怨气多。自从去年地委工作组在这里搞了一学三批五大讲,抓了整顿以后,三多变成了三少,县里工作很快上去了。但今年开春以后,据说这里又乱了起来,三少重变为三多,还盛传冒出了什么"四金刚""五虎""八大王"等。听着这些绣像小说中的绿林好汉的名号,凌淑娟的心里直发怵。虽然老丁每两个月一封的家信中都未提及,但传说越来越多,越来越神。俗话说"十里无真信",何况她还远在几百里外,这股风把她的心刮得在半空里晃荡着。这几年来,虽然她暗地里对一些人的倒行逆施愤怒切齿,但已失去斗争的勇气,用她的话来说就是"见浪退三尺,免得溅湿了衣襟"。相反,老伴、子女在她心目中的比重却越来越大。昨天,她突然收到这边县里一封信,信是以组织的名义写给她的。大意是说,老丁在这里工作很辛苦,组织上考虑到他年纪大了,革命战争年代又受过伤,想照顾他,给他调动工作,希望她能配合组织上做做说服动员工作云云。信中措词恳切、热情,正合她的心意。因为自她听到那些骇人的传说以后,就一直盘算着老丁调动的事。她想,这种是非之地不宜久留,三十六计走为上,一走了事,一了百了。为此她还着意奔走了一下,而地区农业局也要人,想老丁回去。因此在十天前,她火烧火燎地给老丁发了一封信,细细谈了调动的事。正当她望穿秋水,等着老丁回音的时候,这边组织上的信时雨甘霖般到了。所以她昨天接信以后就决定亲自来一趟。好在子女都不在身边,一个参军,一个下乡,说走就走,今天就赶到了这里。

县委大院里的路灯一盏接一盏亮了，就近那机关住宅大楼的窗户，也一块块亮起来，耀着温暖的光，还不时传来那种家庭特有的欢声笑语。初夏的晚风还带着凉意，一阵阵刮到身上，觉得瘆人。今天凌淑娟是带着一盆火从车上走下来的，而一连串的遭遇却给她心中坠上了一块冰。她陷入了深深的沉思中。

二

近处有人走动，似乎向这边注意着。一会儿，有一个人从路灯的阴影里走出，穿过砖石甬道，向凌淑娟走来。

"您是凌淑娟同志吧。"

正在凝神静思的凌淑娟吃了一惊，赶忙站起身来，借着路灯的光，她看到来人瘦长条子，穿一身毕挺的涤卡衣裤，虽然上下全灰到底，倒也非常合体。他满脸堆笑，一双眯缝的眼睛正盯着她。于是她彬彬有礼地欠一下身子，点了点头。她心中非常惊讶，自己到这里还不满半小时，怎么会有人认识她。

不等她继续想下去，来人已握住她的手摇起来，嘴里连声说着："啊，您来得真不巧，老丁下乡了。不要紧，您累了，先到招待所休息一下。您晚饭还没吃吧！啊啊，马上先吃点东西。不要紧，到了这里，就到了家，宾至如归嘛。啊……"

来人热情中掺着关怀，做出的安排如顺水放舟，得体而自然，就像一把温度适宜的熨斗在你的心灵上推过，熨帖而舒服。今天凌淑娟踏上这个县界，碰见的都是冰块冰渣，现在突然冒出这么个热心热肠的人，她心中顿时升起一种感激之情。更何况她今夜食宿尚未落实,一天旅途劳顿,也确实马上需要休息。因此,等那人第二次做出请的手势时,她就不由自主地拎起手提包,跟着他走了。

转弯抹角穿过几条巷子,来到了招待所。在那幢接待普通人员的大楼前,他们没有停留,来人把她带进了一个精致的小院。从房间的摆设看,凌淑娟明白这不是一般人能下榻的地方。一刻儿,就有招待员端来了洗脸水,随即一杯香洌芳馨的碧螺春也泡了上来。

在单人沙发上坐定以后,对方那种明白而有条理的热情话语又如山涧的泉水,滔滔不绝地涌流出来。从谈话中得知,此人姓于,也在这边县委工作。不过,现在凌淑娟看得更清楚了,这位老于面孔白皙,说话时的表情比原来看到的还要丰富得多。

"啊,您还是第一次来吧!不容易,几百里路途。啊,要是早一点打个电话,派辆小车子也不是难事。唉!老丁也真是,知道您来,却下乡了,让您一个人等着。等他回来,还真要批评批评他。"

凌淑娟新来乍到,碍于礼节,不能贸然插话,一直洗耳恭听着。当听到老丁时,她忍不住,才轻声做了一下分辩:"不,我来他不知道。"

"喔喔,不知道也不要紧,我们马上设法通知他,唉,老丁真是革命不顾家啰!"

谈话渐渐转入正题,老于眉飞色舞,侃侃而谈:"老丁这个人哪,什么都好,就是太不爱惜自己。年纪这么大,革命战争年代又受过伤,身体这么差,还跟年轻人一样逞强,哪吃得消啊？唉，拉车的牛还有歇肩的时候嘛，组织上也想照顾他，就是不听劝啊！"

尽管对方讲话噜噜苏苏，有时还免不了装腔作势，但凌淑娟今天听得下去。当对方提到组织上时，她蓦地想起，这个老于谈话的内容正和那封信中写的一样，从这人的身份看，确乎也能代表组织。于是她打断他的话头说："我昨天接到你们这儿组织上的一封信，也谈了老丁的调动问题。"

"喔喔！"老于眼睛放出光来，但眼珠一转，却用一种毫不知情的语调说，"这儿组织上有信给您，说明组织上确实很关怀他。啊啊，调动嘛，我看也应该。这儿是山区，条件很差，生活上与城市不能比啰，如能调个工作，譬如到地区机关……革命工作嘛，到处一样，于他本人也有益。啊……"

"唔唔！"凌淑娟同意地点着头。

"而且，"他凑过头来，神秘地低声道，"当前的形势你也看到了。唉，像老丁这么干，还有人说他搞复辟倒退，搞唯生产力论，街上贴了那么多大字报、大标语，都闹起烟来了。我们这些领导真难当啊！不过，这也难怪，群众运动嘛，千条心，千张口，牙齿和舌头都有打架的时候。啊……"老于打了个顿，眼光扫了一下凌淑娟，身子探过茶几，几乎附耳说道，"看这运动发展的势头，还要向纵深发展。最近梁效、池恒、初澜，这些最权威的文章，道理都越讲越明了。老丁早年参加革命，身上还有伤疤，已有人说他是资产阶级民主派了，我们真为他捏着把汗。唉！前途难测，前途难测啊！"

报上这些文章，凌淑娟是看过的，当时她除了愤恨，就只有蔑视。但现在经老于这么一提，她好像陡然明白了这些文章的具体意图。随着讲话的一层层展开，她心中的担心和忧虑也在一层层增加着。

对方看得到凌淑娟脸上的细微变化，话更多了："啊，你是第一次来，还不知道这儿的厉害。这个县是蒺藜堆、滚油锅。这几年来了多少干部，朝来夕去，走马灯似的，谁都见这里三分怕，避都来不及呢。唉！人心都是肉做的，看老丁撑着这条顶风破船，谁见了都心疼。'树高千丈，叶落归根。'按理讲，你们的老家在山东，那地方也不错嘛，胶东苹果莱阳梨……啊啊，身处乱世，还图个什么呢？"

这位老于作比设喻，言近指远，站在凌淑娟的立扬上，为她分析利害、启示方向、设想办法；倾吐着同情，表示着关怀。凌淑娟被他的话深深地打动了。虽然在谈话中，她的思想偶一打顿，理智冒上来的时候，能发现对方热情近于谄媚，关怀隐含虚伪，但他那娓娓动听的言词，又很快把她的思想俘虏过去。这时凌淑娟又想起了那些铺天盖地的大字报，触目惊心的大标语，她甚至已设想得出那些"金刚""老虎""八大王"的狰狞面目。啊，这里是可怕的深渊，无底的陷阱，要不是她还未见到老丁，她真要连夜乘车子逃走了。这次无论如何，无论如何要劝老丁调动，哪怕用九牛二虎之力。在他们一席话终了时，凌淑娟下定了最大的决心。

三

谈话结束,老于出去了。招待员端来了晚饭:一盆白斩鸡、一碟盐水虾、两只热炒,加上两样新上市的时鲜蔬菜。菜简单而清爽,但对凌淑娟一个人来说,已经丰裕过分。正当她不知所措的时候,那位热情的老于端着一盆银鱼汤进来了,蒸腾的热气糊着他的脸,使一条条笑纹更加柔和、亲切:"啊啊,站着干什么?快坐,把你饿坏了。"

"我……我不饿。"不知怎么,凌淑娟冒出这样一句很不得体的话。

"啊啊,我明白。其实没什么,老丁不在,我们也一样。你第一次来,我们理该尽尽地主之谊。穷乡僻县,比不得你们城里,你入乡随乡,就便吃点吧!"说完做个手势退了出去。

凌淑娟坐了下来,对着这一桌子菜发愣。其实她真不饿,心里已经被"调动"塞得满满的。而且她手提包里还有煎饼,这是老丁喜爱的家乡饭,临来前赶做的。

正在这时,门外响起了一个粗犷的喉音:"叫我好找!"随着咚咚的脚步声,一个人跨了进来。啊,丁国梁来了。

凌淑娟眼睛一亮,站了起来:"没想到我会来吧。"

"我回来的路上,有人告诉我说你来了,谁知你却到了这里。"丁国梁打量一眼桌上的饭菜,笑呵呵地说:"他们真把你当大客人待了。想不到你一来,就有这么大的口福。"

"都是那位老于同志办的,真叫人过意不去。"

"嗯,我还给你买了馍,看来多余了。"

"啊！那走吧，我正为这桌菜发愁呢。"凌淑娟如释重负，终于找到了解脱的机会。

"你真肯跟我去啃馍，那就走！"丁国梁笑着说着，快刀斩乱麻，戛巴干脆。

夫妻俩刚走出小院，墙角处一个人影闪过。丁国梁眼尖，立刻喊住了他："喂，老于，八点在县委办公室开常委会，请准时参加，不另外通知了。"

"啊啊，八点。好！好！"传来那个熟悉的声音。不过老于站在墙角的暗处，没有过来挽留，眼睁睁看着丁国梁把他的客人拉走了。

他们又回到了那个老广播站。

老丁拉亮了电灯，把凌淑娟让进屋里。老丁的宿舍在东厢房，只占了这幢建筑的一小部分。西厢房和正屋堆满了杂物，充作了县委的仓库。

凌淑娟打量着老伴在这里的家：靠后墙一张木板床，床上铺的还是那条当年南下时发的已经看得出经纬的军用毛毯，一床薄棉被折得四方四正，有棱有角；东窗下一张二屉办公桌，一张旧木质靠椅，桌上堆放着马列著作和"毛选"；桌旁边是一只自制的报架，挂着《人民日报》和省报；床底下一只旧皮箱，墙上雨伞凉帽，余外别无他物。一切简陋、整洁，和老丁的人一样。

看罢家，凌淑娟又细细端详起分别一年多的老伴来：他瘦了，颧骨突出，已经拔顶的颅门上又添了几茎雪也似的白发，但脸色黑红透亮，看上去更加结实，眼睛虽布满红丝，依然深沉明亮，闪着灼人的光……

"怎么，没见过？"丁国梁看着凌淑娟，笑呵呵地说，"没少胳膊没少腿，还是那个丁国梁。来，开饭吧！"说着打开手里的挎包，拿出一个饭盒，往凌淑娟面前一送，"不过有个条件，你有好吃的也得拿出来。"

凌淑娟斜了他一眼，笑着说："你呀，还是那个脾气。"一边说一边打开手提包，拿出一大卷煎饼和一瓶辣酱。

丁国梁不客气，大手一抓，卷起两张煎饼，蘸着辣酱有滋有味地吃起来。

凌淑娟看着狼吞虎咽的老伴，心中泛起了感情的波澜：他真不爱惜自己，他缺少生活上的照顾啊！她看着看着，不禁柔声问："刚从乡下回来？"

丁国梁点点头："我带了机关一个工作组在云山公社蹲点，他们那儿双抢中的茬口安排、劳力调度闯出了一条新路子，今天回来开常委会研究，统一思想，明天分头下片推广、落实。另外还要对那些倒流回城'反潮流'的工作队员做做说服动员工作，全部站到双抢第一线去。"接着他又饶有兴味地向凌淑娟介绍起那条新经验来。

凌淑娟吃惊地看着老伴。使她不理解的是，他好像生活在另一个世界里，对街上那些铺天盖地的大字报、大标语好像压根儿没看见一样。

丁国梁忽然抬起头，问道："喂，咱们摇了半天船，缆绳还没解，你怎么想起到这儿来的？"

"我？"凌淑娟抿嘴笑笑，"来看看你呀，怎么，不兴来？"

"假话，一定是负有使命来的。"丁国梁眼光在凌淑娟脸上一闪。

"被你猜中了，我昨天接到你们这儿一封信。"

"谁的信？我的信才写了一半，还在抽屉里搁着哪！"

"不，是你们这边组织上写的。"

"喔！还是组织上写的。来，拜读拜读！"丁国梁大手一摊。

凌淑娟从提包里拿出那封信来。丁国梁看过以后，沉默片刻，抖抖信纸问道："你就为这事来的？"

凌淑娟点点头。

丁国梁眼光掠一下信纸，意在言外地说："一个县委书记，凭这封信，就能调走了？"

"不！"凌淑娟没有明白老丁讲话的所指，赶快分辩说，"我们可以提提要求嘛。"

"提要求？那好，谈谈调动的理由吧！"

于是凌淑娟把这几个月来的考虑、到这儿以后得到的印象，加上担心、忧虑，一股脑儿倒了出来。她说得那样真切动人，陈述的理由是那样充足和难以辩驳，末了还重重强调了一句："这回你一定得走，这里不能蹲了！"

丁国梁眉峰微微蹙起，认真地听着。听完以后，微微一笑说："嚯，一套一套的，比你来信中又有了发展。好像有人给你上过理论课了。"

凌淑娟脸一红，回头一想，刚才自己所讲的正和那位热心好客的老于讲的如出一辙，不唯层次、推理纹丝不差，甚至还导引了他的一些语气。

丁国梁笑笑："看来这次我是一定得走了？"

"嗯，这边组织上支持，地区农业局也要你。"凌淑娟期望地点着头。

"那这请调报告怎么写呢？"丁国梁装作为难地挠着头皮，一字一顿地说，"兹因爱人凌淑娟为我日夜忧虑、焦心，怕我在此被'五虎''八大王'吃掉，丁国梁要求调动工作……"

"哎，你……"凌淑娟狠狠瞪了他一眼，气急败坏地打断他的话头说，"年纪这么大，还像当年一样的脾气。现在都快火烧眉毛了。"

丁国梁故作惊讶："咦！我不是按你说的理由讲的吗？丝毫不差呀！"

"好了好了，别开玩笑了。"凌淑娟一脸正经，"你应当这样写，年纪大了，受过伤，现在身体很差，不适宜担任县委书记工作。"

"瞎说！我才双五加一，伤疤有几块，可弹头弹片取出来了；至于身体嘛，黑了些，瘦了些，但每顿半斤大米饭，今天晚上吃了六张煎饼。"

"唉！"凌淑娟急得几乎要跺脚了，"你怎么老牛横背纤，应当灵活一点嘛！"

"灵活！这也好灵活？"

"嗯！"凌淑娟祈求似地点点头。

"喔，弄了半天，你是要我向党、向组织上说假话啊！"

"不……不是这个意思。我是说，唉……不过……"凌淑娟语无伦次，说不上来，她这才明白上了老丁一个大当。稍停，她有点气恼地说，"不管怎么样，这次你一定得想法走！"

"走？这儿几十万亩土地，几十万人民怎么办？"

"走了你，自有能人来顶！"

"你风格倒真高！如若别人也像我们一样不肯来，难道就让那批'老虎''大王'上台，把几十万人民往虎口中填？你这样大方，我丁国梁还没这个度量！"丁国梁语气渐渐严肃起来。

凌淑娟几次讲话撞了墙，有点泄气，但还没有失去最后说服他的希望。她望着老伴黑瘦沉毅的脸，心里想：他的话是对的，但那是在以前。这些年来，一些人胡作非为，把什么都搞乱了，哪里还有什么是非、原则，对有些人，党性更是多余的东西。应当让他回到现实中来。她在心里感叹着，以提醒的口吻说："老丁，按理说，你是对的，可现在的形势……"

"形势？"丁国梁打断了凌淑娟的话头，用一种陌生的眼光审视着她，"我不知你指的是什么形势？我看到的是周总理在四届人大提出的要实现四个现代化的规划遭到了破坏；我看到的是有人想当吕后、武则天，把社会主义的中国拉回到封建时代去；我看到的是有些人向无产阶级举起了屠刀，这些狼心狗肺的甚至还要动我们周总理的脑筋……这就是现实，这就是我们党和人民所面临的形势。这些家伙以为在中国大地上扬几把沙子，就能把天空遮黑了。呸！做他娘的大头梦！"丁国梁越说越激动，越说越气愤，末了，他挥拳在桌上一击，桌上的饭盒当啷一声跳了起来。

凌淑娟骇怕了，她看看窗外，小心地阻止他："老丁，你不要太激动，这一些我也懂，可这个县……"她说话越来越无力，最后的语尾没有吐出来，又咽了回去。

丁国梁没有看凌淑娟，他顺着自己的性气讲下去："哼！母鸡上灶，小鸡乱跳。这个县是有那么几个人通了海，通了天。他们以为时机到了，吃了饭不干事，东闹西吵，把一块好端端的社会主义净土搅得乌烟瘴气、疮痍满目。不错，他们的棍子已经在我头上抡过无数回了，我也看到了他们掖在衣襟下的刀尖，可我能躺下，我能两袖一撒，甩手不管吗？人民容许我这样做吗？党容许我这样做吗？战场上冲锋号响了，却想着退却、当逃兵，这是可耻，这是犯罪！"丁国梁胸脯剧烈地起伏，那张脸已被愤怒扭歪，他的话如火山熔岩，如咆哮洪水，奔涌而出，一泻千里。

凌淑娟一下子怔住了。她吃惊地看着老丁，不明白自己几句话怎么会撩起他这么大的怒火，这个和自己生活了几十年的伴侣，一向是慈爱、贴己的长者，如今变得使她陌生，陌生得几乎不认识了。但她对他的话不能反驳，也不敢反驳。

丁国梁看着沉默不言的老伴，并没有住口，他几乎是带着余怒在责问："淑娟，我真不明白，为什么我调动的事，他们会找上你来做说客？而且一封信去，居然乖乖地把你召来了？"

"我……我！"凌淑娟嗫嚅着，舌头发硬，话语枯竭，一句话也说不上来。

这一次轮到丁国梁沉默了，他一面看表，一面来回踱着，气渐渐平复，理智占了上风。他走到凌淑娟身边，委婉而又语重心长地说："淑娟，这一场斗争风暴，是我党历史上罕见的，我担心你在这场大搏斗中失掉立扬，摔跤跌跟斗！你想想，为什么说嘴郎中的药会投中你?为什么你不分析分析,这封信的背后是否另有他图,那些漂亮言词后面是否包藏祸心呢?淑娟,'咬人狗,不露齿',你可不能人引着不走,鬼拉着飞跑啊!"

一句句话如重锤敲击着凌淑娟的心灵,她震动了。

丁国梁再次看看表说:"好吧,我们的谈判暂时先到这里,我得去开会了。"说罢拎起桌子上的挎包,甩着大步,走了出去。

四

丁国梁沉重有力的脚步声越去越远,终于消失了。房间里出奇得静。凌淑娟坐在办公桌前,方寸已乱,头脑里像泼进了一盆浆糊。为了理理纷繁的思绪,平息一下心中的波澜,她推开门,走到外面。

夜幽深而宁静,澄碧高旷的天宇上繁星闪烁。月亮升上来了,淡淡的月光洒落地面,柔和而清朗。

凌淑娟伫立在大门前的石阶上久久不动,一任晚风吹拂脸颊,夜露染湿发鬓。此刻她好像想得很多,又好像什么也没有想。在她的眼前,老于那白皙热情的面孔和老丁那黑瘦严肃的脸容交替出现着;她的耳边一会儿听到蕴含笑意的啊啊尾音,一会儿又响起老丁愤激慷慨的话语;忽然,街上那铺天盖地的大字报、大标语又出现了,她仿佛又看到了那个醒目的红叉,这红叉执拗地在眼前飘忽,久久不去……"我今天干什么来着?"她在心里不断自问着。对!调动,我是为老丁的调动而来的。这儿组织上不是支持吗?为什么又遭到老丁那断然而且近乎粗暴的拒绝呢?特别是他最后那句话:"你不要人引着不走,鬼拉着飞跑",直到现在还使她的心尖打颤。为什么?为什么和老丁半个小时的谈话都谈不拢,好像隔着一堵墙呢?好像他身上多了点什么,而自己又恰恰缺了点什么?缺的什么呢?她左一个为什么,右一个为什么,自省自问,默默地思索,苦苦地探求,把头脑都搅疼了。

月亮升高了,周围那些大楼上的窗户一块块熄灭,而县委大院里的灯光却依然澄明透亮。或许老丁正在常委会上布置他那个新经验,也或许正在进行另一场激烈的辩论。……凌淑娟衣襟上已有一种潮腻的感觉。她站得太久,腿有些酸痛,于是车转身子,向屋子里走去。

入目的还是那个木板床,那个二屉桌。凌淑娟在那张旧木质靠椅上一屁股坐了下来,浑身骨架好像散了似的。她目呆神疲,浏览着这个四壁萧然的斗室。无意中,她拉开了手边的抽屉。啊!她的目光触到了一封信。那熟悉遒劲的笔迹跳到眼里,使她精神一跳,赶快拿起来读。

这正是丁国梁那封未完成的信。上面写着:

淑娟:

你的信收到了,因为工作忙,回信又拖了一个星期。信中提起了要我调动的事,使我不得不把这儿的情况和你谈谈了,因为不谋而合,这里的一些人也在为我的调动忙着。前些时候,这里一些人借着两校大辩论的风潮,也动起来了。自不必说,大字报、大标语又贴遍了大街小巷,我的大名也被打上红叉,时时在千百张纸中出现。这些人在和我们的斗争中也总结出了一条经验，那就是打不倒轰走，轰不走哄你走，哄不走叫你躺下走！我到现在还没有被打倒，看来要轰走我也非容易，现在他们已展开第二个攻势了。"哄"是哄小孩的哄，给你蜜糖吃，请你乖乖地开路。现在他们一些人在外面"轰"，一些人在里面"哄"，内外夹击，双管齐下，就差吹吹打打唱戏了。

可奇怪的是，为什么在这个时候你也来凑一脚。如若是出于工作需要，对我做正常的工作调动，这本无可非议，而现在这里一些人要我调动的目的是司马昭之心，路人皆知的，但你要我调动的目的，虽然和他们不同，却引起了我的深思。

这几年，你脱离了火热的斗争，在家庭的小天地里沉湎得太久了。你已不是当年的凌淑娟了。从信中的字里行间，反映出你目光短浅、胸襟狭窄、生活猥琐，失去了远大理想和革命意志，你的一切生活准则，就是一个"我"字。你要我调回去，无非是要我蹲安乐窝，钻保险箱。你日夜为我担心、忧虑，处处为孩子经营、着想，可你为什么对当前面临的党要变修、国要变色、历史要倒退、人民要遭殃的现状却熟视无睹、毫不担心、忧虑呢？难道在我们的党和国家遭受巨大困难的时刻，你、我这些共产党员反而能隔岸观火，同党离心离德吗？

淑娟，想想我们的过去吧，想想我们共同经历过的血与火的历史年月吧！那时你是多么热情，多么奋发，工作和斗争中又是多么的富有朝气。那时我们并没有害怕失去什么，为什么到了现在，到了需要我们再次奋勇迎上去的时候，你却退缩了呢？当我们热血沸腾地站在党旗下，举起拳头宣誓的时候，跳动于我们胸中的只有一个目标，那就是美好的明天——共产主义。你是否连这个最起码的信仰都忘掉了呢？曾记得有一句名言："忘记过去就意味着背叛。"当一个人忘掉自己是个共产党员，连党性也当作可有可无的东西的时候，他的政治嗅觉就会迟钝，革命意志就要衰退。我担心你在这一场革命的大风暴中掉队、失足。别以为那个小天地是遮风避雨的所在，要知道，在风暴刮起的时候，沙漠中是不可能有平静的绿洲的。

今年年初你也给我来过一封信，那封信你是流着眼泪写的，你谈到了我们敬爱的周总理。是的，在那凄风苦雨的日子里，我们都经历了极度悲痛的时刻。不管现在有那么一小撮丑类，明里暗里想往他脸上抹黑，周总理作为伟大的马列主义者、共产主义战士的形象是永生的。他把自己的一生毫不保留地献给了中国革命和中国人民，他是一个真正的共产党员。他的高贵品质、纯洁党性、献身精神将永远作为我们的楷模，教导我们怎样去生活，怎样去斗争。现在，仅仅悲痛是不够的，我们应当站出来，像周总理那样，像我们当年那样，丢掉一切庸俗的苟且、小市民的陋习、朦胧的幻想,和我们的党、人民站在一起。不能等待了,等待等于死亡,这正是考验一个共产党员党性的时候!

信写到这儿停住了,没有写完。

凌淑娟的心灵被强烈地震撼了。她的手颤抖着,好像手中捏的不是几张信纸,而是一块炽热的火炭。信中那尖锐的批评、深刻而无情的剖析、几乎发自肺腑的忠告,像烈火一样烧灼着她的心。她浑身燥热,血液涌上脸颊,内心里交织着羞愧和痛苦。她坐立不安,不能自持了。

凌淑娟竭力控制着自己的感情,压抑着心中的波澜,稍稍平静之后,拿起信纸又细细地读了一遍。这一次看得更清楚了,老丁的信中更多的是亲人的关怀、同志的帮助,她仿佛看到,老丁正站在自己曾走过的光明大道上,向自己发出热切的召唤。她的眼睛不由润湿了。

是啊!当年那火红的年月怎么能忘记呢?在那烽火连天的抗战年代,沂河两岸响遍了抗日的歌声,蒙山脚下密布着抗战的旗帜。那时候,她和老丁还是两个热血青年,他们一个在妇救会,一个在农抗会,日夜在外面奔波,发动群众、减租减息、组织武装、打击敌人,他们为子弟兵筹军粮、做军鞋、护理伤员、宣传扩军运动,一切为了前线……在那最艰苦的岁月里,敌人曾出高价收买他们的头颅,可他们照样舒心泰然地干着,对敌人拙劣的伎俩报以轻蔑的一笑。他们一起在小油灯下学习《论持久战》,又一起在党旗下庄严地举起拳头。艰苦的斗争锤炼了纯洁的情谊,共同的理想把他们紧紧联系在一起。以后,老丁参加主力部队,打过长江,直捣蒋介石老巢。她也随大军南下,来到江南,参加新区的地方工作,在这里扎下根来。那时,他们确实没有害怕失去什么,一心想的是革命、斗争和如何去争取胜利。为什么到了现在却变得这样了呢?那次"靠边",她是带着满腔愤懑离开地区机关的,是否那次"打击",使自己"一朝被蛇咬,三年怕井绳"了呢?这几年,她闲居在家,精心侍弄家中那个小天地,已把它经营得初具规模了。小小的院落里,栽上了一些奇花异卉,而且还晓得不误季节,利用空地种上一棚丝瓜或一架扁豆。每当绿荫盖满小院,几只母鸡在棚下悠闲觅食的时候,她心中常常升起一种陶醉、满足的感觉,虽然事后往往也会感到一种不可名状的空虚。而当老丁偶尔从"五七"干校回来,警告她不要玩物丧志时,她也只是莞尔一笑,算作回答。现在当她细细梳理这几十年的往事,并与老丁那发散着烤人热力的信一对一比,她真不寒而栗了。仿佛老丁对她大喝了一声:你已走上了一条可怕的道路,这条道路通向堕落、死亡,这是真正的灵魂的堕落和死亡!

  凌淑娟浑身冒汗。这时她的目光再一次投向那只拉开的抽屉。啊!抽屉里还有一件东西。她拿出来一看,是一只镜框。这是一只自制的镜框,刚上过油漆,还散发着浓烈的油漆味。抽屉里放着一根锯条、一把小锤、几张砂纸。看来主人是用这极为简陋的工具,在公余之暇精心做出来,还没来得及镶进心目中的珍品。她在抽屉里翻寻着,当她打开一个白纸小包时,她呆住了。包里是一朵白瓣素蕊的纸花和一幅杭州西湖织锦。在那幅织锦上,凌淑娟看到了那个自己日思夜想的熟悉面容——

周总理。周总理豪眉慧目,仪态英俊,容光焕发,丰采依然。他好像站在凌淑娟面前,坚毅而睿智的目光审视着她,对她询问,给她教诲,催她觉醒。她再也控制不住感情的闸门,眼泪如涌流的泉水,滚滚而下,心里痛切地喊着:"总理,我对不起党,对不起人民,对不起您,我辜负了共产党员的光荣称号。"

五

丁国梁回来了,一进门,愣在那儿。他看到这样一幅情景:凌淑娟正坐在办公桌前装饰那只镜框,周总理的像已镶嵌进去,此刻她在精心安置那朵白花。她工作得那样全神贯注,那样专心致志,以至于老丁推门的声音她都没有听见。

镜框镶好了,那朵素洁如玉的白花在镜框上缘中间展瓣舒蕊开放着。凌淑娟掏出手帕,细心地拭去玻璃上灰尘,然后把镜框端端正正地放在办公桌中央。做完这一切,她理理鬓发,像完成一件重大任务似的舒了一口气。这时她听到了身后的响动,转过身来,见是丁国梁,激动地喊了一声老丁,随即低下头来。

但老丁早已看到了,在凌淑娟猛回头的一霎那,她眼眶中有两颗晶莹的东西一闪。他立刻明白了一切。

凌淑娟擦擦眼睛,抬起头来,羞愧地笑了一笑,充满感情地问:"会议结束啦?"

丁国梁笑笑:"那边是结束啦,可咱们的谈判还得往下进行啊!"

凌淑娟默不作声，过了好一刻，才鼓足勇气说："老丁，你那封信我看过了，这几年我的确像做了一场噩梦。唉，我也不是不放心你，可你……在这儿，也得保重。"

丁国梁没有顺她的话头，反问道："那么你现在作何打算呢？"

"我？！"凌淑娟没有想到这一层，一下子又哑了口。

丁国梁盯着她的眼睛说："我说你索性来个彻底，连家一起搬。搬到这儿来。"

"搬家？"

"对！"丁国梁严肃地说，"你不能等待了，应当立即站出来工作。至于为什么要你调到这儿来，这是工作、斗争的需要，组织上会支持的。"

"工作、斗争的需要？"凌淑娟坠入了五里雾中。

丁国梁点着头，愤慨地说："这里一些人为了把我赶走，什么伎俩都使出来了。他们的第二次攻势才开始，'丁国梁要走啰'的消息已传遍了城乡。这几天下乡，不断有人问我什么时候走，甚至有些人已对我侧目而视。看来他们这一手已经奏效，在一部分人中引起了混乱。所以在这个时候，你把家搬来，岂止是必须，简直是十万火急。你一来，他们的谣言就不攻自破，你的调动抵得上造谣者千百张大字报哪！"稍顷，他诙谐地说，"这本来是我下半封信的内容，可巧你来了，这下省掉八分钱邮票啦。"

凌淑娟本没有思想准备，现在经老丁这么一提，还真有点猝不及防，但她很快领会了老丁的意思。好像她早就料到应当

233

这么做，毅然抬起头来，用这几年来少有的坚定目光看着老丁，算对这个重要问题做了回答。

丁国梁深情地看着鬓角也已斑白的老伴，点点头，笑笑说："淑娟，这儿有句俗话叫'少年夫妻老来伴'，咱们这对夫妻在晚年还得站到一起来战斗。我看今后咱们死了，也一起葬在江南。江南这地方，山明水秀，一点也不比咱山东差。"

"你看你，都说些什么？"凌淑娟斜他一眼，半嗔半笑地说。

"不！生老病死，新旧更替，这是大自然的规律。"丁国梁说着，指指门外，轻蔑地笑笑说，"他们在我门上贴对联，说我'不见棺材不落泪'。哼！我是吃了秤砣铁了心，见了棺材也不落泪。东晋陶渊明说过，'死去何足道，托体同山阿'，对死是如此的轻蔑。再看看咱们敬爱的周总理，他逝世了，还要把骨灰撒在祖国的江河大地上，和他的人民在一起，这是何等的高尚节操。死，对共产党人来说，没有什么了不起，当年上战场，我就做好了这个准备……"

凌淑娟也被感染了，她走近丁国梁，动情地抚摩着他那磨损的肩头，瘦棱棱的胳膊，眼睛里闪着泪光。丁国梁握住凌淑娟的手，老伴俩并肩站在窗下，眼睛望着夏夜的星空。丁国梁用热烈纯正的语调，尽情地倾吐着自己的心声："只要我不死，我还要干他二十年、三十年。但是你得看到，他们还会来第三手的，我准备着，淑娟，也许有那么一天，我会倒下，但是你得挺直腰杆迎上去！"

……

第二天，窗户刚刚泛白，丁国梁和凌淑娟就起来了。稍事准备以后,他们走出门去,很快出了县委大门,走上了大街。

黎明前的天空还黑得很,但已显出了曙色,那颗晶亮亮的启明星早已高高地挂在东方的天幕上。

街上静得很,小县城还未醒来。丁国梁和凌淑娟肩并肩,轻快地赶着路。忽然背后一阵沙沙的脚步声传来,一群人影伴着笑语来到了他们面前。这一列夜行人挑着满满的担子,健步飞跑着。为首的一个侧头打量他们一眼,突然笑着说:"哎呀,这不是老丁吗?"

"啊,是小英队长啊,你们这么早就进城了?"老丁也笑呵呵地打着招呼。

"不早啰,隔壁灵桥大队一担已挑回去了。"那位小英队长说。

凌淑娟一听那熟悉而清脆的嗓音,心中一动,就着曙色一打量,这不,正是她昨天傍晚碰到的那位姑娘。

那姑娘也认出凌淑娟来了,咯咯咯地笑着说:"这不是大嫂吗?你怎么也起早呀?"

凌淑娟看着这位热情而充满朝气的姑娘,笑着回答:"回去了。"

"回去?再多住几天嘛,又难得来。"

凌淑娟暗中笑笑,没有作答。老丁插上话来:"她也有正事哩。啊,你们这粪肥担回去正赶时呢。"老丁把话题岔开了。

"是啊,早稻都长个了,得赶紧追肥!"这是赶上来的一个老人的声音。

"啊,是刘大爷啊,您老这么大年纪,也来了。"老丁笑着问。

"现在人过七十不算老,我才花甲出头呢。"刘大爷发出一阵爽朗的大笑。

后面的人纷纷赶上来,和老丁打着招呼。小英姑娘笑道:"老丁,听说你在云山公社又总结了一条新经验,什么时候到我们那儿去推广?我娘念叨着你呢。"

"不,今天我到东山片去,你们那儿,由常委老于去传达。"

……

亲密无间的说笑声,驱散了黎明前的寒气,人们的脚步跨得更快了。

前面已到十字路口,丁国梁握住凌淑娟的手说:"老凌,我和他们从这边走了,不送你了。"说着转身对刘大爷说:"刘大爷,咱们还得同一程路,来,给您换换肩。"不容刘大爷推辞,老丁已麻利地接过了他的担子。

人群从凌淑娟身边流水般穿过,欢声笑语伴着咚咚的脚步声越去越远。老丁走了,在群众中如鱼得水般走了。

凌淑娟久久地立在那儿,目送老丁他们消失在大街的尽头。她环顾四周,看到这小县城里,已平地拔起了一幢幢大楼。它们矗立在曙光中,那样地巍峨,那样地壮美。社会主义的光辉前景,在这里展现了灿烂的一角。这个小县城也和祖国其他地方一样,正在变,而且将变得越来越美好。历史的车轮正在呼啸着前进,并不以有那么一小撮丑类的阻挡而停顿、退缩。而推动历史前进的正是我们的人民。伟大的祖国、伟大的党哺育了伟大的人民,他们是我们国家的脊梁。凌淑娟站在宽阔的大道上,深深地吸了几口清晨的空气,心里感到无比的振奋和踏实。

正当凌淑娟要起步的时候，陡然一阵喇叭声传来，随着一阵刺耳的刹车声，一辆吉普在她身边戛然停下。车门一开，一个熟悉的面孔出现了，是老于。

老于从车内探出头来，惊讶地问："啊啊，不是老凌吗？这么早哪里去？"

凌淑娟瞥一眼那张白皙而富有表情的脸说："回去！"

"怎么这么快就回去了？再玩几天嘛。啊啊，调动的事怎么样了？"老于的话依然那样热情。

"通了。"凌淑娟答得很干脆。

"什么时候调动？"

"马上回去打请调报告。"

"好好！啊啊！太好了！"老于正要缩进车门，发觉不对，又探出头来，"啊啊，谁调动呀？"

"我！"

"你？"

"对！我马上向地委要求，到你们县参加工作。"

"啊啊……"老于的尾音还没完，脸一黑，钻进了车子，一阵轰隆，小吉普嘎嘎地驰远了。

凌淑娟盯着远去的车子黑影，仿佛从马达的轰鸣声中，听到了咬牙切齿的声音。

凌淑娟脸上掠过一丝不易觉察的微笑，整整衣襟，迎着升起的朝霞，步履从容地走向车站，走向售票窗口。

眼 睛

一

林洁莲翻箱倒箧，从层层叠叠的衣服下面找出了一个纸包。

纸包的封皮已经发黄，带着浓烈的樟脑味儿。她小心翼翼地打开，里面是用橡皮筋捆扎的一束信件。她从底层拉出一封，立刻，信封上两枝粉红的出水并蒂莲花映入她的眼帘。她的手电击似的颤抖起来，略一迟疑，抽出了里面的信笺。

信笺上一个字也没有，却用沉重的笔触画着一只大眼睛：浓密的睫毛，细长的眼睑；眼梢三条刀刻似的鱼尾纹，成放射状向外张开；中间那黑黑的瞳仁，像一汪深潭，闪着冷森逼人的光……

林洁莲心脏一阵紧跳，痛苦地闭上了眼睛。

三年了……三年前的那个中秋之夜，她的宝贝女儿婷婷刚好满一百天。团圆节加"百日"，是双倍的喜庆日子，她的老母亲从乡下来照顾她还未回去。林洁莲办了很多菜，还破例地买了一瓶甜酒。晚上，在树影婆娑的梧桐荫下，林洁莲摆开了一张小圆桌。放筷子的时候，她那六十多岁的老母亲却放上了三双。她诧异地问：

"娘，放那么多筷干什么？"

"呃，傻孩子，今天是团圆节。几年来，你们夫妻一个天东、一个地西，难得到一起。希平不在，也得给他留个位置。酒嘛，等会儿你给他代饮。"老母亲满脸皱纹都在笑着。这位江南乡下的老太，还有一套老规矩呢。

"唉，你呀！"林洁莲假嗔一声，扑哧笑了。

月华似水，仲秋之夜静谧而迷人。婷婷吮饱了奶，已在摇篮里睡熟了。圆圆的小脸在月光下更显得粉妆玉琢，鲜嫩可爱。姥姥还在轻轻地摇着、唱着：

"亮月月，梭罗树……"

……

河横月斜，银汉无声。半夜里，林洁莲被一阵紧急的敲门声惊醒了。她打开门，门口站着学校传达室的老钟："林老师，你的电报！"

她浑身颤抖得厉害，拆开电报一看，顿时傻在那儿，随即一阵瘫软，顺着门框滑了下去。

老母亲被惊动了，颤巍巍地摸出门来，急问老钟什么事。

老钟凄怆地告诉她："你们家骆老师出事了，G大学来了电报，要你们去料理后事。"

林洁莲醒过来了，一把抱住母亲，母女俩嚎啕痛哭起来。

在同事们的帮助下，林洁莲连夜乘火车赶往G市。到G大学以后，才知道骆希平在外出"开门办学"时自杀了，时间早过了一星期，而且未经家属同意，就将尸体火化；数学系给他的结论是"对抗组织，自绝于党、自绝于人民"。林洁莲当场提出了抗议，要求调查死因，索回死者的遗物。可是数学系那位年轻的党总支书记金明却冷冷地对她说："你是受党多年教育的国家干部，应当自重，要主动和他划清界线。"在一派牢牢掌权的G市，林洁莲叫天不应，叫地不灵，上哪里去找申冤的公堂，只好忍气饮恨，把眼泪往肚中咽。在林洁莲离开G大学的那天，金明交给了她这封信——骆希平的唯一遗物，但里面一句话也没有，却画下了这只令人百思不得其解的"眼睛"。

三年了……三年来，她尝够了孤枕冷衾的苦味。春暖花开、桃红李白，勾不起她的欢乐；绵绵秋雨、飘飘瑞雪，更增她的哀愁。她的眼泪已经哭干了。但是这张小小的信笺却越来越重地压在她的心上，不管白天、黑夜，她一静下，眼前就会幻出那只"眼睛"：含着哀怨、含着激愤、闪着冷森的光……难道他是含冤而死，死不瞑目？难道他要睁眼看着那帮跋扈的人的下场？难道他丢不下妻子、女儿，牵挂而不肯闭眼？她为此做过种种猜测，要解开这个谜。可是猜测毕竟是猜测，除了引来一阵摧人肺肝的痛楚，一切仍像云里雾里，虚无缥缈。

如今好了。G大学在粉碎"四人帮"以后，处理了帮派集团留下的大量错、冤、假案，推倒了以前给骆希平做的一切结论，并于上星期给她发来了函，要她去G大学参加骆希平的平反追悼大会。因此她今天重新整理一下丈夫的遗物，决心这次去G大学彻底解开"眼睛"之谜，查清死因，以告慰死者于九泉，解脱生者于将来。

西斜的太阳从窗户中投进一束光斑，渐渐移到她的脸上。

她猛地惊醒过来，一看表，啊！快六点了，还得到汽车站去。她母亲带着婷婷今天要从家乡赶来 K 市，明天一同陪她去 G 大学，而末班车快要到站了。

她飞快地收拾起桌上的信件，推过自行车，向汽车站急急蹬去。

二

晚上，婷婷先睡了，嫩白的小鼻翼均匀地翕动着，发出轻微的鼻息。

林洁莲偎在婷婷身边，想着明天的旅程，丝毫没有睡意。躺在脚头的老母亲听着洁莲不断翻身，知道她没有睡。做娘的最知道儿女的心思，经历了大半个世纪的老人，尝过了人生道路上风刀霜剑的滋味，晓得女儿又要接连多少天不能安心落枕了。她默默地叹口气，眼圈不觉红了。

台上座钟打过十二点，母亲忍不住了，轻轻地劝道："丫头，睡吧，明天还要赶路呢。"

一阵翻身，女儿没有回答，却传来了隐隐的啜泣。

母亲的心碎了。在这种时候，能用什么来安慰女儿呢？她想了想，搬出了自己对人生的理解，委婉地说："丫头，人死灯灭，想开点吧。福禄寿夭，分定在天，老话'在劫难逃'，哪个都逃不了那个'数'。"

又是一阵翻身，啜泣声停止了。看来女儿在听着。

母亲觉得自己的话发生了效力，又叨叨地说下去："唉！你这头亲事说起的时候，知道你们相差六岁，我心里就不大乐意。

'三岁一小冲，六岁一大冲'，后来希平出了事，我去找算命的排了你们的'八字'。"

"什么！你去排了'八字'？"林洁莲突然发话道。

"嗯！算命的一掐一排，说你们命相不对，'八字'不合；你属羊，他属牛，牛、羊有角，本命好斗，互不相让，还能不出事？你们这头亲事是'刘备招亲，弄假成真'，命中犯尅，如今正应了这个'数'。"

"……"

"算命的说了，希平那年正逢大关，应在八月，有天罗地网罩他，四方妖魔镇他，特别有个女恶鬼……"

"你不要听算命的胡言乱语，哪有那么回事？"洁莲不满地打断了母亲的话头。

"唉！迷信迷信，不可不信，也不可全信。不管有没有那回事，身子要紧。"母亲长叹一声，终于收住了话头。

林洁莲是在新社会里长大的，受过高等教育，她根本不相信冥冥之中有主宰现实世界的鬼神，算命的那套宿命论在她看来完全是无稽之谈。母亲在旧社会受尽了苦难，除了用"命运""劫数"来排解现实，不可能做出科学的解释。封建主义的毒素几千年来严重地戕害了中国人民的心灵，她不能过多地责备和苛求老人。但母亲谈到她的婚事是"刘备招亲，弄假成真"，却勾起了她对往事的追忆。她和骆希平的结合确实还有点离奇呢。

1965年，林洁莲正在 G 大学数学系读三年级。那一年，省高校篮球锦标赛要在 G 大学举行，学校里也掀起了"篮球热"。

一天傍晚，林洁莲被几个女同学拉去打球，她们球艺不高，但又抢又夺，打得非常认真。休息时，林洁莲抹抹湿透的鬓角到篮球场边喝水，一个满头卷发的高个子青年人向她走来，温和地问她："你是林洁莲同学吧！"

林洁莲端着茶缸，惊讶地抬起头来："你……喔，您是骆老师！"

"嗯，你怎么知道的？"

"我看过您的比赛。"林洁莲的脸微微发红。她只知道这位年轻教师姓骆，教高年级的复变函数课，而且还是 G 市青年篮球队的主力队员，篮球打得非常出色。她呷了一口水，大方地问道，"您找我有什么事吗？"

"你球打得很认真，喜欢这项运动吗？"

"谈不上喜欢，我很少参加体育活动，想学学。"

"好啊！"骆老师显得有点兴奋，"现在学校里正在组织女子篮球队，你愿不愿意参加？"

"我……"林洁莲没有思想准备，不安地抚摸着茶缸，"能行吗？"

"你条件很好，又有一股顽强的劲头，能行！"骆老师很有信心地点着头。

"……让我考虑一下行吗？"林洁莲眨动着大眼睛，很有礼貌地回答了他的问题。

第一次谈话简单地结束了。三天以后，林洁莲参加了女子篮球训练班。

林洁莲来自农村，过早承担的家务劳动锻炼了她健壮的体格，培养了她顽强的毅力。她身材高大，质朴踏实，干什么都有一股认真的劲头。虽然她于篮球运动很生疏，甚至不认识篮球场上的禁区和罚球线，但她锻炼起来努力刻苦、不怕流汗，因此很快就掌握了篮球的一些基本技巧。一个月初训结束，她被正式定为校女子篮球队的队员。

在训练中，林洁莲才逐步知道，骆老师叫骆希平，是一位归国华侨。在印尼他有一个老父亲，开着一个不小的橡胶园。他从小就向往祖国，高中毕业后，在父亲的支持下，回到祖国来读大学。他在学生时期就入了党，毕业后留校当了教师，现在兼着学校女子篮球队的教练。骆希平穿着整洁、讲究，为人诚恳、热情；一身结实的腱子肉，仿佛蕴藏着永远使不完的精力。训练中他严格缜密，但又实事求是，当他发现你还有潜力而想偷懒的时候，他会咬紧牙关叫你坚持到最后，这时的他就像一个严厉的法官；但一旦发现你蛮劲上来，他又会适时地叫你停下，你再央求他也不行。队员们大运动量训练，难免拉下些功课，他抓紧空隙时间给大家补课。他会一口流利的英语，常常帮助外语系的队员补习。林洁莲的线性代数课学得不好，他推荐了一本叙述简明的参考书，辅导她从头复习。他活泼好动，多才多艺，休息时，常常朗声大笑，给队员们描述爪哇的热带风光，讲解印尼"四季是夏，一雨成秋"的天气；甚至抱来他的吉他，在草坪上熟练地弹奏优美的印尼民歌，用他那洪亮的男中音唱着：

美丽的梭罗河，
我为你歌唱。……

浓郁的乡情、美好的回忆，使他脸上弥上端庄、神往的色彩。

骆希平是女子篮球队的核心，是她们的灵魂。在这群天真无虑的女孩子面前，他既是教练，又是她们亲切的大哥。她们敬他、爱他，也有点惧怕他。

辛勤的汗水浇灌出了丰硕的果实。这年夏季省高校篮球锦标赛中，G大学女子篮球队一路斩将过关，力挫群芳，夺得了全省高等院校女子篮球冠军。这其中，打后卫的林洁莲勇敢顽强，为全队立下了汗马功劳。球赛结束，她获得了篮球三级运动员的称号。

篮球赛以后不久，骆希平被派下乡去搞社会主义教育运动。临行前，林洁莲陪同外语系的张岚去送他。张岚是骆希平的女朋友，球队里的中锋，是个很漂亮的女孩子。

火车站上分手时，骆希平笑着问林洁莲："我搞'四清'的地方是全国四大名镇之一，要不要带什么东西？"

林洁莲笑笑，没有作答。张岚以为她不好意思，推推她说，那儿的刺绣很出名，当地产的竹制绣花绷子，精致而耐用，劝她买一个。林洁莲素于女工针黹上很有功夫，闲暇时也喜欢拈针捻线，缝缝绣绣，便笑着点了点头。

骆希平下乡不到一年，"文化大革命"就开始了，如火如荼的政治斗争代替了平静的书院生活。大学是当时社会的晴雨表，一瞬间，G大学成了G市的政治中心，每天来学校看大字报的人络绎不绝，校园里整天人群如潮，拥挤不堪。

一天，林洁莲从数学楼出来，穿过汹涌的人流回宿舍去。走过红楼区，忽然听到有人议论："真想不到，骆希平也遭难了。"骆希平三个字像闪电一样在她脑际亮了一下,她停住了脚步,四周一望,遥遥看到校门口的大字报长廊前挤着一片人,一行醒目的大字标题跳进她的眼里:打倒现行反革命分子——资产阶级的洋公子骆希平!她的心像被什么猛地撞击了一下,赶快挤过去看。这份大字报洋洋洒洒写了五十余张,足足盖满了一整条芦席棚。她强镇住心中的激动,卷裹在人流里从头到尾读了一遍。大字报几乎把骆希平所做的一切都作为罪状批判了:弹靡靡之音、唱黄色歌曲、资产阶级生活方式、资本家的孝子贤孙,甚至他的回国还有特务嫌疑。最使她吃惊的是,他在乡下搞"四清"时公开反对贫下中农学习毛泽东思想,据此一条把他定为十恶不赦的现行反革命分子。看完以后,林洁莲心里蹦蹦直跳,感到头晕,摇摇晃晃地走回了宿舍。

  林洁莲这时已是预备党员,"文化大革命"开始,她又成了系里"文革"领导小组的成员。这两个月来,面对万花筒式的局势,她兴奋、好奇,又觉得应接不暇。但她还是像以往一样,热情、执着地投入了这股时代的洪流。她踏踏实实地组织同学学习报刊社论;"拿起笔,做刀枪",撰写声讨"三家村"黑店的檄文;率领同学上街头"破四旧";在稀罕的"小红书"没普及以前,她千方百计借来一本,花了三天三夜,工工整整地抄在自己参加学毛选积极分子大会奖到的日记本上。可是今天看了骆希平的大字报以后,她那明净的心里蒙上了一层云翳。

  晚上,她把和骆希平相处日子里的一切细细理了一遍,觉得并不像大字报里讲的那么严重。当时他讲的一切在她看来都很正常,顺顺当当而又理所当然,可是为什么这一切现在都成了罪状？而且他居然还在"四清"中公开反对贫下中农学习毛泽东思想，难道当时真给他的表面现象迷住了？生活，真是不可思议啊！

第二天，她从工作队队部开会回来，在从"牛棚"到食堂去的一长列"牛鬼蛇神"的队伍里，看到了骆希平。他脸色青黑，一头美丽的卷发被剃去了半边，穿着一件泛色的破中山装，胸前挂着一块写着"现行反革命分子"的大牌子，手里捧着一只饭盒，低着头，一路唱着《嚎歌》："我是牛鬼蛇神，我有罪，我有罪……"

这一次见面，引起了她更大的震动。她不敢相信，眼前的他就是那个热情诚恳、谆谆善诱的教练，就是那个灵活矫健、能越过对方人墙闪电般上篮的骆希平。她突然想到了张岚，他和张岚的关系怎样了？她前天看到张岚和数学系的一些老师有说有笑站在一起。两个月来，学校里已经有几个教授自杀了，眼下的处境会不会也把他推上这条绝路？她忽然担心起来了。林洁莲辗转反侧，一夜没有入眠。当曙光照临窗户的时候，她终于下了决心："作为以前的一个学生，应当去看看他。"在这个时候，她相信"坦白从宽，抗拒从严"，自己有责任帮助他认识罪行，改过回头，重新做人。

星期六的晚上，天气异常闷热，低垂的云幛遮掩着整个天宇，校园里那一幢幢欧式的大楼黑魆魆地矗立着，更显得沉重和低抑。林洁莲穿过林间小径，向设在学校体操房的"牛棚"走去。在门口，这位数学系的"文革"小组成员没费事就得到了许可，并由门岗带到了骆希平的单独囚室。他是最重要的"审查对象",关在体操房大厅间壁的器材室里。

门岗把门打开了,一股霉味冲鼻而来。里面灯光昏暗,"山羊"、木马、平衡木、高低杠各种器材杂乱地堆放在一起。门岗对里面大声吆喝:"骆希平,从'狗窝'里滚出来!你们系'文革'小组有人找你,老老实实听候训话!"

随着喊声,室内西北角的垫床上幽幽地站起一个人来,正是骆希平。

门岗对林洁莲点点头,退出去了。林洁莲虽然是"文革"小组成员,却从未光顾过这里,也未经历过这样的场面。在骆希平面前,她一向是个虔诚的学生,现在突然把她推到这样一个颠倒了的位置上,顿时浑身不自在,额头上沁出了汗珠。

半晌没有动静,骆希平抬起了头,他奇怪地看着眼前这个臂戴红袖章的女红卫兵,喏嚅地说:"你……"

目光接触,林洁莲不能回避了,她慌乱地说:"骆……骆老师,是……是我。"

这一声虽然很低,却不啻是一声春雷,使得骆希平浑身一震。他凝视了一刻,认出来了,一时不知所措,搓动着大手,指指平时他起坐的一截跳箱,颤抖着说:"啊……是你,快……快坐。"

他声音嘶哑,形容枯槁,额头上有着一道道伤痕。林洁莲心里突然就涌起一股怜悯的感觉。

"你找我谈话吗?"还是骆希平先发话。

林洁莲血往脸上直涌,半天,鼓足了勇气说:"我来看看你。"

"看我?!"骆希平呆滞的目光灵动起来,继而又苦笑一声,"小林,我现在是……"

又是一阵沉默。此时的林洁莲心里像打翻了五味瓶,原先想好的"形势讲述""政策教育"全飞到九霄云外,半天以后,却冒出了一句:"您……什么时候回来的?"语气还是一年前的语气,关切委婉,甚至还不失崇敬的成分。

林洁莲的到来就像一缕阳光,透进了骆希平发霉发潮的心室,难以开启的话匣子终于打开了。骆希平带着感激的心情,在自己心爱的学生而现在是系"文革"领导的面前,说出了他近一年来的遭遇。

原来骆希平下乡以后,担任了大队"四清"工作的副队长,金明是他队里的队员。当时全国已经开始推广部队里活学活用毛主席著作的经验,工作队在运动中也制订了制度,规定各生产队每天要安排两个小时学习毛主席著作,雷打不动。秋忙中,农村农活紧张,社员们早晨四点就下地了,常常忙到晚上九、十点钟才收工回家。生产队里的群众普遍反映每天学习两小时,不只农活不好安排,晚上睡觉迟了社员身体也吃不消。一次他到下面队里检查三麦秋播进度,金明提出了这个问题,他考虑了当时生产的实际情况,对金明说:"学习毛主席著作,农忙时可少学点,农闲时可多学点,视情况灵活安排。"他们立即照着做了。接着其他各队也群起仿效,竟变成一项新制度固定了下来。今年"文化大革命"爆发,工作队内部也起来造反,金明把这番话作为重大反革命言论揭了出来,骆希平遭到了批斗。十天前,工作队撤回,金明他们又先行回校贴了大字报,然后将他五花大绑押回学校,关进了"牛棚"。

听完骆希平的叙述,林洁莲微微有点吃惊。按理讲,骆希平当时的处理方式是对的,无可非议,可这是关系到学习最高指示的大问题,又不能不说是一个严重的政治性错误。但为什么合理的东西却又同时是罪行,她感到惘然了。她同情地望着脸色憔悴的骆希平,不知说什么好。稍停,她问道:"你回来以后,小张来过没有?"

"她……"一丝苦笑又挂上了他的嘴角。迟疑了一阵,他转身走向墙角,在垫床下面窸窣一阵,摸出了一个纸包,颤抖着在林洁莲面前打开,"你看吧!"

林洁莲投眼看去,纸包里竟是两副竹制的绣花绷子,其中一个已经折断成两半,另一个却浑圆簇新,涂着清油的竹青上泛着铿亮的釉光。她不解地抬起头:"这……"

"你恐怕忘了,一年前……"

"喔……"林洁莲终于想起了火车站上的一幕。

"张岚已来过了,这个绷子,是她当我的面毁掉的……这一个,你如不嫌弃,也……许可的话,就带走吧。"

一道闪电,裂开漆黑的夜空,穿透了窗户。电光一刹那照亮了骆希平的脸:惨白、凄哀,一道道密布的皱纹,交织着痛苦、悔恨,但迎面射来的两道目光,仍闪烁着当年那股执着的诚恳。

林洁莲心里一阵发热,想不到自己在一年前随便相托的一件小事,他还铭记在心上;并且在他沦落为罪犯以后,还把这件小东西带在身边,牢牢笃守着对一个普通学生的承诺。她瞥一眼骆希平那被称为"狗窝"的床铺,破旧的垫床上除了一床薄薄的棉被和几件随身衣物,什么也没有。她鼻子里一酸,眼眶中涌出了泪水，连忙背过身去。

雷声震撼着天宇，林洁莲原先心中筑起的堤坝完全倒塌，她头脑中由大字报勾画出来的骆希平"形象"被这副小小的竹圈击碎了。她握住他的手，道了声"保重"，拿过竹绷子，把它小心地揣进怀里，冒着瓢泼大雨，奔出了"牛棚"。

仿佛真是老天安排的一样，这一次"牛棚"夜会使他们之间结下了不解之缘。

……

"当、当……"台上座钟打响了五点。林洁莲惊醒过来，翻身一看，窗户上已隐隐透进了青光，天快要亮了。她觉得枕头上湿漉漉的，伸手一摸，潮了一大片。她流了一夜甜蜜而痛苦的泪水。她轻轻地叹口气，在心里说着："希平呀希平，你为什么不能咬牙挺一下？现在一切都好了，可是你却看不到了。"

三

林洁莲带着婷婷在母亲的陪同下来到了G大学，学校里热情接待了她们。她们处在组织和同志们的关怀、温暖之中。

第二天，数学系就为骆希平召开了平反追悼大会。会上，由刚复职的原系总支书记致了悼词，推倒了以前由金明一伙强加给他的一切罪名，对他做了恰如其分的评价。会后，系领导把金明扣压下来作为罪证的所有骆希平的遗物交给了林洁莲。

林洁莲迫不及待地翻阅了骆希平生前留下的全部笔记和来往信件，可是很失望，遗物中没有找到能揭示"眼睛"谜底的任何佐证。虽然骆希平的死因已明白无遗,是"四人帮"及其在G大学的帮派集团的残酷迫害,但林洁莲对此不能满足。为什么他对自己的亲人——妻子、女儿竟连一个字也不留下,却画下那只令人发怵的"眼睛"?

她把这个问题向系领导提了出来。系总支书记抱歉地告诉她,系里对骆希平事件曾作为专案进行过调查,金明的交代也基本符合事实;对"眼睛"问题也专门做过研究,未能得出足以说服人的结论,大家较一致的看法是,他这个举动可能是他临死前的一种幻觉。最后书记对她说,如果要进一步了解一些细节,可以去找一下崔世清老师,当时他和骆希平一起在外面"开门办学",了解的情况比较多。

提起崔世清老师,林洁莲并不陌生。他当过林洁莲班上的辅导员,而且还是她和骆希平婚姻的撮合者。

事情还得回溯到十年前。

学生时代的林洁莲曾碰到过众多的求婚者,因为当时她一心读书,无暇顾及个人私事,因此都以毫不犹豫的方式断然拒绝了。但临毕业前,却又有两个人同时叩响了她爱情的大门。

金明是她碰见的最狂热的追求者。他也是数学系的教师,教过林洁莲线性代数课。他风流潇洒,能言善辩,对人知疼着热,很能揣摩人的心理。那年球赛,他是最热心的观众之一。在金明下乡搞"四清"的前夕,他秘密地向林洁莲提出了要求,被她婉言回绝了。但金明并未失去信心,在乡下,他保持一星期一封来信,娓娓地向她描绘"四清"中的趣闻、乡下的轶事。林洁莲很喜欢读那字迹秀丽、文采四溢的信件,而且为了礼节,也一个月写封短简，和他保持着似断似续的联系。因此金明回校以后，复又提出要求，更加紧紧地盯住了她。

而在那次"牛棚夜会"以后不久，学校里工作组撤走，开始大张旗鼓地批判"资反路线"，林洁莲提出了骆希平的问题。由于金明当时是系里最大造反组织的头头，愿意圆通帮忙，骆希平的问题意外地被挂了起来，他获得了人身自由。因为这一点，骆希平特别感激她，把她视为世上唯一的知心人，而且也立刻热烈地追求起她来。

姑娘的心事往往是深藏着的。林洁莲早已过了那种一见钟情的年龄。在爱情的海洋边，她目睹过狂热者的触礁、轻率者的覆舟，因此她宁愿多等一些时候，不肯轻易迈出第一步。对这两个强劲的追求者，她也做过比较。她觉得金明出身清白、政治可靠，"文化大革命"中表现积极，力求上进，但又常常感到他不大踏实，流盼的目光后面总好像隐藏着某种东西。相比之下，她觉得自己的心和骆希平靠得更近些。她了解他，从内心里尊敬他，那次夜会中，她更看清了骆希平一颗赤诚的心。唯一遗憾的是，骆希平"政治"上先天、后天都不足，尽管他是党员，但他是海外回来的，而且那"四清"中的言论不管怎么说，总是他政治经历上的一个污点；更何况他目前还是个挂着的"运动对象"。当时正是一切都带着浓烈"政治"色彩的时代，她不可能逾越爱情关系上流行的"要政治可靠"的选择准则。她出身贫农，一向在政治上要求上进，从高中到大学，她连任了六年的团支部书记。政治对她来说，是她的第二生命，她不能不把这一项作为选择爱人的先决条件。

林洁莲陷入了苦恼的海洋。

分配前，两个求婚者都要求她摊牌，她没法推辞了，于是她想起找一个参谋。她选中了敦厚稳重的崔世清。

那天的谈话是在校内小公园进行的。

见面没有寒暄，立刻进入正题。林洁莲谈出自己的想法以后，崔世清沉默了好一阵，单刀直入地问："你究竟是在谈恋爱，还是在选党支部书记？"他停顿一下，"其实，选党支部书记也不必要这样。"

一句话把林洁莲说得满面通红，半晌无言。

"如果是谈恋爱，你究竟爱谁？"

"我也说不上来。"

"不对！感情并不是虚浮的东西。"

林洁莲又噎住了。在难堪的沉默中，她又回忆了和他们两个人的接触，骆希平和金明两个形象在头脑中搏斗着，终于，骆希平渐渐站立起来。她抬起头，毅然决然地回答："我爱骆希平！"

"那你为什么又彷徨呢？"

"我……"林洁莲再次低下了头。

崔世清望着眼前的这位姑娘，她上身穿一件绿军装，臂上端正地别着一只红袖章，干净、整洁、苗条、娟秀，真像一枝亭亭玉立的出水莲花。他心里一切全明白了。稍顷，他轻轻但又郑重地说："骆希平是个好同志。"

"……可他现在……"

"你真相信那些？"

"……"

崔世清忽然愤慨起来:"政治,我们是要讲政治。可是,政治难道仅仅写在字面上,填在履历表中?难道它仅仅属于概念、属于标签?难道骆希平毅然抛弃优裕的物质生活,回国建设社会主义不能算政治?难道他刻苦教育、努力工作不能算政治?"

一连串问话如阵阵惊雷滚过林洁莲的心底,她被强烈地震撼了。这些问题她可从没想过。

"现在,追求形式,不讲内容,光顾表面,不求实质,已逐渐成为一种社会传染病。也许靠那种'政治'能把你引进某个天国,但你也将失去爱情的甘泉。这一点,用数学上的术语讲是对等的。"

话已经挑明,崔世清最后对她说:"如果你确实在选择活生生的爱人,而你又真爱他,那就不要犹豫。爱情上也需要勇敢,需要决断!"

……

那次谈话确实起了催化剂的作用,促使林洁莲下了决心。在离校去K市一中之前,她把自己的决定明确写在信上,寄给了骆希平。一年以后,他们结婚了。

而今天,林洁莲已做了母亲,却又要拜访崔老师了。十年沧桑,不堪回首,想起那次小公园里的谈话,她心里不禁思绪翻腾,百感交集。

四

晚上，林洁莲来到了崔世清宿舍门口，给她开门的却是一位头发花白的农村大嫂。经过介绍，林洁莲才知道她是崔老师的爱人。崔老师身体不好，她从江北农村来这儿服侍他，已经两个月了。

宿舍是一个单间，空间很小，但一切都收拾得条条贴贴、清清爽爽。门边的煤油炉上炖着一只药罐，噗噜噗噜地冒着热气，满屋弥散着浓郁的药香。十年不见，崔老师已苍老许多。他正躺在床上休息，见到林洁莲，就想起床，林洁莲拦住了他。

双方互道阔别之后，林洁莲讲明了来意。崔世清听了以后，脸上痛苦地抽搐起来，大口地喘着气。大嫂连忙过来为他捶背，又倒出中药，滤掉药渣，一匙一匙为他喂药。吃过药后，崔世清平缓过来，挨着大嫂，艰难地欠起身子，向林洁莲叙述他所知道的一切：

"那年暑假以后，系里组织工农兵学员外出'开门办学'。当时金明已是校党委委员、数学系的总支书记。他指定我带二年级组去柴油机厂，老骆就分在我组里当辅导老师。其实那是什么辅导老师，完全是扯蛋。临行前，金明就给我交代了一个任务，要我暗中监视他，还布置了几个学员监督他劳动。理由很简单，还是'四清'中的那个老问题，尽管林彪自我爆炸，已经摔死四年多。其实关键的原因恐怕还是你，因为他后来是和张岚结的婚。

"但是金明这一着却适得其反，一出校门，我们这些多年来被关在金丝笼中的臭老九，仿佛又像小鸟飞回了蓝天。对老骆，同事们了解他，同学们同情他，柴油机厂的领导对我们也不存芥蒂。因此老骆非常兴奋，一向沉郁的脸也突然开朗了。我记得那一年正好你们的小婷婷出世。曾经有一天，他收到你寄去的一张小婷婷的照片，足足看了一晚上。我回到宿舍，他近乎粗鲁地抓住我的胳膊，大声地对我说：'老崔，你看，你快看，多可爱的一枝小莲！'第二天，他拉着我上街，特地到百货公司买了一扎印有出水并蒂莲花的信封。而且那时他正忙着调往K市一中，据说K市教育系统已发函过来调他的档案。如果调动成功，就意味着永远摆脱金明他们派权的重压。未来的生活充满着希望，在他眼前展出了灿烂的颜色。

"不仅如此，我们在数学业务上也迈进了成功的门槛。当时，柴油机厂正在设计一种新型的柴油机，而柴油机内凸轮轴上的凸轮曲面却始终达不到设计要求。于是厂领导就把改进凸轮轴的任务交给了我们。因为老骆在这方面有专长，就以他为主成立了攻关小组。

"你是知道老骆的脾气的，工作对于他，就如鱼之需要水一样。新的工作唤起了他全副的精力，为了寻找理想的凸轮曲面，他全力以赴地投入了工作。他不停地画，不停地算，拉着计算尺常常工作到深夜。草图越积越厚，数据越算越多，半个月后，他终于找到了一个理想的曲面，并算出了它的方程式。记得那次画完最后一张图纸，算出最后一个数据时，天已大亮，他拉着我奔到户外，迎着初升的旭日欢呼起来。

"成功的喜讯立即报回了学校，并作为工农兵学员开门办学的成果发了简报，在省报上发了通讯。老骆对此并不介意。但是报喜的学员回来，却从学校里带来一个惊人的消息：金明背着基层支部和数学系全体党员，擅自决定开除了老骆的党籍。原因是不表自明的，他不能眼睁睁看着手中的猎物跑掉，他要掐断骆希平的调动之路。"

崔世清说着激动起来："当时，在金明那样一些人眼里，什么党性，什么党的作风、传统，什么政策、法律，压根儿都是隔世里的东西。入党不过是他们营私的一种手段，社会上喧嚣一时的'空头政治'造就了这么一大批不知政治为何物的'政治动物'。但恰恰就是他们，主宰着当时的社会，党成了他们的外衣，成了他们的保护色。在他们管辖的那片土地上，人民、群众成了可以随意揉捏的一撮烂泥。"

崔世清满脸愤慨，胸脯剧烈起伏，喘起气来。稍停，他控制住内心的激动说道：

"一开始，我们还对他瞒着，但不知哪个同学说漏了嘴，消息传进了他的耳朵。他当时就傻了，整整一天不吃也不喝，呆呆地坐在宿舍里。同学们劝他，他不动，我去开导他，也不吭声。

"第二天，他脸色更阴沉了。久久地看着婷婷的照片和你的信纸发愣。我去看他时，他一头扑在我肩上哭了，嘴里不断嚎啕着：'我今后怎么办呢？'。

"晚上，他稍许安静了，在一张纸上不断地画着。我凑过去看，满纸画的竟都是眼睛。他画着、撕着，不断地画，不断地撕，一直折腾到深夜。

"我发觉他情绪不对,整夜陪着他。第二天,两个换班的同学去食堂打午饭,等他们回来,老骆已拆开了灯头上的电线,缚在手腕上……在他身边的桌子上,搁着一只印有出水并蒂莲花的信封,里面塞着一张纸,那上面什么也没有,却画着一只骇人的大眼睛。"

崔老师哽咽着,说不下去了。林洁莲已哭倒在桌子上。大嫂一边流泪,一边劝解:"大妹子,你不要这样,你……"劝着劝着,自己却也禁不住大放悲声,恸哭起来。

林洁莲抽咽着,语不成声:"那几年,他那么多重压和打击都挺过去了,可偏偏这一次却……"

崔世清安慰她说:"对这事,当时我也想不通,事后想想并不奇怪。他是一个很重感情的人。他回到祖国,举目无亲,就把祖国和党看作了他的母亲,他热心教育,努力工作,要把自己的知识和才能贡献给祖国和人民。但是金明一伙却利用手中把持的权力,残酷地摧毁了他心中最后一点凭藉、最后一点希望。诚然我们可以责怪他不会向前看,看不到历史发展的总趋势,可是在那乌云蔽日的时候,做到这一点又谈何容易。"

大嫂抹抹眼泪,说:"大妹子,你不能怪他。那年,我家老崔被关起来,也差点走了那条路。我得到消息赶到学校,金明那天杀的却不让我见,吼着要我和老崔划清界线。我不信他那个邪,给他回了个绝:'我这么大年纪,和他划哪码子线?我一家老小六张嘴,就指望他这个反革命供饭呢!'我和他们拼了三天三夜,到底让我见了。我见到老崔就说了一句话,我说:'伢他爹,你千条路都好走,可不能走那条黑道!我们家有句老话,砖头瓦片也有翻身的日子,我不信这世道就不能变?!'"

崔世清说:"是的,我们开门办学回来,对金明无视党规党纪的行动提出了抗议。他怀恨在心,第二年就以我悼念周总理的罪名,把我关了起来,严刑拷打,妄图置我于死地。一个月下来,我身体非常虚弱,眼前常常一片昏黑,我竟然情不自禁地想到了老骆走的那条路。这时孩他妈来了,我就像在荒寂的孤岛上看到驰来了一叶小舟,亲人的温暖融掉了心上的寒冰,她把我从地狱的门口拽了回来。记得那一天,我一气吃了她带来的十只鸡蛋,肚子整整胀了一夜。"

林洁莲默默无语,半响,惨切地说:"可他为什么不给我、给婷婷写一个字,却画下那只可怕的眼睛呢?"

"这……"崔世清沉默了,想了一阵说,"这恐怕是大脑受了刺激,引起思维紊乱后的一种幻觉。看他摆开信纸信封的架势,原想是给你们写信的,但没有写,却不断地画眼睛。我想,他早些时候,是否受过什么眼睛的刺激。"

"眼睛的刺激?!"林洁莲心中一阵悸动。

"不过,说到底,这恐怕永远是个解不开的谜了。"崔世清抱歉地说着,迷惘地摇摇头。

五

林洁莲要回 K 市了。此行并未得到预期的结果,她像生了一场大病。学校里要挽留她们再住几天,林洁莲执意不肯,系领导没法,只得连夜把她们三人送上了火车。

林洁莲面容憔悴，陡然老了许多。火车起动以后，随着车厢的颠簸，她的思绪又奔腾起来："谜，永远解不开的谜……眼睛，早些时候受过眼睛的刺激……他究竟什么时候受过眼睛的刺激呢？"她不断地想着。

也许人有这么一种天性，在回忆中，往往只愿从往事中撷取甜蜜和温馨，而对辛酸和痛苦却不肯去触及。譬如人与人之间的相处，常在一起，只觉得平平常常，甚至还会发生矛盾和龃龉，但一旦分手，那些不愉快的情节却通被忘却，而那工作上的切磋、闲暇时的畅谈等等却时时牵萦思绪，使你痛感友谊的珍贵。前些时，林洁莲就处在这样一种状态中。失去了骆希平，她感到了孤寂。当她回忆起那些欢乐的场景、绵绵的情话，她愈加感到离不开他，她需要他的爱情，随着时间的流逝，这种感觉不但没有消褪，反而越来越强烈。但是现在，她不得不控制住自己，把思绪转个方向，深入他们生活的另一个侧面，去寻求揭开谜底的钥匙。这种回忆，对她来说是痛苦的。当那遥远的往事渐次在脑海里清晰起来时，她终于想起来了。

她和骆希平结婚以后，确实过了一段甜蜜、幸福的日子，林洁莲的心灵受到爱情雨露的浇灌，的确是草茂花鲜，充满着浓郁的春意。她暗自庆幸自己的抉择，并且在心里默默地感激他们婚姻的月老——崔世清老师。

但是懂得的东西并不一定都能付诸行动，不能设想，崔世清那一番话能廓清林洁莲头脑中多年形成的偏见。她的决定是在顺境中做出的，当爱情的热浪过去，原先隐没着的暗礁也开始悄悄露头了。林洁莲在"政治"上的担心本不是没有理由的，在她考虑到的后果向他们脆弱的小家庭袭来时，便立即在他们的爱情上投下了阴影。

"文化大革命"中期，K市一中恢复党组织活动，开始考虑林洁莲党籍的转正问题，组织上向G大学派出了调查组。但是他们从金明那儿得到的材料却是：林洁莲和有特务嫌疑、有重大反革命言行的骆希平结婚，丧失了革命立场。这份致命的材料取消了林洁莲的预备期，把她逐出了党的大门。就为这件事，他们夫妻之间发生了第一次争吵。

那时，正好骆希平到K市休假，林洁莲把一腔怨气全倾倒在他的身上。她又哭又闹，不吃不喝。对此，骆希平竟然找不出一句辩解和劝慰的话，他带着一种负罪的心情，听任林洁莲发泄。时值盛夏，他只能站在床前，一遍又一遍地给她打扇，以此表白自己的心迹。事后，两人和好了，但两人之间却隔上了一层膜。休假结束时，骆希平竟怵怵地对她说："我还是第一次看到你发火，你那双眼睛，简直要喷出火来。"

在紧接着的"深挖"运动中，有特务嫌疑的骆希平自然而然地被打成了"五·一六"分子，而丈夫的厄运也立即降到林洁莲的头上，她受到了审查。在林彪摔死的前夜，林洁莲已经睡下了，天亮时分，忽然听到有人敲门："莲！洁莲！"她开门一看，骆希平衣衫褴褛地站在她面前。她骇坏了，一把将他拉进屋，问道："你怎么来的？"

"我趁他们不注意，逃出来的！"

"唉！这是什么时候，能干这种事？"林洁莲眼睛严峻地盯着他。

"我……"

"你赶紧回去!"

"什么!回去?"骆希平怔住了。

"你应当相信群众,相信学校的党组织。"

"我……我已被他们整整捆了十五个昼夜,今天才磨断绳子……"骆希平凄惨地拉起裤腿,露出浮肿的脚板。

林洁莲看着他满是伤痕的脸,搂住他哭了。半天以后,又毅然地推开他,盯着他说:"你还是得回去,要想想这后果。"

"我……"骆希平不敢正视她的眼睛,默默地低下了头。

林洁莲在箱子里迅速找出一身衣裳,又装了两斤奶油饼干,给他拴成个小包,陪同他走了出去。

一路上,骆希平木然地挪动着脚步。当林洁莲把他送进去G市的火车,目送火车消失在远处以后,立即扑在月台的柱子上,伤心地哭了。

就是这一次,骆希平因"越狱逃跑",遭到了更残酷的拷打。

以后,骆希平从"五·一六"一案解脱出来,他又对她说:"洁莲,这些年来,我害了你,拖累了你。说实话,我想见你,又不敢见你,你那眼睛……"

还有一次,他说:"洁莲,你的眼睛……唉!我真想找个地方躲起来。"

……

想到这里,林洁莲心脏一阵阵紧缩,浑身发冷,感到血管里的血液已经凝固。她忽然想呕吐,立即踉跄地奔向盥洗室。在水池边,她拧开水龙头,掬起一捧水泼到脸上,搓搓以后,抬起头来。一瞬间，迎面镜子里出现了一双眼睛：浓密的睫毛、细长的眼睑，眼梢几条刀刻似的鱼尾纹，成放射状向外张开……

"啊——"她惊叫一声，捂住了自己的脸。

母亲闻声赶来，扶住了她，把她架回到座位。她往茶几上一伏，猛然抽泣起来。

母亲不知底里，扳住她的肩膀问："丫头，出什么事啦？"

她不回答，抽泣得更厉害。

"你倒是说呀！"老母亲慌了。

林洁莲猛地抬起头，泪痕满面地说："娘，你说得对，我就是那个女恶鬼，我害了他，害了希平……"

"啊！你疯啦？"母亲惊呼起来。

林洁莲抹去泪水，严肃的脸就像一尊塑像："不，我没有疯。那时，的确有天罗地网罩他，四方妖魔镇他。我，在那时也的确变成了一个女恶鬼，我头上长了角，牴了希平。"说着，两行清泪又如两道溪水，顺着她苍白的脸颊滚滚地淌下来。

母亲惘然地望着女儿，辩解道："丫头，那是迷信，我也是说说的。你看，眼前可是结结实实的世界啊！"

是的，眼前是明明白白、结结实实的世界。车厢里，母子相依，情侣相偎，工人、农民、军人、干部，各自怀揣目的，肩负责任，奔向自己该去的地方。一夜的颠簸，他们有的已经醒来，有的还在梦中。而窗外，又一个黎明降临人间，曙光已透过窗户，照进了车厢。

此刻，林洁莲反而平静了。她凝视着窗外闪闪而过的景物，心里油然泛起一股溪流，先还是潺潺汩汩，渐渐越汇越大，浩浩涌涌，澎湃向前。多少年来，骗子的幻术、蛊虫的毒素、因袭的污浊，交织铸就了一张色彩斑斓的网膜，迷眩遮蒙了人们的眼睛。天地造物赋予人们目光中的亲爱、良知、正义和公平——一切美好的真情都被过滤、歪曲、散射了，剩下的却是阴冷、愚昧、邪恶和兽性。而她，竟在不知不觉中给戴上了眼罩。在骆希平最困难的日子里，她未能张开自己的怀抱，去温暖一下亲人寒冷的躯体；未能用温柔的目光，去抚慰一下亲人鳞鳞伤痕的心灵；更未能用自己的双肩，和亲人一起掮起那沉重的闸门。恰恰相反，她抛弃了做亲人的权利，和屠伯一起，把自己的爱人推进了地狱。可是历史是严峻的，当人们透过人生的帷幕，回首往事，重新认识自己，虽不免有沉重的忏悔，痛苦的呻吟，却有了新的觉醒，新的企望。滔滔的泪水会洗去人们眼睛上的云翳，千千万万个血肉之躯一定会填掉那些不平的沟壑，一代又一代人的脚步，最终会踩出一条通往幸福理想的康庄大道。

　　泪眼蒙眬中，林洁莲看到了婷婷。小女儿舒泰地躺在座椅上，还在甜睡，粉红的小脸，承受着明丽的晨辉，稚嫩、娇艳，真像一朵带露开放的鲜花。林洁莲一把抱起她，生恐失去似的把她贴在胸口上，嘴里喃喃说着："妈妈经历了一段梦幻似的岁月，我对不起你的爸爸。孩子，祝福你，你们长大了，要长上一双真正的眼睛！"

1979年12月一稿
1980年2月二稿

太平年月

一

吉普车在积雪茫茫的原野上奔驰。十天前,下了一场大雪,一尺多厚的雪被暂时遮去了下面的沟沟坎坎。视野里一派坦平无际的白色,冬日的阳光照在上面,反射起一片冷峻白亮的光。公路上雪水泥浆漫流,裹着铁链子的车轮在上面艰难地碾压着,颠簸着。长乐村已被远远地甩在后面,渐渐淡成一抹模糊的灰色。杜仲元的思想却像雪原一样宽广起来。

此刻,他正沉浸在成功之前的兴奋中,甚至还有那么一点骄傲。确实,杜仲元有理由骄傲和兴奋的。在这年关脚下,县级机关里像他这样冒着大雪、乘着裹铁链车子主动下乡工作的,还能数得出几个?自从下半年市机构改革工作组进驻县里,并实实在在开展工作起,机关里的工作链条似乎一下子就松弛了下来,整个机器再也运转不灵了。一些部、委、办、局中,已找不见头头。即使找到,也办不成什么事。当下能办的,往后推一推;办成需要时日的,则更不用说。他们有一句冠冕堂皇的口头禅："别找我了，等新班子吧！"可别小看了这句话！这句话是滴水不漏，找不出一点岔子来的。它反映的什么明白无误，却又可以解释为对新班子的支持，对改革的拥护。不管怎么说，铁的事实是：大家都在等了。老的等着退，新的等着选，中间的等着简。人们的表情是平静的，但平静下面有漩涡，有湍流，有暗涌。到处有悄悄的议论、默默的猜测、不动声色的探听。但是，市工作组不显水、不露山地工作着，调查、考察、排队摸底、民意测验。终于在不久前，县委、县政府的新领导班子宣布了。人们听到结果，几乎不约而同在心里叫了一声："啊！"几个月来，人们掂量、估测、探听，汇总各方面的信息，大体上已在心里画了一张谱，但这结果离谱太远了，那谱实在只是他们自己一厢情愿的单相思。人们这才真正体会到中央的决心，并切切实实地感觉着：新的时代开始了。是的，一点不错！"五十年代工农兵，六十年代红卫兵，七十年代老中青，八十年代靠文凭。"真是智慧的概括、言简意赅的总结。虽然，机关中层一级尚未宣布，但人们已预感到大势已去，原先还有一线希望和期待的，也毅然斩断尘缘，打点退隐了。杜仲元在这场迅猛扑来的浪潮中，明白自己所处的地位和以后的去向。他把一切都看在眼里。从心里讲，他认可这一场前所未有的改革，但也有点不服气。"老了！老什么？以前号召'小车不倒只管推'，现在小车完好，正推得吱吱的，却不给推了！"尽管如此，他还能顾全大局，控制自己的情绪。前几天，政府新班子归口听取各局、办的情况汇报，他准备了一下，在会议上足足谈了三个小时，尤其对本系统存在的问题和如何解决的设想更是着重做了强调,有些重大亟待解决的甚至用了呼吁的口气。会后,他听到了议论。有位局长拍拍他的肩膀说:"老兄,真有你的。你叫了这么多苦,不是给新班子出难题吗?""出难题?"他惘然不知应对,反问道,"那你怎么汇报?""我啊,很简单!今年的工作有年终总结;明年的工作嘛,就等你们新班子定啰。时间只需两分钟!"杜仲元吃惊了,也悟过来了。"出难题,究竟谁在给新班子出难题?!"官场上手腕要到如此纯熟的地步,也令人叹为观止了。自然,对这位平时相熟的局长他不会怎么样,但心里却升起一股厌恶。干了一辈子革命,一次引退,就这样败兴丧气,耿耿于怀,实在有失共产党的体面。他给自己立下了两条:一、要退,就干干脆脆地退,不要那么小家子气;二、退出之前,该怎么干还怎么干。他要用行动向大家表明,自己不是那种鸡肠狗肚、锱铢必较的人。自然,他也要借此证明,他杜仲元不是一辆将倒的车,还不是那个"顷之三遗矢"的廉颇将军。虎老雄心在,退也要退得体面,退得够味。

这次调长乐村的太平花灯去县城演出,便是他要采取的动之一。

太平花灯是流传在县北部地区的民间舞蹈。它的历史可以一直追溯到明代。每逢太平盛世,乡民们在岁末冬闲、新春佳节就用这种歌舞来庆祝娱乐,愉悦身心。这舞蹈已几十年没有演过,杜仲元的母亲只是在旧社会的庙会上见过一次,曾经跳过这舞的老艺人已稀如星凤,快濒临失传了。去年,中央文化部要求各地发掘民间舞蹈,并把编辑《全国民间舞蹈集成》纳入六五计划的科研项目中。县里得到这个消息以后便开始了行动。县文化馆的同志在全县的普查中发现了太平花灯的线索，立即跟踪调查。他们跋山涉水，走村访户，最后在长乐村找到了幸存下来的两个老艺人。在他们的启发、诱导下，两位老人回忆出了舞蹈的基本细节。他们又帮助整理、排练，终于将太平花灯像出土文物一样挖掘了出来。恰逢今年春节，中央号召各地要开展多种多样的民间喜庆活动，让人民过一个愉快的节日，杜仲元便决定把太平花灯调到县城演出。这一方面可以向全县人民展示文化部门工作的成绩，另外也借这次机会给自己几十年的革命生涯打一个漂漂亮亮的句号。然后，体体面面地下台。

任何事情，起个想法，提个建议都容易，可真要干起来却不简单。搞这样一次大规模演出，几百人的队伍远在几十里外，需要接送；人进了城需要吃饭、休息；演出需要场地；演出时盛况空前（这在想象之中是必然的），要人组织，要人维持秩序，要人做安全保卫工作。此外还有农民上城的误工补贴，整个演出的费用（这种花灯舞蹈，一晚上演出，单蜡烛就要点三百斤）。这是一次牵涉到交通、商业、财贸、体育、公安等一系列部门的综合行动，把它说成一次战役也不过分。

杜仲元虽然是久经沙场的老干部，但对搞这样一次活动也感到很棘手。但话已说出去了，县委新班子对他的建议很重视，开弓没有回头箭，他只有信心百倍地干下去。为了高效率地工作，他给自己立了一张时间表。在他的表上，今天必须做两件事：其一，太平花灯的完整演出他还没看过，为了做到心中有数，他必须实地来考察一番。其二，必须在上午发出通知，下午召开各有关系统的领导会议，研究落实演出的具体事项。但局里两个局长，徐副局长早已请病假回老家休息去了，他只身一人，分拆不开。于是，听从局秘书冯国才的建议，兵分两路：家里由文化馆的同志下达电话通知，做会议的准备；他由冯秘书陪同，到长乐村观看演出。现在他这一路已经完成。长乐村的干部群众见县文化局长在年关脚下冒雪下乡，大为感动，而且他们对自己村上的花灯能去县城演出，更感到幸福和荣幸，这是一件足够和子孙后代讲几十年的大喜事。他们立即清扫了水泥打谷场上的积雪，为他俩组织了一次非正规却很认真的演出。事后，村上还为他们设了一顿丰盛的午宴。但杜仲元这顿中饭却没吃好，他的肠胃对付不了那烹调不当的鱼肉和没有烧烂的鸡鸭。这并没有使他扫兴，使他感到不虚此行的是，他从排练中看到了花灯调演的光辉前景，那景象已绘形绘色，触手可及了。

　　现在他正急急地驱车向前，要赶回去参加下午的会议。这次会议是花灯调演成败的关键。不知怎么，他好像有种不祥的预感。这是由于一下子理不清原因在心里产生的直觉，而凭他的经验，这种直觉又往往是灵验的。他心里忽然烦躁起来，伸手去推坐在身边的冯秘书：

　　"老冯，老冯，喂喂……"

　　老冯正在打瞌睡。他身躯阔大，坐在沙发上，和身边瘦小的杜局长恰成鲜明的对照。午饭后打盹是他的老习惯，他那自诩为铁都能消化的肠胃，在狠狠扫荡了午餐桌上的鸡鸭鱼肉以后，很受用。此刻，他的好梦受到干扰，下意识便使他想发作。他在家睡觉，妻子儿女是从不敢高声的。但他刚睁眼，一句常用的骂人话还未出口，吉普车猛烈的一颠使他回过了神，这才意识到身边不是那个驯顺的妻子，而是自己的顶头上司，连忙打起精神，挺直了身子：

"什么事？你是不是还在担心调演的结果？"

他不但承接了问话，还谈出了自己的揣测。杜仲元见他岔开了话题，便顺水推舟地点点头。

"唉，我说多少遍了，你不必多虑。这种舞蹈进城，几十年来第一次，还有什么说的。不讲那些普通群众，就连我们看过多少大剧团演出的，也大开眼界哩。你看今天那演出，那种规模，那种阵势，单那些名目繁多的灯就吓你一跳。嘿嘿，你就等着听反应吧！对了，最好给市报、省报发条消息，或者干脆请报社记者来一趟，他们也有春节报道的任务嘛！呃……假如电视台也愿意来，摄像机一开，就更锦上添花了……"

冯秘书口若悬河，说话毫不费力。他刚睡醒，嗓音清亮得叫人难以置信。此公宽额方颌，圆肚厚胸，粗粗一看，甚至比杜局长更具现代干部的丰采。因此，他俩下去，常常会给人造成错觉，使下面的人请示汇报找错对象，往往要重新介绍，才能纠正过来。但若细细一比较，就会发现，两人气质上有着巨大的差异。这是一种内在的自然流露的东西，能使整个人闪闪发光或黯然失色，而并不决定于外形的长大精壮与否。相比之下，杜仲元人虽瘦小，但目光深沉蕴藉；脸容严肃，却不冷峻；自有一种不怒而威的气势。而冯秘书却表情过于丰富一些，目光流走不定，似乎时刻在捕捉外界的信息；脸上的肌肉也特别灵敏，能对传来的信息迅速做出反应。这是一种当惯下属陶冶或者毋宁说是训练出来的气质。神貌并不终能合一，要不然，一千几百年前，匈奴使者就不会一眼从侍从中发现心雄万夫的曹孟德了。

可是，冯秘书这一幅重彩描绘的前景图却未能对上杜仲元的心境。本来，杜仲元把这次调演当作自己珍爱的宝物一样，喜欢听到别人的赞语，但现在有心事，便引不起兴趣。他不愿扫冯秘书的兴，便顺口接他的话说：

"嗯……你这个建议不错。不过，最好叫广播站出面，他们请报社、电视台比我们方便得多。"他沉思了一会，到底放不下心里那块疙瘩，说，"现在我有点担心家里那一摊子，也不知会议落实得怎么样了？"

"这你放心，不会有什么问题。"

"我总觉得这会议有点悬乎，而且，这事交给方格，安排上也不妥……"

"唉，你操的心也实在太多了。一个人事必躬亲怎么可能？你应当放手让下面干。"冯秘书打断他的话，"方格是大学生，知识分子嘛，召集一个会，还不手到擒来……"

不知为什么，杜仲元听了，却没有再吱声。

二

杜仲元两点钟赶回局里，会议果然没有落实，他的担心被证实了。

杜仲元大为恼火，立刻拨通了文化馆的电话，找这次会议的落实人方格，电话回说方格不在，杜仲元更为气恼："这里火上房了，他倒清闲。"他狠狠地挂上电话，疲惫地坐在椅子上。一大早出去，奔波到现在，他确实累了。

不要上火，方格来了。他听到杜局长回县的消息，主动找到局长办公室来了。

方格今年三十六岁，细高挑个子，外表斯文、儒雅，两只眼睛不大，却分外有神。这是一种见过世面又有较高知识修养的眼神，精明洞达又宽容谦和。在他面前，你会感到他是不能轻侮的，过分的言词，巧妙的伪饰于他都属多余。和这种人打交道，最好讲真话、实话，反而容易取得他的信任和尊敬。他原是省城下放到这里的知识青年，在下面和贫下中农整整结合了十年，1978年考取了省艺术学院音乐系。因为爱情上的波折，毕业以后又要求回到县里。现在在文化馆工作，搞音乐辅导。他业务精通，工作努力，已有几首谱写的歌曲被电台和音乐杂志录用。太平花灯就是他在乡下滚了几个月抢救出来的，所以他理所当然是这次花灯调演的具体组织者。

杜仲元突然见到方格，不知怎么，刚才还呼呼燃烧的火势一下子小下去了。他显得有点尴尬，甚至有点丧气，下意识中还拖了一把椅子让他。

"来了？"

"嗯。"

"电话通知打了？"

"打了。"

"那人呢？"

"这不，人已来了。"方格指指身后。

杜仲元这才注意到，方格身后还跟着一个小青年。他是体委的，他们主任叫他来听一听，回去传达。看来他是今天下午会议的唯一参加者。会议终算没有空白。

"其他单位呢？"

"公安局说，你们文化上吃饱了没事干，到时人全拥到街上，挤坏人怎么办？商业上说，春节所有饭店全部关门，吃饭没法安排。体委答应支持，但灯光球场照明线路被大雪压断了，供电部门忙于修复农村线路，没空来修，恐怕要拖到年后。你看，他们还来了人……"

"你打电话用的什么名义？"

"按你的指示，用的县政府办公室的名义。不过有的单位问我是谁，我一通名，对方就挂听筒。"说到这里，方格脸上浮起了一丝冷笑，"其实，在这种时候，用什么名义都不是关键。这一点，你应当比我清楚。"

方格始终如一的平稳语调，像一块浸湿了水的棉毯，实实地压住了杜仲元的火势。此刻，那火已彻底熄灭。他长叹一声，陷入了沉思。

一直守候在旁边的冯秘书见到这情形，开了口："唉，后天就是小年夜了，这会议开不成，等机关里一放假，调演就难说了。可惜浪费了一上午时间，现在重新召集已不可能……"他好像自喟自叹，既道出了事情的严重性，又隐隐带着追究责任的挑动。

想不到方格竟稳稳地应了一句："不！可能。会议时间可以挪到明天，或者，叫大家发扬点精神，牺牲今天一晚上时间也行。"

"那是不是请你再负责落实一下。"

"老冯你一再推荐的情意我领了。可惜我对自己的估计不足，事先没有想到我不是组织这次会议的料。现在你回来了，由你负责岂不更合适！"

"……"冯秘书一下子钳住了口。

冯秘书和方格之间客客气气的唇枪舌剑更加深了杜仲元的愁绪。现在，迁怒于方格是没有道理的。他猛然觉得，在这种时候，搞这样一次活动是不是有点不合时宜？难道自己真如有人讲的"吃饱了饭没事干"？那么，"吃饱了饭干什么呢？"这样反问好像更能反映问题的实质。他也许太迷信会议的作用了。几十年来，他不知开过多少会了，他的政治生命就仿佛和会议联在一起的。会议确实有它特定的作用，可以造成一种气氛、一种默契、一种约束，它可以节省时间，使大家步调一致。可是这得有一个前提，当这个前提不复存在时，会议还能产生这种作用吗？在这种时候，不要说方格，就是让县长、县委书记出面，这会也不一定开得出来。自然，不会当场挂听筒，但要找不来的理由，太容易了。更何况，这种调演搞不起来，不会失火，不会死人，人们年照样过，地球照样转。文化本来就是软档子。

"杜局长，会还开不开？"

一声怯生生的呼唤惊醒了杜仲元。原来体委的小青年还一直在等着。杜仲元连忙站起来，握住他的手说：

"谢谢你。回去请转告你们主任，这次调演一定要搞，场地请他帮帮忙,照明线路抓紧修理一下。"

"好!"小青年客客气气出去了。

"杜局长,召集会议的情况给你汇报了。假如没有什么事,我也该走了。"方格也提出了告辞。

"好。这里的事你不必考虑了,你去做演出时的场务准备吧。"

杜仲元送走方格,心里反而平静了。现在他感到应当振作起来。多年的经历提供给他一条启示,许多事情,坚持一下,会有希望的。而且据他的经验,正面进攻不行,还可侧面迂回。在这次调演牵涉到的系统中,大部分头头都是老熟人、老同事,他们目前还在台上。他们不卖方格的账,还不至于当面刷他杜仲元的色。现在他只能动用这最后一招了。想到这里,他抓起了话筒。

"喂,喂,商业局吗?"

"你是谁?找哪一个?"

"我杜仲元哪,你们武局长在不在?"

"好,请您等一下。"

一会儿,传来了武大胖子粗重的喉音:

"谁,什么事?"

"我杜仲元。喂,胖子,有点事情请您帮忙哩。中央号召让群众好好过一个春节,我们准备搞一次大型花灯调演。几百号人上来,吃饭问题不得解决,得向您求援啦!"

"哈哈哈哈……"话筒里传来一阵震耳的大笑,"老兄真有干劲,看来老兄还想连任哪?!"

"您说哪里话？我这叫在其位一天，谋其政一天，天生的劳碌命了。"

"不过，春节期间饭店都关门，过了初五才营业哩。"

"这还不在老兄一句话？"

"嗯……这样吧，我让他们提前一天开业。自然，问题会有的，多发点加班费吧！"

"谢谢您啦，胖子！"

"不用！不用！对老兄您，嘿嘿……我得成人之美哪。"

话筒里又是一阵大笑，挂断了。

电话一个接一个打出去。一个半小时以后，问题解决了一半。还有一些单位或是头头不在，或是有点其他关碍，但总的问题不大了。至此，杜仲元终算松了一口气。

"看看，到底还得要老将出马。生姜毕竟是老的辣。"

冯秘书一直没有走。他对于调演准备工作中突然出现的转机感到惊奇。他佩服杜局长在困难面前的冷静、果断和持之不懈的韧性，佩服他在同事中的威信以及和他们周旋的游刃有余的本领。自然，他也没有忘记方格：

"哼，看看方格，这么点小事都办不成，还浑身都是理由，高人一等似的。"

冯秘书好像对方格有种本能的敌意。这一点，杜仲元在车子上就觉出来了。这是一种什么心理，他一时还摸不清楚，但觉得他有点太过分了。于是，劝解地说：

"这不能怪他。我们事先安排不妥，也有责任。再说又在这种时候。"

"不怪他？你看他眼睛里还有人吗？"

就在这时，电话铃又响了起来。杜仲元拿起话筒：

"哪里？"

"我组织部。"

"喔，田部长啊。有什么事？"

"你们局新班子的推荐名单考虑好没有？工作组想听听你们的意见哪！"

"哟，我这几天正忙着筹备春节文化活动，还没考虑成熟。"

"最好快一点。"

"好，我们尽快交上来。"

"老杜，你要解放思想哪！"

"这当然……"

……

真要命！这两天一忙，把这么件重大的事情都忘了。前几天在宣布县委、县政府班子的机关干部大会上，工作组已就县中层干部的调整做了动员，可他没想到工作组行动这么快。这事情确实也难办。文化系统虽然主管全县的文化，但真正的知识分子并不多。多年来，在一些人眼里，文化工作虽不重要，但一些下属部门却是肥缺，结果什么人都想往这里钻。自然，有些人他杜仲元是挡不住的。可现在，要找符合条件的接班人，去哪里找？即使有，譬如方格，行吗？

冯秘书问："杜局长，刚才哪里来的电话？"

"组织部，催要局新班子的推荐名单。"

"嗯……我们这一摊子，你是最清楚的了……倒不是不放心那些年轻人，实在是要对革命事业负责哪……"

"是啊！"杜仲元显得心事重重。

冯秘书沉思了一下，咬咬牙说："我看真不行，你留任！"

"我？"

"我看这在目前是最合适的。专业知识，行政工作，两码事嘛！别看文化这摊子小，工作还着实难做哪。不说别的，单剧团那些人的思想工作，就叫人挠头。我们不必去赶那个时髦。"

这倒是实话。在这点上，杜仲元也是这么认为的。行政工作主要是管理，而管理本身也是一门深奥的学问。知识分子并不一定通晓行政工作，假如让他们去干，他们的特长就会变成特短。

"杜局长，我看你尽可放心。这次花灯调演选得正是时候，只要演出成功，你留任就是顺理成章的事。看看机关里，现在正正经经干的还有几个？搞机构改革，老干部总不能一个不留吧……"

"他也是这么看？！"冯秘书的话突然引起了杜仲元的警觉。刚才和一些系统头头通电话时，武胖子他们也是这么讲的。那话看上去像笑话，又像是真话。难道自己辛辛苦苦组织这次春节活动，反而给众人留下这样的印象。这真是他始料不及的。他忽然感到自己开始陷进一个陷坑，而且是不知不觉陷进去的。他看着一脸虔诚的冯秘书，竟一时呆在那里。

三

　　女人的手真有点神奇。这几天,杜仲元忙于花灯调演的准备工作,不常在家。不知不觉中,妻子银娣把肉圆子剁好了,虎皮扣肉做好了;开了油锅,炸了豆腐果子;还烧了一大钵子年菜。这是一种用咸菜、萝卜丝、茨菇、笋干、百叶、油豆腐和烫好的菠菜用麻油拌和而成的菜,清香,爽口,杜仲元和几个子女最爱吃。这些弄好的菜,碗柜里放不下,又安置到储藏室里的大澡盆中。屋檐下拉起了绳子,一串串挂上了风鸡、板鸭、咸鹅、香肠和拿净肚子的鲜鱼。房间里的柜子里则塞满了过年待客用的糖果和点心。这女人真像一只善于觅食的鸟,不断扇动翅膀把一样样东西衔回窝来。

　　今天是小年夜,杜仲元从机关里回来,突然发现墙上又贴了许多年历画片。也不知是从哪里弄来的,既有宣传计划生育的胖娃娃,又有宣传有奖储蓄的印制拙劣的四季山水条屏,还有一些牙膏、电扇之类的宣传广告画。堂前房里,白色的墙壁被花花绿绿的颜色充满了。杜仲元知道这是喜欢热闹和驳杂的妻子干的。他站在那一堆叫人难受的颜色中,皱皱眉说:"你怎么不管什么都往墙上粘?"银娣说:"等你这难归位的神来弄,要等到什么时候?"银娣的话使杜仲元不吭声了。他在家里,横草不拿,竖草不拈,一切的家务全由银娣一人包了。她既要去百货公司上班,回来还要忙一家子的吃穿,确实够呛的,他要再挑鼻子挑眼,就有点过分了。但不挑剔不等于没看法。在许多事情上,他是持有不同的看法的。银娣她们那一伙女人堆里,一个女人的价值往往是由家庭体现出来的。菜篮的满浅、家具的多寡、丈夫儿女的穿着无一不能使她们脸上增色或黯然无光。所以有些东西虽不大用，银娣也要买。东西多了，既占去了家里的空间，也占去了银娣许多的时间。杜仲元反对这种人变成物质奴隶的做法，但银娣却不以为烦，常常在那无休无止的擦、抹、洗中获得许多的乐趣。杜仲元明白这是女人的虚荣心在作怪，却又无法干涉，渐渐地，他也惯了，宽容了。是的，除此以外，还能对银娣有更高的要求吗？但他在家里百事不问，也有些事可以尽一点力量。譬如，家里的东西越来越多，银娣往往摆得不是地方，而经他的手一拨弄，就会整个地改观。对这点银娣倒也有自知之明，经常会主动征求他的意见。这次因为杜仲元忙，银娣就自己动手了，结果造成这样的局面。现在他只好动手重新安排。这两天，他通过各种渠道，已把花灯调演的准备工作做得差不多了，虽然有点累，但心情很好。他满有兴趣地把那些杂七杂八的广告一张张揭下来，该剔除的剔除，该挪动的挪动。堂前墙上，他仅留下两张淡雅的山水。顿时，屋里显得清爽、洁亮多了。

"喂，房里五斗柜上还有一幅挂历，你也挂一挂。"

五斗柜上摆着一卷东西。杜仲元打开一看，是一卷太湖风光摄影挂历，印刷质量也不错，忙问在厨房里忙碌的银娣：

"哪来的？"

"冯秘书刚才送来的。"

杜仲元皱皱眉："他怎么又送东西来？"

"他要送来，你往外撑？"

杜仲元没话说了，默默地打开挂历，挂在南墙的窗户旁边。挂历上当月展现的是烟雨迷蒙的太湖三山，雨丝飘洒，景物朦胧。他呆呆地看着挂历，开初的余兴跑得无影无踪，心里也好像被烦躁的迷雾充满。

"喂，弄好了没有？来帮帮忙。"

"又是什么事？"

"你来嘛！"

杜仲元过去了。银娣正在厨房里炸春卷，满屋子呛人的油烟。

"你给我翻翻，把炸好的搛出来。"银娣一边包，一边命令他。

杜仲元看看明白了，无可奈何地笑笑，拿起了筷子。银娣有个怪脾气，她并不要他做事，却喜欢在他空着的时候把他唤到身边来陪着，或者讲讲话，或者看着也可以。杜仲元始终悟不出这是一种什么心理。这是不是女人的共同点？是不是可借此多增加一项夫妻生活的内容，或者以此惩罚一下不肯做事的丈夫？但想归想，杜仲元多少年来还是迁就银娣的。

杜仲元被支使了一阵，发现她确实不需要帮忙，便想走开，可银娣又叫住了他。

"别走，问你个话。"

"什么事？"

银娣对他嘻嘻笑着，杜仲元不解地望着她。他这才发现银娣今天突然变得年轻了，容光焕发，眉目开朗，还有久违了的两朵红晕，好看地飞在她的两颊上。他们是老夫少妻，银娣足足比他小十二岁,可也将步入衰老的年龄了。今天她这副样子,一方面是炉火烤的,但更确切地说明着,她心里有特别高兴的事。

银娣欲言又止地笑了一阵,终于开口了:

"喂,你听说了没有?你要留任。"

"你听谁说的?"

杜仲元暗暗吃惊。不过他知道,对最近机关里的改革和人事变动,家属都是很敏感的。她们有一个特定的圈子,有时候,她们的消息比当事人还灵通。她一定在外面听到什么了。

"告诉你,你们机关里好多事,我都知道。"银娣得意地扬一下头,"我听说,市里工作组,县委、县政府新班子对你很满意。"

"你是哪里听来的小道消息。"杜仲元从来不愿意在家里谈工作上的事,便打断她的话。

"别瞒我了。和你过了几十年,今天才知道你这老实疙瘩是假的。"

银娣越说越玄了。杜仲元忍不住,正色地说:"你在胡诌些什么?"

"哼!别人躺倒了,你却顶着干。你看看,这几天,机关里谁还像你这样没日没夜在外面干?除非是傻瓜蛋!"

杜仲元像被蝎子蜇了一下:啊!连银娣也这么看?!他想起武胖子一帮人在电话里的玩笑,想起老冯在办公室的那一番话,心里涌起一股悲哀。难道自己做的这些,就为了一个目的——留任?这可太冤枉了。一瞬间,他来了火,问道:"你说的这些,是不是冯秘书告诉你的?"

"冯秘书讲的又怎样？我看工作组叫你留，你就留，别人盼还盼不到哩。告诉你，我还听说，工作组已考察过方格了，据说有严重问题。哼！知识分子，阿狗阿猫，多喝几年墨水就可以当干部了？我看现在的政策是有点过分……"

"你胡说些什么？！"杜仲元终于按捺不住，吼起来了。他暗自沉吟，这个老冯，怎么可以在外面这样不负责任地乱讲。他看着刚才一团高兴现在委屈地闭了嘴的银娣，委婉地告诫道，"好了，这些话家里说说算了，外面不要乱讲。不该你管的，不要多嘴！"

杜仲元至此，只能适可而止地收兵了。他知道这女人嘴快，逼狠了，她会不顾一切捅出去的。和她过了这些年，他对她太了解了。

杜仲元满腹心事离开厨房，刚到堂屋，两个人跟脚走了进来。前面一个矮个子、花白头发的是县委组织部田部长，后面一个他在会议上见过，是市工作组的老刘。杜仲元一见，连忙迎上去：

"啊，是你们。快坐。"

"你先别忙。"田部长拦住递烟倒茶的杜仲元，"我们有点事找你。"

"这里方便不方便？"杜仲元不知谈私事还是公事。

"最好……"田部长看看厨房里忙碌的银娣。

杜仲元明白了："那……里屋谈。"

在内房坐定以后，田部长说：

"老杜，马上就要过春节了，工作组的同志准备回去休息几天。回去之前,有点事想找你了解一下。"

"什么事?"

"你们系统的方格怎么样?最近有人反映,他平时对党有不满情绪,不知你知道不知道这件事?另外,你是一局之长,我们也想知道你对方格的看法。"

这问题提得突兀,使得杜仲元一下子不知怎么回答。要说不知道,他刚才已从银娣嘴里知道了这件事;要说知道,他又确实不知道更具体的细节。而且这问题比较棘手,牵涉到对一个人的根本评价,事关一个人的政治生命。要讲清楚这个问题,不能含糊地单靠印象,需要切实的证据和实事求是的分析。方格是他的下属,杜仲元除了对他个人的业务、工作比较了解外,对他个人的思想状况了解不多。在他的印象里,他有点清高,似乎还有点傲气,但不知怎么,杜仲元内心里却尊重他,平时也不把他当一般的下级对待。他思索一下,抱歉地笑笑:

"这事情我刚知道一点,还不清楚具体的情况。关于对方格的看法,因事关重大,我得慎重考虑一下,至少现在,我还说不出个明确的结论。"

田部长和老刘对望一下,点点头。

老刘说:"我们知道你最近很忙,假如现在说不清楚的话,也不要紧,春节以后给我们一个答复。据反映,方格对这次'机构改革'还讲过'将相本无种'的话。按理,这句话并没有什么大错,某种程度上还符合不拘一格选拔人才的精神。但如果他真的思想有问题,就另当别论了。"

田部长接着说:"老杜,我们都是老同志了,应该明白这次机构改革，实现干部的革命化、年轻化、知识化、专业化，是革命和建设的战略需要。提拔新干部，既要解放思想，肃清'左'的流毒，又不能任务观点，草率从事，一定要把年富力强的优秀知识分子充实到各级领导岗位上去。我们在有生之年做好这件事，对革命和建设是一件功德无量的事……"

田部长讲的全是文件和会议上的大道理，好像脱离了调查了解本身，带有一种说教的味道，这使得杜仲元心里有点不快。送走他们两人以后，他又一次细细回忆了三人会面的一些细节，猛然领悟到：难道……难道他们把目前出现的有关方格的反映跟自己联系到了一起。假如这一推测正确的话，他杜仲元就是跳进黄河也洗不清了。这说明，他搞春节调演，不仅在周围产生了副作用，而且在市工作组也引起了误解。在这场改革中，人心敏感到了反常的程度，往往会用一些简单的推理去衡定一个人。譬如，老干部便一定不肯让位；不肯让位又一定会对新干部压制。于是，他杜仲元搞活动就等于想留任；想留任便意味着对方格的压制……啊！这推导的结果太可怕了。可是他再一想，又觉得不像。田部长和老刘的这次造访分明是一次正常的调查，他们对他讲的话也是正确和无可非议的……

难道我今天神经过敏了？

杜仲元望着对面墙上茫茫的太湖烟雨，头脑里一片迷糊。

四

太平花灯调演的准备工作一项项落实下去。演出定于年初五晚上在县体委的灯光球场举行,为使更多群众能一睹花灯的丰采,还决定花灯进城后沿主要街道绕城一周。农历大年除夕这天,由文化馆美术组绘制的花灯演出大海报,配着精美的图案,简洁动人的介绍,在县城闹市区多处贴出。一时,太平花灯调演成了县城几万居民的中心话题,它加浓了春节前的节日气氛,在人们心里煽起一股期待和激动的情绪。年初五,成了人们盼望的日子。

一元复始,万象更新。全城居民在一片震耳欲聋的爆竹声中迎来了新春的第一天。节日的县城披上了盛装,许多单位的门楼上挂起了宫灯,拉起了"欢度春节"的大红横幅。大街小巷的居民们在大门上悬挂门钱,贴起各种喜庆吉祥的春联。城郊农民的龙灯、狮子、旱船进城了,一拨拨在闹市区摆开了场子。那些有意在城里人面前一显身手的青年们使劲敲着锣鼓,表现他们挟带着田野气息的力量、智慧和技巧。围观的人们闹着,笑着,不断报以热烈的掌声。到处是氤氲的色彩,到处有欢乐的声浪。在这一年一度的传统大节里,人们尽情享受着人生的乐趣。

但下午,晴朗的天气阴晦了。不久,竟飘飘洒洒下起了雨星。那温煦的风在不断地加强势头,渐见得凄厉。气温陡然下降了好几度。县广播站的天气预报说,一股较强的冷空气正从北方南下,影响本地,近期几天之内将有雨雪。突变的天气打乱了人们的生活节奏,给欢乐的节日蒙上了阴影。

加大的北风,飘飞的冷雨使杜仲元的心情更加沉重。自从年前工作组找他谈过话以后,他调演太平花灯的兴奋心情便一落千丈。他懊悔自己在这股时代的潮流中没有及时收帆落篷，转舵下锚。是的，注定要退出历史舞台了，还要去逞什么强，争什么胜？但花灯调演已如离弦之箭，欲收不能，他必须控制自己的情绪，胁迫自己打起精神。他明白，搞这么一次大的活动，假如他撑不住，哪怕稍稍显示出一点疲惫、厌倦和懈怠，后果将不堪设想。现在，他也豁出去了。他决心把花灯调演搞下去，出色、圆满地搞到底。至于别人怎么说，由它！在这世界上，人们的嘴是掩不住的。

年初二，天气丝毫不见好转，夜里，还纷纷扬扬飘起了雪花。年初三一早，杜仲元冒着飞雪来到局里，再一次向县气象台打听天气情况。气象台的答复是模糊的，做不出肯定的结论。而长乐村和几个联系的单位却不断来电话催问，年初五的调演，还搞不搞？杜仲元对他们的心情也理解，在这一年难得的大节里，人们都有自己的安排和活动，或走亲，或访友，或趁着这较长的空闲办一些喜庆大事。现在，他们都在准备、待命，假如突然变卦，他们便白白牺牲了这几天等待的时间。但是，没有办法。杜仲元只能狠着心肠，咬咬牙齿回答他们："做好准备，年初五不下雨雪，准时调演，不另改期！"

年初四，天空渐渐住了雨雪，杜仲元稍稍松了一口气。他再一次打电话给方格，询问演出场务上的准备情况。方格说，一切准备工作都已齐备，花灯的进城路线，演出时的仪式，场地上的会场布置，主席台上的扩音设备都考虑好了，甚至连演员休息喝水的保温桶都做了准备。但最后方格却讲了一个令人不安的问题：体委灯光球场的照明线路至今没有修复，场地上的积雪也没铲除。这使得杜仲元刚刚松弛的心弦又绷紧了。

"这事你怎么不早讲？"

"我也是刚刚知道。"

"你和他们联系过没有？"

"这事应由体委负责。由我和他们联系，恐怕解决不了问题。"

杜仲元没话说了，顺手将电话挂到体委，电话通了，却没人接。没办法，他只得亲自赶往体委，在门口，碰见了出去冲开水的看门老头子。老头子说：

"听说不搞了嘛。"

"谁说的？"

"你们局里的人讲的。"

"没有这话！"

"真的，那人好像姓……姓什么来着？喔，对了，他是个什么秘书……"

杜仲元没空和这个耳聋口钝的老头子纠缠，急急地问：

"你们陆主任呢？"

"他儿子娶媳妇，正忙哩。你有事吗？"

杜仲元强忍住心里一阵阵涌上来的不快，以命令的口吻叫老头子打开了灯光球场的大铁门。进去一看，他吓了一跳，眼前银光闪耀，白皑皑一片。阶梯式的观众台上，隔年未化和这两天新落上的积雪足有一尺多厚。球场上空，几根断了的电线在寒风中呜呜地颤抖着，像是向他乞怜，又好像是对他嘲弄。顿时，一种努力了多少天没有着落的绝望和沮丧，伴着身心的疲倦劳累一起向他袭来。他眼前一阵金星乱舞，差点瘫软下去，赶紧扶住栏杆，紧闭眼睛稳稳神。就在这时，他听到了背后"杜局长"的喊声。

门口，方格走了进来，看到杜仲元脸色发青，紧走几步扶住了他：

"你怎么了？"

杜仲元倔强地挣开了，眼光定定地看着方格，半天："你来了？……"声音在呼呼的北风中，分外凄凉。

方格："你是不是担心这场地……"

杜仲元没有回答，却背过身去。这还用问吗，事情明摆着，即使明天是晴天，这场地也不能演出。这么多积雪，怎么清除出去？就是出高价请农民工，人家也不定肯来。在这大年节下，钱在他们眼里并不那么重要，何况，这两年他们手中并不缺钱。

"杜局长，这场地交给我吧！"

方格的声音平静、沉稳，充满着有把握的自信。杜仲元转过身来了，上下打量着他。今天方格穿着一身呢制西服，外面罩着一件淡黄色的风衣。他站在铺满白雪的台阶上，显得那么潇洒，那么飘逸。

"你有办法？"

"嗯。"方格点点头，似乎胸有成竹。

"什么办法？"杜仲元却不放心。

"是这样。今天晚上，文化馆和工人文化宫要联合举办青年舞会，下午集中在文化馆排练。几十个青年，拉一下他们的差不成问题。"

这个办法杜仲元可没有想到，也不会想到。他看着这个有着一头美发，打扮大方入时的青年（不，应当说快步入中年了），心里涌起一股热流。他赞许地点点头。过一刻，转个话题问道：

"这两天你倒没抽空回去看看？"

"算了，以后再说吧。"

杜仲元看着他，心里突然闪过一个想法：

"小方，我问你句话？"

"什么话？"

"你有没有说过'将相本无种'这句话？"

"嗯，说过。"方格眼睛里闪了一闪，却没有迟疑。

"你这话是什么意思？"

"这怎么说呢？"方格搓搓手，一双秀眉耸了一耸。显然他在斟酌字句，考虑如何表达自己的意思。但很快，他便回答杜仲元：

"这是从《神童诗》中套来的，原本是鼓励旧读书人读书钻营、潜心仕途的话。假如剔除其中的封建毒素，这话倒符合目前大批年轻知识分子登上中国政治舞台的形势。可有些人却觉得中国大地上出现的这场变革潮流不可理解，甚至感到惶惶不可终日。多年来，知识分子曾经是一个十分危险的称谓，年轻则是幼稚、无知的同义词。可现在，却要让他们来掌握中国的命运，行吗？能放心吗？可惜，这些人的心太脆弱了，他们眼镜'左'的度数也太深了。且不说知识分子早被党中央明确肯定为工人阶级的一部分，就是对知识分子缺乏管理知识的担心也是多余的。干部并不是天生的，一个人也并不在娘胎里就注定是一个好干部，知识分子当干部也有一个从不成熟到成熟的过程。他们手中有了权，办事照样有人跟，讲话照样有人听，而三年两载之后，他们熟悉了行政业务，就会如虎添翼，如鱼得水。也许，会有一部分不尽如人意，但从总量上、宏观上，将大大提高整个干部队伍的素质。这是毫无疑问的。自然，我上面说的那些担心者大都是好心人。至于那种打着忧国忧民旗号营私的，就不值一提了。"

杜仲元听了，暗暗吃惊。他想不到方格讲话竟如此坦率。他越加感兴趣了。

"假如组织上要你出来挑一点担子呢？"

"按我的本意，我不愿意涉足政坛。相比之下，我更爱我学的专业。但如果组织上确有需要，也就另当别论了。"

也是一个另当别论。杜仲元决心追根求底：

"假如让你干，你相信你能干好吗？"

"能，一定能！"方格的话一如既往，干脆、肯定，充满着坚实的自信。

杜仲元不言语了。他今天看到了另一个方格。他相信自己的眼睛。他觉得，耳边那呼呼的北风在减弱，天上的阴云也不那么沉重了。

他心里不由得感到一阵轻松。

五

年初五，老天爷赐了一个阳光灿烂的响晴天。

天空碧蓝碧蓝，阳光照得人心里一片豁亮。那满天厚重的云彩不知道一下子藏到哪里去了。风虽然还带着峭厉的冷劲，但在阳光的抵消下，已感不到它的威胁了。从早晨起，大街上便挤满了人，体育场门口，更是围满了打听花灯调演的群众。那些已经弄到入场券的，脸上挂着满足、炫耀的神采；没有弄到票的却还在苦苦询问和钻营，希望能搞到一张站票或退票。人们欢庆节日的情绪，在压抑了几天之后，又突然高涨起来。

这是一个好兆头。

太平花灯的调演准备工作已全部就绪。体育场的积雪已清除完毕，场地上的灯光照明线路也同时修复了。这么一件看来很难办的事情，居然被方格在两个小时之内轻而易举地解决了。昨天，杜仲元在那片厚厚的积雪面前，几乎感到了失败的阴影，可这个方格，就那么一招手，便来了五六十名青年。这些鬓角长垂、穿着时髦的青年，杜仲元最怕和他们打交道了。一是他们那种好像明白一切，又轻视一切的眼神叫你忍受不了；二是那种讲话随便，玩世不恭的派头也使你不愿意和他们接近。和他们讲话，轻了不行，讲重了，他们会毫不留情地揶揄你一番，甚至还会搞些你完全意料不到的恶作剧，让你哭笑不得。在他们面前，一些惯用的行政手段往往会失灵。杜仲元对他们的心情说不上是畏怯还是厌恶。可方格却不然，这家伙身上仿佛有一股神奇的凝聚力。在他面前，那帮青年的眼神是服帖的、讨好的，他们驯顺地听从他的指挥。在扫雪场上，方格一声令下，青年们像变戏法似的，一下子弄来那么多铁锹、扫帚和板车，有两个还威风凛凛开来了两辆大卡车。杜仲元更没想到的是，那帮青年中还有几个供电所的职工，他们猿猴似的攀上电杆，很快就修复了照明线路。整个扫雪场面壮观且令人感动，使得坐惯办公室的杜仲元也兴致大发，泥呀水的和他们摞在了一起。他的身上出了汗，但并不感到累。相反，他很愉快。在短短的两个小时中，竟使他想起了那些逝去的年轻美好的岁月。

此刻，杜仲元坐在办公室里，忽然产生出一种寂寞和百无聊赖的感觉。这些天一直伴随着他的那种目标明确，要调动全部身心去解决问题的迫切感、紧张感一下子消失了。他感到无事可做，也想不起来该再做些什么。在此之前，他已再一次用电话检查了各系统的准备情况。一切都没有问题，整个工作机器在正常地运转着。花灯调演，从年前筹备到今天，如同经历了繁重、辛苦的播种、耕耘和浇灌，只等着最后的收获了。办公室里很静，窗外屋顶上积雪的反光漫射到室内，一切都笼着惨白凄清的色彩。不时地，有一两声零星的爆竹声远远地传来，这声音更增加了室内的静寂。杜仲元忽然烦躁起来，一种莫名的孤独和压迫感渐渐地升起，并越来越沉地压在他的心上。

谁也想不到，他这个堂堂的县文化局长现在会是一个有家归不得的人。

昨天晚上，杜仲元回到家，已是掌灯时分。他发现家里还是黑灯瞎火，感到奇怪。推开房门一看，银娣却躺在床上。他以为她病了，伸手去摸她的额头，却被银娣粗暴地挡开了。他不明白什么原因，便好言软哄："啊啊，今天夫人灯不开，锅不烧，叫鄙人何处用饭？"杜仲元半真半假来了一句京白，还很有韵味。这是杜仲元为缓和家庭矛盾，常常采用的一种方法，既能投石问路，又有回旋余地。

"用饭，用饭，你旁处用饭去，这里不是你的家！"黑暗中飞出了一声喝斥。

杜仲元心里一惊，为了慎重，又接续一句："夫人小恙不适，有话可讲，何故发雷霆之怒？"

啪！电灯亮了，床上坐着满面怒容的银娣。

"我讲什么？讲半天不等于耳边风？"

这一下，杜仲元明白事情的严重性了。以往这办法是有神效的。这对老夫少妻之间，每当发生龃龉，他便用这方式开两句玩笑，而银娣听了，忍俊不禁，骂声"老不入调！"便会一笑了之。可今天，银娣似乎很恋战，这使得杜仲元也正色起来：

"你有话好好讲，发生什么事了？"

"发生什么事，你自己不明白？我问你，你向工作组打报告要求退下来，还推荐了方格，是不是？"

"你从哪里听来的话？"

杜仲元心里一跳，银娣的消息怎么会这样灵通？自己下午刚向工作组递上了局新班子的推荐名单，她怎会全知道了？足见她周围的信息网是多么地灵敏发达了。

"听说你还为他开脱了责任，天底下真没见过你这号傻瓜蛋！"

"你怎么这样说话？"杜仲元心里已隐隐有火苗闪动。

"这样说话？"银娣冷笑一声，"你要我怎样说话？现在谁不想留任？别看你现在神气，下了台，谁还看得上你这个背时鬼？我看你活了几十年，还不如我一个女人。现在城里楼子竖了那么多,派你住了几平方?这两间破平房,你倒当金銮殿了。今年女儿就要高中毕业,她的成绩你也有数,我不承望她成龙成凤,大学考不上,总得有个好工作。我不愿她人前人后落人家褒贬。跟了你这些年,我天天服侍你,把你当老爷,图什么?就为图那个不能吃不能穿的好名声?你现在倒好,屁股一拍,想把担子卸给老娘了。不行!你想下台,我还不许呢!都说妇女顶个半边天,这事你得听听我的意见。"

银娣这一串连珠炮式的讲话把杜仲元打懵了。他和她共同生活了这些年,银娣这样大发雌威还是第一次见到。她那赤裸裸的内心披露使他浑身一阵阵发凉。灯光下,银娣的头发散着,眉眼五官全移了地方。他心里一阵悸动:"她……她怎么会是这个样子?"

可不要笑话杜仲元怎么也会产生这种想法。干部的家庭同样生活在尘世之中,他和银娣的结合在中国决不是一个特例。杜仲元曾经有过一位满意的妻子。但那位小学教师在结婚后不久患肺结核去世了。他在当了几年艰苦的鳏夫以后,由人介绍和银娣成了家。当时,他是二茬婚,还拖着个孩子,一个比他小十二岁的黄花闺女肯跟他,已是谢天谢地了,他不可能再考虑其他什么条件。而银娣,确也有许多独特的优点。她健康,比前妻更能干。她这种包揽式的家庭主妇与前妻是全然不同的风格,这使从困境里走过来的他,在婚后好长一段时间常常浮起一种幸福的感觉。在这样的家庭里,他确实享受到了一个中国传统式丈夫所能享受到的一切乐趣。银娣有着极强的生活能力和适应能力。在"文革"那几年他被打成反革命的日子里,她正怀着小女儿,全家的生活竟仗着她那点菲薄的工资支撑了下来。不仅如此,她还能从那点可怜的收入中抠出一部分为他买营养食品,隔三岔五地送到封闭学习班来。在门口,看守训斥她,要她和丈夫划清界线。她挺着大肚子和他们对吵:"怎么划?你和你老婆怎么划界线?你们说他是反革命,我还指望他这个反革命吃饭呢!"面对这样一个把一切都豁出去的女人,那帮凶神恶煞般的英雄们心虚胆怯了。因为这,杜仲元在学习班里少吃了许多苦。在他解放走出封闭学习班的那一天,银娣领着孩子们去接他。他那从未见过面的小女儿已经三周岁了。当银娣哄着女儿叫爸爸时,他这个在学习班里没有流过一滴泪的硬汉子,终于受不了感情的强烈冲击,当场搂住银娣母女痛哭起来。在那年月里,要不是银娣,要不是银娣维系的家庭还在这世界上给他留下一块暖融融的小领地,他恐怕早已绝望弃世了。正因为这,杜仲元在心里永远感激她。也因为这,银娣在家庭里逐渐确立了铁定的、强有力的地位。在银娣身上,她的缺点和优点表现得同样明显,而且水乳交融地组合在一起。有时候,杜仲元看到银娣那些出格而粗俗的举动,心里也常常会生出一种若有所失的缺憾,甚至还会使他想起那位小巧温柔、明理通达的前妻。但他往往能克制住自己,在心里告诫道:"你呀,你应当知足了。"是的,"知足者常乐",这是中国传统的至理名言,在这种问题上知足,是符合中国的道德准则的。可现在,银娣又一次发作了,这是她的缺点的一次总暴露,杜仲元还能用"知足"来宽解自己吗?目前,他正处在人生的新的转折点上,在这里,他有着他的行为准则、道德规范。难道他能因了她的发作轻易地抛弃信仰、改弦易辙吗？

杜仲元终于开始发火了："你……你太过分了！"由于激动，他说话有点结巴。

"哼！过分？我还懊悔跟了你这个傻瓜蛋、窝囊废哩！"

"好！好！"杜仲元气得浑身发抖，"你……现在还来得及，去法院离婚！"

"离就离！马上走！走！"银娣的话中出现了哭音。

这一下，杜仲元慌了。女人这一手是绝招，会使天下所有的男人都束手无策的。

"你走，男子汉，大丈夫，讲话算话！"

银娣一边大哭，一边跳过来扯他。杜仲元见状，急向后退。啪！前襟上一粒纽扣掉了。他踉踉跄跄退出大门，银娣用力把门一推，大门乓一声合上了。随即，里面传出惊天动地的号啕：

"我这辈子瞎了眼，跟了个没良心的……"

杜仲元在外面听了毛骨悚然，再不敢恋战，翻身就走……

现在，杜仲元在机关招待所孤雁似的睡了一夜，手头那繁琐的调演准备工作也已就绪，在周围这一片恼人的孤寂中，他的思路渐渐明晰，开始再一次清理这一场家庭风波的前因后果。

是的，他昨天从扫雪场上回来以后，是向工作组递交了自己的引退报告，并推荐方格作为下一届局领导的候选人，而且对工作组提出的所谓方格的问题做了解释。方格所在单位的那个基层支部已有十多年没发展党员了，也没见过他们有什么计划。现在那个支部，一年活动不了几次，要不是那几个党员还按月从工资里扣交党费，有几个早该劝他们退党了。党的形象不是架空的，得靠一个个党员、一个个基层组织在人民中树立起来。有些人入党以后，就把大门关上了，党几乎成了他们的一项专利。对于这样一个支部，即使是一个普通公民也有理由谴责。方格有看法是理所当然的，这正说明了他的觉悟。问题的实质是前提不同。前提不同，结论也就截然相反了。自然，在这件事情上，他这个局党组成员也是有一定责任的，前段时间，他对基层党的工作关心得太少了。因此，他在报告里承担了他应当承担的一切。

现在的问题是，银娣怎么会这么快就知道这个消息。从迹象上看，一定又是老冯，他那份解释报告最后是请老冯誊清的。这段时间，他已逐步摸准了老冯的思想状况。按他的观察，老冯对这次机构改革是抱着抵触情绪的。老冯也是机关里的老干部了，工作也不错，假如按以往的常规一级级提拔，他应当是下一届局领导的候选人。但正如目下机关里流传的顺口溜所说："三十七八，往上提拔；四十七八，包包扎扎。"他已错过站头，到了包包扎扎的年龄了。从几次和他的谈话看出，老冯要求他杜仲元留任是真诚的，发自内心的。看样子，他对局下一届班子的设想是维持现状。他现在还搞不清他这一想法的思想基础。也许他是出于对方格这一类人的传统偏见，或者是他平时居高临下惯了，一旦下属上来，那种突然倒转了的人事关系，很难相处。假如不是这些，而是明知自己无望，你也休想称心，"麻绳草绳扯作一般齐"，那就可怜也可悲了。

但银娣呢？她的思想是现实的，目的是切近的。也许她的那些要求并不过分。她是一个妻子，一个母亲，一个家庭主妇，同样有衣食之忧,儿女之情。现在社会上,即使是普通群众,谁又不为自己的家庭操心,为自己的孩子奔忙?这几年,由于他不上紧,他依然住着十多年前就住着的两间小平房;小女儿上大学的希望不大,以后的前途也确实是个未知数。这一些,要叫挑着家庭担子的银娣不考虑是不可能的。但是没有办法,谁叫自己当干部的呢?当干部,工作没做好,人们要骂。社会治安不好,市场供应不好,生产上不去,挨骂的首先是干部,你要搞一点特权就更要挨骂。要当一个好干部,便只有工作的权利,没有谋私利的特权,用银娣的话说,真正只能"图个好名声"。但共产党在人民面前打出了鲜明的旗号,不图好名声还能图个坏名声?可这一些,银娣能理解吗?能用这一些去说服她吗?他感到自己在她面前,是那样的无力。在这场家庭风波中,他看不到一点解决矛盾的曙光。

外面有人敲门,方格走了进来。

看着方格的神色,杜仲元预感到又有什么事发生了。

"杜局长,长乐村的太平花灯在半路上被拦住了,上不了公路,乘不了车。"

"什么?!"杜仲元跳了起来,"在哪里?"

"金家墩。花灯不让通过……"

原来,长乐村的花灯上公路前,半途还要经过一个村子——金家墩。金家墩传说是八仙经过时从云端里掉下的一个金元宝变的。花灯通身是火,火在五行中克金,花灯经过后便会闹病遭灾,死人失火,所以金家墩历代都不许花灯上村。今天下午,长乐村的花灯集队到公路上候车,金家墩要他们绕道,两边不肯让步，被阻住了。现在，县公交公司的车队已经出发，却接不来人。

"乱弹琴，什么时候了，还这样迷信。他们乡干部呢？"

"乡干部已在那里调解了两个小时，还没有解决问题。电话中说，他们两个村在圩堤上有历史矛盾，去年冬天还为水利闹了一场纠纷。那些迷信传说不过是借口。"

这真是屋漏又遭连夜雨，行船偏遇当头风。多少天来殚精竭虑，心力交瘁，昨天又一夜没睡好的杜仲元顿时脚下发飘，跌坐在椅子上。

方格见状，关切地问："杜局长，你……"

杜仲元意识到了自己的失态，强挣着站起来："不要紧，我马上去金家墩！"

方格："你别去了。就是去也不一定解决得了问题。"

"那怎么办？"

"我去！"

"你？！"杜仲元对眼前这个年轻人毫不掩饰的骄傲和自信，心头涌起一阵不快。

"自然不是我一个人去。你得打个电话到公安局去，请他们派两个民警和我同去。现在，说理已没有时间，只有大盖帽和制服能解决问题了。"

"好！"杜仲元不得不再一次服输了，心里暗暗佩服方格的机灵和聪明。他迅速挂通了公安局的电话。对方很爽快，答应马上派一辆小吉普下去，并叫方格去公安局等候。

方格匆匆地来，又匆匆地去了。他是那样的洒脱，那样的利索。今天的方格,不正是昨天的自己吗?而现在,自己竟坐在这里站不起来了。杜仲元望着方格远去的背影,心里泛起了一股复杂的情绪,是慨叹?是感奋?是羡慕?是嫉妒?他自己也说不清楚。他忽然想起以前不知是谁对他说过的话,人生下来,浑身赤条条的,什么也没有;渐渐地,衣服穿上了,越穿越大,越来越重;接着书包背上了,书也越来越厚,越来越沉;随后又踏上社会,还得成立家庭,于是周围牵引上越来越多的人,而自己也被越来越多的人牵引……他身上挂的东西越来越多,背上的东西也越来越重。人就这样不断地背着,走着,一直走向自己的终点……

人生,难道真是这样的吗?

忽然间,他感到自己的确老了。

六

"砰——叭!"

一支大爆竹在夜空里炸开。随即,一支又一支爆竹挟着啸声飞上天空,在暗蓝色的天幕上爆响。一霎时,火星流射,花雨纷飞,空气中弥满了浓郁的土硝味儿。"嘟……嘟嘟嘟……"八支长柄铜号吹起了高亢的前奏,悠扬的丝竹响起来了,守候在城外宝塔寺旁的几百名执灯者齐煞煞举起了手中的彩灯。

六点整,长乐村的太平花灯进城了。

整个县城里万人空巷,欢声雷动。那些没有觅到入场券的群众为了不错过这几十年难得一见的机会,全拥到了花灯进城的必经之路上。从宝塔寺到望京街、砧杵北路，转宏基大街，穿景德桥，一直到城中大道，几里路长的街道两旁人山人海，观者如堵。在密密的两道人墙中间，长乐村的花灯队伍像一条灿灿闪亮的河流缓缓淌了过来。前面由两盏硕大的头灯开路，上面"太平灯会"四个大字在烛光的辉映下，煌煌耀目。接着是四盏方向排灯，上面各写着"国泰民安""风调雨顺""五谷丰登""人口平安"四句吉祥祝语。紧跟后面的是八个少女，妆化得云髻高耸，珠翠挂脸。她们穿着一身戏装，各挑着一副缀满花朵的花担颤颤悠悠飘了过来。再后面就是灯的大队：牛灯、马灯、秋叶灯、稻箩灯、双钱灯、元宝灯、蝙蝠灯、和合灯、万字灯、福字灯、八卦灯、方平灯、双菱灯、三角灯、太阳灯、蟾蜍灯、金鱼灯、王妈妈灯、和尚灯……持灯人全是姣童玉女，一式头戴凉帽圈，足蹬彩镶鞋，华服鲜衣，亮眉秀目。大队后面还跟着书生、牧童、商贩、货郎、强盗、偷儿、和尚、道士等三教九流人物。末了殿后的是八名手持刀枪、威风凛凛的皂装武士。整个街道上花团锦簇，流光溢彩，成了灯的长河，灯的世界。

体育场里，观众早已挤满了四面的梯级看台。从底层到高层，重重叠叠，黑压压一片。水泥球场上空，十六盏水银灯大放光明。主席台上，县委、县政府新班子的主要成员已经就座。灯会的主持人杜仲元坐在主席台左侧，看着这盛大的场面，心里翻腾着激动的浪花。多少天奔波、劳累，甚至付出了不能对外人道的代价，今天终于可以看到结果了。他坐立不安，周身被一种亢奋的情绪笼罩着，不禁在心里暗暗责骂自己：都这么大年纪了,还这样沉不住气。他努力收束住野马一样奔突的思绪,看看表,知道花灯进场还有一点时间,便想考虑一下一会儿开幕式上的讲话,忽然觉得背后有人拉他,回头一看,却是冯秘书。

冯秘书畏缩地站在走道里,一脸羞愧的神色。

"什么事?"几天来,杜仲元对这个多年共事的下属,已经产生了不好的印象,因此,声音显得有点生硬。

"喏,你的东西!"冯秘书嗫嚅着,塞过来一包东西。

"哪来的?"

"银娣叫我带来的……"

"她……"

"她也来了……在那边。"冯秘书几乎不敢正视杜仲元的眼光,迟疑地指指球场的右前方。

杜仲元顺着他的手望去,果然在对面的栏杆边发现了戴灰色围巾的银娣。她似乎一直在注视他,看到他搜寻,便侧过身去。

"她让我带信,叫你花灯演完了回去。"

杜仲元心里不知是什么滋味。好一刻,他摩挲着包袱不讲话,既不表示答应,也不表示反对。终于,他抖开包里的大衣,披到了身上。这时候,他确实感到了广场上越来越逼人的寒意。

冯秘书如释重负地呼了一口气,轻轻地说:"我走了。"

"等一等!"杜仲元却叫住了他。

"还有什么事?"

"你……唉,算了,你去吧!"

冯秘书去了。杜仲元看着他在人群中悄然隐去的身影,心里突然升起一股怜悯之情。是的,这场机构改革,触动了许多人的灵魂，也撕去了许多人平时蒙在脸上的面纱。多少年来，一个干部价值的大小，工作成绩的优劣，全体现在上级的信任或职位的升降上。这观念强烈地支配着包括他自己在内的一大批干部。一旦面临目前这全新的干部制度改革，确实不容易接受得了。对老冯，也许秘书就是他形式上的人生制高点了。如果从表面上看，这确实是当前这场机构改革给他造成的。但这场事关中国命运的改革浪潮，会因为一些人的鸡虫得失，停止或消减它的势头吗？在时代的大潮前，看不到它澎湃深沉的内涵和力量，却斤斤计较浪沫溅湿了自己的鞋袜，这正是老冯他们一些人的悲剧所在。想到这里，杜仲元也好像有了一种新的领悟。让时间和实践去唤醒他吧！他发现自己已经开始原谅他了。

就在这时，观众席上爆发出一片欢呼：

"来了！来了！"

体育场的边门在公安民警的保护下打开了，长乐村的花灯队伍流进了广场。杜仲元看到，在灯河前头导引的，竟是方格。这家伙今天奔波、忙碌了十几个小时，依然是那么步履矫捷，精神抖擞。在他的指挥下，流动的花灯队伍在广场的特定位置上暂时凝固了下来。随后，他走向主席台，向杜仲元示意，一切准备完毕。杜仲元再一次看看表，时间恰恰七点，正是预定的演出时间。

灯会安排了一个简单的开幕式，由新县长讲了话。这位新上任的四十来岁的公社农艺师，很明白此时观众的心情，他在给大家拜过年，并预祝花灯演出成功以后，立即宣布演出开始。

广场上空的水银灯倏然熄灭,顿时,水泥球场上亮出一片灿灿的灯影。突然显现的空阔无边的背景上,四盏写着吉祥祝语的排灯散向东南西北,在四面标定了方向。花灯队伍重新流动起来,走起了圆场。圈中心,两个赤膊壮汉舞起了清场的火流星,四朵火球在夜空中划出道道亮弧。霎时间,火花飞溅,星雨横洒;舞到紧处,人影隐去,只见两团红光在广场上滚来滚去,吓得几个溜进圈子的观众慌忙逃到栏杆外边。观众席上,爆发出第一次热烈的掌声。

夜风好像停了,人们早已忘掉了无遮无掩的广场上的严寒。一个个睁大眼睛,望着这乡下送来的人间奇观。此刻,花灯已经在布阵了。广场上,人影幢幢,灯彩闪闪,灯引人走,人提灯行。初还走着简单的"单十字""双十字",忽然,两盏头灯一绕,立时荡起了两道粼粼的"水波",起伏流走,银浪闪烁,夜空里,仿佛传来了铮淙的溪涧水声。蓦地,灯阵一变,又出现一对交叠"双钱",再变又布出民间"八结"图案。领灯人越走越快,越走越急,灯群忽散忽聚,忽分忽合,黑暗中,亮起了"七星",又开出了"梅花"。在更为复杂的"八卦阵"出现之后,乐队奏出了欢乐的乐曲。劳动的人们开始上山了。灯群散成两排,布出长长的"辫阵",绞扭搓动,攀扶而上。啊!茶山葱茏,风光无限,人们载歌载舞,唱起了丰收歌谣。雨旸时若,海晏河清。商贩来收购,货郎来叫卖,牧童牛背横笛,僧道祈祝祥瑞。其情悠悠,其乐陶陶。忽然,一串紧锣响起,一股盗贼袭上山来,八名武士立刻操起刀枪,奋起自卫,一阵金属撞击,贼人鼠窜而去……

呵！目眩神迷，追魂夺魄。恍惚中，忽听脚步杂沓，场上灯影摇动，穿梭交织，散满全场。猛地，领灯人裂帛也似一声长啸，乐队、锣鼓戛然停止。人、灯如飞燕敛翅，游鱼停翔，广场上赫然亮出四个大字：

天　下　太　平

广场上出现了短暂的静寂，随即，腾起了海潮般的欢呼声浪。

爆竹再一次炸响，一支支高升，曳着长长的光尾飞向夜空。锣鼓、乐队更热烈地奏起来了。花灯演出推向了高潮。

杜仲元站在主席台上，目睹这一壮观的景象，眼睛不知不觉润湿了。他受到了强烈的震动。他感到，从广场上，从人群中，从那片灿灿的光影里，有一股巨大、撼人的力量和崇高、神圣不可亵渎的感情贯注到他心中。他好像一下子明白了什么，悟到了什么，浑身感到一种清爽、纯净和解脱了凡俗的轻松。刹那间，他甚至觉得自己变小了，变得很小很小，并随着那片辉耀闪亮的灯影铺展开去，最后融入了天上浩瀚的星河。他成了其中小小的一盏……

1984 年 8 月于溧水

二元心态：现代人面对传统

—— 读悻建新的三个短篇[1]

应雄

食色，性也。人生一世，总是欲念着什么，追求着什么，这种活动充实着人生，可同时也给人带来烦恼，为得不到所欲求之物而烦恼，为生而有涯而欲无涯，能力有限而欲求无限而烦恼。因此在一个人类群体里，总体上总是呈现出两种活动同时并存的局面：一方面是积极追求、满足欲念，一方面则是平息欲念、消除烦恼；前者通过外在的追求去满足欲念，后者通过内在的平衡来控制欲念以求自足。无可否认，关于后者中国有着一个强大的文化传统（本文中"传统"一词即是在这个意义上使用的），几千年的中国历史铸造出了大量自足、守中的文化性格，在现代中国这种传统也依然存在，并且显示出特有的恬静平和的美学境界。现在的问题是，当历史已经走到 20 世

---

[1] 原载于《雨花》1987 年第 11 期，第 77–78 页。

纪 80 年代，当中国正努力迈向现代化的时刻，现代中国人又是怎样审视自己民族的这种传统的呢？

恽建新的《国药》《罗音》《甘师傅》（载《雨花》1987 年第 6 期）就向我们展示了这方面的内容。作者对这种文化性格有着特别深切的感受。在《甘师傅》里，作者细致地描绘了乡村中学厨师甘师傅的日常生活：甘师傅早晨四点就起床，"涮锅、下米、加水，然后点炉灶"，把稀饭焖上后就挑着水桶去塘里打水，来回十五趟把几只大缸打满了。

> 这时候，他才悠悠地到厨房隔壁的"家"里，轻轻呼唤："喂，起来啦！"竟也不喊名字。
>
> 于是，里面便有慵懒的对答传出："天亮啦？"照例，甘师傅是不答的，操起一柄铁锤走出去，去敲击那段挂在教师办公室前走廊上的角铁。
>
> "叮——叮叮——叮——叮叮——"
>
> 满山上撒满了清脆悦耳的金属鸣声。
>
> 校园里的一天，平凡宁静地开始了。

和激越、大喜大悲的生活相反，这里的一切都是"平凡宁静"的，而正是在起床、做饭、打水、招呼起床、敲钟这一点一滴的生活过程中，我们可以感受到时间在静静流淌，生命在静静享受，可以感觉到一个平凡家庭的自足、平和之美。《罗音》里的老太婆在穷困潦倒时曾受过青年男子的妈妈的帮助，在她"手头缓过来"时却一直没有回男子他妈的那份情，她说："我这个人没良心……"这只是她当时欲念作怪的另一种说法。

现在，她要为过去欠下的钱财还债，更重要的，她看到了自己以前曾有过的欲念的邪恶，她为此惊恐不安，她要为欲念的邪恶忏悔，为欲念的邪恶还债，她已超脱了欲念，她需要的是心的安宁。作者特别突出了老太婆说话时的肺部罗音，它有如一种"有意味的形式"，在其中我们可以听到为不能还债的焦急、为欲念的邪恶的深深悔过、为能还债的舒心、平坦。而《国药》里平和自足的气氛更浓郁，那古老的县城、药店、中药，那对中药容不得差错的一丝不苟的经理，那古色古香的对联，那仙风道骨的老中医，整个就形成了传统文化的平和、无欲、自足、守中的境界。

很显然，作者对这种传统的人生境界抱有审美欣赏的态度。然而问题是，人不是生活在美学里而是生活在现实中，因此随之而来作者自然而然不能回避的是要关注这种美的现实命运，这种美与现代人的关系。《甘师傅》告诉了我们这种宁静的生活在现实中的命运，你想宁静，可是不宁静却要来找你。《罗音》里，青年男子不知道是该拿钱还是不拿钱，对他来说，一边是坚决要拿钱的女子的话语，一边是为欲念的邪恶还债、已超脱了欲念的老太婆的罗音，而这两者实际上已成为青年男子心中的两股力量：欲念与超越欲念，他在其中踌躇了，他内心分裂了。而在《国药》，这种二元心态则更强烈更明显。起先给"他"抓药的姑娘工作不负责任，缺量缺味，且用一牛皮纸袋把药一块儿混着装；后来"他"去药店，那姑娘不见了，全换成了老药工，"他们一律包的三角包，一样包得飞快，并能扎成玲珑的宝塔。店里人来人往，却听不到一点杂音，一切谐和得如弹着一张七弦古琴。"面对这么一幅和谐情景,"他"却念念不忘那个不负责任的姑娘:"那橐橐的皮鞋声没有了,那浓香、那披肩发也没有了。她到哪里去了呢?"在治病过程中,"他"时时被所感受到的平和、自足的境界"吸进去"。在药店看到对联"毋谓立功,只愿不欺天理。敢云济世,但求无愧我心"时,"不禁怔了一怔,便细细品味这对联的意思来。……详得久了,他感到自己沉入了一种境界,这是一种从未体味过的境界。"在老中医处看病时,"他"的感觉是:"老人徐徐而道,他屏息谛听,却一句也听不懂,只感到自己再一次沉入了那个境界。这一次沉得更彻底,精神恍惚,身子飘了起来,悠悠不知到了何处。但觉眼前瑞气缭绕,有楼阁隐隐出没;又见芳草花树,欣荣满目;一时烦躁顿消,心头大畅。"可是病一痊愈,回到省城,"白天看着那宽宽的街道,汹涌的车流;入夜,看着那五光十色的霓虹灯,看着那相依相偎的红男绿女,心便热热地搏动,他真实地听到了血液在血管里奔流的声音。"看来,生命追求的现代生活图景对他更有吸引力,因此"他长长地呼着气,似乎要将这两年吸进、灌进嘴里、肚里的药味、苦味统统呼出来"。虽然"他"在省城"有时也想起那老街,那石库门,那把人飘起来的氛围。但如烟似雾,总不那么真切。他是无论如何也不想再到那片天地中去了,尽管还有威风的能镇邪祛恶的虎头门楼"。这里我们发现:一边是对自足平和的传统美学境界的沉醉,一边则是生命的欲念和追求;当"他"身在那种环境之中时,"他"不得不由衷地"感动""被镇住了",而当"他"离开那个环境回到日常生活时,他却对此感到遥远、恍惚，而被自己现实中的实实在在的内心欲望所左右，被现代生活的活力所激荡。

于是，在这里我们就看到了现代人面对这种传统时的二元心态：这种传统境界在作为审美对象时是被欣赏的，而一旦回到现实生活中则它就被抛弃了。

换句话说，人在当代现实生活中更乐于从事生命追求、主体创造的活动，这显然与传统的中和之美是有冲突的，但是传统中和之美对人们来说又确确实实是一个能感受到的美的境界。这里的二元分裂是：要么中和之美而失却生命追求的活力，要么生命追求而失中和之美，两者不可兼得。人的处境是，他想把快乐和烦恼分开而快乐和烦恼又没法分开。人的追求活动有如一张纸，快乐和烦恼是纸的两个面，人去追求，得到快乐，这意味着同时带来烦恼，而要消除这种烦恼以求传统的自足之美，那意味着也同时失却了这种生命追求的快乐，两者没法兼得。因此，恽建新的三个短篇，特别是《罗音》和《国药》，就不得不向我们呈现出在欲求和自足之间的二元分裂，这是现代人面对传统审美境界时很难回避的心态，也是生命难以回避的悖论。